KING

Título original: *The Fifth Gospel*

© 2015, Ian Caldwell
© 2023, de la traducción por Miguel Alpuente Civera
© 2024, de esta edición por Antonio Vallardi Editore S.u.r.l., Milán

Todos los derechos reservados

Primera edición en esta colección: octubre de 2024

Newton Compton Editores es un sello de Antonio Vallardi Editore S.u.r.l.
Pl. Urquinaona, 11, 3.º 1.ª izq. Barcelona, 08010 (España)
www.newtoncomptoneditores.com

Gruppo editoriale Mauri Spagnol S.p.A.
www.maurispagnol.it

ISBN: 978-84-10080-91-1
Código IBIC: FV
DL: B 14.042-2024

Diseño de interiores:
David Pablo

Composición:
Sergi Godia

Impreso en octubre de 2024 en Puntoweb s.r.l., Ariccia (Roma), en Italia.

Ian Caldwell

El quinto Evangelio

Traducción de Miguel Alpuente

Newton Compton Editores
Barcelona, 2024

Para Meredith.
Por fin.

NOTA HISTÓRICA

Hace dos mil años, dos hermanos partieron de Tierra Santa para predicar la palabra de Cristo. San Pedro viajó a Roma y se convirtió en el fundador simbólico del cristianismo occidental. Su hermano, san Andrés, fue a Grecia y se convirtió en el fundador simbólico del cristianismo oriental. Durante siglos, la Iglesia que ambos ayudaron a crear se mantuvo como una institución única. Pero, hace mil años, el oeste y el este se dividieron. Los cristianos del oeste se convirtieron en católicos, liderados por el sucesor de san Pedro, el papa. Los cristianos del este se convirtieron en ortodoxos, comandados por el sucesor de san Andrés y otros apóstoles, conocidos como «patriarcas». Hoy en día, estas son las confesiones cristianas más extendidas del planeta. Entre ambas existe un pequeño grupo conocido como «católicos orientales», quienes no encajan en ninguna de las anteriores clasificaciones, pues siguen las tradiciones orientales al tiempo que obedecen al papa.

Esta novela se sitúa en 2004, época en la que el papa Juan Pablo II expresa su deseo, justo antes de morir, de unir a católicos y ortodoxos. Es la historia de dos hermanos, ambos sacerdotes católicos, uno occidental y otro oriental.

PRÓLOGO

Mi hijo es demasiado joven para entender el perdón. Por haber crecido en Roma, cree que llega con facilidad: los forasteros hacen cola en los confesionarios de San Pedro esperando su turno para confesarse, y la luz roja que hay sobre cada cubículo va encendiéndose y apagándose, lo que significa que los sacerdotes del interior han acabado con un pecador y están listos para el siguiente. Las conciencias no deben de llegar a ensuciarse tanto como las habitaciones o los platos, piensa mi hijo, puesto que se tarda mucho menos en limpiarlas. De modo que, cada vez que deja correr demasiado tiempo el agua del baño o deja juguetes por el suelo o llega del colegio con barro en los pantalones, Pedro pide perdón. Ofrece sus disculpas como un papa ofrece bendiciones. A mi hijo aún le quedan dos años para su primera confesión. Y hay buenas razones para ello.

Ningún niño puede entender el pecado. La culpa. La absolución. Un sacerdote puede perdonar a un extraño tan rápidamente que un muchacho no se imagina cuán difícil puede serle, en un futuro, perdonar a sus propios enemigos. O a sus seres queridos. Ni siquiera sospecha que a los hombres buenos les resulte a veces imposible perdonarse a sí mismos. Los errores más negros pueden ser perdonados, pero nunca es posible borrarlos. Espero que mi hijo sea siempre ajeno a ese tipo de pecados, mucho más que mi hermano y yo.

Yo nací para ser sacerdote. Mi tío es sacerdote; mi hermano mayor, Simón, es sacerdote; y espero que algún día también Pedro sea sacerdote. No puedo recordar ninguna época en la que yo no viviera en el Vaticano. Ni tampoco la ha habido nunca para Pedro.

Existen dos Vaticanos a ojos del mundo. Uno es el lugar más hermoso de la Tierra: el templo del arte y el museo de la fe. El otro la fábrica de salchichas del catolicismo, una nación de viejos sacerdotes que mueven el dedo en eterna señal de admonición. Parece imposible que un chico pueda crecer en ninguno de esos dos lugares. Sin embargo, nuestro país siempre ha estado lleno de niños. Todo el mundo tiene hijos: los jardineros del papa, los obreros del papa, los guardias suizos del papa. Cuando yo era niño, Juan Pablo II creía que era necesario disponer de un salario mínimo vital, así que decretó que se subiera el sueldo a las familias por cada nueva boca que alimentar. Nosotros jugábamos al escondite en sus jardines, al fútbol con sus monaguillos, al *pinball* en el piso de arriba de la sacristía de su basílica. Contra nuestra voluntad, acompañábamos a nuestras madres al supermercado y la galería comercial del Vaticano; a nuestros padres, a la gasolinera y el banco del Vaticano. Nuestro país era apenas mayor que un campo de golf, pero hacíamos todo lo que hacen la mayoría de los niños. Simón y yo éramos felices. Normales. En nada diferentes al resto de los muchachos del Vaticano, excepto en una cosa: nuestro padre era sacerdote.

Nuestro padre era un católico griego y no un católico romano, lo que significaba que llevaba una larga barba y una sotana distinta, que celebraba algo llamado «divina liturgia» en lugar de la misa y que se le había permitido casarse antes de ser ordenado. A él le gustaba decir que los católicos orientales éramos embajadores de Dios, intermediarios que podíamos ayudar a reunir a católicos y ortodoxos. En realidad, ser un católico oriental puede parecerse a ser un refugiado en una frontera entre superpotencias hostiles. Mi padre trataba de ocultar la carga que eso le suponía. Hay mil millones de católicos romanos en el mundo y solo unos pocos miles del tipo griego como nosotros, por lo que no debe sorprender que él fuera el único sacerdote casado en un país dirigido por hombres célibes. Durante treinta años, otros sacerdotes vaticanos lo miraron por encima del hombro mientras él despachaba el ingrato papeleo para ellos. Solo al final de su trayectoria pudo obtener un ascenso, pero fue de los que venían acompañados de alas y música de arpa.

Mi madre murió poco después. Cáncer, dijeron los médicos, que realmente no lo entendieron. Mis padres se habían conocido en los años sesenta, en ese parpadeo de tiempo en el que todo parecía posible. Solían bailar juntos en nuestro apartamento. Tras sobrevivir a una época irreverente, todavía rezaban juntos con sentimiento. La familia de mi madre, católica romana, había nutrido durante más de un siglo la jerarquía vaticana hasta alcanzar las más altas esferas; de modo que, cuando ella se casó con un griego barbudo, ellos la repudiaron. Después de que mi padre muriera, ella me dijo que se le hacía raro seguir teniendo manos, ahora que no había nadie para cogérselas. Simón y yo la enterramos en una parcela contigua a la de mi padre, detrás de la iglesia parroquial del Vaticano. No recuerdo casi nada de aquella época. Solo que día tras día me saltaba las clases y me sentaba en el cementerio con los brazos alrededor de las rodillas, llorando. Entonces Simón aparecía por allí, como salido de la nada, y me llevaba a casa.

Éramos tan solo unos adolescentes, así que quedamos bajo la tutela de nuestro tío, un cardenal del Vaticano. La mejor manera de describir al tío Lucio sería diciendo que poseía el corazón de un niño, conservado en un frasco junto con su dentadura postiza. Por su condición de cardenal presidente del Vaticano, Lucio había dedicado los mejores años de su vida a equilibrar el presupuesto nacional y a impedir que los trabajadores vaticanos formaran un sindicato. Por razones económicas, no estaba de acuerdo con la idea de recompensar a las familias por tener más hijos, con lo cual, aunque hubiera tenido tiempo de criar a los niños huérfanos de su hermana, se habría opuesto por una cuestión de principios. No puso ninguna objeción cuando Simón y yo nos mudamos al apartamento de nuestros padres y decidimos criarnos nosotros mismos.

Yo era demasiado joven para trabajar, por lo que Simón dejó durante un año la universidad y se buscó un trabajo. Ninguno de los dos sabía cocinar ni coser ni arreglar un lavabo, de modo que Simón hubo de aprender todo eso por sí mismo. Era él quien me despertaba para ir al colegio y el que me daba dinero para comer. Me proveía de ropa y de comida caliente. El arte de ser monaguillo lo aprendí enteramente de él. Cada muchacho católico, en las peores noches de su vida, se va a la cama preguntándose si unos animales como nosotros valemos realmente el barro con que Dios nos creó. Pero a mí Dios me envió a Simón para mis momentos de mayor oscuridad. No sobrevivimos a la infancia juntos. Fue él quien la sobrevivió, mientras que yo la atravesé subido a su espalda. Nunca me ha abandonado la idea de que mi deuda con él era tan grande que nunca podría pagarse, sino únicamente condonarse. Cualquier cosa que pudiera haber hecho por él la habría hecho.

Cualquier cosa.

CAPÍTULO 1

–¿Llega tarde el tío Simón? –pregunta Pedro.

Eso mismo debe de estar preguntándose nuestra ama de llaves, la hermana Helena, mientras observa cómo la merluza de la cena se pasa de cocción en la sartén. Pasan diez minutos de la hora de llegada que nos había anunciado mi hermano.

–No te preocupes por eso –le digo–. Tú ayúdame a poner la mesa.

Pedro no me hace caso. Se encarama más arriba de su silla y, de rodillas, anuncia:

–Simón y yo vamos a ver una película, y luego voy a enseñarle el elefante del Bioparco, y luego me va a enseñar a hacer la ruleta marsellesa.

La hermana Helena arrastra levemente los pies delante de la sartén. Cree que la ruleta marsellesa es algún paso de baile. Pedro está horrorizado. Levantando una mano, con la postura de un mago que echa un conjuro, exclama:

–¡No! ¡Es un regate! Como el que hace Ronaldo.

Simón está volando de Turquía a Roma para una exposición de arte comisariada por uno de nuestros mutuos amigos, Ugo Nogara. La noche de la inauguración, para la que aún queda casi una semana, será un acontecimiento oficial para el que yo no tendría entrada de no ser por el trabajo que hice con Ugo.

Pero, bajo este techo, vivimos en el mundo de un niño de cinco años. El tío Simón viene a casa para dar lecciones de fútbol.

–Hay otras cosas en la vida –dice la hermana Helena– además de darle patadas a un balón.

La hermana Helena se ha impuesto la responsabilidad de ser la voz femenina de la razón. Mi hijo tenía once meses cuando mi mujer, Mona, nos dejó. Desde entonces, esta anciana y maravillosa monja se ha convertido en mi sistema de soporte vital como padre.

Es un préstamo del tío Lucio, que tiene batallones de monjas a su disposición, y no soy capaz de imaginarme cómo podría arreglármelas sin ella, ya que ni siquiera tengo medios para pagar lo que una adolescente razonable esperaría ganar. Por suerte, la hermana Helena no dejaría a Pedro por nada del mundo.

Mi hijo desaparece en su habitación y vuelve con su reloj despertador digital. Con ese don para ser directo heredado de su madre, lo deja sobre la mesa delante de mí y lo señala.

—Cariño —lo tranquiliza Helena—, el tren del padre Simón debe de venir con retraso.

El tren. No el tío. Porque a Pedro le costaría entender que Simón a veces se olvida del dinero para el billete o pierde la noción del tiempo charlando con extraños. Mona se negó a ponerle a nuestro hijo el nombre de su tío, porque le parecía alguien impredecible. Y, aunque mi hermano tenga el puesto más prestigioso al que puede aspirar un sacerdote joven —es diplomático en la Secretaría de Estado de la Santa Sede, la élite de nuestra burocracia católica—, no es menos cierto que también necesita la mayor cantidad posible de trabajo extenuante. Al igual que los varones de la parte materna de la familia, Simón es un sacerdote católico romano, lo que significa que nunca se casará ni tendrá hijos. Pero, a diferencia de otros sacerdotes vaticanos, que nacieron para trabajar ante un escritorio y criar un respetable perímetro abdominal, él es un alma inquieta. Mona, Dios la bendiga, deseaba que nuestro hijo se pareciera a su padre, siempre fiable, pausado, satisfecho. Así que ella y yo llegamos a un acuerdo con el nombre: en los Evangelios, Jesús se encuentra con un pescador llamado Simón y lo rebautiza como Pedro.

Saco el teléfono móvil y, aprovechando que Pedro inspecciona el contenido de la sartén de la hermana Helena, le envío a Simón un mensaje: «¿Estás ya cerca?».

—La merluza es un pescado —anuncia sin venir a cuento. Está en la fase de clasificarlo todo. Y, además, odia el pescado.

—A Simón le encanta este pescado —le digo—. Lo comíamos mucho de niños.

En realidad, cuando Simón y yo comíamos este plato, era de bacalao y no de merluza. Pero el salario de un sacerdote no da para más en la pescadería. Y, como Mona a menudo me recordaba al planear este tipo de comidas, mi hermano –que es más alto que cualquier otro sacerdote que haya entre los muros vaticanos– come por dos hombres normales.

Mona ocupa mis pensamientos ahora, más de lo habitual. La llegada de mi hermano siempre parece traer consigo la sombra de la partida de mi esposa. Ambos constituyen los polos magnéticos de mi vida; el uno siempre acecha en la sombra del otro. Mona y yo nos conocimos de niños entre los muros del Vaticano y, cuando volvimos a encontrarnos en Roma, parecía obra de la voluntad divina. Pero nuestro problema era que debíamos empezar la casa por el tejado: los sacerdotes orientales tienen que casarse antes de ser ordenados o ya no podrán hacerlo. Y, en retrospectiva, Mona probablemente necesitaba algo más de tiempo para estar preparada. La vida de una esposa vaticana no es fácil. Siguió trabajando a tiempo completo casi hasta el mismo día en que dio a luz a nuestro bebé de ojos azules, que comía como un tiburón y dormía aún menos que ese gran pez. Mona lo amamantaba con tanta frecuencia que yo siempre me encontraba la nevera vacía, porque ella no daba abasto para reponer fuerzas.

Solo más adelante comprendí lo que pasaba realmente. La nevera estaba vacía porque Mona había dejado de ir a la tienda de comestibles. Yo no me había dado cuenta porque ella, además, había dejado de comer con la debida regularidad. Rezaba menos. Le cantaba menos a Pedro. Entonces, tres semanas antes del primer cumpleaños de nuestro hijo, desapareció. Descubrí un frasco de píldoras escondido debajo de un tazón, al fondo del armario. Un médico del servicio de salud del Vaticano me explicó que había estado intentando salir de la depresión por su cuenta. «No debemos perder la esperanza», dijo. Así que Pedro y yo esperamos a que Mona regresara. Esperamos y esperamos…

Hoy él asegura que se acuerda de ella. Esos recuerdos, sin embargo, no son más que detalles de las fotografías que ha visto por el apartamento. Pedro les añade color con lo que aprende en los programas de la televisión y los anuncios de las revistas. Todavía no se ha dado cuenta de que las mujeres de nuestra iglesia griega no llevan pintalabios ni perfume. Tristemente, su experiencia de la Iglesia es casi por entero católica romana: cuando me mira, solo ve a un sacerdote solitario y célibe. Las contradicciones de su propia identidad son todavía cosa del futuro. Pero nunca deja de mencionar a su madre en sus oraciones, como dicen que hacía Juan Pablo II cuando perdió a su madre a una edad temprana. Encuentro consuelo en ese pensamiento.

El teléfono suena por fin. La hermana Helena sonríe cuando me apresuro a responder.

–¿Sí?

Pedro observa, ansioso.

Estoy esperando oír los ruidos de una estación de metro o, peor aún, de un aeropuerto. Pero no es eso lo que oigo. La voz que suena al otro lado es débil. Remota.

–¿Sy? –digo–. ¿Eres tú?

No parece oírme. La recepción es muy mala. Así que deduzco que está más cerca de casa de lo que esperaba. Resulta difícil tener cobertura en suelo vaticano.

–Alex –lo oigo decir.

–¿Sí?

Vuelve a hablar, pero la línea está llena de interferencias. Se me ocurre que quizá se haya desviado a los Museos Vaticanos para ver a Ugo Nogara, que está sufriendo el estrés propio de quien ha de rematar una gran exposición. Aunque yo nunca se lo diría a Pedro, nada sería más típico de mi hermano que detenerse por el camino a ayudar a otra alma.

–Sy –digo–, ¿estás en los museos?

En la mesa de la cena, el suspense está matando a Pedro.

–¿Está con el señor Nogara? –le pregunta a Helena.

Pero al otro lado de la línea algo cambia. Se oye de pronto un fuerte siseo que reconozco como el soplar del viento. Está al aire libre. Y aquí, en Roma, las ráfagas son ahora de tempestad.

Durante un momento, la línea se despeja de ruido.

–Alex, tienes que venir a recogerme.

Su voz me provoca un hormigueo desagradable en el espinazo.

–¿Ocurre algo? –le pregunto.

–Estoy en Castel Gandolfo. En los jardines.

–No entiendo –respondo–. ¿Qué haces ahí?

El viento interfiere de nuevo y un extraño ruido se cuela por el auricular. Suena como si mi hermano gimiera.

–Por favor, Alex –dice–. Ven rápido. Estoy… estoy cerca de la puerta este, debajo de la villa. Tienes que llegar aquí antes de que lo haga la Policía.

Mi hijo está petrificado, con la vista fija en mí. Veo cómo se le cae la servilleta de papel del regazo y vuela por el aire, como un solideo papal que hubiera arrastrado el viento. También la hermana Helena observa.

–No te muevas de ahí –le digo a Simón. Y me doy la vuelta para que Pedro no vea la expresión que sé que tengo en los ojos. Porque he oído algo que no creo haber percibido nunca en la voz de mi hermano: el miedo.

CAPÍTULO 2

Conduzco hasta Castel Gandolfo en medio de una tormenta que viene del norte. La lluvia cae con furia; las gotas rebotan en los adoquines como pulgas. Al llegar a la autopista, el parabrisas no es más que un tambor que el cielo no deja de golpear. Por todas partes se ven coches que aminoran y aparcan en los arcenes. Cuando la constelación de luces rojas se desvanece, mi pensamiento vuelve a centrarse en mi hermano.

De joven, Simón era la clase de chico capaz de subir a un árbol en medio de una tormenta eléctrica para rescatar a un gato descarriado. Cierta noche, en la playa de Campania, lo vi nadar hasta un banco de medusas luminiscentes para salvar a una chica a la que había arrastrado la marea. Ese invierno, cuando él tenía quince años y yo once, habíamos quedado en la sacristía de San Pedro, donde él era monaguillo. Se suponía que tenía que llevarme a cortarme el pelo a la ciudad, pero, al salir de la basílica, un pájaro atravesó volando una ventana de la cúpula, a unos sesenta metros de altura, y lo oímos golpearse y caer en la galería. Algo dentro de Simón lo empujaba a comprobar lo sucedido, así que subimos corriendo esos seis millones de peldaños hasta llegar arriba del todo, a una estrechísima cornisa de mármol que giraba sobre el altar mayor. Entre nosotros y el vacío no había más que una barandilla. En la cornisa estaba la paloma, aleteando en círculo, escupiendo pequeñas manchas de sangre. Simón se acercó y la cogió. Entonces alguien gritó:

—¡Alto! ¡No os acerquéis más!

Al otro lado de la cúpula, apoyado en la barandilla, había un hombre. Nos miraba con los ojos inyectados en sangre. De pronto, Simón arrancó a correr hacia él.

—¡No, signore! —le gritó—. ¡No!

El hombre pasó una pierna por encima de la barandilla.

–¡Signore!

Ni aunque el mismo Dios le hubiera dado alas a Simón, podría haber llegado a tiempo. El hombre se inclinó hacia delante y se dejó ir. Lo vimos caer, atravesando el espacio de San Pedro como un alfiler. Oí cómo un guía turístico hablaba allí abajo del «bronce robado del Panteón» y el hombre todavía seguía cayendo, ahora ya más pequeño que una pestaña. Por fin, hubo un grito y una pequeña explosión de sangre. Tuve que sentarme. Las articulaciones de las piernas habían dejado de responder. No recuerdo que volviera a moverme hasta que Simón vino a levantarme.

Nunca he entendido por qué Dios envió un pájaro a través de aquella ventana. Quizá fue para que Simón supiera qué se siente cuando algo se te escapa de entre los dedos. Nuestro padre murió al año siguiente, así que tal vez fuese una lección que no admitía espera. Pero la última imagen que mi memoria conserva de aquel día, antes de que los trabajadores del lugar sacaran a todo el mundo fuera de la iglesia, es la de Simón en aquella cornisa, con los brazos tendidos, paralizado, como si tratara de lanzar de nuevo aquel pájaro al aire, como si aquello no fuera muy diferente de volver a poner un jarrón en un estante.

Aquella tarde, los sacerdotes reconsagraron San Pedro, como hacen cada vez que un peregrino salta. Pero nadie puede reconsagrar a un niño. Dos semanas más tarde, nuestro maestro de coro abofeteó a un chico por desentonar y Simón salió de la fila y le devolvió la bofetada. Tres días estuvieron cancelados los ensayos mientras mis padres trataban de obligar a Simón a disculparse. Él, que había sido la obediencia personificada desde que nació, ahora aseguraba que prefería dejar el coro a pedir disculpas. En el plan maestro donde se traza cómo nos convertimos en los hombres que somos es donde yo ubico el momento fundacional. Todo lo que sé de mi hermano se construye de modo inquebrantable a partir de ese punto.

La década que abarca desde la entrada en la universidad de Simón y el comienzo de su formación diplomática fue un periodo difícil para Italia. Las bombas y los asesinatos de nuestra niñez habían desaparecido casi del todo, pero en Roma había violentas protestas contra un Gobierno en bancarrota que se estaba hundiendo bajo el peso de su propia corrupción. En su época universitaria, Simón se manifestó junto con los otros estudiantes. Ya en el seminario, se manifestó en solidaridad con los trabajadores. Cuando lo invitaron a entrar en la carrera diplomática, yo pensaba que esos días habían quedado atrás. Entonces, hace tres años, en mayo de 2001, Juan Pablo II decidió viajar a Grecia.

Era el primer viaje de un papa a nuestra tierra natal en treinta siglos, y a nuestros compatriotas no les hacía ninguna gracia. Casi todos los griegos son ortodoxos y Juan Pablo quería poner fin al cisma entre nuestras Iglesias. Simón fue allí para asistir al acontecimiento. Pero los odios son algo que mi hermano nunca ha entendido. De nuestro padre heredó una inmunidad casi protestante contra el veredicto de la historia. Los ortodoxos culpan a los católicos del maltrato sufrido en cada guerra, desde las cruzadas a la Segunda Guerra Mundial. Culpan a los católicos de haber embaucado a los ortodoxos para que abandonaran su Iglesia ancestral y abrazasen una nueva forma híbrida de catolicismo. La mera existencia de los católicos orientales representa una provocación para algunos ortodoxos. Pese a ello, Simón era incapaz de entender por qué su propio hermano, un cura católico griego, se negaba a acompañarlo en su viaje a Atenas.

Los problemas llegaron incluso antes de que lo hiciera Simón. Cuando corrió la noticia de que Juan Pablo pisaría suelo helénico, los monasterios griegos ortodoxos tocaron a muerto. Centenares de ortodoxos tomaron las calles como protesta, exhibiendo pancartas que decían HERESIARCA y MONSTRUO BICORNE DE ROMA. Los periódicos contaban historias sobre iconos sagrados que habían empezado a sangrar. Se decretó un día de luto nacional. Simón, que lo había organizado todo para dormir en la rectoría de la vieja iglesia católica griega de mi padre, llegó y se encontró con que los reaccionarios ortodoxos habían ensuciado las puertas con una pintada. Según él, la Policía se negaba a ayudar. Mi hermano había encontrado por fin al desvalido al que estaba destinado a defender.

Esa noche, un pequeño grupo de ortodoxos de la línea dura asaltó la iglesia e interrumpió la liturgia. Cometieron el gran error de arrancarle la sotana al párroco y pisotear la antimensa, el lienzo sagrado que convierte una mesa en altar.

Mi hermano mide casi dos metros de estatura. Su sentimiento de compromiso con los débiles y desamparados se ve intensificado por el hecho de saberse más alto y fuerte que cualquier persona con la que se encuentre. Simón recuerda vagamente haber empujado a un ortodoxo para sacarlo del templo cuando intentaba salvar al cura católico griego. El ortodoxo afirmaba que Simón lo había arrojado al suelo; la Policía griega, que le había roto un brazo. Simón fue arrestado. Su nuevo empleador, la Secretaría de Estado de la Santa Sede, tuvo que negociar su regreso inmediato a Roma. Esa fue la razón de que Simón no llegara a ver en persona cómo Juan Pablo se enfrentaba a la misma hostilidad con mucho mayor éxito.

Los obispos ortodoxos griegos pusieron todo su empeño en desairar a Juan Pablo. Él no se quejó. Lo insultaron. Él no se defendió. Exigieron que pidiera perdón por los pecados cometidos por los católicos siglos atrás. Y Juan Pablo, en nombre de los mil millones de almas vivientes y los incalculables católicos muertos, pidió perdón. Los ortodoxos estaban tan asombrados que consintieron en hacer algo a lo que hasta entonces se habían negado: rezar a su lado.

Siempre he tenido la esperanza de que el modo en que Juan Pablo se condujo en Atenas corrigiera el comportamiento de Simón, que constituyera otra lección que le enviaba el cielo. Desde entonces, Simón ha sido un hombre nuevo. Eso es lo que me digo a mí mismo, una y otra vez, mientras conduzco hacia el sur desde Roma y me interno en el núcleo de la tormenta.

En la distancia, Castel Gandolfo empieza a delinearse: una cumbre alargada sobre una insólita llanura de campos de golf y aparcamientos de coches usados que se extienden hacia el sur desde la periferia romana. Hace dos mil años, este era el parque recreativo de los emperadores. Los papas solo llevan unos pocos siglos veraneando aquí, pero es tiempo suficiente para que este territorio se considere una extensión oficial de nuestro Estado.

Al rodear la colina, veo una brigada de carabineros al pie del acantilado: policías italianos del puesto situado al otro lado de la frontera, compartiendo un pitillo mientras la tormenta desata su furia. Pero las leyes italianas no tienen fuerza legal adonde me dirijo. No hay rastro de la Policía vaticana bajo esta lluvia torrencial, y su ausencia ayuda a que se aligere un tanto la opresión que me atenaza el pecho.

Aparco mi Fiat donde la ladera se hunde en el lago Albano y, antes de salir a la lluvia, marco un número en mi teléfono. Al quinto tono, me responde una voz bronca:

—*Pronto.*

—¿Pequeño Guido? —digo.

Lanza un bufido.

—¿Quién es?

—Alex Andreou.

Guido Canali es un viejo conocido de mi infancia, el hijo de un mecánico de turbinas del Vaticano. En un país en el que la única cualificación exigida para la mayoría de los trabajos es el parentesco con alguien que, a su vez, tenga trabajo, Guido ha sido incapaz de encontrar mejor ocupación que la de palear estiércol en la vaquería pontificia ubicada sobre esta colina. Siempre anda buscando alguna ayuda financiera y, aunque no sea casualidad que nuestros caminos ya no se crucen, ahora soy yo el que necesita su ayuda.

—Ya no soy el pequeño Guido —dice—. Mi viejo murió el año pasado.

—Siento oírlo.

—Debes de ser el único. ¿A qué debo el honor?

—Estoy en la ciudad y necesito un favor. ¿Podrías abrirme la puerta?

Por su reacción de sorpresa, deduzco que no sabe nada sobre Simón. Otra buena noticia. Hacemos un trato: dos entradas para la próxima exposición, que Guido sabe que podré obtener gracias al tío Lucio. Hasta el vago más orgulloso de nuestro país quiere ver lo que mi amigo Ugo nos tiene preparado. Cuando cuelgo, sigo la oscura pista que asciende por la colina hasta nuestro lugar de encuentro, donde el viento sopla recio y produce el mismo silbido que se oía cuando me ha llamado Simón.

Estoy sorprendido, y en principio aliviado, de no ver nada que indique un problema. En el pasado, cada vez que he ido a recoger a mi hermano a comisaría, había participado en algún tipo de

23

tumulto. Pero aquí no hay piquetes de lugareños en la plaza, ni trabajadores vaticanos manifestándose por un mejor salario. En el extremo norte de la ciudad, el palacio de verano del papa parece abandonado. En su tejado, las dos cúpulas del Observatorio Vaticano se elevan como los chichones de los personajes de dibujos animados que Pedro ve en la televisión. No hay nada fuera de lugar aquí. Ni siquiera nada que parezca vivo.

Un sendero privado lleva del palacio a los jardines papales, y en la puerta del jardín veo el resplandor de un cigarrillo en el aire, como un hada suspendida sobre un puño negro.

—¿Guido?

—Un tiempo estupendo para una visita, ¿eh? —dice el cigarrillo antes de caer en un charco y morir—. Sígueme.

Cuando mis ojos se acostumbran a la oscuridad, veo que es idéntico a Guido padre: nariz chata y espaldas tan anchas que parecen el caparazón de un escarabajo. El trabajo manual lo ha convertido en hombre. El directorio del Vaticano está atiborrado de personal que Simón y yo conocimos de niños, pero mi hermano y yo somos casi los únicos sacerdotes. El nuestro es un sistema de castas en el que los hombres reemplazan con orgullo a los padres y abuelos que lustraban suelos o arreglaban muebles antes que ellos. Puede resultar duro, sin embargo, ver cómo antiguos compañeros de juego alcanzan una posición más alta, y en la voz de Guido se aprecia un tonillo reconocible cuando abre la cerradura metálica, señala su camioneta y me dice:

—Suba, padre.

Aquí las puertas tienen por objetivo impedir la entrada a los indeseables, y los setos son para impedirles ver dentro. Sendos pueblos italianos se extienden a cada lado de nuestro territorio, pero nadie lo adivinaría. El espinazo de esta colina, de casi un kilómetro de longitud, es el paraíso privado del papa. Su propiedad de Castel Gandolfo es mayor que todo el Vaticano, pero nadie vive aquí, solo algunos jardineros y obreros y el viejo astrónomo jesuita que duerme durante el día. Sus verdaderos habitantes son los árboles frutales de los maceteros y las avenidas de pinos piñoneros, los parterres de flores que se miden por hectáreas y las estatuas de mármol que dejaron los emperadores paganos, ahora instaladas en los jardines para que Juan Pablo sonría al verlas durante sus paseos estivales. Desde aquí arriba, el paisaje se extiende desde el lago hasta el mar. Mientras bajamos por el sendero no asfaltado del jardín, no hay ningún otro ser viviente a la vista.

—¿Adónde querías ir? —pregunta Guido.

—Déjame en los jardines.

Arquea una ceja.

—¿En medio de esto?

La tormenta es furibunda. Picado por la curiosidad ante lo extraño de mi petición, Guido enciende la emisora de radioaficionado, por si allí se dice algo. Pero nada: solo silencio.

—Mi chica trabaja ahí abajo —dice levantando un dedo del volante para señalar—. En los olivares.

No digo nada. Hago visitas guiadas de este lugar a los recién ingresados en mi viejo seminario, así que durante el día podría reconocer mejor el paisaje. Pero en la oscuridad y bajo esta lluvia torrencial lo único que distingo es la franja de camino que iluminan los faros. Al aproximarnos a los jardines, no se ven camionetas ni coches de policía ni jardineros con linternas que avanzan encorvados contra la lluvia.

—Hace que me suba por las paredes —dice Guido, negando con la cabeza—. Pero, Alex, el culo que tiene esa chica… —Lanza un silbido.

Cuanto más nos internamos en las sombras, mayor es mi sensación de que algo marcha mal, muy mal. Simón debe de estar solo bajo la lluvia. Por primera vez, se me ocurre que quizá esté herido, que podría haber sufrido algún accidente. Sin embargo, por teléfono ha mencionado a la Policía, no ha dicho nada de una ambulancia. Reproduzco mentalmente nuestra conversación, por si he entendido mal alguna cosa.

La camioneta de Guido culea mientras asciende por un camino que atraviesa los jardines hasta llegar al borde de un claro.

—Aquí está bien —le digo—. Voy a bajar.

Guido mira a su alrededor.

—¿Aquí?

Pero ya estoy bajando.

—No te olvides de nuestro trato, Alex —me grita—. Dos entradas para la inauguración.

Estoy demasiado preocupado para responder. Cuando Guido se ha ido, saco el teléfono y llamo a Simón. La cobertura es aquí tan irregular que no se puede confiar en ella. Aun así, durante un momento, oigo sonar otro teléfono móvil.

Camino hacia el sonido, enfocando con la linterna en la distancia. La ladera de la colina se ha tallado en grandes peldaños, tres terrazas monolíticas que descienden sucesivamente hacia el lejano mar. Cada palmo de terreno está plantado con flores dispuestas en círculo, dentro de octágonos que, a su vez, están dentro de cuadrados, sin un pétalo fuera de sitio. Aquí arriba, el espacio es infinito. Me produce una ansiedad atroz.

Estoy a punto de gritar el nombre de Simón al viento, cuando algo aparece ante mi vista. Desde aquí arriba, en la terraza más alta, distingo un seto. El límite más oriental de la propiedad del papa. Justo antes de la puerta, la luz de mi linterna choca contra algo oscuro. Una silueta enteramente vestida de negro.

El viento hace restallar el borde de mi sotana mientras corro hacia allí. La tierra es desigual. Saltan terrones de barro y las raíces de las hierbas sobresalen como patas de araña.

–¡Simón! –le grito–. ¿Estás bien?

No contesta. Ni siquiera se mueve.

Ahora me lanzo hacia él, tratando de mantener el equilibrio sobre el barro resbaladizo. La distancia entre nosotros mengua. Pero sigue sin hablar.

Llego ante él. Mi hermano. Lo toco con las manos y le hablo:

–¿Estás bien? Dime que estás bien.

Está empapado y pálido. El cabello húmedo parece pintado en la frente, como el de una muñeca. La sotana negra se le pega a los músculos fibrosos como la piel tirante de un caballo de carreras. Las sotanas son la antigua vestimenta que en el pasado llevaban todos los curas romanos, antes de que se pusieran de moda los pantalones y las chaquetas negras. Aquí, en esta oscuridad y sobre la figura amenazadora de mi hermano, esa vestimenta crea un efecto casi macabro.

–¿Qué pasa? –pregunto, porque él todavía no me ha contestado.

Tiene una mirada distante, remota. Clava la vista en algo que hay en el suelo.

Sobre el barro se ve un largo abrigo negro. El sobretodo de un sacerdote romano. Una greca, así llamada por su semejanza con la sotana de un sacerdote griego. Debajo hay un bulto.

Nada de lo que pudiera haber imaginado se acerca a esta situación. Al final del bulto se ven un par de zapatos.

—Dios mío —susurro—. ¿Qué es eso?

La voz de Simón suena tan áspera que se le quiebra.

—Podía haberlo salvado —dice.

—Sy, no entiendo. Dime qué está pasando.

No puedo apartar la vista de esos mocasines. Hay un agujero en una de las suelas. Algo me corroe, como si una uña me arañara el interior del cerebro. Varios papeles han volado hasta la alta valla que separa la propiedad papal de la carretera fronteriza. La lluvia los ha pegado a la malla metálica como si fueran papel maché.

—Me había llamado —murmura Simón—. Yo sabía que estaba en apuros. He venido lo antes posible.

—¿Quién te había llamado?

Pero las palabras van cobrando significado poco a poco. Ahora sé qué era lo que me corroía. El agujero que veo en esos mocasines me resulta familiar.

Retrocedo. Siento un nudo en el estómago. Se me agarrotan las manos.

—¿C-cómo…? —tartamudeo.

De súbito, aparecen luces moviéndose en el camino del jardín, en dirección a nosotros. Van por pares, y no son mayores que perdigones. Cuando se acercan, resultan ser vehículos policiales.

Gendarmes vaticanos.

Me arrodillo con manos temblorosas. En el suelo, junto al cuerpo, hay un maletín abierto. El viento no cesa de agitar los papeles del interior.

Los gendarmes comienzan a correr hacia nosotros, ordenándonos a gritos que nos apartemos del cuerpo. Pero yo extiendo el brazo y hago lo que dicta mi instinto. Necesito ver.

Cuando retiro la greca de Simón, los ojos del muerto están completamente abiertos. La boca, torcida. La lengua empuja el interior de la mejilla. En el rostro de mi amigo se dibuja una mueca de hastío. La sien tiene un agujero negro por el que se escapa un nódulo rosado de carne.

Las nubes se ciernen sobre nosotros. Simón me agarra y tira de mí hacia atrás.

–Apártate –me dice.

Pero yo no puedo apartar la vista. Veo los bolsillos del traje por fuera. Una franja de piel blanca sin el reloj de pulsera que la cubría.

–Apártese, padre –dice un gendarme.

Finalmente, me doy la vuelta. La cara del gendarme parece un puño americano de cuero. Por esos ojos como cabezas de alfiler, por el cabello blanco como escarchado, reconozco perfectamente al inspector Falcone, jefe de la Policía vaticana. El hombre que corre junto al coche de Juan Pablo II.

–¿Quién de ustedes es el padre Andreou? –pregunta.

Simón se adelanta y responde:

–Ambos lo somos. Pero quien los ha llamado he sido yo.

Me quedo mirando a mi hermano, intentando comprender la situación.

Falcone señala hacia uno de sus agentes.

–Vaya con el agente especial Bracco. Cuéntele todo lo que ha visto.

Simón obedece. Mete la mano en el bolsillo de su greca para coger la billetera, el teléfono y el pasaporte, pero deja el abrigo sobre el cuerpo. Antes de seguir al agente, dice:

–Este hombre no tiene familiares cercanos. He de asegurarme de que se le entierra como es debido.

Falcone entorna los ojos. Es una declaración extraña. Pero viene de un cura, así que la acepta.

–Padre –le dice–, ¿conocía a este hombre?

Simón responde con voz débil:

–Era mi amigo. Se llamaba Ugolino Nogara.

CAPÍTULO 3

El policía se lleva a Simón lo bastante lejos como para que no se les oiga hablar mientras yo observo cómo el resto de los gendarmes cierran el claro con cinta policial. Uno de ellos estudia la valla de dos metros y medio que se extiende junto a la vía pública, intentando comprender cómo un extraño puede haber entrado en los jardines. Otro observa una cámara de seguridad colocada en alto. La mayoría de los gendarmes han sido polis de ciudad en otra vida. Departamento de Policía de Roma. Sin duda, se han dado cuenta de que a Ugo le han robado el reloj, de que su billetera ha desaparecido y de que el maletín ha sido forzado. Sin embargo, continúan fijándose en los detalles como si algo no encajara.

En estas colinas, la gente siente un amor desmedido por el santo padre. Los residentes cuentan historias sobre papas que llamaban a sus puertas para asegurarse de que todas las familias de la ciudad tenían un pollo en su cazuela. Los más veteranos se llaman Pío en honor al papa del mismo nombre, que ayudó a que sus familias no sufrieran daño durante la guerra. No son los muros los que protegen este lugar, sino los lugareños. Un robo aquí se antoja imposible.

—¡Arma! —oigo gritar a uno de los agentes.

Está en la boca de un túnel, una gigantesca vía construida para que un emperador romano paseara después de las comidas bajo techado. Otros dos gendarmes corren hacia la abertura, guiados por un par de jardineros. Se oyen gruñidos de queja. Algo grande se desploma. Pero, sea lo que sea lo que había allí, no es el arma que la Policía esperaba encontrar.

—Falsa alarma —ruge uno de ellos.

Siento un estremecimiento en el pecho. Cierro los ojos. Me embarga una oleada de emoción. Ya había visto morir antes. En

29

el hospital en el que Mona trabajaba de enfermera, yo solía administrar la unción de enfermos, rezar por los moribundos. Aun así, me resulta difícil digerir ese sentimiento.

Se acerca un gendarme; toma fotografías de las huellas marcadas en el barro. Ahora, en estos jardines hay policías por todas partes. Pero mis ojos vuelven a Ugo.

¿Qué lugar especial ocupa en mi corazón? Su exposición lo convertirá, ahora a título póstumo, en uno de los hombres más célebres de Roma, y yo podré decir que he tenido algo que ver en ello. Pero lo que me ganó el corazón fueron las cicatrices de sus batallas. Las gafas que nunca tuvo tiempo de arreglarse. Los agujeros de sus zapatos. La torpeza que desapareció en cuanto comenzó a hablar de su gran proyecto. Incluso su afición obsesiva, incurable, por la bebida. Nada en la Tierra le importaba, salvo su exposición, y a ella le prodigaba cada uno de sus pensamientos. Existía para ese acontecimiento futuro. Es de ahí, soy consciente de ello, de donde nacen mis sentimientos por él. Como un padre con su hijo: así era Ugo con esta exposición.

Simón regresa seguido por el gendarme que lo ha interrogado. Mi hermano tiene la mirada perdida, los ojos llorosos. Espero a que diga algo, pero es el agente quien habla.

–Son libres de irse, padres –dice.

Pero acaba de llegar la bolsa para el cadáver. Ninguno de los dos nos movemos. Dos gendarmes colocan a Ugo en la bolsa y tiran de los bordes que lo rodean. La cremallera se cierra con un ruido como de terciopelo rasgado. Empiezan a llevárselo cuando Simón grita:

–Alto.

Los policías se giran.

Simón levanta una mano y dice:

–Inclina, oh, Jehová, tu oído y escúchame.

Los dos gendarmes dejan la bolsa en el suelo. Todo el que alcanza a oír, cada policía, cada jardinero, cada hombre con independencia de su clase social, se lleva la mano al sombrero y se lo quita.

–Humildemente te pido –continúa Simón– que te apiades del alma de tu siervo Ugolino Nogara, a quien has llamado para que deje este mundo y alcance una región de paz y de luz. Permítele participar de la herencia de tus santos. Por Cristo Nuestro Señor, amén.

En mi corazón, añado esas dos palabras griegas esenciales, las más sucintas y poderosas de todas las oraciones cristianas.

«Kyrie, eleison».

«Señor, ten piedad».

Los sombreros cubren de nuevo las cabezas. La bolsa vuelve a levantarse. Adondequiera que vaya, se va.

Siento una inmovilidad dolorosa entre las costillas.

Ugo Nogara ha muerto.

Cuando llegamos al Fiat, Simón abre la guantera y busca a tientas con la mano. Con voz débil, dice:

—¿Dónde está mi paquete de cigarrillos?

—Lo tiré.

La pantalla de mi móvil me dice que la hermana Helena ha llamado dos veces. Pedro debe de estar frenético de preocupación. Pero aquí no hay suficiente cobertura para llamar.

Simón se rasca el cuello nerviosamente.

—Ya compraremos más cuando volvamos —le digo—. ¿Qué ha ocurrido ahí?

Suelta aire por la comisura de los labios, una bocanada de humo invisible. Veo que con la mano derecha se aprieta la parte superior del muslo derecho.

—¿Estás herido? —pregunto.

Niega con la cabeza, pero se recoloca para que la pierna esté en posición más cómoda. Mete la mano izquierda en la otra manga de la sotana, hundiéndola en los puños vueltos que los curas usan como bolsillos. De nuevo está buscando cigarrillos.

Le doy al contacto. Cuando el Fiat da señales de vida, me inclino hacia delante y beso el rosario que Mona colgó del retrovisor hace ya mucho tiempo.

—Pronto llegaremos a casa —digo—. Cuando estés listo para hablar, me lo dices.

Asiente, pero no dice nada. Tamborileando con la punta de los dedos en los labios, sigue mirando el claro donde Ugo ha perdido la vida.

Podríamos llegar a Roma más rápido cruzando los Alpes montados en elefantes. El viejo Fiat de mi padre marcha con un solo cilindro, el único restante de los dos de origen. Actualmente hay cortacéspedes con más potencia que este coche. El dial de la radio se ha quedado anclado en el 105 FM, Radio Vaticano, que está emitiendo el rosario. Simón coge la sarta de cuentas del retrovisor y empieza a pasarlas entre los dedos. La voz de la radio dice: «Poncio Pilatos, queriendo complacer a la multitud, hizo flagelar a Jesús y lo entregó para que lo crucificaran». Esas palabras dan paso a las oraciones habituales –un padrenuestro, diez avemarías, un gloria– y con ellas Simón se hunde en una remota contemplación.

–¿Por qué iba nadie a robarle? –pregunto, incapaz de soportar el silencio.

Ugo no tenía prácticamente nada que valiera la pena. Llevaba un reloj de pulsera barato. El contenido de su billetera apenas daría para pagar el billete de vuelta a Roma en tren.

–No lo sé –contesta Simón.

La única vez que vi a Ugo con un fajo de billetes fue cuando cambió dinero en el aeropuerto después de un viaje de negocios.

–¿Volvíais los dos en el mismo avión? –pregunto.

Ambos estaban trabajando en Turquía.

–No –responde distante Simón–. Él regresó hace dos noches.

–¿Qué estaba haciendo allí?

Mi hermano me echa una breve mirada, como si tratara de extraer algún significado de un galimatías.

–Preparar su exposición –contesta.

–¿Y por qué tendría que venir aquí, a los jardines?

–No lo sé.

Existen unos cuantos museos y yacimientos arqueológicos en estas colinas, en el territorio italiano que rodea la propiedad del papa. Ugo podría haber estado investigando allí, o haberse encontrado con otro comisario de exposiciones. Pero esos lugares, por estar al aire libre, habrían cerrado al estallar la tormenta y Ugo se habría visto obligado a buscar refugio.

–La villa de los jardines –digo–. Quizá era allí adonde iba.

Simón asiente. La voz de la radio dice: «Y pusieron sobre su cabeza una corona tejida de espinas, y una caña en su mano derecha; e hincando la rodilla delante de él, le escarnecían, diciendo: ¡Salve, Rey de los judíos!». Comienza la segunda ronda de oraciones y Simón la sigue, dejando marcas de suciedad en las cuentas al pasarlas bajo el pulgar. Nunca ha sido un cura quisquilloso, pero sí limpio y ordenado. Mientras el barro se le seca sobre la piel, observa las telarañas de grietas que se van formando en ella y las escamas de suciedad que arranca el rosario.

Nos recuerdo a los dos, sentados igual que ahora poco después de nacer Pedro, la noche en que llevé a Simón al aeropuerto cuando le dieron su primer destino en el extranjero. Escuchábamos la radio, observando los aviones que emprendían el vuelo sobre nuestras cabezas y dejaban estelas similares a ángeles. Mi hermano creía que la diplomacia era una labor divina, que las mesas de negociación eran el lugar donde habían de morir los odios religiosos. Cuando aceptó un puesto en la parte más humilde de Bulgaria, en la que menos de una persona de cada cien es católica, el tío Lucio dijo retorciéndose las manos que, para el caso, casi mejor que Simón trabajara para el grupo de presión porcino de Israel. Pero tres de cada cuatro búlgaros son cristianos ortodoxos y, desde su viaje a Atenas, mi hermano tenía el proyecto de promover la reconciliación de las dos mayores Iglesias de la Tierra. Esa clase de idealismo siempre había sido el gran pecado de Simón. En nuestra Secretaría de Estado, los religiosos ascienden siguiendo un calendario fijo –los obispos, al cabo de diez años; los arzobispos, al cabo de veinte–, lo cual explica por qué muchos de los ciento cincuenta cardenales del mundo son hombres de la Secretaría. Pero los que no llegan a cumplir esos términos suelen ser quienes se ven frenados por sus buenas intenciones. Tal como le advirtió Lucio, un marajá debe elegir entre liderar a su pueblo o ir limpiando la suciedad que deja su elefante. En esa metáfora, Mona, Pedro y yo éramos el elefante. Simón tenía que desvincularse de nosotros antes de que su sentido del deber lo frenara.

Pero entonces a Simón lo destinaron a Turquía y Dios puso en su camino otra obra de caridad: Ugo Nogara. Una oveja descarriada. Un alma frágil que se debatía por lograr la obra maestra de su vida. Así que puedo imaginar lo que mi hermano siente en este momento, una angustia similar a la que yo experimentaría si le hubiera ocurrido algo a Pedro.

—Ugo está en un buen lugar —le recuerdo.

Esa es la convicción que ayudó a dos muchachos a sobrevivir a la muerte de sus padres. Más allá de la muerte, hay vida; más allá del sufrimiento, paz. Pero la herida está aún demasiado fresca para que Simón pueda asimilar la muerte de Ugo. No está pasando las cuentas con el pulgar, sino que aprieta fuertemente el rosario con la mano.

—¿Qué te ha preguntado el gendarme? —digo.

Tiene arrugas bajo los ojos. No distingo si los entorna para ver en la distancia o si los pocos años en la Secretaría han dejado esa huella en un hombre que solo acaba de pasar la treintena.

—Me ha preguntado por el teléfono —contesta.

—¿Por qué?

—Para saber a qué hora me había llamado Ugo.

—¿Qué más?

Se queda mirando el teléfono que tiene en la mano.

—Si he visto a alguien más en los jardines.

—¿Y has visto a alguien?

Su mente debe de estar sumida en la oscuridad, porque solo emite una débil respuesta:

—A nadie.

En mi cabeza se mezclan pensamientos deslavazados. Castel Gandolfo se queda muy tranquilo durante el otoño. El papa deja su residencia de verano y regresa al Vaticano, así que los guardias suizos y los gendarmes no mantienen destacamentos en estos terrenos. Los lugares más turísticos se vacían en cuanto cae la tarde, porque el último tren del día a Roma sale antes de las cinco y, a poco que se parezcan los carteristas de aquí a los de Roma, sin duda se volverán más agresivos una vez que las presas fáciles hayan desaparecido. Durante un segundo, me atormenta la imagen de Ugo bajo la lluvia, en la plaza vacía de la ciudad, cazado por uno de ellos.

—Había un puesto de carabineros justo al otro lado de la carretera —digo—. ¿Por qué Ugo no los ha llamado?

—No lo sé.

Quizá lo hizo y se negaron a cruzar la frontera vaticana. Y si Ugo ha intentado llamar a nuestro número de emergencias del Vaticano, el 112, dudo que haya podido contactar desde aquí.

—¿Qué te ha dicho por teléfono? —sigo preguntando.

Simón levanta la mano.

—Por favor, Alex. Necesito un poco de tiempo.

Se repliega en sí mismo, como si el recuerdo de la llamada telefónica le resultara especialmente doloroso. Simón debía de estar volviendo del aeropuerto cuando la recibió. Tal vez le ha dicho al chófer que se desvíe de inmediato y, aun así, no ha llegado a tiempo.

Recuerdo cómo voló a casa en cuanto lo llamé para contarle que Mona me había dejado. Prometió quedarse el tiempo que fuera preciso hasta que yo volviera a ser persona. Fueron seis semanas. Lucio le rogó que regresara a la embajada. En lugar de hacerlo, Simón me ayudó a empapelar Roma con carteles, a llamar a familiares y amigos, a cuidar de Pedro mientras yo vagaba por la ciudad lleno de autocompasión, visitando los lugares en los que me había enamorado de mi mujer. Después, cuando ya había vuelto a Bulgaria, nuestro buzón empezó a llenarse de sobres dirigidos a Pedro, cada uno con fotografías tomadas en la capital: un hombre al que se le volaba el peluquín por la brisa de la ciudad; un acordeonista con un mono; una ardilla sobre una montaña de castañas. Pedro empapeló con ellas las paredes de su habitación. El ritual de leer las cartas me permitió recomenzar la relación con mi hijo. Fue entonces cuando entendí lo que Lucio había querido decir. Mientras Simón sacaba esas fotografías, sacerdotes de menor valía escalaban posiciones. Por fin, le dije que Pedro y yo habíamos superado ya lo peor. No más cartas. Por favor.

Las luces de la ciudad han empezado a derramar su colorido sobre nosotros. Los ojos de Simón se mueven, abarcando la vista que se extiende al otro lado del parabrisas. Ha pasado más de un mes desde que tuvo ante sí el perfil de la ciudad, más de un mes desde la última vez que respiró el aire romano. Esta noche se suponía que debía ser la del regreso al hogar.

En tono tranquilo, le pregunto:

–¿Has visto si alguna de las puertas del jardín estaba abierta?

Pero no parece oírme.

El edificio de apartamentos del Vaticano en el que Simón y yo crecimos, y en el que sigo viviendo con Pedro, se llama «palacio Belvedere», porque en italiano le puedes llamar palacio a todo. El nuestro es una ratonera de ladrillo construida hace cien años por el papa, que se cansó de ver amas de casa y niños en sus escaleras privadas. *Belvedere* significa «bella vista», pero tampoco es que nosotros dispongamos de ninguna; solo tenemos el supermercado vaticano a un lado y el aparcamiento vaticano al otro. Una vivienda para empleados: eso es lo que es.

Nosotros vivimos en el último piso, enfrente de los Hermanos de San Juan de Dios, que regentan la farmacia vaticana de la planta baja. Desde algunas ventanas, alcanzamos a ver la parte de atrás de los aposentos de Juan Pablo en el palacio papal, que sí es un *palazzo* de verdad, eso nadie lo pondría en duda. En el pequeño aparcamiento trasero, un gendarme se dedica a aquello a lo que Dios destinó a los policías vaticanos: comprobar que los coches tienen permiso de aparcamiento. Estamos en casa.

–¿Quieres que le pida al hermano Samuel un paquete de cigarrillos? –le pregunto mientras subimos las escaleras.

La mano de Simón está temblando.

–No, no lo despiertes. Guardo una reserva en alguna parte.

Un segundo gendarme, al cruzarse con nosotros en la escalera, no puede evitar darse cuenta del aspecto desastroso de Simón. Con todo, el respeto le hace desviar la mirada.

Me detengo.

–Agente –suelto de golpe, dando media vuelta en los peldaños–, ¿qué hace usted aquí?

Nos mira desde abajo. Es un cadete con ojos de niño.

–Padres… –Retuerce la gorra del uniforme–. Ha habido un incidente.

Pero yo estoy ya subiendo las escaleras a toda velocidad.

La puerta de mi apartamento está abierta. Tres hombres se apiñan en la sala de estar. En la cocina, hay una silla caída, un plato de comida desparramado por el suelo.

—¿Dónde está Pedro? —grito—. ¿Dónde está mi hijo?

Los hombres se giran. Son hermanos hospitalarios del apartamento vecino, vestidos aún con batas blancas sobre el hábito negro tras su jornada en la farmacia. Uno de ellos señala el pasillo, hacia los dormitorios. No dice nada.

Estoy confuso. En el pasillo se ve un aparador volcado. El suelo de madera está lleno de papeles. El icono de mi padre del Niño Jesús me mira fijamente, inocente y frágil. Su marco de arcilla roja se ha roto al caer. Detrás de la puerta del dormitorio se oye sollozar a una mujer.

La hermana Helena.

Abro de golpe la puerta del dormitorio: los dos están allí, acurrucados en la cama. Pedro se recuesta en el regazo de Helena protegido entre sus brazos cruzados. Frente a ellos, en la cama en la que Simón dormía de niño, hay un gendarme tomando notas.

—Más alto, supongo —está diciendo la mujer—, pero no he llegado a verlo bien.

El gendarme levanta bruscamente la vista hacia Simón, que ha entrado detrás de mí, gigantesco y estragado por la tormenta.

—¿Qué ha pasado? —digo corriendo hacia ellos—. ¿Estás herido?

—¡*Babbo*! —exclama Pedro, liberándose de los brazos de mi ama de llaves para venir hacia mí.

Tiene la cara enrojecida e hinchada. En cuanto llega a mis brazos, empieza a llorar de nuevo.

—Ay, gracias a Dios —exclama la hermana Helena levantándose de la cama para darme la bienvenida.

Pedro tiembla entre mis brazos. Lo toco, buscando heridas.

—No tiene nada —susurra Helena.

—¿Qué ha ocurrido?

La hermana se tapa la boca con la mano. Las bolsas que tiene bajo los ojos se aflojan.

—Un hombre —dice—. Ha entrado.

—¿Qué? ¿Cuándo?

—Estábamos en la cocina. Cenando.

–No lo entiendo. ¿Cómo ha entrado?

–No lo sé. Lo hemos oído en la puerta y, de pronto, estaba dentro.

Me vuelvo hacia el gendarme.

–¿Lo han cogido?

–No. Pero estamos deteniendo a todos los que intentan cruzar la frontera.

Estrecho a Pedro contra mí. Así que, después de todo, el agente del aparcamiento no estaba comprobando permisos.

–¿Qué buscaba? –le pregunto.

–Lo estamos investigando –me contesta el gendarme.

–¿Han robado en algún otro apartamento?

–No, que sepamos.

No he oído nunca que hayan robado en este edificio. Los delitos menores son casi inexistentes en nuestra ciudad vaticana.

Pedro se frota la nariz contra mi cuello y susurra:

–He tenido que esconderme en el armario.

Le acaricio la espalda y le pregunto a Helena:

–¿Le sonaba ese hombre de algo, hermana?

La ciudad es pequeña. La hermana Helena vive en un convento, pero Pedro y yo conocemos a casi todos los que habitan entre estos muros.

–Ni siquiera he podido verlo, padre –responde–. Golpeaba la puerta con tanta fuerza que cogí a Pedro de la silla y me lo traje aquí.

Dudo.

–¿Golpeaba la puerta?

–Y gritaba y sacudía el picaporte. Ha conseguido entrar mientras yo todavía me estaba llevando a Pedro. Es un milagro que llegáramos a tiempo a la habitación.

El corazón me late con violencia. Me dirijo al gendarme:

–Entonces, ¿no era un robo?

–No sabemos qué era, padre.

–¿Ha intentado hacerles daño? –le pregunto a Helena.

–Echamos el cerrojo de la habitación y nos escondimos en el armario.

Bajo la cabeza y veo que mi hijo no deja de mirar a la figura pálida y embarrada de su tío. Ambos tienen la cara alterada por la conmoción.

–Pedro –le digo acariciando la espalda rígida–, no pasa nada. Estás a salvo. No va a pasar nada malo.

Pero él y Simón se han quedado como congelados en una expresión estremecedora. Sus ojos azules relampaguean cuando se miran el uno al otro. Hay algo salvaje en la mirada de mi hermano, algo que trata de controlar, en vano.

–Hermana Helena –repito en un susurro–, ¿ha intentado hacerles daño, a cualquiera de los dos?

–No. Ni nos ha prestado atención. Lo hemos oído moverse por la casa.

–¿Qué estaba haciendo?

–Parecía como si hubiera entrado en su habitación. Los llamaba por sus nombres.

Aprieto más a Pedro, estrechando su rostro contra mi hombro.

–¿Qué nombres?

–El suyo y el del padre Simón.

Siento un estremecimiento. Percibo la mirada del gendarme, calibrando mi reacción.

–Padre –dice–, ¿puede arrojar alguna luz sobre este asunto?

–No. Por supuesto que no. –Me vuelvo hacia Simón–. ¿Se te ocurre algo a ti?

Mi hermano tiene una mirada distante. Solo dice:

–¿A qué hora ha pasado?

Hay un matiz perturbador en su voz. Me transmite algo que al principio parece irracional, pero que luego se extiende como una mancha de tinta sobre mis pensamientos. Me pregunto si este ataque puede tener algo que ver con lo que le ha pasado a Ugo. Si la persona que ha matado a Ugo podría haber venido aquí después.

–Ha ocurrido solo unos minutos después de que se hubiera ido el padre Alex –dice Helena.

Castel Gandolfo está a más de treinta kilómetros de aquí. A cuarenta y cinco minutos en coche. Es casi imposible que la misma persona pudiera llevar a cabo ambos ataques. Y tampoco se me ocurre ninguna razón para que lo hiciera. Lo único que nos relaciona con Ugo es el trabajo que hicimos para su exposición.

Simón hace un gesto hacia el armario.

–¿Cuánto tiempo habéis estado ahí?

–Un montón –responde Pedro, agradecido. Al menos hay alguien que presta atención a su sufrimiento.

Pero la mirada de Simón se desvía hacia la ventana.

–¿Más de cinco minutos? –pregunto yo, intuyendo lo que mi hermano quiere saber.

–Mucho más.

El gendarme, entonces, no ha sido sincero con nosotros. Desde la puerta de este apartamento hasta la frontera solo se tarda un minuto corriendo. Esta noche ya no van a atrapar a nadie en las puertas.

El agente cierra su cuaderno de notas y se pone de pie.

–Hay un coche esperándola abajo, hermana. No debería ir andando sola a casa en la oscuridad.

–Gracias –dice Helena–, pero esta noche me quedaré aquí. Por el bien del niño.

El policía abre la puerta un poco más.

–Su priora espera que vuelva. Y hay un chófer esperándola en la entrada, listo para acompañarla por la escalera.

La hermana Helena es una anciana tozuda, pero no puede permitir que Pedro la vea discutir con la Policía. Le da al niño un beso de buenas noches. Su mano, llena de manchas de vejez, tiembla cuando le acaricia la mejilla.

–La llamaré después –le digo–. Tengo algunas preguntas más.

Asiente, pero ya no dice nada. Pedro se resguarda más entre mis brazos cuando ella se marcha. Sus dedos se aferran a la orilla de la camiseta de fútbol con la que va a todas partes. Su babero rojo está manchado de lágrimas medio secas. Mientras lo acuno, veo el baúl colocado contra la puerta del armario. La hermana Helena ha debido salir antes del armario para telefonear a los gendarmes y, por su seguridad, habrá dejado a Pedro allí dentro. Así pues, mi hijo ha estado acurrucado solo en un armario oscuro.

Al sentirlo jadear en mi cuello, caigo en la cuenta de que pasa media hora de su hora de acostarse. Percibo su fatiga por cómo deja caer el peso de su cuerpo.

–¿Quieres beber alguna cosa? –le susurro.

Vamos a la cocina y me señala el plato hecho añicos sobre los azulejos.

–He sido yo –me dice–. Sin querer.

Levanto la silla volcada. Helena debe de haberlo arrancado de la silla, con los casi veinte kilos que pesa ya. Cojo de un estante una Fanta de naranja, una bebida reservada para las ocasiones especiales. Es la favorita de Pedro desde que vio al cardenal Ratzinger beberse una en la Cantina Tirolese de la ciudad. Mientras hunde la cara en el vaso de plástico, yo observo por encima de su hombro el desbarajuste del pasillo. Se extiende en dirección a mi dormitorio. Por alguna razón, se salta el de Pedro. Eso parece confirmar el relato de los hechos de Helena.

—Fuera hay tormenta —dice Pedro, emergiendo de la laguna naranja.

Asiento distraído. Quizá está pensando en el hombre, el intruso, que ahora estará ahí fuera, porque no lo han cogido. Veo al gendarme, que regresa después de echar un vistazo a mi habitación. Cuando pasa por delante de la puerta de Pedro, aparece Simón. El gendarme pregunta alguna cosa, pero mi hermano contesta:

—No. Mi sobrino ya lo ha pasado bastante mal esta noche.

—¿*Babbo?* —dice Pedro.

Me giro. Él espera en actitud expectante.

—¿Sí?

—He preguntado si el coche se había estropeado por la lluvia.

Tardo un segundo en comprender. Se está preguntando por qué Simón y yo hemos llegado tarde a casa. Por qué la hermana Helena y él estaban solos cuando ha entrado el hombre.

—Pues… es que hemos pinchado una rueda.

El Fiat se estropea a menudo. Pedro ya es casi una autoridad en pérdidas de aceite y alternadores defectuosos. A veces me preocupa que se esté convirtiendo en una enciclopedia de desgracias.

—Muy bien —dice mirando cómo su tío cierra la puerta después de que haya salido la Policía.

Ahora el apartamento vuelve a ser nuestro. Cuando Simón se sienta junto a su sobrino, su estatura tranquiliza a Pedro, que se adelanta hasta el borde del asiento como una mariposa que tomara el sol sobre una rama.

—Volverán mañana. —Es todo lo que Simón nos ofrece.

Asiento. Lo que ahora debemos abordar no puede discutirse delante de Pedro.

Mi hermano pone una manaza en la cabeza de su sobrino y le alborota el pelo. Su sotana va dejando un rastro de barro seco por todas partes.

–¿Has tenido que levantar el coche? –pregunta Pedro.

–¿Cómo?

–Al cambiar la rueda –dice Pedro.

Simón y yo cruzamos la mirada.

Simón balbucea confuso:

–No, he usado un…

Chasquea con los dedos.

–¿Gato? –completa Pedro.

Simón asiente y se levanta de golpe.

–Oye, Pedro, tengo que lavarme, ¿vale? –Me echa una mirada y añade–: *Ubi dormiemus?*

Latín. Para que Pedro no lo entienda. Significa: «¿Dónde vamos a dormir?».

Lo que quiere decir que él y yo estamos de acuerdo. Tal vez no sea seguro quedarse aquí.

–¿El cuartel de los guardias suizos? –sugiero. El lugar más seguro de nuestro país, después de los aposentos de Juan Pablo.

Simón asiente y se arrastra hasta la ducha, esforzándose al máximo en disimular una leve cojera.

Cuando sale, le digo a Pedro que coja su pijama favorito. Luego enciendo nuestro ordenador y espero con impaciencia a que la vieja CPU busque los mensajes de correo intercambiados con Ugo. Estoy intranquilo. Aguzo los oídos para percibir cualquier ruido fuera, en el pasillo.

Aparecen dos docenas de mensajes. Todos son de este verano. El último, de hace dos semanas, es el que busco. Al releerlo, me pregunto si mis ojos me están jugando una mala pasada. Ahora mismo es muy probable que tenga algo nublado el juicio. Pero, cuando oigo los consabidos golpes del agua, que se atasca en las tuberías, lo imprimo y me guardo la hoja doblada en la sotana, tras lo cual voy a reunirme con Simón en el dormitorio que una vez compartimos Mona y yo.

Lo encuentro a punto de arrojar la sotana al cesto de la ropa sucia que nuestra madre bordó con las palabras del Génesis 1, 4: Y SEPARÓ DIOS LA LUZ DE LAS TINIEBLAS. Parece incluso más agitado que antes. Yo me siento igual. Estoy empezando a cobrar conciencia de que Pedro ha corrido peligro, de que la hermana Helena quizá le haya salvado la vida.

—¿Quién podría hacer una cosa así? —susurro.

Saca de las guías uno de mis cajones para buscar en el hueco sus cigarrillos de emergencia. En esta misma cómoda, mi padre guardaba dos ceniceros, porque no le bastaba con uno. Hasta que Juan Pablo lo proscribió, fumar era el pasatiempo nacional. Pero la expresión de Simón tampoco se ilumina cuando por fin encuentra lo que busca. El cajón se resiste a entrar de nuevo, así que lo sacude y toda la cómoda se tambalea.

—¿Por qué habría de venir a por nosotros? —pregunto.

Se desprende de la toalla con brusquedad y se pone los calzoncillos. Ahora veo por qué ha tenido cuidado con esa pierna: la piel está amoratada. Algo ha estado ciñendo con fuerza el músculo.

—No digas nada —dice al ver que me he dado cuenta.

Cuando los miembros de la Secretaría comienzan a acudir a cócteles y cenas de tres tenedores, sienten como si estuvieran traicionando el espíritu del sacerdocio. Así que recurren a las viejas soluciones. Algunos se flagelan. Otros llevan una camisa de crin o cadenas. Otros hacen lo que Simón: se ciñen un cilicio alrededor del muslo. Son remedios rápidos contra los placeres del trabajo en la embajada. Pero él debería saber que existen opciones más sensatas. Nuestro padre nos enseñó el sistema griego: ayuno, oración y dormir sobre un suelo frío.

—¿Cuándo empezaste…? —comienzo a decir.

—Para —me corta secamente—. Deja que me vista.

Hasta ahí ha llegado el sedal del carrete. Ahora lo que toca es salir de aquí.

Pedro aparece en el umbral, sosteniendo una montaña de pijamas con estampado de dinosaurios.

—¿Valdrá con esto? —pregunta.

Simón se mete rápidamente en el armario.

—Ven, Pedro —le digo, llevándomelo de nuevo a la cocina—. Vamos a esperar al tío Simón aquí fuera.

CAPÍTULO 4

El cuartel de la Guardia Suiza está en la misma calle que nuestro apartamento. No se permite la entrada a extraños, pero Simón y yo pasamos muchas noches en estos dormitorios comunales tras la muerte de nuestros padres. Los reclutas nos dejaban participar en sus carreras de entrenamiento, usar su sala de pesas, colarnos en sus celebraciones alrededor de una *fondue*. Tuve mi primera resaca entre estas paredes. La mayoría de nuestros viejos amigos han vuelto a Suiza a iniciar nuevas aventuras, pero el resto se han convertido en oficiales. Cuando los cadetes de la recepción llaman para consultar, nos dejan pasar de inmediato.

Estoy atónito al ver lo jóvenes que parecen los nuevos alabarderos. Si no supiera que deben pasar obligatoriamente un periodo en el ejército suizo, diría que acaban de salir del instituto. En el pasado, estos eran los hombres que más admiraba en nuestro país. Ahora son niños crecidos, diez años más jóvenes que yo.

El cuartel está compuesto por tres largos edificios, separados entre sí por patios en forma de pasillo. Los recién llegados duermen juntos en el edificio que da a la frontera con Roma. El edificio de los oficiales, que es al que vamos nosotros, es el que se sitúa más al interior, pegado al palacio papal. Subimos en el ascensor y llamamos al apartamento del mejor amigo que tengo en la Guardia, Leo Keller. Su esposa, Sofia, es quien nos abre la puerta.

–Ay, Alex, qué horror –dice–. No puedo creer lo que ha pasado. Entrad, entrad.

Las noticias corren como un reguero de pólvora en el cuartel.

Pedro exclama:

–¿Puedo tocar al bebé?

Y, antes de que Sofia pueda responder, ya ha colocado ambas manos sobre su barriga de embarazada.

Hago ademán de apartarlo, pero ella sonríe y pone sus propias manos sobre las de él.

–El bebé tiene hipo –dice–. ¿Lo notas?

Es una hermosa mujer, de figura liviana como la que tenía Mona y un porte también similar. Incluso el cabello recuerda al de mi esposa, de un tono pizarroso aclarado por el sol romano, de modo que en ocasiones forma un halo rojo alrededor de su rostro, como si fueran filamentos metálicos a punto de incendiarse. Hace un año que ella y Leo se casaron, pero todavía no puedo mirarla sin ver en ella lo que ya no está aquí. Los recuerdos de Mona que suscita y los apetitos que un hombre siente por su esposa hacen que me sonroje. También me hacen cobrar conciencia de una soledad que, por lo demás, he conseguido enterrar muy bien.

–Sentaos todos –dice–. Os traeré algo de comer. –Pero entonces parece cambiar de idea–. O, bueno, hagamos otra cosa. –Está mirando por encima de mi hombro, a Simón–. Yo me quedaré aquí con Pedro y los padres que se vayan abajo a beber algo.

Ha visto algo en sus ojos.

–Gracias, Sofia –digo. Me arrodillo delante de Pedro y añado–: Vuelvo enseguida para arroparte. Pórtate bien, ¿de acuerdo?

–Venga –me susurra Simón tirándome de la sotana–. Vámonos.

La cantina de la Guardia Suiza está en la planta de abajo del cuartel. Es un lugar mal iluminado, con cierto aire de mazmorra, en el que un puñado de lúgubres arañas de techo atraviesan con sus rayos un ambiente siempre nebuloso. Las paredes, decoradas con murales de tamaño natural que muestran a este ejército de quinientos años de antigüedad en su antiguo esplendor, en realidad se pintaron en vida de Juan Pablo. Su aspecto abocetado resulta tan bochornoso que el artista que los pintó –aquí, a la sombra de la Capilla Sixtina– debía creer por fuerza en la existencia del purgatorio.

Simón y yo nos dirigimos a una mesa vacía situada en un rincón mientras buscamos algo más fuerte que el vino. Por su tamaño, mi hermano necesita emplearse a fondo con la bebida para notar algún efecto. Sin embargo, lo único que tienen es vino, así que Simón ya se ha metido entre pecho y espalda su primera copa cuando le pregunto:

–¿Por qué iba a venir nadie a buscarnos?

Frota el pulgar contra las estrías de la gruesa copa, de cristal dentado como una granada explosiva. Su tono no puede resultar más sombrío.

–Si me entero de quién le ha hecho esto a Pedro…

–¿Piensas de verdad que puede tener relación con lo de Ugo?

–No lo sé –responde con una voz en la que palpita la emoción.

Saco la hoja impresa del bolsillo y la deslizo hacia él por encima de la mesa.

–¿Alguna vez te dijo algo parecido a ti?

Solo tarda unos segundos en leerla. Después vuelve a pasármela, con el ceño fruncido.

–No.

–¿Crees que podría significar algo?

Se recuesta en la silla y se sirve otra copa.

–Seguramente, no. –Posa el dedo gigantesco sobre la página, señalando la fecha del mensaje. Hace dos semanas.

Vuelvo a leer las palabras.

Querido Ugo:

Lo lamento mucho. Pero, a partir de ahora, creo que deberías pedir ayuda a otra persona. Puedo recomendarte a varios expertos en las Escrituras sobradamente cualificados para responder a tus preguntas. Házmelo saber si estás interesado. Te deseo toda la suerte del mundo para la exposición.

Alex

Abajo aparece el mensaje original de Ugo, el mensaje al que yo estaba respondiendo. Estas fueron las últimas palabras que me escribió.

P. Alex: Ha surgido algo. Urgente. He intentado llamarte, pero sin respuesta. Por favor, ponte en contacto conmigo enseguida, antes de que esto se sepa.

Ugo

–¿Y a ti nunca te habló de esto? –pregunto.

Simón niega pesaroso con la cabeza.

–Pero que no te quepa duda –dice–: voy a averiguar qué está pasando.

En su tono se aprecia una pizca de esa superioridad típica en quien trabaja en la Secretaría. Tú espera mientras nosotros salvamos el mundo.

–¿Quién podía saber que esta noche te quedarías en el apartamento? –sigo preguntando.

–En la nunciatura todos estaban al corriente de que iba a tomar un vuelo para asistir a la exposición. –La nunciatura: la embajada de la Santa Sede–. Pero –añade– no les dije dónde me alojaría.

Por su forma de decirlo, se intuye que también eso le molesta. El Vaticano tiene un pequeño listín telefónico en el que se recogen los números privados y del trabajo de la mayoría de sus empleados, incluidos los míos. Pero no los domicilios.

–¿Y cómo es posible –pregunto– que alguien llegue tan rápidamente desde Castel Gandolfo hasta aquí?

Simón se toma su tiempo para responder. Hace girar la copa entre las palmas de la mano y, finalmente, dice:

–Es probable que tengas razón. No es posible.

Con todo, no lo dice aliviado. Solo parece querer tranquilizarme.

En la lejanía, las campanas de una iglesia dan las diez de la noche. Comienza el cambio de turno. Observamos a los guardias, que aparecen con sus uniformes de faena nocturnos, ya acabada su ronda, y empiezan a inundar la habitación como una marea humana. Resulta evidente que aquí no hallaremos refugio contra las conmociones de la noche. A estos hombres, mientras estaban de guardia, les han ido llegando las noticias de Castel Gandolfo. Ahora Simón y yo somos aquí celebridades, algo que no habíamos previsto.

El primero que se sienta con nosotros es mi viejo amigo Leo. Nos conocimos una primavera, durante mi tercer año de seminario, en el funeral por el único asesinato en suelo vaticano que soy capaz de recordar, aparte del de hoy. Un guardia suizo había matado a su oficial en el cuartel y luego se había disparado con su arma de servicio, y Leo fue el primero en acudir al lugar aquella noche. Mona y yo cuidamos de él durante el periodo de más de un año que tardó en recuperarse, organizando incluso citas de dobles

47

parejas con mujeres que no encontraron ninguna ventaja en un extranjero mal pagado y obligado, por juramento, a no hablar de los recuerdos que lo atormentaban. Cuando Mona se fue, en cambio, fue Leo quien ayudó a Simón a cuidarme a mí. En su boda con Sofia la pasada primavera estaba previsto que yo oficiara la ceremonia hasta que el cardenal Ratzinger les hizo el honor de presentarse voluntario. Hoy, después de muchos años de aflicción, ambos tenemos hijos. Ver su cara esta noche es una alegría. La nuestra es una amistad de supervivientes.

Simón levanta un poco su copa, para saludar la llegada de Leo. Un puñado de cadetes siguen a su jefe hasta nuestra mesa. Bien pronto se suceden las rondas de vino y cerveza. Los vasos se entrechocan. Tras las horas de forzada inmovilidad, los brazos y las bocas se mueven con entusiasmo. Aquí los hombres suelen hablar en alemán, pero alternan el italiano para que podamos participar. Sin darse cuenta de que somos tan solo amigos de su jefe, empiezan a hacerse unos a otros preguntas inapropiadamente militares:

—¿De qué calibre era la bala?

—¿En la frente o en la sien?

—¿Un solo disparo tuvo suficiente poder de parada?

Pero todo cambia en cuanto Leo les dice quiénes son estos invitados.

—¿Tú eres el del apartamento al que entraron a robar? —me pregunta uno de ellos, emocionado.

Empiezo a ser consciente de cómo estas historias se van a propagar por el Vaticano. Mi primera intuición es que esto es peligroso para Simón. Los miembros de la Secretaría deben evitar el escándalo.

—¿Han cogido a alguien los gendarmes? —pregunto.

Se produce cierta confusión con respecto a qué hecho concreto me estoy refiriendo hasta que Leo dice:

—No, en ninguno de los dos casos.

—¿Alguno de mis vecinos vio algo?

Leo niega con la cabeza.

El asesinato de Ugo, sin embargo, es lo que fascina a estos muchachos.

–He oído que no dejan ver el cuerpo a nadie –dice un cadete.

–Y yo he oído que había algo raro en las manos o en los pies –añade otro.

Se equivocan. Yo he visto el cadáver de Ugo con mis propios ojos. Pero, antes de que pueda decir nada, otros hombres hacen varios chistes crueles sobre estigmas. Simón golpea con el puño en la mesa y ruge:

–¡Ya basta!

El silencio es instantáneo. Simón reúne todos los atributos de la autoridad exigibles en el mundo de estos muchachos: alto, imperioso, sacerdotal. Y, ahora que lo pienso, a sus treinta y tres años también debe de parecer viejo.

–¿Tienen idea de cómo podría haber entrado alguien en los jardines? –pregunto.

Los hombres parlotean como loros en una pajarera. Hay consenso: no.

–Entonces, nadie vio nada... –insisto.

Finalmente, es Leo quien contesta:

–Sí, yo.

Se hace el silencio alrededor de la mesa.

–La semana pasada –dice–, cuando hacía el tercer turno en Santa Ana, paró un vehículo para solicitar la entrada.

Santa Ana es la puerta situada junto a este cuartel. En ella hay guardias suizos apostados las veinticuatro horas del día para controlar a los coches procedentes de Roma. No obstante, durante el tercer turno las puertas fronterizas están cerradas. Por la noche no se permite entrar a nadie en nuestro país.

–Eran las tres de la madrugada –prosigue Leo– cuando un camión de carga empezó a darme luces. Le hice señal de que parara, pero entonces el conductor se bajó.

Los hombres hacen una mueca de desagrado. No es lo que manda el protocolo. Los conductores deben bajar la ventanilla y enseñar su documentación.

–Me acerco –continúa Leo– junto con el soldado de primera Frei en posición de apoyo. El chófer tiene permiso de conducir italiano. Y, mira por dónde, también tiene permiso de entrada. Adivinad quién firma ese permiso.

Espera. Estos hombres son todavía demasiado jóvenes para que las posibilidades los tengan en ascuas.

—Estaba firmado —dice Leo— por el arzobispo Nowak.

Se oyen silbidos. Antoni Nowak es el sacerdote secretario de más alto rango del mundo. La mano derecha del papa Juan Pablo II.

—Le digo al soldado de primera Frei que llame arriba —sigue Leo— para confirmar la firma. Mientras tanto, echo un vistazo en la trasera del camión. —Se inclina hacia delante—. Y allí hay un ataúd, tapado con una sábana y con algo escrito en latín encima. No me preguntéis qué ponía, pero bajo la sábana hay un féretro grande de metal. Y «grande» quiere decir «grande».

Alrededor de la mesa, los alabarderos se santiguan. Aquí, en este cuartel, cualquiera que oiga mencionar un ataúd de metal piensa lo mismo. Cuando un papa muere, se le entierra en un féretro triple. El primero de ciprés, el último de roble y el del medio de plomo.

La salud de Juan Pablo ha sido objeto de constante preocupación. Está débil. No puede caminar. Su rostro es una máscara doliente. El cardenal secretario de Estado, el segundo hombre más poderoso de la Santa Sede, ha roto el código de silencio para afirmar que un retiro anticipado es posible y que, si la salud del papa no le permite ejercer su gobierno, dejar el cargo se convierte en una cuestión de conciencia. Los periodistas acechan como buitres, hasta el punto de ofrecerse a pagar a los habitantes del Vaticano por cualquier indicio de información. Me pregunto por qué Leo se arriesga a contar una historia como esta ante un público tan poco avezado.

Pero él mismo responde la pregunta cuando dice:

—¿Y a quién creéis que me encuentro sentado al lado del ataúd, en un banco? El nombre de su carné de identidad dice «Nogara, Ugolino». —Leo raspa suavemente en la mesa con los nudillos—. Un minuto después, nos devuelven la llamada. El arzobispo Nowak confirma el permiso de entrada. El camión se aleja y esa es la última vez que veo el ataúd y a Nogara. Pues bien: que alguien me explique lo que significa eso, por favor.

Parece un cuento de fantasmas, una ensoñación que se ha injerido en las oscuras horas del tercer turno. Estos son hombres supersticiosos.

Antes de que nadie pueda responder, Simón se levanta. Farfulla alguna cosa similar a «estoy enfermo», o más bien a «esto me pone enfermo». Sin excusarse ni despedirse, sale de la cantina.

Me pongo de pie y voy tras él, sintiendo el cuerpo torpe al caminar. La historia de Leo ha aportado una perspectiva enormemente novedosa a la muerte de Ugo. Estos guardias suizos no se han dado cuenta, porque ya han quedado atrás los tiempos en que cualquier católico romano que hubiera estudiado unos pocos años sabía latín. Pero mi padre educó a sus hijos para que supieran leer en griego y latín, así que sé cuáles eran las palabras que Leo vio en esa sábana funeraria. Forman una oración: «*Tuam Sindonem veneramur, Domine, et Tuam recolimus Passionem*».

En la oscuridad, Leo apenas debió de distinguir nada y solo pudo hacerse una vaga idea de las dimensiones de la caja, porque ese ataúd era demasiado grande para un papa. Yo lo sé, porque lo vi una vez con mis propios ojos.

Sé lo que Ugo estaba escondiendo.

CAPÍTULO 5

Hace setecientos años, en un pueblecito francés, una reliquia cristiana salió a la luz por primera vez en la historia de Occidente. Nadie sabe de dónde procedía ni cómo llegó allí. Pero, poco a poco, como todas las reliquias, acabó en mejores manos. La familia real de la región se hizo con ella. Y tiempo después la cedieron a la capital alpina: Turín.

El sudario de Turín pretende ser la sábana en la que Jesucristo fue enterrado. Su superficie muestra una imagen misteriosa, casi fotográfica; la imagen de un hombre crucificado. Durante cinco siglos ha permanecido en una capilla lateral de la catedral de Turín, cuidada y protegida con tanto celo que solo se muestra al público unas pocas veces cada siglo. Solo en dos ocasiones, en medio milenio, ha salido de la ciudad: la primera cuando la familia real huyó de Napoleón, y luego durante la Segunda Guerra Mundial. Este segundo viaje la llevó a un monasterio situado en las montañas cercanas a Nápoles, donde la sábana se guardó en secreto. Fue en ese trayecto al monasterio cuando, por única vez en la historia, el sudario atravesó Roma.

La única vez en la historia hasta ahora.

La mayoría de las reliquias se conservan en cajas especiales llamadas relicarios. Hace siete años, en 1997, un incendio en la catedral de Turín casi destruyó el sudario guardado en su relicario de plata. Tras ese hecho, se le construyó un nuevo relicario: una caja hermética hecha de una aleación aeronáutica, diseñada para proteger el preciado lienzo de todo daño. La nueva caja, no por casualidad, se asemeja a un gran ataúd.

Sobre ese ataúd se extiende un paño dorado en el que se ha bordado la tradicional oración latina para el sudario: «*Tuam Sindonem veneramur, Domine, et Tuam recolimus Passionem*».

«Veneramos tu sábana, Señor, y a través de ella meditamos sobre tu pasión».

Estoy seguro, tengo incluso la certidumbre moral, de que lo que Leo vio en la trasera de ese camión fue el icono más famoso de nuestra religión. La piedra angular de la exposición histórica que Ugo Nogara concibió en honor al sudario.

Conocí a Ugo Nogara porque estaba decidido a conocer a todos los amigos de Simón. La mayoría de los sacerdotes juzgan con tino el carácter de las personas, pero muchos de los hombres que mi hermano invitaba a cenar eran indigentes. Y salía con chicas que robaban más cubertería de plata que esos propios hombres sin techo. Cierta noche, cuando Simón estaba ayudando a las monjas en el comedor de beneficencia del Vaticano, dos borrachos se enzarzaron en una pelea y uno de ellos sacó un cuchillo. Simón se interpuso y cogió el filo con la mano. Se negó a soltarlo hasta que llegaron los gendarmes.

A la mañana siguiente, mi madre decidió que había llegado el momento de ir a terapia. El psiquiatra era un viejo jesuita cuyo despacho olía a libros húmedos y cigarrillos de clavo de olor. En su escritorio tenía una fotografía firmada de Pío XII, el papa que dijo que Freud era un pervertido y que los jesuitas no deberían fumar. Mi madre preguntó si sería mejor que yo esperara fuera, pero el doctor dijo que se trataba solo de una evaluación informal y que, si Simón necesitaba tratamiento, también ella tendría que esperar fuera. Así que, con lágrimas en los ojos, mi madre aprovechó su única oportunidad de preguntar si había un término médico para el problema de Simón. Porque el término que aparecía en todas las revistas era «deseo de muerte».

El jesuita le hizo a Simón algunas preguntas; luego pidió ver la sutura que habían tenido que darle para volver a unir el pulgar a la mano. Finalmente, le dijo a mi madre:

–Signora, ¿le suena a usted el nombre de Maximilian Kolbe?

–¿Es un especialista?

–Era un sacerdote que estuvo en Auschwitz. Los nazis lo privaron de comida durante dieciséis días y luego lo envenenaron. Kolbe aceptó voluntariamente ese castigo para salvarle la vida a un perfecto desconocido que habría muerto en su lugar. ¿Diría usted que es ese el tipo de conducta que le preocupa?

–Sí, padre. Exacto. ¿Tienen en su profesión algún nombre que califique a los hombres como Kolbe?

Y cuando el jesuita asintió, mi madre esbozó una leve sonrisa de esperanza, porque cualquier cosa que tuviera nombre podía tener también cura.

Entonces el doctor dijo:

–En mi profesión, signora, los llamamos «mártires». Y en el caso de Maximilian Kolbe, lo llamamos el «santo patrón de este siglo». Un deseo de muerte no es lo mismo que la voluntad de morir. Ánimo. Su hijo no es más que un cristiano excepcionalmente bueno.

Un año después, mi madre eludió su mayor temor: vivir más que Simón. Y lo último que me dijo antes de morir, además de «te quiero», fue: «Por favor, Alex, cuida de tu hermano».

Cuando Simón acabó el seminario, no parecía necesitar que nadie lo cuidara. Le pidieron que se convirtiera en diplomático del Vaticano, una invitación que solo reciben cada año diez sacerdotes católicos, entre cuatrocientos mil candidatos de todo el mundo. Implicaba estudiar en el centro eclesial más exclusivo que puede encontrarse fuera de los muros vaticanos: la Academia Eclesiástica Pontificia. Seis de los ocho papas anteriores a Juan Pablo II fueron diplomáticos del Vaticano, y cuatro estudiaron en la Academia; así que, aparte de la Capilla Sixtina durante los cónclaves, ningún otro lugar de la Tierra tiene más probabilidades de albergar a un futuro papa. Si Simón se mantenía en el servicio diplomático, el límite era el cielo. Tan solo debía procurar no regalar la cubertería de plata de la familia.

Pese a todo, no dejaba de ser una elección sorprendente para mi hermano. Existen dos docenas de departamentos burocráticos en la Santa Sede, y casi cualquier puesto en uno de ellos le habría permitido a Simón quedarse en casa. Todos lo habrían recibido con los brazos abiertos en la vieja guarida de mi padre, el Consejo para la Promoción de la Unidad de los Cristianos, o podría haber hecho una declaración de intenciones incorporándose a la Congregación para las Iglesias Orientales, que defiende los derechos de los católicos orientales. Al tío Lucio, como a la mayoría de los cardenales del Vaticano, se le había otorgado potestad sobre algunos nombramientos que excedían su ámbito concreto de competencias, de modo que tenía sus propias sugerencias para Simón, como la Congregación para el Clero o la Congregación para las Causas de los Santos, donde podría ayudar a mi hermano a ascender en el escalafón. Pero, de entre todas las razones por las que Simón podría haber rechazado la Secretaría, la mayor era la historia de nuestra familia con su jefe, el número dos del Vaticano, el cardenal secretario de Estado Domenico Boia.

Boia accedió al cargo justo cuando el comunismo se derrumbaba en la Europa del Este. La Iglesia ortodoxa estaba resurgiendo tras los años de ateísmo forzoso más allá del telón de acero, y el papa Juan Pablo intentó ofrecerle una rama de olivo, pero se encontró con que su nuevo secretario de Estado se interponía en el camino. El cardenal Boia desconfiaba de la Iglesia ortodoxa, que se había separado del catolicismo hacía mil años, en parte, por discrepancias relativas al poder papal. Los ortodoxos consideran que el papa, como los nueve patriarcas que lideran su Iglesia, es un obispo merecedor de honores especiales, el primero entre iguales, pero ni es depositario de ningún superpoder ni es infalible. Esto le parecía a Boia de un radicalismo peligroso. Así dio comienzo una lucha silenciosa en la que el segundo hombre más poderoso del Vaticano trataba de salvar al papa de sus propias buenas intenciones.

Su Eminencia inició una campaña de desaires diplomáticos a los ortodoxos que iban a entorpecer las relaciones durante años. Uno de sus más ardientes colaboradores fue un sacerdote estadounidense llamado Michael Black, en tiempos protegido de mi padre. Para Simón, ningún departamento podría haber encarnado la hostilidad hacia los ideales de nuestro padre con mayor fuerza que la Secretaría. Sin embargo, en lugar de rehusar la invitación, pareció interpretarla como una señal. Dios deseaba que él retomara la labor de nuestro padre e intentase unir de nuevo a las Iglesias. Y la Secretaría era donde él quería que se cumpliera esa misión.

En la Academia, mientras otros estudiaban español o inglés o portugués, Simón estudió las lenguas eslavas de la ortodoxia cristiana. Rechazó Washington para poder ir a Sofía, la capital de la ortodoxa Bulgaria. Allí aguardó su momento hasta que surgió una oportunidad en Ankara, la misma nunciatura en la que trabajaba Michael Black.

Yo sabía que Simón había recogido la antorcha de nuestro padre, pero me parecía que ni siquiera él sabía lo que intentaba hacer con ella. Entonces, una semana antes de que conociera a Ugo, el tío Lucio me llamó.

–Alexander, ¿sabías que tu hermano ha estado faltando al trabajo?

Yo no tenía ni idea.

Lucio chasqueó la lengua.

–Lo han reconvenido por desaparecer injustificadamente. Y, como conmigo no quiere hablar, te agradecería que averiguaras tú el porqué.

La excusa de Simón eran las intrigas políticas de la oficina: Michael Black lo había denunciado para hacerle daño. No obstante, una semana después mi hermano se hallaba en Roma de modo totalmente inesperado.

–Estoy aquí con un amigo –me dijo.

–¿Qué amigo?

–Se llama Ugo. Nos conocimos en Turquía. Ven a cenar con nosotros a su casa esta noche. Le gustaría conocerte.

No había estado en toda mi vida en un apartamento como el de Ugolino Nogara. La mayoría de las familias que trabajan para el papa alquilan los apartamentos que la Iglesia posee en Roma. Mis padres, con ayuda de Lucio, habían tenido la suerte de hacerse con un piso dentro del Vaticano, en el gueto de los empleados. Pero, ahora, yo estaba viendo cómo vivía la otra mitad. El apartamento de Nogara se hallaba dentro del palacio papal, en la confluencia entre los Museos Vaticanos y la Biblioteca Vaticana. Cuando Simón abrió la puerta, Pedro se lanzó a los brazos de su tío, pero mis ojos se dirigieron al enorme espacio que se extendía tras ellos. En las paredes no había frescos, ni oro en los techos, pero el apartamento tenía tanto espacio desde la puerta hasta el fondo que se habían colocado mamparas para dividirlo en habitaciones, como en el pasado hacían los cardenales en los cónclaves. La pared oeste tenía vistas al patio en el que los eruditos de la Biblioteca Vaticana sorbían sus bebidas en un recóndito café. Hacia el sur, donde las copas de los árboles se abrían, los tejados se extendían en línea recta hasta la cúpula de San Pedro.

Del fondo del apartamento llegó una voz estentórea:

—¡Vaya, vaya! ¡El padre Alex y Pedro, supongo! ¡Adelante, adelante!

Un hombre vino hacia nosotros a grandes zancadas, con los brazos completamente abiertos. Nada más verlo, Pedro buscó refugio en mis piernas.

Ugolino Nogara tenía el tamaño de un oso pequeño y la piel tan bronceada que parecía fosforescente. Llevaba unas gafas rotas, pegadas en el puente con un gurruño de cinta aislante. El vino oscilaba peligrosamente en su copa y, después de besarme en ambas mejillas, lo primero que me dijo fue:

—Permítame que le sirva una copa.

Esas palabras iban a resultar reveladoras.

Simón tomó cariñosamente a Pedro de la mano y desapareció con él para darle un regalo traído de Turquía. Me encontré a solas con nuestro anfitrión.

—¿Trabaja en la nunciatura con mi hermano, doctor Nogara? —le pregunté mientras me servía la bebida.

—Ah, no, no —respondió riéndose. Señaló el edificio del otro lado del patio—. Trabajo en los museos. He estado en Turquía dando los últimos toques a mi exposición.

—¿Su exposición?

—La que se inaugura en agosto.

Me guiñó un ojo, dando por sentado que Simón me había puesto al corriente. Pero, en ese momento, nadie sabía nada aún. No habían circulado rumores de ninguna inauguración de etiqueta ni de una recepción en la Capilla Sixtina.

—Entonces, ¿cómo se conocieron? —le pregunté.

Nogara se aflojó la corbata.

—Unos turcos encontraron a un pobre hombre en el desierto, desmayado por una insolación. —Se quitó las gafas para señalar la cinta aislante—. Boca abajo.

—Encontraron el pasaporte vaticano de Ugo —gritó Simón volviendo hacia nosotros–, así que me telefonearon a la nunciatura. Tuve que conducir más de seiscientos kilómetros para llegar adonde estaba, a una ciudad llamada Urfa.

Pedro, detectando una conversación de adultos, se sentó en un rincón y empezó a mirar perplejo el cómic de Atila el Huno que Simón le había traído de Ankara.

El rostro de Nogara se animó.

–Padre Alex, imagíneselo. ¡Estaba en un desierto musulmán y su hermano, Dios lo bendiga, se presentó en mi cama del hospital vestido con sotana, con una cesta de comida y una botella de Barolo!

Me di cuenta de que Simón no sonreía.

–No se me ocurrió que el alcohol era lo peor para una insolación. Aunque otros sí que lo sabían.

–No pude decírselo –dijo Nogara sonriendo–, porque después de tomar unas copas de ese Barolo me desmayé.

Nada divertido, mi hermano pasó el dedo por el borde de su copa. Una idea empezó a reconcomerme. Una explicación de lo que estaba viendo. Nogara era comisario de exposiciones, lo que significaba que tenía especial interés en hacerse amigo de Simón. Su superior era el director de los museos, quien a su vez respondía ante el tío Lucio, y el acceso al tío Lucio podría explicar cómo Nogara había podido conseguir un apartamento como aquel.

–¿Y qué estaba haciendo allí, en el desierto, cuando aquí tiene un lugar tan estupendo? Pedro y yo daríamos lo que fuera por un piso como este.

Con todo, cuanto más observaba el apartamento, más extraño me parecía. La cocina se reducía a una nevera portátil, un par de hornillos y una garrafa de agua embotellada. Un hilo de tender cruzaba la habitación, pero no vi ni fregadero ni lavadora. Todo parecía improvisado, como si acabara de mudarse. Como si la amistad con Simón estuviera dando su fruto antes de lo que había esperado.

–Le contaré un secreto –me dijo Nogara–. Este espacio me lo han cedido por mi exposición. Y mi exposición es el motivo por el que le pedí a su hermano que lo invitara a venir esta noche.

Sonó un timbre y se volvió para controlar la comida que se

estaba cocinando en los hornillos. Me giré hacia Simón, pero él evitó mirarme.

—Y ahora —dijo Nogara, y una expresión maliciosa asomó en su cara— permítame que le presente el escenario. —Levantó la cuchara de madera como si fuera la batuta de un director de orquesta—. Quiero que imagine la exposición museística más popular del mundo. El año pasado, esa exposición fue la de Leonardo, en Nueva York. Siete mil personas la visitaban en un día normal. ¡Siete mil! Una pequeña ciudad paseándose por esas salas cada veinticuatro horas. —Nogara hizo una pausa teatral—. Pues bien, padre, imagine algo más grande. Mucho más grande. Porque mi exposición va a atraer al doble de gente.

—¿Cómo?

—Revelando algo de la imagen más famosa del mundo. Una imagen tan célebre que superará en poder de convocatoria a Leonardo y Miguel Ángel juntos. Una imagen más atrayente que museos enteros: la imagen del sudario de Turín.

Me alegré de que Pedro no pudiera ver mi reacción.

—Sí, ya sé lo que se le está pasando por la cabeza —dijo Nogara—. Sometimos la sábana a la prueba del carbono 14 y el resultado reveló que era falsa.

Lo sabía mejor de lo que él podría haber imaginado.

—A pesar de lo cual —prosiguió Nogara—, incluso ahora, cada vez que el sudario se expone acuden millones de peregrinos. En una reciente exposición, atrajo a dos millones de personas en ocho semanas. ¡Ocho semanas! Y para ver una reliquia cuya autenticidad se ha desacreditado. Pongámoslo en perspectiva: el sudario atrae a cinco veces más visitantes que la exposición más popular del mundo. Así que imagine cuánta gente acudirá cuando demuestre que la datación por radiocarbono del sudario de Turín era errónea.

Casi me fallan las piernas.

—Doctor, se burla usted de mí.

—En absoluto. Mi exposición demostrará que se trata, sin duda, de la mortaja con la que enterraron a Jesucristo.

Me volví hacia Simón, esperando a que dijera algo. Él se mantuvo en silencio; yo fui incapaz de hacerlo. La datación por carbono había dejado estupefacta a nuestra Iglesia y supuesto un mazazo para mi padre, quien tenía todas sus esperanzas cifradas en que la autenticación científica del sudario supusiera el punto de encuentro definitivo entre católicos y ortodoxos. Mi padre había pasado toda su vida profesional intentando hacer amigos al otro lado del pasillo eclesial y, antes de que se produjese el veredicto del radiocarbono, tanto él como su asistente Michael Black habían rogado, persuadido o instado a los sacerdotes ortodoxos de toda Italia para que se les unieran en la conferencia de prensa de Turín. A riesgo de disgustar a sus obispos, algunos habían acudido. Habría sido todo un hito, de no haber derivado en catástrofe. Las pruebas del radiocarbono dataron el lienzo en la Edad Media.

—Doctor —le dije—, a la gente ya se le rompió el corazón hace dieciséis años. Le ruego que no los haga pasar de nuevo por lo mismo.

Pero él no se inmutó. Nos sirvió en silencio los platos de comida, se lavó las manos con agua embotellada y dijo:

—Por favor, empiecen a comer. Yo vuelvo enseguida. Es importante que vea esto por usted mismo.

Cuando desapareció tras una mampara para coger alguna cosa, le susurré a Simón:

—¿Para esto me has traído aquí? ¿Para escuchar eso?

—Sí.

—Simón, es un borracho.

Mi hermano asintió.

—Cuando se desmayó en el desierto, no fue por una insolación.

—Entonces, ¿qué estoy haciendo aquí?

—Necesita tu ayuda.

Me pasé la mano por la barba.

—Conozco a un sacerdote del Trastévere que dirige un programa de ayuda en doce pasos.

Pero Simón se dio unos golpecitos con el dedo en la cabeza.

—El problema está aquí arriba. A Ugo le preocupa no poder terminar a tiempo la exposición.

—¿Cómo puedes estar ayudándole en esto? ¿De verdad quieres revivir lo que le ocurrió a nuestro padre?

Todas las cadenas de televisión del país habían emitido la conferencia de prensa que anunciaba los resultados del laboratorio. Esa noche, lo único que se oía en el Vaticano eran los niños jugando en los jardines, porque los padres necesitaban estar un tiempo solos. La experiencia fue una herida de la que mi padre nunca se recuperó. Michael Black lo abandonó. Las llamadas telefónicas de los viejos amigos, amigos ortodoxos, cesaron del todo. El ataque al corazón de mi padre se produjo dos meses después.

—Escúchame —susurré—. Esto no es problema tuyo.

Simón entornó los ojos.

—Mi vuelo a Ankara sale dentro de cuatro horas. El suyo a Urfa no es hasta la semana que viene. Necesito que estés pendiente de él hasta que se vaya.

Esperé. Había algo más en sus ojos.

—Ugo está a punto de pedirte un favor —me dijo—. Si no quieres hacerlo por él, entonces quiero que lo hagas por mí.

Vi que la sombra de Nogara se acercaba por el pasillo. Se detuvo allí, todavía fuera de nuestra vista, y, como un actor que prepara su entrada en escena, hizo la señal de la cruz con una mano. En la otra llevaba algo largo y fino.

—Ten fe —susurró Simón—. Cuando Ugo te cuente lo que ha encontrado, tú también creerás en él.

Nogara regresó con un bulto de tela. Lo desenrolló sobre la cuerda de tender que cruzaba la habitación y, en tono reverente, dijo:

—Estoy seguro de que esto no necesita presentación.

Me quedé paralizado. Ante mí tenía la imagen que había permanecido inalterada en mi recuerdo durante años: dos siluetas de un tono oxidado unidas por la punta de la cabeza, una de la parte frontal de un hombre, la otra de espaldas. En lo alto de las siluetas, manchas de sangre: alrededor de la cabeza, por una corona de espinas; en la espalda, por los latigazos; y debajo de una costilla, por una lanza clavada en el costado.

—Una reproducción exacta del santo sudario —dijo Nogara mientras la señalaba con la mano, pero evitando que los dedos tocaran el lienzo—. Cuatro metros y cuarenta y dos centímetros de largo, uno trece de ancho.

La imagen me produjo una extraña tensión interior. Según la antigua tradición de los cristianos orientales, tanto católicos como ortodoxos, los iconos sagrados son retratos de santos y apóstoles que se han copiado y vuelto a copiar durante siglos con la máxima fidelidad. Entre todas estas imágenes, el santo sudario es el rey, la imagen nuclear de nuestra fe.

También es nuestra mayor reliquia. La Biblia dice que los huesos de Eliseo devolvieron la vida a un hombre muerto, y que los enfermos sanaban al tocar las ropas de Jesús; así que, hasta hoy, cada altar católico y cada antimensa ortodoxa alberga una reliquia. Pero de casi ninguna puede afirmarse que haya tocado a Nuestro Señor y solo una, el sudario, pretende ser su autorretrato. Nunca ha sido rechazado un objeto sagrado tan importante.

Sin embargo, tras la datación por carbono, la Iglesia nunca trasladó el sudario a un museo, nunca lo escondió disimuladamente bajo la alfombra. El cardenal de Turín dijo que, en rigor, ya no podía decirse que la sábana santa fuera una reliquia, pero tampoco ordenó que la retiraran de la catedral. Después de las pruebas de radiocarbono, Juan Pablo II tardó una década en volver a visitarla. Con todo, cuando lo hizo, dijo que el sudario era un don de Dios e instó a los científicos a seguir estudiándolo. Ese es el lugar que ocupa el sudario en nuestros corazones –en mi corazón– desde entonces. No tenemos respuesta para las pruebas de radiocarbono. Pero creemos que todavía no hemos oído la última palabra y, hasta que llegue esa palabra, no abandonaremos a los indefensos. No negaremos amparo a los desamparados.

Mi desasosiego aumentó cuando vi que Pedro nos prestaba atención. Nunca le había hablado del sudario. Hubiera sido injusto arrojar el peso de sentimientos tan complejos sobre un niño.

–Lo primero que debe saber –dijo Nogara– es de qué modo el sudario cubrió el cuerpo de Jesús. No lo tapó por arriba como una sábana, sino que se extendió bajo su cuerpo y luego por encima, como un vendaje. Por eso tenemos una imagen frontal y otra de espaldas.

Señaló los agujeros en forma de calabaza cortados en el lienzo, todos con una disposición que se correspondía con los pliegues de la tela.

–Pero las marcas en las que quiero centrarme son estas. Las quemaduras.

—¿Quién la quemó? —preguntó Pedro.

—Hubo un incendio —contestó Ugo—. En 1532, el sudario estaba guardado en un relicario de plata. El fuego fundió una parte. Una gota de plata fundida cayó en la tela y atravesó todos sus pliegues. El lienzo quemado tuvo que ser remendado por las monjas clarisas. Y eso me lleva a la cuestión central.

Nogara sacó una revista especializada de un estante y me la tendió. La cubierta decía *Thermochimica Acta*.

—Este próximo enero —continuó—, un químico norteamericano del laboratorio nacional de Los Álamos publicará un artículo en esta revista científica. Un amigo de la Academia Pontificia de las Ciencias me envió una copia anticipada. Léala usted mismo.

Hojeé las páginas. Me habría dado lo mismo si hubieran estado escritas en chino: «Entalpías de dilución de glicina», «Estudios térmicos de poliésteres con contenido de silicio o germanio en la cadena principal».

—Vaya al final —me dijo Nogara—. El último artículo antes del índice.

Y allí estaba: «Estudios de la muestra de radiocarbono del sudario de Turín».

Contenía imágenes que parecían gusanos sobre el portaobjetos de un microscopio y gráficas para mí incomprensibles. Pero nada más comenzar el texto, en el resumen inicial, había dos frases cuyo sentido sí pude entender:

Los resultados de la pirólisis-espectrometría de masas del área de la muestra, combinados con las observaciones microscópicas y microquímicas, prueban que la muestra de radiocarbono no era parte del lienzo original del sudario de Turín. Por tanto, la fecha dada por el radiocarbono no era válida para determinar la verdadera antigüedad del sudario.

—¿La muestra no era parte del sudario? —pregunté—. ¿Cómo es posible?

Nogara suspiró.

—No nos dimos cuenta del inmenso trabajo que habían hecho las monjas clarisas. Sabíamos que habían cosido parches sobre los agujeros. Lo que no sabíamos, porque no podíamos verlo, era que también habían cosido hilos en el propio sudario para reforzarlo. Eso solo resultaba visible con el microscopio. De modo que, inadvertidamente, analizamos una tela en la que se mezclaba el lino original con esos hilos del remiendo. Este químico estadounidense es el primero que ha descubierto el error. Uno de sus colegas me ha dicho que algunas partes de la muestra ni siquiera eran de lino. Las monjas usaron algodón para los remiendos.

Una oleada de energía refrescante invadió la habitación. En los ojos de Nogara se leía una exaltación controlada.

—Alli —susurró Simón, llamándome por mi diminutivo—, ahí lo tenemos. Ahí lo tenemos por fin.

Señalé la revista científica.

—¿La exposición —dije— va a ser sobre estas pruebas científicas?

Ugo se permitió sonreír.

—Las pruebas no son más que el principio. Si el sudario es realmente del año 33 d. C., entonces, ¿qué pasó con él durante los siguientes mil años? He dedicado meses a indagar a fondo en la historia del sudario para tratar de dar respuesta al mayor misterio de su pasado: ¿dónde estuvo escondido durante trece siglos antes de que apareciera de repente en Francia? Y tengo noticias muy buenas. —Dudó—. Si me permiten interrumpir su comida, me gustaría que vinieran conmigo a un sitio.

De un cajón sacó un grueso manojo de llaves para la sucesión de cerrojos y cadenas de la puerta principal. Después cogió de la nevera una bolsa de plástico y se la embutió en el bolsillo.

—¿Adónde? —preguntó Pedro.

Ugo le guiñó un ojo.

—Creo que te gustará.

Oscurecía ya cuando lo seguimos por los pasillos palaciegos hasta las puertas traseras de San Pedro. Los *sampietrini*, los ujieres de la basílica, empezaban a encaminar a los turistas hacia las salidas. Pero reconocieron a Ugo y nos dejaron pasar a los cuatro.

Pese a haber entrado tantas veces en esa iglesia, siempre me hace estremecer. Cuando era niño, mi padre me dijo que San Pedro era tan alto que cabrían tres ballenas seguidas en posición vertical, como si se tratara de un número de circo sobre un monociclo, y que aún quedaría espacio para que las ballenas se pusieran el Coliseo de corona. En el suelo, las dimensiones de otras iglesias famosas aparecen grabadas en letras de oro, como lápidas de pescaditos en el vientre del leviatán. Es un lugar levantado por la mano humana, pero no a escala humana.

Ugo nos condujo al altar, bajo la cúpula de Miguel Ángel, y señaló las cuatro esquinas que nos rodeaban. En cada una de ellas había una torre de mármol.

–¿Saben lo que hay dentro de esos pilares? –preguntó.

Asentí. Los pilares, cada uno casi tan grande como el Arco del Triunfo, eran montañas de sólido hormigón y piedra construidas para sostener la formidable cúpula. En el interior de cada pilar hay un estrecho pasadizo del tamaño de un hombre que asciende hasta una habitación secreta. En ocasiones especiales, los canónigos de San Pedro muestran el extraordinario contenido de esas habitaciones.

Reliquias.

Hace quinientos años, cuando los papas del Renacimiento se propusieron reconstruir la mayor iglesia en la historia de la humanidad, guardaron cuatro de los más sagrados artefactos de la cristiandad en los relicarios de estos pilares. Después se construyeron cuatro estatuas que se elevan a más de nueve metros y que señalan las reliquias.

–San Andrés –dijo Ugo señalando la primera–. El hermano de san Pedro. El primero de los apóstoles. Su cráneo se guardó en este pilar.

Ugo giró sobre sí mismo. Su dedo apuntaba ahora a la estatua de una mujer que portaba una cruz gigantesca.

–Santa Elena –dijo–. La madre de Constantino, el primer emperador cristiano. Visitó Jerusalén y volvió con la Vera Cruz. Los papas guardaron trozos de la madera de esa cruz en esta columna.

La tercera estatua era la de una mujer que corría hacia delante con los brazos extendidos. En las manos llevaba quizá la más mítica de las reliquias de la basílica.

–Santa Verónica –dijo Ugo–. La mujer que le secó el rostro a Jesús cuando este cargaba con la cruz hacia el Gólgota. En esa tela quedó marcada una misteriosa imagen de su cara. Los papas guardaron la tela en este pilar.

Por último, se giró hacia la cuarta estatua.

–San Longinos. El soldado que con su lanza traspasó el costado de Jesús en la cruz. En este pilar, los papas guardaron la lanza de Longinos.

Nogara se volvió hacia nosotros.

–Como quizá ya sepan, solo tres de estas reliquias siguen aquí. En un gesto de buena voluntad, cedimos el cráneo de san Andrés a la Iglesia ortodoxa. De todas formas, este nunca fue lugar para la cabeza de san Andrés. Las reliquias de la basílica deben contar la historia más importante de la cristiandad. –En la voz de Nogara empezó a percibirse un temblor–. La Vera Cruz, el velo y la lanza son reliquias de la muerte de Nuestro Señor. Al cuarto pilar le corresponde una reliquia de su resurrección. Juan Pablo, al heredar el sudario, iba a trasladarlo aquí. Pero las pruebas de radiocarbono generaron un clima de duda que hizo imposible trasladar el sudario desde Turín. Ahora vamos, por fin, a poner remedio a eso. Mi exposición traerá el sudario a casa.

Bajó la voz hasta el punto de que Simón y yo tuvimos que inclinarnos hacia él para oírlo.

–He encontrado textos antiguos donde se describe una imagen de Jesús que se guardó en una ciudad llamada Edesa durante siglos, antes de que el sudario apareciera en Francia. Esa ciudad turca es la actual Urfa, a cuyo hospital su hermano vino a rescatarme. He seguido el rastro de nuestro sudario de Turín hasta ese lugar solo hasta el siglo V d. C. Ahora quiero ir más lejos: como broche de oro de mi exposición, quiero demostrar que la llamada «imagen de Edesa» llegó allí desde Jerusalén en manos de los propios discípulos. Y ahí, padre Alex, es donde interviene usted.

Antes de continuar, se metió la mano en el bolsillo para sacar la bolsa de plástico que había cogido en el apartamento. De ella extrajo algo realmente chocante: una cuchara de plástico que parecía un palillo de tambor. Se agachó hasta ponerse al nivel de Pedro y dijo:

–Pedro, necesito hablar un momento a solas con tu padre, así que te he traído algo.

La punta de la cuchara estaba cubierta de una sustancia pálida y grumosa.

—¿Qué es eso? —preguntó Pedro.

—Sebo. Y tiene poderes mágicos en esta basílica. —Ugo llevó a Pedro a un espacio despejado, cerca del altar—. Sostenlo así y finge que eres una estatua. No muevas un músculo.

Un instante después, una paloma descendió de la cúpula. Se posó sobre el sebo y empezó a comer. Pedro estaba tan sorprendido que casi deja caer la cuchara.

Ugo le susurró:

—Ahora ve adonde quieras. Llévate a tu nuevo amigo a pasear. He descubierto que aquí las aves son bastante dóciles.

Pedro estaba hechizado. Con la paloma a solo unos centímetros de su mano, empezó a deambular por la nave vacía, con tanto cuidado como si sostuviera una vela. Todos nos quedamos en silencio durante un momento, observándolo.

Luego Ugo se dirigió a mí:

—Como iba diciendo, espero demostrar que los discípulos trajeron el sudario de Jerusalén a Edesa. La prueba, claro está, ha sido difícil de encontrar. Pero creo que por fin he hallado su rastro. Verá, Edesa fue una de las primeras capitales de la cristiandad, y a mediados del siglo II d. C. se escribió allí un Evangelio. Este Evangelio dio en llamarse Diatesarón, que como saben viene del griego y significa «a través de cuatro», porque el texto era una fusión de los cuatro Evangelios existentes en un solo documento. Dado que el sudario debía estar en Edesa en el mismo momento en que se escribió este Evangelio, creo que el escritor puede haberlo mencionado en su texto.

Empecé a interrumpirlo, pero Ugo levantó una mano.

—El reto para conseguir confirmar esto, por supuesto, radica en que el Diatesarón es extremadamente escaso. Las únicas copias que sobreviven son traducciones a otras lenguas, escritas siglos después. Todos los ejemplares originales fueron destruidos por los propios obispos de Edesa, cuando se decantaron en favor de los cuatro Evangelios separados. O, al menos, eso dice la historia. Pero recientemente creo haber descubierto que no es así.

Solté abruptamente:

–¿Ha encontrado un manuscrito del Diatesarón? ¿En qué lengua?

–Es bilingüe. Siríaco y griego.

Estaba más que emocionado.

–Podría tratarse del texto original.

El Diatesarón se había escrito en una de esas dos lenguas y luego se había traducido a la otra tan rápidamente que hoy nadie sabía en cuál de las dos había aparecido primero.

–Por desgracia –continuó Ugo–, no leo bien ninguna de las dos lenguas. Pero el padre Simón me ha dicho que usted sí lee una de ellas con fluidez. Así que me preguntaba si estaría dispuesto a ayudarme…

–Por supuesto. ¿Tiene usted alguna fotografía?

–Lamentablemente, el libro… no puede fotografiarse así como así. Lo descubrí en un sitio en el que no tendría que haber estado mirando, de modo que no puedo traerle el libro a usted, padre, sino llevarlo a usted adonde está el libro.

–No lo entiendo.

Pareció ponerse nervioso.

–La única persona a la que se lo he contado es el padre Simón. Si esto llegara a saberse, perdería mi trabajo. Su hermano me ha asegurado que usted sabe guardar un secreto.

Por echarle un solo vistazo a ese libro, le habría prometido a Ugo casi cualquier cosa. Toda mi vida, desde el seminario, me había dedicado a enseñar los Evangelios, y la idea central de mi profesión era que un puñado de viejos manuscritos le habían dado al mundo el texto completo de los Evangelios. La vida de Jesucristo, como saben la mayoría de los cristianos de hoy, es una fusión de varios textos, todos ligeramente diferentes, todos extraordinariamente antiguos, acoplados en un solo texto por los eruditos de nuestra época moderna, quienes incluso ahora siguen haciendo cambios basándose en nuevos descubrimientos. El Diatesarón, por estar construido con ese mismo sistema de fusionar textos antiguos, podría darnos a conocer los Evangelios tal como eran en el siglo II d. C., mucho antes de que los primeros manuscritos completos hubieran llegado a nosotros. Podría añadir hechos nuevos a lo que sabemos de la vida de Jesús o cuestionar aquellos otros que creíamos conocer.

—Podría volar a Turquía la semana que viene —dije—. Antes, si me necesita.

Empezaba a notar cómo se aceleraban los latidos en el pecho. Estábamos en junio; no tenía que retomar las clases hasta el otoño. En mi cuenta de ahorro había dinero suficiente para dos billetes de avión. Pedro y yo podíamos quedarnos con Simón.

Pero Ugo frunció el ceño.

—Me parece que lo ha entendido mal —dijo—. No le estoy pidiendo que venga conmigo a Turquía. El libro está aquí, padre.

CAPÍTULO 6

Mientras sigo a Simón fuera de la cantina y subimos al apartamento de Leo, en mi mente hay un único pensamiento: el sudario está aquí. El lienzo con el que enterraron a Cristo se halla entre los muros de esta ciudad. Me pregunto si ya está guardado en uno de los pilares de San Pedro. Quizá la noticia no tarde en hacerse pública.

La llegada del sudario dota de nuevo significado a la exposición de Ugo. Los papeles del camión tenían la firma del arzobispo Nowak, lo que quiere decir que fue Juan Pablo quien ordenó el traslado de la sábana. Durante dieciséis años, desde las pruebas de radiocarbono, la Iglesia no se ha pronunciado oficialmente sobre el sudario. De súbito, parece que eso va a cambiar. Mis ideas acerca de la muerte de Ugo y del intruso de mi apartamento empiezan a tomar nuevas direcciones. Me pregunto si era eso lo que Ugo trataba de decirme en su correo electrónico: que había conseguido traer aquí el sudario, pero se había encontrado con algún tipo de problema.

«Ha surgido algo. Urgente».

Las reliquias cristianas pueden sacar a la luz los sentimientos más profundamente enterrados. El año pasado, en Navidad, Pedro y yo vimos en la televisión una enorme trifulca entre los sacerdotes y monjes de Belén motivada únicamente por las discrepancias sobre el lado de la basílica de la Natividad que debían barrer. Este mismo año, fue necesario poner un guardia armado en el recinto de una conferencia internacional sobre el sudario, y el sacerdote custodio de la tela tuvo que huir de la sala ante las violentas reacciones que suscitó la decisión de limpiarla ligeramente. Si corriera la noticia de que se había trasladado el sudario, sin duda la mayor parte de la gente de Turín estaría emocionada ante los planes de

Ugo de autenticarla y honrarla, pero una pequeña franja podría reaccionar de modo muy diferente. El único ataque violento que recuerdo en Castel Gandolfo, aparte del sufrido por Ugo, fue suscitado por extraños delirios religiosos: cuando yo tenía diez años, un perturbado trató de atacar a Juan Pablo II en los jardines, obligó a la Policía italiana a perseguirlo por la autopista de Roma y luego cargó contra ellos armado con un hacha. En los bolsillos del hombre se encontraron notas llenas de desvaríos sobre emular a los dioses. Me pregunto si el traslado del sudario podría desencadenar algo similar. Si fuera ese el caso, entonces doy gracias a Dios de que Pedro y Helena no sufrieran daño.

Corro para alcanzar a Simón, preguntándome qué estará pensando él. Pero mi hermano ya ha desaparecido. Cuando llego dentro, Sofia emerge de la habitación del bebé y dice:

—Ha subido allá arriba.

Señala hacia la azotea. El lugar más solitario del edificio.

Me dispongo a seguirlo, pero ella me pone la mano en el brazo y susurra:

—Pedro te necesita.

Me giro hacia la habitación del bebé. En el interior, encuentro a mi hijo incorporado en su cama improvisada. La luz es tenue y en el suelo hay desparramados libros y peluches que Pedro debe haber sacado de la cuna. Respira de forma muy agitada, como si hubiera estado corriendo.

—¿Qué pasa? —digo.

A su alrededor, el aire es húmedo y cálido. Extiende los brazos hacia mí.

—¿Una pesadilla? —le pregunto.

Esta es la edad a la que comienzan los terrores nocturnos y el sonambulismo. Simón sufrió ambas cosas. Subo su cuerpo larguirucho a mi regazo y le acaricio la cabeza.

—¿Podemos leer otra vez cosas de Totti? —susurra medio delirando.

Totti. El mediapunta titular de la Roma.

—Por supuesto —le digo.

Se inclina hacia delante y busca su libro a tientas por el suelo. Pero tiene buen cuidado de no bajarse de mi regazo. Ya lo he dejado solo una vez.

–Ya se ha terminado, Pedro –le prometo, besándolo en la nuca húmeda por el sudor–. No tengas miedo. Aquí estás a salvo.

Me quedo con él durante un rato después de que se haya vuelto a dormir, solo para asegurarme. Cuando salgo, Leo ya ha regresado y Sofia le está calentando un plato de comida. En la cocina, lo veo acariciar la barriga de ella mientras se inclina para recibir su beso. Antes de que me ofrezcan acompañarlos en la mesa, me excuso y voy a reunirme con Simón en la azotea.

El viento le agita y le enmaraña el pelo. Tiene el rostro demacrado. Está mirando abajo, a las luces de Roma, de un modo que me hace pensar en la viuda de un marino escrutando el mar.

–¿Estás bien? –pregunto.

Su mano, mientras golpetea para sacar un cigarrillo del paquete de emergencia, tiembla un poco.

–No sé muy bien qué hacer –murmura sin darse la vuelta para mirarme.

–Ni yo.

–Está muerto.

–Sí, ya lo sé.

–Lo había llamado esta tarde. Hablamos de la exposición. Es increíble que haya muerto.

–Ya lo sé.

La voz de Simón suena cada vez más débil.

–Me senté junto a su cuerpo, tratando de despertarlo.

Siento una vaga punzada de angustia en el pecho.

–Ugo se entregó en cuerpo y alma a esta exposición –continúa mi hermano–. Puso en ella todo su ser. –Enciende un cigarrillo. Una expresión de violenta repulsa cruza su rostro–. ¿Por qué permitir que muera una semana antes de la inauguración? ¿Por qué dejar que eso ocurra justo a las puertas?

–Fue una mano humana quien lo hizo –le digo. Un recordatorio de a quién debería dirigir su ira.

–¿Y para qué traerme a mí aquí? –prosigue, sin escucharme.

–Basta. Nada de esto es culpa tuya.

Echa una larga bocanada de humo a la oscuridad.

–Sí fue culpa mía. Debería haberlo salvado.

–Tuviste suerte de no estar allí. Podría haberte pasado lo mismo.

Mira con amargura al cielo y luego hacia abajo, al espacio vacío en el que solíamos jugar de niños. La familia de uno de los guardias colocaba una piscina hinchable en esta azotea. Ahora solo hay una mancha de humedad.

Bajo la voz.

–¿Crees que esto podría estar relacionado con el sudario? ¿Con el traslado desde Turín?

El humo sale en volutas de su nariz. No sabría decir si está pensando en ello.

–Nadie podía saber que lo iban a trasladar –dice con voz plana.

–Podría haberse filtrado la noticia. La gente oye cosas, como nos acaba de pasar ahora mismo con Leo.

Se habría necesitado todo un equipo de hombres para cargar el nuevo relicario del sudario en un camión, además de sacerdotes para abrir la capilla y, después, más hombres y más sacerdotes para descargarlo aquí. Solo con que uno de ellos le hubiera contado algo a su esposa, a un amigo, a un vecino…

–Ugo iba en el camión esa noche –digo–. Cualquiera que hubiera participado lo habría visto. Quizá por eso fueron tras él.

–Pero no nos vieron ni a ti ni a mí. ¿Por qué venir a por nosotros?

–Entonces, ¿qué crees tú que ha pasado?

Simón hace caer la ceniza del cigarrillo y observa una brasa que se pierde en la oscuridad.

–A Ugo le robaron. Creo que lo del apartamento tiene que ser algo diferente.

Sin embargo, en su voz se aprecia cierta vacilación.

Mi teléfono suena. Miro la pantalla.

–Es el tío –digo–. ¿Debería cogerlo?

Asiente.

Al otro lado de la línea, se oye una voz lenta y grave:

–¿Alexander?

Al tío Lucio siempre parece incomodarle que la gente responda su propio teléfono. No entiende que el resto de nosotros no tengamos sacerdotes-secretarios.

–Sí –contesto.

–¿Dónde estáis ahora? ¿Están a salvo Simón y Pedro?

Debe de haberse enterado de que han entrado en casa.

–Estamos bien. Gracias por preguntar.

–Me han dicho que estabais los dos en Castel Gandolfo esta noche.

–Sí.

–Debéis de estar muy afectados. He hecho que os preparen habitaciones a los tres para que podáis quedaros aquí esta noche, así que dime dónde estáis y os enviaré un coche.

Titubeo. Simón ya está negando con la cabeza al tiempo que susurra:

–No. No vamos a ir.

–Gracias –contesto–, pero estamos ya en casa de un amigo, en el cuartel de la Guardia Suiza.

No hay respuesta, solo un silencio ya familiar que transmite el descontento de mi tío.

–Entonces quiero verte mañana en el palacio –dice por fin–. A primera hora. Para hablar de la situación.

–¿A qué hora?

–A las ocho. Y díselo también a Simón. A él también quiero verlo.

–Allí estaremos.

–Me alegra oírlo. Buenas noches, Alexander.

Sin más ceremonias, la línea se corta.

Me vuelvo hacia Simón.

–Quiere vernos a las ocho.

La noticia no causa ningún efecto.

–Así que, bueno –digo–, tal vez sería buena idea dormir un poco.

Pero Simón responde:

–Ve tú. Yo dormiré aquí.

Aquí. Al raso. Bajo la ventana del papa.

–Venga –replico–. Ven adentro.

Pero es inútil. Negarse a dormir en una cama es una privación habitual entre los sacerdotes; al menos, no es tan dañina como ceñirse una soga en el muslo. Finalmente, me doy por vencido y le digo que vendré a buscarlo por la mañana. Necesita estar solo. Esta noche rezaré por mi hermano.

Leo y Sofia ya se han acostado cuando bajo. Es su modo de darme libertad de movimientos por el apartamento. Esperaba poder hablar con Leo de si oyó algo en la cantina después de que nos fuéramos, pero eso tendrá que esperar. Un juego de sábanas me espera sobre mi viejo compañero, el sofá cama, veterano de las borracheras de otros tiempos. Su antigua geografía de manchas ha desaparecido, víctima del toque femenino. Del lejano dormitorio me llegan unos ruidos amortiguados que no son, de eso estoy seguro, los de una pareja haciendo el amor; mis amigos son demasiado considerados para eso. Pero, como la mayoría de los sacerdotes, no soy de los que hacen apuestas sobre la naturaleza humana.

Cuando voy al cuarto del bebé a ver cómo está Pedro, me lo encuentro enrollado en las sábanas. Su cruz griega, que por alguna razón se ha quitado del cuello, se le escapa de la mano y cae al suelo. La recojo, la dejo en nuestra bolsa de viaje y luego me arrodillo junto a la ventana. Allí está la Biblia griega que he traído, la misma que utilizamos Pedro y yo para que vaya descifrando las palabras. Al tomarla entre mis manos, intento contener la emoción, dominar el miedo que acecha en esta oscuridad y la rabia que me quema cuando pienso en la amenaza que ha sufrido Pedro en su propia casa. La cólera tiene profundo arraigo en el corazón griego. Está presente en las primeras palabras de nuestra literatura. Pero lo que me dispongo a hacer ahora ya lo he hecho antes cientos de veces por Mona.

«Señor, te ruego que perdones mis pecados, como también ruego por el perdón de los suyos. Te pido que me perdones, como también los perdono yo a ellos. Porque ellos son pecadores, como también lo soy yo. *Kyrie, eleison. Kyrie, eleison*».

Lo repito dos veces, con la voluntad de continuar. Pero mis pensamientos son ahora un fárrago. Sé que existen buenas razones para que la Guardia Suiza haya apostado más hombres en el exterior del cuartel, razones también para que Lucio nos llame a su apartamento. Cuando le he dicho a Pedro que estábamos a salvo, no confiaba realmente en que así fuera. Estaba mintiendo.

Mientras mis ojos se acostumbran a la oscuridad, miro los animales que Sofía ha pintado en las paredes de la habitación. Tras la puerta, hay una percha de la que cuelgan prendas de bebé cosidas por ella misma. Con mayor intensidad de la acostumbrada, me duele la ausencia de Mona. Su familia sigue viviendo aquí. Un puñado de primos y tíos, la mayoría fontaneros, que solían blandir trozos de tubería contra los novios que no eran de su agrado. Si les pidiera protección, probablemente se turnarían para ocuparse de Pedro y de mí, pero antes me iría de la ciudad con mi hijo que contraer una deuda con ellos.

En la oscuridad, me desabotono la sotana y la doblo. Tumbado junto a mi hijo, pienso en cómo podría distraerlo mañana, en cómo borrar de su mente el recuerdo de esta noche. Le acaricio el hombro preguntándome si de verdad estará dormido, esperando que mi gesto pueda confortarlo. Desde que Mona se fue, mis noches solitarias no han menguado en número. Solo se ha desvaído un poco la crudeza de esa soledad, lo cual me ha dejado otro tipo de tristeza. Echo de menos a mi mujer.

Espero a que llegue el sueño. Espero y sigo esperando. Pero tengo la sensación de haber estado esperando toda mi vida.

Los Evangelios dicen que Jesús preparó a sus discípulos para el segundo advenimiento con una parábola. Se comparó con el amo que deja su hacienda en orden para irse a un banquete de boda. Nosotros, sus siervos, no sabemos cuándo regresará. Así que hemos de esperarlo en la puerta, con las lámparas siempre iluminadas. «Dichosos los siervos a los que su señor encuentra pendientes de su regreso». Me recuerdo a mí mismo que debo esperar toda una vida a que mi esposa regrese, no más de lo que cualquier otro cristiano ha esperado durante los pasados dos mil años.

Pero la espera, en noches como esta, se convierte en un dolor martirizante surgido de un vacío sin fin. Mona era tímida, coqueta, misteriosa. Veía en ella un reflejo de mi propia incertidumbre al respecto de quién era yo y por qué tendría que existir después de que mis padres hubieran tenido ya a Simón. No le presté mucha atención de niños, porque yo era dos años mayor. Pero por entonces ella era también demasiado tímida para hacerse notar, algo probablemente agudizado por el hecho de tener que crecer entre estos muros siendo chica. Las fotografías del apartamento de sus padres muestran a una niña alegre y de cara redonda que cada año se volvía más atractiva. A los diez años tiene un aspecto anodino: pelo oscuro y desgreñado, ojos de un verde desvaído, mejillas rollizas. A los trece, eso ha cambiado; salta a la vista que allí hay potencial. A los quince, cuando yo estoy a punto de ir a la universidad, ha empezado ya la metamorfosis. Y ella es consciente: durante los siguientes tres años, aparecen nuevos peinados y experimentos con el maquillaje. Parece que hubiera curioseado por encima de los muros para ver en Roma cómo es la mujer moderna. Las fotografías de sus padres están convenientemente recortadas, pero la propia Mona me señaló una vez la longitud de los escotes y la cortedad de las faldas todavía visibles en algunas de ellas. Me habló de las excursiones secretas a Roma para comprar zapatos de tacón alto y joyas, las escapadas en las que descubrió que los silbidos y las groserías no iban dirigidas a otras mujeres.

A menudo me he preguntado si hubo algún trauma en su vida que no me contó. Solo sobrevive una fotografía de Mona de cuando estudiaba para enfermera, y se la ve muy delgada, con los ojos hundidos. A mí me explicó que el trabajo fue como una conmoción tras la comodidad del instituto. Siempre interpreté que con eso me invitaba a no curiosear más. Yo no fui el primer hombre con el que se acostó. Aun así, nuestra noche de bodas resultó bastante violenta. Subestimé el impacto psicológico de hacer el amor con un sacerdote en ciernes. Acostumbrado a la compañía de otros hombres, nunca me avergonzó la desnudez ni caminar por nuestra casa a medio vestir. Pensé que a Mona la ayudaría a desmitificar la sotana si veía que por debajo yo era humano. Sin embargo, tardamos casi una semana en consumar el matrimonio. Empecé a temer, tras esos días de comienzos en falso, que nuestro amor se convirtiera en algo mecánico y servil.

No fue así. Una vez agotadas sus defensas, se entregó con ansia. Me sangraban los labios por sus mordiscos. Por la forma en que algunos vecinos rehuían mi mirada, sabía que los ofendían los sonidos que oían desde los pisos superiores. Ambos anhelábamos volver a encontrarnos cada noche. Aquella era, en una vida de disciplina, una oportunidad para la libertad y el placer.

Una vida de disciplina. Eso es justamente lo que debería haberme preocupado. Algunos de nuestros vecinos veían con recelo que un sacerdote tuviera esposa, con independencia de lo que hiciéramos en la cama. A Mona le afectaba mucho su desaprobación. Cada acontecimiento social añadía más problemas. Las reuniones de sacerdotes están pensadas para que hombres solteros y célibes estén rodeados por otros hombres solteros y célibes. Los sacerdotes comen y beben juntos, juegan al fútbol y fuman puros juntos, visitan museos y yacimientos arqueológicos juntos. Llevar a una mujer atractiva a una reunión de sacerdotes constituye una cruel metedura de pata. Con todo, si declinas invitaciones porque tienes esposa, puedes estar seguro de que dejarás de recibirlas. Los dos acordamos que yo debería acudir a cierto número de acontecimientos, solo para que no me eliminaran de la lista. La animé a que dedicara esas noches a visitar a amigos en Roma, o a que las pasara con otras esposas del Vaticano. Aun así, me di cuenta de que después de cierto tiempo empezó a pasar las noches sola.

No es justo culpar a la cultura de nuestro país. Podríamos haber vivido fuera de estos muros, en un apartamento de la Iglesia, en Roma. Tampoco es que nos hiciéramos ilusiones al respecto de lo que conllevaba vivir en el Vaticano. Pero había una gran diferencia entre ella y yo, una diferencia que solo descubrí después de casarnos: mientras que mis padres estaban muertos, los suyos solo aparentaban no estarlo.

El signor y la signora Falceri vivían en la calle siguiente a la nuestra, en un edificio de apartamentos cercano al cuartel de los gendarmes. Habían apoyado nuestro matrimonio, sin hacer aspavientos cuando Mona abandonó la Iglesia católica romana por la católica griega. Lo que yo no sabía, hasta que empezó nuestro matrimonio y se acabaron los fingimientos, era cuán desgraciada era la madre de Mona. Su padre, que trabajaba de técnico en Radio Vaticano, había cometido el error de casarse con una mujer a la que no respetaba. La signora Falceri era una aceptable cocinera con un suave sentido del humor y ciertas carencias que se me hicieron evidentes de inmediato. No fue hasta más tarde cuando Mona me explicó que su padre provenía de una familia numerosa y quería muchos hijos. Su madre casi había muerto al dar a luz a Mona y los médicos le habían descubierto un defecto en la matriz que hubiera hecho peligroso un nuevo embarazo. Ahora, cuando nos visitaban, lo hacían por separado. Aunque a Mona no le agradaban las visitas de su padre, eran las de su querida madre las que la dejaban deshecha.

A un griego no tienen que contarle que las tragedias son cosas de familia. Yo sabía que Mona albergaba el temor de convertirse en su madre. Durante el embarazo de Pedro, que los dos primeros trimestres transcurrieran sin novedad lo vimos como una prueba de que se había levantado la maldición. Luego, en el último trimestre, casi lo perdimos dos veces. Los médicos nos aseguraron que Pedro ya había crecido lo suficiente como para sobrevivir, pero parecía como si el cuerpo de Mona hubiera empezado a rechazarlo. Al final, tuvimos que llevarla corriendo al ala de maternidad porque el cordón umbilical estaba estrangulando al bebé. Cuando por fin nació nuestro hijo, el obstetra lo llamó Hércules porque había sobrevivido a un nudo enroscado doblemente alrededor del cuello. Después, Mona estalló en sollozos, clamando que había tratado de matar a su propio hijo.

En los meses que siguieron, la mujer con la que me casé desapareció. Tengo más recuerdos de mi suegra alimentando a Pedro con el biberón que de Mona dándole el pecho. La signora Falceri le hacía compañía a Mona mientras yo trabajaba y, hasta hoy, soy incapaz de ver la cara de esa mujer sin pensar en la tortura que infligió a mi esposa. Mientras Mona permanecía en el sofá, tratando desesperadamente de arañar unas migajas de felicidad en la locura que invadía su cerebro, su madre, como si le brindara el más amoroso de los consejos, le anunciaba que nuestras actuales tribulaciones no eran nada comparadas con lo que habría de llegar, que no debíamos engañarnos, que la tristeza era una flor. He investigado bibliotecas enteras para encontrar la fuente de ese proverbio, «la tristeza es una flor», y no he hallado en todo el mundo una glosa rabínica que desentrañe su sentido. La mujer quería decir, supongo, que el nuevo carácter de Mona poseía una oscura belleza y que debíamos llegar a aceptarla. Y también que ese carácter no haría sino agudizarse con el tiempo. Me pone enfermo pensar en cuántos días permití que madre e hija se sentaran juntas en el sofá, viendo la televisión, mientras aquella desgraciada mujer observaba cómo su propia hija se iba muriendo y, aun así, seguía envenenándola. Hoy Pedro ya no ve a sus abuelos. Él me pregunta por qué. Yo le miento y me digo a mí mismo que algún día se lo explicaré.

Cuando corrió la noticia de que Mona nos había dejado, las familias de nuestra iglesia nos ofrecieron su apoyo. Cocinaron para nosotros y organizaron un horario de canguros para que yo pudiera volver a trabajar. Finalmente, la hermana Helena se hizo cargo de muchas de esas tareas, pero incluso ahora no hay ningún sacerdote de nuestra iglesia que reciba más regalos navideños que yo, y los piratas más curtidos se sentirían ridículos al ver el botín que Pedro obtiene el día de su santo. Siempre he detectado una corriente subterránea de lástima y fatalismo en esa amabilidad, como si un muchacho griego estuviera corriendo un riesgo evidente al casarse con una chica romana y ahora hubiera de aceptar honrosamente las consecuencias. Los feligreses tampoco consideran que eso tenga nada de especial. Todos los cristianos creen que la misión de las vidas humanas es pagar la deuda de los viejos pecados. Esta buena gente me ayudó a mantenerme en pie hasta el día en que pude cargar yo mismo con mi deuda.

Cierta vez tuve una fantasía y estaba convencido de que me acompañaría siempre. Esa fantasía era que mi esposa regresaba. Entonces la animaba a hacer de nuevo turnos en el hospital. Yo cuidaba de Pedro a tiempo completo hasta que ella estaba lista para conocerlo mejor. Después descubría que nuestro hijo no era ningún mal augurio, ni tampoco un símbolo de sus fracasos. Pedro es precoz, meticuloso y de buen corazón. Los profesores lo elogian. Recibe invitaciones para muchas fiestas de cumpleaños. Tiene mi nariz y los ojos de Simón, pero ha heredado el cabello denso y oscuro de Mona, su cara redonda, su alegre sonrisa. Algún día dará gracias por parecerse más a su madre que a su padre. En mis sueños, Mona descubría, por mediación de Pedro, que ella nunca se había ido del todo, que podíamos reconstruir lo que una vez tuvimos, porque lo que una vez fundamos juntos continuaba creciendo.

Pero esa fantasía ya la he perdido, algo tan cierto como que he mudado mi antigua piel. Ante mi sorpresa, he descubierto que puedo sentirme entero sin ella. Solo un aspecto se resiste: quiero que Pedro entienda que el amor de su madre por él no es una ficción que he creado yo. Quiero que entienda que sus orígenes no están solo en mi persona. De Mona le vienen las profundas intuiciones de las verdades difíciles, su gusto por los chistes y acertijos, su amor mágico por los animales. Su madre le parecería fascinante. Tan solo quiero que compartan todo eso el uno con el otro.

Dondequiera que Mona esté hoy, me la imagino llena de pesar por la vida que compartimos, o bien por su decisión de ponerle fin. A mí me habría destrozado sentir un pesar de esa magnitud, pero nunca lo sentí. Cada vez que miraba atrás, Pedro me señalaba hacia delante. Todavía estoy a mitad de camino en el viaje que comencé con mi esposa. Cada noche doy gracias a Dios por mi hijo.

CAPÍTULO 7

Cuando me despierto, a mi lado el suelo está vacío. Pedro se ha ido.

Salgo a tientas al pasillo y me encuentro a Leo y a Sofia, que levantan la cabeza y dejan por un momento el desayuno que toman en la mesa de la cocina. Leo señala hacia el balcón, donde un cuerpecito, acuclillado como un grillo, se inclina hacia delante mientras colorea con unas ceras.

–Está haciendo una tarjeta para Simón –explica Leo.

Sonrío.

–Me lo llevaré a la azotea.

Sofia suspira.

–El padre Simón no está aquí.

La expresión de Leo completa la frase. No saben adónde ha ido.

Marco el número de móvil de mi hermano y me lo coge al cuarto tono.

–¿Dónde estás? –pregunto.

–En el apartamento.

–¿Estás bien?

–No podía dormir. Cuando vuelva, os llevaré a ti y a Pedro a desayunar.

Leo y Sofia me observan. Sofia debe de haber estado pendiente de Pedro desde que el niño se ha levantado. La pobre aún lleva puesto el albornoz.

–No –le contesto–. No vayas a ningún sitio. Nos reuniremos contigo allí.

A plena luz del día, resulta inquietante que nada haya cambiado en el apartamento. El desastre no se ha evaporado como lo ha hecho la oscuridad. La mano de Pedro se aferra a la mía cuando entramos. Evita pisar los juguetes como si fueran setas venenosas. En la cocina, el plato roto ha desaparecido; alguien ha limpiado la comida derramada. Todas las ventanas están abiertas. Simón está sentado solo a la mesa, fingiendo que no ha fumado.

Pedro suelta mi mano y sale corriendo para darle a Simón la tarjeta que ha pintado. En ella se ven cuatro figuras humanas dibujadas con palitos y cogidas de la mano: Mona, yo, Pedro y Simón. Pero al fijarme más veo que Mona lleva hábito. Se me encoge el corazón. Es la hermana Helena.

Simón sube a Pedro a su regazo y lo abraza con fuerza. Tras admirar la tarjeta, pega los labios a la maraña de pelo revuelto.

—Te quiero —lo oigo susurrar—. *Babbo* y yo no dejaremos que te pase nada.

El fregadero está vacío. Los platos, fregados y limpios. El estropajo, como si lo hubieran escurrido con un torno industrial. Me sorprende que Simón haya podido reprimirse para no limpiar todo el apartamento.

—¿A qué hora llega la hermana Helena con la colada? —pregunta.

Estoy demasiado distraído para responder. Ahora que el desastre de la cocina ha desaparecido, lo que queda se hace más evidente.

—Tierra llamando a Alex —me dice Simón.

—Pedro —digo yo—, antes de que preparemos el desayuno, ¿podrías ir a lavarte las manos?

Se baja nerviosamente y se aleja despacio por el pasillo.

—¿Qué pasa? —pregunta Simón.

También él debe de haberlo notado. Señalo las zonas donde los daños son mayores. El aparador que hay junto a la puerta, las estanterías, la mesita donde está el teléfono.

Simón se encoge de hombros.

—Buscaba algo —digo—. Abrió todo lo que tenía puertas. Menos eso.

Los cristianos orientales siempre reservan un rincón especial de la casa para disponer iconos alrededor de un libro de los Evangelios. En nuestro apartamento, el rincón de los iconos es modesto: tan solo una vitrina de curiosidades arreglada con esmero frente a la cual rezamos Pedro y yo. Pero el atacante la dejó intacta.

—Debía de saber lo que era —digo.

En el rincón de los iconos solo se guardan objetos sagrados. El intruso sabía que no valía la pena buscar ahí. Casi ningún italiano seglar sabría tanto de nuestros rituales. Las ideas de la pasada noche sobre un intruso trastornado e impelido por una locura religiosa se antojan ahora imposibles.

Antes de que Pedro haya terminado en el baño, intento seguir rápidamente los pasos del hombre. La hermana Helena lo oyó llamar a Simón desde el pasillo, delante de la habitación de Pedro. El pasillo conduce al cuarto de baño y enfrente está mi habitación. El cuarto de baño está intacto, al igual que la habitación de Pedro. Siento un estremecimiento eléctrico en la nuca. Parece que el intruso fue directamente a la habitación del dueño de la casa.

Mi cama no se ha tocado. Si registraron los cajones de la cómoda, Simón debió de eliminar cualquier señal de ello cuando se vistió anoche, después de ducharse. Pero al mirar con mayor atención veo que uno de los estantes sí ha cambiado: el estante en el que guardo mis guías de viaje de los países donde destinan a Simón. El volumen de Turquía está en el suelo. Y en el estante de abajo ha aparecido un hueco inusual. Falta alguna cosa.

—Alli —oigo que me llama Simón desde el vestíbulo—. Ven un momento.

Mis libros sobre el sudario. Han desaparecido, junto con mis investigaciones manuscritas para Ugo.

El corazón me golpea con violencia en el pecho. Mi primera intuición ha resultado acertada. La entrada del ladrón y el asesinato de Ugo deben de estar relacionados. Y seguro que todo esto tiene que ver con la exposición de Ugo.

—¡Alex! —repite Simón, más fuerte.

Cuando regreso aturdido al vestíbulo, Simón señala alguna cosa en el suelo. En sus ojos se percibe una nueva inquietud.

—No he dejado de mirarlo durante toda la mañana —me dice en voz baja—. Pero ahora acabo de comprenderlo.

—Simón —murmuro—, quien hiciera esto debía de saber que ayudamos a Ugo a preparar su exposición.

Pero Simón está demasiado distraído para registrar mis palabras.

—¿Has notado si falta alguna cosa? —me pregunta entre dientes.

Me arrodillo a su lado, entre el revoltijo de juguetes y listines telefónicos.

Lo que señala es mi agenda. Está abierta por la página de ayer. No lo entiendo hasta que paso las hojas hacia delante.

Las páginas correspondientes a hoy y a mañana han sido arrancadas.

Me quedo helado. El sentido de lo que veo emerge en mi interior como las burbujas de una brea hirviente.

—¿Qué había en esas páginas? —pregunta Simón.

Todo. Un corte transversal de nuestras vidas. El trimestre de otoño comienza la semana que viene, así que había anotado mi horario lectivo. Todos nuestros planes con Simón también estaban anotados allí.

Murmuro lo que Simón ya ha adivinado:

—Todavía nos está buscando.

Mi hermano empieza a marcar un número en su móvil.

—Voy a reservar una habitación para ti y para Pedro en la Casa.

La Casa. Nuestro hotel del Vaticano. Muy privado; muy anónimo. Y ahora, además, representa la constatación de lo que significa todo esto: Pedro y yo ya no estamos seguros en nuestra propia casa.

Mientras Simón habla con el recepcionista, se oye un fuerte golpe en la puerta. Pedro sale de inmediato del baño y viene corriendo, aterrorizado. Con él pegado detrás de mis piernas, avanzo y giro el picaporte.

Es un gendarme. El mismo de ayer por la noche.

—Agente —digo con impaciencia—. ¿Han atrapado a alguien?

—Por desgracia, no, padre. Solo necesito hacerle algunas preguntas más.

Lo invito a pasar, pero prefiere quedarse en el umbral, donde se inclina para observar la jamba.

Pedro tira de mí. No quiere que el policía esté aquí. Quizá ni siquiera desea estar él aquí.

El policía levanta la vista.

—Padre, la monja me dijo que la puerta estaba cerrada cuando entró el hombre.

—Así es. Siempre cierro al salir del apartamento.

—¿También anoche?

—Lo comprobé antes de salir para Castel Gandolfo.

Observa la jamba de la puerta. Pasa el dedo arriba y abajo por la madera. Comprueba el picaporte. Tardo un segundo en comprender. El marco de la puerta no tiene daño alguno.

–Tendré que tomar algunas fotografías –dice–. Lo llamaré más tarde para discutir algunas cosas.

Pedro se niega a quedarse en el apartamento mientras el policía está allí, así que pasamos una hora en el exterior antes de encontrarnos con el tío Lucio. Sin salirnos de los bien conservados senderos, visitamos las fuentes de los jardines papales, que Simón y yo llamamos con nombres no oficiales desde que éramos niños. Fuente de la Rana Muerta. Fuente de la Anguila Inexplicable. Fuente de la noche en que Caterina Fiori bebió demasiado y bailó. Al final, llegamos a la pequeña área de juegos situada junto a la pista de tenis del Vaticano, donde Pedro le pide a su tío que lo empuje más y más alto en el columpio. Mientras vuela describiendo un arco, grita:

–¡Simón! ¿Sabes por qué las hojas cambian de color? ¡Es por la clorofila!

Su pasión más reciente.

Simón tiene la vista fija en otra parte, en la distancia. Cuando Pedro cobra conciencia de su silencio, dice:

–¿Por qué no todos los árboles cambian de color?

Simón nunca fue un estudiante aplicado, pero, tras cuatro años de universidad, cuatro de seminario y tres más en la Academia Pontificia, se ha convertido en anuncio viviente de la obsesión intrínseca de nuestra Iglesia por la enseñanza. Juan Pablo tiene un doctorado en Teología y otro en Filosofía. A Pedro lo animamos a aprenderlo todo, cualquier cosa.

–¡Porque la clorofila se les queda en las hojas! –grita Pedro.

Simón y yo cruzamos la mirada y decidimos que tiene sentido.

–¿Sabes sobre qué he estado leyendo? –pregunta Simón.

–¿Sobre tigres? –grita Pedro.

–¿Te acuerdas del doctor Nogara?

Le lanzo una mirada relampagueante, pero él no hace caso.

–Me dejó darles de comer a los pájaros –dice Pedro.

Durante un instante fugaz, Simón sonríe.

–Hace mucho tiempo, cerca de la ciudad en la que el doctor Nogara y yo nos conocimos, había un santo llamado Simeón el

Estilita. Se sentó encima de una columna durante casi cuarenta años y nunca bajó. Murió allí arriba.

Su voz parece llegar de un lugar remoto, como si hallara algo fascinante en ese aislamiento, en la idea de retirarse en sí mismo como un monje en lugar de ser como los sacerdotes comprometidos con el mundo.

–¿Y cómo hacía pis? –pregunta Pedro.

Ahí está, la sempiterna pregunta.

Simón se ríe.

–Pedro –le digo, tratando de dar seriedad a mi expresión–, no repitas eso en la escuela.

Se balancea más alto, riéndose. Pocas cosas le resultan más placenteras que hacer feliz a su tío.

Poco a poco, la hora va pasando. No vemos a nadie que conozcamos. No oímos ninguna noticia. Tenemos la clara impresión, cuando miramos más allá de los muros vaticanos, de que esta mañana no hay nadie en Roma a quien le interese lo que ocurre en nuestras vidas.

Casi ya en el umbral del palacio de Lucio, la hermana Helena llama para decir que no podrá ocuparse más tarde de Pedro. Luego, con voz que parece al borde de las lágrimas, se apresura a poner fin a la llamada. Cuando colgamos, me pregunto si hay algo que no me dijo. Algo de lo que quizá ni siquiera era consciente hasta que llegó a casa la pasada noche. En ocasiones, se lleva a Pedro cuando va a charlar con los vecinos del edificio. Tal vez no cerrara la puerta con llave.

El palacio del Gobernador es un edificio de pocos años para la media local, menos años que el papa Juan Pablo. Data de 1929, año en el que Italia aceptó que el Vaticano fuera un país independiente. Los planos eran para un seminario, pero el papa, dándose cuenta de que necesitaba un Gobierno para la nación, lo convirtió en edificio administrativo. Hoy es el lugar donde van y vienen los burócratas del Vaticano, encargados de planificar los sellos postales con reproducciones de Miguel Ángel. Lo llamamos «palacio del Gobernador» en recuerdo de aquellos días en que un seglar dirigía esta ciudad, pero ya no hay ningún gobernador. El nuevo jefe lleva alzacuellos. Lucio vive en una *suite* de apartamentos privados de la última planta, junto con su sacerdote-secretario don Diego, que es quien nos abre la puerta al llegar.

–Entren, padres –dice–. E hijo.

Se agacha para saludar a Pedro, sobre todo para evitar mirar a Simón. Son de la misma edad, dos sacerdotes de rápida progresión en su carrera, y eso para Diego significa rivalidad. Tras él, una música clásica lúgubre inunda el ambiente. Lucio era un pianista consumado antes de sufrir artritis, y aquí solía tener un artículo de periódico enmarcado donde se reseñaba una interpretación suya de Mozart efectuada en sus años jóvenes. Ahora, el piano está mudo y la banda sonora la aportan siniestros compositores rusos y escandinavos. Esta obra en particular, de Grieg, parece el tema musical del calvinismo.

Diego nos conduce al despacho privado de mi tío. No está orientado hacia San Pedro, sino que tiene una orientación norte que le da un ambiente húmedo y frío. Uno de los predecesores de Lucio era un arzobispo norteamericano, un hombre que hablaba sin tapujos, que tenía una alfombra de piel de oso en el suelo y ponía películas del Oeste en el televisor. Ese sí que era un apartamento en el que Pedro habría disfrutado. Pero el gusto de mi tío se decanta hacia las alfombras orientales y las sillas de pata de garra, porque pueden obtenerse gratis en los almacenes vaticanos, en los que las reservas de muebles barrocos crecen cada vez que muere otro prelado.

–Disculpad que no me ponga de pie para recibiros –dice Lucio levantando los brazos.

Ese ha sido su saludo desde que sufrió una pequeña apoplejía el año pasado. Después de eso, ha renunciado a llevar el solideo escarlata y la sotana cardenalicia con complementos de ese mismo color, porque a veces pierde el equilibrio y sus manos son incapaces de manejar los botones y la faja. Así que ahora viste un holgado traje de sacerdote y una monja se encarga de colocarle una cruz pectoral en el cuello cada mañana. Simón y yo nos adelantamos para estrecharle las manos que tiende hacia nosotros, y Simón, como siempre, recibe un apretón más largo que el mío. El más largo, sin embargo, está reservado para Pedro.

–Ven aquí, querido muchacho –dice Lucio golpeteando impaciente en su escritorio.

La apoplejía le paralizó la mitad de la cara, pero trabajó intensamente en la rehabilitación para que su aspecto no asustara a Pedro. Mientras se abrazan, echo una ojeada a los papeles de su escritorio, en busca de algún informe de la gendarmería sobre Ugo o nuestro apartamento. Pero solo veo los informes presupuestarios, que para Lucio son como el aire que respira. Es el alcalde de una pequeña ciudad que siempre necesita modernizar instalaciones o aparcamientos nuevos; el ministro de Cultura a cargo de la mayor colección mundial de arte antiguo y renacentista; el patrono de más de mil trabajadores que disfrutan de asistencia sanitaria gratuita, tiendas libres de impuestos y subvenciones para alimentación, sin pagar un céntimo al fisco; y el negociador en la frágil relación con la Roma laica, a la que nuestro país de tierra adentro debe todos sus cargamentos de petróleo, la recogida de basuras y la electricidad. Cada vez que empiezo a cavilar sobre la forma en que Lucio nos desatendió a Simón y a mí, trato de recordarme a mí mismo que estaba ocupado cumpliendo la promesa hecha a Juan Pablo.

–¿Quieres beber algo? –le dice a Pedro, consiguiendo mover las dos mitades de la boca–. Tenemos zumo de naranja.

La cara de Pedro se ilumina. Casi salta del regazo de mi tío para seguir a Diego fuera de la habitación.

–Confío –añade mi tío en voz más baja– en que no hubiera más incidentes ayer por la noche.

La frase parece casi una cortesía. Nada ocurre en este país sin que él se entere.

–No –contesto–. No hubo nada más.

Pero Simón interviene.

–Los gendarmes no tienen absolutamente nada –dice con acritud–. Mientras tanto, Alex y Pedro ni siquiera pueden dormir bajo su propio techo.

Su tono me pilla por sorpresa.

Lucio le dedica una mirada larga y poco amigable.

–Alexander y Pedro son bienvenidos bajo este techo. Y te equivocas: hace veinticinco minutos me han llamado los gendarmes para decirme que una de las cámaras de seguridad ha captado la imagen de un sospechoso.

—Es una noticia estupenda, tío —digo.

—¿Cuánto tiempo tardarán en tener algo definitivo? —pregunta Simón.

—Estoy seguro de que se dan toda la prisa que pueden —contesta Lucio—. Mientras tanto, ¿qué puedes contarme de todo este asunto?

Miro fugazmente a Simón.

—Esta mañana encontramos algunas cosas en mi apartamento que sugieren que los dos sucesos… están relacionados.

Lucio ajusta el ángulo del bolígrafo que descansa en su escritorio.

—Los gendarmes están estudiando esa misma posibilidad. Obviamente, resulta de lo más preocupante. ¿Les has contado lo de esas cosas que has encontrado?

—Todavía no.

—Les pediré que vuelvan a ponerse en contacto contigo. —Se vuelve hacia Simón—. ¿Hay algo más que debería saber?

Mi hermano niega con la cabeza.

Lucio frunce el ceño.

—Por ejemplo, qué estabais haciendo en Castel Gandolfo. Eso para empezar.

—Ugo me llamó pidiendo ayuda.

—¿Cómo llegaste hasta allí?

—Me llevó un chófer del servicio de automóviles.

Lucio chasquea la lengua. El servicio de automóviles está a su cargo, pero los sacerdotes normales no están autorizados a solicitar ningún desplazamiento, y se supone que los sobrinos del jefe deben estar por encima de cualquier conducta reprobable.

—Tío —digo—, ¿sabes si alguien se ha colado alguna vez en Castel Gandolfo? ¿O aquí?

—La verdad es que no.

—¿Cómo podría haber averiguado alguien el número de nuestro apartamento?

—Eso mismo iba a preguntarte yo.

A través de la puerta abierta, veo cómo Diego le sirve a Pedro el zumo de naranja en un vaso de cristal. Pedro se echa un poco atrás, recordando que el año pasado rompió uno igual. Las monjas se pasaron media hora de rodillas recogiendo los trozos de vidrio. Le echo una mirada iracunda a Diego por haberlo olvidado.

—Bien —dice Lucio—, os he llamado porque también quería discutir otro asunto. Por desgracia, la exposición de Nogara necesita algunos cambios.

Simón estalla.

—¿Cómo?

—Me he quedado sin comisario, Simón. No puedo montar la exposición sin él. En algunas salas ni siquiera está claro qué debe colgarse ni dónde.

Mi hermano se pone de pie. Casi histéricamente, dice:

—No puedes hacerlo. Él dio su vida por esto.

Le susurro a Simón que, tras lo ocurrido la pasada noche, un cambio o un aplazamiento podrían ser una buena idea.

Lucio golpetea con su huesudo índice sobre una hoja de control presupuestario.

—He enviado ya cuatrocientas invitaciones para la inauguración. Un aplazamiento queda descartado. Y, en este momento, como Nogara no terminó de preparar las últimas salas, no se trata tanto de cambiar la exposición como de montar una. Así que me gustaría discutir la posibilidad, sobre todo contigo, Alexander, de centrar la exposición en el manuscrito más que en el sudario.

Simón y yo estamos anonadados.

—¿Te refieres al Diatesarón? —pregunto.

—No —tercia Simón—. De ninguna de las maneras.

Lucio no le hace caso. Por una vez, solo mi opinión cuenta.

—Pero ¿cómo podría hacerse? —pregunto.

—Los restauradores han terminado con el libro —responde Lucio—. Lo que la gente quiere ver es el libro. Lo ponemos en una vitrina y se lo mostramos. Los detalles ya dependerían de ti.

—Tío, no puedes llenar diez salas con un solo manuscrito.

Lucio emite un resoplido.

—Si quitamos la encuadernación, podemos. Cada página puede exponerse por separado. Y ya hemos hecho algunas reproducciones fotográficas a gran escala para las paredes. El libro tiene... ¿cuántas páginas? ¿Cincuenta? ¿Cien?

Lucio desdeña con un gesto de la mano.

–El personal del laboratorio de manuscritos sabe manejar estas cosas. Harán lo que necesitemos.

Antes de que pueda negarme, Simón pega un manotazo en el escritorio de Lucio.

–No –dice con firmeza.

Todo se paraliza. Con la mirada, insto a Simón a sentarse. Lucio arquea una ceja, grande y sinuosa.

–Tío –dice Simón pasándose la mano por el pelo–, perdona. Estoy… muy afligido. Pero, si te hace falta ayuda para terminar la exposición, yo puedo decirte lo que necesites saber. Ugo me contó todos los detalles.

–¿Todos?

–Esto es muy importante para mí, tío.

Hubo un tiempo en el que estos estallidos impredecibles habrían merecido la condena de mi tío. Eran un rasgo griego, afirmaba Lucio, no romano. Pero ahora asegura que es justamente lo que singulariza a Simón, aquello que lo catapultará a posiciones que ni siquiera mi tío ha alcanzado.

–Entiendo –dice Lucio–. Me alegra oírlo. Entonces tendrás que dirigir al resto de los comisarios, porque tenemos mucho que hacer en los próximos cinco días.

–Tío –intervengo–, ¿eres consciente de que Simón y yo nos enfrentamos ahora a otro problema que nos atañe directamente?

Revuelve entre las hojas del escritorio.

–Sí, soy consciente. Y por eso voy a hacer que el comandante Falcone os envíe a un agente para protegeros a ti y a Pedro, como precaución. –Se vuelve hacia Simón–. En cuanto a ti, dormirás aquí, bajo este techo, hasta que el trabajo de la exposición se haya acabado. ¿De acuerdo?

Simón preferiría dormir en la calle, en cualquier esquina fuera de la estación Termini. Pero ese es el precio que debe pagar por esas súplicas tan desacostumbradas en él. Con ellas le ha mostrado a mi tío quién tiene las cartas en la mano.

Simón asiente y Lucio golpetea dos veces en la mesa con los nudillos. Hemos terminado. Don Diego regresa para acompañarnos al ascensor.

–¿Debo enviar a alguien a recoger su equipaje? –aguijonea Diego a Simón.

Serán compañeros de apartamento durante las próximas cinco noches. Guardián y prisionero. Pero, de momento, hay consuelo en los ojos de Simón. Alivio. No va a morder el anzuelo. Cuando las puertas de metal se abren, Pedro se apresura a entrar, ansioso por apretar el botón del ascensor. Antes de que Diego pueda encontrar otra manera de pinchar a Simón, Pedro y yo estamos bajando.

CAPÍTULO 8

Poco después de mi cena en el apartamento de Ugo, lo ayudé a colarse en la Biblioteca Vaticana para ver el Diatesarón.

–Nos encontraremos en mi apartamento a las cuatro y media –había dicho Ugo–. Y traiga un par de guantes.

A las cuatro y media estaba en su apartamento. Ugo llegó un cuarto de hora más tarde. En las manos llevaba dos bolsas de plástico del Annona, el supermercado del Vaticano. Una de ellas mostraba los inconfundibles contornos de una botella de alcohol.

–Para calmar los nervios –dijo guiñándome un ojo. Pero tenía la frente sudorosa y los ojos inquietos.

Dentro ya de su piso, empezó a beber un chupito tras otro de *grappa* Julia.

–Dígame una cosa –dijo–. ¿Sabe orientarse allí abajo?

Allí abajo: bajo su apartamento, en la biblioteca.

–¿Cómo voy a saber? –contesté malhumorado.

Me había dado la impresión de que ya había hecho antes esto, de que mi papel consistía únicamente en seguirlo. Después de todo, solo para entrar por la puerta principal de nuestra biblioteca se requería una solicitud con referencias de expertos acreditados. Para consultar un libro se requería papeleo. Para cogerlo había que recurrir a un empleado de la biblioteca, porque a ningún cliente se le permitía jamás acceder a las estanterías.

–Si ya sabemos dónde está el manuscrito –pregunté–, ¿no podemos simplemente sacarlo del estante y leerlo?

Su otra bolsa de supermercado contenía una buena colección de equipamiento: dos linternas, un *camping gas*, una caja de guantes de látex, una hogaza de pan, una bolsa de piñones, unas pantuflas, un cuaderno de notas y lo que parecía ser un rollo de cable, del tamaño de una raqueta de tenis infantil, todo lo cual procedió a embutir en una bolsa marinera.

—Bueno, sí que podemos cogerlo de las estanterías —contestó—. No es ese el problema. —Consultó su reloj—. Ahora a buen paso, padre Alex. Tenemos que darnos prisa.

Señalé la bolsa.

—No pasaremos de la recepción llevando eso. Los guardias nc nos van a dejar.

—No sea bobo —se burló—. Hay un conducto de ventilación que desemboca en la ventana de la segunda planta. Lleva años fuera de servicio.

Lo miré fijamente.

Ugo se rio y me agarró del brazo.

—Es broma, es broma. Ahora deje ya de preocuparse y vámonos.

Tenía un amigo dentro, un viejo sacerdote francés cuyo despacho estaba en un rincón olvidado del edificio. La biblioteca iba a cerrar dentro de diez minutos, pero el apartamento de Ugo estaba tan cerca que aún nos sobraron dos.

Ugo me detuvo delante del despacho de su amigo.

—Espere aquí un momento —me dijo.

Entró solo, pero no cerró del todo la puerta.

—Ugolino —oí que decía el hombre con inquietud. Hablaba con un marcado acento francés—. Ya saben de ti.

—Lo dudo —replicó Ugo.

—Los de seguridad han pasado hoy puerta por puerta para advertirnos que debemos informar de cualquier persona desconocida.

Ugo no respondió.

—El sacerdote que los acompañaba —continuó la voz— sabía tu nombre.

Ugo se aclaró la garganta.

—¿Todavía están probando el nuevo sistema?

—Sí.

—Entonces, la puerta sigue abierta…

—Sí, pero no es buena idea que vuelvas a bajar allí tú solo.

—Estoy de acuerdo. —Ugo se acercó a la puerta y me hizo pasar—. Quiero que conozcas al padre Alexander Andreou. Esta noche me acompañará.

El sacerdote francés era de esos hombres que llaman «zorros

plateados» por su cabello cano. Tenía una larga barba puntiaguda que en buena medida disimuló su mueca de disgusto al verme.

–Pero Ugolino… –comenzó.

Ugo cogió el sombrero y el paraguas que su amigo tenía colgados en el perchero.

–Estás malgastando saliva. Y van a darse cuenta si no sales a la hora de siempre. Ya hablaremos mañana.

El sacerdote cerró las cortinas de la puerta vidriada del despacho.

–Esto no es sensato. Por estos pasillos se oye hasta el ruido más pequeño. Con él aquí, seguro que vas a hablar. Y a llamar la atención.

Pero Ugo se limitó a darle un empujoncito hacia la salida. El reloj que había sobre la puerta marcaba las cinco y doce minutos. En las salas de lectura, los estudiosos ya habían guardado los cuadernos de notas y los ordenadores portátiles. Ahora se encaminaban al mostrador principal para recoger las llaves de sus taquillas y, en pocos minutos, se habrían ido. Tras lo cual sería imposible explicar por qué Ugo y yo seguíamos allí.

–¿De qué le estaba advirtiendo su amigo? –pregunté cuando Ugo cerró la puerta.

Ugo echó un vistazo a través de las lamas de la cortina.

–De nada.

–Entonces, ¿por qué vigila el pasillo?

–Porque ojalá su tío contratara a unos cuantos comisarios tan atractivos como la signorina de Santis, la del despacho de al lado.

Me dejé caer contra la pared. Como gesto de camaradería, Ugo me imitó y luego sacó la hogaza de pan de la bolsa. Sonrió con tristeza.

–Entiende que no podrá contarle a nadie lo que va a ver esta noche, ¿verdad? Ni siquiera a sus alumnos.

Por debajo de la puerta, vimos que se apagaban las luces del pasillo.

–No estoy haciendo esto por mis alumnos –repliqué.

–El padre Simón me ha dicho que el padre de ustedes dos les enseñó a leer el Nuevo Testamento en griego.

Asentí.

–Y también que usted era el estudioso y él era el holgazán.

–Los Evangelios eran mi asignatura favorita en el seminario.

Para cualquier profesor del Evangelio –incluso para quien, como yo, enseñaba a monaguillos del preseminario– resultaba emocionante saber que nuestra comprensión de la Biblia era imperfecta, que siempre podía haber manuscritos evangélicos más antiguos, mejores y más completos esperando a que los descubrieran. Esa noche se me brindaba la oportunidad de tener uno de esos manuscritos en las manos antes de que lo guardaran bajo llave, como el resto.

Ugo se limpió las gafas con el pañuelo. Me observó con ojos sorprendentemente lúcidos.

–Y bien, ¿le ha contado al padre Simón lo que íbamos a hacer esta noche?

–No. Llevo un par de días sin poder hablar con él.

Suspiró.

–Yo tampoco he podido. Su hermano desaparece a veces. Es bueno saber que no se trata de nada personal. –Consultó su reloj y se puso de pie–. Bien, hay algo que debe saber antes de que salgamos. No podemos dejar ningún rastro, porque al parecer alguien me ha estado siguiendo.

Recordando su conversación con el sacerdote francés, le pregunté:

–¿Quién?

–No lo sé. Pero después de esta noche espero que no pueda volver a hacerlo. –Ugo se quitó los zapatos, sacó las pantuflas de la bolsa marinera y se las puso–. Usted sígame. Vamos abajo.

Los pasillos estaban a oscuras, pero Ugo conocía el camino. Pese a ser tan grande, se las arreglaba para no hacer el más mínimo ruido, ni siquiera cuando entramos en los gigantescos pasillos que discurrían entre los libros.

Había esperado encontrar viejas estanterías de madera que llegaran hasta el techo, bajo grandes bóvedas pintadas al fresco. En lugar de eso, lo que allí había eran túneles industriales de techo bajo, más largos que un transatlántico y surcados de conducciones eléctricas. Sobre el frío suelo de metal, mis zapatos provocaban un chasquido que resonaba por los pasillos, y además tenía que caminar encorvado para no golpearme la cabeza contra los protectores de las bombillas. Ugo, sin embargo, se movía con soltura, como si la bebida le hubiera dado agilidad.

Los estantes de metal nos rodeaban ahora por completo, a derecha e izquierda, por arriba y por abajo, con cada planta conectada a la siguiente mediante unas aberturas como de desván que debían atravesarse por unas estrechas escaleras. Ugo se alumbraba con la linterna que había traído, porque las bombillas del techo funcionaban con temporizador. Así que bajamos y seguimos bajando hasta que al final llegamos a un ascensor.

–¿Adónde lleva? –pregunté.

Mi voz, como había advertido el sacerdote francés, resonó a través de los suelos de mármol, traspasando la densa oscuridad.

–Al fondo del todo –susurró Ugo.

Las puertas se cerraron detrás de nosotros y la cabina del ascensor se oscureció de inmediato. El haz de la linterna de Ugo se dirigió directamente al panel de control. Antes incluso de que yo pudiera leer los rótulos que allí había, ya estábamos descendiendo lentamente.

Las puertas se abrieron de nuevo a un espacio de paredes color mantequilla y tubos fluorescentes. Allí no había estanterías, solo algunos crucifijos o iconos sagrados colgados en las paredes, separados por detectores de incendios y cajas de luces de emergencia. Todo despedía ese olor extraño y químico de las cosas nuevas.

–¿Estamos bajo tierra? –susurré.

Ugo asintió y me guio por un recodo, murmurando:

–Ahora veremos si mi amigo tenía razón.

Al girar llegamos a una inmensa puerta de acero. Junto a ella, en la pared, había un teclado de seguridad.

Sin embargo, en lugar de introducir un código, Ugo pasó los dedos por detrás del borde de la puerta y empujó hacia atrás.

El bloque de acero se abrió sin ruido. Al otro lado, todo era oscuridad.

–Estupendo –musitó Ugo. Luego se volvió hacia mí y dijo–: No toque absolutamente nada hasta que le explique por qué esta puerta estaba abierta.

Tanteó en el interior para girar el temporizador de la luz eléctrica. Cuando el interior se iluminó, sentí que se me paralizaban las piernas.

Veinte años antes, Juan Pablo II había roto moldes con un nuevo proyecto. La Biblioteca Vaticana no tenía más espacio para estanterías, así que en un pequeño patio de la parte norte de la biblioteca, donde los trabajadores habían cultivado verduras en tiempos de guerra y ahora el tío Lucio dirigía un café para sacarles el dinero a los eruditos visitantes, Juan Pablo hizo excavar un pozo. En él puso los cimientos de una cámara de hormigón a prueba de bombas, diseñada para albergar sus posesiones más valiosas. Hoy, cuando los eruditos toman sus bebidas en el café del tío Lucio, lo hacen sobre una fina capa de césped bajo la cual se oculta la cripta de acero reforzado que contiene los tesoros de Juan Pablo.

De niño me había imaginado este lugar. En mis fantasías, era tan grande como la cámara acorazada de un banco. Pero la sala que ahora tenía ante mí era tan grande como un pequeño aeródromo. El corredor principal tenía la longitud de medio campo de fútbol, y los dos pasillos laterales eran tan anchos que en ellos podría haber aparcado un autobús turístico.

—He aquí la mayor colección de manuscritos de la humanidad —susurró Ugo.

Existen dos clases de libros en este mundo. Desde Gutenberg, los libros impresos han proliferado por millones gracias a la producción industrial de las máquinas, lo que ha condenado al olvido a otra clase de libros más antiguos: los manuscritos. Cualquier empresario analfabeto del Renacimiento, solo con que dispusiera de una imprenta, podía producir diez libros en menos tiempo del que un equipo de monjes eruditos necesitaba para terminar una sola página de un manuscrito. Considerando la exigua producción de manuscritos y el maltrato que sufrían a lo largo de los siglos, resulta milagroso que haya sobrevivido alguno. Pero, desde su invención, los libros han contado con un poderoso aliado: siempre ha habido una iglesia cristiana para producirlos y un papa en Roma para coleccionarlos. De todas las grandes bibliotecas de la historia de la humanidad, solo una existe todavía. Y, por la gracia de Dios, yo iba a entrar ahora en el corazón de esa biblioteca.

—Tome esto —me dijo Ugo pasándome la otra linterna—. El temporizador solo dura veinte minutos. Ahora deje que le enseñe a qué nos enfrentamos.

Sincronizó el cronómetro de su reloj digital, inició la cuenta atrás y luego sacó el cable enrollado de la bolsa del supermercado. Por primera vez, me fijé en cómo era: un terminal electrónico conectado a un óvalo de metal similar a la resistencia de un horno. Cuando lo encendió, unas letras rojas parpadearon en el terminal.

—Están instalando un nuevo sistema de inventario —dijo—, para evitar hacerlo manualmente y tener que cerrar la biblioteca durante un mes cada año. ¿Sabe lo que es esto?

Parecía un cruce entre antena de televisión y calentador de toallas.

—Es un escáner de radiofrecuencia —dijo—. Se han colocado etiquetas en la encuadernación de los manuscritos, y este escáner puede leer cincuenta de una vez, a través del aire.

Me precedió por la primera estantería, haciéndome una demostración mientras caminábamos junto a ella. Líneas de texto empezaron a bajar por la pantalla más rápidamente de lo que yo podía leerlas. Números de catálogo. Títulos. Autores.

—Incluso buscando con esta varita mágica —continuó—, necesité dos semanas para darme cuenta de que el manuscrito debía estar aquí. Dos semanas… y un poco de suerte. —Señaló con la cabeza hacia una caja de plástico blanco instalada en el techo—. Esos son los escáneres permanentes. Por alguna razón, interfieren en el sistema de seguridad, así que la puerta de acero debe mantenerse abierta hasta que el problema se solucione. —Me echó una ojeada—. Para nosotros, es una buena noticia. La mala es que la tecnología de radiofrecuencia hace que la puerta de acero no sirva para nada. En mi primera visita a esta cámara, cometí el error de colocar un libro en otro estante. Los escáneres detectaron el movimiento y, en cinco minutos, tenía aquí a un guardia de seguridad.

—¿Qué hizo?

—Esconderme y rezar. Por suerte, el guardia creyó que el sistema se había estropeado. Desde entonces, he seguido dos normas. Una: leer *in situ*. Y dos: llevar esto.

Sacó los guantes de látex de la bolsa.

—¿Para no dejar huellas dactilares? —pregunté.

—No del tipo que está pensando —dijo con un brillo en los ojos—. Ahora sígame.

Mientras nos movíamos entre las estanterías, su precisión fue en aumento. Dejó la bolsa marinera al final de un pasillo, sacó un vial de gasas impregnadas en alcohol y se limpió las manos antes de enfundarse los guantes.

—¿Es eso? —pregunté al ver que el terminal registraba un fondo de manuscritos en siríaco, la antigua lengua de Edesa en la época del Diatesarón. Y la lengua, también, más próxima al arameo de Jesús.

Pero Ugo negó con la cabeza y continuó adentrándose por el pasillo.

—Esto —dijo—. Esto es.

En la pantalla apareció una extraña anotación. Donde debía haber números de catálogo, había una palabra en latín: CORRUPTAE.

«Dañado».

—En este estante —dijo Ugo— hay manuscritos pendientes aún de restauración. —Abarcó con el gesto toda la estantería, más de un centenar de manuscritos en total—. Ni siquiera parecen saber lo que tienen aquí.

—¿Cómo dio con el manuscrito correcto?

Ugo no leía en griego y todavía resultaba más difícil encontrar a quien conociera el siríaco.

—Padre Alex, he estado viniendo aquí cada noche desde que volví de Turquía. Duermo solo durante el día. Lo que está viendo se ha convertido en mi vida. Estoy a esto —y juntó los dedos en el aire— de demostrar que el sudario se hallaba en Edesa durante el siglo II. De haber sido necesario, habría comprobado manualmente todos los manuscritos de este palacio. —Sonrió—. Por fortuna, todos los manuscritos de esta estantería aún están indexados en el antiguo sistema de inventario, escrito en bello latín.

Entornando los ojos, levantó la vista hacia los estantes y pasó un dedo enguantado por el aire, casi rozando los lomos. Cuando llegó al que buscaba, ladeó la cabeza y miró hacia la pared, al escáner más cercano, como si calculara su tolerancia al movimiento. Por fin, dijo:

—Póngase los guantes.

La emoción que me produjeron esas palabras fue más intensa de lo que había esperado.

—Antes de ponérmelos, ¿podría tocarlo? —pregunté—. Solo un segundo. Tendré mucho cuidado.

No respondió. En lugar de eso, con un diestro movimiento extrajo el ejemplar del estante, abrió la cubierta de cuero dorado y del interior se escapó algo corroído y de aspecto horrible. El volumen no era mayor que el estuche de un collar, con raspaduras de un tono oxidado que se enmarañaban sobre la superficie negra y picada de la cubierta. Los bibliotecarios nunca habían retirado la encuadernación original para deslizarla dentro de las cubiertas papales.

—Hay una cosa que debe saber antes de tocar esto —dijo Ugo—. Algo que no averigüé hasta después de tenerlo en mis manos. Hace trescientos años, el papa envió a una familia de sacerdotes a buscar los manuscritos más antiguos del mundo. Uno de esos sacerdotes fue a parar a una biblioteca situada en el desierto de Nitria, en el monasterio de los Sirios, donde un abad había reunido una colección de textos en el siglo X d. C. Incluso en la época de ese abad, los textos ya eran extremadamente antiguos. Hoy son los libros de mayor antigüedad que se conocen. El abad hizo imprimir una advertencia en su interior: «Aquel que se lleve estos libros del monasterio recibirá la maldición de Dios». El sacerdote, Assemani, hizo caso omiso de la advertencia y en el camino de vuelta a Roma su barco naufragó en el Nilo. Uno de los monjes se ahogó. Assemani pagó para que algunos hombres dragaran el río en busca de los manuscritos, pero el agua los había dañado y necesitaban ser restaurados, que es una de las razones por las que este libro acabó en un estante olvidado. Pero hay otra razón: cuando el primo de Assemani trató de elaborar un catálogo de estos manuscritos, murió en el intento. Un tercer Assemani retomó esa labor, pero se declaró un incendio en el apartamento que tenía junto a la biblioteca y el catálogo quedó destruido. Nadie ha sido capaz de concluirlo. Por eso no existe registro de estos manuscritos ni nadie parece saber que están aquí.

—Ugo —dije—, ¿por qué me cuenta esto?

—Porque, aunque yo me considere por encima de toda superstición y afortunado por haber encontrado este libro, usted tiene derecho a decidir por sí mismo.

—No sea ridículo.

Yo enseñaba los modernos métodos evangélicos, la lectura científica y racional de la Biblia. No lo dudé ni por un segundo.

Deslizó el texto antiguo entre los guantes hasta dejarlo plano en la palma de una mano mientras levantaba la otra para que yo la viese. Allí donde el manuscrito había tocado el guante, el látex había adquirido un color marrón rojizo.

—La cubierta —dijo— deja una mancha casi indeleble. Tardé días en quitármela de la piel. Por favor, póngase los guantes.

Esperó hasta que lo hube hecho y, luego, con ternura, como el médico que depositó a Pedro en mis brazos, me entregó el texto.

Nunca había visto un libro confeccionado de ese modo. Como una criatura prehistórica que viviera en el fondo del mar, la semejanza con sus modernos congéneres era ínfima. La cubierta consistía en una lámina de piel que colgaba como la solapa de un bolso, diseñada para envolver las sucesivas páginas de modo que quedaran protegidas. Una tira de cuero pendía de ella, a modo de cinturón, con el objetivo de ceñir el libro para cerrarlo.

Desaté esa cincha con el mismo cuidado que le arreglaría los cabellos a un bebé. Dentro, las páginas eran grises y suaves. Las letras fluían en trazos largos y delicados, sin puntas redondeadas: el idioma siríaco. Junto a ellas, escrito en tinta en la misma página, había un índice latino obra de algún bibliotecario vaticano que llevaba ya largo tiempo muerto.

«Anteriormente, Libro VIII de la colección siríaca de Nitria».

Y, después, muy claramente:

«Armonización de los Evangelios de Taciano (Diatesarón)».

Un estremecimiento me recorrió de arriba abajo. Allí, en mis manos, estaba la criatura inventada por uno de los gigantes de la primera época de la cristiandad. La vida canónica de Jesús de Nazaret en un solo libro. Mateo, Marcos, Lucas y Juan fusionados para formar el superevangelio de la antigua Iglesia siria.

No se oía ningún ruido allí abajo, salvo el de la titánica red de tuberías que se extendían como lombrices por el techo, atravesadas por el flujo de ventilación procedente de un lejano pulmón mecánico. Pero, en mis oídos, la corriente sanguínea resonaba con auténtico fragor.

–Piel de cabra tintada sobre planchas de papiro –declaró entre dientes Ugo con patente nerviosismo–. Páginas de pergamino.

Con una herramienta que no reconocí, pasó la primera página. Ahogué una exclamación. Todo lo que allí había estaba demasiado emborronado por el agua para resultar legible. Pero, en la siguiente página, los borrones se atenuaron. Y en la tercera, la letra manuscrita ya era visible.

–Tiene razón –susurré–. Es una edición bilingüe.

Había dos columnas en la página: la de la izquierda en siríaco, la de la derecha en griego. Y esta vez, cuando Ugo pasó la página, fue como si la niebla producto del deterioro empezara a disiparse. Allí, en letras mayúsculas y sin espacios de separación, había una línea en griego que yo era capaz de convertir en algo familiar.

ΕΓΕΝΕΤΟΡΗΜΑΘΕΟΥΕΠΙΙΩΑΝΝΗΝΤΟΝΤΟΥΖΑΧΑΡΙΟΥ

–«Fue dirigida la palabra de Dios a Juan, hijo de Zacarías» –dije–. Eso es de Lucas.

Ugo me lanzó una breve mirada y luego observó de nuevo la página. Ahora también sus ojos echaban fuego.

–¡Y mire la línea siguiente! –continuó–. «Confesó: "Yo no soy el Cristo"». Ese versículo solo está en el Evangelio de san Juan.

Ugo se revolvió los bolsillos, pero no pareció encontrar lo que buscaba. Salió disparado hacia la bolsa marinera y regresó, jadeando, con un cuaderno de notas.

–Padre Alex –dijo–, esta es la lista. Estas son las referencias del sudario que necesitamos comprobar. La primera es Mateo 27, 59. Los versículos paralelos son: Marcos…

Pero, antes de que pudiera revisar la página, frunció el ceño y se interrumpió. Se giró para mirar el escáner.

–¿Qué pasa? –pregunté.

Ladeó la cabeza en ademán de escuchar con atención. A lo lejos se oía algo, muy débilmente.

Por fin, negó con la cabeza y dijo:

–Corrientes de aire. Continúe.

Me pregunté cómo podía estar tan centrado en su pequeña lista de versículos, o incluso en el sudario, cuando ante nosotros teníamos un Evangelio completo. Me hubiera quedado allí un mes, un año, hasta haber aprendido por mí mismo suficiente siríaco para leer ambas columnas juntas, cada palabra.

Sin embargo, Ugo tenía todos los músculos del rostro en tensión. Cualquier rastro de su jovialidad y buen humor había desaparecido.

—Lea, padre —dijo—. Por favor.

Había ocho versículos en la lista. Me los sabía de memoria. Cada uno de los cuatro Evangelios —Mateo, Marcos, Lucas y Juan— dice que el cadáver de Jesús fue envuelto en lino tras la crucifixión. Dos de ellos, Lucas y Juan, también dicen que los discípulos volvieron después de que resucitara y vieron el lino en la tumba vacía. Pero el Diatesarón, al fusionar los Evangelios en una sola historia, destilaba todas esas referencias hasta dejar solo dos momentos: el enterramiento y la reapertura de la tumba.

—Ugo, hay un problema —dije al encontrar la primera de las citas—. Está demasiado podrido en esta parte. No puedo descifrar algunas palabras.

La página tenía unas difusas manchas negras que hacían las palabras ilegibles. Yo había leído sobre algunos manuscritos destruidos por los hongos, pero nunca había visto ninguno.

Ugo se recompuso y, con toda la calma de que fue capaz, dijo:

—Muy bien, ráspelo.

Parpadeé, incrédulo.

—No puedo. Dañaría la página.

Ugo tendió la mano.

—Entonces dígame dónde está la palabra y lo haré yo.

Alejé el libro de él.

Un breve relámpago de ira apareció en sus ojos.

—Padre, sabe lo importante que es esa palabra.

—¿Qué palabra?

Cerró los ojos y trató de serenarse.

—Tres de los Evangelios dicen que Jesús fue enterrado con un lienzo, una tela de lino. Pero Juan dice «lienzos». En plural.

—No lo entiendo.

Me miró con expresión de incredulidad.

—El singular implica que tenemos una mortaja. El plural implica que hay más telas. Si Juan tenía razón, aquí se ha producido un error trascendental, ¿no cree? El hombre que escribió el Diatesarón tuvo que elegir. Y si realmente llegó a ver el sudario en Edesa, entonces habría elegido «lienzo», en singular.

Mostraba una vehemencia desacostumbrada que me provocaba rechazo.

—Usted me dijo que estábamos aquí para demostrar que el sudario se hallaba en Edesa cuando se escribió el Diatesarón.

Agitó su lista de versículos bíblicos.

—Ocho alusiones al sudario. Ocho. Cuatro de Marcos, Mateo y Lucas. Cuatro de Juan. —Señaló el manuscrito—. El hombre que escribió este libro...

—Taciano.

—... tuvo que romper el empate. No podía usar las dos palabras, de modo que ¿cuál eligió? Ahí empieza la batalla, padre. Así que vamos a librarla.

Aun así, por mucho que forzara la vista ante la página podrida, las palabras eran impenetrables.

—Comprobaré la otra referencia —sugerí—. La de la tumba vacía.

Pero también ahí había chafarrinadas negras que ocultaban la palabra.

Ugo se sacó un kit de plástico del bolsillo del pecho.

—He traído torundas y solvente. Empezaremos con saliva. Las enzimas pueden ser suficientes.

Lo agarré del brazo.

—Alto. No.

—Padre, no lo he traído aquí...

—Por favor, dígale al cardenal bibliotecario lo que ha encontrado. Los restauradores harán esto como es debido. No podemos arriesgarnos a dañarlo.

Se puso hecho una furia.

—¿El cardenal bibliotecario? ¡Me dijo que podía confiar en usted! ¡Me dio su palabra!

—Ugo, si daña estas páginas no tendrá nada. Ni usted ni nadie. Nunca.

—No he venido aquí para que me eche un sermón. El padre Simón me dijo que usted tenía experiencia con...

Levanté el manuscrito.

—¡Pare! —me gritó—. ¡Va a hacer que se dispare la alarma!

Cuando tuve el libro a la altura de los ojos, le dije:

—Ponga la linterna en ángulo. A lo mejor puedo ver la marca de los trazos.

Se me quedó mirando fijamente. Después, se palpó los bolsillos y sacó una pequeña lupa.

—Muy bien, de acuerdo. Use esto.

Hace cien años, un libro perdido de Arquímedes apareció en un convento ortodoxo griego, donde estaba disimulado a la vista de todos. Un monje medieval había borrado el tratado original raspando la tinta del pergamino y había escrito un texto litúrgico en las páginas de nuevo en blanco. Pero bajo la luz adecuada, desde el ángulo adecuado, todavía era posible distinguir las antiguas marcas, el rastro de la primera escritura.

—Ahí —dije—. Mantenga el haz justo ahí.

—¿Qué ve?

Parpadeé y volví a mirar.

—¿Qué hay? —repitió.

—Ugo…

—¡Hable! ¡Por favor!

—Esto no es podredumbre.

—Entonces, ¿qué es?

Entorné los ojos.

—Son pinceladas.

—¿Cómo?

—Estas manchas son de pintura. Este libro ya lo había encontrado alguien. Ha sido censurado.

Los borrones estaban por todas partes. Engullían palabras, frases, versículos enteros. Resultaba imposible leer el texto que había debajo.

Conmocionado, Ugo murmuró:

—¿Está diciendo que alguien se hizo con este libro antes que nosotros?

—No en época reciente. La pintura parece muy antigua.

Examiné el texto, intentando entender lo que tenía delante.

Y José bajó el cuerpo de Jesús. ████████████████████
██
████████████████████████████████ y lo envolvieron en el
lienzo limpio ██
████████████████ un sepulcro nuevo excavado en la roca donde nadie
había yacido antes. Era el día ██████ de la preparación, y el Sabbat estaba
empezando, de modo que ██████████████████████ lo pusieron en él
e hicieron rodar una gran piedra hasta la entrada del sepulcro, y se fueron.

–¿Quién hizo eso? –preguntó Ugo.

Cerré los ojos. Me sabía de memoria estos versículos del Evangelio. Fusionando el testimonio de los cuatro Evangelios, el resultado sería:

Y José bajó el cuerpo de Jesús. <u>Nicodemo, quien se le había acercado primero de noche, llegó con una mezcla de mirra y áloes de unas cien libras de peso. Ambos tomaron el cuerpo de Jesús</u> y lo envolvieron en el/<u>los</u> lienzo(<u>s</u>) limpio(<u>s</u>). <u>En el lugar en el que lo habían crucificado había un jardín, y en el jardín</u> un sepulcro nuevo excavado en la roca donde nadie había yacido antes. Era el día <u>judío</u> de la preparación, y el Sabbat estaba empezando, de modo que<u>, como el sepulcro estaba cerca,</u> lo pusieron en él e hicieron rodar una gran piedra hasta la entrada del sepulcro, y se fueron.

Las partes censuradas aludían a las especias funerarias, al sudario, al hombre llamado Nicodemo y, lo más extraño de todo, a la palabra *judío*. Solo nos faltaba saber si la palabra para la mortaja de lino estaba en singular o en plural: tres de los cuatro Evangelios utilizan la palabra griega *sindon*, que significa «lienzo» o «sudario»; el otro utiliza *othonia*, que significa «lienzos», en plural.

Solo se me ocurría una cosa que pudiera relacionar esas palabras censuradas.

Para asegurarme de que era así, comprobé el resto de la columna.

–Ugo –susurré–, ¿tiene usted idea de lo antiguo que es este manuscrito?

–Debe de ser del siglo IV o V, calculo yo –contestó.

Negué con la cabeza.

–Creo que es más antiguo.

Una sonrisa nerviosa cruzó por su rostro.

—¿Cuánto más?

Traté de controlar el temblor de las manos.

—Nicodemo solo se menciona en el Evangelio de san Juan, lo mismo que las especias funerarias y la palabra *judío* de la frase final. Todo lo que este censor eliminó procede del Evangelio de san Juan.

—¿Y qué podemos deducir de ello?

—Existía un grupo de cristianos llamados alogianos. Querían que el Evangelio de san Juan fuera rechazado. Creo que fueron ellos quienes censuraron el manuscrito.

—¿Y eso es bueno o malo?

—Los alogianos existieron a finales del siglo II d. C. Este texto es probablemente el Evangelio completo manuscrito más antiguo del mundo.

De pronto pareció alicaído.

—Así que la palabra que censuraron debió de ser *lienzos*, porque es la que usa san Juan. —Entonces Ugo tomó conciencia de lo que yo acababa de decir—. Perdón, ¿puede repetir eso?

—He dicho que probablemente sea el manuscrito más antiguo…

Solo entonces, en el momento en que me interrumpió, entendí la magnitud de su obsesión.

—No, antes. Ha dicho que esa gente quería que el Evangelio de san Juan fuera rechazado. ¿Por qué?

—Porque los alogianos sabían que el Evangelio de san Juan no era como los otros. Es más teológico y menos histórico.

—¿Qué quiere decir con «menos histórico»?

—Es complicado, Ugo, pero…

—Juan dice *lienzos*, mientras que los otros tres Evangelios dicen *lienzo*. ¿Me está diciendo que san Juan no es una fuente fiable?

—Ugo, tenemos que hablarle de este libro al cardenal bibliotecario. No puede seguir escondido aquí abajo.

—¡Contésteme! Si san Juan no es fiable, entonces todo el testimonio evangélico sobre el sudario cambiaría. ¿Tengo razón?

Dudé.

—Podría ser, pero no es tan sencillo. Existen reglas. Interpretar los Evangelios requiere cierta formación.

–Muy bien. Entonces enséñeme esas reglas.

Levanté la mano, tratando de frenarlo.

–Asegúreme que este manuscrito va a estar a salvo.

Suspiró.

–Padre, pues claro que va a estar a salvo. Pero fui yo quien encontró este libro; soy yo quien lo necesita. Y no puedo perderlo por culpa de unos bibliotecarios neuróticos y sobreprotectores. Sabe que ellos se limitarían a…

De repente, se interrumpió. De nuevo escuchó con atención hacia la puerta de acero y la miró alarmado.

–¿Qué pasa? –susurré.

Pero estaba demasiado rígido para hablar. Lo único que movía eran los ojos, que miraron a su reloj y luego al extremo del pasillo.

Finalmente, distinguí un leve zumbido mecánico. Un motor que sonaba en una nota más baja que el lejano ventilador.

El ascensor.

–¿He disparado la alarma? –pregunté.

Pero Ugo no hacía más que mirar su reloj, como si este le estuviera engañando.

–¿Cómo saldremos de aquí? –le pregunté–. ¿Hay otra salida?

–No se mueva.

Miré a través de los huecos que se abrían entre estante y estante. Un momento después, lo vi: había movimiento cerca de la puerta. Ugo retrocedió.

–¿Adónde va? –articulé con la boca, sin emitir ningún sonido.

Sigilosamente, volvió a meter las cosas en la bolsa marinera y se la colgó al hombro, sin apartar ni un segundo los ojos de la puerta principal.

Un segundo después, una voz resonó en la cámara:

–Doctor Nogara, salga, por favor.

La mano de Ugo agarró con fuerza la bolsa marinera. Se arrodilló y señaló el escáner de la pared, para recordarme que no debía moverme. Luego, él mismo empezó a escabullirse con el máximo sigilo.

–No pretendo hacerle ningún daño –dijo la voz–. Me envía la Secretaría de Estado. Necesito saber qué está haciendo aquí.

Cada vez sonaba más cerca. Ugo levantó tres dedos en el aire, pero no entendí la señal. Cerré el manuscrito y me preparé para dejarlo de nuevo en su hueco del estante.

–Sabemos que ha estado trabajando en Turquía –continuó la voz, ahora ya a pocos estantes de distancia–. Sabemos que el padre Andreou ha estado ayudándolo. Lo he seguido al aeropuerto Esenboğa varias veces. Se supone que trabaja para nosotros, así que tenemos derecho a saber adónde va.

Ugo abría unos ojos espantados. Gesticuló histéricamente para indicarme que no devolviera el libro a la estantería. Levantó de nuevo la mano, pero esta vez mostraba solo dos dedos.

En ese momento alcancé a ver la silueta del hombre. Cruzó por el extremo del pasillo dejando ver la ondulación fantasmal de una sotana.

Me acerqué a la puerta de acero, pero Ugo me indicó con un gesto que me apartara. Consultó el reloj y levantó un solo dedo.

Me dominó el miedo. Sin esperar más, recoloqué el Diatesarón en el estante y me dirigí a la puerta.

En cuanto Ugo me vio moverme, avanzó de nuevo y se abalanzó hacia el Diatesarón.

–¡El libro! –exclamó con voz ronca–. ¡El libro!

El grito resonó en la cámara. La silueta se dio la vuelta. En ese momento, en el reloj de Ugo sonó la alarma. Al instante, las luces del temporizador se apagaron. La cámara quedó sumida en la oscuridad.

–¡Corra! –gritó Ugo en la negrura.

Traté de escabullirme en la oscuridad, en dirección a la rendija de luz de emergencia visible bajo la puerta de acero. Detrás de mí, algo se movía a trompicones. Oí un tamborileo de pisadas y luego un penetrante aullido mecánico.

La alarma.

–¡Siga! –gritó Ugo–. ¡Lo tengo!

Salí al pasillo y corrí hacia el ascensor. Mientras presionaba frenéticamente el botón, apareció Ugo, con el Diatesarón.

–¡Deprisa! –gritó–. ¡Ya viene!

Se abrieron las puertas y entramos como una exhalación. En el breve instante que transcurrió hasta que se cerraron, miré afuera, paralizado por el estupor, esperando atisbar la cara del hombre.

Pero la cámara permaneció en silencio. El hombre no llegó a aparecer.

Mientras la cabina del ascensor subía, Ugo acunó el libro que sostenía con ambas manos y cerró los ojos.

—¿Quién era? —pregunté.

—No lo sé.

—Tenemos que decírselo a mi tío.

Pero, cuando el ascensor llegó arriba del todo, los gendarmes nos estaban esperando. Ugo y yo quedamos bajo custodia policial. Una hora después, don Diego apareció para liberarnos.

—¿Y qué diantres encontrasteis allí abajo? —exigió saber el tío Lucio cuando regresamos a su palacio.

La respuesta de Ugo, vista en retrospectiva, es probable que le salvara el pellejo.

—Eminencia —dijo dejando el manuscrito en el escritorio del tío Lucio—, he descubierto el quinto Evangelio. Y voy a utilizarlo para autenticar el santo sudario.

Nunca había visto a mi tío olvidarse tan pronto de que estaba enfadado.

—A ver, contadme eso.

Solo más adelante llegaríamos a entender la segunda sorpresa de esa noche: por qué los gendarmes nunca encontraron al otro hombre en la cripta.

—¿Quién era ese hombre? —le pregunté a Ugo después.

—Ojalá lo supiera —respondió—. No llegué a verle la cara.

—Pero su voz... ¿le sonaba familiar?

Ugo arrugó el entrecejo.

—Qué raro. Ahora que lo menciona, es lo mismo que iba a preguntarle yo.

CAPÍTULO 9

Mientras el ascensor desciende del ático de Lucio, no dejo de pensar en el sacerdote que vi en la cámara de la biblioteca. Me pregunto por qué mi tío no puede terminar la exposición de Ugo sin ayuda de Simón. Me pregunto por qué Ugo deseaba mantener en secreto la parte final. Seguramente, había algo de lo que no quería que nadie se enterara.

Pedro tira de mi sotana.

–¿Cuándo va a volver Simón? –se queja.

–No lo sé. Ahora mismo tiene que ayudar al *prozio* Lucio. Y nosotros hemos de registrarnos en la Casa.

–¿Por qué?

Me agacho para ponerme a su nivel.

–Pedro, no podemos ir a casa.

–¿Porque la Policía está allí?

–Todo va a ser un poco diferente durante unos días, ¿de acuerdo?

«Diferente». Conoce esa palabra. Un sinónimo subrepticio de *peor*.

Casa Santa Marta es el único hotel en suelo vaticano. Allí es donde el santo padre aloja a los visitantes oficiales y donde los obispos se quedan durante los encuentros de rigor que mantienen con él cada cinco años. También es el lugar de residencia para los sacerdotes de la Secretaría en sus idas y venidas. Y el lugar en el que se hospedaría Simón si no tuviera familia en la ciudad.

El edificio tiene una austeridad casi *amish*, con sus seis hileras de ventanas idénticas, al otro lado de las cuales hay un centenar de habitaciones algo mayores que una celda monástica. Uno de los lados ofrece vistas sobre la gasolinera del Vaticano. Por el otro lado, los huéspedes pueden observar el altísimo muro fronterizo que discurre a tiro de piedra del hotel. Todos los proyectos arquitectónicos de Juan Pablo son así. A este papa al que obligaron a palear caliza en la Polonia ocupada por los nazis, el único lujo que le interesa es disponer de cuatro paredes y un techo.

La monja de recepción se deshace en disculpas por no poder darnos aún la habitación, ya que todavía están limpiando la parte especial del hotel reservada para nosotros. No parece haberse enterado de que mantener a las minorías religiosas en sus propios guetos ha dejado de estar de moda desde los tiempos en que Juan Pablo paleaba piedra caliza. Lo único que queremos es la primera habitación disponible, explico. Pero su respuesta, después de calibrar mi sotana y mi barba, es esta:

—Padre, ¡qué bien habla usted el italiano!

Saco a Pedro por la puerta principal antes de decir algo de lo que luego me arrepienta.

—¿Adónde vamos ahora? —me pregunta—. ¿Podemos comer?

No ha tomado un desayuno como es debido. Como mucho habrá comido lo que Sofia le haya dado en el apartamento de Leo.

—Enseguida —le contesto—. Pero primero hay algo importante que debemos hacer.

Han pasado semanas desde que fui al apartamento de Ugo. Mientras estamos allí plantados frente al umbral, en silencio, Pedro no deja de observarme, preguntándose por qué no llamamos. Él no puede ver lo que yo veo. Las marcas de la puerta delatan el uso de una palanca.

Alguien ha tratado de forzar la puerta. Pero Ugo tenía dos candados y, a diferencia de la puerta de nuestro apartamento, esta no ha cedido.

La abro con las llaves que me dio Ugo para echar un vistazo por allí mientras él estaba en Turquía. Pedro entra corriendo y yo he de apresurarme tras él, pero en el interior no hay nadie. El lugar tiene el mismo aspecto que la última vez que lo vi.

—¿Doctor Nogara? —llama Pedro en tono cantarín.

—No está aquí —le digo—. Solo hemos venido a buscar algo suyo. Ya habrá tiempo de explicárselo más tarde. Le pido que se quede allí, en la sala de estar, hasta que yo vuelva. No sé qué emociones van a asaltarme.

El modesto espacio en el que Ugo Nogara dormía está tras una pared de biombos orientales. El improvisado dormitorio desborda esa tristeza que parece característica de este país. A los sacerdotes se los anima a no acumular riquezas, de modo que hasta el más refinado de los clérigos suele vivir en una habitación anodina con muebles prestados. La cosa es incluso peor para los sacerdotes romanos. Las fotografías de las paredes no tienen esposas ni hijos que les den vida. Los suelos no están atestados de juguetes de baño o zapatos del tamaño de un puño. Los roperos parecen desnutridos, sin las chaquetas de múltiples colores y los paraguas en miniatura que impiden cerrar bien sus puertas. En lugar de eso, los sacerdotes romanos guardan recortes de periódico y postales de los monumentos que visitan y de los peregrinajes que realizan durante las semanas obligatorias de vacaciones. No debería haber sido así con Ugo. Él era seglar. Pero, viendo esta habitación, nadie lo habría adivinado.

Las botellas de *grappa* Julia desbordan el cubo de basura. Ni siquiera se aprecia un mínimo barniz de felicidad privada en las imágenes de las paredes, en las que solo se ven los monumentos de Edesa y Ugo nunca aparece en primer plano. El único indicio de la personalidad vibrante y poderosa que una vez vivió y durmió aquí es el caos de libros de su escritorio, donde la silla ni siquiera está bien puesta en su sitio. Parece como si, ensimismado en su trabajo, se hubiera levantado a abrir la puerta y ahora fuera a volver en cualquier momento. Bajo el escritorio distingo los angulosos bordes de su caja fuerte de hierro. Pero, antes de agacharme a abrirla, cierro los ojos y me arrastra un torrente emocional cuya procedencia conozco bien. Mi padre dejó atrás una vida como esta, con esa atmósfera de calidez del trabajo inacabado.

Abro de nuevo los ojos y examino el tablero de corcho que Ugo había colgado en la pared. En él hay un diagrama dibujado por él mismo. Parece un caduceo: dos líneas serpenteantes que se trenzan entre sí. En una se lee la inscripción BUEN PASTOR; en la otra, CORDERO DE DIOS. Junto a cada espiral hay citas evangélicas.

Esas palabras me horadan por dentro, dejando a su paso un rastro de desolación. La primera vez que Jesús aparece en el Evangelio según san Juan, se le llama el «Cordero de Dios». En ningún otro Evangelio se le llama así, pero el significado del término es evidente. En tiempos de Moisés, finalizadas las diez plagas de Egipto, Dios protegió a los judíos del ángel de la muerte ordenándoles que sacrificaran un cordero y embadurnaran con su sangre cada puerta por la que el ángel hubiera de pasar. Ahora, Dios estaba salvando a su pueblo con otro cordero: Jesús. Jesús nos salvó, espiritualmente, con su muerte. A esto le añade san Juan una segunda metáfora; su Jesús dice: «Yo soy el Buen Pastor. El Buen Pastor da su vida por las ovejas». Hay un pastor en los otros Evangelios, una figura simbólica que halla deleite en salvar a las ovejas descarriadas, pero el buen pastor de san Juan es diferente. Él salvará a su rebaño con su propia muerte. Este diagrama es morboso. Escalofriante. El Cordero y el Pastor se encuentran en la muerte. Un hombre muere para que el resto pueda vivir. Se antoja de mal agüero que esa idea preocupase a Ugo justo antes de que lo mataran. Me recuerda el correo electrónico que me envió. En él me pedía ayuda. Y yo le fallé.

Oigo a Pedro en la cocina buscando comida en la nevera. No soy capaz de encontrar la voz para decirle que no lo haga. Recuerdo, hace años, que Mona volvió del pabellón geriátrico donde trabajaba después de que un anciano hubiera muerto. Estaba muy angustiada; por alguna razón, se culpaba a sí misma. Una medicina equivocada, una operación que fue mal. Pero a mi mujer nunca se le murió un paciente porque le pidiera su ayuda y ella se la negara.

Me inclino hacia la silla de Ugo. Entonces, de repente, oigo algo. Es Pedro, gritando.

−¿Qué pasa? −grito precipitándome hacia la cocina.

No está.

−¡Pedro! −aúllo−. ¿Dónde estás?

Su cabeza emerge a lo lejos, junto a un biombo oriental.

−¡Mira! −me dice.

Avanzo pesadamente hacia él, confuso. Allí, tras el biombo, hay una de las grandes ventanas que dan al oeste, al patio de la biblioteca. Pedro está ante ella, sujetando uno de los trocitos de sebo de Ugo.

−Que mire qué −pregunto.

Señala al suelo. Allí, picoteando el sebo que Pedro ha cogido de la nevera, hay un pequeño pájaro. Un estornino.

—¡Ha entrado volando, él solo! —dice entusiasmado.

Pero miente. La manilla de la ventana está girada. Ha sido él quien ha abierto la ventana.

—Cierra —le digo en tono severo, pensando en lo poco que ha faltado para que ocurriera algo horrible—. No lo vuelvas a hacer nunca.

Hay casi diez metros hasta el empedrado del patio. Tiemblo solo de imaginarlo.

—No he sido yo —dice malhumorado, y se pone de puntillas y levanta el brazo para demostrármelo. Le faltan algunos centímetros para alcanzar la manilla.

Entonces lo entiendo. Hay fragmentos de vidrio en el suelo, detrás de Pedro. El cristal de la ventana está roto.

—¿Eso lo ha hecho el pájaro? —pregunto.

Pero ya sé la respuesta.

—No —contesta enfadado Pedro—. Ya estaba rota.

La puerta principal se resistió, así que alguien entró en el apartamento por la ventana.

Vuelvo a echar un vistazo abajo, al patio de la biblioteca. Unos diez metros. No me imagino cómo se las arregló quien lo hizo.

—No te muevas de aquí —le digo a Pedro—. No toques nada.

Vuelvo a la habitación de Ugo y entonces lo entiendo todo. No fue Ugo quien dejó ese caos en el escritorio, ni tampoco quien dejó la silla fuera de su sitio.

Al arrodillarme, las marcas en la caja fuerte de hierro me indican que han intentado forzarla.

Contra esta caja, sin embargo, ninguna pata de cabra tendría la más mínima oportunidad. Pesa tanto como un hombre y está fijada al suelo con pernos.

La combinación para abrirla es el versículo de la Biblia en el que Jesús instituyó el papado; primer Evangelio, capítulo 16, versículo 18: «Y yo también te digo que tú eres Pedro, y sobre esta roca edificaré mi Iglesia; y las puertas del Hades no prevalecerán contra ella». A pesar de los golpes, el mecanismo sigue funcionando como la seda y los goznes no hacen ruido al abrir la puerta. Ugo compró esta caja fuerte para proteger los manuscritos de la exposición y, sin ninguna duda, ha cumplido su cometido con creces.

Todo lo que hay dentro resulta familiar. Hace dos meses, cuando se quedó embarrancado en Turquía, Ugo me dijo que guardara en la caja los manuscritos que no necesitaba. Las sobras, los patitos feos. Pero entre ellos hay una joya nueva: un cuadernillo barato de cuero reconstituido que Ugo se llevaba a casi todas partes. Me pregunto si es esto lo que buscaba el intruso: el diario de investigación con las notas de Ugo.

Cuando lo abro, una foto se desliza fuera. Al verla se me hace un nudo en el estómago. El hombre de la imagen yace sobre un suelo de baldosas. Parece muerto.

Un sacerdote. Un católico romano de mediana edad, con finos cabellos negros y un ojo de un límpido color verde. Tiene la nariz rota. Donde habría de estar el ojo izquierdo, hay un bulto negro con una larga hendidura, como la de un monedero. Debajo, la mandíbula está cubierta de sangre. Sujeto bajo el cuerpo, como si hubieran arrastrado al hombre para ponerlo encima, se ve un rótulo en una lengua que no entiendo: PRELUARE BAGAJE. Solo un mínimo destello en el ojo verde deja intuir que no está muerto, sino malherido. En el dorso de la fotografía, alguien ha escrito: «Cuidado: elige bien en quién confías».

Me siento mareado. Oigo un zumbido en el aire.

–¡Pedro! –grito.

Vuelvo a meter la foto en el diario. Del tablero de corcho, descuelgo el diagrama dibujado por Ugo.

–¡Pedro, nos vamos!

Cierro la puerta y la cerradura de la caja fuerte. Pero el diario se queda en mi sotana. Aquí ya no vamos a volver.

Pedro me está esperando al otro lado del biombo.

–¿Qué pasa, *babbo*? –pregunta, todavía con el sebo en la mano.

Lo cojo en brazos y cargo con él fuera del apartamento. No le digo nada de la fotografía. No le digo que he reconocido al sacerdote ensangrentado.

Un desconocido está hablando con un gendarme en el vestíbulo. Mira hacia arriba al oír que se cierra la puerta del apartamento de Ugo, pero nosotros ya nos estamos escabullendo por otra escalera. Las alas más antiguas del palacio están llenas de este tipo de revirados pasajes privados.

—¿Qué estamos haciendo? —dice Pedro.

Es demasiado pequeño para saber nada de salidas traseras, pero se da cuenta de que algo va mal.

—Enseguida estaremos fuera —le digo.

La escalera de caracol es estrecha y no tiene luz. En la oscuridad, la imagen del sacerdote lleno de sangre me asalta de nuevo. Hacía años que no veía su cara. Michael Black, el antiguo asistente de mi padre. Otro hombre de la Secretaría.

Pedro murmura algo que no entiendo. Estoy demasiado absorto en mis pensamientos para pedirle que me lo repita.

Así que Ugo no fue el primero en sufrir un ataque. Me pregunto si Michael sobrevivió.

Pedro me empuja impaciente en el pecho.

—¿Qué? —pregunto.

—Digo que por qué nos sigue ese hombre.

Me quedo helado. En el estrecho cilindro de la escalera se oyen pasos.

CAPÍTULO 10

Empiezo a bajar los peldaños de dos en dos, pero los pasos aceleran. Con un niño en brazos, no puedo correr más. Siento cómo Pedro se me agarra al cuello, cómo aprieta la cara contra el hueco de mi garganta.

En la negrura, una forma desciende. Una silueta casi tan alta como Simón. Lleva ropa seglar.

–¿Quién es usted? –pregunto, apartándome de él.

Veo en la oscuridad los ojos del hombre, brillantes como esquirlas de plata.

–Padre –dice con voz ronca–, ¿qué hacía usted ahí arriba?

Su cara no me suena de nada.

–¿Por qué nos sigue? –pregunto.

–Porque esas son mis órdenes.

Retrocedo otro paso. Tres metros más y estaremos a la vista de la gente.

El hombre extiende los brazos hasta que presionan las paredes de la escalera.

–¿Padre Andreou?

En mis brazos, el cuerpo de Pedro está en tensión. No contesto.

El hombre busca algo en el bolsillo. Voy haciéndome hacia atrás. Entonces veo lo que es: dos ramas metálicas de laurel que rodean la bandera amarilla y blanca del Vaticano.

Una placa.

–Soy su escolta de seguridad –dice.

–¿Cuánto tiempo lleva siguiéndonos? –pregunto.

–Desde que salieron de la Casa.

–¿Por qué no lleva el uniforme?

—Porque esas fueron las órdenes procedentes de Su Eminencia.

Me pregunto si Lucio hizo esto para proteger a Pedro. Para que no estuviera tan asustado.

—Dígame su nombre —le pido.

—Agente Martelli.

—Agente Martelli, la próxima vez que nos siga, póngase el uniforme.

Hace rechinar los dientes.

—Sí, padre.

—¿También va a ocuparse de nuestra seguridad esta noche?

—Ese turno lo hará otra persona, padre.

—¿Quién?

—No sé su nombre.

—Pues le dice que también lleve el uniforme.

—Sí, padre.

Espera, como si yo estuviera demorando la contestación a su pregunta: ¿por qué estábamos Pedro y yo en el apartamento de Ugo? Pero, entre estos muros, los sacerdotes no responden a los policías. Pedro y yo damos media vuelta y bajamos hacia la luz.

Nuestra habitación en la Casa es una *suite* del cuarto piso. Pedro, que nunca ha estado en un hotel, dice:

—¿Dónde está lo demás?

No hay cocina ni sala de estar ni juguetes. Los chicos de nuestro edificio le habían contado que los hoteles son el paraíso. Pero es imposible que esto sea el paraíso. No hay televisor.

Hay una austera cruz colgada sobre el estrecho armazón metálico de la cama. El suelo de parqué, tan pulido como los zapatos de un sacerdote de la Secretaría, refleja las anodinas paredes blancas. Aparte de la mesita situada junto a la cama y un galán de noche, que parece pensado para un traje de sacerdote católico romano más que para cualquier hábito tradicional, lo único que se ve en la habitación es el radiador que hay bajo la ventana. Pese a todo, esa ventana da al pequeño patio interior de este edificio de tan extraña forma, así que debajo tenemos tiestos de cerámica y un árbol en maceta cuyas magníficas frondas puntiagudas hacen pensar en una torre de estrellas de Navidad verdes. El aire huele a lavanda.

–¿Quién era ese hombre? –pregunta Pedro, saltando sobre la cama con los zapatos puestos para probar la única almohada.

–Un policía –contesto–. Así estaremos más seguros.

De nada sirve eludir la cuestión. El escolta va a seguirnos a todas horas.

–¿Y estamos seguros aquí? –sigue preguntando Pedro, revolviendo el contenido de la mesita de noche.

–Tenemos la gendarmería justo al lado. El agente Martelli monta guardia en el pasillo. Y aquí todo el mundo cuida mucho a los invitados. Así que estamos completamente seguros.

Frunce el ceño al ver una Biblia en el cajón superior. Es la Vulgata, la traducción del siglo IV que los católicos romanos consideran la referencia canónica. Escrita en latín, parece compuesta para satisfacer a hombres de todas las naciones, igual que este hotel. Pero Pedro suspira. Sabe que los evangelistas escribieron en griego, la primera lengua universal. La contribución de nuestro pueblo siempre se subestima.

–Voy a llamar a Leo para pedirle que nos traiga algo de comer –digo–. Así tendremos más intimidad que si bajamos al comedor. Además, su compañía no me vendrá mal. ¿Qué te apetece?

–*Pizza* margarita del Ivo –contesta.

–No va a comprar comida para llevar.

Pedro se encoge de hombros.

–Entonces cualquier cosa.

Lo dejo examinando esa Biblia que no puede leer y me acerco al pequeño escritorio de la habitación contigua. Tras telefonear a Leo, hago acopio de ánimo. Mi siguiente llamada es a Simón.

–¿Alex? –contesta mi hermano.

Voy directo al asunto.

–¿Qué le pasó a Michael Black?

–¿Cómo?

–He encontrado una fotografía en el despacho de Ugo. ¿Está aún vivo?

–Sí. Claro que sí.

–¿Qué le hicieron?

–No deberías haber ido allí, Alex. Tienes que mirar por vuestra seguridad.

–En el dorso de la foto había una advertencia. ¿Por qué iba nadie a advertir a Ugo? ¿Por la exposición?

–No lo sé.

–¿Nunca te mencionó nada de esto?

–No.

–Anoche no creo que le robaran, Simón. En mi opinión, todo esto está relacionado. Lo que le pasó a Michael, lo que le pasó a Ugo y lo que pasó en nuestro apartamento. ¿Por qué no me dijiste que habían atacado a Michael?

Ahora tarda más en responder.

–Ayer por la noche, en la cantina –sigo diciendo–, cuando te enseñé el correo de Ugo, me dijiste que no era nada.

–Porque no es nada.

–Ugo estaba en apuros, Sy. Tenía miedo.

Simón duda.

–La razón por la que no te conté lo de Michael es porque estoy obligado por juramento a no hablar de ello. Y lo que ocurrió en tu apartamento… Me he pasado la noche entera pensando en ello y no le veo sentido. Así que, por favor, te pido que te mantengas al margen. No quiero que te mezcles en esto.

Siento una presión detrás de los ojos. Me tiro de la barba.

–¿Tú sabías que estaba en un aprieto?

–Para ya, Alex.

Pero no puedo, porque si no me pondré a gritar. Para no hacerlo, decido colgar.

Un juramento. No me contó nada debido a un juramento.

Lleno de cólera, marco el número principal de la nunciatura en Turquía. Una llamada cara, pero intentaré ser breve.

Cuando la monja de la centralita me contesta, pregunto por Michael Black.

–Está de permiso –me dice.

–Llamo del Vaticano por un asunto importante. Por favor, ¿podría darme su número de móvil?

Me lo da sin mayor objeción.

Antes de llamar, intento aclarar mis ideas. Ha pasado una década desde que hablé con Michael y entre nosotros hay un cementerio de viejas hachas de guerra. Le dio la espalda a mi padre tras la debacle de la datación por radiocarbono. Denunció a Simón por ausentarse sin permiso del trabajo. No obstante, hubo un tiempo en que lo conocía mejor que a cualquier otro sacerdote, salvo a mi padre; un tiempo en el que confiaba en él más que en cualquier otro hombre. Ese es el Michael en el que intento pensar mientras marco su número.

–*Pronto* –dice la voz al otro lado de la línea.

–¿Eres Michael?

–¿Quién es?

–Alex Andreou.

El silencio que sigue es tan largo que temo que no haya nada más después.

–Michael –continúo–, hay algo de lo que tengo que hablarte. En persona, si es posible. ¿Dónde estás?

–Eso no es asunto tuyo.

Su voz suena casi idéntica a como la recordaba. Áspera, tajante, impaciente. Pero el monótono acento norteamericano que dominaba en el pasado se ha suavizado tras una década de práctica, por lo que ahora resulta más fácil detectar el matiz defensivo en sus palabras, sus esfuerzos por adivinar la causa de mi llamada.

Cuando le cuento lo de la fotografía, no me responde.

–Por favor –le digo–, necesito saber quién te atacó.

–¡No es asunto tuyo!

Finalmente, le digo que han matado a un hombre.

–¿De qué me estás hablando?

Se hace más duro de lo esperado hablar de Ugo. Intento ser conciso, decir que era un comisario del Vaticano, que había estado trabajando en una exposición inminente, pero Michael debe haber percibido la creciente emoción de mi voz. Espera.

–Era –digo– mi amigo.

Solo por un instante, Michael se suaviza.

–Fuera quien fuera quien lo hizo –dice–, ojalá lo cojan. –Luego la brusquedad reaparece–. Pero no voy a hablar de lo que me pasó a mí. Eso tendrás que preguntárselo a otro.

No sé muy bien si con eso está insinuando algo.

–Ya se lo he preguntado a mi hermano –le digo–. Simón está atado por un juramento y no puede decirlo.

Se oye una especie de exclamación burlona. Todavía debe de haber mala sangre entre ambos. O quizá la cosa venga de más atrás, por la forma en que se portó al final con mi padre.

—Por favor —digo—, no me importa lo que ocurriera en el pasado…

Aúlla.

—¿¡Que no te importa!? ¡Me destrozaron la cuenca del ojo! ¡Tuvieron que reconstruirme la nariz!

—Me refiero a lo que sea que ocurrió entre tú y Simón. O con mi padre. Lo único que quiero saber es quién ha hecho esto.

—¡Vaya gente más increíble sois! Igual que si hablara con tu padre. Vaya con los griegos, siempre van de víctimas. Si fue él quien mandó mi carrera al infierno…

«Vaya gente». «Vaya con los griegos». Intento eliminar todo rastro de ira en mi voz.

—Por favor. Solo dime qué ocurrió.

Se oyen los jadeos en el auricular.

—No puedo. Yo también estoy bajo juramento.

Algo se rasga en mi interior.

—¿Mi hijo de cinco años no puede dormir en su cama porque tú hiciste un juramento?

Juramentos. El mejor amigo de un burócrata. Así entierran sus errores los obispos del aparato administrativo: haciendo jurar a sus subalternos sacerdotes que no revelarán ningún secreto.

—¿Sabes qué? —digo—. Olvídalo. Disfruta de tus vacaciones.

Estoy a punto de colgar cuando me grita:

—¡Serás gilipollas! Mi nuncio me machacó por no contestar a sus preguntas. No tengo por qué aguantar lo mismo de ti. Si quieres saber lo que pasó, pregúntaselo al santo padre.

Me quedo sin saber qué decir.

—¿El santo padre?

—Eso es. Él fue quien lo ordenó.

Me ha pillado de sorpresa. Así que por eso Simón no podía decírmelo. Hay juramentos y juramentos.

Aun así, tengo una sensación de incomodidad que no me deja en paz. Juan Pablo no tendría razones para silenciar algo así.

—Michael, yo…

Pero, antes de que pueda decir nada más, la línea se corta.

Poco después, alguien llama a la puerta. Es Leo, con una cesta de comida.

–¿Quién es ese fulano? –murmura al entrar. Señala con la cabeza en dirección al agente Martelli, que se mantiene a pocos centímetros de la puerta.

–El guardaespaldas que nos ha puesto mi tío.

Leo quiere decir algo despectivo –la Guardia Suiza y los gendarmes tienen una antigua rivalidad–, pero se muerde la lengua. En lugar de eso, saca un plato de cerámica de la cesta y dice:

–De parte de mi mujer.

Creí que nos traería comida de abajo, pero no: Sofia ha cocinado para nosotros.

–¿Cómo lo lleva el pequeño P? –pregunta.

–Tiene miedo.

–¿Todavía? Creía que los niños se reponían enseguida.

La paternidad aún ha de depararle muchas sorpresas.

Entro en el dormitorio con la comida de Pedro y me lo encuentro dormido. Cierro las contraventanas de madera hasta dejar el cuarto casi a oscuras. A pesar de que la tarde de otoño es cálida, le echo el cubrecama por encima.

–Venga –susurra Leo pasándome un plato de comida–. Hablemos.

Pero en cuanto nos sentamos me suena el móvil. La voz que oigo al otro lado es bronca.

–Alex, soy otra vez Michael. He estado pensando en lo que me has dicho.

Su tono es diferente. Más inquieto.

–No sabía que tenías un crío –continúa–. Hay algo que mereces saber.

–Cuéntame, pues.

–Ve al teléfono público que hay al otro lado de los muros, cerca de la estación de tren.

–Mi móvil es seguro. No hay peligro.

En nuestro país, existe un miedo atroz a que la línea por la que hablas esté pinchada. Algunos miembros de la Secretaría ni siquiera usan teléfono, salvo para organizar citas cara a cara.

–No me fío de tu concepto de «seguro» –dice–. Ve al teléfono de la Via della Stazione Vaticana. Está cerca de la valla publicitaria que hay junto a la estación de servicio. Te llamaré allí dentro de veinte minutos.

El lugar que describe se halla casi detrás de la Casa. Podría llegar allí en cinco minutos. Me vuelvo hacia Leo y articulo con los labios:

–¿Puedes quedarte con Pedro unos minutos?

Cuando asiente, contesto:

–De acuerdo. Estaré esperando.

La estación de servicio es un vertedero con grafitis en los muros y rejillas metálicas tras las ventanas de ojo de buey. En la valla publicitaria, una mujer con pechos del tamaño de un balón de fútbol anuncia una compañía telefónica. Frente a ella, al otro lado de la calle, un contenedor parece observarla embobado con su tapa medio abierta. Desde aquí distingo la parte de atrás de la Casa, alzándose por encima de los muros vaticanos, y, más arriba aún, la cúpula de San Pedro. Pero lo que capta mi atención son las vías de tren visibles a lo lejos.

A Simón y a mí nos encantaba mirar los trenes de mercancías en sus idas y venidas de la estación del Vaticano. En lugar de tolvas de carbón o cereales, los trenes que veíamos transportaban trajes de oficina para nuestros almacenes, mármol para los proyectos de construcción de Lucio o vacunas para los misioneros de países lejanos. Cuando yo tenía doce años, Guido Canali intentó robar una caja de relojes de pulsera de un vagón y solo consiguió que se le cayeran encima dos pilas de cajas. Las cajas llevaban el rótulo SOLO PARA SU SANTIDAD, así que los otros muchachos no querían ni tocarlas, ni siquiera para quitárselas de encima a Guido. El único que las levantó fue Simón, los cuarenta y cinco kilos de cada caja. Naranjas sanguinas: eso fue lo que acabó cayendo al andén y reventando como huevos de Pascua. Naranjas sanguinas enviadas al papa Juan Pablo por algún monasterio de Sicilia. Y eso fue por lo que casi muere Guido.

Me pregunto si el Simón valiente de aquella noche solo vive ya en mi imaginación, si su trabajo en la Secretaría lo ha separado de la verdadera existencia. Un juramento es algo de la máxima seriedad para cualquier católico; las leyes de la Iglesia pueden imponer sanciones a quien lo rompa. Pero incluso Michael Black tiene la valentía de hacer una excepción.

Michael es el Judas de nuestra familia, al menos a ojos de Simón. Hace dieciséis años, Michael y mi padre viajaron juntos a Turín para estar presentes cuando dieran los resultados de la datación del sudario. Mi padre se fue de Turín destrozado. Cuando le sobrevino la muerte, ocho semanas después, Michael había dejado su trabajo y había escrito a mi familia una carta en la que decía que nuestra idea de reunificar las Iglesias era ridícula. Resultaba obvio que los ortodoxos no querían nada de nosotros, excepto que sirviéramos de combustible para avivar viejos odios o les proporcionáramos nuevas razones para culparnos por todo. Michael exigía saber por qué mi padre deseaba una reunificación con trescientos millones de ortodoxos que trataban a los católicos orientales –muchos de nosotros minoría en los países ortodoxos– como herejes o tránsfugas. Poco después, Michael encontró un nuevo trabajo a las órdenes del número dos del Vaticano: el cardenal Boia.

Boia empezaba entonces a poner coto al compromiso de Juan Pablo con los ortodoxos, y Michael encajaba en sus planes como ese tipo de sacerdote al que se conoce como Quasimodo: el hombre enviado para asustar a los lugareños, generar desagradables malentendidos y estropear los engranajes de la diplomacia. El Quasimodo es la válvula del disentimiento en una burocracia en la que nadie puede desafiar abiertamente al papa. Michael se enzarzó en discusiones a voz en grito con los obispos ortodoxos, profirió injurias públicamente e hizo de las entrevistas explosivas un arte. Para Simón, todo eso constituía la peor de las traiciones. A mi hermano le resultaba imposible aceptar que la fe pudiera ser objeto de tan drásticos cambios de opinión, o que un hombre le diera la espalda a algo hasta el punto de abrazar la opción contraria. ¡Aléjate de mí, Satanás!

El Michael que yo recuerdo es diferente. En un mundo de sacerdotes envarados en sus sotanas, él era un joven estadounidense vestido con camisa sacerdotal de manga corta y un cuello de lengüeta barato. Dos años antes del fiasco del radiocarbono, nos llevó a Simón y a mí a la escalinata de la plaza de España para asistir a la apertura del primer McDonald's de Roma. Escandalizó a los italianos tomando Coca-Cola para desayunar. Yo nunca había entendido, hasta que conocí a Michael, que se pudiera ser diferente y tener éxito, o ser feliz sin estar en absoluto integrado. Me entristezco cuando pienso que la Secretaría cogió a ese maravilloso gólem y lo modeló hasta convertirlo en algo peor que un burócrata corriente. En la tristeza de mi padre, siempre percibí una convicción subyacente y, por lo demás, incontestada: la de que el mundo cambiaría de opinión algún día, que sus posturas convergerían en un punto medio. Nunca supe la razón de que Michael cambiara sus convicciones, pero sospecho que la culpa fue de mi padre por haberlo infectado con un exceso de optimismo. Un griego cuenta con veinticinco siglos de dolorosa historia para saber cómo mantener sus sueños bajo control, pero no existe nada más peligroso que darle esperanza a un estadounidense.

El teléfono empieza a sonar y me giro para cogerlo. Entonces me doy cuenta de que hay un hombre parado en la siguiente esquina, observándome.

Doy un paso atrás. Pero el hombre levanta una mano.

El agente Martelli. Me ha seguido hasta aquí desde la Casa y ni siquiera me había dado cuenta. Michael tenía razón. Mi concepto de la seguridad es insuficiente.

Descuelgo.

—¿Michael?

—¿Estás solo?

Dudo.

—Sí.

—Antes de hacer esto, quiero dejar algo claro. Si le dices a alguien que he hablado contigo esa gente volverá a encontrarme.

Pienso en la fotografía del apartamento de Ugo.

—Lo comprendo. Lo único que quiero es que mi hijo esté a salvo.

Baja la voz y deja escapar un largo suspiro en el auricular.

—Cuesta creer que tengas ya un crío. Tenías siete años cuando empecé a trabajar con tu padre.

«Con» no, pienso; más bien «para». Pero hay algo conmovedor en su manera de decirlo. Cuando mi padre lo llevó a casa por primera vez para presentárnoslo, Michael me trajo un regalo, una Biblia con mi nombre repujado en la tapa. Había creído, erróneamente, que los católicos griegos tomaban la primera comunión a los siete años, igual que los romanos.

–¿Le has puesto el nombre de tu padre? –me pregunta.

–No, el de Simón.

La mención de mi hermano le arranca toda su calidez. La conversación toma otro giro.

–Bien, vamos al grano –dice–. Lo que quiero decirte es lo siguiente: conocí a ese comisario. Al que asesinaron.

Eso me pilla desprevenido.

–¿A Ugo?

–Vino a ver a tu hermano a la nunciatura. Solo hablé con él una o dos veces, pero los tipos que me rompieron la nariz creían que lo conocía. Me amenazaron. Querían saber en qué estaba trabajando.

–Eso es… imposible.

Se produce un silencio enconado, como si confundiera mi reacción con el escepticismo.

Pregunto:

–¿Qué te dijeron?

–Que estaba trabajando en una exposición sobre el santo sudario. ¿Es eso verdad?

–Sí.

Michael enmudece. Quizá le sorprende saber que se haya resucitado el sudario después de tantos años. O tal vez, como cualquiera que haya leído los periódicos este verano, había imaginado que la exposición de Ugo tendría el Diatesarón como tema central.

–¿Y qué dijeron sobre ella? –sigo preguntando.

–Que Nogara escondía algo que había encontrado y ellos querían saber qué era.

–No estaba escondiendo nada. ¿Tú qué les dijiste?

–Que le preguntaran a tu hermano, que si alguien lo sabía sería él.

Aprieto los dientes.

–¿Les hablaste de Simón?

–Él y Nogara eran uña y carne.

–Michael, fui yo quien trabajó con Ugo. Simón no sabe nada. ¿Quién es la gente que te hizo eso?

–Sacerdotes.

–¿Sacerdotes?

130

Ni se me había pasado por la cabeza que un religioso pudiera hacer algo así.

–Romanos –continúa–, sin barba. Porque seguro que esa iba a ser tu próxima pregunta. Debieron de seguirme desde la nunciatura.

Todo parece escurrírseme de entre los dedos: el motivo que estaba tratando de construir, la lógica de lo ocurrido en Caste. Gandolfo. Incluso en Roma, casi nadie conocía los planes de Ugo. No sé cómo todo esto podría haber comenzado con sacerdotes que estaban a más de mil kilómetros.

–¿Detuvieron a alguien? –pregunto.

–La Secretaría efectuó algún tipo de investigación, pero no llevó a ninguna parte.

Yo había dado por supuesto que el allanamiento de mi piso y el asesinato eran obra de la misma persona, si es que ambos sucesos estaban relacionados. Pero ahora me pregunto si podría haber dos o más personas compinchadas. Los hechos parecen sugerir esa posibilidad, considerando el poco tiempo transcurrido entre ambos ataques.

–¿Y cómo supieron dónde encontrarte? –prosigo.

Michael vacila.

–Probablemente, igual que supieron dónde encontrarte a ti. Amenazarían a alguien hasta que ese alguien les dijo dónde buscar.

–¿Qué quieres decir?

En tono más áspero, contesta:

–Creo que ya sabes lo que quiero decir.

Un pensamiento cruza como una sombra por mi cabeza:

–¿Les dijiste tú dónde vivo?

–Alex, mira…

–¡Podrían haber matado a mi hijo!

–¡Y podrían haberme matado a mí! –ruge.

–¿Entonces los pusiste sobre la pista de Simón? ¿Llegaste a decirles dónde podrían encontrarlo?

–Y un cuerno. Ellos ya sabían dónde encontrar a tu hermano. Esos viajecitos suyos de fin de semana fue lo que los llevó hasta Nogara.

Me siento mal. El sentido de toda esta conversación aparece ahora más claramente. Había un motivo para que Michael volviera a llamarme después de haberme colgado el teléfono: se siente culpable. Fue él quien delató a Simón por faltar al trabajo. Y también quien dejó un rastro escrito fácil de seguir para cualquiera.

—Deja a Simón al margen —digo obligándome a mantener un tono sereno. Mi padre siempre decía que Michael era proclive a los arranques emocionales—. Él tan solo estaba ayudando a Ugo.

No parece habérsele ocurrido que fue él quien atrajo la desgracia sobre sí mismo. Al delatar a Simón, Michael se puso en el punto de mira de cualquiera que quisiera dar caza a Ugo.

Pero Michael aúlla:

—¿Ayudando a Nogara? ¿Eso te dijo Simón que hacía?

Se ríe con desprecio.

—Qué profesional, el tío. Tiene un gran futuro, desde luego. Alex, tu hermano te ha estado mintiendo. A todos, en realidad. Ha estado maquinando bajo mano, invitando a algunos de sus amigos orientales a Italia para la exposición del sudario.

Me quedo de piedra.

—Eso no es verdad. ¿Por qué piensas algo así?

—Mira —gruñe Michael, aclarándose la garganta—. Ya he dicho más de lo que quería decir. Habla con tu hermano. Oblígale a responder a algunas preguntas.

Estoy demasiado alterado para contestarle.

—Y procura mantener a tu hijo en lugar seguro —añade—. Mi impresión es que esta gente no parará hasta encontrar lo que busca.

—Muy bien —le digo—. Gracias. Por volver a llamarme.

—Sí, claro. En fin, ¿tienes mi número?

—Sí.

—Si Simón te cuenta algo, envíame un mensaje. A mí también se me deben algunas respuestas.

No digo nada.

—Y, oye, llámame si necesitas cualquier cosa.

Debe de estar convencido de que no se puede contar con Simón.

—Michael, nosotros estaremos bien.

—Claro —contesta—. Eso espero yo también.

CAPÍTULO 11

Lo primero que dice Leo cuando regreso a la Casa es:

—Tu tío no estaba de broma. —Señala la puerta—. Han enviado a otro poli en cuanto Martelli se pegó a ti como una sombra.

En el pasillo, los dos gendarmes conversan ahora con una monja del piso de abajo.

Salgo afuera.

—¿Hay algún problema?

—Ninguno —contesta Martelli—. Este es el agente Fontana. Hará el turno de noche.

Pero la monja me está pegando un repaso de arriba abajo.

—Padre, no puede ser que cada visitante se traiga a un par de guardaespaldas. Aquí está a salvo sin necesidad de ellos.

—Mi situación no es la misma que la del resto de los huéspedes —le digo.

—Ya me han contado su situación —prosigue—. Hemos tomado todas las precauciones.

No sé qué decir. Pero Martelli sí.

—Consúltelo con nuestro superior, hermana. Nosotros nos quedaremos hasta nueva orden.

De vuelta en la habitación, Leo está recogiendo a toda prisa los platos que había traído.

—Sofia acaba de enviar un mensaje —dice—. Tenemos cita en el hospital dentro de una hora. ¿Cómo ha ido tu llamada?

—Bien.

—¿Hay algo que me quieras contar?

Quisiera contarle más, pero le he hecho una promesa a Michael.

—Ahora mismo, no.

—Entonces volveré por la mañana —dice—. Si antes necesitaras alguna cosa, me llamas.

Le doy las gracias, paso el cerrojo una vez que ha salido y, con paso silencioso, avanzo por la habitación para sentarme junto a Pedro.

Su cuerpo dormido arde como un horno. Tiene la frente rosada, el flequillo empapado de sudor. La boca abierta forma un óvalo estrecho; toda su energía parece concentrada en el acto de respirar. Está agotado. He subestimado hasta qué punto esto le está afectando.

Pienso en lo que Michael me ha dicho por teléfono, en que los hombres que lo atacaron eran sacerdotes. Parece absurdo. Los clérigos siempre reservan su violencia para otras confesiones, otras religiones. La trifulca ocurrida en Belén durante la pasada Navidad se produjo entre armenios y griegos. Los sacerdotes católicos de Turquía ya han sufrido antes brutalidades, pero siempre a manos de los musulmanes.

Y, sin embargo, a los sacerdotes católicos les habría resultado mucho más fácil cruzar los controles de seguridad, aquí y en Castel Gandolfo; mucho más fácil entrar en mi apartamento sin que repararan en ellos. Los sacerdotes de Turín, en concreto, podrían haberse dado cuenta de que trasladaban el sudario de su capilla y haberse lanzado en busca de respuestas. De todo lo que ha dicho Michael, lo más revelador ha sido que los sacerdotes que lo atacaron buscaban información sobre la exposición de Ugo, porque según ellos Ugo escondía alguna cosa. Existe un modo bien sencillo de descartar esa posibilidad: el diario de investigación de Ugo.

Las entradas comienzan con algo que pegó en el interior de la cubierta, una carta dirigida a todos los comisarios de los Museos Vaticanos.

Vista la importancia que los ingresos de taquilla de los museos tienen para la economía de la ciudad-Estado, Su Eminencia solicita a todos los comisarios que remitan propuestas para tres nuevas exposiciones, incluyendo las necesidades presupuestarias, a la oficina del director (poniendo en copia a Su Eminencia) en el plazo de sesenta días.

La carta está fechada hace dieciocho meses. Tras ella, el diario de Ugo comienza con una lista manuscrita titulada «Ideas para la exposición». En ella menciona manuscritos de la Alta Edad Media, grafitos cristianos de la Antigüedad tardía, la evolución de la retratística de Jesús en el Imperio bizantino. Pero el santo sudario no aparece por ningún lado. Solo dos semanas más tarde se topa con un primer estudio científico que cuestiona los resultados de la datación por radiocarbono. Su reacción se muestra en las tres palabras subrayadas a pie de página: «¿Resucitar el sudario?».

En la página siguiente ya aparece la propia reliquia, bosquejada rápidamente pero con las heridas rodeadas con un círculo y anotaciones de los correspondientes versículos bíblicos: para los golpes, la flagelación, la corona de espinas y la herida de la lanza. Una semana después, Ugo propone la exposición al tío Lucio en persona. Sus encuentros parecen tener un efecto electrizante en Ugo. Mi tío, el orador motivacional más inexperto del mundo, consiguió de algún modo inspirarle. Las entradas de los diarios se hacen más largas, más científicas. Entonces, de la noche a la mañana, algo extraño ocurre.

Sin explicación, Ugo dedica dos páginas a títulos de otros libros. El Evangelio de Tomás, el Evangelio de Felipe, el Apócrifo de Santiago. Son textos no canónicos, no reconocidos como escritura sagrada por los cristianos. Aunque Ugo no da razones para su inclusión en el diario, puedo leerlas entre líneas. Justo cuando mi tío muestra interés por su idea, los Evangelios bíblicos han llevado a Ugo a un callejón sin salida. Sus referencias al sudario no conducen a ninguna parte. Así que Ugo está lanzando sus redes sobre una zona más amplia, para tratar de rastrear el sudario desde su salida de Jerusalén en el año 33 d. C. por cualquier vía posible. Durante diez días, no se registra ninguna entrada. Entonces, estupefacto, me encuentro con esto:

Hoy me han puesto en contacto con un erudito ortodoxo que asegura saber dónde fue llevado el sudario tras la crucifixión. Afirma que existe una antigua tradición referida a una imagen mística semejante al sudario en una ciudad bizantina llamada Edesa. Pese a mi escepticismo, mañana voy a reunirme con el sacerdote que nos puso en contacto. No puedo negarme, puesto que es el sobrino de Su Eminencia.

El sobrino de Su Eminencia.

Simón.

Levanto la vista de las páginas. Un runrún desagradable y grotesco zumba en mi interior como una mosca atrapada tras una ventana. Algo no va bien.

En la siguiente entrada, hay una descripción inequívoca:

Es la quintaesencia del sacerdote de la Secretaría: apuesto, de ojos azules, elegante. Muy alto y delgado. Se muestra tan solícito con respecto a mi exposición que adivino que tiene algún interés personal en ella. Quiere que cenemos juntos mañana. Imposible eludir el compromiso.

El insólito primer encuentro de dos futuros amigos.

Sin embargo, en mi primera visita al apartamento de Ugo, él y Simón contaron la historia del comisario vaticano que se desplomó en el desierto de Turquía y fue salvado por un joven sacerdote de la embajada. La entrada del diario es nueve meses anterior a eso.

Ugo y Simón me mintieron sobre la forma en que se conocieron.

Inquieto, me llevo el libro al pecho. No tenían motivo para ocultarme nada.

Y, sin embargo, siempre hubo algo raro en la historia que me contaron. Simón parecía querer distanciarse de ella incluso mientras Ugo la relataba. Los detalles sonaban bastante reales –la insolación de Ugo, las gafas rotas–, pero si ese encuentro en el desierto ocurrió de verdad no debió de ser la primera vez que se veían. Así pues, ¿a qué venía esa especie de memoria selectiva? ¿Qué asunto les pareció mejor no mencionar?

Vuelvo a abrir el diario. En la siguiente entrada, toda la lógica de la exposición de Ugo emerge por vez primera:

Los discípulos descubrieron el sudario y lo llevaron a Edesa, cuyo rey había invitado una vez a Jesús a visitarlo.

Pese a todo, Ugo es un mar de dudas:

¿No estarán estos ortodoxos dando crédito a una leyenda medieval? ¿De verdad creen que nuestra reliquia más preciada permaneció guardada durante siglos en una ciudad bizantina de segunda categoría próxima a la frontera?

No parece ser consciente de la ironía que encierra la pregunta. Más de mil años después, fue en un pueblo anónimo francés donde la sábana santa salió por primera vez a la luz en la Europa occidental. Al igual que el hombre que la produjo, la reliquia nunca tuvo prisa por visitar las grandes ciudades.

Pero Ugo continúa:

Otra cena con Andreou. Le expuse sin tapujos mis sospechas. Y no hubo sorpresas: en efecto, su interés es político. Ni siquiera se molestó en negarlo. No le importa de dónde viniera el sudario, solo cómo cayó en nuestras manos. Si el pasado de la reliquia puede esclarecerse, dice, será como una arenga para reunificar a todos los cristianos, un trampolín que impulsará nuestras relaciones con otras Iglesias.

Siento un aguijonazo. Ese puñado de frases compendian la esencia de Simón: sus intenciones ya conocidas, su falta de doblez, la infatigable convicción de que el futuro de la cristiandad podría estar en juego. Mi hermano queda retratado como una persona totalmente sincera, lo que hace más difícil entender cómo él y Ugo me ocultaron esa información durante meses. «Un trampolín que impulsará nuestras relaciones con otras Iglesias». Sin duda, Simón se refería a la ortodoxa, en cuyo caso Michael podría estar en lo cierto. Tal vez Simón no pudo resistirse a terminar la labor que nuestro padre dejó inacabada hace dieciséis años, en Turín.

Y están, además, estas palabras: «No le importa de dónde viniera el sudario, solo cómo cayó en nuestras manos».

Michael Black ha dicho que los sacerdotes que lo atacaron creían que Ugo había encontrado algo. Querían saber de qué se trataba. Hojeo las páginas hacia delante, buscando entradas cercanas a la fecha en que Ugo me envió su último correo electrónico.

Aparecen casi al final, en la parte con notas más cortas y menos personales. El Diatesarón parece preocuparle. Luego, una semana antes del correo, la página muestra un diagrama familiar. El caduceo de versículos evangélicos entrelazados. Debajo está la perturbadora alusión que estaba buscando:

El padre Simón debe haberle contado al padre Alex la noticia. Ninguno me contesta. Ahora estoy solo. Supongo que ya están contentos con que la exposición se termine con las cruzadas.

No hay nada más escrito tras esas palabras. Las páginas que siguen están en blanco. Pero esa palabra final, «cruzadas», me basta. En el contexto del Diatesarón, creo que solo puede significar una cosa.

El sudario apareció en Europa occidental por primera vez justo después de las cruzadas; de forma inexplicable, salió a la luz en la Francia medieval. ¿De dónde venía? Ugo tenía la respuesta ante sus mismos ojos: de Edesa. La ciudad que, según él había creído desde el principio, podría considerarse como el hogar tanto del sudario como del Diatesarón. Durante siglos, los cristianos orientales y los musulmanes habían luchado por el control de Edesa, pero al final de la Primera Cruzada ocurrió algo sin precedentes: la ciudad cayó en manos de los caballeros católicos de Occidente. Edesa se convirtió en el primer Estado cruzado de la cristiandad. El experimento no duró ni cincuenta años, pues los musulmanes la reconquistaron. Pero, mientras tanto, esos caballeros católicos empaquetaron todo lo que tenía valor y lo enviaron a casa, lo que significa que el Diatesarón y el sudario podrían haber viajado en el mismo barco rumbo al oeste. De modo que, si Ugo halló registros de la llegada del Diatesarón a nuestra biblioteca, también podría haber encontrado registros de una reliquia que llegó a Occidente en ese mismo cargamento. En tal caso, la explicación de la repentina aparición del sudario en la Francia medieval estaría servida: llegó de Edesa durante las cruzadas.

Con todo, pese a la emoción que me provoca esa posibilidad –una solución elegante para uno de los misterios más desconcertantes sobre la sábana–, algo dentro de mí no me deja en paz. Veo otro problema, más oscuro, un problema del que Ugo quizá ni siquiera fue consciente al efectuar su descubrimiento.

Si consiguió demostrar que el sudario llegó a Occidente después de las cruzadas, con ello se estaba metiendo en un antiguo campo de batalla religioso. Los católicos y los ortodoxos estaban unidos cuando los musulmanes le arrebataron Edesa a la cristiandad, pero durante las cruzadas habíamos roto. Eso significa que perdimos el sudario juntos, pero los caballeros que reconquistaron Edesa eran católicos, de modo que el sudario terminó en la Francia católica. Los ortodoxos reclaman que tienen tanto derecho como nosotros a poseer el sudario, a pesar de lo cual se quedaron sin nada.

Por primera vez desde que Ugo murió, me invade la sensación de que el motivo de su muerte podría ser dolorosamente familiar. Las reliquias constituyen un punto de máxima tensión en las relaciones entre Iglesias. El papa Juan Pablo ha tratado de aplacar a los ortodoxos más de una vez devolviéndoles huesos de santos presuntamente robados por los católicos. Pero, si mi hipótesis es cierta, el descubrimiento de Ugo podría haber desatado una batalla por la custodia de nuestra reliquia más importante, alimentando de paso el antiguo agravio ortodoxo de que los católicos somos unos matones, que irrumpimos en casa ajena y nos llevamos lo que no es nuestro. Los misioneros que convirtieron a los ortodoxos en católicos orientales no hicieron más que seguir la estela de aquellos cruzados que se llevaron a casa el sudario y el Diatesarón: todos ellos eran, simplemente, tentáculos que se extendían desde esa enorme boca hambrienta que es Roma. No cabe duda de que algunos católicos se opondrían a hacer público un descubrimiento de esas características. Y, más aún, a exponerlo en los museos papales.

Quizá hubo una razón para que Ugo me contara una historia muy diferente: él afirmaba que el Diatesarón llegó al Vaticano desde una colección de manuscritos malditos guardados en un monasterio egipcio. Ahora me pregunto si con ese cuento –como con el de su primer encuentro con Simón en el desierto– no pretendería mantenerme a cierta distancia, para que ni siquiera sospechara una verdad incómoda que tal vez yo no pudiera aceptar.

Cierro el diario de Ugo y me lo guardo en la sotana. Abajo, en el pequeño patio del hotel, un sacerdote católico oriental está sentado en un banco, solo. Tres sacerdotes romanos pasan por delante enfrascados en animada conversación, sin prestarle más atención que a las plantas de las macetas. Lo observo durante un momento y después cierro la ventana. Al recordar cómo forzaron la entrada del apartamento de Ugo, cierro también las contraventanas. Enciendo

Radio Uno para escuchar la reemisión del partido de fútbol de la Supercopa del día anterior. Luego, encajándome en el ínfimo espacio que Pedro ha dejado en un lado de la cama, cierro los ojos y escucho, tratando de dejarme llevar por la corriente de voces y ritmos familiares, intentando apaciguar esa sensación de que todo, de pronto, parece ajeno; de que me he convertido, en mi propia casa, en un forastero en tierra extraña.

En la total oscuridad de la noche, me despierta un grito.

Pedro está rígido, incorporado en la cama, con la vista clavada en la negrura.

—¿Qué? —grito—. ¿Qué pasa?

Se oye un ruido. No adivino qué es.

—Está aquí —grita Pedro—. ¡Él está aquí!

Lo aprieto contra mi pecho para protegerlo mientras extiendo la otra mano hacia la oscuridad.

—¿Dónde?

—¡He visto su cara! ¡La he visto!

El ruido procede del otro lado de la puerta. De la habitación de fuera.

—Chist… —susurro atrayendo a Pedro hacia mi hombro.

Las contraventanas siguen cerradas. La puerta también.

—¡Padre! —dice la voz—. ¿Qué está pasando ahí dentro?

—No pasa nada —susurro—. Es una pesadilla, Pedro. Una pesadilla. Aquí dentro no hay nadie.

Pero está temblando. Tiene tanto miedo que su cuerpo está agarrotado.

—Te lo demostraré —digo encendiendo la lámpara de la mesita de noche.

No se ve nada diferente en la habitación. El agente Fontana vuelve a llamar a la puerta principal.

—¡Padre! ¡Abra!

Avanzo dando tumbos hasta la puerta, con Pedro aferrado a mí. Cuando abro, Fontana hace un rápido movimiento: la mano se aparta de la pistolera que lleva en la cadera.

—Una pesadilla —digo—. Ha sido solo una pesadilla.

Pero Fontana no me mira a mí. Tiene la vista fija más allá de mi hombro. Él entra primero en la habitación y va comprobándolo todo al salir de nuevo. Solo cuando ya ha terminado su examen, dice algo para tranquilizar a Pedro:

—Todo parece en orden, padre. No hay ningún peligro.

Beso a Pedro en la frente. Pero al cerrar la puerta se oye a Fontana decir por la radio:

—Enviad a alguien para volver a comprobar el patio.

Pasa media hora antes de que Pedro se meta de nuevo en la cama. Se apoya en mí mientras le acaricio la cabeza. Dejamos las luces encendidas. En casa, hay un libro que leemos para ahuyentar los malos sueños. Trata sobre una tortuga que sobrevive a una tormenta. Pero la tortuga no está aquí, así que le acaricio a Pedro el puente de la nariz y le canto una canción. Al hacerlo, me pregunto si Michael Black no tendría razón.

—Quizá —pienso en voz alta— deberíamos cogernos unas vacaciones.

Pedro asiente.

—América —dice con voz soñolienta.

—¿Qué tal Anzio?

Una ciudad con playa a unos cincuenta kilómetros al sur de Roma. He ahorrado bastante dinero para que no nos suponga demasiado tomarnos dos o tres días. De todos modos, ya estaba sopesando la posibilidad de hacer un viaje especial. Mi hijo se irá pronto para empezar la escuela primaria.

—Quiero irme a casa —dice Pedro.

Una linterna se enciende abajo, en el patio, y una ráfaga de luz atraviesa las contraventanas. La radio de los gendarmes sisea a lo lejos.

—Ya lo sé, Pedro —susurro—. Ya lo sé.

CAPÍTULO 12

También mis sueños son agitados. En todos sale Ugo.

Durante un tiempo, tras la noche que ambos pasamos en la Biblioteca Vaticana, trabajamos tan estrechamente que confundí nuestra relación con la amistad. A la mañana siguiente de nuestra aventura en la cámara de la biblioteca, fuimos juntos a informar de su descubrimiento al tío Lucio. Era el cardenal bibliotecario a quien debíamos haber informado, pero Su Eminencia nunca le habría permitido a Ugo mantener su puesto de trabajo, y menos aún tocar el manuscrito. Todos los empleados seglares deben firmar un código ético con noventa y cinco condiciones, y los bibliotecarios suelen mostrarse muy quisquillosos en aquellas referidas a la propiedad papal. Lucio, en cambio, tenía una lucrativa exposición en la cuerda floja y podía confiarse en que protegiera esa gallina de los huevos de oro. Lo que yo no había previsto era que también podía hacer otras cosas.

Nunca se había emitido anuncio alguno sobre el Diatesarón, porque Ugo presionó al máximo para que no se hiciera. Sin embargo, cuarenta y ocho horas después de la reunión con mi tío, apareció un artículo en un periódico romano: HALLADO UN QUINTO EVANGELIO EN LA BIBLIOTECA VATICANA. El viernes siguiente, tres diarios se hicieron eco de la misma historia. Ese mismo fin de semana, nuestro descubrimiento acaparaba el titular de portada de *La Repubblica*. Y entonces empezaron a llamar las cadenas de televisión.

Los sacerdotes subestiman el apetito de los seglares por las emociones de baratillo sobre Jesús. La mayoría de nosotros ponemos los ojos en blanco ante la mera mención de nuevos Evangelios. Cada cueva de Israel parece esconder alguno, y luego resulta que la mayor parte han sido escritos siglos después de Cristo por pequeñas sectas de cristianos heréticos o se han falsificado para obtener publicidad. Pero el Diatesarón era diferente. En este caso, la Iglesia podía dar respaldo a ese titular. Un texto famoso, legítimo, descubierto en un manuscrito antiquísimo que se había conservado gracias al secular celo libresco de los papas. Lucio había anticipado que a cualquier habitante del Vaticano le habría gustado contar una historia como esta. Así que se aseguró de que el único que pudiera contarla fuera Ugo.

Alguien debió encargarse en los apartamentos papales de sellar oficialmente esa decisión de Lucio de otorgar la custodia del Diatesarón a Ugo, porque el arreglo acabó desatando la cólera del cardenal bibliotecario. Ugo escondió el manuscrito bajo siete llaves en el laboratorio de restauración, donde un equipo a sus órdenes empezó a eliminar las misteriosas manchas. Así pues, el único libro del que todo el mundo quería tener noticia era precisamente el que nadie podía ver. El personal de la biblioteca llegó a insinuar extraoficialmente ante los periodistas que el libro no existía, que todo era una estratagema publicitaria. Ugo, como represalia, mostró una fotografía del manuscrito. Los expertos analizaron de inmediato el estilo de la caligrafía y decretaron su autenticidad. Los principales periódicos europeos reimprimieron la fotografía y las preguntas se multiplicaron.

Tanta atención asustó a Ugo. Sabía que el Diatesarón podría ser clave para su autenticación del sudario, uno de los pilares de su exposición; pero ahora amenazaba con adueñarse de toda la exposición. El sudario había esperado dieciséis años para ser redimido y ahora un actor secundario le robaba el protagonismo. Deseó entonces haber sido tan reservado sobre el Diatesarón como lo había sido con el resto de la exposición, así que decidió enmendar su error. A partir de ese momento, el mutismo sería absoluto. Apagaría la llama. En ese instante, debió de parecer una decisión bastante sensata, pero había olvidado que no hay nada que avive más el delirio religioso que el silencio del Vaticano.

Caminando por las calles de Roma durante ese verano, Pedro y yo oíamos a los seglares discutiendo sobre el Diatesarón. ¿Tenía derecho el Vaticano a no desvelar ninguna información? ¿No pertenecía a todos el patrimonio de la cristiandad? Y, además, ¿qué es lo que había que esconder? Los titulares de la prensa amarilla más izquierdista se arrojaron sobre la oportunidad. El presumible secreto del Diatesarón les sirvió para retomar las habituales teorías conspiratorias: Jesús estaba casado, era gay, era una mujer. Según las declaraciones de un profesor de una universidad laica, en el Diatesarón no había constancia alguna de que Jesús hubiera sido visto tras su muerte. Después rectificó y dijo que en realidad se refería al Evangelio de san Marcos y no al Diatesarón, puesto que de hecho los primeros manuscritos de Marcos no mencionan nada al respecto.

El alboroto iba en aumento de día en día. Finalmente, un panel de cuarenta expertos sobre la Biblia envió una carta abierta al papa Juan Pablo, pidiendo que se estudiara el manuscrito. Y así fue como el tío Lucio, tras haber repartido las cartas, jugó su baza ganadora. En respuesta a la presión pública, anunció, el Diatesarón sería expuesto públicamente por primera vez... en la exposición de Ugo. De la noche a la mañana, la venta anticipada de entradas se cuadruplicó.

Ugo estaba fuera de sí. Le dije que no era ninguna deshonra permitir que un nuevo Evangelio compartiera el lugar de honor con el sudario. Al fin y al cabo, eran antiguos hermanos: ambos nos llevaban de vuelta a la Jerusalén del siglo I d. C. Pero me dejé llevar en exceso por el entusiasmo que en mí despertaba el Diatesarón. Ugo se puso hecho una furia. Rugió que el Diatesarón no era ningún nuevo Evangelio y que, obviamente, yo no entendía que el cometido de su exposición no era solo redimir el sudario, sino mostrarle al mundo qué posición ocupaba en el orden jerárquico de los antiguos testimonios cristianos.

–Los Evangelios no fueron escritos por Jesús –dijo con sequedad–. No son el testimonio de Cristo sobre sí mismo. Solo el sudario tiene ese honor. De manera que, si cada iglesia de la Tierra posee una copia de los Evangelios, entonces también cada iglesia de la Tierra debería tener una imagen del sudario, una imagen que debería venerarse por encima de los Evangelios. Me sorprende usted, padre Alex. Es un insulto a Dios dejar que un Evangelio de segunda, la obra de un hombre, sea celebrado al mismo nivel que un regalo de Nuestro Señor.

Me di cuenta de que esa idea lo paralizaba, de que estaba horrorizado consigo mismo por haber permitido semejante traición al sudario. Solo entonces entendí hasta qué punto se sentía como un protector paternal del lienzo. Y aunque yo no sentía lo mismo, sí podía identificarme con esa emoción. Por desgracia, también hizo emerger en Ugo algo en lo que antes no había reparado. A sus ojos, mi entusiasmo por el Diatesarón me había delatado como traidor. Así pues, un día se me acercó en el comedor y me agarró por la sotana.

—Si no me hubiera presionado para contarle a su tío lo del manuscrito —gruñó—, nada de esto habría ocurrido.

—Fue lo correcto —le contesté.

Pero, dándome la espalda, declaró:

—Creo que no podemos seguir trabajando juntos. Ya encontraré a otra persona que me enseñe los Evangelios.

Me los encontré por pura casualidad, al maestro y a su alumno, encorvados sobre una Biblia en un estudio privado situado junto al taller de restauración del manuscrito. El nuevo instructor de Ugo era un anciano sacerdote llamado Popa que hablaba con acento y llevaba una sotana oriental. No lo reconocí; Popa es un nombre rumano y hay cincuenta mil rumanos en Roma. Di por sentado que sería un católico oriental, pero me equivoqué. Era ortodoxo. Y, en el estudio del Evangelio, eso supone una diferencia abismal.

—Padre, por favor —oí decir a Ugo—, necesitamos llegar al enterramiento. A la sábana. Ya sé que estas partes del principio son importantes, pero lo que me interesa es el sudario.

—¿No lo entiendes? —respondió Popa—. Ambas cosas están conectadas. El nacimiento de Jesús anticipa su renacimiento, su resurrección. La liturgia y los padres de la Iglesia están de acuerdo en que…

—Con todos los respetos, padre —lo interrumpió Ugo—; no necesito ni la liturgia ni a los padres de la Iglesia. Solo los hechos puros y duros sobre lo ocurrido en el año 33 d. C.

Popa tenía un algo místico que resultaba entrañable. Su suave barba blanca le daba un aire jovial cuando sonreía. Pero ni él ni Ugo parecían entender lo que los separaba.

–Recuerda, hijo mío –dijo Popa–: la Biblia no creó la Iglesia, sino que fue la Iglesia la que creó la Biblia. La liturgia es más antigua que los Evangelios. Y ahora, por favor, vamos a empezar por el principio. Para entender el sepulcro, primero hemos de entender el pesebre.

No pude evitarlo.

–Ugo –dije–, Jesús no nació en un pesebre, si nos atenemos solo a los hechos.

De pronto, Popa ya no parecía tan jovial.

–Ni siquiera sabemos en qué ciudad nació –continué–. De nuevo, si nos atenemos solo a los hechos.

–Padre, eso no es cierto –protestó Popa–. Los Evangelios están de acuerdo en que fue en Belén.

–Muéstreme dos Evangelios que afirmen tal cosa y yo le mostraré otros dos que no lo hacen.

Popa frunció el ceño. No dijo nada más; solo esperó a que yo acabara con lo que me había llevado allí y me marchara.

Pero yo había captado la atención de Ugo.

–Padre Alex –me dijo–, explíquese, por favor.

Dejé mi pila de libros en su mesa.

–Jesús creció en Nazaret, no en Belén. En eso están de acuerdo los cuatro Evangelios.

–La cuestión es dónde nació –objetó Popa–, no dónde creció.

Levanté la mano para pedirle calma.

–Dos de los Evangelios no dicen nada sobre el lugar donde nació. Los otros dos cuentan historias diferentes del nacimiento. Saque sus propias conclusiones.

Ugo parecía tan sorprendido como lo están la mayoría de los seminaristas en su primer día de curso sobre las Escrituras.

–¿Está diciendo que esas historias son ficción?

–Lo que estoy diciendo es que las lea con atención.

–Ya lo he hecho.

–Entonces, ¿cuál de ellas dice que Jesús nació en un pesebre?

–La de Lucas.

–¿Y en cuál se dice que tres sabios de Oriente visitaron a Jesús?

–En Mateo.

–Entonces, ¿por qué Lucas no menciona a los sabios de Oriente y Mateo no menciona el pesebre?

Ugo se encogió de hombros.

—Porque ambos intentan explicar cómo Jesús pudo haber nacido en Belén, aunque creció en Nazaret. Y cada uno deduce una explicación totalmente diferente a la del otro. Mateo nos habla de un rey malvado llamado Herodes que quiere matar al Niño Jesús, pero, como los sabios no le dicen dónde está, entonces mata a todos los recién nacidos de la región. De modo que María y José tienen que huir y por eso acaban en Nazaret. Lucas, en cambio, dice que la familia de Jesús empezó en Nazaret. Pero el emperador romano ordenó realizar un gran censo y, por alguna razón, todo el mundo debía volver a la ciudad de sus ancestros para registrarse. María y José fueron a Belén, puesto que la familia de José provenía de allí, y por eso Jesús nació en un pesebre: porque no había hospedaje en la posada. Las historias difieren por completo. Y, dado que no hay pruebas de que Herodes matara a esos recién nacidos ni de que César Augusto ordenara efectuar un censo, es probable que ninguna de las dos historias ocurriera de verdad.

Popa se me quedó mirando con ojos llenos de tristeza. Como si Ugo no estuviera presente, dijo:

—¿De verdad cree eso, padre? ¿Que no hay acuerdo entre los Evangelios? ¿Que nos mienten?

—Los Evangelios no están de acuerdo, lo que no significa que mientan. —Volví a coger la pila de libros—. Ugo, volveré más tarde, cuando…

Pero los tres sabíamos, incluso antes de que Ugo me interrumpiera, que la suerte estaba echada. La mayoría de los ortodoxos siguen apegados al modo tradicional de interpretar los Evangelios: apenas se dan respuestas nuevas; casi todo depende de la fe en las antiguas. Los católicos solían compartir esa creencia hasta que reconocimos el alcance de la ciencia bíblica.

—Padre Alex, espere —dijo Ugo—. Quédese un momento, por favor.

No hubo necesidad de que dijera nada más. Tanto Popa como yo sabíamos por qué vía había optado.

Fue como si las acusaciones de Ugo en el comedor nunca hubieran existido. Al principio nuestras lecciones fueron de ámbito muy general. Como la mayoría de los seglares, Ugo solo poseía una comprensión básica de cómo debían leerse los Evangelios y muy escasa confianza a la hora de aplicar ese método. Así que comenzamos por el principio.

Pero para mí, a diferencia de como ocurría con el padre Popa, eso significaba ceñirse a las pruebas concretas, a los hechos antiguos e inmutables, a los libros.

Antes del Diatesarón, y antes de los alogianos, venían nuestros cuatro Evangelios, titulados con el nombre de quienes se cree que los escribieron: Mateo, Marcos, Lucas y Juan. Mateo y Juan eran discípulos de Jesús, dos de sus seguidores más cercanos. La tradición dice que Marcos redactó lo que le dictaba el discípulo principal: Pedro. Y Lucas nos cuenta que recabó su información de aquellos que vieron en persona a Jesús. Eso significa que nuestros Evangelios, si realmente los escribieron estos cuatro hombres, nos ofrecen un retrato de la vida de Jesús basado casi enteramente en el relato de testigos oculares.

Pero no es tan sencillo. Tres de los cuatro Evangelios son tan similares que, más que relatos independientes, parecen copias el uno del otro. Marcos, Mateo y Lucas no solo reproducen de forma casi idéntica las palabras de Jesús, sino que también es casi idéntica su manera de traducir esas palabras desde el arameo de Jesús al griego de los Evangelios. Sus breves bosquejos de muchos personajes menores son un calco palabra por palabra y, en ocasiones, los tres Evangelios se detienen a mitad de enunciado de la misma frase para ofrecer las mismas indicaciones escénicas o los mismos apartes:

MATEO 9, 6

Pues para que sepan que el Hijo del hombre tiene autoridad en la Tierra para perdonar pecados –se dirigió entonces al paralítico–: Levántate, toma tu camilla y vete a tu casa.

MARCOS 2, 10-11

Pues para que sepan que el Hijo del hombre tiene autoridad en la Tierra para perdonar pecados –se dirigió entonces al paralítico–: A ti te digo, levántate, toma tu camilla y vete a tu casa.

Pues para que sepan que el Hijo del hombre tiene autoridad en la Tierra para perdonar pecados –se dirigió entonces al paralítico–: A ti te digo, levántate, toma tu camilla y vete a tu casa.

Así pues, no sorprende en absoluto que Taciano, el autor del Diatesarón, quisiera combinar los Evangelios en un solo texto. En muchos pasajes, los Evangelios ya ofrecen un solo texto. Pero ¿por qué? El cuarenta por ciento del Evangelio según san Marcos aparece entero en Mateo –las mismas palabras en el mismo orden– lo que sugiere que un testigo ocular como Mateo pudo haber copiado gran parte de su testimonio de otra fuente. ¿Por qué?

La ciencia bíblica proporciona una respuesta sorprendente: no lo hizo, porque el Evangelio que se atribuye a Mateo no fue escrito por él. De hecho, ni uno solo de nuestros cuatro Evangelios fue escrito por un testigo ocular.

Los eruditos han reunido los manuscritos evangélicos más antiguos que han sobrevivido y han descubierto que, en los textos más antiguos, los cuatro Evangelios no se atribuyen a Mateo, Marcos, Lucas y Juan. Son anónimos. Solo en las copias posteriores aparecen los nombres de los supuestos autores, como si se hubieran añadido por tradición o por meras conjeturas. La comparación en detalle de los textos muestra cómo fueron escritos realmente. Uno de ellos, el que atribuimos a Marcos, está en bruto y sin pulir; nos presenta a un Jesús que a veces se enfada y otras veces profiere conjuros mágicos, un Jesús al que su propia familia considera loco. Otros dos Evangelios, los que atribuimos a Mateo y a Lucas, eliminan estos detalles embarazosos. Y corrigen, además, los pequeños lapsus gramaticales y léxicos de Marcos. Mateo y Lucas toman prestados pasajes enteros de Marcos, palabra por palabra, pero enmiendan sus debilidades de forma sistemática. Esto nos proporciona una fuerte base para concluir que Mateo y Lucas no ofrecen un testimonio independiente: son versiones corregidas de Marcos.

El Evangelio según san Marcos, por su parte, es un *collage* de historias individuales que parecen tomadas de fuentes fragmentarias más antiguas. Por eso gran parte de los especialistas creen

–como de hecho se enseña a la mayoría de los sacerdotes católicos en el seminario– que nuestros cuatro Evangelios no contienen los recuerdos de quienes hoy les dan nombre. Fueron compuestos, décadas después del ministerio de Jesús, ensamblando documentos más antiguos que reproducían historias de la tradición oral sobre Jesús. Solo accediendo a los testimonios más tempranos y cercanos al origen podríamos dar con los verdaderos recuerdos de los discípulos.

Eso significa que los Evangelios, en efecto, nos llevan hasta la vida de Jesús, pero no directamente, ni tampoco sin adiciones o supresiones. Comprender ese proceso de edición resulta crucial para cualquiera que busque los hechos puramente históricos sobre la vida de Jesús. Y esto es así porque los cambios eran a menudo teológicos o espirituales, es decir, reflejaban lo que los cristianos creían sobre el Mesías, en lugar de lo que realmente se sabía sobre el Jesús hombre. Por ejemplo, los Evangelios de Lucas y Mateo difieren en los detalles del nacimiento de Jesús, y tenemos razones para creer que ninguno de ellos refleja los hechos. Pero los autores –quienesquiera que fuesen realmente– creían que Jesús era el Salvador, así que por fuerza debía haber nacido en Belén, tal como predice el Antiguo Testamento.

Esta capacidad de separar la teología de los hechos es esencial, sobre todo en el último y más extraño de los Evangelios, el que iba a centrar la labor de Ugo sobre el Diatesarón: el Evangelio de san Juan.

–Entonces, los alogianos no estaban de acuerdo con el Evangelio de san Juan –dijo Ugo, pasándose la mano por el cabello ralo.

–Así es. Solo con el de Juan.

–Intentaron borrar a san Juan del Diatesarón.

–Así es.

–¿Por qué?

Le expliqué que el de san Juan fue el Evangelio que se escribió en último lugar, sesenta años después de la crucifixión, el doble de tarde que el de Marcos. Su intención era responder nuevas preguntas sobre la recién nacida religión del cristianismo y, en el proceso, revolucionó la figura de Jesús. Adiós al humilde hijo de carpintero que cura a los enfermos y exorciza a los poseídos, que cuenta parábolas sencillas desplegando su don de gentes, pero que nunca dice demasiado sobre sí mismo. En lugar de eso, Juan nos ofrece un Jesús nuevo: un filósofo moralista que jamás efectúa exorcismos ni cuenta parábolas, un Jesús que habla constantemente sobre sí mismo y su misión. Hoy los especialistas están de acuerdo en que los otros tres Evangelios hunden sus raíces en un estrato de recuerdos factuales, acontecimientos históricos que se registraron en una fase temprana y se fueron editando a lo largo del tiempo. Pero el cuarto Evangelio es diferente.

Juan nos dibuja más el retrato de Dios que el de un hombre eliminando hechos y sustituyéndolos por símbolos. Su Evangelio incluso deja señales indicadoras para mostrar a los lectores lo que está haciendo: Juan dice que el pan que comemos no es pan de verdad; el verdadero pan es Jesús. La luz que vemos no es verdadera luz; Jesús es la verdadera luz. En Juan, la palabra *verdad* casi siempre alude al reino invisible de lo eterno. En otras palabras, el cuarto Evangelio es más teológico que histórico. Y para muchos lectores esa teología supone una conmoción. Tras leer tres Evangelios enraizados profundamente en la historia, resulta peligrosamente fácil leer el cuarto sin darse cuenta de que estos hechos se han transformado en símbolos.

Por esa razón, Juan ha sido siempre la oveja negra de los Evangelios. Antes de Taciano, solo hubo un erudito cristiano que intentó escribir una armonía de los Evangelios similar al Diatesarón, y en ella prescindió por completo de san Juan. Pero ningún otro grupo mostró su oposición a Juan con tanta claridad como los alogianos.

—¿Me está diciendo —dijo Ugo— que para nuestros intereses hemos de dar la razón a los alogianos? ¿Que si lo único que me importa es la historia, los hechos, entonces debería dejar fuera a san Juan?

—Depende. Existen normas.

—Padre Alex, yo soy un buen católico. No es mi intención acercarme a la Biblia con unas tijeras. Pero los otros tres Evangelios dicen que Jesús fue enterrado en un lienzo. Juan dice «lienzos». No pueden ser ciertas las dos cosas. Así que ¿Juan queda fuera?

Ni siquiera parecía querer ver las palabras que su equipo de restauradores estaba haciendo salir a la luz eliminando las manchas del Diatesarón. Debería haberme dado cuenta de la presión a la que estaba sometido, su urgencia.

–O bien –continuó–, por poner otro ejemplo, Juan dice que Jesús fue enterrado con unas cien libras de mirra y áloes. Los otros Evangelios dicen que no se utilizaron especias funerarias, porque Jesús fue sepultado de forma muy apresurada.

–¿Y por qué eso habría de importar?

–Porque las pruebas químicas que desacreditan la datación por radiocarbono tampoco encontraron mirra o áloe en el sudario, que es lo mismo que tenemos si eliminamos el testimonio de san Juan.

Descansé la cabeza en las manos. No es que Ugo estuviera equivocado, sino que iba demasiado deprisa. El credo de cualquier estudiante de la Biblia es la humildad. La cautela. La paciencia. Hace sesenta años, el papa permitió que un pequeño equipo excavara bajo la basílica de San Pedro para buscar los huesos de Pedro. Hoy, los profesores de los Evangelios son como esos hombres, solo que a ellos se les ha encomendado excavar bajo los cimientos de la Iglesia, es decir, que tienen permiso para buscar allí donde resulta más peligroso hacerlo. Sería una imprudencia no poner todo el cuidado del mundo en esa tarea.

–Ugo –dije–, si le he dado la impresión de que empleo estas herramientas a la ligera, entonces el error es mío.

Me puso una mano en el hombro, como si quisiera consolarme.

–Padre, ¿no se da cuenta? Esto es positivo. Muy positivo. Todos los que han estudiado el sudario han dado por sentado que los cuatro Evangelios se basaban en hechos auténticos. El mundo ha estado cometiendo el mismo error que el Diatesarón sin ni siquiera darse cuenta: entretejemos los cuatro Evangelios obviando que el de Juan no es histórico. Solo en su versión del enterramiento debe haber ya docenas de aberraciones: Jesús es enterrado por un hombre diferente, en un día diferente y de un modo diferente. Ha cambiado usted el futuro del sudario, padre Alex. Ha encontrado la llave maestra.

Pero mi instinto me decía que no era así, que la herramienta que le había proporcionado no era una llave maestra, sino un ariete. Como docente de los Evangelios, yo había enseñado a cientos de estudiantes de todas las edades, pero jamás me había topado con un hombre que temiera menos a la verdad. Ugo manifestaba una compulsión heroica, casi militante, a ponerse del lado de la verdad, a hacer saltar por los aires las creencias más reverenciadas si eran erróneas. Sin duda, de ahí nacía su fuerte impulso a defender el sudario, de esa rabia contra la injusticia de los errores.

Con todo, eso también me preocupaba. Y por su bien. Me preguntaba si no preferiría crearse un enemigo antes que aplacar a un amigo cada vez que en la balanza hubiera la más ínfima migaja de verdad factual. Era implacable, inflexible, incluso consigo mismo. Cierta vez admitió que le entristecía renunciar a los relatos evangélicos con los que había crecido convencido de su autenticidad histórica. Al niño que aún vivía en su corazón se le caía el alma a los pies al saber que el pesebre y los Reyes Magos existían sobre todo en los belenes, mucho más que en aquella mágica noche de hacía dos mil años. Pero luego me sonrió con orgullo y dijo:

–Si el papa respalda esto, entonces yo también.

Y, antes de empezar todas nuestras lecciones, siempre decía: «Bien, hora de dejarse de chiquilladas». Se mostraba más que dispuesto a renunciar a su pesebre y a los Reyes Magos si con eso recuperaba el sudario para el mundo.

En la esencia misma de nuestra religión, existe el convencimiento de que la pérdida y el sacrificio son nobles, de que entregar algo muy querido constituye la más alta demostración del deber cristiano. Siempre admiré esa cualidad en Ugo. Aun así, no podía evitar sentir que en ese arrojo suyo había también una corriente soterrada de autoflagelación, y que ello resultaba crucial para entender cómo se había hecho amigo de mi hermano con tanta rapidez.

CAPÍTULO 13

Pedro duerme hasta tarde. Lo habitual es que se levante antes que yo y venga a mi cuarto para agarrar mi brazo flojo y remar con él, como si estuviera en una trirreme griega. No tengo ya práctica a la hora de escabullirme de la cama, pero me las arreglo para no despertarlo. Mientras plancho la sotana, no puedo evitar entreabrir la puerta principal, solo para asegurarme de que todo están en orden.

Fontana sigue de guardia.

Una hora después, Pedro y yo estamos desayunando en el comedor. Cuando entra, los viejos obispos y cardenales levantan la cabeza del plato y sonríen. Aquí hay más hombres por encima de los ochenta años que por debajo de los treinta. Y todos ellos son católicos romanos. Pedro y yo nos sentamos a una mesa bien visible, con la intención de que cualquier católico oriental que pase nos reconozca enseguida y no tenga que huir. Pero ninguno aparece.

A mitad del desayuno, mi móvil empieza a pitar. Simón me ha dejado un mensaje: «Alli, ha surgido algo. Reúnete conmigo en la sala de la exposición en cuanto recibas esto».

Dejo la servilleta junto al plato y le digo a Pedro que coja un último bocado para el camino.

Para preparar la exposición de Ugo, se ha cerrado un ala entera de los museos. Los camiones de trabajo esperan al ralentí fuera de las salas como elefantes de guerra, haciendo temblar el aire con el calor de los tubos de escape. En el interior, se ve una auténtica autopista de carros y carretillas que transportan pinturas y vitrinas y maderos, todos moviéndose a la misma velocidad, como automóviles de un convoy funerario. Se levantan estructuras de madera para esconder antiguos frescos tras tabiques improvisados y convertir los pasillos dorados en túneles blancos y vacíos. Obras de arte que no se han movido desde que Italia se convirtió en país desaparecen de pronto.

Se abre la puerta de un montacargas. Dos restauradores de arte aparecen, procedentes del piso inferior. En la distancia, los obreros encintan las juntas de los tabiques de yeso. Los electricistas comprueban las luces. Tanta gente y de tantos departamentos distintos, todos trabajando a la vez tras ser avisados con tan poca antelación, transmiten una impresión de estado de emergencia. Esta debe ser la razón por la que ha llamado Simón. Al parecer, Ugo dejó muchas cosas inacabadas.

Cuanto más nos adentramos en las salas, más aumenta mi curiosidad. En la pared hay una enorme fotografía tamaño cartel de los científicos que anunciaron los resultados del radiocarbono en 1988. Al fondo de la imagen, en una pizarra, aparece escrita la horquilla de fechas que establecieron las pruebas del carbono, enfatizada por unos maliciosos signos de exclamación: ¡1260-1390! No entiendo qué pretendía Ugo al montar esto aquí, hasta que veo una vitrina acristalada semejante a un joyero y forrada con satén negro. En el interior, hay una fila de libros antiguos colocados en armazones dorados, uno de ellos en posición más alta que el resto. MISAL HÚNGARO, dice un rótulo. Está abierto por una página con una ilustración en tinta negra del cadáver de Jesús mientras lo preparan para ser amortajado.

La mortaja se ajusta de modo sorprendente a las características del sudario de Turín: las dimensiones son adecuadas, como lo son también la manera de envolver el cadáver y la postura del cuerpo de Jesús, con las manos cruzadas recatadamente sobre los genitales. Incluso coincide en un raro detalle que Ugo me explicó una vez: ningún pulgar resulta visible. Los forenses de nuestra época han demostrado que, cuando un clavo atraviesa un determinado nervio próximo a la mano, se produce la involuntaria retracción de los pulgares. Casi ningún cuadro del arte occidental refleja este hecho correctamente, pero el sudario y este pequeño dibujo sí lo hacen. Lo más asombroso es que el lienzo de la ilustración muestra cuatro puntos en forma de L. Son los inexplicados «agujeros de atizador» de la sábana santa, situados justo debajo del codo de Jesús. Todo indica que el artista de este libro examinó de cerca el sudario de Turín. Sin embargo, el rótulo contiguo al misal ilustrado dice, en un tipo de letra sencillo:

MANUSCRITO ESCRITO EN 1192 d.C.

El año 1192 d. C. Sesenta años antes de la fecha más temprana que admitiría la datación por radiocarbono.

Al echar un vistazo a todos los rótulos de la vitrina, de pronto lo entiendo. Ugo está exponiendo un argumento. La fotografía gigante de un extremo de la sala se ha colocado frente a los manuscritos situados al otro lado. Nuestra biblioteca va a enfrentarse con vuestro laboratorio. Vuestra ciencia es joven y no tiene memoria, mientras que nuestra Iglesia es antigua y no olvida nada. Estos libros prácticamente demuestran que las pruebas de radiocarbono se equivocan: cada libro de esta vitrina menciona una reliquia aparentemente idéntica al sudario, y todos ellos se escribieron antes de la fecha más temprana establecida por el radiocarbono.

Observo los nombres extraños, rebosantes de fantasía, de sus autores: Ordericus Vitalis; Gervasio de Tilbury. Estos manuscritos son como la luz de estrellas extintas. Copias originales de los autores latinos que escribían en la época de las cruzadas. El cisma entre católicos y ortodoxos suele datarse en 1054, cuando un iracundo mensajero papal fue enviado a la capital ortodoxa de Constantinopla con la misión de excomulgar al patriarca. Pero eso nunca habría sucedido si los occidentales no se hubieran desligado antes del Este y de sus tradiciones cristianas. Décadas después, las cruzadas abrieron de nuevo los ojos a Occidente, y los manuscritos que veo aquí, escritos en el siglo XII, captan ese preciso momento. Mi oxidado latín me permite a duras penas entender las noticias que se van filtrando desde Tierra Santa, las noticias que parecen haber avivado sin cesar la imaginación de los católicos: existe una ciudad llamada Edesa donde se conserva un antiguo lienzo, una tela en la que aparece estampada la figura mística de Jesús.

No era consciente del alcance que tienen las pruebas encontradas por Ugo. Y aún no hemos llegado al Diatesarón, que posiblemente esté más adelante, en la sala final.

De repente, la mano de Pedro se suelta de la mía.

—¡Simón! —grita.

Levanto la cabeza y veo a mi hermano que se acerca deprisa, descendiendo sobre nosotros como un ave de presa: fino como una cuchilla, la sotana desplegada en vuelo a su espalda.

—¿Qué pasa? —pregunto.

Sus ojos azules parecen un torbellino de emociones. Levanta a Pedro con un brazo y me pasa el otro por la espalda mientras nos conduce a la entrada trasera de los museos. Entonces, en voz baja, dice:

—Anoche, alguien visitó a Lucio en su apartamento. Un mensajero de la Rota con noticias de Ugo.

Espero con ansia sus próximas palabras. El de la Rota es el segundo tribunal de mayor autoridad del catolicismo.

—Están formando un tribunal —dice. Y luego continúa en griego para que Pedro no lo entienda—. Para juzgar al asesino de Ugo.

—¿A quién han arrestado?

Simón me mira con impaciencia.

—A nadie. Se trata de un juicio canónico.

Derecho canónico. El código de la Iglesia. Pero la Rota dedica la mayor parte de su tiempo a fallar sobre las anulaciones matrimoniales. Nunca se ocupa de asesinatos.

—Es imposible —digo—. ¿Quién lo ha decidido?

El Vaticano posee un derecho continental propio. Podemos condenar a delincuentes y enviarlos a las prisiones italianas. Así es como debería juzgarse al asesino de Ugo, no con la ley de la Iglesia.

—No lo sé —susurra Simón—. Pero un amigo de Lucio nos dará más noticias esta noche. Creo que deberías estar presente.

Me tiro de la barba. Nuestra sala de lo penal está presidida por un seglar, pero los tribunales canónicos están a cargo de sacerdotes. En todo esto casi me parece oír la advertencia de Michael Black. Alguien con alzacuellos está involucrado en el asunto y no parará hasta conseguir lo que busca.

—De acuerdo —le contesto a Simón—. Allí estaré.

Pero la atención de mi hermano se ha desviado hacia alguna otra cosa. La puerta trasera del museo está abierta. En el umbral veo a don Diego y al agente Martelli.

Levanto la mano y les grito:

–Estamos bien. Solo necesito un minuto con mi hermano.

Pero Diego replica:

–Padre Simón, los comisarios le necesitan.

Así que mi hermano deja a Pedro en el suelo y se arrodilla para abrazarlo. A mí me dice, murmurando:

–Ten cuidado. Os veo a los dos dentro de unas horas.

La casa tiene una pequeña biblioteca para invitados. Cuando Pedro y yo regresamos al hotel, tomo prestado el libro de leyes aplicable a todos los católicos romanos: *Codex Iuris Canonici*, el Código de Derecho Canónico, y volvemos directamente a nuestra habitación.

El código y los comentarios jurídicos que incorpora conforman un cuerpo inmenso. A su lado, la Biblia parece una lectura de playa. En mis manos tengo la sabiduría de dos mil años de soluciones cotidianas a los problemas de la Iglesia. ¿Cuánto debe pagarse a un sacerdote por un funeral? ¿Está bien casarse con un protestante? ¿Puede jubilarse el papa? El derecho canónico decreta quién puede enseñar en un colegio católico o vender propiedades de la Iglesia o revertir una excomunión. Pero el caso de Ugo girará en torno al canon 1397: «Quien comete homicidio, o rapta o retiene a un ser humano con violencia o fraude, o le mutila o hiere gravemente, debe ser castigado…». Este es el problema más obvio de juzgar el asesinato de Ugo según la ley eclesiástica: el asesino no pasará ni un solo día entre rejas, porque la cárcel no existe como castigo en la ley canónica. Ahora bien, si el asesino es un sacerdote, sobre él se cierne un castigo más lacerante: se le cesa en sus funciones clericales.

Para un seglar, resulta difícil comprender la gravedad de ser laicizado. Decir que un sacerdote ya no lo es resulta paradójico, como decir que una mujer es madre sin haber tenido hijos o que una persona no es humana. Lo que Dios otorga a un hombre cuando se le ordena sacerdote ningún poder humano puede borrarlo. Así pues, aunque un sacerdote laicizado todavía puede celebrar los sacramentos con validez, tiene prohibido hacerlo. Los católicos seglares deben rehuir cualquier misa que pueda oficiar. No se le permite pronunciar una homilía ni oír en confesión a nadie, salvo en el lecho de muerte. Ni siquiera puede trabajar en un seminario ni enseñar teología en un colegio, sea este católico o no. Ese es el enorme poder de esta condena: el poder de convertirnos en fantasmas. Obliga al mundo a negar nuestra existencia. Ningún tribunal laico posee ese poder sobre los clérigos. Se trata de un veredicto que empuja al suicidio a muchos sacerdotes. Ahora que lo pienso, ese podría ser un aspecto clave en el juicio de Ugo. Juzgar el caso en un tribunal canónico no solo significa que los sacerdotes controlarán el resultado, sino que constituye también una forma particularmente espantosa de amenazar a un sacerdote.

—Pedro —digo—, ¿puedes pasarme el bloque de fichas de mi maletín?

—¿Por qué?

—Hay algo que necesito resolver.

Pedro refunfuña. Aunque es demasiado joven para comprender el sentido de estos términos jurídicos, sabe lo que significa que *babbo* necesite resolver alguna cosa: que va a hundir la nariz en los libros.

Al principio, la labor se hace realmente penosa. Las lagunas de mi educación parecen de una profundidad abismal. Todos los sacerdotes estudian un curso básico de derecho canónico en el seminario, pero nada serio hasta el cuarto año, cuando cada uno debe elegir entre teología y derecho canónico para el trabajo de graduación. Mi decisión de escoger teología nunca había parecido más inoportuna.

—Escribe este número —le digo a Pedro—. Uno-cuatro-dos-cero.

Canon 1420: «Todo obispo diocesano debe nombrar un vicario judicial… distinto del vicario general…».

Sé cómo empieza un juicio canónico. En teoría, un obispo investiga una acusación. Si el asunto lo merece, convoca un tribunal. Pero la realidad es diferente. Los obispos están muy ocupados, así que el trabajo lo hacen los asistentes. Esto es especialmente cierto en el caso de Juan Pablo, quien supervisa no solo la diócesis de Roma, sino también la Iglesia de todo el mundo. De modo que ¿cuál de los subalternos de Juan Pablo tomará la decisión? Este canon nos da la respuesta: el asistente especial a cargo de los asuntos jurídicos, un sacerdote al que se conoce como «vicario judicial». Ahora que he dado con ese título, puedo valerme del anuario del Vaticano para encontrar su nombre.

–Siguiente –digo–. Escribe uno-cuatro-dos-cinco. Y luego un pequeño garabato con el número tres.

Pedro frunce el ceño:

–¿En qué dirección iba el tres?

Le alboroto el pelo.

–Como la B, pero sin la línea recta.

El canon 1425 §3 dice que el vicario judicial también asigna los jueces. Todo el juicio parece estar ahora en manos de este único hombre, quienquiera que sea. Siento curiosidad por saber quiénes serán esos jueces. Pero he venido aquí a buscar otra cosa: alguna forma indirecta de averiguar a quién se acusa del asesinato de Ugo.

Los juicios eclesiásticos están rodeados de gran secreto. Los feligreses podrían no enterarse siquiera de que se ha cometido un crimen en su patio trasero, y menos aún de que un tribunal de la Iglesia ha emitido un veredicto. Conocer el nombre del vicario judicial puede ser útil, pero no será lo mismo que si llamo a su despacho y le pregunto por la investigación. Por suerte, en nuestra Iglesia siempre –siempre– queda un rastro en papel. Y el derecho canónico me dice lo que debo buscar.

–Uno-siete-dos-uno –sigo dictándole a Pedro–. Ahora añade una estrella. Y, debajo, uno-cinco-cero-siete.

Le repito cada número, dígito por dígito. El código, como la Biblia, salta hacia delante y hacia atrás, es decir, cada línea remite a otras situadas a cientos de páginas de distancia. El canon 1721 dice que cuando un obispo decide que existen suficientes pruebas para un juicio, le pide al fiscal de la Iglesia que escriba una acusación formal, a la que se llama *libellus*, en la cual se incluye el nombre y el domicilio del acusado. Esto invoca el canon 1507, que establece que el *libellus* debe enviarse a todas las partes del juicio. En otras palabras, el *libellus* es el modo en que la noticia del juicio se filtra más allá del obispo y sus contactos inmediatos. Si Lucio va a recibir la visita de un amigo con información sobre el juicio. Entonces deduzco que el *libellus* ya está en circulación. Y, si eso es correcto, entonces sé dónde debe enviarse una copia.

La seguridad del santo padre exige que la Guardia Suiza sea informada de cualquier persona peligrosa que pise suelo vaticano

—Pedro —digo—, pon una goma alrededor de esas fichas. Creo que hemos terminado.

Estoy ya marcando el número de teléfono.

—¿Alex? —contesta Leo—. ¿Va todo bien?

Le explico la situación

—¿Sabes si se ha mencionado algún nombre? ¿En algún documento?

—No, no he visto nada.

—Pero ¿te han ordenado estar alerta por si aparece alguien concreto?

—No.

La respuesta me coge por sorpresa. Si el *libellus* se ha emitido, entonces quien matara a Ugo sabe que lo van a procesar. Sin embargo, nadie está buscando a esa persona.

—Haré algunas llamadas —dice Leo para tranquilizarme—. Y consultaré con los guardias de servicio en el palacio. Tal vez ellos tengan otras órdenes.

Pero dudo que las órdenes pasen por encima de Leo, porque su rango es demasiado alto para que eso suceda. Estoy a punto de seguir indagando en el código cuando un sonido procedente del pasillo distrae mi atención. Han deslizado algo por debajo de la puerta.

—Espera, Leo.

Es un sobre. En la cara frontal está escrito mi nombre. La letra me resulta familiar.

Al abrirlo, encuentro una fotografía. Muestra el exterior de la Casa y a un sacerdote oriental que sale por la puerta principal.

Se me corta la respiración.

—¿Hay algún problema? —pregunta Leo.

El sacerdote oriental soy yo.

La fotografía es del día anterior. Quienquiera que la tomase debía de estar al otro lado del patio.

En la parte de atrás hay una nota, escrita con la misma letra.

«Dinos qué escondía Nogara».

Debajo, un número de teléfono.

Me precipito hacia la puerta y la abro.

—¡Agente Martelli!

Oigo un ruido a lo lejos. Un ascensor que se abre. Cuando giro la cabeza para mirar, veo la cola de una sotana negra que entra en el ascensor. Un sacerdote que se marcha.

Me vuelvo de nuevo hacia el otro lado.

—¡Martelli!

Pero no hay nadie en este lado del pasillo. Martelli ha desaparecido.

Veo a un grupo de sacerdotes orientales parados frente a los ascensores. Se me quedan mirando, preocupados.

A mi espalda, Pedro me está tirando de la sotana. Sin decir palabra, lo levanto en brazos y corro a la escalera más cercana.

—¿Qué pasa? —pregunta llorando.

—Nada. Todo va bien.

Giro el picaporte de la puerta de acceso a las escaleras, pero no se mueve. La puerta está cerrada.

Volvemos a la habitación y paso el cerrojo de la puerta. Llamo al móvil de Simón, pero no debe de haber cobertura en los museos. Marco el número de la gendarmería.

—*Pronto.* Gendarmería.

—Agente —suelto abruptamente—, soy el padre Andreou. Se me había asignado un escolta, pero ha desaparecido. Necesito ayuda.

—Sí, padre. Por supuesto. Un momento.

Pero cuando vuelve al teléfono me dice:

—Lo siento. No figura ninguna escolta a su nombre.

—Debe de ser un error. Tengo… tengo que encontrar como sea al agente Martelli.

—Martelli está aquí. Espere, por favor.

Estoy atónito. La voz que suena en el auricular es inconfundible.

—Martelli al habla.

—Agente —farfullo—, soy el padre Andreou. ¿Dónde está?

—En mi escritorio —contesta en tono poco amigable—. Su escolta se ha cancelado.

—No lo entiendo. Aquí está pasando algo. Necesitamos su ayuda. Por favor, vuelva a la Casa.

162

–Lo siento, padre. Tendrá que llamar a la seguridad del hotel, como hacen los otros huéspedes.

Y la comunicación se corta.

Pedro me observa en un estado de extrema agitación nerviosa mientras recojo nuestras pertenencias.

–*Babbo*, ¿adónde vamos?

–A casa del *prozio* Lucio.

He llamado a los apartamentos de Lucio. Don Diego está de camino. Él nos escoltará hasta el ático del palacio de mi tío.

–¿Qué pasa? –pregunta Pedro, aferrándose a mi brazo.

–No lo sé. Tú ayúdame a hacer las maletas.

Diez largos minutos después, llaman a la puerta. Al echar un vistazo por la mirilla, veo a Diego afuera, junto a un guardia suizo al que no conozco. Descorro el cerrojo.

–Padre Alex –dice Diego–, este es el capitán Furrer.

–¿Qué ha ocurrido, padre? –pregunta Furrer.

–Alguien ha pasado este mensaje por debajo de la puerta.

Niega con la cabeza.

–Imposible. El acceso a esta planta está restringido.

Le muestro el sobre, pero lo desdeña.

–Las escaleras están bien vigiladas –dice–, y los ascensoristas no traen a esta planta a nadie que no tenga llave.

A eso debía de referirse la monja de ayer, cuando dijo que las hermanas habían tomado las debidas precauciones.

–He visto a un sacerdote con sotana entrando en el ascensor –digo.

–Debe de haber alguna otra explicación –replica Furrer–. Lo aclararemos abajo.

Diego tiende la mano para llevarnos el equipaje. Pedro, malinterpretando el gesto, corre hacia él para que lo abrace. Por encima del hombro de Pedro, Diego me lanza una mirada interrogante, con la que me pregunta dónde está nuestro gendarme de escolta. En el extremo del pasillo, los sacerdotes orientales siguen mirándonos.

La monja de la recepción viste un hábito negro.

–He sido yo quien ha subido el sobre –dice–. ¿Qué sucede?

–¿Y de dónde ha salido? –pregunto.

–Venía con el correo entrante.

Pero el sobre no tiene ni sello ni dirección. Alguien lo ha dejado allí en persona. Me pregunto si, quien fuera, no habría tratado antes de entregarlo él mismo.

Veo que el vestíbulo está desierto. El comedor ha cerrado temprano y un rótulo indica que también está cerrada la capilla. Unos cordones cierran el paso.

–¿Qué pasa ahí? –le pregunto a la monja del mostrador.

–Reparaciones –contesta.

Otro rótulo anuncia que la última planta, en la que nos alojábamos Pedro y yo, solo resulta accesible con el ascensor secundario.

–Hermana, ¿le ha dicho a alguien dónde nos alojábamos? –pregunto.

La hermana parece preocupada.

–Pues claro que no. Tenemos órdenes estrictas. Debe de haber un malentendido.

Pero me meto la mano en el bolsillo y saco la llave de nuestra habitación. Tiene las iniciales de la Casa en el llavero y, grabado detrás, el número de habitación. Me pregunto si no habrá sido culpa mía, si alguien podría haber visto la llave. Es como un anuncio publicitario de dónde nos hospedamos Pedro y yo.

–¿Deja usted la habitación, padre? –pregunta la monja ofreciéndose a tomar la llave.

–No –contesto metiéndomela de nuevo en la sotana. No creo que volvamos, pero tampoco hay necesidad de anunciarlo.

Diego coge nuestro equipaje y señala con un gesto la salida.

–Su sedán está esperando –dice.

Nuestro sedán. Tardaríamos cinco minutos en llegar andando al palacio de Lucio. Aun así, nunca he estado más agradecido de poder coger un coche.

Solo las monjas están allí cuando llegamos.

–Su Eminencia y su hermano todavía están trabajando en la exposición –aclara Diego. Niega con la cabeza como si un nuevo círculo del infierno se estuviera excavando abajo, en los museos–. Y bien, ¿qué ha ocurrido?

Le paso el sobre con la fotografía. Cuando lee el mensaje del dorso, frunce el ceño.

–¿Y su escolta?

–El agente de la gendarmería ha dicho que se ha suspendido.

Diego emite un gruñido.

–Eso ya lo veremos.

Antes de que llegue al teléfono de su escritorio, le digo:

–Diego, ¿sabe usted algo sobre eso? –Señalo el mensaje de la fotografía–. ¿Algo que Ugo pudiera haber descubierto?

–¿El Diatesarón?

–No, otra cosa.

Le da la vuelta a la foto.

–¿Se trata de esto?

–Michael Black también mencionó algo parecido.

Arruga el entrecejo. No reconoce el nombre de Michael. Son pocos los clérigos por debajo del rango de obispo que pueden llevar sus asuntos al despacho de mi tío.

–Es la primera vez que oigo ese nombre. Pero veré qué puede decirme el jefe de los gendarmes.

Le hago un gesto disuasorio con la mano.

–Déjeme que hable primero con Simón y con mi tío.

–¿Está seguro?

De lo que no estoy seguro es de poder confiar en los gendarmes. Diego me mira fijamente a los ojos.

–Alex, aquí está a salvo. Se lo prometo.

–Le agradezco que lo diga.

Pedro interviene:

–¿Puedo tomar un zumo de fruta, Diego?

Diego sonríe.

–Tres zumos, marchando –dice guiñándome un ojo. Diego prepara un estupendo negroni.

Pero, durante apenas un segundo, se queda dudando. Entre dientes, añade:

–Debería avisarle de que tenemos un visitante esta noche.

–Ya lo sé.

–¿Vendrá usted también?

–Sí.

Por alguna razón, esa perspectiva le hace fruncir el ceño de nuevo. Pero continúa su camino hacia la cocina.

Cuando Pedro ha tenido tiempo de acomodarse, le digo que tengo que deshacer las maletas. Diego comprende la indirecta y distrae a Pedro para que yo pueda quedarme solo en la habitación.

Vuelvo a sacar la foto del sobre y observo el número de teléfono del dorso. Es de una línea fija del Vaticano. Aquí los números tienen el mismo código de área que Roma, pero empiezan por 698. Por unos pocos euros, el propietario de este número podría haber comprado en Roma una tarjeta SIM prácticamente anónima. Al optar por este método, me está enviando un mensaje.

Marco el número de la centralita y le pido a la monja que efectúe una búsqueda inversa del número en cuestión.

–Padre –me contesta educada–, tenemos normas que nos lo prohíben.

Le doy las gracias por su tiempo y cuelgo. Habrá una docena de monjas encargadas de la centralita, con lo cual sé que no me contestará la misma otra vez. Vuelvo a llamar y digo que soy un electricista del departamento de mantenimiento. Ha llamado alguien por una avería, pero el único dato suyo del que dispongo es este teléfono, sin nombre ni dirección.

–Es una línea no registrada –me dice solícita–. Del palacio de Nicolás III. Tercera planta. No pone nada más aquí.

–Gracias, hermana.

Cierro los ojos. El palacio papal es un cúmulo de palacios menores construidos unos sobre otros por sucesivos papas hace ya varios siglos. El palacio del papa Nicolás III, situado en su mismo núcleo, tiene más de setecientos años. Alberga el organismo más poderoso de la Santa Sede: la Secretaría de Estado.

Siento un nudo en el estómago. La Secretaría no tiene rostro. Sus hombres van y vienen. Son reclutados, enviados al extranjero, sustituidos. Solo existe un modo de averiguar a quién pertenece este teléfono.

Marco el número y suenan los tonos, uno tras otro. Por fin, salta un contestador automático. Pero no hay ninguna voz, ningún mensaje. Solo silencio, seguido de un bip.

No he preparado lo que iba a decir, pero sale solo:

–Sea lo que sea lo que quiere de mí, no lo tengo. No sé nada. Nogara nunca me contó ningún secreto. Por favor, déjenos en paz a mí y a mi hijo.

Vacilo y, después, cuelgo. En la habitación contigua, por la puerta entreabierta, veo a Pedro jugando en el ordenador de Diego. Es un juego de pesca. Lo veo lanzar el sedal y esperar. Lanzar el sedal y esperar.

Cae la tarde. Desde las ventanas del ático, puedo ver todo lo que sucede en este país. Cualquiera que se acerque desde cualquier dirección resultará visible; nada puede pillarnos desprevenidos. Eso ayuda a disipar el pánico, que es sustituido por una fatigosa vigilancia. Diego encuentra una baraja y enseña a Pedro a jugar a la escoba, lo mismo a lo que jugábamos Mona y yo en el hospital cuando él nació. Pasan de las seis cuando Lucio y Simón regresan de la exposición. De inmediato, mi tío pide saber qué ha pasado, por qué Pedro y yo no tenemos ya nuestra escolta de seguridad. Para no explicar demasiado delante de Pedro, dejo correr el asunto. Las monjas han terminado de preparar la cena y de poner la mesa, así que, con una premura cuya razón se me escapa, todos nos sentamos a comer. Lucio bendice la mesa desde la cabecera. Todos nos unimos, cuatro sacerdotes y un niño. Siento que somos una familia como cualquier otra, en la medida en que eso es posible para un grupo como el nuestro.

Después de la cena, tenemos un momento de calma. Pedro ve las noticias de la noche con Diego. Yo busco el anuario del Vaticano. He de pasar casi mil trescientas páginas antes de dar con una titulada VICARIATO DE LA CIUDAD-ESTADO DEL VATICANO, la unidad administrativa especial de nuestro minúsculo país. El nombre del vicario judicial debe figurar aquí.

Ante mi sorpresa, el puesto está vacante. Todas las decisiones las toma nuestro vicario general, un cardenal llamado Galuppo. Y las primeras palabras de su perfil hacen saltar las alarmas: «Nacido en la archidiócesis de Turín».

El hombre que controla el juicio de Ugo es de la ciudad del sudario. Me pregunto si puede ser una coincidencia. El otro cardenal de Turín que conozco es el jefe de Simón, el cardenal secretario de Estado, y también sobre él planea la sombra de la muerte de Ugo: el número telefónico de la foto que me enviaron a la Casa es de la Secretaría, y Michael sospechaba que la paliza que recibió fue obra de sacerdotes de ese organismo.

El tejido de redes locales es importante en esta ciudad, y los cardenales son el núcleo donde convergen los diferentes hilos. El papa Juan Pablo no podría haber sacado el sudario de su capilla sin el conocimiento del cardenal Poletto, el arzobispo de Turín, e imagino que los primeros con los que Poletto habría hablado de ello serían sus colegas cardenales de la archidiócesis.

Me pregunto si la muerte de Ugo puede reducirse a algo tan mezquino. Los sentimientos de un puñado de hombres poderosos ante el traslado de una reliquia de su ciudad natal. El sol se va ocultando y, abajo, los árboles se ennegrecen con las bandadas de pájaros que se retiran a sus nidos e inundan el aire con un ruidoso piar vespertino. A las siete y media, suena el teléfono. Oigo decir a Diego:

–Que suba.

Lucio emerge de su habitación con expresión lúgubre. Apoyado en su bastón de cuatro patas, avanza arrastrando los pies mientras las monjas llevan un jarro de agua helada al cuarto contiguo y se apresuran a desaparecer.

Se oye un golpe fuerte en la puerta. Diego va a abrir y veo cómo Simón cierra los ojos y toma aire.

El hombre que entra es un anciano sacerdote romano que no conozco.

–Monseñor –dice Diego–. Pase, por favor.

El anciano saluda a Diego por su nombre; luego se vuelve hacia mí y dice:

–¿Es usted el padre Alexander Andreou? Su hermano mencionó que estaría presente.

Me tiende la mano para estrechármela y luego, al ver a Lucio en el pasillo, camina trabajosamente hacia él. Le echo una mirada a Simón, preguntándome si monseñor es algún amigo de la Secretaría, pero su cara no deja traslucir nada.

Lucio se sienta en su biblioteca privada, ante una larga mesa con tablero cubierto de fieltro rojo y falda de seda del mismo color. La versión pobre del mobiliario del palacio papal. A invitación de Lucio, monseñor toma asiento y deja su maletín en la mesa. Simón y yo lo imitamos.

—Diego —dice mi tío—, eso es todo. Que no me pasen llamadas.

Sin que yo le diga nada, Diego se lleva a Pedro fuera de la habitación. Ahora estamos los cuatro solos.

—Alexander —dice Lucio—, este es monseñor Mignatto, un viejo amigo del seminario. Ahora trabaja en la Rota. Anoche recibimos noticias importantes y le he pedido que aconseje a la familia sobre lo que ocurrirá a partir de ahora.

Mignatto hace una leve inclinación de cabeza. Mi tío siempre está rodeado de viejos sacerdotes que tratan de prestar algún servicio a nuestra familia con la esperanza de que Lucio les asegure una fuente de ingresos. Ya me estoy preguntando cuáles pueden ser los motivos de este hombre. El título de monseñor constituye un ascenso honorífico, solo un poco por encima del rango de un sacerdote normal. En la mayoría de las diócesis sería un motivo de orgullo, pero aquí, y para un hombre de la edad de Mignatto, lo único que demuestra es que no te ha ido demasiado bien. Es un premio de consolación por no haber llegado a obispo. Simón será monseñor el año que viene, un ascenso habitual para quienes llevan cinco años en la Secretaría.

Con cierto aire de gran jurisconsulto, Mignatto deja tres folios sobre la mesa, uno tras otro. Luego cierra el maletín con un sonoro clic. Un abogado de la Rota posee un rango muy inferior al de un cardenal, pero la sotana de Mignatto parece cara y hecha a medida, en absoluto como las de los catálogos eclesiásticos de los que me surto yo. A los monseñores de su rango se les concede el honor de llevar botones y faja púrpuras, para distinguirlos del negro de los sacerdotes corrientes. A pesar de que los católicos orientales lo consideran un detalle de excesiva puntillosidad —no hay base bíblica para el título de monseñor, menos aún para el color de los botones—, abruma un poco ser el único sacerdote griego en una habitación llena de exitosos romanos.

—Padre Andreou —dice dirigiéndose a mí—, empecemos por abordar su situación.

Me quedo mirándolo.

–¿Qué situación?

–Don Diego dice que hoy ha perdido su escolta policial. ¿Le gustaría saber por qué?

Ha atraído toda mi atención.

Mignatto me pasa un folio. Parece un informe policial.

–Han registrado dos veces su apartamento –me dice–. Y no han hallado indicios de que forzaran la entrada.

–No lo comprendo.

–Creen que su ama de llaves ha mentido, que ningún intruso entró en su casa.

–¿Cómo?

Mignatto no aparta ni por un segundo sus ojos de los míos.

–Creen que los daños de su apartamento son una escenificación.

Me vuelvo hacia Simón, pero él mantiene su rostro de diplomático, entrenado para no mostrar sorpresa. El tío Lucio levanta un dedo en el aire para pedirme que refrene mi incredulidad.

–Esto –continúa Mignatto– tiene su importancia en el juicio por el asesinato de Nogara, porque la acusación gira en torno a lo ocurrido en su apartamento. Si alguien irrumpió en él por la fuerza, entonces usted y su hermano son víctimas y tenemos más de un delito. Sin el allanamiento, solo nos queda lo sucedido en Castel Gandolfo.

–¿Y por qué iba a mentir en algo así mi ama de llaves? –digo intentando parecer tranquilo.

–Porque su hermano le dijo que lo hiciera.

He de tragarme de nuevo mi incredulidad.

–¿Cómo dice?

–Creen que la hermana preparó la escena del allanamiento para desviar la atención de lo ocurrido en Castel Gandolfo.

Vuelvo a mirar a Simón. No aparta la vista de sus manos. Por primera vez, tengo la impresión de que esta no es la reunión que yo había previsto.

–Simón –digo–, ¿qué piensan que sucedió en Castel Gandolfo?

Se pasa un nudillo por los labios.

–Allí –contesta–, quería decírtelo en los museos, pero estabas con Pedro.

–Querías decirme qué.

Se endereza en la silla. Con su estatura, incluso sentado resulta majestuoso. Una majestuosidad acentuada más si cabe por la tristeza de su mirada.

–Ese juicio –dice– es el mío. Me acusan de haber matado a Ugo.

CAPÍTULO 14

Tengo frío. Siento que me han arrancado las entrañas, como si me hubieran abierto por debajo y todo se escurriera por allí, por un agujero en el que yo también hubiera de caer.

Todos me observan, esperando a que diga algo. Pero yo solo miro a Simón. Tengo las palmas de las manos extendidas en la mesa. Siento cómo mi peso presiona sobre ellas, tratando de no perder el equilibrio.

Simón no habla. Es Mignatto quien lo hace:

—Estoy seguro de que, así de pronto, es una conmoción.

Todo se mueve más lentamente. Mi visión se deforma y hace que todos parezcan estar más lejos. Mignatto me mira con una lástima muda y respetuosa que parece adecuada para otra situación, para un mundo ajeno a mí. Me siento como si arañara la tierra para tener tracción, como una rata que trata de escapar de una trampa. Los tres hombres allí presentes lo sabían. Los tres lo han aceptado.

—No —murmuro—. Tío, tienes que detenerlos.

Los primeros pensamientos algo claros penetran la niebla de la conmoción. Para las personas que atacaron a Michael, que mataron a Ugo, que me han amenazado, esta debe de ser una forma de llegar a Simón.

—El cardenal Galuppo —digo con brusquedad—. Él ha sido quien ha hecho esto.

Mignatto me mira con los ojos entornados.

—Galuppo —repito—. De Turín.

—Alexander —interviene Lucio—, haz el favor de escuchar.

Mignatto saca otro documento de su maletín.

—Padre Andreou —le dice a Simón—, este es el *libellus*. Se envió una copia a su dirección de Ankara antes de que el mensajero del tribunal confirmara su paradero ayer por la noche. Como prevención, antes de la lectura de este documento, debo asegurarme de que recuerda los derechos que le asisten en este proceso.

–No necesito que me los recuerde –dice Simón.

Así que esto va a ser la reunión: una sesión estratégica, la aceptación de la inevitabilidad del juicio.

–Padre –dice Mignatto en tono suave–, cualquiera que esté en su posición necesita que se los recuerden. –Comprueba los gemelos de su camisa y dice–: Este proceso no se parecerá a un juicio italiano. La Iglesia se rige por el antiguo sistema inquisitorial.

Ahora veo quién es realmente Mignatto. No es un portador de malas noticias, sino el abogado de la familia. El mensajero de la Rota que vino al apartamento de Lucio anoche debió de notificar la acusación a Simón. Ahora mi tío ha contratado a Mignatto para que sea su abogado defensor.

Me quedo mirando a Lucio. Esa tranquilidad ultraterrena suya empieza a ser reconfortante. Transmite la confianza necesaria para afrontar lo que sea que Simón deba sufrir ahora.

–En nuestro sistema –continúa Mignatto–, un juicio no consiste en un fiscal y un defensor ofreciendo puntos de vista enfrentados sobre lo que sucedió. Son los jueces los que llaman a los testigos, formulan las preguntas y deciden qué expertos deben testificar. La defensa y la acusación pueden hacer sugerencias, pero los jueces tienen potestad para no admitirlas. Eso significa que no podremos hacer preguntas en la sala, ni obligar a que el tribunal considere una línea de investigación concreta. Tan solo podemos ayudar a que los jueces busquen la verdad por sí mismos. Como consecuencia, no dispondrá de algunos de los derechos que quizá esperaría tener.

–Comprendo –dice mi hermano.

–También debo advertirle que, si le declaran culpable en este juicio canónico, tengo la certeza moral de que sería entregado a las autoridades laicas para ser juzgado por homicidio.

El rostro de Simón no muestra alteración alguna. Estas son las reservas de fortaleza que nuestros padres jamás consiguieron entender. Su calma es incluso mayor que la de Lucio. Y, sin embargo, esa paz parece nacer de la tristeza. Quisiera consolarlo. Pero sé que si extiendo el brazo para tocarlo me temblará la mano.

Mignatto le pasa el *libellus*. Sin embargo, Simón se limita a darles unos golpecitos a las hojas contra la mesa para cuadrar los bordes, tras lo cual se las devuelve a monseñor.

—Por favor —aclara Mignatto—. Está en su derecho de examinar el escrito ahora.

Le ofrece de nuevo el documento, pero Simón, con expresión serena, le dice:

—Monseñor, agradezco su ayuda. Pero no necesito ver el *libellus*.

Se produce un breve silencio antes de que vuelva a hablar. Y, durante esa pausa, el miedo me sacude por dentro como una carga de profundidad. Siento que me arrastra una vieja y conocida corriente. Rezo para estar equivocado, para que mi hermano no sea el hombre que solía ser. Con todo, presiento claramente lo que está a punto de decir.

Simón se pone de pie.

—He decidido no defenderme contra la acusación de asesinato.

—¡Simón! —grito.

Una expresión desagradable cruza la cara de Mignatto. Una sonrisa extraña, incrédula. Mi corazón es ahora como una caverna: en él resuena un dolor que había rogado no volver a sentir nunca más.

—¿Qué está diciendo? —pregunta monseñor—. ¿Confiesa haber asesinado a Ugolino Nogara?

Simón responde con vehemencia:

—No.

—Entonces, explíquese, por favor.

—No voy a preparar ninguna defensa.

—Simón —lo insto—, no lo hagas, por favor.

—Según la ley canónica —dice con gravedad Mignatto—, está obligado a preparar su defensa.

Las palabras de un hombre sensato, de un hombre normal, razonable. Alguien que no entiende en absoluto a mi hermano. Agarro a Simón por el brazo e intento que me mire a los ojos.

Lucio habla con una ira sorda:

—¿Qué tonterías estás diciendo, Simón?

Pero mi hermano hace caso omiso y se vuelve hacia mí. Tiene la mirada como vacía. Se ha preparado para este momento. Sé entonces que nada de lo que yo diga influirá en su decisión.

–No debería haberte mezclado en esto, Alex –me dice–. Lo siento. A partir de ahora, por favor, quédate al margen.

–Simón, no puedes hacer...

–¡No seas estúpido! –estalla Lucio–. ¡Vas a perderlo todo!

Pero antes de que pueda decir más aparece Diego en el umbral. Con voz tensa, dice:

–Eminencia, un visitante espera fuera.

Simón consulta su reloj. Se aparta de la mesa, en dirección a la puerta que ha abierto Diego, y cruza la mirada con el extraño que hay en la entrada.

–¿Qué estás haciendo? –le pregunto.

–¡Siéntate! –aúlla Lucio. Su voz raya en el histerismo.

Pero Simón recoloca su silla y hace una leve inclinación.

Mi cuerpo está anestesiado por la pena, como en duelo por mi hermano. Aquí está otra vez, de vuelta de entre los muertos. El Simón al que nadie ha conseguido cambiar nunca, el hombre capaz de apartarse del mundo en un suspiro.

–Tío –dice–, se me ha pedido que acepte un arresto domiciliario. Y lo he aceptado.

–¡Eso es ridículo! –Mi tío señala hacia el extraño apenas visible al otro lado del umbral–. ¿Quién es ese hombre? ¡Dile que se vaya!

Pero hay cierta majestuosidad en la sordera de Simón. Se da media vuelta y se aleja. Ya nada puede hacer mella en él.

O casi nada. Pedro se acerca a la carrera desde el escritorio de Diego.

–¿Se ha acabado tu reunión?

Simón, casi ya en la puerta, se detiene.

Mi hijo tiene una expresión angelical.

–¿Puedes leerme un cuento?

Hay tanta inocencia en sus ojos, tanta esperanza. Está delante de su héroe, el plusmarquista mundial de su vida en decir sí.

–Lo siento –contesta en un susurro Simón–. Tengo que irme.

–¿Adónde?

Mi hermano se arrodilla. Sus brazos, interminables como las alas de un albatros, envuelven a Pedro.

–No te preocupes por eso. ¿Puedes hacer algo por mí?

Pedro asiente.

–No importa lo que oigas decir a la gente; no dejes de creer en mí. ¿De acuerdo? –Aprieta la cara contra la de Pedro, para que mi hijo no pueda ver la emoción de sus ojos–. Y no lo olvides: te quiero.

El hombre de la puerta no dice nada. No le estrecha la mano a Simón. No nos presta ninguna atención al resto. Solo espera una señal de mi hermano, y entonces se lo lleva.

Lucio se ha puesto de pie.

–¡Vuelve aquí! –resuella.

Está jadeando. Diego entra para ayudarlo a sentarse de nuevo, pero Lucio se tambalea hasta la puerta y la abre de golpe.

A lo lejos, el ascensor ya se está cerrando.

–Eminencia –dice Diego–, puedo avisar abajo para que los guardias los detengan.

Pero Lucio solo es capaz de apoyarse en la pared y protestar con voz ronca:

–¿Qué es esto? ¿Qué se cree que está haciendo?

Me acerco enseguida a él y le digo:

–Tío, creo que sé lo que está pasando.

Empiezo a explicar: la exposición de Ugo, Turín, las amenazas… Pero Lucio solo mira hacia la puerta por la que ha salido mi hermano.

–Ese hombre que ha venido a por Simón –continúo– tal vez sea un enviado del cardenal Galuppo. Es el vicario de Juan Pablo. Y es de Turín.

Pero Mignatto dice desde la otra habitación:

–No. El vicario habría emitido una orden escrita. Y no la había. Ese hombre debía de ser un gendarme de paisano.

–Si el cardenal Galuppo intenta amenazar a Simón –insisto–, no querría dejar ningún rastro por escrito.

Lucio sigue resollando.

–Si alguien tratara de amenazar a tu hermano –dice–, entonces Simón no se habría ido voluntariamente.

Mignatto se acerca a nosotros.

–Eso puedo aclararlo muy rápidamente –dice. Saca un teléfono del maletín y marca un número–. *Ciao*, eminencia. Lamento interrumpir su cena. ¿Ha enviado ahora mismo a alguien a por Andreou? –Espera. Y después–: Muchas gracias. –Tras colgar, se vuelve hacia nosotros–. El cardenal Galuppo no tiene ni idea de quién podía ser ese hombre. Y debería añadir que Su Eminencia ha sido amigo mío durante veinte años, así que la acusación de usted me parece absurda.

Me giro hacia él.

–Monseñor, un sacerdote de la Secretaría fue atacado. Alguien entró en mi apartamento y, esta tarde, me han enviado una amenaza a la habitación del hotel. Van detrás de cualquiera que sepa algo de la exposición.

La respiración de Lucio se ha vuelto incluso más entrecortada.

–No –jadea–. Esto no tiene nada que ver con Galuppo.

–¿Cómo lo sabes?

Tiene las fuerzas justas para lanzarme una mirada fulminante.

–La gente de Turín no fue por ahí matándose unos a otros después de las pruebas de radiocarbono, así que ahora tampoco. –Toma aire con dificultad–. Encuentra a tu hermano. Quiero respuestas.

Le hace una seña a Diego para que lo ayude y se adentra renqueando en la oscuridad de su dormitorio. La puerta se cierra a su espalda.

Diego me dice en un murmullo:

–¿Qué demonios ocurre?

–Creen que Simón asesinó a Ugo –susurro.

–Eso ya lo sé. ¿Adónde se lo han llevado?

–Está bajo arresto domiciliario.

–¿En el domicilio de quién?

Ni siquiera había caído en ello. Simón no tiene domicilio, no tiene casa. Vive en un país musulmán que está a más de mil kilómetros.

–No lo sé –empiezo a decir. Pero Diego ya ha seguido a mi tío y ha desaparecido en la oscuridad.

–Venga conmigo –me dice Mignatto, volviendo a la mesa de negociación y cerrando la puerta. Levanta el *libellus* y dice en voz baja–: ¿De verdad cree que esto es otra amenaza?

–Sí.

Se aclara la garganta.

–Entonces estoy dispuesto a discutir esa posibilidad. Pero, antes, hay un aspecto del procedimiento que tenemos que quitarnos de encima. ¿Querría usted ser el procurador de su hermano?

–¿Su qué?

–El procurador recibe los documentos del juicio y actúa en interés de la defensa. –Mignatto señala con un gesto los papeles que hay en la mesa–. Le daría derecho a ver el *libellus*. De otro modo, no puedo mostrárselo.

Qué extraño es el mundo del derecho canónico. El de procurador es el título que tiene Poncio Pilatos en los Evangelios. El título del hombre que firmó la sentencia de muerte de Jesús. Solo los juristas resucitarían una palabra como esa.

–Es mi hermano quien debería tomar esas decisiones –contesto.

–A tenor de lo que hemos oído, a su hermano no le interesa tomar decisiones.

Mignatto revuelve en su maletín y saca un paquete de cigarrillos. Aquí, en el hogar del cardenal presidente, en el primer país del mundo que prohibió fumar, enciende un pitillo.

–¿Cuál es su respuesta, padre?

Levanto una hoja y digo:

–Lo haré.

–Muy bien. Ahora fíjese bien en la lista de jueces que aparece ahí y dígame si le suena alguno.

Una fascinación morbosa me empuja a examinar el texto.

22 de agosto de 2004

Reverendo Simón Andreou
a/c Secretaría de Estado
Ciudad del Vaticano 00120

DECRETO DE CITACIÓN

Estimado reverendo Andreou:

El propósito de esta carta es informarle de que un proceso eclesiástico formal de tipo penal se ha iniciado contra su persona en la diócesis de Roma. Se le solicita que nombre a un abogado que lo represente en dicho proceso. Se requiere su respuesta inmediata al cargo establecido en el documento adjunto.

Atentamente,

Card. *Bruno Galuppo*
Vicario de la Ciudad del Vaticano
Diócesis de Roma

c. c.: Juez presidente, Rev. Mons. Antonio Passaro, J. C. D.
c. c.: Juez asesor, Rev. Mons. Gabriele Stradella, J. C. D.
c. c.: Juez asesor, Rev. Mons. Sergio Gagliardo, J. C. D.
c. c.: Promotor de justicia, Rev. Niccolò Paladino, J. C. D.
c. c.: Notario, Rev. Carlo Tarli

Se me acelera el pulso.

—Conozco al primer juez. Y al tercero. Passaro y Gagliardo. Stradella es el único que no me suena.

Mignatto asiente, como si se lo esperara.

—Los tres llevan casi veinte años como jueces de la Rota, así que no es raro que sus caminos se hayan cruzado alguna vez en Roma. Lo que sí es muy raro es que un caso penal contra un sacerdote sea juzgado por jueces de la Rota. Se supone que solo un obispo o un legado pueden recibir ese tratamiento, a menos que el santo padre apruebe otra cosa. Así que la pregunta es: ¿diría usted que Passaro y Gagliardo son hostiles a su hermano?

Ahora lo comprendo. Me está diciendo que esta es la forma que tomaría una amenaza. El cardenal Galuppo nombraría jueces desfavorables a Simón.

—No —respondo—. Passaro fue profesor de Simón en la Academia, y Gagliardo es amigo de mi tío. Ambos son favorables.

Mignatto sonríe.

—Monseñor Gagliardo estaba dos cursos por detrás de mí en el seminario. Tenía como tutor a su tío. Por desgracia, ambos tendrán que recusarse a sí mismos. Pero, si el cardenal Galuppo estuviera amenazando a su hermano, ¿habría escogido a estos jueces?

Me quedo dudando.

—Quizá Galuppo sabía que se recusarían. Quizá los desfavorables sean sus sustitutos.

Mignatto hojea las páginas que tiene entre las manos.

–Entonces tal vez esto lo convenza de que no es así.

Cuando me tiende otro papel, me quedo hipnotizado. Es el pliego final de la acusación: el propio *libellus*.

Ante el reverendo padre Antonio PASSARO,
Juez presidente
VATICANO
Juicio penal
Promotor de justicia contra el reverendo Andreou

Prot. N. 92.004

LIBELLUS

Yo, Niccolò Paladino, promotor de justicia de este tribunal apostólico, por la presente acuso al reverendo Simón Andreou, sacerdote incardinado en la diócesis de Roma, del delito de homicidio contra la persona de Ugolino Nogara, en violación del canon 1397 del Código de Derecho Canónico. La acusación consiste en que, el 21 de agosto de 2004, a las cinco de la tarde o a esa hora aproximadamente, el padre Andreou disparó deliberadamente al Dr. Nogara y le causó la muerte en los jardines de las Villas Pontificias de Castel Gandolfo. En calidad de prueba, se aduce lo siguiente:

Como testigos: Sr. Guido Canali, empleado de la granja pontificia de Castel Gandolfo; Dr. Andreas Bachmeier, comisario de arte medieval y bizantino de los Museos Vaticanos; inspector general Eugenio Falcone, jefe de la gendarmería del Vaticano.

Como pruebas documentales: el expediente personal del padre Andreou en la Secretaría de Estado; un mensaje de voz dejado por el Dr. Nogara en la Nunciatura Apostólica de Ankara, Turquía; imágenes de vídeo de la cámara de seguridad B-E-9 de las Villas Pontificias de Castel Gandolfo.

Solicito al tribunal un veredicto de culpabilidad y, por ende, la imposición de la siguiente pena: la expulsión del padre Andreou del estado clerical.

Firmado con fecha del 22 de agosto del año de Nuestro Señor 2004,

Reverendo Niccolò Paladino
Promotor de justicia

Me detengo en el castigo con que lo amenazan. El tribunal tiene el poder de expulsar a Simón de la Secretaría e incluso de desterrarlo de Roma. Pero el *libellus* solicita la pena más grave posible: laicizar a mi hermano. Ya sabía de esa posibilidad, pero produce la más lúgubre de las sensaciones ver cómo el acusador solicita esa pena.

—Fíjese en los testigos —me indica Mignatto—. ¿Conoce a alguien?

—A Guido Canali —contesto asqueado mientras señalo su nombre en el *libellus*—. La noche en que asesinaron a Ugo, fue él quien me abrió las puertas y me llevó en coche adonde estaba Simón.

Mignatto toma nota.

—¿Y qué vio Canali?

No entiendo nada.

—Le pedí que me dejara bajar antes y aún estábamos demasiado lejos para ver nada.

—¿Y esto?

Señala una línea de texto: el expediente personal de Simón en la Secretaría.

—No sé. Citaron a Simón por haberse ausentado del trabajo este verano, pero no veo qué relevancia puede tener.

—¿Por qué lo citaron?

—Por ir a ver a Ugo al desierto.

Pero ahora recuerdo que Michael dijo que Simón estaba haciendo algo más.

Mignatto levanta la vista.

—¿Hay algo que debiera saber de su relación? ¿De la relación entre su hermano y Nogara?

No trata de disimular lo que quiere decir con eso.

—No —respondo en tono cortante—. Simón solo trataba de ayudarle.

Mignatto se recuesta en la silla.

—Entonces, con excepción de las imágenes de la cámara de seguridad, no veo aquí ninguna prueba directa. Son pruebas circunstanciales, lo que exige un móvil. Y si el móvil no es la relación de su hermano con Nogara, ¿cuál es entonces?

—Simón no tenía ningún móvil.

Mignatto deja el bolígrafo en la parte de arriba de la página, como una frontera que nos separa.

—Padre Andreou, ¿por qué cree que lo someten a un juicio canónico y no a un juicio penal?

–Ya sabe lo que creo.

–En dos décadas de servicio en la Rota, jamás he visto un juicio por asesinato. Ni uno solo. Pero puedo decirle por qué, en mi opinión, han elegido esta opción. Porque en un juicio canónico el proceso es secreto, las actas son información reservada y la sentencia es privada, no pública. Hay confidencialidad a todos los niveles, lo cual previene que puedan salir a la luz datos comprometedores.

Hay cierto tonillo apenas perceptible en su voz, como si me invitara a revelar cualquier información que yo pudiera tener.

–No hay ninguno, que yo sepa –digo.

–Y, sin embargo –continúa–, en dos décadas de servicio en la Rota, tampoco he visto nunca a nadie que rehúse defenderse. Y eso me hace pensar que mi cliente ya sabe cuál es ese dato comprometedor.

Asiento.

–Ya se lo he dicho. Creen que Ugo tenía un secreto y que Simón sabe cuál era.

–Lo que le pregunto es: ¿están equivocados?

–Eso no importa. Está usted admitiendo que este juicio es una manera de amenazar a Simón.

–Me está entendiendo mal. Este juicio es una manera de «acusarlo» y, al mismo tiempo, de precaverse contra la posibilidad de que algo confidencial pueda salir a la luz durante el proceso.

–Mi hermano no hizo daño a Ugo.

–Entonces empecemos por el principio. ¿Por qué su hermano estaba en Castel Gandolfo la noche en que mataron al doctor Nogara?

–Ugo lo llamó y le dijo que estaba en un aprieto.

–¿Habían hablado previamente esa misma tarde, antes del asesinato?

–No lo creo. Simón dijo que llegó allí demasiado tarde para salvar a Ugo.

Mignatto señala la sección del *libellus* donde se detallan las pruebas. Su dedo va siguiendo las palabras «imágenes de vídeo de la cámara de seguridad».

–Entonces, ¿qué es lo que podríamos ver aquí?

–No tengo ni idea.

Hace una mueca de desagrado y escribe unas breves anotaciones en su cuaderno.

–¿Podría explicarme una cosa? –me pregunta levantando la vista–. Le he oído hablarle a su tío sobre la exposición del doctor Nogara. ¿Por qué cree que el cardenal Galuppo tendría que amenazar a su hermano por una exposición sobre el sudario de Turín, cuando se ha demostrado que este data de la época medieval?

–Ugo iba a demostrar que las pruebas eran erróneas.

Mignatto abre un poco más los ojos.

–Y también iba a demostrar –continúo– cómo llegó aquí el sudario. Cómo acabó en manos católicas.

Mignatto vuelve a tomar nota.

–Siga.

–En otro tiempo, estaba en territorio ortodoxo, en Turquía, donde trabaja mi hermano. Y Simón podría haber invitado a clérigos ortodoxos a la exposición sin el permiso de la Secretaría.

Mignatto golpetea en la página con el bolígrafo.

–¿Y eso por qué es importante?

–Porque el mensaje de la exposición de Ugo podría ser que el sudario no es nuestro, que también les pertenece a los ortodoxos. Era propiedad compartida por ambas partes cuando formábamos una sola Iglesia, antes del cisma de 1054.

Cómo pudo llegar a Occidente, eso no lo sé con seguridad, pero tampoco importa: las implicaciones son las mismas.

–¿Y sugerir eso es controvertido? –pregunta Mignatto.

–Por supuesto. Podría abrir la puerta a una lucha por la custodia. En especial, si algo así se expone en el propio museo del papa.

Mignatto vuelve a escribir.

–Y, en esa lucha, usted cree que Turín tiene las de perder.

–Turín tiene las de perder pase lo que pase. Aunque no haya pelea por la custodia, Ugo me dijo que el sudario podría trasladarse a un relicario de San Pedro. A Turín no va a volver.

–Entonces, su teoría es que los opositores de la investigación de Nogara querían parar toda la exposición –dice Mignatto.

–Sí.

Levanta la cabeza para mirarme.

–Lo que significa que Nogara fue asesinado con la intención de silenciarlo.

Nunca me había planteado esa posibilidad de manera tan directa.

–Supongo que sí.

–Sin embargo, usted ha dicho que están amenazando a la gente, que le están amenazando a usted, porque alguien cree que Nogara tenía un secreto y quiere saber cuál era.

–Sí.

Se detiene. Hace rodar el bolígrafo entre las palmas de las manos. Modula la voz de modo que suena amable y firme al mismo tiempo.

–Me parece que no lo entiendo, padre Andreou. Alguien desea parar la exposición, silenciarla. Pero a usted se le amenaza para que revele de qué va a tratar.

–Si no me cree, puedo mostrarle el mensaje que me han enviado a la habitación del hotel.

A regañadientes, accede. Aun así, por primera vez, se me ocurre que está decidiendo hasta qué punto va a confiar en mí.

Cuando voy al dormitorio, me encuentro a Pedro dormido en la cama. Tras arroparlo, vuelvo para mostrarle el sobre a Mignatto. Examina el texto del dorso y permanece durante largo rato en silencio. Por fin, dice:

–Necesito tiempo. ¿Puedo llevarme esto conmigo esta noche?

–Sí.

–También necesito pensar en todo lo que me ha contado. –Consulta su reloj–. ¿Puede reunirse conmigo por la mañana, en mi despacho?

–Por supuesto.

Me entrega una tarjeta profesional y en el dorso escribe «10 h».

–Tengo que hacerle más preguntas sobre la exposición de Nogara, así que le ruego que venga preparado para responderlas. Mientras tanto, espero averiguar muy pronto dónde está su hermano. Si se enterara usted, por favor, póngase en contacto conmigo de inmediato.

Cuando asiento, se pone de pie y mete de nuevo el *libellus* en su maletín.

–Una última cosa –dice Mignatto cerrando con un clic–. Tiene que hablar con su ama de llaves sobre el intruso de su apartamento.

—Ella no mintió sobre lo ocurrido.

Baja la voz.

—Padre, me está pidiendo que crea una teoría del asesinato que me parece casi imposible. A cambio, necesito que usted haga lo mismo. Hable con su ama de llaves. He de saber por qué los gendarmes llegaron a la conclusión que llegaron.

CAPÍTULO 15

Después de que Mignatto se haya ido, me quedo solo durante un rato en la mesa de reuniones. Observo la silla en la que se sentaba Simón, el trozo de tapete rojo sobre el que ha dejado el *libellus* tras negarse a mirarlo. Ahora que Mignatto ya no está, es momento de calibrar lo sucedido. Mi hermano, finalmente, lo ha hecho: él mismo se ha cortado el gaznate.

Somos una religión de capitanes que esperan hundirse con el barco. Aunque enseñamos a nuestros hijos que lo peor que Judas hizo nunca –peor incluso que traicionar a Jesús– fue suicidarse, lo cierto es que la energía vital de nuestra fe no es más que un formidable impulso autodestructivo. «Nadie tiene amor más grande que el que da la vida por sus amigos», dice Jesús en el Evangelio según san Juan. Me pregunto por qué Simón está haciendo esto. ¿Por Ugo? ¿Por el recuerdo de nuestro padre?

¿O es por mí?

Pocos meses después de la muerte de nuestro padre, cuando Simón tenía diecisiete años, fue a un bar con algunos de nuestros amigos de la Guardia Suiza y se encontró con un grupo de gendarmes que estaban echando pulsos entre ellos. No era nada organizado, solo policías que descargaban las tensiones. Simón ni siquiera tenía edad para conducir, pero ya había crecido lo suficiente para ser el hombre más alto de nuestro país. Además, desde la muerte de nuestro padre, había pasado cada día entrenando con el *punching ball* en el gimnasio de la Guardia Suiza. Así que en el momento de entrar en aquel bar tenía los antebrazos más grandes que el bíceps y, en cuanto los gendarmes los vieron asomar bajo la camisa remangada, quisieron comprobar de qué sería capaz su dueño.

Los guardias sentían un instinto protector hacia mi hermano. Por entonces, él y yo nos hundíamos irremisiblemente en el agujero negro dejado por la muerte de nuestro padre. Nadie entendía mejor nuestra soledad que aquellos muchachos de los lejanos cantones. Aquel día, apartaron a Simón y trataron de llevárselo fuera del bar, pero entonces su propio oficial les ordenó esperar. Quería averiguar cómo podía ir la cosa.

Simón perdió el primer pulso. Levantó el codo de la mesa, una clara infracción, y el gendarme acabó machacándolo contra la madera. Pero volvieron a preparar la mesa y Simón recibió los consejos de un agente de la Guardia Suiza. Esta segunda vez ganó; casi le rompe el brazo a su oponente. Así empezó todo.

Esa misma noche, el agente se llevó a Simón a la terraza de su apartamento, en el cuartel de la Guardia Suiza. Le hizo dos preguntas: ¿era verdad que quería ser sacerdote? ¿Se plantearía rendir otro tipo de servicio al santo padre?

Simón escuchó mientras el agente le explicaba que en nuestra Iglesia había una tradición militar que corría pareja con el sacerdocio. Hace cinco siglos, un soldado fundó la orden jesuita sobre la base de la disciplina militar, y ahora había llegado el momento de reavivar aquel espíritu, reclutando hombres, instruyéndolos y alistándolos en una orden militar al servicio de este atribulado mundo. A un hombre como Simón, eso le iba a permitir aprovechar al máximo unas dotes físicas que nunca utilizaría en el sacerdocio. Así pues, la noche siguiente Simón siguió a aquel hombre a Roma para asistir a lo que, según el agente, sería una demostración de lo que había querido transmitirle, al tiempo que animaba a mi hermano a mantener una mentalidad abierta.

Más tarde descubrí que aquel lugar era un recinto para peleas de perros. La Policía romana había cerrado el local un mes antes, pero había encontrado nueva vida celebrando combates de boxeo callejero. La mayoría de los boxeadores eran gente sin techo o inmigrantes, y la recompensa era lo suficientemente grande como para inducirlos a una pelea sangrienta.

El agente le hizo notar a Simón que entre el público había niños. Chicos y chicas de entre ocho y doce años, mugrientos como ratas, animando a gritos a sus luchadores favoritos.

—Esos niños no van a misa –le dijo el agente–. Si queremos llegar a ellos, tenemos que hacerlo aquí.

Más adelante, Simón me contó lo que había visto aquella noche. Los niños estiraban los brazos para tocar a los boxeadores cuando pasaban cerca de ellos, les agarraban el dobladillo del calzón como si aquellos hombres fueran una enfermedad que estuvieran ansiosos de contraer. Todos los que tenían edad suficiente para apostar estaban en la parte de delante, poniendo su dinero pelea tras pelea. Pero los niños estaban detrás. Fue entonces cuando el agente le dijo a Simón unas palabras que mi hermano nunca olvidaría:

—Dime cuándo has visto a un niño mirar así a un sacerdote.

Y señaló a un chico que había en las gradas, estrujado entre los apostadores, observando la pelea con los ojos dirigidos hacia arriba. Simón dijo que parecía un santo sufriendo martirio, como los de los cuadros.

—Señor –dijo Simón–, yo no peleo.

—Pero si yo te entrenara –replicó el agente– podrías hacerlo. Y, cuando ganes, esos chicos te seguirán. Incluso a misa.

Simón no dijo nada. Entonces el agente aclaró:

—Esto es un baile. Dos hombres que están de acuerdo en no poner la otra mejilla. Nada pecaminoso. Te entrenaría durante un par de meses y luego estarías preparado para subir al *ring*.

—Un par de meses –repitió mi hermano.

—Hijo mío: tú ya eres bueno con el *punching ball*. Si trabajamos el saco y algunos bloqueos, podrías estar listo en diez semanas.

Y Simón, sin dejar de mirar a ese niño encajado entre la multitud, contestó:

—Si este lugar sigue en pie dentro de diez semanas, yo mismo lo quemaré.

—No te engañes. Encontrarán otro lugar. No tienen padres, ni sacerdotes. Pero tú, con tus brazos, con tu fuerza, podrías ser su guía.

—Creía que su intención era crear sacerdotes castrenses. Estos son solo unos niños.

—No me refería a ellos, hijo, sino a ti. Tu fuerza es un don. ¿Qué me dices?

Y sé lo que Simón debió de pensar entonces, al oír cómo aquel agente lo llamaba *hijo, hijo, hijo*. Nuestro padre estaba muerto.

Los médicos todavía no le habían detectado el cáncer a nuestra madre, pero ya estaba allí, extendiendo sus tentáculos. Y Simón, que siempre había ido un año por delante en el colegio, estaba ya en la universidad, abriéndose camino entre la población común y corriente, sacando a amigos de peleas y viéndolos beber hasta que ni siquiera se levantaban de la cama para aliviar la vejiga y, como animales, se orinaban encima o sobre las chicas que llevaban a casa, quienes parecían sentirse más molestas que degradadas. Nunca le pregunté a Simón por qué aceptó participar en aquellas peleas. Pero me lo imagino con la vista clavada en aquel chico de la multitud y pensando en mí.

De modo que los guardias lo entrenaron. Lo llevaron al *dojo* del cuartel, donde a ninguno de nosotros nos habían permitido entrar antes, y allí Simón aprendió el *jab*, el gancho, el directo. No el *uppercut*, porque se prohibía a sí mismo esos golpes siempre dirigidos a la cabeza del oponente. Pero, con una fuerza como la de Simón, eso le bastaba.

Nueve semanas después tuvo su primera pelea. Yo no me enteré hasta más adelante, de eso y de todo lo ocurrido hasta su último combate. Peleó contra un argelino muy peludo que, según decía la gente, se pasaba el día bebiendo licor de higo cuando debería haber estado descargando maletas en el aeropuerto. Lo que la gente decía de Simón, eso nunca lo supe.

Fue desagradable. Simón bailó y lanzó sus *jabs* hasta que el argelino se impacientó; entonces, cuando el tipo se le acercó para intentar algo más contundente, Simón lo acribilló con una serie de golpes al cuerpo. Al final del tercer asalto, en la cara del hombre se leía que aquel muchacho grandullón lo tenía agotado, que aquellos fornidos antebrazos lanzaban puro fuego. Pero los chicos sentados en la parte de atrás odiaban el estilo de Simón. Tanto cabeceo y tanto zigzag; la ausencia de sangre. Sus simpatías iban para el argelino, porque él sí intentaba que hubiera una pelea de verdad en el cuadrilátero. Pero después del combate Simón se les acercó y les dijo que él no era boxeador, sino solo un chico que esperaba convertirse en sacerdote algún día. Peleaba por ellos, por sus muchachos. Y fue repitiendo lo mismo, combate tras combate, hasta que el mensaje caló. Les habló del miedo ante la perspectiva de enfrentarse a aquellos hombres, de cómo rezaba antes de cada combate y también después. Pronto se dio cuenta de con qué poco podía uno ganarse el afecto de aquellos chicos solitarios. Muy pronto se dejaban los pulmones animándolo, esperando sus golpes característicos cada noche o su peculiar modo de conseguir que la agresividad del contrario se volviera en su contra, devolviéndosela ojo por ojo, con una variedad de golpes de potencia infernal.

Fue en ese momento, tras la sexta o séptima pelea de Simón, cuando mi amigo Gianni Nardi oyó hablar de los combates. No de Simón, sino del *ring* de boxeo callejero. Así que fuimos.

Debería haber supuesto que Simón había pasado todo aquel tiempo en algún otro lugar. La mayoría de los fines de semana, hasta la noche de los pulsos en el bar, había vuelto a casa desde la universidad para ver cómo seguía nuestra *mamma* y llevarme a ver películas americanas en el Pasquino. Ahora eso sucedía solo en fines de semana alternos, o incluso con frecuencia aún menor, y me traía regalos de la ciudad como si se sintiera culpable.

Pero yo tenía trece años y estaba hambriento de todo y jamás lo hubiera adivinado. Había en mí un vacío que era incapaz de llenar. Me estaba acostumbrando tanto a que nuestra familia se extinguiera, un miembro tras otro, que la desaparición de Simón era solo otra más. Yo tenía una vida propia que vivir. El padre de Gianni era un *sampietrino*, un custodio de San Pedro, con llaves de los cobertizos situados en la azotea de la basílica, así que Gianni y yo nos colábamos allí y organizábamos pícnics para nuestras novias en los que bebíamos vino y, como reyes, contemplábamos la ciudad de Roma que se extendía a nuestros pies. Él salía con una chica llamada Bella Costa, y yo con Andrea Nofri, luego con Cristina Salvani y luego con Pia Tizzoni, una chica de curvas tan atípicas para sus catorce años que casi esperaba ver a las estatuas de la azotea de la basílica dándose la vuelta para mirarla. Ni siquiera pensé en lo que podría estar haciendo Simón. De todas formas, aunque lo hubiera sabido, no lo habría creído. En aquel entonces, el luchador de nuestra familia era yo. Simón tenía un cuerpo romano –silueta de abrecartas, músculos como una correa de ventilador–, mientras que yo poseía los genes griegos de mi padre, el cuello de toro y la espalda de hierro. Peleaba con otros chicos porque disfrutaba con ello. De modo que, cuando Gianni se enteró de lo del boxeo callejero en el antiguo reñidero de perros, fui yo quien lo arrastró allí. Porque una pelea con los puños desnudos era algo que tenía que ver.

El primer combate era entre dos vagabundos, que estaban allí para hacer reír a la gente. Consiguieron completar seis asaltos antes de que el público empezara a impacientarse. Después, el locutor anunció un segundo combate en el que un turco bajito tumbó a un tipo vestido con pantalones de peto que no paraba de bailar sobre el *ring*. Por último, llegó el tercer combate. Entonces, de manera inexplicable, la multitud de chicos que nos rodeaba se puso de pie y permaneció en silencio.

Abajo, en el cuadrilátero, apareció un púgil de piel muy pálida, reluciente como jabón. Restregó las suelas en la tierra, como si llevara los zapatos nuevos de los domingos. Y, nada más verlo, cada niño del local aulló como si le hubieran perforado el cuerpo con clavos. Con los ojos cerrados, clamando sangre. El combatiente estaba de espaldas a nosotros, pero cuando se quitó la camisa, arrancándosela como si la tuviera pegada a la piel, se me hizo un nudo en la garganta. Porque yo conocía aquellos músculos. Conocía el modo en que se tensaban en torno al espinazo, como alas.

–¿Pero qué…? –oí decir a Gianni–. No me jodas. Larguémonos de aquí. –Y me agarró de la camisa–. Alex, ese de ahí abajo es tu hermano.

Pero yo ya me estaba abriendo camino entre la multitud. Ahora los niños cantaban acompasándose con palmadas en las piernas.

–Pa-a-a-a-dre, pa-dre, padre.

Los hombres de las primeras filas arrojaban sus apuestas sobre los billetes ya amontonados. Un segundo combatiente entró en escena. Tenía la piel rosada y la espalda algo encorvada. Un ruso, murmuró la gente. Y, por primera vez en mi vida, mi hermano mayor me pareció solo un muchacho. Un niño en un arenero. Mediría tal vez veinte o veinticinco centímetros más que el ruso y tenía antebrazos como hormigoneras, pero el resto de su cuerpo era tan enjuto que Dios parecía haberlo formado estirando chicle.

Alguien golpeó una tubería con una llave inglesa y Simón salió el primero de su esquina. Grité su nombre, pero mi voz se perdió en el fragor del gentío. Llegué a empellones hasta el borde del *ring* y entonces, no sé por qué, me quedé allí quieto. Observando. Porque lo que deseaba, de un modo desesperado, era ver cómo ocurría: ver cómo Simón hacía daño a aquel hombre.

Nuestros padres siempre nos habían apartado de lugares como aquel. Cuando yo me peleaba en el colegio, mi padre me daba unos azotes. «Pero ahora estamos solos, Sy –pensé–; ahora puedes mostrármelo. Porque esto es algo que yo también tengo en mi interior. Así que esta noche hazlo por mí. Dale a ese hombre un buen puñetazo en la mandíbula».

Cada paso que Simón daba en aquella arena, yo lo imitaba con mis propias piernas. El ritmo de sus pies, el instinto que le decía cuándo bailar y cuándo pararse, todo eso estaba también en mí. El ruso tenía manos recias, puños que sin duda dejaban cráteres marcados en el saco de entrenamiento, pero los movía con lentitud. Y cuando llegaban a Simón, ya nos habíamos apartado. Llegábamos a él con derechazos que resonaban como huesos rompiéndose. Y enseguida, otra vez, a bailar. El otro ya tenía sangre en la cara, las costillas ennegrecidas. Y aun así volvía a por más. Así que más le dábamos.

Los niños rugían. Me abrí grietas en la comisura de los labios, de tanto gritar.

«¡Vamos, Sy! ¡Dale!».

Pero, en realidad, las palabras que salían de mi boca eran:

—¡Vamos, Sy! ¡Mátalo!

Y, de repente, allí abajo en aquel *ring*, Simón se detuvo. Se paró en seco, con los dos pies planos sobre el suelo, y miró a la multitud.

El ruso se arrastró hacia atrás, buscando más espacio.

Sentí que una sombra se cernía sobre mí, tan oscura que Simón no podría haberme visto aunque Roma estuviera ardiendo.

Pero presentía que yo estaba allí. Tuve ganas de salir corriendo, pero su mirada se me acercaba cada vez más.

Ahora el ruso se aproximaba a mi hermano, rápido y decidido. Solo tuve tiempo de señalarlo con el dedo.

Simón se giró justo a tiempo; el ruso únicamente le alcanzó los pelos del pecho. Pero, por alguna razón, Simón se tambaleó. Se me quedó mirando, perdió el ritmo. Incluso los chicos lo vieron desde lo alto de la grada.

—¡Padre! —gritó uno de ellos.

Pero Simón no apartaba los ojos de mí.

«No volveré jamás aquí, Sy. Te lo juro. Pero esta vez, por mí, termina esto. Aunque tengan que recomponer a este hombre en el hospital, muéstrame que lo entiendes».

Y por la expresión de su cara, por lo que emanaba de las negras pupilas, supe que lo había entendido. Se dio la vuelta e hizo una seña con las manos, invitando al ruso a acercarse.

Solo por un instante, el ruso me buscó entre la multitud.

A él no —articuló con los labios Simón, atrayéndolo de nuevo con el gesto—. A mí.

El público resucitó, volvieron a oírse gritos caníbales. El ruso avanzó, lanzó un *jab* y se hizo atrás.

Simón lo esquivó. Nada más.

El ruso atacó con un uno-dos esta vez, y Simón dejó que los puñetazos lo golpearan tan ruidosamente que los niños enmudecieron.

—Venga —dijo abriendo las manos. Pero esta vez no levantó los puños: dejó la guardia abierta.

Así que el ruso le descargó un golpe en las costillas y Simón apenas pudo mantenerse en pie. Tambaleándose, trató de enderezarse.

Ahora el ruso volvió a la carga con un uno-dos-tres: el primer *jab* no alcanzó por poco el hombro de Simón, pero el directo que vino después impactó como un tren de carga. El golpe descompuso a Simón, que se dobló en dos.

Las manos de mi hermano se levantaron instintivamente para proteger la cabeza. Sin embargo, se obligó a bajarlas de nuevo. Y entonces una sonrisa apareció en la cara del ruso mientras cargaba el gancho de izquierda para noquearlo. Porque si este jovencito estaba dispuesto a recibir una paliza, si iba a quedar con la cabeza flotando como una boya de pesca, él no iba a dirigir este gancho de izquierda al cuerpo.

No he visto jamás, ni antes ni después, a ningún boxeador que prepare un golpe de esa manera. El ruso dejó caer la mano derecha como si la hundiera en las profundidades del océano, sin preocuparse siquiera de mantener la guardia, y luego lanzó un *crochet* de izquierda que colisionó en la mejilla de Simón como la descarga de una pistola de sacrificar ganado. Parecía que a Simón se le fuera a separar la cabeza del cuello, pero lo que ocurrió fue simplemente que el cuerpo salió impelido hacia arriba. Después, mi hermano quedó allí inmóvil, muerto sobre la arena.

Salté al *ring* gimiendo, gritando, sin saber lo que hacía; pero noté unas manos encima, agarrándome por los hombros y tirando de mí hacia atrás. Lancé puñetazos, pero entonces Simón empezó a moverse en el suelo y a incorporarse. Se volvió hacia mí y me miró. Enormes globos de sangre le manaban de la boca, pero los ojos no se apartaban de los míos, como si estuviéramos en un seminario nosotros solos, dos hermanos duros de mollera que trataban de comprender esta lección.

Y el ruso tan solo esperaba, conteniendo sus puños, porque sabía lo que venía a continuación.

Por encima de nosotros, en las gradas altas, los chicos bajaban completamente histéricos.

–¡Alto! –gritaban–. ¡No! ¿Por qué no pelea?

Negué con la cabeza mirando a Simón, con saliva cayéndome de la boca, y entonces grité:

–No lo hagas. Por favor.

Pero se limpió la boca ensangrentada con un brazo, se dio unos golpecitos a cada lado de la cabeza, y volvió a la pelea.

El ruso le envió un *uppercut* al mentón que habría partido un árbol por la mitad. El golpe destrozó lo que quedaba de la mandíbula de Simón y, cuando la cabeza se le fue hacia atrás, aquello fue el fin. Antes de desplomarse, mi hermano ya estaba inconsciente.

Y entonces…

Dios mío. Aquellos chicos, cómo lo querían. Irrumpieron desde arriba como el agua que ha roto una presa. Ni un ejército los habría detenido. Mientras permanecía allí sentado en la primera fila, amarrado y sin poder moverme, una oleada tras otra de chicos afluyó al *ring* y rodeó a Simón, sin permitir que el ruso diera un paso más. Lo que los hombres de aquel local habrían hecho con mi hermano –dejarlo en la calle, cargar con él hasta el *rione* vecino para despistar a la Policía–, eso nunca lo supe, porque los niños se arremolinaron en torno a Simón como si todo el futuro de su raza dependiera de ello. Lo transportaron sobre sus huesudas espaldas por entre la multitud y lo sacaron por la puerta. Allí mismo los vi hacer una colecta entre todos, echándose mano al bolsillo, para poder pagar un taxi que lo llevara al hospital. La mitad de ellos parecían no haber comido en una semana, y sin embargo rebuscaron en el fondo de sus pantalones hasta extraer unas últimas monedas llenas de pelusa.

Cuando por fin pude unirme a ellos, Gianni les estaba contando quiénes éramos, que nos llevaríamos a Simón a casa y que allí podrían visitarlo los médicos. Y ellos nos miraban como si hubiéramos descendido del cielo en un carro de fuego. Porque habían oído esa palabra, la palabra mágica que separó las aguas y devolvió la vida a los muertos.

«Vaticano».

–Salvadlo –me dijo uno–. No dejéis que muera.

Y otro:

–Llevadlo donde esté *il papa*.

Il papa: Juan Pablo II.

Lo último que vi de aquel lugar, antes de que el taxi se adentrara en la noche, fue a los chicos arremolinados, contemplando cómo Simón se alejaba, cómo desaparecía de sus calles. Y, mientras observaban, los vi también rezar.

Es un acto de buen cristiano lo que mi hermano está haciendo ahora, me digo a mí mismo mientras permanezco allí sentado solo, en la misma mesa en la que él ha rehusado preparar su defensa. En su corazón, Simón cree que lo está haciendo por el bien de alguna otra persona. No sé quién. Ni sé por qué.

Lo que sí sé es que tengo que impedírselo.

CAPÍTULO 16

Voy a ver cómo está Pedro antes de salir. Lo había dejado viendo dibujos animados, pero ahora el televisor está apagado. El neceser abierto que hay sobre la cajonera, salpicado de gotas de agua, me revela que se ha cepillado los dientes. Incluso ha encendido él mismo la lamparita quitamiedos. Lo beso en la frente y alejo su cuerpo dormido del borde de la cama, preguntándome si cuando se haga mayor demostrará una independencia tan sobrehumana como la de su tío, si algún día también él me romperá el corazón.

Junto al teléfono principal, Lucio tiene su material de oficina. Cojo una hoja y escribo:

Diego:
He ido a hacer un recado para Mignatto. Volveré dentro de una o dos horas. Por favor, llámame al móvil si Pedro se despierta.

Alex

Luego llamo a Leo y le pido que venga conmigo caminando a ver a la hermana Helena.

El convento se halla en las laderas de la colina del Vaticano, una zona desierta por la noche. Debajo de nosotros, en Roma, el mundo aparece espolvoreado de luces eléctricas, pero aquí en los jardines la oscuridad es tan densa que parece líquida. Leo y yo nos orientamos de memoria.

Mi amigo no me pregunta qué hacemos aquí. No dice nada. Cuando el silencio empieza a pesar demasiado, decido contárselo.

—Van a acusar a Simón del asesinato. Creen que mató a Ugo Nogara.

Leo se detiene en seco. No puedo ver su expresión en la oscuridad.

–¿Qué? –dice–. ¿Qué demonios ha hecho Simón?

–Ni siquiera lo sé. Se niega a defenderse.

–¿Qué quieres decir con que «se niega»?

No hay respuesta posible.

–Simón es… como es.

–Se pasará el resto de su vida en una celda, en Rebibbia.

–No. Tienes que mantener el secreto, pero van a juzgarlo en un tribunal eclesiástico.

Leo pasa un buen rato asimilando lo que le he dicho.

–¿Y por qué tendrían que hacerlo así?

–No lo sé.

–¿Y contigo tampoco va a hablar?

–Está bajo arresto domiciliario.

De nuevo silencio.

–Si se te ocurre dónde pueden habérselo llevado –le digo–, eso me daría un punto de partida.

La Guardia Suiza tiene centinelas repartidos por todo el palacio papal.

–Por supuesto –contesta–. Lo encontraré. –Pero su voz decae llena de incertidumbre. En tono más bajo, añade–: Pero Simón no lo hizo, ¿no?

Ahí se ve cuán extraño e inescrutable puede ser mi hermano: incluso a un amigo le parece capaz de cualquier cosa. Dios sabe lo que pensará un tribunal de tres jueces.

Finalmente, flotando encima de nosotros, vemos luces que brillan en lo alto de la colina. Hemos llegado a la vieja torre medieval, en la que una nueva antena de Radio Vaticano se eleva en el tejado. Unido a la torre por un muro cubierto de antenas parabólicas, se levanta otro de los proyectos de construcción del papa Juan Pablo: un convento para nuestra exigua comunidad de monjas benedictinas.

–Me quedaré aquí –dice Leo.

No pregunta qué estamos haciendo. Sabe que Helena vive allí.

Toco la campana del convento. Nadie responde. Se ve una luz encendida en una de las ventanas, pero en el interior no se oye nada. De todos modos, espero. Cada cenobio benedictino del mundo, durante los últimos seiscientos años, ha obedecido la regla de acoger a los invitados como si se tratara de Jesucristo.

Por fin la puerta se abre. Ante mí tengo a una mujer de rostro redondo, con unas gafas sobrias sobre la toca blanca. Todo lo demás –velo negro, túnica negra, cíngulo negro, escapulario negro– se funde con la oscuridad.

–Hermana, soy el padre Alex Andreou –digo–. Mi hijo es el niño al que cuida la hermana Helena. ¿Sería posible hablar con ella?

Me examina en silencio. Solo siete monjas viven en este priorato –su tamaño ni siquiera permite calificarlo de abadía–, así que aquí cada una conoce los asuntos de las otras. Me pregunto cuánto sabrán de mí.

–¿Podría esperar en la capilla, padre –me dice–, mientras la aviso?

Pero en la capilla, las otras hermanas podrían oír lo que decimos.

–Si no tiene inconveniente, esperaré en el jardín –le digo.

Abre el cerrojo de la puerta y actúa como si yo fuera el dueño y señor de estas huertas, aunque el papa es el único usufructuario de este lugar en el que las hermanas solo siembran y cosechan. No existe la orden benedictina en mi Iglesia –los griegos tienen una tradición monástica más antigua–, pero admiro a estas mujeres y su generosidad.

Mientras espero, paseo junto a las plantaciones. Todos los muchachos del Vaticano roban fruta de estos árboles y todos los papas hacen la vista gorda. Finalmente se oye un ruido en la puerta: el levísimo roce de un hábito. Al girarme, tengo delante a la priora Maria Teresa.

–Padre –me dice con un pequeño ademán de deferencia–. Bienvenido. ¿En qué puedo ayudarlo?

Su cara es amable, joven para su edad, oscurecida tan solo por las bolsas de piel fofa que tiene bajo los ojos. Pero muestra una expresión solemne. He venido durante el Gran Silencio, las horas que siguen a la oración de completas en las que las benedictinas no hablan. Solo la regla de la hospitalidad prevalece sobre el Silencio.

–En realidad, esperaba poder hablar con la hermana Helena –digo.

–Sí. Y hablará con usted, enseguida, dentro de un momento.

Doy por supuesto que la priora ha bajado por cortesía, ya que el tío Lucio es el cardenal protector de su rama de benedictinas, el hombre que representa los intereses de su colectividad en el Vaticano. Y, sin embargo, la deferencia desaparece de su voz cuando vuelve a hablar:

–Esta será la única vez que permito a la hermana Helena, o a nuestra comunidad, implicarse en este asunto. Espero que lo comprenda.

Debe haberse enterado de lo de Simón.

–No sé lo que ha oído –le digo–, pero no es verdad.

Tiene las manos bajo el escapulario, por lo que resulta imposible descifrar su lenguaje corporal.

–Padre –contesta–, ese es mi deseo. Por favor, le ruego que zanje sus asuntos con la hermana Helena lo más rápidamente posible. Buenas noches.

Hace una leve inclinación y se aleja hacia la puerta. Una silueta familiar espera allí. Baja la cabeza cuando la priora pasa a su lado y luego, con paso silencioso, se acerca a mí en la oscuridad.

En el rostro de Helena, las arrugas forman una telaraña de tristeza. Ni siquiera me mira a los ojos.

–Padre Alex –susurra–. Cuánto lo siento.

–¿Se ha enterado de lo de Simón?

Levanta la cabeza.

–¿Qué le ha pasado?

Me siento aliviado. Quizá haya corrido la noticia de la muerte de Ugo y del intruso de mi apartamento, pero no la de la acusación contra Simón.

–Necesito preguntarle qué sucedió en mi apartamento –digo.

Asiente, sin mostrar sorpresa.

–Antes de que pasara –continúo–, ¿le dijo algo Simón?

Parpadea brevemente.

–¿Antes de que pasara? Esta memoria mía quiere jugarme una mala pasada. –Suspira con frustración–. Vamos a ver, ¿hablé con el padre Simón antes de que pasara?

Pero su memoria no le juega ninguna mala pasada.

–¿Lo hizo usted? –pregunto.

Ahora me mira de frente, sin la tristeza de antes, a la que ha sustituido una expresión de viva curiosidad.

–Padre, ¿qué está pasando? ¿Qué es lo que se dice? Un policía ha venido al convento hace unas horas, pero lo han echado antes de que pudiera hacer ninguna pregunta.

–Por favor, ¿habló antes con Simón?

–No.

–¿De ninguna manera?

–Padre Alexander –responde–, no he intercambiado una palabra con su hermano desde que le preparé la cena en el apartamento de usted, la última vez.

–Hace meses.

–En Navidad.

Tras ella, en la puerta del convento, la priora la llama:

–Hermana Helena, por favor, acabe la visita.

Rápidamente, Helena dice:

–Dígame la verdad. ¿Hay alguien en apuros?

–Los gendarmes creen que no entró nadie en el apartamento.

Emite un gruñido.

–Y supongo que los muebles se cayeron solos al suelo.

Evito decirle lo que piensan los gendarmes.

–No encontraron signos de que alguien forzara la entrada.

Se estremece como si le hubieran clavado un aguijón.

–Eso es verdad. Hubo gritos y golpes y luego, aparentemente, la puerta se abrió.

–Pero yo la había cerrado al salir.

–Sí, me acuerdo.

–¿Y no salió usted con Pedro a ningún lado? ¿Por ejemplo, al apartamento del hermano Samuel a tomar postre?

–No.

–¿Y la puerta pudo abrirse de alguna otra forma?

–No, de ninguna. –Parece aturdida. Va recuperando la memoria–. Cogí a Pedro tan rápidamente como pude, pero el hombre ya estaba dentro cuando nos encerramos en el dormitorio.

La priora vuelve a llamar:

–Hermana Helena…

Helena se lleva la mano a la mejilla con gesto angustiado.

–Usted hizo todo lo que pudo –la tranquilizo–. A partir de ahora, deje que me ocupe yo.

Tras ella, Maria Teresa viene hacia nosotros. Hago ademán de irme, pero la hermana Helena me agarra por la muñeca y susurra:

–Ella no va a dejarme cuidar más de Pedro.

–¿Por qué no?

–Tener a un gendarme por aquí la ha escandalizado. Estoy intentando que cambie de opinión. No sabe cuánto lo siento, padre.

Antes de que pueda responder, da media vuelta y se aleja. La priora me lanza una mirada severa y se lleva a la hermana Helena a la puerta. Seis siluetas me espían desde las ventanas del convento mientras regreso con Leo, al camino sin iluminar.

Mi amigo se gira para emprender la vuelta hacia el palacio de Lucio, preguntándome con la mirada lo que me ha dicho la hermana Helena. Pero yo lo encamino en dirección contraria.

–¿Adónde vamos?

–A mi apartamento.

Las ventanas del palacio Belvedere todavía tienen luz. Los televisores parpadean. La mujer argentina del segundo piso, casada con el signor Serra, está bailando en la cocina. Antes de que Leo y yo lleguemos a la puerta, dos adolescentes que se están abrazando en una esquina se separan. Me inunda una felicidad espontánea por estar aquí de vuelta.

En casa.

Al cruzar la puerta trasera, nos encontramos a uno de mis vecinos sentado como si fuera el portero.

–¡Padre! –grita poniéndose en pie de un salto.

–¿Qué está haciendo aquí? –le pregunto.

Ambrosio es técnico del servicio de internet de la Santa Sede, el hombre que repara ordenadores a cualquier hora del día.

Me responde bajando la voz:

–Cuando los gendarmes dejaron de vigilar el edificio, algunos de nosotros empezamos a hacer turnos.

Le doy una palmada de agradecimiento en el brazo. Al menos ellos sí creyeron a la hermana Helena.

Ambrosio me pregunta si me he enterado de alguna novedad,

pero le contesto que no y subo rápidamente las escaleras para no atraer más la atención. En el último piso, alguien ha cambiado una bombilla rota en el rellano que conduce a mi apartamento. Otro signo de vigilancia. Al llegar a la puerta, me arrodillo y la examino. La placa de la cerradura parece intacta. Y tampoco se aprecia daño en el marco. Tengo la llave, pero me vuelvo hacia Leo y le digo:

–¿Tú sabes forzar una cerradura?

Sonríe.

–Mejor que tú.

Probamos una primera vez, pero el mecanismo está viejo y desgastado. Los cierres no quieren moverse.

–Bochornoso –dice–. Antes se me daba muy bien.

Avanzo por el pasillo hasta el siguiente apartamento, donde viven los hermanos de la farmacia. Estaba temiendo este momento.

–¿Adónde vas? –pregunta Leo.

Levanto el felpudo.

–Maldita sea –susurra al verlo.

Desde que mis padres se mudaron al palacio Belvedere, este es el sitio donde hemos guardado la llave de repuesto. La nuestra, bajo el felpudo de los hermanos; la suya, debajo del nuestro. Pero parece que ya no es así.

Doy media vuelta y levanto mi propio felpudo. La llave de los hermanos sigue allí. Me froto las sienes.

–¿Y cómo iba nadie a saber esto? –pregunta Leo.

–Michael –murmuro.

–¿Cómo?

–Michael Black se lo dijo.

Les dijo dónde vivo y cómo entrar. Mi padre siempre se olvidaba las llaves. Michael sabía dónde había una copia.

–Creía que era amigo de la familia –dice Leo.

–Alguien lo amenazó.

Una mueca de desprecio aparece en la cara de Leo.

–Cobarde.

Oigo un sonido lejano en la escalera, así que vuelvo a la puerta de mi apartamento y abro. Entonces se me ocurre algo. Alguien sigue teniendo nuestra llave, lo que significa que alguien ha tenido acceso a mi piso durante dos días, o incluso podría estar dentro ahora.

–Tus vecinos han estado vigilando el edificio –me tranquiliza Leo cuando le digo lo que estoy pensando–. Quien entró aquí no habrá vuelto más.

–Muy bien.

En el interior no ha cambiado nada. Leo extiende el brazo hacia el interruptor de la luz, pero le aparto la mano y señalo hacia las ventanas.

–Por si acaso hay alguien mirando.

No le hace gracia esa posibilidad, así que pregunta:

–Entonces, ¿cuál es el plan?

La luna hace brillar los muebles con destellos fantasmagóricos. Sin tocar nada, trato de visualizar la secuencia de acontecimientos de aquella noche, tal como me los contó la hermana Helena. Ella estaba sentada a la mesa cuando oyó unos golpes en la puerta. Una voz gritaba el nombre de Simón y el mío. Sigo con la vista el recorrido de la hermana, llevándose a Pedro hasta el dormitorio. La puerta se abrió antes de que llegaran allí. La distancia entre ambos puntos debe ser de unos seis metros.

Se me escapa un suspiro.

–Leo...

Mira hacia la escalera, pensando que quizá he oído algo. No comprende nada.

–Pedro lo vio –digo.

–¿Cómo?

–Anoche se despertó por una pesadilla. Estaba gritando: «¡He visto su cara! ¡La he visto!».

–No. Habría dicho algo, Al.

–Cuando la hermana Helena se lo llevó, lo estaba abrazando, así que Pedro miraba hacia atrás por encima del hombro de la hermana.

–¿Tú crees? –pregunta Leo.

Empieza a sonar el teléfono, pero yo continúo:

–Cuando los gendarmes estuvieron aquí, Pedro estaba demasiado alterado para hablar. Y después yo no volví a sacar el tema. No quería preocuparlo.

Esta noche no lo despertaré. Pero tendré que buscar fotografías para que las mire. Caras que tal vez reconozca.

El contestador dice su mensaje, pero no se oye ninguna voz al otro lado. Solo un extraño ruido similar al de una puerta que se cierra.

–Venga –digo–. Vámonos.

Pero de repente noto la mano de Leo. Tira de mí hacia atrás. Está mirando algo fijamente, en la puerta del apartamento. La silueta gigantesca de un hombre.

–¿Quién es usted? –pregunta Leo–. ¡Identifíquese!

Retrocedo.

La forma no hace ningún ruido. Solo extiende un brazo.

Las luces se encienden.

Un anciano entra despacio en la habitación. Las pupilas del ojo se le contraen. Ha levantado un brazo para protegerse de la luz, o quizá para impedir que Leo le ataque. Es el hermano Samuel, uno de los farmacéuticos del piso de al lado.

–Padre Álex –dice–. Ha vuelto.

–¿Qué está haciendo aquí, hermano?

–He intentado llamar.

–¿Qué sucede?

Está tenso. En su voz se percibe una extraña entonación, como si ensayara un papel, como si recitara un mensaje con palabras ajenas.

–Ha venido alguien buscándolo.

–¿Cuándo?

–Esta mañana. Oí un ruido en el pasillo y salí a ver qué era.

–¿Y qué pasó?

No para de moverse, muy nervioso.

–Padre Álex, no quiero verme mezclado en esto. El trato era que si volvía a verle haría una llamada telefónica.

–¿De qué está hablando, Samuel?

–He hecho esa llamada, Álex.

Estoy a punto de responder, cuando Leo murmura algo ininteligible. Mira hacia el pasillo exterior, a algo que no alcanzo a ver. Su rostro está paralizado. Por fin, los sonidos que salen de su boca se convierten en palabras con sentido:

–Dios mío.

Samuel se da media vuelta y se aleja. Se mete en su apartamento. Oigo el clic de la puerta al cerrarse.

Salgo del apartamento.

Una forma humana está de pie al final del pasillo, vestida enteramente de negro. Parece dudar cerca de las escaleras. Al reconocerla, siento toda la piel en tensión.

–Alex.

Esa única palabra llega resonando a través del pasillo. Y el sonido de la voz es como un hachazo al corazón.

Da un paso corto, titubeante, hacia mí.

–Alex, lo siento mucho.

Ni siquiera me atrevo a parpadear. Tengo miedo de que haya desaparecido cuando vuelva a abrir los ojos.

–Me he enterado –dice– de lo de Simón.

Pronuncio la única palabra que mi boca es capaz de articular. La única que está grabada en cada partícula de mi ser, como un Evangelio escrito en granos de arroz:

–Mona.

Es la primera palabra que le digo a mi esposa desde que su hijo aprendió a caminar.

CAPÍTULO 17

Leo procura desaparecer. Ambos se miran al cruzarse, mi amigo de camino hacia la salida, mi esposa hacia el interior. Los recuerdos estallan en mi cabeza. Estoy en la puerta junto a ella, sosteniendo bolsas de la compra, muebles, a nuestro hijo recién nacido. Los vecinos han salido a hacerle mimos al bebé y darnos la enhorabuena. El hermano Samuel ha colgado tantos globos en nuestra puerta que no podemos ni entrar.

En el umbral, Mona espera. Necesita que la inviten a entrar en su propia casa.

–Pasa –le digo.

Solo necesito su olor, al pasar delante de mí, para sentir de nuevo una descarga eléctrica en las más profundas regiones de mi corazón. Conozco ese aroma. El del jabón que siempre compraba en la farmacia. Una fragancia que he buscado en cada recoveco de su cuerpo.

Procuro que no nos toquemos cuando entra. Sin embargo, el aire vibra. La reacción de mi cuerpo es violenta. Pero mi mente está ya registrando las diferencias. Lleva el pelo más corto. Ya no se lo recoge hacia atrás; le cuelga suelto un poco por debajo de la barbilla. Se insinúan las primeras arrugas bajo los ojos, pero el cuello y los brazos son más esbeltos de lo que recordaba; su silueta, más firme. Cubre su cuerpo el mismo vestido negro sin mangas, sencillo pero favorecedor, que antes era su preferido: una prenda extraña por resultar tradicional y moderna al mismo tiempo, respetuosa y liberadora. Alrededor de los hombros, lleva el fino jersey negro que solía ponerse en las ocasiones en que las mujeres debían taparse los brazos. Me pregunto qué mensaje se supone que debe transmitir este conjunto.

–¿Puedo sentarme? –pregunta.

Le señalo una silla y le pregunto si quiere beber algo.

–Agua estaría bien.

Mientras pasea la vista por la habitación, percibo una leve alteración en su cara. Nada ha cambiado, ni siquiera las fotografías que hay en los marcos. Lo mantuve así con la idea de honrar su recuerdo, de esperar su regreso. Como todos los buenos romanos, Pedro y yo hemos construido nuestros caminos alrededor de nuestras ruinas.

–Gracias –dice cuando vuelvo con los vasos.

De nuevo procuro que nuestras manos no se toquen.

Espera a que yo me siente frente a ella; luego se recompone y se obliga a mirarme a los ojos. Cuando empieza a hablar, las palabras salen rígidas, como si cualquier preparación hubiera sido insuficiente, como si ahora se diera cuenta de que su marido no es el único espectador. Todas las horas y los días perdidos, las semanas y los meses y los años de soledad, acuden en masa y la observan también, esperando detrás de mí para oír qué respuestas van a aducirse. Porque ¿qué es posible decir en situaciones como esta? Los momentos desdeñados se prolongan tan lejos que ella es consciente de que algunos jamás podrán ser alcanzados por las palabras.

–Alex –empieza–, sé que debes tener muchas preguntas sobre lo que pasó, sobre dónde he estado. Y voy a tratar de responder a todo lo que quieras preguntar. Pero primero hay algo que necesito decir.

Traga saliva. Sus ojos parecen desesperados por mirar hacia otro lado.

–Cuando me fui –continúa–, creía de verdad que estaba haciendo lo mejor para ti y para Pedro. Tenía miedo de lo que podía ocurrir si me quedaba. Mi cabeza estaba llena de pensamientos horribles. Pero en estos últimos tiempos he podido sentirme yo misma otra vez. Ahora estoy mejor. Y he querido llamarte, o venir a veros a los dos, solo que tenía miedo. Mi médico dice que el riesgo de recaída es bajo, pero, aunque hubiera solo una posibilidad entre mil, nunca podría haceros pasar otra vez por lo mismo a Pedro y a ti.

Me dispongo a interrumpirla, pero levanta la mano de la mesa para que la deje acabar mientras aún se siente capaz de hacerlo. Tiene la boca fruncida. Por un instante, parece demacrada, con cada músculo del cuello en tensión, los descarnados pómulos oscurecidos cuando aprieta la mandíbula. En ese segundo, parece como si los años de ausencia la hubieran consumido, como si los remordimientos la hubieran carcomido por dentro. En el fárrago de mis emociones, la parte de cólera pierde fuerza. No puedo olvidar cuánto sufrimos Pedro y yo sin ella. Pero ahora veo que no hemos sido los únicos en sufrir.

—Le rogué a mi familia —prosigue— que averiguara cómo estabais Pedro y tú. Preguntaron y oyeron que os iba bien, que os las arreglabais bien. Así que no parecía justo poner vuestras vidas patas arriba solo porque para mí era el momento oportuno.

Por primera vez, se permite bajar la mirada.

—Pero entonces me enteré de lo de Simón. —Titubea—. Y sé lo mucho que le quieres, lo duro que esto tiene que ser para ti. De modo que me dije a mí misma que, como las cosas ya estaban patas arriba, tal vez ahora sí podrías necesitar ayuda.

Estas últimas palabras terminan en un hilo de voz, casi en tono interrogante. Como si no estuviera segura de tener derecho a esperar nada. Traga saliva. Vuelve a posar ambas manos en la mesa y me mira de nuevo, preparándose para lo que pueda venir. Ha terminado.

Con voz débil, le pregunto:

—¿Te has enterado de lo de Simón? ¿Cómo?

Una expresión de alivio cruza por su cara. Responder a esto es mucho menos doloroso que muchas otras preguntas que quedan por hacer.

—El nuevo novio de Elena trabaja en la oficina del vicario —dice—. Vio los documentos.

Elena. La prima de Mona. Me pregunto cuánto más lejos de esa oficina han llegado las noticias sobre Simón.

—¿Y quién te dio noticias de Pedro y de mí?

El alivio se desvanece. Cuando de nuevo se obliga a mirarme a los ojos, me preparo para oír algo desagradable.

—Mis padres —contesta—. Retomé el contacto con ellos el año pasado.

Es un golpe. Durante un año, esos miserables me han estado ocultando que sabían de ella.

—Les hice jurar que no te lo dirían —aclara juntando las manos en actitud de rezo, como pidiéndome que no los culpe.

Mi irritación se atenúa. Pero solo porque veo, en uno de los dedos que ahora apuntan hacia arriba, el anillo que le regalé. Lo sigue llevando. O, al menos, lo lleva esta noche.

—¿Y dónde has estado viviendo?

—En un apartamento, en Viterbo. Trabajo en un hospital de allí.

Viterbo. A dos horas de aquí. La última parada de la línea de tren en dirección norte. Se fue todo lo lejos que podía irse sin acabar de marcharse del todo, solo lo necesario para asegurarse de que nunca nos encontraríamos por casualidad.

Pese a todo, no huyó a la playa o a las montañas. Viterbo es una austera ciudad medieval. Su monumento más reseñable es un palacio al que solían ir los papas para escapar de Roma, una construcción que se alza sobre el terreno circundante como San Pedro. Eligió esa opción por un motivo, me digo a mí mismo: para torturarse con los recuerdos.

Su mirada ha encontrado las fotografías de Pedro. Mientras las observa, las comisuras de los labios se le curvan hacia abajo. Está luchando por levantar un muro que contenga sus emociones, pero de súbito parpadea y las lágrimas saltan desde las pestañas hasta las mejillas, como el agua danzando en una sartén caliente. Pero se niega a abandonarse a la pena. El control implacable es lo único que la mantiene en equilibrio sobre este alambre.

Mis manos pugnan por lanzarse hacia delante y tomar las suyas. Pero también yo estoy en el alambre, así que me limito a abrir la cartera y sacar un retrato de Pedro. Lo deslizo hasta el centro de la mesa.

Ella lo coge y, cuando ve el niño en que se ha convertido nuestro bebé, dice con voz ahogada:

—Es igual que tú.

La primera mentira de nuestro reencuentro. No es igual que yo. La suavidad de los rasgos es de ella. Y las pestañas oscuras. Y la expresividad de la boca. Pero tal vez no se refiere a la fotografía que tiene ante sí. Su voz parece angustiada; su mirada, distante. Está dando rienda suelta a una idea preconcebida de cómo es Pedro. Se parece a mí porque soy yo quien lo viste, quien le corta el pelo cada mes y se lo cepilla cada mañana. Incluso en las acuarelas con su firma colgadas en la pared, puede observarse una vaga similitud entre su escueta rúbrica y la mía. Pedro es el dueto que Mona y yo compusimos juntos. Si la música suena a mi manera, es porque yo he sido su único intérprete.

–Mona.

Me mira, pero tiene la mirada vacía. Se está replegando en sí misma. Su lenguaje corporal es una súplica para avanzar despacio. Mona es fuerte, pero esto resulta más duro de lo que había pensado.

He esperado años para hacerle esta pregunta, la pregunta que me arrasa por dentro. Me debe la respuesta. Sin embargo, no soy capaz de preguntar. No puedo, viéndola en ese estado.

Cierra los ojos.

–Ya sé cómo debes sentirte –me dice. Barre el aire con la mano, señalando sus fotografías, todavía en los marcos–. No entiendo nada de esto. –Su cuerpo se estremece de pronto con una respiración entrecortada–. Esperaba… Sé que no tiene sentido, pero lo que me esperaba era que hubieras pasado página.

Cuánta negrura encierran esas palabras. Como si no entendiera qué felicidad puede haber en esta negativa a olvidar, como si en su cabeza incluso hubiera imaginado ya una alternativa.

–Mona –digo en voz baja–, ¿has conocido a alguien?

Niega con gesto de sufrimiento intolerable, como si se lo estuviera poniendo demasiado difícil.

–Entonces, ¿por qué nunca…?

Desdeña gesticulando con las manos delante de la cara. Ya basta. No es el momento.

Somos extraños. No compartimos nada, salvo los estragos sufridos. Tal vez esto sea todo lo lejos que podemos llegar en una noche.

–Entonces –dice con voz estrangulada–, ¿Simón está bien?

Aparto la mirada. Ella y su familia me han ocultado secretos durante años. Ahora quiere que yo le revele este.

–No ha matado a nadie –contesto.

Asiente con vehemencia, para expresar que eso es obvio. El cuñado al que antes consideraba tan inescrutable, tan impredecible, convertido ahora en santo indubitable.

–No sé por qué lo están atacando –le digo.

Por un momento, muestra una expresión de infinita ternura. Como si redescubrir esa lealtad mía hacia Simón fuera algo hermoso, lleno de un nuevo significado tras todos estos años de separación.

–¿Cómo podría ayudar? –pregunta.

Trato de que mi voz no delate ninguna emoción.

–No lo sé. Tengo que pensar en qué sería mejor para Pedro.

Intenta recobrar el dominio de sí misma.

–Alex, daría lo que fuera por verlo.

La frase sale con rapidez, antes de que pueda anticiparla.

–Entonces me gustaría que lo vieras.

–De acuerdo –dice, irguiendo de golpe la postura–. Me encantaría.

No deja de mirar al suelo, donde está el coche teledirigido de Pedro. Un Maserati rojo con un eje roto, fruto de una salvaje colisión contra un muro medieval. Pedro ha escrito su nombre en la puerta. Mona no puede apartar la vista de esas letras garabateadas.

–Me encantaría de verdad –repite más débilmente.

Descubrir ahora cuánto significan esas palabras para mí constituye una advertencia, un aviso de que debo dar un paso atrás. Si la esperanza irrumpe con tanta facilidad, también lo hará la decepción.

–No puedo permitirlo hasta que Pedro esté listo –digo–. Y necesito tiempo para prepararlo. Así que no puedes volver aquí y llamar a la puerta sin avisar.

Parece hecha pedazos. Atrapada en su silencio.

Por fin, me levanto y digo:

–Pedro está ahora en casa de mi tío. Tengo que volver con él.

–Por supuesto.

Se levanta también. Al volver a ponerse de pie, parece más fuerte. Se ciñe el jersey y remete la silla bajo la mesa. En la puerta, se queda quieta deliberadamente, para que sea yo quien guíe la despedida. Pero la sola idea de que se vaya me sumerge en una premonición de soledad infinita. Si por la mañana ha vuelto a Viterbo, tendré que ocultarle mis emociones a Pedro. Nunca deberá enterarse de que ha existido esta noche.

Mientras crecen mis dudas, ella levanta la mano y, como si tocara un muro de cristal, la mantiene allí un momento.

—Este es mi número –dice. Está ya escrito en el papel que sostiene en la mano–. Llámame cuando Pedro y tú estéis preparados.

Cuando se ha ido, Leo vuelve lentamente. No habla. Hemos regresado al viejo territorio de nuestra amistad. En silencio, me acompaña de vuelta al palacio de Lucio.

En la puerta, me da una palmadita en el brazo y me mira de forma elocuente. Poniendo la mano en forma de teléfono, me dice:

—Por si quieres hablar de ello.

Pero yo no quiero hablar de ello.

Pedro está durmiendo. Tiene el cuerpo torcido sobre la cama, los pies casi tocando la almohada. Lo muevo y abre los ojos.

—*Babbo* –dice con aparente lucidez, y de inmediato vuelve a hundirse en la inconsciencia. Lo beso en la frente y le acaricio el brazo.

Las madres del vecindario preguntan cómo se las arregla un padre soltero. Me ven cuando quedamos para que jueguen los niños, en ese tipo de reuniones organizadas para que los futuros estudiantes se hagan amigos antes de empezar la primaria, y me dicen que Pedro tiene mucha suerte de tenerme. Ni siquiera sospechan que soy un fantasma, un barco hundido y arrastrado de nuevo a la superficie por ese niño que juega colgado en los barrotes del parque infantil. Dios se llevó a Mona, pero me dejó a Pedro. Ahora ella está a solo una llamada telefónica de distancia. Y, sin embargo, ni siquiera sé si soportaría marcar su número.

Rezo una oración por Simón y luego decido dormir en el suelo. Mi pequeño merece tener una cama para él solo. Pero antes de bajar le susurro al oído:

—Pedro, ella ha venido a casa.

CAPÍTULO 18

Pedro se despierta al alba. Lucio y Diego todavía están en la cama pero en la cocina nos encontramos a algunas monjas atareadas con los últimos productos del verano, pelando zanahorias y lavando lechugas. No parece importarles tener que compartir su hora de paz con un pequeño Napoleón que desfila entre ellas, apartando sus hábitos como un artista que irrumpe entre las cortinas del teatro, mientras dice:

–¿Dónde están los cereales? ¿De qué tipo tenéis?

Ningún italiano que se respete a sí mismo desayunaría jamás cereales, pero Michael Black me inició en el desayuno norteamericano cuando yo era niño, tal como más adelante iniciaría a Simón en los cigarrillos estadounidenses. Pienso en lo que diría Mona si supiera que su hijo ha heredado esa costumbre.

Ella está por todos lados, en esta luz rasante del amanecer. Desde que nos dejó, Mona se me ha hecho presente sobre todo en las primeras horas del día, en el silencio que cubre el mundo como una manta, cuando los sueños se demoran aún en la frontera de la noche.

–*Smacks* de miel, por favor –dice Pedro revolviendo en el cajón de los cubiertos en busca de una cuchara y luego dejándose caer en una silla para esperar a que le sirvan.

Yo mismo los cojo. Antes de que naciera Pedro, en el palacio nunca habían tenido productos como este. Recuerdo que, a su edad, le pedí a Lucio un trozo de panetone para desayunar el segundo día de Navidad y me contestó que lo habían tirado todo. Mientras remuevo mi café expreso, observo el cartón de leche que hay junto al bol de Pedro. Leche fresca de los pastos papales de Castel Gandolfo. Las primeras punzadas de realidad se hacen de nuevo presentes. Me pregunto si Leo habrá conseguido localizar a Simón. Un lejano tañido de campanas indica que son las siete y media. Faltan dos horas y media para nuestra reunión con Mignatto.

–¿Puedo ir a pegar unos chutes con los chicos? –pregunta Pedro cuando se termina su bol y se lo pasa a las monjas para que lo frieguen.

Los chicos del preseminario suelen dejar que Pedro juegue con ellos al fútbol, una de las ventajas de ser hijo del profesor, pero Pedro no parece haberse dado cuenta de que es demasiado temprano.

–Tenemos que ir a un sitio primero –le digo–. Podemos ir dándole chutes al balón por el camino.

Debajo del palacio, en los parterres de flores con la forma del escudo de armas de Juan Pablo, los equipos de paisajistas papales han empezado a trabajar temprano, para intentar terminar antes del calor de mediodía. El jardinero jefe, que también tiene hijos, sonríe al vernos driblar por los empinados senderos. Es un lugar atroz para enseñar a un chico a jugar al fútbol. Hay tanta pendiente que, en días de tormenta, las escaleras que unen los senderos se convierten en cataratas. Aprender aquí a controlar un balón es como aprender a nadar pataleando a contracorriente en el Tíber. Pero Pedro es obstinado y, como su tío, parece preferir enemigos implacables. Tras meses de perder batallas contra la gravedad y perseguir balones descontrolados hasta el pie de la basílica, ahora es capaz de bajar esta ladera a la pata coja, tocando la pelota con la otra para frenarla en su caída. Su destreza hace que otro jardinero le haga el gesto de «excelente» con la mano. El fútbol es la otra cosa que todos tenemos en común aquí.

–¿Adónde vamos? –pregunta Pedro ilusionado.

Pero, cuando señalo el edificio, refunfuña.

Aunque los museos no abren hasta las nueve, las oficinas vaticanas abren a las ocho para poder cerrar a la una, de modo que solo dispongo de media hora para ver la exposición en privado antes de que aparezcan los comisarios. Necesito ese tiempo a fin de estar preparado para las preguntas de Mignatto.

Las puertas principales están cerradas, al igual que las entradas desde el alojamiento de los comisarios, que además están vigiladas. Pero Ugo me mostró un enrevesado acceso por la parte de atrás, desde los laboratorios subterráneos de los restauradores, girando un recodo y luego subiendo en un montacargas. Muy pronto, Pedro y yo estamos recorriendo una serie de salas que no vi ayer. De inmediato se queda hipnotizado ante una plataforma elevadora vacía que se ha utilizado para colgar una gigantesca pintura del descendimiento de Cristo. Al lado hay un lienzo todavía mayor, tan ancho que podría bloquear el paso a desnivel de una autopista; en él se muestra a los discípulos mirando el sudario de Jesús en la cueva del sepulcro vacía. En la pared se han estarcido unos versículos del Evangelio, parte de ellos en negrita, y hay algo que capta mi atención.

Marcos 15, 46: «**Comprando una sábana** y bajándolo de la cruz, José **lo envolvió en la sábana** y lo puso en un sepulcro que había sido cavado en una peña».

Mateo 27, 59: «José tomó el cuerpo, lo envolvió en una **sábana limpia** y lo puso en su sepulcro nuevo que había labrado en la peña».

Lucas 23, 53: «Después de bajarlo de la cruz, lo envolvió en **una sábana de lino** y lo puso en un sepulcro cavado en una peña, en el cual nadie había sido puesto todavía».

Y entonces llega el extraordinario final. Al verlo, me detengo en seco. Sin duda, esta es la primera vez que una idea así se presenta en los museos papales. Al otro lado de la sala, hay una reproducción enorme de la página del Diatesarón que describe la muerte y el enterramiento de Jesús. Se le han limpiado las manchas, de modo que el texto griego resulta visible al completo, aunque aún se percibe un velo de fondo, lo que demuestra que los alogianos censuraron la versión de Juan de los hechos. Y es en esta pared, lejos de las otras citas evangélicas, donde se ha decidido estarcir el texto de san Juan. Ugo ha separado a la oveja negra de los Evangelios de los otros tres. Y, para remachar el argumento, las palabras que ha destacado también son muy diferentes.

Juan 19, 38-40: «Después de esto, José de Arimatea, que era discípulo de Jesús, aunque en secreto por miedo a los judíos, pidió a Pilato que le permitiera quitar el cuerpo de Jesús. Pilato se lo permitió. Por tanto, él fue y llevó su cuerpo. **También Nicodemo**, que al principio había venido a Jesús de noche, fue llevando **un compuesto de mirra y áloes, como cien libras**. Tomaron, pues, el cuerpo de Jesús y lo envolvieron en **lienzos** con las especias, de acuerdo con la costumbre judía de sepultar».

Todo esto me coge de sorpresa. Ugo ha tomado nuestras lecciones del Evangelio y las ha expuesto a la vista del mundo. Todo lo que ha destacado de la versión de san Juan incide en sus diferencias con los otros evangelistas. Muestra que los demás hablan con una sola voz, mientras que resulta difícil hacer concordar a Juan con el resto. Además, Ugo está exponiendo un argumento muy osado al montar esta página del Diatesarón: parece querer decir que, incluso hace diecinueve siglos, en tiempos de los alogianos, los cristianos ya sabían que Juan no estaba exactamente escribiendo historia.

Esto me hace sentir profundamente incómodo. Se suponía que Ugo debía trabajar en la historia del sudario. Yo pensaba que nuestras clases sobre el Evangelio iban encaminadas a construir algo distinto, alguna teoría de cómo el sudario salió de Jerusalén rumbo a Edesa. En cambio, lo que aquí veo resulta mucho más controvertido. La Iglesia cree que algunas mentes no están preparadas para exponerse a ciertas ideas. Lo que es bueno para el pastor puede no serlo para el rebaño. Los católicos seglares, sin formación sobre las Escrituras, podrían salir de aquí con la impresión de que el de san Juan es un Evangelio de segunda o que debería rechazarse por cambiar los hechos. Todo lo que Ugo ha montado aquí es técnicamente correcto, pero ha corrido un enorme riesgo al exponerlo de forma tan pública y dejar que el espectador extraiga sus propias conclusiones.

Me llevo enseguida a Pedro a las salas que vimos ayer. Solo nos quedan veinte minutos para ver qué más nos tiene reservado Ugo.

Finalmente, llegamos a una parte situada casi al fondo de los museos, donde las salas desembocan en la Capilla Sixtina. Ante nosotros cuelga una lámina de plástico negro, gruesa como una lona, que nos tapa el acceso a la siguiente sala. Pedro abraza el balón de fútbol con gesto protector. Observa la oscuridad que hay tras la cortina como si fuera el armario donde se arrebujó con la hermana Helena.

Aparto el plástico. El aire huele como a arcilla. Delante de las ventanas se han improvisado unos largos tabiques para bloquear la luz natural. El suelo está blanco de polvo. Algo marcha mal. La exposición abre dentro de tres días, pero los preparativos parecen detenerse aquí.

Estamos rodeados de vitrinas ornamentadas que no parecen haber recibido mejor trato que si fueran caballetes. Los tableros acristalados están salpicados de desconchones de yeso. Sobre ellos se ven rollos de cable eléctrico. Paso la mano por la superficie y veo un manuscrito de Evagrio Escolástico, un historiador cristiano que vivió doscientos años antes de Carlomagno. La página que tengo delante me cuenta cómo Edesa sufrió el ataque del ejército persa, pero fue salvada por su imagen milagrosa de Jesús. Al lado, el obispo Eusebio de Cesarea, el padre de la historia de la Iglesia que escribió en el año 300 d. C., relata que él mismo ha estado en los archivos de Edesa y ha visto las cartas que Jesús intercambió con el rey de la ciudad. A Pedro se le ilumina la cara al darse cuenta de que los textos están en griego.

–¡Qué palabras más largas! –exclama.

Cada página parece una interminable sucesión de letras ensartadas, porque estos manuscritos se escribieron antes de que se inventaran los espacios entre palabras. Se trata de documentos místicos, oscuros, tan antiguos que el mundo que reflejan está muy alejado del nuestro y recuerda más al de los Evangelios. Lo misterioso parece estar a la orden del día. La frontera entre historia, fantasía y rumores es difusa. Pero el argumento de Ugo está bien claro: ya en fecha muy temprana, los intelectuales de todo el Oriente cristiano habían oído que en Edesa había una poderosa reliquia originada en la propia persona de Jesús.

Miro a mi alrededor, buscando algún signo de lo ocurrido aquí, de por qué no hay nada terminado. Tengo la clara impresión de que la exposición sufrió un cambio repentino. Las partes aisladas resultan familiares, pero su hilo conductor parece diferente, extraño.

–Vamos –le digo a Pedro haciéndole señas para pasar a la siguiente sala, con la esperanza de encontrarla en mejor estado.

Pero han empujado una vitrina hasta la misma entrada, como si los operarios no supieran en qué sala debía ir. En el interior de la vitrina, hay un manuscrito pequeño e insustancial donde se recoge un sermón pronunciado hace mil años con motivo de un milagroso rescate: un ejército bizantino marchó hasta las puertas de Edesa, arrebató a los musulmanes la imagen mística de Cristo y la transportó a lo largo de mil trescientos kilómetros por los altiplanos y desiertos turcos hasta depositarla triunfalmente en la capital ortodoxa de Constantinopla.

Me detengo y observo con mayor atención. No pensaba que fuera esto lo que Ugo había descubierto. El sermón es del año 944 d. C., muy anterior a las cruzadas, lo que significa que no fuimos los católicos quienes rescatamos el sudario de Edesa. Antes de que el primer caballero católico partiera a las cruzadas, los ortodoxos ya habían rescatado el lienzo y lo habían sacado de Edesa. Así pues, ¿cómo cayó en nuestras manos?

La siguiente sala es la última. Las paredes están pintadas de un gris oscuro, pero cuando la vista se acostumbra empiezo a distinguir formas. Siluetas brillantes de barcos y ejércitos, de cúpulas y campanarios. El perfil de una antigua ciudad por la noche, pintada en una docena de matices de negro. No hay nada más aquí, salvo una pequeña vitrina y, tras ella, un par de puertas que conducen al siguiente pasillo. Cuando Pedro corre para intentar abrirlas, las encuentra cerradas. Quizá guarden allí el Diatesarón. Regreso a la vitrina. Dentro solo se ve una única lámina de pergamino, escrita en griego y con un sello rojo de aspecto regio. Data de 1205 d. C.

Se me hace un nudo en el estómago. Esto rompe la secuencia cronológica. Los manuscritos latinos de Ugo, colocados dos salas antes, son más antiguos que este pergamino. Los manuscritos griegos que acabo de ver lo eran todavía más, mucho más. Este año 1205 invierte el sentido. Ugo debe estar presentando algo nuevo, una línea argumentativa diferente. Y 1205 se halla inquietantemente cerca de un acontecimiento de la historia de Oriente que esta exposición no debe evocar, nunca.

Junto al pergamino, un rótulo me indica que tengo delante un documento de los archivos secretos del Vaticano: una carta que la familia imperial bizantina envió al papa.

Una dolorosa punzada me atraviesa de arriba abajo. Solo existe una razón por la que el emperador oriental le habría escrito al papa en 1205.

Las palabras pasan a toda velocidad bajo mis ojos. *Ladrones. Reliquias. Intolerable.* Mi cuerpo parece de plomo, hasta el punto de que me resulta imposible apartarme de allí. No puede ser verdad.

Por fin, mis ojos llegan a las líneas que debieron de electrizar a Ugo cuando descubrió esta carta y horrorizarlo cuando Simón le explicó su sentido:

Robaron la reliquia más sagrada de todas. La tela de lino en la que Nuestro Señor Jesús fue envuelto tras su muerte.

Reconozco ahora la imagen de la pared. Comprendo por qué Ugo hizo que la pintaran de negro. Por eso a Ugo le preocupaban las cruzadas. Fue así como conseguimos el sudario. No lo rescatamos de Edesa. Lo robamos de Constantinopla.

El año 1204 es el más negro en la historia entre las Iglesias católica y ortodoxa, mucho más que el del cisma entre ambas ocurrido un siglo y medio antes. En 1204, los caballeros católicos zarparon rumbo a Tierra Santa para la Cuarta Cruzada. Pero, en el camino, se detuvieron primero en Constantinopla. Su intención era unir fuerzas con los ejércitos cristianos del Este, unirse a sus hermanos ortodoxos en la mayor de todas las guerras religiosas. Pero lo que encontraron en la capital ortodoxa no se parecía en nada a lo que habían visto en el Occidente católico. Constantinopla era por entonces el baluarte de la cristiandad. Desde la caída de Roma, había sido la protectora de toda Europa. No había sido conquistada ni una sola vez por invasores bárbaros, de modo que un milenio de riqueza se conservaba intacta entre sus muros. Tesoros del mundo antiguo junto a la mayor colección de reliquias cristianas que jamás haya existido en la Tierra.

Mientras tanto, en Occidente habían transcurrido ocho siglos desde la caída de la antigua Roma, ocho siglos de invasiones bárbaras

219

y de señores feudales extranjeros y de caos. Los católicos éramos pobres. Pasábamos hambre. Estábamos agotados. Debíamos el dinero de los barcos en los que navegábamos y no podíamos sufragar el contrato de nuestra propia guerra santa. Al ver las riquezas de la capital ortodoxa, los caballeros católicos cometieron el error más grande en los mil años de cisma entre nuestras Iglesias.

En lugar de navegar a Tierra Santa, atacaron Constantinopla. Violaron a las mujeres ortodoxas y mataron a sus sacerdotes. Pasaron a espada a sus hermanos cristianos y quemaron áreas enteras de la ciudad, borrando la magnífica biblioteca de Constantinopla de la faz de la Tierra. En Santa Sofía, el San Pedro de Oriente, los católicos pusieron a una prostituta en el trono. Y cuando el emperador no pudo pagar el desorbitado rescate que le exigimos para liberar la ciudad –ni siquiera fundiendo su oro–, irrumpimos en las iglesias ortodoxas y saqueamos las reliquias de la ciudad.

Hoy, todos los tesoros juntos de las iglesias occidentales no son más que un pálido reflejo de lo que contenían aquellos relicarios. Durante siglos, las más antiguas ciudades cristianas de Oriente habían enviado sus objetos más preciados a Constantinopla para protegerlos de sus enemigos. Los ejércitos imperiales los salvaguardaban y los patriarcas pedían para ellos la protección divina. La propia civilización bizantina se convirtió en un sistema de soporte vital para el colosal tesoro religioso que reposaba en su mismo corazón. Ese fue el tesoro que nosotros, los católicos, nos encargamos de rapiñar.

Y ese es el panorama que muestra la pared de esta sala: el de Constantinopla, en la infinita oscuridad de 1204.

Hoy en día, los católicos occidentales todavía no comprenden que esa herida sigue abierta. Pero existe otro momento en la historia que lo ilustra a la perfección. Dos siglos y medio más tarde, mucho después de que los católicos hubieran abandonado Constantinopla, los ejércitos musulmanes llegaron al lugar. Los obispos ortodoxos, enfrentados a la posible extinción de su civilización, se vieron obligados a pedir ayuda. Viajaron a Occidente y negociaron un pacto humillante con el papa. Pero, al regresar a casa, sus propios feligreses los echaron. La gente corriente, los hombres y las mujeres de la Iglesia ortodoxa, habían tomado una decisión: preferían morir a manos de los musulmanes que deberles la vida a los católicos.

Así fue como Constantinopla cayó y nació Estambul. Y, hasta hoy, si le preguntas a un ortodoxo qué factor determinó la escisión entre nuestras dos Iglesias, apretará los dientes y dirá, como si el cuchillo siguiera removiéndose en su espalda: «1204».

La carta que tengo delante resucita el horror de aquel año. Ugo ha descubierto el hecho más condenatorio que puedo imaginar. Ya no es ningún misterio cómo el sudario llegó a la Francia medieval. Ni es ningún misterio por qué parecía no tener pasado. Nosotros, los católicos, teníamos buenas razones para olvidar de dónde vino. Porque se lo robamos a los ortodoxos.

La audacia de Ugo al montar algo así entre estos muros, bajo el propio techo del papa, me deja sin palabras. Representa una escandalosa confesión de los pecados católicos. Nadie podría conocer mejor que yo la lealtad de Ugo para con la verdad y su empeño en presentar los hechos a toda costa. Aun así, estoy estupefacto. Si ha habido algún descubrimiento sobre el que pareciera adecuado correr un velo y adoptar un respetuoso silencio, sin duda era este. Ojalá pudiera sentirme conmovido por esa valentía de Ugo. En lugar de eso, estoy espantado por su indiferencia ante el coste.

Un único pensamiento emerge de mis emociones: lo he malinterpretado todo. La Secretaría no habría silenciado un descubrimiento como este. Más bien lo habría alentado. Si Simón hubiera invitado a los sacerdotes ortodoxos a esta sala, del mismo modo que mi padre invitó a los ortodoxos a Turín hace dieciséis años, solo estaría llevando a cabo lo que el cardenal Boia ha tratado de lograr desde que es secretario de Estado: hacer retroceder medio siglo nuestras relaciones con la Iglesia ortodoxa. Miles de cristianos han perdido la vida por esos odios que nacieron en 1204. Ahora, Ugo está entre ellos.

Aquí está el motivo por el que Simón se niega a hablar. Este es el secreto que valora más que su propio sacerdocio. Las salas inacabadas cuentan la historia. Con razón se interrumpió la labor de Ugo. Con razón no le dio a Lucio sus últimas notas para terminar la exposición. Con todo, Lucio le dio a Simón autoridad para finalizar la exposición de Ugo, autoridad para cambiar lo que

221

había montado en estas salas, y yo me lo encontré trabajando en una rama completamente diferente de este museo. ¿Cómo pudo permitir que todo esto siguiera aquí?

Noto que Pedro me tira de la sotana. Pero me siento incapaz de hablar. Así que me arrodillo y lo abrazo mientras trato de recomponerme.

—¿Hemos acabado? —pregunta—. ¿Podemos irnos?

Asiento y susurro:

—Sí, ya hemos acabado.

Extiende el brazo para cogerme la mano. Tira y tira de ella para que me levante.

—¿Qué vamos a hacer ahora?

No lo sé. La verdad es que no lo sé.

CAPÍTULO 19

La oficina de Mignatto está en la otra orilla del Tíber, en Via di Monserrato 149. Pasamos ante una docena de iglesias, un seminario pontificio y varios edificios renacentistas con rótulos que los identifican como el antiguo hogar de algún santo. Aquí los apartamentos son propiedad de la Iglesia, que los alquila baratos a los empleados del papa; de modo que, incluso desde el punto de vista romano, el barrio de Mignatto es virtualmente una extensión del Vaticano.

Llegamos pronto, pero no se me ocurre otro sitio al que ir. Pedro y yo nos sentamos en los peldaños de una iglesia y trato de llamar al móvil de Simón, pero no contesta. Si el teléfono está encendido, esta noche ya no le quedara batería. Si está apagado, Simón ya ha tomado una decisión: el silencio absoluto.

—Quiero irme a casa —dice Pedro.

A casa. ¿A qué casa?

Lo subo a mi regazo y le digo:

—Pedro, lo siento.

Asiente.

—Vamos a pasar por una época difícil —le digo—, pero la superaremos.

El descubrimiento de Ugo debe formar parte de la acusación contra Simón. Los sacerdotes que haya invitado a la exposición se sentirán ofendidos, escandalizados, y nadie quedará más humillado que mi hermano. Las salas inacabadas de la exposición incluso permiten concluir que Ugo fue asesinado para impedir que el secreto saliera a la luz. El mismo motivo que late tras las amenazas que recibimos Michael y yo.

«Dinos qué escondía Nogara».

Extraños sentimientos se agolpan en mi interior. Pensamientos sobre Mona. El desconsuelo de la pérdida, sin objeto ni causa, como si la experiencia de perder a mi esposa se hubiera anudado al temor de perder a mi hermano.

–Monseñor Mignatto puede ayudarnos –digo–. Vamos a buscarlo.

Pedro me propone otra opción:

–¿Y no podríamos ver a Simón en lugar de eso?

–Tal vez mañana, Pedro.

Hace rodar el balón delante de él, sobre la calle adoquinada, y practica la ruleta marsellesa, el regate que esperaba perfeccionar con ayuda de Simón.

–Muy bien –dice. Ensaya la finta una y otra vez–. Tal vez mañana –repite.

Se percibe un rastro de decepción en su voz. Pero solo un rastro. La vida le ha enseñado a este niño a tender redes de seguridad bajo sus esperanzas.

Cuando llegamos al 149, Pedro llama al timbre y Mignatto nos abre tras indicar que subamos al último piso.

–Llega temprano, padre –comienza. Entonces ve a Pedro tras de mí y, con una pausa apenas perceptible, dice–: Pero, por favor, pasen los dos.

El despacho resulta ser solo una habitación de su pequeño apartamento. El derecho canónico no da dinero, de modo que quienes están en su misma situación suelen buscarse trabajo como profesores en las universidades pontificias o como redactores en los periódicos de la Iglesia, para conseguir una posición digna entre la clase media sacerdotal.

El despacho es sobrio, pero con una decoración agradable. La alfombra oriental, aunque algo pelada, todavía revela su antigua elegancia. En el ambiente general se imponen los estantes de textos jurídicos y la mesa de despacho de Mignatto, una pieza de madera nudosa con patas rococó que podría ser una antigüedad auténtica. En ella, la obligada fotografía de Mignatto con el papa Juan Pablo. Ambos están mucho más jóvenes.

–¿Hay alguna habitación en la que Pedro pueda jugar mientras hablamos? –le pregunto a Mignatto.

El contorno de sus pómulos enrojece.

–Por supuesto –contesta.

Cuando guía a Pedro por el pasillo, me doy cuenta de hasta qué punto lo he avergonzado. En la cocina, ni siquiera hay espacio para una mesa y una silla, y la única habitación que queda es el dormitorio, amueblado de forma muy austera: un crucifijo encima de la cama y un televisor diminuto sobre una estrecha mesa con un solo salvamantel.

–¿Puede ver la televisión? –me pregunta Mignatto.

–¿Cuántos canales tiene? –pregunta Pedro con absoluta inocencia.

Monseñor le pasa el mando a distancia y responde:

–Solo los que se cogen con la antena.

Cuando nos quedamos solos en su despacho, empiezo a hablar:

–Monseñor, acabo de estar en los museos. Hay algo que debería saber sobre la exposición de Ugo.

Se lo explico todo: las salas inacabadas y el descubrimiento que está a punto de revolucionar la cuestión de a quién pertenece el sudario.

–Estaba equivocado –le digo–. La Secretaría no puede ser la que intenta impedir la exposición. En todo caso, les interesaría lo contrario, hacer que siga adelante.

Mignatto responde en tono lúgubre:

–Entonces ya tenemos el móvil de su hermano.

–No. Simón nunca habría matado a Ugo.

Monseñor hace oscilar la cabeza adelante y atrás, sopesando los hechos a favor y en contra del argumento.

–Su Eminencia –dice refiriéndose a Lucio– me ha informado de que las relaciones con los ortodoxos son la obsesión de su hermano.

–Pero Ugo habría hecho cualquier cosa por Simón, solo con que él se lo hubiera pedido.

Ahora que lo digo, me pregunto si no sería justamente eso lo que ocurrió. Ugo intentó ponerse en contacto conmigo por lo que había descubierto, pero tal vez acudió primero a Simón. Y si este le rogó no decir nada, entonces el resultado serían esas salas que dejó inacabadas y el repentino interés de la Secretaría en las razones de ese cambio de opinión.

Mignatto escribe una larga anotación y luego la desliza en una carpeta.

–Tendremos que retomar ese asunto más adelante –dice–. Antes tengo que hacerle algunas preguntas importantes. La primera: no he sabido nada del paradero de su hermano. ¿Sabe usted algo?

–No. Pero tengo a alguien indagando. ¿De cuánto tiempo disponemos?

–Si este fuera un juicio normal, le diría que semanas, incluso meses. Pero todo está avanzando a una velocidad asombrosa. Espero que, al menos, tengamos una semana. –Para mi sorpresa, sonríe–. Puesto que se han producido ciertos «acontecimientos» desde ayer por la noche.

Se detiene para buscar entre un fajo de documentos y me quedo pendiente de sus palabras. Deseo ardientemente escuchar buenas noticias, pero temo que lo que ayer hubiera sido positivo ya no lo sea tanto ahora.

Mignatto me tiende un sobre abierto.

–El expediente de su hermano de la Secretaría se menciona en el *libellus*, pero no recibí ninguna copia con mi *acta causae*, así que he solicitado una. Hace una hora, me ha llegado esto por correo. –Me insta con el gesto a mirar el documento–. Adelante, lea. Como procurador, tiene derecho a verlo.

Dentro hay tan solo una hoja.

Reverendo y estimado monseñor Mignatto:

Me complace confirmarle la recepción de su solicitud del expediente personal del reverendo Simón Andreou. Hasta el momento, sin embargo, no ha sido posible encontrar la información que demanda en los archivos generales de la Secretaría de Estado y, por tanto, dicha información no se halla disponible.

Con mis mejores deseos,

Su fiel servidor en el Señor,

† *Stefano Annibale*

Vuelvo la página en busca de algo más.

–No lo entiendo.

–El expediente ha desaparecido.

–¿Cómo es posible?

—No lo es. Alguien no quiere que lo vean.

Dejo el papel en la mesa con un fuerte golpe.

—¿Cómo se supone que vamos a montar una defensa sin acceso a las pruebas?

Mignatto levanta el dedo para pedir cautela.

—Si el expediente ha desaparecido, tampoco los jueces pueden verlo.

—Pero ¿y si ese expediente pudiera ayudar a Simón?

Mignatto se pasa una antigua pluma estilográfica por los labios.

—Eso mismo me estaba preguntando yo. Hasta que hace veinte minutos he recibido una llamada del secretario del tribunal. Al parecer, el expediente de su hermano no es la única prueba que ha desaparecido.

Sus ojos echan chispas mientras me pasa una copia del *libellus*. Tiene el dedo corazón pegado a una línea de la lista de pruebas.

—Debe de estar de broma —digo.

Con un ademán teatral de la otra mano, Mignatto dice:

—Ya no hay vídeo de las cámaras de seguridad.

Tengo la vista clavada en las palabras impresas. Me invade una sensación de vértigo.

—No sabe lo preocupado que he estado por ese vídeo —continúa monseñor—. Cualquier detalle que contradiga el testimonio de su hermano resultaría condenatorio.

—Entonces, ¿dónde están esas imágenes?

—Las están buscando, por supuesto. En algún lugar entre Castel Gandolfo y este despacho se han desviado. —Arquea una ceja, como si esperara mi reacción.

—Y eso es una buena noticia, ¿no? —digo dudando.

Se ríe.

—Pues yo diría que sí.

Luego la sonrisa se atenúa y su mirada se vuelve penetrante.

—Padre, quisiera hacerle una sugerencia. Y necesito saber qué le parece, con sinceridad.

—Por supuesto.

—Creo que su hermano tiene un amigo en las altas esferas. Un ángel de la guarda. Alguien que tiene acceso a las pruebas y lo ha estado protegiendo.

–¿Quién?

–Dígamelo usted. Es de la máxima importancia que sepa quiénes son nuestros amigos.

–Ni siquiera se me ocurre quién podría hacer algo así.

Mignatto se tira del lóbulo de la oreja, esperando.

–¿Cree que ha sido mi tío?

–¿Lo ha sido?

No sé qué decir.

–¿Los jardineros de Castel Gandolfo no le informan a él? –dice Mignatto, pinchándome para obtener respuesta.

–Puede ser. Pero no podría hacer desaparecer un expediente de la Secretaría. Y usted mismo vio su estado de salud ayer por la noche.

Monseñor se encoge de hombros, como si mi tío fuera un hombre astuto.

–Ahí tenemos algo en lo que pensar.

Echo un vistazo al *libellus*. Sin las imágenes de vídeo ni el expediente personal, la acusación contra Simón se ha debilitado de forma radical. Dos tercios de las pruebas directas se han evaporado.

–¿Sigue habiendo base para un juicio? –pregunto.

Mignatto adopta un tono más solemne.

–Por desgracia, no todos los acontecimientos ocurridos desde anoche son positivos. Seguramente recuerde que el *libellus* menciona un mensaje de voz dejado en la nunciatura por Nogara. Todavía no he oído ese mensaje, pero el promotor de justicia, el fiscal, cree que constituye una parte importante de las pruebas contra su hermano.

–¿Y por qué no lo ha oído todavía?

–Porque he solicitado al tribunal la verificación forense de que el mensaje fue, efectivamente, dejado por Nogara.

–¿Y eso qué significa?

–Significa que estoy tratando de ganar unos días para poder prepararnos mejor. Es probable que el mensaje sí lo dejara Nogara, pero…

–Si el mensaje es de Ugo, entonces no hay por qué preocuparse. Ugo y Simón eran muy amigos.

Mignatto frunce el ceño.

–Padre, hay algo irregular en este elemento de prueba, algo que me hace pensar que existe cierta actitud de cautela.

–¿Y qué es?

Monseñor pasa los pulgares por el borde interior de su escritorio. Durante un segundo, deja de mirarme a los ojos.

–Nogara le dejó el mensaje de voz a su hermano en el teléfono de su dormitorio en la embajada. De una manera u otra, se efectuó una grabación de ese mensaje. Al parecer, alguien le había pinchado el teléfono a su hermano.

Siento que me estoy acalorando.

–Monseñor...

–Y sé –continúa rápidamente Mignatto– que esto puede reforzar su idea de que alguien tenía en el punto de mira a su hermano. Pero yo le diría que se cuide mucho de extraer conclusiones precipitadas. No pretendo entender cómo actúa la Secretaría, pero grabaciones de ese tipo podrían ser algo habitual. Ambos sabemos que, en la práctica, los sacerdotes de la Secretaría rara vez hablan por una línea abierta y no esperan tener demasiada intimidad. No hay motivo para preocuparse por esto hasta que dispongamos de más datos.

–Monseñor, tiene que lograr que los jueces desestimen ese mensaje de voz. Seguro que hay alguna norma contra el robo de pruebas.

–Tal vez no lo robaran. Los teléfonos de la Secretaría son propiedad de la nunciatura, como también puede serlo el sistema de mensajes de voz o el contestador en el que se dejó el mensaje. En cualquier caso, los jueces ya han decidido sobre este punto: aceptarán el mensaje.

Me quedo de piedra al oírlo.

–¿Por qué?

Mignatto baja repetidamente las palmas de las manos para pedirme calma.

–Por favor –dice–, intente no olvidar que esto no es derecho continental. En nuestro sistema inquisitorial, el bien supremo no es la protección de los derechos del acusado, sino la búsqueda de la verdad. La información con valor probatorio, incluso cuando se obtiene ilegalmente, debe ser tenida en cuenta por el tribunal.

–Pero bueno –replico indignado–, ¿es que hay alguna cosa que no puedan hacerle a Simón? ¿Sigue usted pensando que todo esto es justo y normal?

—Justo sí que es. Y ningún juicio por asesinato en un tribunal canónico es normal.

—Entonces, ¿quién hizo esa grabación?

—Le aseguro que estoy tratando de averiguarlo.

Michael dijo que, antes de que le dieran la paliza, unos sacerdotes procedentes de la nunciatura lo habían seguido al aeropuerto. Demasiados hilos conducen a la Secretaría.

—Por favor —dice Mignatto inclinándose hacia delante—, deje que yo me ocupe. Por el momento, solo queda otro punto que debemos discutir. Como le mencioné anoche, la defensa puede sugerir declarantes, aunque el tribunal no está obligado a oír su testimonio. Dado que el sacerdocio de su hermano está en peligro, espero convencer a los jueces de que acepten testigos de moralidad. Me ayudaría que me proporcionara una lista de posibles candidatos, cuanto más impresionantes, mejor.

De inmediato, digo:

—Michael Black.

Agita un bolígrafo.

—¿Me lo repite?

—El padre Michael Black.

—Mi consejo es que estos testigos sean al menos obispos.

—Este testigo no avala la moralidad de nadie. Fue amenazado por la misma gente. Le dieron una paliza. —Saco la fotografía de mi cartera y se la paso.

Mignatto examina la imagen con expresión grave.

—¿Dónde está ahora este hombre? Necesito hablar con él.

—Trabaja en la misma nunciatura que Simón, pero mantiene un perfil bajo.

—¿Cómo puedo dar con él?

Tengo el número de móvil de Michael, pero si Mignatto lo llama directamente Michael interpretará que he traicionado su confianza.

—Déjeme hablar primero con él —digo.

Michael les dijo a sus atacantes dónde encontrar mi llave de repuesto. Me debe mucho más que una llamada desde un teléfono público.

—Si Black va a declarar, lo necesitamos en Roma lo antes posible.

—Me encargaré de ello.

Asiente, y su aquiescencia mitiga mis nervios. La imagen de las heridas de Michael parece haber conseguido que se muestre menos hostil ante mis preocupaciones. Repasamos una corta lista de posibles testigos de moralidad que, según parece, Diego le ha enviado a Mignatto, pero yo sigo pensando en Michael. Con su testimonio, los gendarmes podrían reevaluar el allanamiento de mi piso. Y, en tal caso, el tribunal solo necesitaría una prueba más.

—Monseñor, hay algo más que tengo que decirle. Creo que Pedro vio al hombre que entró en nuestro apartamento.

Le cambia la cara. Todo rastro de jovialidad desaparece.

—¿Ha hablado con él de ello?

Se percibe apenas una insinuación, casi advertencia, de que Pedro podría haber «recordado» tan solo lo que le convenía.

—No le he dicho absolutamente nada —contesto—. Me pidió que hablara con mi ama de llaves y surgió esta cuestión.

Mignatto frunce el ceño.

—Su hijo es solo un niño. No deberíamos obligarlo a recordarlo todo otra vez. —Intenta sonreír benévolamente—. De momento, la defensa va bastante bien, con los datos que tenemos, pero agradezco que lo haya mencionado.

De pronto me siento violento. Se hace un silencio.

Mignatto revuelve sus papeles.

—Bien —dice—, siga buscando a su hermano. Llámeme en cuanto sepa algo.

Me pilla desprevenido. Ya está rodeando la mesa para acompañarme a la salida.

—Lo haré, monseñor. Gracias.

Mientras voy a buscar a Pedro, siento la mirada de Mignatto a mi espalda, calibrándome, por así decir. Luego, en la puerta, me dice algo que ningún otro ser humano me ha dicho antes:

—Su tío era el más inteligente del seminario. Y usted me recuerda mucho a él.

—¿De verdad?

Estrecha con fuerza mi mano entre las suyas.

—Pero escúcheme bien, por favor. De ahora en adelante, los dos tienen que dejar que yo me ocupe del asunto.

CAPÍTULO 20

Me llevo a Pedro al parque para que se distraiga mientras yo trato de asimilar las noticias. Me pregunto si Mignatto comprende cuán importante es el descubrimiento de Ugo y hasta qué punto dañará nuestras relaciones con los ortodoxos. Rememoro la primera conversación que Simón y yo mantuvimos con Lucio tras la muerte de Ugo, y no hay forma de entender la conducta de mi hermano. Insistió en que no se cambiara la exposición, en que el Diatesarón no sustituyera al sudario como pieza central. Sin embargo, una exposición sobre el Diatesarón habría solucionado todos sus problemas. Habría ocultado la verdad sobre 1204 y posibilitado que un enjambre de sacerdotes ortodoxos visitara estas salas sin que nadie se sintiera ofendido. Pero mi hermano no desmanteló la última sala ni siquiera cuando Lucio le dio potestad para finalizar la exposición. Habría bastado con desplazar unas cuantas vitrinas y con enjalbegar las paredes. Toda la parte final habría quedado borrada.

Observo a Pedro trepar a un árbol. Se sienta en el hueco de una rama y se recuesta. Cuando ve que lo estoy mirando, sonríe y saluda con la mano. Me pregunto qué ha llevado a Mignatto a afirmar que me parecía a mi tío, si no habrá sido por mi disposición a pedirle a Pedro que identificara al hombre que lo aterrorizó.

Damos un rodeo para volver al palacio de Lucio, deteniéndonos en el preseminario para que Pedro juegue con los muchachos varados allí durante esa semana vacía que une los semestres de verano y otoño. Mientras empiezan su partido de fútbol en el espacio de tierra contiguo a los dormitorios, le dejo una nota al padre Vitari, el rector del preseminario, en la que le explico que un problema familiar puede afectar a mi disponibilidad. Tengo buena relación con los chicos, así que los administradores se mostrarán indulgentes.

Cuando vuelvo, uno de los chicos se me acerca. Parece que ha estado esperándome.

—Padre —dice—, tenemos que preguntarle una cosa.

Los profesores lo llaman Giorgio el Presumido. Los rizos de su negro cabello le cuelgan alrededor de las orejas como racimos de uvas mojadas. Es pariente de un obispo del Vaticano, así que se considera por encima de sus compañeros.

—¿Sí? —pregunto.

Los otros están ahora tensos. Alguno se mira los zapatos. Otro le da un codazo a Giorgio, pero este no le hace caso.

—¿Es verdad, padre Andreou? —pregunta Giorgio—. Lo de su hermano.

Aprieto los dientes. Siento un repentino hormigueo en la piel.

—¿Cómo te has enterado?

Giorgio pone las manos en forma de pistolas y señala con ellas el grupo de estudiantes.

—Se han enterado todos. Nos gustaría saber si es verdad.

Pedro mira a su alrededor, preguntándose qué significa tanto silencio. Tengo que frenar esto antes de que se extienda más. Con la mirada, les ruego que no digan más. En sus manos está evitar que Pedro sufra.

El mayor de los chicos, un bruto bondadoso llamado Scipio, se inclina hacia delante y cubre con su sombra a Giorgio. Los otros se miran entre sí y parecen acordar tácitamente guardar silencio. Pero hay avidez en sus ojos. Giorgio no estaba mintiendo. Quieren saber.

Tengo un pacto con mis alumnos. Les enseño la cruda verdad sobre los textos sagrados, sin edulcorar o suavizar nada. Aquí la sinceridad es la norma.

Pero no dejan de ser unos niños. No puedo contarles lo de Simón.

—Lo siento. No es asunto sobre el que podamos hablar.

Aun así, siguen esperando. Soy el sacerdote con el que hablan de videojuegos y novias, de la hermana mayor que casi murió en accidente de coche la pasada primavera y del primito que se muere lentamente a causa de defectos congénitos. Si se les permite preguntar si Jesús de verdad caminó sobre las aguas o si el papa es realmente infalible, entonces cómo no van a poder preguntarme esto.

–Se trata de algo muy personal –digo–. No es un tema apropiado.

Giorgio suelta un bufido.

–Entonces debe de ser verdad.

Me doy cuenta de que hemos llegado a una encrucijada. Estos chicos vienen de toda Italia para vivir entre los muros vaticanos, para ayudar a misa en la basílica del papa. Pero lo que estoy a punto de decirles, en este campo de tierra contiguo al dormitorio comunal, quizá será lo que mejor van a recordar.

–Siéntate –le digo a Giorgio.

Giorgio duda.

–Por favor –le pido.

Se sienta en el suelo.

–Todos –digo–. Sentaos todos.

Mis pensamientos se disparan, buscando un marco mental, cómo dar forma a lo que tengo que decir. Sé el mensaje. Ansío decirlo. La cuestión es cómo.

–Un hombre va a ser juzgado –comienzo–. Le acusan de algo terrible. Hay testigos que afirman que lo hizo, pero el hombre se niega a decir nada. No levantará un dedo para defenderse. De modo que hasta sus amigos más cercanos pierden la fe en él. Lo abandonan.

Dejo que las palabras calen en su ánimo.

–Todos conocéis esa historia –continúo–. Es la historia del juicio de Jesús.

Algunos chicos asienten.

–Ese hombre al que juzgaban –digo– ¿era inocente?

–Sí –responden todos.

–Da igual lo que digan o dejen de decir sobre ese hombre: yo sé la verdad, sé cuáles son mis sentimientos con respecto a él. Y eso nada puede cambiarlo, no importa qué pruebas afirmen tener en su contra.

Es mi respuesta más directa y sincera. Siempre voy a creer en Simón. Hasta el final, sin importar ni pruebas ni veredictos.

Pero tengo un deber para con estos muchachos. Decirles tan solo lo que yo pienso no basta.

–Ahora bien, ¿vuestros padres os enviaron a este preseminario para esto? ¿Para saber lo que pienso yo? ¿O fue para que aprendierais a pensar por vosotros mismos?

Hondos sentimientos pugnan por salir de mi garganta.

—Si vais a creer lo que diga otra gente, entonces no os hagáis sacerdotes. Nadie necesita sacerdotes así. Vosotros tenéis que ser jueces. La gente miente, discrepa, se equivoca. Para averiguar la verdad, debéis saber cómo buscarla.

Mi discurso tembloroso, lleno de una emoción apenas disimulada, los ha cautivado. Ahora me escuchan de verdad. Sé qué dirección tomar. Me ha estado rondando por la cabeza durante días, pero hasta este momento no se me había revelado con claridad.

—Hace mucho tiempo, nuestra Iglesia tenía un quinto Evangelio: el Diatesarón. El título significa en griego «a través de cuatro», porque fue así como se escribió. El autor entretejió los cuatro Evangelios en una sola historia. Y, por ello, el Diatesarón presenta un gran punto débil. ¿Sabéis cuál es?

Puedo sentir junto a mí la presencia de Ugo. Ambos estamos observando las páginas del antiguo manuscrito.

—Ese punto débil —continúo— consiste en que los cuatro Evangelios no siempre están de acuerdo. Mateo nos dice que Jesús obró diez prodigios, diez milagros seguidos. Pero Marcos afirma que Jesús no hizo esos diez milagros uno detrás del otro; los hizo en ocasiones diferentes, en lugares distintos. Así pues, ¿a qué Evangelio debemos creer?

Ninguno se atreve a levantar la mano.

—Quiero que os detengáis y penséis por vosotros mismos. Quiero que deis una respuesta. Pero os voy a ayudar. Decidme algún otro judío famoso que hiciera diez milagros seguidos.

Uno de los chicos sentados delante —Bruno, que algún día será un magnífico sacerdote— murmura:

—Moisés envió las diez plagas.

—Correcto. Bien, ¿qué tiene que ver Moisés con Jesús? ¿Por qué el Evangelio de Mateo tendría que cambiar el orden de los hechos para que Jesús nos recordara a Moisés?

Nadie toma la iniciativa. Todavía no lo ven, pero están cobrando impulso.

—Recordad que uno de los diez milagros de Jesús fue calmar una tempestad en el mar. Y que sus discípulos se preguntaron: «¿Qué hombre es este, que aun los vientos y el mar le obedecen?». ¿Os recuerda a algo que hiciera Moisés?

—Separar las aguas del mar Rojo —dice Giorgio para no ser menos que Bruno.

—Ya vamos llegando a algún sitio. Ahora vamos a ir más allá de lo que dice Mateo y a preguntarnos por qué lo dice. Os doy otra pista. Mateo también dice que cuando Jesús era un bebé, un rey llamado Herodes intentó matarlo asesinando a todos los niños de Belén. Muy bien: ¿dónde hemos oído antes una historia similar, la de un rey que mata a todos los bebés judíos?

Sus mentes empiezan a establecer la conexión. Cuando se les ocurre la solución, encuentran valor suficiente para mirarme a los ojos.

—El faraón hizo algo así —dice otro muchacho—, en la historia de Moisés.

Asiento.

—Así que, una vez más, tenemos a Mateo haciendo que la vida de Jesús nos recuerde a la de Moisés. ¿Hay algún otro Evangelio que coincida con Mateo en estos hechos? No. Pero Mateo quiere enseñarnos algo. Pensad en quién era Moisés: un líder judío, alguien especial que vio a Dios cara a cara en el monte Sinaí y regresó con los Diez Mandamientos. El hombre que nos dio las tablas de la ley.

Con ese dato, la presa se rompe. Dos o tres chicos lo adivinan al mismo tiempo.

—Moisés trajo la vieja ley —dice uno— y Jesús trajo la nueva.

—Esta es una de las cosas más importantes que Mateo nos enseña sobre Jesús: que Jesús es el nuevo Moisés, incluso más grande que Moisés. Cuando Jesús nos revela la nueva ley, ¿dónde lo hace? ¿Dónde dice «bienaventurados los mansos», «bienaventurados los misericordiosos», «bienaventurados los que hacen la paz»? ¿Dónde dice «a cualquiera que te golpea en la mejilla derecha, vuélvele también la otra», «amad a vuestros enemigos» y «no he venido para abrogar, sino para cumplir»? Todo es del mismo sermón, el que conocemos como Sermón de la Montaña, porque Mateo nos dice que Jesús lo pronunció en una montaña. El mismo lugar en que Dios le dio las tablas de la vieja ley a Moisés. Ningún otro Evangelio concuerda con el de Mateo. Lucas dice que Jesús pronunció ese sermón en una llanura. Pero Mateo tenía sus motivos. Cada uno de los Evangelios tiene sus propios motivos. Lo que nos lleva de nuevo al problema inicial. ¿Qué haríais si estuvierais escribiendo el Diatesarón? Si tuvierais que combinar los cuatro Evangelios en uno solo, ¿qué versión evangélica elegiríais? ¿Diríais que Jesús hizo esos diez milagros seguidos? ¿O en diferentes momentos y en lugares distintos? ¿Diríais que pronunció el sermón en la montaña o en la llanura?

Los ojos parecen titilar de emoción por la novedad de estas ideas. Soy, por un breve instante, un mago. Pero ahora eso va a ponerse a prueba.

—Por eso fracasó el Diatesarón —continúo—, porque cuando entretejemos los cuatro Evangelios estamos creando algo diferente. Perdemos la verdad que existe de manera separada en cada versión evangélica. En otras palabras: los testigos tienen sus propias ideas, sus propios motivos. Y no todo lo que oímos o leemos ha ocurrido de hecho. La Iglesia también tiene algo que decir sobre esto. ¿Sabéis lo que, según la ley de la Iglesia, tendría que hacer un juez cuando los testigos discrepan? ¿Creéis que debe combinar sus testimonios?

Los chicos, dejándose llevar por la lógica, niegan con la cabeza sin pensárselo.

—Por supuesto que no —digo—. Está claro que sería un error. Entonces, ¿qué ha de hacer un juez según la ley canónica? Pues considerar cada información según sus propios méritos y usar su discernimiento para descubrir dónde está la verdad. No debéis tomaros todo lo que oís al pie de la letra. —Ahora trato de contenerme y no fusilar a Giorgio con la mirada—. Y nunca debéis creer rumores que dan por sentado lo peor de una buena persona. Porque, tal como nos enseñan los Evangelios, podríamos estar condenando a un inocente.

Subrayo esta última frase con una mirada elocuente. Quizá algunos de los chicos más jóvenes no entiendan lo que estoy diciendo, pero los mayores sí. Algunos parecen escarmentados. Otros asienten como si aceptaran el argumento. Entonces, de súbito, Pedro empieza a llorar.

Giorgio está sentado a su lado, y mi primera idea es que debe de haberle dicho algo terrible.

Cuando Pedro viene corriendo a mí, berreando, lo levanto y le pregunto:

–¿Qué te ha dicho? ¿Qué pasa?

Pero cuando ya voy a girarme hacia Giorgio, veo algo en la distancia. A lo lejos, en el sendero, hay una figura solitaria. Inmóvil, casi oculta tras una estatua del jardín. Una mujer que nos está observando.

Me quedo helado. Mientras abrazo a Pedro, veo que la mujer se tapa la boca con las manos.

Nos ha seguido hasta aquí. No ha podido evitarlo. Al verse por fin tan cerca, tenía que ver a su hijo, aunque fuera solo un momento.

Con un hilo de voz, digo:

–Ya es suficiente, chicos. Por favor, volved enseguida a vuestras habitaciones.

Algunos se vuelven a mirar, preguntándose qué es lo que ha captado mi atención. Pero Bruno se los lleva de allí. Uno tras otro, se van retirando al dormitorio.

Trato de entender lo que ha hecho Mona, cómo ha podido irrumpir así y hacer llorar a Pedro. Me asombra que haya roto nuestro acuerdo.

Pedro tiene los ojos muy abiertos, la mirada vidriosa. Me susurra algo en el oído. Al principio, no entiendo lo que dice.

–¿Cuál es el problema? –pregunto–. ¿Qué ha pasado?

Está jadeando. Las palabras salen entrecortadas.

–Giorgio ha dicho que Simón está en la cárcel.

Levanto la vista. Giorgio ya ha desaparecido.

–Eso no es verdad –le digo a Pedro. Lo abrazo con fuerza, como si con ello pudiera sacarle el veneno de tal afirmación–. Giorgio no sabe de qué está hablando.

Pero Pedro sigue sollozándome al oído.

–Giorgio dice que Simón es un asesino.

–Miente, Pedro –replico–. Sabes que eso no es verdad.

Mona se acerca poco a poco en cuanto los chicos desaparecen. La angustia es patente en su cara. Puede ver que Pedro está llorando.

Le hago una seña para que se marche, pero ella ya se ha detenido. Lo comprende.

—No hagas caso a Giorgio –le susurro a Pedro–. Solo quería molestarte.

—Quiero ver a Simón.

Froto la frente contra él.

—No podemos.

—¿Por qué no?

—¿Te acuerdas de lo que dijo antes de irse? ¿Y de lo que le prometiste?

Pedro asiente con expresión afligida.

Incluso mientras lo abrazo, me estoy imaginando ya a mis monaguillos de vuelta en el dormitorio, propagando la noticia. Me pregunto cuánta gente se habrá enterado ya en este país.

Mona está a una treintena de metros, todavía observando. Debería estar enfadado con ella. No debería haber venido; tomamos juntos esa decisión. Pero comprendo la compulsión que la ha traído hasta aquí. Por un momento, nos miramos por encima del hombro de Pedro. Vacila en lo alto del montículo, como una visión. Entonces levanta la mano, indicándome que se marcha.

Apoyo a Pedro contra mí y le propongo ir a tomar una Fanta de naranja. Resultará más seguro salir fuera de estos muros que quedarnos aquí. Cualquier persona que nos encontremos podría saber lo de Simón.

Pero Pedro dice:

—El *prozio* tiene Fanta de naranja. Quiero volver al palacio.

Los apartamentos de Lucio. El sitio que yo más temía a su edad.

—¿Estás seguro? ¿No quieres ir a algún otro lado?

Niega con la cabeza.

—Quiero jugar a las cartas con Diego.

Me enlaza las caderas con los brazos y aprieta.

—Muy bien. Entonces iremos allí.

Coge su balón de fútbol de debajo de un arbusto para llevárselo a casa. Como en todos sus juguetes, en él ha escrito su nombre para que no se le pierda. No tiene ni idea de la confusión que siento ahora mismo. Esto es lo contrario de todo lo que he vivido durante tanto tiempo: Mona tan cerca y Simón tan lejos.

—Vámonos –digo señalando hacia el palacio de Lucio, visible en la colina–. Te echo una carrera hasta allí.

CAPÍTULO 21

Qué maravillas encierra la mente de un niño. Cuando Pedro está ya enfrascado en una partida de escoba con Diego, Giorgio se convierte en un recuerdo lejano.

—¿Dónde está de verdad Simón, *babbo*? —pregunta solo una vez, sin separar ni un segundo la vista de las cartas.

—Hablando con algunas personas sobre la exposición del señor Nogara —contesto.

Pedro asiente, como si eso le sonara importante.

—Diego —dice—, ¿puedes repartir otra vez?

Mientras juegan, llamo a Leo para ver si ha averiguado algo de Simón. En su voz se percibe algo raro cuando contesta.

—Concédeme una hora. Creo que he dado con algo.

Durante la espera, se me ocurre una idea. Decido ir a la habitación de Simón para ver qué ha dejado allí.

En el cuarto no hay casi nada. La cómoda y el escritorio están vacíos. La cartera y el móvil debía de tenerlos él cuando se lo llevaron. La vieja funda portatrajes de nuestro padre cuelga solitaria en el armario. Pinchada en ella, una nota con la letra de Diego le indica a Simón que se la dejó olvidada en el sedán oficial que lo trajo del aeropuerto. Mi hermano no parece haberla tocado, pero en uno de los bolsillos exteriores de la funda, encuentro un pequeño cuadernillo marrón con el emblema dorado de la tiara papal y las llaves. Debajo figuran las palabras PASAPORTE DIPLOMÁTICO. Abro la tapa.

En la página de la derecha, una fotografía tamaño carné muestra a Simón vestido de sotana. Estampadas en rojo, se leen las palabras SEGRETERIA DI STATO – RAPPORTI CON GLI STATI: «Secretaría de Estado – Relaciones con los Estados». Mis ojos saltan a la caligrafía manuscrita en latín.

El reverendo Simón Andreou, secretario de segunda clase, Secretaría de Estado. Este pasaporte es válido durante cinco años, hasta el día 1 de junio de 2005.

Debajo aparece la firma del secretario de Estado: «Card. D. Boia». Paso rápidamente las páginas hasta la sección de visados, los sellos de entrada y salida. Ninguna sorpresa. Bulgaria, Turquía e Italia. Ningún otro país. Incluso las fechas coinciden con las visitas que recuerdo.

Sigo registrando. También en la funda portatrajes, dentro de uno de los bolsillos interiores de plástico, encuentro la agenda de Simón. En el interior, un sobre dirigido a Simón con una letra que me resulta familiar. El matasellos es de hace tres semanas. Ugo le envió esto a Simón a la nunciatura solo unos días antes de que me escribiera su último correo electrónico.

La carta está escrita en el papel que se usa para las homilías, el cual dispone de una columna a la izquierda para que el sacerdote apunte los pasajes del Evangelio sobre los que predica. Le di a Ugo una gavilla de este papel para comparar versículos, y ese es el uso que parece habérsele dado a esta hoja en particular. A primera vista, la impresión es que Ugo tenía prisa y garabateó sus notas en lo primero que encontró. Me pregunto por qué.

3 de agosto de 2004
Querido Simón:

Marcos 14, 44-46
Juan 18, 4-6
Mateo 27, 32
Juan 19, 17
Lucas 19, 35
Juan 12, 14-15

Mateo 26, 17
Juan 19, 14

Me habías dicho desde hace algunas semanas que esta reunión no iba a posponerse, tampoco si estabas fuera por trabajo. Ahora veo que estabas hablando en serio. Si te digo que estoy listo, estaría mintiendo. Llevas ya más de un mes robándome tiempo con esos viajes, y sé que ha sido difícil para ti, pero debes entender que también yo he tenido problemas. Sí, he estado peleándome para montar mi exposición. Quieres que la cambie para poder venir a la Casina, y me va a resultar difícil. Sí, todavía quiero decir unas palabras de presentación.

241

Pero siento que hacerlo también va a obligarme a tener un gran gesto simbólico con los ortodoxos. Estos dos últimos años le he entregado mi vida a esta exposición. Ahora tienes intención de llevarte mi trabajo y ofrecerlo a un público mucho mayor, lo que es maravilloso, por supuesto, aunque dota al discurso de presentación de una fuerte significación. Será la entrega oficial de mi criatura; un golpe de teatro con el que renunciar a lo que ha sido mi vida.

Te cuento, pues, lo que yo he estado haciendo mientras estabas fuera de la ciudad. Espero que coincida con tu agenda para la reunión. Primero, me he tomado muy en serio las lecciones del Evangelio con Alex. Estudio las Escrituras día y noche. También he seguido trabajando con el Diatesarón. Estas dos vías de investigación, juntas, me han recompensado con creces. Prepárate, porque ahora usaré una palabra que, en esta fase ya tan tardía del proceso, no sería nada extraño que te horrorice. He hecho un <u>descubrimiento</u>. Sí. Lo que he descubierto borra todo lo que creía saber sobre el sudario de Turín. Destruye lo que esperábamos que fuera el mensaje central de mi discurso de apertura. Podría ser una sorpresa, o incluso una conmoción, para tus invitados a la exposición. Demuestra que el sudario de Turín tiene un oscuro pasado. El veredicto del radiocarbono cortó de raíz las investigaciones serias sobre la historia del sudario antes de 1300 d. C. Creo que, ahora que ese pasado va a salir a la luz, a una pequeña minoría de nuestro público puede resultarle más difícil aceptar la verdad que admitir la idea previa, esa idea de que el sudario es un fraude. Estudiar el Diatesarón me ha revelado el craso error de interpretación en el que hemos incurrido; el mismo craso error, en realidad, que revela la verdad sobre el sudario.

Marcos 15, 40-41

Juan 19, 25-27

Mateo 27, 48

Juan 19, 28-29

Marcos 15, 45-46

Juan 19, 38-40

Lucas 24, 36-40
Juan 20, 19-20

Lucas 23, 46-47

Mi descubrimiento está resumido en la prueba que te adjunto. Por favor, léela con atención porque es lo que les diré a tus amigos en la Casina. Mientras tanto, transmítele mis mejores deseos a Michael, quien sé que se ha convertido en uno de tus seguidores más incondicionales.

Juan 19, 34   Con toda mi amistad,

Ugo

El eco de la voz de Ugo late con sorda palpitación en el fondo de mi garganta. Ugo está vivo en esta carta; nervioso, impaciente, anticipándose sin cesar al momento. El último correo que me envió estaba lleno de urgencia y preocupación, pero aquí no se percibe prácticamente nada de eso. Simón parece haber quitado la prueba de la que habla Ugo, pero lo que ha dejado es suficiente.

Así que es cierto: Ugo hizo un descubrimiento espectacular. Extrañamente, esta carta lo atribuye a una combinación de mis lecciones con él y su trabajo con el Diatesarón, pese a que yo nunca me enteré de que hiciera ningún descubrimiento en ninguna de esas dos vertientes. Sin duda, lo que descubrió fue que robamos el sudario en 1204, aunque no me imagino cómo pudo dar con eso comparando versículos evangélicos en hojas para homilías. Y tampoco parece darse cuenta de lo devastador que le resultaría a su público lo ocurrido en 1204, ni del alto coste que tendría ese afán suyo por demostrar que el sudario es más antiguo de lo que afirma la datación por carbono, puesto que resucitaría un odio antiguo y envenenado. No tengo que adivinar la reacción de mi hermano ante la noticia. No me extraña que la prueba de Ugo no esté en el sobre. Si yo hubiera sido Simón, también habría tenido la tentación de hacerla desaparecer. Tal vez por eso Ugo parecía tan molesto en su último correo, que me envió solo cuatro días después: Simón ya debía de haberle explicado que 1204 era una auténtica bomba de relojería y que desataría una tempestad si exponía su descubrimiento. Quizá Ugo quería una segunda opinión de un sacerdote oriental como yo.

Pero hay sorpresas aún mayores en esta carta. Michael Black tenía razón: Simón ha estado invitando al clero ortodoxo a Roma. Ugo parece haber estado por completo al corriente, pues alude a los viajes que estaba haciendo Simón y al gesto simbólico que debía tenerse con los ortodoxos en una próxima reunión. Y lo más extraño de todo: en las líneas finales, incluso se insinúa que Michael se unió a él y a Simón en el trabajo que llevaban a cabo juntos. El único colaborador de la exposición que parece no haber estado al tanto de estos acuerdos era yo.

Abro la puerta del dormitorio y le pregunto a Diego si puede consultar algo por mí.

—La agenda diaria de las pasadas semanas —digo—. Para la Casina.

La Casina que se menciona en la carta, donde Ugo iba a dar un discurso ante los visitantes ortodoxos, es una casa de verano situada en medio de los jardines vaticanos, a diez minutos andando de mi apartamento. Se construyó en el Renacimiento para que el papa dispusiera de un retiro fuera del palacio del Vaticano, pero Juan Pablo apenas lo usa y el edificio permanece vacío, salvo por las reuniones ocasionales de la Academia Pontificia de las Ciencias. Esa conexión puede dar una pista acerca de la reunión que menciona Ugo. La Academia Pontificia está formada por un grupo de ochenta investigadores y teóricos internacionales, entre ellos docenas de Premios Nobel, cuyo apoyo oficial a la exposición de Ugo podría borrar el estigma del radiocarbono para siempre. No existe nadie mejor cualificado para enviar el mensaje de que la ciencia de hoy ha derrocado a la de ayer. Puedo imaginarme perfectamente a Simón invitando a los sacerdotes ortodoxos a una reunión de la Academia, como aval de que el fiasco de mi padre en Turín no se repetiría.

Mientras espero a que Diego regrese, hojeo la agenda de Simón. La mayoría de las anotaciones me resultan familiares. Los viajes de Simón a Roma están marcados con una X negra, sobre la que ha escrito en rojo: ¡ALEX Y PEDRO! Michael subrayó la costumbre que tenía Simón de desaparecer los fines de semana y, desde luego, aquí figuran reuniones de fin de semana. Pero esas anotaciones no me dicen nada. El tercer sábado de julio, escrito con un apresurado garabato a lápiz, se lee RM: 10 H. Supongo que RM significa «reverendísimo», el tratamiento de un arzobispo. Pero no hay nombre ni lugar. El siguiente fin de semana dice SER 8:45 H, que probablemente significa «*Sua Eccellenza Reverendissima*», un obispo en este caso, pero de nuevo sin nombre ni lugar.

Aun así, hay algo que me da que pensar. Al principio de la agenda, en la lista de contactos de mi hermano, encuentro una entrada para el arzobispo sin nombre: «RM», dice otra vez. Su número de teléfono es extraño. Tiene demasiadas cifras para ser turco. Parece más bien una línea internacional.

Lo introduzco en mi móvil y espero respuesta.

–*Bună ziua* –dice una voz de hombre–. *Palatul Patriarhiei*.

He hablado con muchos turcos por teléfono. Esto no es turco.

–*Parla italiano?* –pregunto.

No hay respuesta.

–*Do you speak English?*

–Pequeño. Poco.

–¿A qué país estoy llamando? ¿Puede decirme dónde está usted?

Se produce una pausa. El hombre parece a punto de colgar. Entonces digo:

–*Where are you?*

–*Bucureşti*.

–Gracias –balbuceo.

Observo las letras que Simón ha escrito en su cuaderno: RM. No significa «reverendísimo», sino «Rumanía». Mi hermano ha estado tratando con alguien en Bucarest.

Por lo tanto, SER no puede ser «*Sua Eccellenza Reverendissima*». Debe de ser…

–Belgrado –dice el hombre que contesta al segundo número al que llamo.

Serbia.

No puedo creer lo que oigo. Rumanía y Serbia son países ortodoxos. Simón ha estado contactando con el clero ortodoxo a una escala que no había imaginado. Turquía, Bulgaria, Rumanía y Serbia: ha abierto un extenso camino hacia Italia que recorre la mitad de la Europa ortodoxa oriental. Si ha invitado a algunos sacerdotes de cada uno de estos países, entonces ha empezado a tender un puente simbólico entre las capitales de nuestras dos Iglesias.

Saco la cartera y miro la foto de Michael Black ensangrentado. Tras él se distingue el rótulo del aeropuerto en el que ya me había fijado: PRELUARE BAGAJE. Me quedo un momento pensando.

Llamo a las oficinas centrales de Radio Vaticano y pido un traductor en el servicio de lenguas eslavas. Me contesta un jesuita que, por la voz, parece muy anciano. Cuando le explico la situación, suelta una risita.

—Esas palabras son rumanas, padre. Significan «recogida de equipajes».

Así que Michael estaba en Rumanía. Se me antoja imposible que estuviera ayudando a Simón y, sin embargo, esa manera tan natural en que Ugo lo nombra al final («transmítele mis mejores deseos a Michael») sugiere que la relación entre ellos tres era más cercana de lo que imaginaba. «Uno de tus seguidores más incondicionales», lo llamaba Ugo en su carta. Nunca supe las razones por las que Michael cambió en su día de opinión, solo pude hacer suposiciones. Me pregunto si la investigación de Ugo sobre el sudario fue suficiente para provocar en él un nuevo giro.

Busco su número en mi registro de llamadas, pero no hay respuesta cuando lo llamo.

—Michael —digo en tono exaltado cuando salta el buzón de voz—. Soy Alex Andreou. Por favor, llámame. Tengo que hablar contigo de Rumanía. —Recordando lo que me pidió Mignatto, añado—: Simón está en apuros. Necesitamos tu ayuda. Por favor, llama lo antes que puedas.

Le dejo mi número, pero no menciono que necesito que vuele a Roma. Es demasiado pronto para eso; esto es más delicado de lo que había pensado. Si Michael estaba colaborando en buenos términos con mi hermano hace solo unas semanas, entonces lo ocurrido en el aeropuerto debió de cambiarlo todo. Michael se mostró por teléfono muy hostil a Simón, muy dispuesto a culparlo por lo que el resto de nosotros hemos sufrido desde entonces.

Diego regresa con su portátil entre las manos, sostenido como un libro abierto.

—Aquí está el calendario.

Consulto la pantalla.

—¿Esto es todo? ¿Está seguro?

Asiente.

Extraño: la Casina ha estado vacía durante todo el verano.

–¿Cuándo es la próxima reunión de la Academia Pontificia? –pregunto.

–Un grupo de trabajo vendrá el mes que viene para discutir los conflictos internacionales sobre el agua –responde Diego.

Eso es mucho después de la inauguración de la exposición de Ugo.

Para asegurarme, pregunto:

–¿Tiene la lista de asistentes?

–Puedo conseguirla para mañana.

–Gracias, Diego.

Justo cuando sale, me suena el teléfono.

«Michael», pienso.

Pero es un número local.

–¿Padre Andreou? –dice la voz.

Mignatto. Parece alterado.

–¿Va todo bien? –pregunto.

–Acabo de enterarme. Van a iniciar el juicio mañana.

–¿Cómo?

–No sé de dónde proceden las órdenes, pero necesito que encuentre a su hermano inmediatamente.

CAPÍTULO 22

Diego accede a cuidar de Pedro mientras salgo a toda prisa hacia el cuartel de la Guardia Suiza. Pero Leo y yo casi nos chocamos en las escaleras del palacio de Lucio.

—Ven —me dice—. Tengo algo para ti. Sígueme.

Fuera, ha caído ya la tarde. El calor furibundo del verano romano hace que mi sotana parezca un horno. No entiendo cómo Leo ha corrido hasta aquí vestido con el uniforme completo, boina en mano y casi cuatro kilos de cintas sujetas al cuerpo con correas y cuerdas. Pese a ello, me insta a ir más deprisa.

—Van a cambiar ya los turnos —dice—. Tenemos que llegar allí antes de que se haya ido.

—¿Quién? —pregunto.

—Tú ven.

Cruzamos casi medio país hasta llegar cerca de la puerta de Santa Ana, la entrada fronteriza con Roma que usan los empleados y residentes. Aquí es donde el palacio papal alcanza su punto más oriental con la enorme torre anexa del Banco Vaticano, que proyecta una larga sombra a esta hora del día. Justo antes de llegar, nos detenemos.

En este inmenso muro defensivo se halla uno de los lugares más extraños de nuestro país. Justo al otro lado hay una parte del palacio tan privada que ni siquiera los lugareños la ven nunca. Ahí arriba, en un ala privada, vive el papa Juan Pablo. Cualquier vehículo que intente acceder a sus aposentos debe entrar por una puerta vigilada que hay a doscientos metros al oeste, atravesar túneles y puntos de control, cruzar el *cortile* de la Secretaría patrullado por guardias y entrar en un patio privado que se encuentra enfrente de donde estamos ahora Leo y yo, al otro lado de unas puertas de madera cerradas. Desde allí, desconozco cuál es el procedimiento, pues ni siquiera he llegado a ver nunca el interior de ese patio. Sin embargo, hace cien años, una parte del Vaticano cercana a la salida del palacio estaba ocupada por soldados enemigos, de modo que el papa Pío X hizo abrir un agujero en ese muro del patio hasta el punto donde estamos Leo y yo ahora. Nunca he sabido si lo hizo para dar a los empleados del palacio una ruta de vuelta a casa o para disponer de una puerta trasera con salida a los jardines, pero ese agujero es hoy en día la mayor debilidad en la burbuja de seguridad que protege al papa. Dentro del túnel se ha construido una puerta de hierro, un acceso vigilado por piquetes de la Guardia Suiza las veinticuatro horas del día. Supongo que hemos venido a ver a uno de esos guardias.

—Por aquí —me indica Leo para que le siga al interior del túnel.

Dentro todo está oscuro y hace frío. Echo un vistazo hacia la escalera. Las siluetas de cuatro hombres aparecen pegadas a la reja de la puerta de hierro. Leo extiende el brazo para que no dé un paso más. Esperamos en la oscuridad.

Por encima de nosotros, dos pares de guardias están intercambiando sus posiciones. Da comienzo el segundo turno. Cuando los hombres relevados descienden, Leo dice:

—¿Podemos hablar un momento, cabo Egger?

Las dos siluetas se detienen.

—¿Sobre qué? —contesta la primera de ellas en tono cortante.

—Este es el padre Andreou —le dice Leo.

Se enciende una linterna. El haz me ilumina la cara. La silueta que, según deduzco, es la del cabo Egger se vuelve hacia Leo y dice:

—No, no lo es.

Gracias al reflejo de la luz, puedo verle fugazmente la cara. Ahora el nombre me dice algo. Ya sé por qué Leo me ha traído aquí.

—Está pensando en mi hermano —digo—. En Simón. Yo soy Alex Andreou.

Sigue un largo rato de vacilación.

—¿Simón es su hermano?

Hace seis años, cuando un guardia se suicidó en el cuartel con su arma de servicio, Simón se presentó voluntario para dar apoyo a otros hombres en situación de riesgo. El comandante de Egger señaló a este como uno de ellos. Mi hermano trabajó con él durante más de un año y, según Leo, ahora Simón es el único hombre de este país al que Egger estaría dispuesto a defender, aparte del papa Juan Pablo, claro está.

—Muy bien —dice Egger.

Su voz es inexpresiva. Los otros guardias tienen un modo de hablar tajante, castrense. Egger parece tan solo ausente.

—Anoche —empieza Leo— un gendarme del servicio postal del ferrocarril vio al padre Andreou entrando en un coche, frente al palacio del Gobernador. Afirma que el vehículo se dirigió hacia la basílica. No giró a la derecha, hacia la puerta, así que él piensa que torció a la izquierda, hacia la Piazza del Forno.

Debe de ser el coche que llevó a Simón a su arresto domiciliario. Leo ha estado investigando adónde se lo llevaron.

—Según el capitán Lustenberger —continúa Leo—, anoche usted tenía guardia en la primera puerta. ¿Es así?

Egger se rasca un bulto que tiene en la comisura del labio y asiente.

Leo se aclara la garganta.

—De modo que, si el coche atravesó la Piazza del Forno y usted estaba en la primera puerta, entonces tendría que haberle pasado justo por delante.

Egger se vuelve hacia mí.

—No le conozco. Y no vi al padre Simón en ningún coche.

—Eh —dice Leo dándole una palmada en el pecho—. Le estoy diciendo que estaba en ese vehículo. Así que ¿lo vio usted o no lo vio? Eso debió de ser más o menos a las… —Saca un trozo de papel del bolsillo y lo ilumina con su propia linterna—. A las ocho y diez de la tarde.

—Hubo un coche a las ocho y siete —dice Egger.

Leo me echa una mirada.

—Muy bien. ¿Dónde se detuvo?

Sé lo que Leo está pensando, así que lo digo:

—¿Se dirigía a la antigua cárcel?

Cuando el Vaticano se convirtió en país independiente, el papa hizo construir una cárcel de tres celdas en el patio mencionado por Leo. En el pasado sirvió para encerrar a los ladrones ocasionales o a algún prisionero de guerra nazi, pero en la actualidad se utiliza como almacén. Nadie que buscara a Simón miraría allí.

–Tal vez debería leerse el informe –dice Egger.

Leo aprieta los dientes.

–Ya lo he hecho, Egger Y, como no reflejó en él que ningún sedán atravesara esa puerta, lo que le preguntamos es si el coche se detuvo en el patio contiguo a la cárcel.

–Cabo –intervengo–, Simón lo ayudó en su día. Por favor, ayúdelo usted ahora. –Intento que me mire a la cara, para lo cual no pierdo de vista esos agujeros negros que son sus ojos. Simón siempre elige a las ovejas descarriadas.

–El coche no se detuvo en el patio –murmura Egger–. Cruzó la puerta.

–¿Entró en el palacio? –dice Leo con un relámpago de ira–. Entonces, ¿por qué diablos no se ha recogido en el informe?

La cabeza de Egger va girando lentamente.

–Porque yo hice lo que se me ordenó hacer.

Leo agarra a Egger por el uniforme, pero hago que lo suelte y le susurro:

–Eso significa que habrá quedado reflejado en los otros informes, ¿no?

Leo no le quita ojo a Egger.

–No. Comprobé todos los informes de ayer por la noche y ninguno menciona un coche. Así que ¿qué puede usted decirnos, cabo?

En los ojos de Egger, leo que se ha roto el hechizo: se acabó el ayudarnos.

–Leo –susurro–, yo le creo.

Pero Leo, con la mano haciendo presa en la mandíbula de Egger, le dice:

–Dígame cómo es posible que un coche atraviese tres puntos de control y no aparezca en ningún informe.

El compañero de Egger habla entonces por primera vez:

–Se está pasando de la raya, cabo Keller.

Le quita la mano a Leo y hace ademán de llevarse a su compañero. Leo se interpone en su camino, bloqueando el final del túnel pero adivino que no vamos a sacar más información. Diría que hemos topado con alguien de más arriba que Egger.

–Deja que se vayan –le susurro a Leo–. Has averiguado lo que necesitaba. Ahora ya me encargo yo.

Tras dejar a Leo en su puesto, junto a la plaza de San Pedro, recorro un itinerario que conozco desde niño. Entre la plaza y la ciudad vaticana discurre una estrecha tierra de nadie en la que, durante siglos, se han construido y derribado muros a medida que iban cambiando las fronteras entre lo público y lo privado. En la poco frecuentada oscuridad, más allá de la columnata de Bernini, hay pequeños huecos en la zona de intersección de los muros. Me deslizo hacia nuestra ciudad y me encamino a un lugar olvidado.

Durante años, el trabajo del tío Lucio ha consistido en demoler calladamente el patrimonio histórico que albergaban nuestros muros. Nuestro país de quinientos habitantes recibe a mil quinientos trabajadores y a diez mil turistas cada día, de modo que la triste realidad es que tenemos más necesidad de aparcamientos que de ruinas antiguas. El primer lugar en ser objeto de ese tratamiento fue el patio del Belvedere. Allí donde los papas renacentistas habían celebrado justas y festejos taurinos, los empleados de palacio aparcan ahora sus Fiat y Vespas. Luego le tocó el turno a un templo romano situado junto a nuestra iglesia más antigua, que Lucio convirtió en un aparcamiento subterráneo de doscientas cincuenta plazas. Más recientemente, hizo excavar una villa del siglo II para meter otros ochocientos automóviles y un centenar de autobuses turísticos. Cuando la gente vio salir camiones de basura de nuestro territorio con los antiguos mosaicos amontonados como ralladuras de parmesano, se armó un gran alboroto. Pero el más antiguo predecesor de todas esas construcciones es el garaje al que ahora me encamino.

En la década de 1950, una franja de tierra situada entre los Museos Vaticanos y mi edificio de apartamentos fue excavada para construir un aparcamiento cubierto destinado a los vehículos del papa. A unos metros bajo tierra, los obreros descubrieron el cuerpo del secretario de un emperador romano, con su pluma y su tintero. Su tumba se convirtió en nuestro garaje privado, donde trabajan los mecánicos vaticanos y se halla el servicio de automóviles del papa. El lugar parece un refugio antiaéreo, oscuro, de techo bajo y con árboles plantados en el tejado. El único modo de acceder es a través de las puertas de hangar que se abren apenas unos segundos cuando ha de cruzarlas algún vehículo. El sol no se ha puesto aún, pero la calle está tan hundida que todo está en sombras. Por debajo de la puerta se ha filtrado un poco de aceite de motor, que ahora reluce como el cromo bajo la luz eléctrica.

–¿Puedo ayudarle, padre? –pregunta el hombre que responde cuando llamo a la puerta.

Viste el uniforme de chófer vaticano: pantalones negros, camisa blanca y corbata negra.

–Estoy buscando al signor Nardi –le digo.

Se rasca la nuca, como si lo hubiera pillado en un momento de mucho trajín, como si los prelados que llaman para pedir un coche no estuvieran ya yéndose a la cama, a esta hora en que la tarde deja paso a la oscuridad. Aquí el turno de noche solo parece existir para las emergencias médicas propias de la vejez clerical.

–Lo siento, padre –contesta–. ¿Podría volver más tarde?

–Es importante. Por favor, dígale que salga.

Echa un vistazo por encima de su hombro. Me pregunto si tendrá alguna visita. A veces las novias vienen a ver a los conductores durante el turno de noche.

–Espere. Voy a ver si está.

Pasa un rato. La puerta se abre de nuevo y aparece Gianni Nardi.

–¿Alex?

La última vez que vi a Gianni fue hace más de un año. Mi viejo amigo ha ganado peso. Lleva la camisa arrugada y el pelo demasiado largo. Nos damos un fuerte apretón de manos e intercambiamos besos en las mejillas, durante más tiempo del que deberíamos, porque, a medida que ha ido creciendo la distancia entre nosotros, también lo ha hecho el entusiasmo de nuestros reencuentros. Algún día seremos perfectos extraños.

–¿A qué debo el honor? –dice mirando alrededor como si esperara ver un desfile por las calles. «Alex Andreou viene a verme a mí. Típico en él hacer este tipo de cosas raras».

–¿Hay algún sitio en el que podamos hablar en privado?

–Claro. Ven.

Y cuando ni siquiera me pregunta por qué, obtengo ya mi primera respuesta. Gianni debe estar al tanto de lo de Simón.

Subimos un tramo de escaleras hasta la terraza bordeada de árboles de la azotea.

–Escucha –empieza antes de que yo pueda decir una palabra–. Lo siento, Alex. Debería haber llamado. ¿Cómo estáis Pedro y tú?

–Bien. ¿Cómo te has enterado de la noticia?

–¿Estás de broma? Los gendarmes no nos dejan en paz. –Señala con el dedo hacia abajo, indicando la cochera subterránea–. Ahora mismo tengo a tres de ellos haciendo preguntas en el garaje.

Así que por eso no me han permitido entrar.

–Preguntas, ¿sobre qué?

–Sobre un Alfa que remolcaron desde Castel Gandolfo. Lo tienen en el depósito municipal.

Ugo conducía un Alfa Romeo.

–Gianni –le digo–, necesito tu ayuda.

Crecimos siendo los mejores amigos. En este edificio es donde cimentamos nuestra amistad. Un verano oímos el rumor de que los obreros que construyeron el garaje papal habían descubierto toda una necrópolis allí abajo, una red de túneles superpuestos que albergaban tumbas romanas. Eso significaba que nosotros, los residentes, vivíamos encima de un cementerio, sobre los cadáveres de los paganos que, en otro tiempo, habían jurado que los cristianos jamás los reemplazarían. Gianni y yo teníamos que verlo con nuestros propios ojos.

Bajar a los túneles no resultó difícil. Por las alcantarillas puedes ir casi a cualquier sitio. Pero una noche nos arrastramos por un auténtico laberinto de pasadizos de piedra hasta que llegamos a una nueva verja metálica. La verja daba a un cuarto de servicio. Y el cuarto de servicio tenía salida al garaje, justo donde estaba la limusina del papa.

La edad reglamentaria para conducir en Italia eran los dieciocho años. Nosotros teníamos trece. Y las llaves de ochenta automóviles de lujo pendían de un tablero colgado en la pared. Un año antes, mi padre había enseñado a Simón a conducir con nuestro viejo Fiat 500. Ese verano yo aprendí a conducir solo, con un Mercedes 500 blindado y personalizado que tenía un trono papal en el asiento trasero.

Muy pronto quise invitar a algunas chicas allí abajo. Gianni dijo que no. Yo quería esconderme en el maletero de algún coche y darme un paseo con el papa Juan Pablo. Gianni dijo que no.

—No seas avaricioso —me dijo cuando quise conducir una limusina por los jardines—. Siempre quieres demasiado.

Esa fue mi primera dosis del verdadero Gianni. Después, durante muchos años, ese consejo de no ser demasiado avaricioso, de no desear demasiado, se lo acabó aplicando a sí mismo de forma casi religiosa. Cuando nos graduamos, yo me fui a la universidad, pero Gianni dijo que se iba a dedicar al surf. Se fue a Santa Marinella como los ciegos se van a Lourdes. Un año después, su padre le encontró trabajo como *sampietrino*. Pero San Pedro no es precisamente pequeño, y los *sampietrini* tienen que limpiar cada milímetro. De modo que, cuando Gianni perdió interés en rascar los chicles de las paredes y pulir los suelos con la máquina abrillantadora, empezó a pensar muy seriamente en lo que de verdad quería hacer en la vida. Y así fue como se convirtió en chófer del servicio de automóviles.

Seguro que no fue casualidad que acabara aquí. Si Gianni buscó entre sus recuerdos alguna época en que la vida le pareciera apasionante, dudo que hubiera nada que hiciese sombra a nuestro verano en el garaje. Y, desde que tomó esa decisión, cada vez que he visto a Gianni me he preguntado si los niños del Vaticano, aparte de Simón, hemos tenido agallas suficientes para experimentar el mundo que se extiende más allá de estos muros.

—Han puesto a Simón bajo arresto domiciliario —le cuento—. La Guardia Suiza vio entrar su coche en el complejo palaciego. Tengo que averiguar adónde lo llevaron.

Quizá los guardias no lo sepan, pero el conductor de ese coche sí puede decírmelo.

—Alex —dice Gianni—, tenemos órdenes de no hablar de eso.

Lo que me temía. Egger nos ha dicho lo mismo: le habían impuesto la ley del silencio.

—¿Puedes decirme alguna cosa? —pregunto.

Gianni baja la voz.

—Aquí ha habido un ambiente bastante raro desde que mataron a ese tipo. Se supone que no debemos decir una palabra. —Sonríe con esa picardía que tan bien conozco—. Así que todo esto ha de quedar entre nosotros.

Asiento.

—Ayer por la noche llamaron para que recogiéramos a alguien.

No sé de dónde provenía la petición, pero nuestro coordinador de servicios envió a mi amigo Mario a cubrirlo. Y Mario acabó en el palacio de tu tío, recogiendo a Simón.

–¿Y dónde lo dejó?

–En el ascensor.

–¿Qué ascensor?

–El ascensor.

El palacio papal es tan antiguo que dispone de muy pocas comodidades modernas. Gianni debe referirse al viejo ascensor del patio de la Secretaría, que se construyó para que funcionara con energía hidráulica. Se trata del mismo ascensor que utilizan los presidentes y primeros ministros en sus visitas al Vaticano.

Pero cuando se lo pregunto niega con la cabeza. Con la punta del zapato, dibuja un gran cuadrado en el polvo del suelo.

–El patio de San Dámaso.

Se refiere al patio que hay frente a la Secretaría. Asiento.

Añade un cuadrado más pequeño, justo al lado del primero.

–El palacio de Nicolás V.

Se trata del ala final del palacio, conocida porque desde ella se domina la plaza de San Pedro.

Traza una línea que conecta ambos cuadrados.

–Entre uno y otro hay un acceso, un pasaje abovedado que atraviesa la planta baja. El pasaje tiene una puerta escondida que conduce al ascensor privado. Ahí es donde Mario dejó a Simón. ¿Lo entiendes ahora?

Sí, lo entiendo. Eso lo explica todo. Me pregunto cómo Simón puede haber aceptado un arresto domiciliario en ese lugar, si es que sabía que lo iban a llevar allí.

–¿Qué pasa? –pregunta Gianni.

El palacio de Nicolás V tiene cuatro plantas. La planta baja, como en muchos palacios renacentistas, se diseñó para albergar a los criados o a los caballos. Las dos plantas superiores pertenecen al santo padre, quien no tendría razones para ocultar su rastro si hubiera querido mantener a Simón bajo arresto domiciliario. La planta restante es la residencia privada del cardenal secretario de Estado.

–Gian –murmuro llevándome las manos a la cabeza–, se lo han llevado a los apartamentos de Boia.

El revés es tremendo. Ahora nadie va a poder llegar hasta Simón. Ni siquiera Lucio. Cuando Simón accedió al arresto domiciliario, debió de suponer que la orden procedía de la oficina del vicario, no de su propio jefe.

—¿Y después? —sigo preguntando—. ¿Mario ha tenido que llevar a Simón a algún otro sitio?

Niega despacio con la cabeza.

—Al, que yo sepa, ningún chófer ha visto a Simón desde entonces. Si ha ido a algún otro lugar, lo habrá hecho a pie.

Pero esa parte del palacio está atestada de guardias suizos. Si lo hubieran escoltado a otro lado, Leo se habría enterado.

—No lo entiendo —dice Gianni, casi para sí mismo—. ¿Por qué habrían de llevarlo allí?

Le contesto que no lo sé. Aunque puedo imaginar una respuesta. El arresto domiciliario sería una excusa perfecta para asegurarse de que Simón no pudiera volver al museo y borrar la parte acusatoria de la exposición de Ugo, la referida a 1204.

—¿Habéis tenido alguna otra llamada extraña? —pregunto.

Sonríe sin alegría.

—¿De cuánto tiempo dispones? —Baja la voz—. El día en que mataron a ese hombre… Nunca he visto nada parecido. Cinco de la madrugada, me llaman a casa. Quieren que haga otro turno, desde mediodía hasta las ocho. Les digo que tengo cita con el médico a las dos. Por todos los demonios, si hace solo cinco horas que he terminado mi último turno. Me dicen que cancele la cita. Y, oh, sorpresa, cuando llego ya están todos los compañeros allí. Todos recibimos la misma llamada.

—¿Por qué?

—El coordinador de servicios solo nos dice que alguien de palacio necesita coches que hagan servicio de lanzadera. Según la tabla de horarios, parece que se trata de hacer desplazamientos cortos a un acontecimiento que se celebra en los jardines. Pero, de pronto, nos cambian el destino. Ahora dos novatos se quedarán en la base para cubrir las llamadas habituales mientras el resto hacemos servicios a Castel Gandolfo totalmente bajo mano.

—¿Y eso qué quiere decir?

—Que no fichamos ni a la entrada ni a la salida, que no se registran las recogidas. Oficialmente, quieren que el día parezca como cualquier otro.

El cielo se vuelve amenazante, de una altura vertiginosa. Todo esto recuerda mucho a lo que ha dicho el cabo Egger sobre los informes de los puntos de control de la Guardia Suiza, a los coches entrando y saliendo sin que quede ninguna constancia escrita. Las incógnitas son cada vez mayores.

—Y la cosa aún se vuelve más rara —continúa—. Nos dicen que no podemos salir del coche salvo para abrirle la puerta a los pasajeros. No podemos saludar a nadie por su nombre. Y se espera que los llevemos durante cuarenta y cinco minutos sin decir palabra.

—¿Por qué?

—Porque al parecer esos tipos ni hablan italiano ni conocen Roma ni parlotean porque sí.

—¿Quiénes eran?

Se estira una barba imaginaria de la barbilla y luego me señala.

—Sacerdotes. Como tú.

Se me acelera el pulso. Los sacerdotes ortodoxos que Simón invitó a la exposición.

—¿Cuántos?

—No sé. ¿Veinte? ¿Treinta?

Me quedo mirándolo, estupefacto. Mi padre invitó a nueve sacerdotes ortodoxos a Turín para el anuncio del radiocarbono. Acudieron cuatro.

Gianni asiente.

—¿Puedes decirme exactamente cómo iban vestidos? ¿Llevaban cruces?

Los detalles podrían ayudar a precisar de dónde venían. El árbol genealógico de los ortodoxos se divide en una rama griega y otra eslava. Los sacerdotes eslavos llevan cruces en el cuello, cosa que no se les permite a los griegos.

—Mi cliente desde luego llevaba una cruz —dice Gianni.

Eso parece indicar un sacerdote de tradición eslava, lo que incluye Serbia y Rumanía.

Gianni añade:

—En el gorro.

Me coge de sorpresa.

–¿Estás seguro?

Gianni junta los dedos.

–Muy pequeñita. Como una uña de grande.

La distinción de un obispo eslavo, o incluso de un metropolitano, el segundo título más importante en toda la jerarquía oriental. Se trata de la realeza ortodoxa, solo por debajo de los antiguos obispos-hermanos del papa, los patriarcas.

–¿Algunos llevaban colgantes en el cuello? –pregunto–. ¿Con pinturas en miniatura?

Gianni asiente.

–¿Como un amuleto con una madona? Desde luego, uno de mis pasajeros llevaba eso.

Entonces tenía razón en lo de las cruces pequeñas. Esos medallones son otro signo identificador de un obispo ortodoxo. Intento disimular mi asombro. Es todo un hito que Simón convenciera a un obispo para aceptar su invitación. No puedo creer que mi hermano fuera capaz de negociar algo así.

Y, sin embargo, cuanto más éxito tuvieran sus negociaciones diplomáticas, más devastador resultaría el descubrimiento de Ugo sobre 1204. Me temo que ya veo por dónde puede ir la acusación contra mi hermano.

–Retrocedamos un poco –digo–. Has dicho que reubicaron el encuentro en Castel Gandolfo. ¿Dónde se supone que iba a celebrarse originalmente?

–En los jardines.

–Pero ¿en qué lugar de los jardines?

Si tengo razón, entonces todo empieza a confluir.

–En la Casina –responde.

Ahí está. La carta de Ugo hablaba de una reunión en la Casina. Debe de ser esa misma: el encuentro de Castel Gandolfo era el que Ugo y Simón habían discutido unas semanas antes, el mismo en el que Ugo tenía planeado decir unas palabras de presentación sobre su descubrimiento. El lugar debió de cambiarse en el último minuto, pero la reunión se había planeado mucho antes.

–¿Todos los pasajeros que llevasteis a Castel Gandolfo eran sacerdotes? –pregunto.

Gianni asiente.

Así que el calendario de Diego era correcto: esto no tenía nada que ver con una reunión de la Academia Pontificia de las Ciencias. Los científicos de la Academia habrían sido seglares. Este acto parece haberse destinado exclusivamente a los ortodoxos.

Con todo, eso no explica por qué se cambió la ubicación.

—¿No es la Casina lo bastante grande para veinte o treinta personas? —digo.

—Sí. Sin duda.

Entonces, la cantidad de asistentes no puede haber sido el motivo. Y en un país donde sobran grandes salas de reunión, ¿por qué elegir una nueva ubicación a cuarenta y cinco minutos de distancia? La única ventaja de Castel Gandolfo era la privacidad.

—¿Por qué se te ordenó no llevar ningún registro? —pregunto—. ¿Había alguien en particular que no debiera enterarse de nada de esto?

Me sorprende que se adoptase una precaución tan exagerada. No había prácticamente nadie que pudiera saber que los registros existían, y menos aún que pudiera hacerse con ellos para rastrear la ubicación del encuentro.

Gianni corta el aire con la mano por encima de su cabeza: la respuesta está en instancias más altas. Pero no dejo de darle vueltas a la cronología de los hechos. Al organizar las fechas en mi mente, todo parece indicar que Michael sufrió la agresión más o menos al mismo tiempo que Ugo escribió su carta. Y todo lo ocurrido desde entonces —el traslado secreto del sudario, el cambio furtivo del escenario de la reunión, el mutismo absoluto de Simón incluso antes de que lo acusaran de la muerte de Ugo— podría ser una reacción al ataque a Michael. Lo que le ocurrió a Michael podría haber sido un aviso de que la noticia de los contactos entre Simón y los ortodoxos se estaba filtrando. Y no puedo olvidar que Mignatto dijo que el teléfono de Simón estaba pinchado. Si hubo una filtración, me pregunto si no derivaría de ahí: de Ugo y Simón hablando demasiado abiertamente sobre la reunión en la Casina.

Mi silencio parece poner nervioso a Gianni.

—Y bien —dice engullendo una pastilla de menta—, ¿estará bien Simón?

Me pilla desprevenido.

–Por supuesto. Tú sabes que no mató a nadie.

Asiente.

–Eso está más claro que el agua. A los otros chóferes les dije que, de haber podido, él mismo habría parado esa bala con su cuerpo.

Me alivia oírselo decir. Al menos hay alguien en este país que recuerda al verdadero Simón. Ambos vimos boxear a mi hermano en aquel *ring*, así que Gianni sabe de lo que es capaz, pero también sabe qué límites no sobrepasa nunca.

–En fin –digo cambiando de tema para no hablar más de Simón–, cuéntame eso del Alfa que trajeron de Castel Gandolfo.

–Algo debió de ocurrir allí. Los gendarmes estaban haciendo preguntas a los mecánicos sobre algún problema en el asiento del conductor.

Mignatto desaprobaría lo que estoy a punto de decir, pero lo digo de todos modos:

–¿Podrías bajar y echar un vistazo? Cualquier cosa que averiguaras sería de ayuda.

–El Alfa ya no está aquí. Se lo llevaron a otro garaje convertido en depósito de vehículos.

Incluso están escondiendo el coche de Ugo. Castel Gandolfo empieza a parecerme una caja negra. Rebatir las acusaciones contra Simón será imposible sin saber lo que sucedió en aquella ladera.

–Preguntaré por ahí –se ofrece Gianni–. Estoy seguro de que alguno de los otros chóferes habrá ido por ese depósito desde que se llevaron allí el Alfa.

Pero no puedo permitir que Gianni vaya por ahí haciendo preguntas, y tampoco me conformo con ver las cosas a través de los ojos de otro hombre.

–Gian –digo–, tengo que pedirte un favor aún mayor. Tengo que verlo yo mismo.

Me mira como si le estuviera tomando el pelo.

–Por favor –insisto.

–Podrían echarme por eso.

Lo miro a los ojos.

–Ya lo sé.

Estoy esperando a que me pida alguna contrapartida, un favor, una promesa, alguna ayuda del tío Lucio.

Pero lo he juzgado mal. Se pone la última pastilla de menta en la palma de la mano y se queda mirándola.

–Qué demonios –dice–. A Simón podrían quitarle el alzacuellos y aquí estoy yo, preocupado por esta chorrada de trabajo. –Arroja la pastilla a la oscuridad y luego se levanta y se remete la camisa en el pantalón–. Espera aquí. Cuando aparezca con el coche, te subes.

CAPÍTULO 23

Cuando se ha perdido de vista, llamo a toda prisa a Mignatto.

—Monseñor, he averiguado dónde está Simón. Se lo han llevado a los apartamentos de Boia.

—Maldita sea —protesta—. Están cerrando filas. El secretario del cardenal Boia me ha llamado hace una hora para decirme que no nos darán el expediente del padre Black.

—¿Del padre Black?

—Para saber las conclusiones de la Secretaría sobre su agresión.

Mientras observo la oscuridad para ver si aparece Gianni con el coche, oigo la fuerte respiración de Mignatto a través del teléfono. Vuelvo a preguntarme por qué Simón aceptó el arresto domiciliario, si fue para proteger el secreto de su reunión en Castel Gandolfo o para protegernos a Pedro y a mí. Quizá, tras lo que le ocurrió a Michael, no le pareció que una cosa estuviera separada de la otra.

—Su hermano figura en la lista para testificar mañana por la mañana —dice por fin Mignatto—, después de los testigos de moralidad.

—¿No puede formular objeciones al tribunal para que lo liberen?

—No cambiaría nada.

—Entonces, ¿qué hacemos?

Emite un sonido largo, inarticulado, y después dice:

—Esperaremos y comprobaremos cuánta fuerza tiene ese ángel de la guarda de su hermano. —Se queda pensando un momento y añade—: Muy bien, esté en el palacio del Tribunal mañana a las ocho en punto.

Titubeo.

—¿Es que voy a testificar?

—Padre, es usted procurador. Se sentará a mi lado en la mesa de la defensa.

Debajo, oigo cómo se abren las puertas del garaje. Me agacho instintivamente, por si es el sedán de otro chófer el que aparece por la curva. Pero es Gianni quien hace rugir el motor hasta el pie de las escaleras. Y no puedo creer lo que ven mis ojos.

–Monseñor –digo–, tengo que irme.

–Si averigua alguna cosa más –me dice–, a la hora que sea...

–Lo llamaré.

Cuelgo y bajo silenciosamente los escalones desde la terraza, intentando contener la risa nerviosa que ya se me está escapando. El coche de Gianni es un Fiat Campagnola, el *jeep* militar que el resto del mundo conoce como «papamóvil».

–Sube –me dice con impaciencia–. Antes de que alguien te vea.

Conozco bien este vehículo. Cuando teníamos trece años, Gianni y yo pasamos una noche entera buscando puntos de sangre de Juan Pablo en la parte de atrás, porque fue allí donde estaba cuando un hombre armado le disparó en la plaza de San Pedro.

–Que me suba, ¿dónde?

No hay sitio en la parte de atrás, en la que se ha instalado un sillón para Juan Pablo. El asiento del pasajero está ocupado con el toldo de plástico desmontable que cubre al santo padre cuando llueve.

Gianni mueve el plástico.

–Aquí abajo.

Tardo un poco en entenderlo. Lo que quiere es que me meta en el hueco para las piernas.

–Y pase lo que pase –añade en una voz en la que se intuye cierta inseguridad–, no digas una palabra. ¿De acuerdo? En la puerta hay un gendarme, pero, cuando lo dejemos atrás, el garaje debería estar vacío. Creo que puedo conseguirte cinco o diez minutos para que curiosees allí dentro.

Hago lo que me dice y Gianni me pone el toldo de plástico encima. Después el *jeep* empieza a moverse.

El trayecto resulta bastante movido. El papamóvil es casi tan viejo como yo. Se lo regalaron a Juan Pablo hace unos veinticinco años durante una visita a Turín, el cuartel general de Fiat, donde fue para venerar la sábana santa. Trece meses después, el día en que le dispararon, un equipo de científicos que estudiaban el sudario estaba en la plaza de San Pedro, a la espera de revelar sus hallazgos preliminares. Uno de los misterios de vivir entre estos muros es que en nuestras vidas no hay ningún cabo suelto: todo está ligado.

—Silencio —dice Gianni—. Ya casi estamos.

Se oye un chirrido al cruzar la barrera levantada y entrar en el barrio industrial de la ciudad, una zona mugrienta llena de talleres y almacenes. Tan solo veo el destello de las luces eléctricas mientras nos adentramos en él. Entonces el *jeep* aminora y oigo la primera voz.

—¡Signore! ¡Párese ahí! —dice el gendarme.

Gianni detiene el Fiat. Arrastra el pie hacia mí para avisarme.

—Esta noche no se permite el acceso —oigo decir al gendarme.

Se aproxima a nosotros. La voz va haciéndose más fuerte.

Gianni dice:

—Tengo órdenes del padre Antoni.

El apodo con que se conoce allí al arzobispo Nowak.

—¿Qué órdenes?

Espero que Gianni sepa lo que está haciendo. Cuando Juan Pablo viaja en este vehículo, siempre lleva un gendarme de escolta. Una sola llamada al cuartel podría desmentir cualquier cosa que diga Gianni.

Pero mi amigo golpea el montón de plástico con la mano y dice:

—Probabilidad de lluvia mañana.

El gendarme dice:

—Muy bien. ¿Cuánto tardará?

—Diez minutos. Tengo que comprobar el toldo de repuesto.

Ahora veo cuál es su plan. Mañana es miércoles, el día de la audiencia semanal de Juan Pablo: la única ocasión en que se utiliza este Campagnola descubierto.

—Por aquí está todo muerto esta noche —dice el gendarme—. Le echaré una mano ahí dentro.

Gianni se pone en tensión. Con el pie, hace que el motor aumente de revoluciones. Pero, antes de que pueda negarse, oigo cómo el gendarme abre la puerta de acero sobre sus rodillos metálicos. Gianni hace girar el *jeep* y, despacio, retrocede marcha atrás hasta el área de estacionamiento.

—¿De quién es ese Alfa? —lo oigo preguntar.

Acabamos de encontrar el coche de Ugo.

–Eso no es asunto suyo –responde el gendarme con acritud–. ¿Dónde está eso que necesita?

Gianni duda. Mi pulso se dispara. Nunca se le ha dado bien mentir.

–En una de las cajas que hay ahí detrás –contesta.

Saca las llaves del arranque y baja el brazo como si fuera a coger algo que se le ha caído. Cuando tiene la mano delante de mi cara, señala con el dedo hacia la puerta. Alguna cosa debe de haber al otro lado del *jeep*.

Y de pronto ya no está. Las dos voces se pierden a lo lejos.

Con cuidado, levanto la cabeza por encima de las puertas bajas del papamóvil. El garaje es largo y estrecho, con amplitud apenas para dos coches colocados en paralelo. Gianni ha aparcado justo al lado del Alfa Romeo, que tiene las puertas apuntaladas para mantenerlas abiertas, como si alguien hubiera estado inspeccionando el interior.

Ahora entiendo por qué los gendarmes lo trajeron aquí. La ventanilla del conductor está hecha añicos. Una arrugada concavidad de vidrio rodea un agujero mayor que la cabeza de un hombre. Hay cristales en el asiento.

El corazón me golpea con fuerza en el pecho. No puedo salir del Fiat sin que me vea el gendarme. Así que bajo el parabrisas abatible hasta dejarlo en posición plana y me deslizo por el capó lo más silenciosamente posible.

El coche de Ugo está anegado. Huele a moho. En el hueco para las piernas, los gendarmes han dejado un marcador de plástico rojo con forma de flecha. Apunta hacia atrás, bajo el asiento del conductor. Pero allí abajo no hay nada, solo una marca rectangular en la tapicería, como si hubiera habido algo, antes. Tengo que mirar más de cerca.

Detrás de mí, Gianni y el gendarme han comenzado a montar el toldo antilluvia. Empiezan mis cinco o diez minutos.

Me agacho y miro bajo el asiento de Ugo con mi llavero linterna. Gianni ha dicho que los gendarmes hacían preguntas sobre el asiento del conductor. El asiento está sujeto a la carrocería con unos rieles de fijación metálicos que, según veo, tienen una parte llena de raspaduras. Lo que hubiera en el suelo, debía de estar enganchado ahí.

Ilumino alrededor con la linterna y algo reluce. Por debajo de la alfombrilla sobresale una esquirla de metal cuyo tamaño no excede el de las medias lunas de las uñas. Estiro el brazo para cogerla y entonces recuerdo que debo tener cuidado con las huellas dactilares. Hago labores comunitarias en prisiones y, en nuestro grupo de estudios bíblicos, pillaron a uno de los internos escondiendo una jeringuilla usada, lo que fue suficiente para que tomaran huellas dactilares y muestras de sangre a todo el grupo. Estiro la manga de la sotana para cubrirme la mano antes de coger el arco de color bronce.

Los bordes externos parecen suaves, pero la parte interna tiene mellas e irregularidades. Hay algo en este objeto que me resulta familiar, pero no acabo de precisar qué es.

Se oye un ruido en la distancia. Es Gianni, avisándome. Me guardo la esquirla de metal en el bolsillo y empiezo a arrastrarme hacia el papamóvil.

En el camino, paso junto a un carrito utilitario. En la parte de arriba, en bolsas de plástico, están los objetos que deben de haber sacado del coche de Ugo: un cargador de teléfono móvil, una petaca con las iniciales de Ugo grabadas, un trozo de papel de carta. Debajo se ven algunas cosas más. Me detengo.

Las bolsas de plástico están selladas con una cinta roja en la que se lee la palabra PRUEBAS. En el dorso figuran unas casillas en relieve para indicar la hora y el lugar de recogida, el número de caso y la cadena de custodia. Es raro que estén allí, dado que estas pruebas deberían haberse enviado para mostrarse en el juicio. Encima del carrito utilitario, una hoja suelta de papel dice: CONSERVAR PARA EL DESARROLLO DE LA INSTRUCCIÓN. Me pregunto si Mignatto sabe que han encontrado estos objetos.

Hay otra cosa más. Ninguno de estos objetos se ajusta a la marca que ha quedado bajo el asiento del conductor. No hay nada del tamaño de un ordenador portátil, nada que pudiera haberse fijado en los rieles metálicos del asiento. Tal vez por eso rompieron la ventanilla, para robar lo que hubiera allí abajo.

Trato de alcanzar las bolsas de debajo del montón, cuyo contenido no distingo, cuando me fijo en el trozo de papel.

Tiene escrito un número. Un número de teléfono.

Lo examino más de cerca y entonces se me corta la respiración. Es mi número de teléfono. La línea fija de mi apartamento.

Otro fuerte golpe metálico llega del fondo del garaje. Gianni está golpeando el armazón antilluvia para avisarme de que se ha acabado el tiempo.

Me apresuro a llegar al Fiat.

Gianni ni siquiera comprueba que me haya metido en el hueco para las piernas. Gira la llave y pone el *jeep* en primera. El trayecto es corto. Llegamos al garaje y, en el mismo rincón oscuro del que partimos, Gianni se detiene y me deja bajar.

Quiero darle las gracias, pero se percibe su nerviosismo mientras mira con ojos muy abiertos por el retrovisor. En tono distraído, pregunta:

—Y bien: ¿has encontrado algo útil?

—Sí —respondo.

Balancea la cabeza de un lado al otro.

—Bien. Estupendo.

Me alejo del *jeep*. Gianni está jadeando.

—Si necesitas alguna cosa más… —dice.

—Ya has hecho bastante —le contesto, sin quitarme de la cabeza el número de teléfono de ese pedazo de papel—. Te lo agradezco de verdad, Gian.

Hace un leve gesto de despedida con la mano y luego imita con ella un teléfono, dando a entender que lo llame si necesito cualquier cosa. Está temblando. El Fiat se aleja hacia las puertas del garaje.

Pienso en cuántas veces habré visto a Ugo escribiendo a mano, en cuántas hojas para homilías garabateadas con versículos evangélicos le habré corregido cuando insistía en que le pusiera deberes para después de las lecciones. Reconocería su letra en cualquier parte. La de ese trozo de papel no era suya.

El contenido de las bolsas de pruebas no debería seguir encerrado en ese depósito de vehículos. Si los gendarmes están esperando a que alguien las recoja, entonces ese alguien parece haber decidido que nadie las vea.

El último gesto de Gianni sigue en mi mente. La indicación de llamar por teléfono. Eso me da una idea.

CAPÍTULO 24

Detrás del garaje está el palacio Belvedere. Subo corriendo las escaleras de mi apartamento. Antes de entrar, escucho por si se oye algo al otro lado de la puerta. Hasta que no cambien las cerraduras, tendré que hacer esto mismo cada vez que venga. Pero ahora veo que Leo se dejó algo en nuestra última visita: la solapa de una caja de fósforos está encajada entre el marco y la puerta. Es un truco que utiliza en el cuartel para asegurarse de que los cadetes no se escapan a Roma. Si hay un papel en el suelo, significa que alguien ha entrado y salido. Si el papel sigue en la puerta, nadie ha roto el sello. Me siento aliviado.

Entro y voy al teléfono de la cocina. Parece raro que Ugo quisiera el número de esta línea fija. Siempre que nos llamábamos por algo del Diatesarón, era a través del móvil. Quizá esta vez intentaba dar con Simón y no conmigo. La pregunta es: ¿cuándo sucedió eso?

Reviso la lista de llamadas entrantes y no hay ni rastro del número de Ugo. Solo veo tres llamadas de un teléfono desconocido, un número del Vaticano, todas en un intervalo de cuarenta minutos y realizadas la noche anterior a la muerte de Ugo. Pedro y yo pasamos toda la tarde-noche fuera, en el cine. Nunca me enteré de estas llamadas.

Intuiciones inconexas me cruzan por la cabeza. Compruebo otra vez la fecha de las llamadas, solo para asegurarme. Es como si alguien llamara para comprobar si habíamos salido, reconociendo el terreno antes de entrar en el apartamento. Sin embargo, la noche siguiente, que es cuando realmente entraron, no hubo ni una sola llamada desconocida.

Pierdo la paciencia y, tras buscar de nuevo el número en cuestión, lo marco en mi móvil. Apenas empieza a sonar, una voz de mujer contesta:

–*Pronto*. Casa Santa Marta. ¿En qué puedo ayudarle?

Una monja, en la recepción de la Casa.

–Hola –digo–. Estoy intentando localizar a alguien que me llamó desde una línea del hotel. ¿Podría ponerme con el número?

–¿El nombre, señor?

–No tengo el nombre. Solo el número de teléfono.

–Por respeto a la privacidad de nuestros huéspedes, no puedo satisfacer su petición, señor.

–Es importante, hermana, por favor.

–Lo siento mucho.

Trato de pensar rápido y le digo:

–Entonces, Ugolino Nogara. ¿Puede buscar una habitación a nombre de Ugolino Nogara?

Ugo no tenía ninguna razón para alojarse en la Casa. Se habría quedado en el apartamento que tenía encima de los museos. Pero intento pescar cualquier información.

Oigo teclear en el ordenador.

–No figuran huéspedes con ese nombre, señor. ¿Está seguro de que no ha dejado ya el hotel? Eliminamos a los huéspedes del sistema una vez que han devuelto las llaves.

Las llaves. De pronto se me ocurre. La esquirla de metal que encontré bajo la alfombrilla del coche de Ugo.

–Gracias, hermana.

Cuelgo el teléfono y echo mano a los bolsillos de la sotana. De uno de ellos saco la media luna metálica del coche de Ugo. Del otro, mi llave de la Casa. Sujeto a la llave de la Casa hay un llavero oval con el número de habitación. El color y el grosor coinciden a la perfección. La esquirla es un borde arrancado del llavero de la Casa.

Al examinarla más de cerca, veo algunas marcas. Deben de haberla usado para abrir algo. Fuera lo que fuera, el intento fracasó.

Me siento a la mesa de la cocina, tratando de encajar toda esta información en una pauta que pueda entender. Las llamadas a mi apartamento conducen a la Casa. El robo en el coche de Ugo, también. Podría ser el primer indicio de que, efectivamente, el asesinato y la entrada en mi piso están conectados. Pero también me intranquiliza la idea de que Pedro y yo estábamos en la Casa, durmiendo bajo el mismo techo que el hombre que hizo esto.

Froto la esquirla que tengo en la palma de la mano. La Casa. Se construyó para los visitantes de fuera de la ciudad, pero en ella también se alojan los sacerdotes de la Secretaría cuando están aquí de paso. Por teléfono, Mignatto me ha dicho que el cardenal Boia no quiere que sepamos quién le dio la paliza a Michael. Se niega a darnos esa información. Boia, desde la época en que murió mi padre, ha sido contrario a la reunificación de católicos y ortodoxos. Es el hombre que se ha valido de la Secretaría para arruinar los gestos de buena voluntad de Juan Pablo hacia nuestra Iglesia hermana.

Simón debía de ser consciente de que estaba tentando a la suerte al invitar al clero ortodoxo a la exposición. Supongo que intentó que Boia se enterara lo más tarde posible. Eso explicaría por qué en su pasaporte diplomático no hay rastro de ningún viaje a Serbia o Rumanía. Podría haber solicitado un pasaporte italiano normal para ocultar lo que estaba haciendo. Pero en cuanto un obispo ortodoxo, o un metropolitano, accediera a venir a Roma, entonces el juego se habría acabado. Los obispos son figuras públicas. Viajan con un séquito y sus planes aparecen en anuncios y calendarios diocesanos. Boia seguro que iba a enterarse.

Más o menos por la misma época, Simón debió de sufrir una conmoción aún más desagradable. Porque fue en plena negociación con los ortodoxos cuando Ugo descubrió que el sudario había sido robado en Constantinopla.

Ese descubrimiento debió de poner en marcha todo lo demás. Michael fue atacado por hombres que querían saber lo que había descubierto Ugo. Una amenaza similar figuraba en el dorso de la fotografía que me enviaron. El cardenal Boia parece saber que Ugo había descubierto algo, pero no qué era exactamente. Tal vez es lo que espera sonsacarle a Simón al ponerlo bajo arresto domiciliario.

Irónicamente, lo único que tendría que hacer para averiguarlo es darse una vuelta por la exposición de Ugo. Aunque el montaje de las salas no haya terminado, las respuestas están bien a la vista. Si Su Eminencia aprendiera un poco de griego, vería que la verdad está pintada en las paredes.

Me levanto y camino a tientas en la oscuridad hasta mi dormitorio. Puede que mi hermano anteponga esta exposición a su carrera, pero yo no. Simón estaba destinado a más altas empresas que la de invitar a algunos clérigos ortodoxos a Roma. Cuando testifique mañana, los jueces tienen que comprender lo que realmente está en juego.

Miro en la cómoda, pero no encuentro lo que estoy buscando. Cruzo entonces la línea imaginaria que separa mi parte de la habitación de la de Mona y abro el joyero que le hizo su padre tras nuestro compromiso. Mona desapareció sin llevarse nada más que una bolsa de ropa y, como la esposa de un sacerdote no suele ponerse joyas, todas siguen aquí: los pendientes de botón de diamante, los nostálgicos anillos de la adolescencia, el collar de oro con la cruz latina, sustituida por la cruz griega que debía llevar puesta el día en que se fue. Abro el pequeño compartimento inferior. Dentro hay una llave. La meto en mi llavero.

Cuando voy hacia la puerta, me detengo y abro el aparador que volcó el intruso. Dentro está la bolsa de plástico en la que Pedro y yo guardamos la maraña de cables y adaptadores de repuesto. Todo lo que veo que pueda servir para cargar un teléfono móvil lo enrollo y me lo meto en la sotana.

Después, antes de volver a bajar, trato de prepararme para lo que estoy a punto de ver.

En la planta baja de nuestro edificio de apartamentos se encuentra el servicio de salud del Vaticano. Cuando Simón y yo éramos niños, los sacerdotes norteamericanos preferían volver a Nueva York para sus chequeos antes que correr el riesgo de visitarse con médicos vaticanos. Las historias de terror sobre lo vivido por cada papa no han dejado de circular durante el último medio siglo. Hace cincuenta años, Pío XII contrajo un hipo persistente y su médico le recetó inyecciones de sesos de cordero molidos. Otro doctor papal vendió el historial médico de Pío a los periódicos y embalsamó su cuerpo con una técnica experimental, lo que provocó que el cadáver empezara a burbujear y pedorrear como un pozo de alquitrán mientras los peregrinos hacían cola para verlo. Diez años después, Pablo VI necesitaba que le extirparan la próstata y los doctores vaticanos decidieron realizar la operación en la biblioteca papal. Su sucesor, Juan Pablo I, murió tras treinta y tres días de papado porque nuestros doctores aún no se habían enterado de que tomaba pastillas para una afección sanguínea. Así pues, uno podría pensar que nuestras pompas fúnebres están entre las mejores del mundo, dada la cantidad de oportunidades que tienen para practicar. Pero sucede que no hay ni servicio de pompas fúnebres vaticanas ni morgue vaticana. A los papas los embalsaman en sus apartamentos las funerarias de la ciudad que se presentan voluntarias, y el resto de nosotros hemos de conformarnos con la sala trasera del servicio de salud. La misma sala a la que ahora me dirijo.

En la clínica hay dos puertas: una para los obispos y otra para todos los demás. Sigo utilizando la puerta apropiada a mi rango. La llave de Mona abre la cerradura sin el más mínimo problema. Antes de que naciera Pedro, Mona trabajaba aquí de forma gratuita, como todo nuestro personal médico, además de hacerlo en su verdadero trabajo en la ciudad.

No he estado en esta sala de espera desde el día en que mi padre sufrió el ataque al corazón. Las ventanas dan al garaje y a los museos situados más allá, así que no me atrevo a encender las luces. De todas formas, tampoco las necesito para recordar el aspecto de este lugar. Las paredes y los suelos blancos, las lamas blancas de las persianas de plástico, los doctores y las enfermeras con bata blanca que tan despacio se movían cuando trajimos a mi padre, como si ya hubieran decidido que esta sería su antesala del cielo. Cuando Mona empezó a trabajar aquí de voluntaria, no vine a recogerla después del trabajo ni una sola vez, como tampoco ella tuvo que preguntarme el porqué ni una sola vez.

Avanzo por el pasillo y voy abriendo las salas de espera, una tras otra. Tal como imaginaba, la que busco está al final del todo. Antes incluso de abrir la puerta, ya estoy oliendo el líquido de embalsamar. Dentro de la habitación no hay ninguna cama reclinable cubierta de papel sanitario; solo una mesa de acero tapada con una sábana blanca. Bajo la sábana, el bulto de un cuerpo.

Aparto la vista de Ugo, pues siento que estoy invadiendo su intimidad. Estamos hablando de un hombre que tenía dos cerraduras de seguridad en su puerta y una caja fuerte fijada al suelo

273

de su despacho. Un hombre que, durante todo el tiempo que trabajamos juntos, jamás me mostró una fotografía de su familia, si es que tenía alguna. Tal vez por eso siga aquí su cuerpo tres días después, pudriéndose en una sala trasera, sin que se espere ningún velatorio ni misa de difuntos.

—Ugo —digo en voz alta—, te pido perdón.

«Por estar aquí. Por interrumpir tu paz. Por no haberte hecho caso cuando acudiste a mí para que te ayudara».

Desvío la mirada y examino el carrito que tengo delante, buscando sus pertenencias. En lugar de eso, veo un sobre de manila con el rótulo NOGARA, UGOLINO L. En la primera página hay un diagrama del cráneo de un hombre cubierto de notas manuscritas. Pensando en las huellas dactilares, antes de tocar nada saco unos guantes de látex del dispensador de la pared.

En el lado derecho del cráneo, se ha dibujado un agujero negro. Al lado hay unas medidas. El orificio de salida se ha marcado en el lado izquierdo, acompañado también de medidas. En la página siguiente, veo la silueta de un cuerpo completo con la lista de cicatrices y decoloraciones de la piel de Ugo. En un primer vistazo, leo la palabra *ictericia*, seguida de una referencia a la página once del historial del paciente.

Sigo hojeando rápidamente. Este historial abarca los últimos dieciocho meses, desde justo antes del primer viaje de Ugo a Edesa, cuando lo vacunaron contra las fiebres tifoideas y el tétanos. Esta primavera, dio positivo en unas pruebas de enfermedad hepática. Luego suspendió un test visual. Después, las entradas se vuelven más frecuentes. Al parecer, Ugo venía al médico cada vez que volvía a la ciudad. La página once, a la que hace referencia el informe de autopsia, se redactó hace menos de un mes.

El paciente presenta delirios secundarios compatibles con la dependencia del alcohol. Miedo a perder el trabajo. Miedo a que lo sigan, a sufrir una agresión. Pruebas de posible fabulación. Test del síndrome Korsakoff sin resultados concluyentes de amnesia. Nuevo test de pérdida de memoria dentro de seis meses. Se le receta tiamina; derivado a especialista.

La fecha de la visita es un poco anterior al último correo que me envió. Los doctores, al ver que era alcohólico, no hicieron caso a nada más. Me asalta una segunda oleada de culpa.

Vuelvo al informe de autopsia y por fin encuentro el inventario de efectos personales. Se menciona la ausencia de billetera y de reloj. No dice nada de una llave de la Casa, con o sin trocito arrancado del llavero. Eso refuerza mis sospechas de que la esquirla que encontré bajo la alfombrilla no era suya.

Según esta lista, los bolsillos de los pantalones, la camisa y la chaqueta de Ugo estaban vacíos. Pero mis sospechas eran acertadas. En el bolsillo interior de la gabardina, el investigador encontró el teléfono móvil de Ugo.

No obstante, a mí Mignatto no me dijo nada de un teléfono móvil que figurara en la lista de pruebas. Empiezo a registrar las bandejas de metal, en busca de alguna otra bolsa de pruebas sellada en rojo, cuando de pasada veo la última línea de las notas: «Manchas en ambas manos».

Me detengo y vuelvo a mirar. Luego paso rápidamente las páginas en busca de otra referencia. Junto al diagrama del cuerpo completo, una línea menciona los restos de pólvora encontrados en la mano que Ugo utilizó como escudo, la mano con la que intentó protegerse. Pero no es eso lo que ponía en la nota. Allí decía «ambas manos».

Recuerdo entonces lo que aquel guardia suizo nos dijo a Simón y a mí en la cantina sobre el cadáver de Ugo, apenas unas horas después de que muriera: «Y yo he oído que había algo raro en las manos o en los pies».

Me quedo mirando el bulto oculto bajo la sábana, en la mesa de metal. Y me estremezco al pensar en lo que tengo que hacer ahora.

Simón fue el único al que se le permitió ver el cuerpo de nuestro padre en esta sala. Dos días después, cuando me incliné sobre el ataúd abierto para besar el icono sagrado de su pecho, olí la colonia que le había puesto el personal de la funeraria y supe que mi padre se había ido. El cuerpo que tenía ante mí era el de un extraño. Ningún sacerdote griego lleva colonia. Ese olor jamás me ha abandonado, como si hubiera hallado refugio entre los recuerdos sepultados en lo más hondo de mi cerebro. Ahora vuelve a mí mientras me acerco a la mesa.

Observo la sábana blanca, el accidentado paisaje que en ella dibuja el cadáver de Ugo. Entonces me cubro con la bien conocida armadura del sacerdote contra la muerte. Nada debo temer. El alma no muere. Tan cierto es que Ugo vivió como que todavía vive, solo que separado de su cuerpo.

Aun así, hay algo sobrecogedor en la falta de rostro de este cadáver cubierto. Da la impresión de que toda la muerte residiera aquí. Tan solo me separa de ella esta fina sábana. Por alguna razón, pienso ahora en Ugo ante la mesa de la cena, mostrándome su réplica del sudario. Pasaba la mano respetuosamente sobre el lienzo, sin tocarlo jamás.

La sábana tiene un tacto como polvoriento cuando la levanto solo lo justo para encontrar el brazo de Ugo.

La mancha de la mano es de un marrón rojizo intenso. Se extiende por la piel de una forma que me resulta familiar, con una coloración más oscura en las puntas de los dedos y el pulgar, casi inexistente en la palma.

El corazón me late atropelladamente ahora, enviando la sangre a sacudidas por los brazos.

Aparto la sábana y me pongo al otro lado de la mesa. La mano izquierda tiene una mancha idéntica. Ugo tuvo el Diatesarón en las manos poco antes de morir. Pero ¿por qué? Los restauradores deberían haber acabado con él hacía mucho. Las enormes ampliaciones de las páginas del Diatesarón ya están montadas en las salas. Yo supuse que la puerta de la última sala, la que Pedro y yo no pudimos abrir, estaba cerrada porque el Diatesarón ya estaba en su lugar, minuciosamente colocado en la sala final. Ugo no tenía ninguna razón para moverlo de allí.

A menos que se lo llevara a Castel Gandolfo. A menos que se lo mostrara a los ortodoxos por alguna razón. En cuyo caso, podría ser justamente el Diatesarón lo que robaron de su coche. Sus dimensiones se aproximan a las de la marca que vi bajo el asiento del coche de Ugo.

Busco con impaciencia en las bandejas de metal. Finalmente, bajo un pequeño fajo de papeles, encuentro una bolsa de plástico sin sellar y sin ninguna identificación de la gendarmería. Dentro está el teléfono móvil de Ugo. No le queda batería después de los tres días transcurridos, así que saco los cables de recarga de la sotana y busco alguno que lo haga funcionar. Luego empiezo a repasar la lista de llamadas.

Las últimas cuatro llamadas a este teléfono fueron de Simón. A las 15:26, a las 15:53 y a las 16:12. Ugo no contestó. Después transcurrió más de media hora sin ninguna comunicación. Por fin, a las 16:46 mi hermano llamó a Ugo por última vez. Estuvieron conectados durante noventa segundos. Menos de noventa minutos después, Ugo estaba muerto, puesto que Simón llamó a mi apartamento poco más tarde de las seis para pedirme que me encontrara con él en Castel Gandolfo.

Marco el número del buzón de voz de Ugo. Sin duda, Simón debió dejarle mensajes. La voz automática dice: «Quince horas y veintiséis minutos». Y luego:

Ugo, soy yo. Solo quería revisar el guion. Unos pocos recordatorios: el italiano no será su primera lengua, así que habla despacio. Yo te presentaré; tú solo tienes que hablar durante veinte minutos, así que no te preocupes. Por favor, no menciones lo que hemos hablado.

Sigue una pausa.

Otra cosa: quería que supieras que la asistencia será más numerosa de lo esperado. Habíamos hablado de un grupo pequeño, pero el santo padre nos ha dado mucho apoyo, así que no te sorprendas. Esa es otra razón más para ceñirse al guion. No queremos decepcionarlo.

Una pausa final.

Sé que esto es difícil para ti, pero puedes con ello. Si sientes la tentación de tomar un trago, mantente firme. Yo estaré contigo en cada momento.

Guardo el mensaje. A continuación, a las cuatro menos siete minutos, Simón deja un segundo mensaje. Esta vez, la voz suena más nerviosa.

¿Dónde estás? El portero dice que has salido a fumar. Se espera que empecemos dentro de unos minutos. Tienes que volver ya.

Y, veinte minutos después, el último de los mensajes de voz.

No puedo hacerles esperar más. Tendré que hablarles yo mismo. Ugo, si estás bebiendo, no te molestes en venir. Te llamaré cuando haya acabado.

No hay nada más. La voz automática aparece de nuevo. La última llamada –alrededor de las cinco menos cuarto, cuando Simón y Ugo consiguieron contactar por fin– no tiene ningún mensaje.

Siento un alivio lleno de amargura. Simón no sabía dónde había ido Ugo. Mi hermano daba una charla en una habitación llena de sacerdotes ortodoxos mientras Ugo estaba solo en los jardines. Puede que incluso mientras Ugo sufría el ataque.

Es preciso que los jueces oigan estos mensajes. Es preciso que extraigan sus propias conclusiones sobre por qué no se han recogido nunca estas pruebas. Mignatto se enfurecerá al saber lo que he hecho, pero yo desenchufo el teléfono y me lo guardo en el bolsillo. Luego reviso la habitación por si me he dejado algo, bendigo una vez más el cuerpo de Ugo y regreso al vestíbulo.

Fuera, en el pequeño aparcamiento que separa este lugar del garaje, se detiene un coche. La luz de los faros ametralla las persianas verticales. Alguien sale del vehículo, bostezando: es solo uno de mis vecinos, que regresa a casa después de su jornada. Cuando ha desaparecido en el interior del edificio, salgo con paso silencioso y cierro la puerta con la llave de Mona.

Es medianoche. Pienso si debo llamar a Mignatto, pero decido que esto puede esperar hasta mañana. Nos encontraremos en la sala del tribunal dentro de ocho horas. Ya desatará entonces su furia contra mí por lo que he hecho. Cuando se le pase el enfado, verá cuánto más fácil se ha vuelto ahora su trabajo.

CAPÍTULO 25

A las cinco y media, me despierta una llamada de Michael Black.

—¿Dónde estás? —me pregunta.

—Michael —digo aún medio grogui—, aquí ni siquiera es de día. No voy a salir corriendo a un teléfono público.

—¿No me decías en tu mensaje que necesitabas hablar conmigo?

—Lo que necesito es que cojas un avión —digo—. Para testificar.

—¿Cómo dices?

—La Secretaría se niega a entregar tu expediente. No tenemos otro medio de probar que te atacaron.

Se percibe ya un cambio en su tono.

—¿Quieres que me juegue el cuello por tu hermano?

—Michael…

—¿Y qué podría yo decir? Él nunca me contó nada.

Me siento en la cama y enciendo la lámpara. Me restriego los ojos para despabilarme. El cerebro funciona solo a medio gas, pero sé que he de tener cuidado. «Él nunca me contó nada»: eso, sin duda, no es verdad. En su carta, Ugo se refería a Michael como un «seguidor incondicional» de Simón y, cuando Michael recibió la paliza en el aeropuerto de Rumanía, al parecer fue porque estaba colaborando con Simón para invitar a los ortodoxos a la exposición de Ugo. El hecho de que no lo admita ante mí, en privado, me indica que va a ser difícil convencerlo para que testifique en el juicio.

Pero al menos me ha llamado. Alguna parte de él sigue queriendo ayudar.

—En cuanto llegues a Roma —digo—, te contaré todo lo que sé. No quiero hacerlo por teléfono.

—Mira, ¿sabes qué? Yo a ti no te debo nada.

—Michael —digo en tono más severo—, sí que me debes algo.

No solo le dijiste a esa gente dónde estaba mi apartamento, sino también dónde podían encontrar una copia de la llave.

Silencio.

—La Policía no va a ayudarnos —continúo—, porque no creen que nadie entrara por la fuerza en mi casa.

—Mis disculpas por eso.

—¡No quiero tus disculpas! Lo que quiero es que tomes el próximo vuelo a Roma. Llámame cuando estés aquí.

Antes de que pueda decir nada más, cuelgo. Y ruego que haya sido suficiente.

Dos horas después, organizo una cita improvisada para que Pedro juegue con Allegra Costa, la nieta de seis años de dos residentes del Vaticano. En la puerta de su casa, Pedro y yo tardamos más de lo habitual en despedirnos. Tenemos la costumbre de no decirnos nunca adiós, otro resto dejado por la desaparición de Mona. Ella siempre está ahí, emergiendo en el campo de nuestras vidas como los trozos de cerámica que los agricultores romanos siempre encuentran cuando labran la tierra. Por el bien de Pedro, voy a tener que llamarla pronto. Pero ese pensamiento desaparece en cuanto miro el reloj. En mi interior, la tensión se desata. Hay otro lugar en el que debo estar.

El palacio del Tribunal está situado en la esquina diagonalmente opuesta a la Casa, con la que comparte vistas sobre la gasolinera del Vaticano, aunque con el insulto adicional de hallarse justo detrás de los tubos de escape de los coches, lo que le ha dado un esfumado de color gris petróleo al beis descascarillado de la fachada. Por lo general, la Rota opera en un histórico palacio renacentista ubicado al otro lado del río, más cerca del despacho de Mignatto, pero hoy tres de sus jueces se han visto obligados a venir aquí. En los viejos tiempos, nuestros juicios canónicos se celebraban fuera de los muros vaticanos, y este palacio quedaba reservado para los procesos civiles. Pero Juan Pablo, el único papa de la historia que ha revisado los dos códigos de la ley canónica —uno para los católicos occidentales y otro para los orientales—, decidió cambiar también el lugar de celebración.

A menudo, en este palacio parece reinar una atmósfera de relajada ociosidad. Los jueces vagan por el exterior, apoyados en las paredes con la peluca en la mano, matando el tiempo entre un caso y otro. Al igual que nuestros médicos y enfermeras vaticanos, nuestros jueces civiles son voluntarios traídos del mundo exterior, juristas a tiempo parcial cuyo verdadero trabajo está en Roma. En cambio, los jueces de hoy serán diferentes. El antiguo Tribunal de la Sagrada Rota Romana es la segunda autoridad en la jerarquía de la Iglesia. Sus dictámenes solo pueden ser revocados por el papa. La Rota es el último tribunal de apelación en todas las diócesis católicas del mundo, y cada año sus jueces se ocupan de cientos de casos, anulando un matrimonio católico casi cada día. Esta actividad incesante pasa factura. He conocido a monseñores de la Rota que han envejecido más deprisa que un perro. El trabajo los volvió adustos, metódicos, impacientes. En esta sala, ningún juez mostrará una laxitud al estilo italiano.

Mignatto está esperando fuera de la sala cuando llego. Su aspecto es especialmente elegante, con su sotana de monseñor ceñida por una faja de la que penden impecablemente dos borlas nudosas, recordando un poco a los incensarios que sacerdotes y diáconos hacen oscilar en sus cadenas para extender el humo del sahumerio. Este tipo de borlas se prohibieron hace treinta años, cuando el papa simplificó la vestimenta de los sacerdotes romanos, pero a lo mejor es que Mignatto está eximido de esa norma, o bien se trata de un guiño sutil al tradicionalismo con el que espera ganarse el favor de alguien del tribunal. Yo, como sacerdote griego, soy ajeno a ese tipo de matices.

—¿Va a venir Simón? —pregunto.

Su tono es estrictamente profesional, sin la más mínima emoción:

—Está en la lista. Otra cosa es que el cardenal Boia lo deje salir.

—¿Hay algo que podamos hacer?

—Ya estoy haciendo todo lo que se me ocurre. Mientras tanto, explíqueme la decisión de su tío, por favor.

—¿Qué decisión?

Mignatto espera, como si la respuesta hubiera de acudir a mi mente. Por fin, dice:

—Su Eminencia ya está en la sala. Hace una hora me ha informado de que hoy actuará como procurador.

Lanzo una mirada llena de ira hacia las puertas de la sala y me muerdo la lengua.

Mignatto está esforzándose al máximo para no parecer irritado. Su impresión de nuestra familia no está mejorando.

–Creí que tal vez lo habría hablado con usted. En cualquier caso, ya he presentado un mandato para que actúe *locum tenens*.

Locum tenens: «sustituto» en latín.

–¿No puedo entrar?

–Hoy no.

–¿Por qué lo hace?

Mignatto baja la voz:

–Me ha dicho que es para animar a su hermano a que testifique. Cree que tal vez dos noches de arresto domiciliario le hayan hecho cambiar de opinión.

Estoy enfadado con Lucio por hacerme quedar como un estúpido. Pero si cree que puede hacer hablar a Simón, entonces quizá tenga razón. Y su decisión me brinda la oportunidad que buscaba.

Saco el móvil de Ugo de la sotana y digo:

–Hay algo que debo decirle antes de que entre.

Cuando se lo cuento, Mignatto palidece.

–Le dije específicamente que no hiciera nada como esto, que no interfiriera.

–También me dijo que los jueces aceptarían cualquier prueba, sin importar de dónde procediera ni el modo de obtenerla.

–¿De qué me está hablando?

–Pincharon el teléfono de Simón para apoderarse de esos mensajes del buzón de voz.

Me fulmina con la mirada.

–Lo que le dije fue que los jueces tienen potestad para formarse una opinión basándose en cualquier elemento probatorio. Y eso incluye nuestra conducta. Así que, si la Secretaría retiene pruebas o escucha en secreto a sus propios empleados, eso es algo que juega a favor de su hermano. Mientras que, si la defensa «roba» pruebas, lo único que hace es perjudicarlo.

–No lo entiende, monseñor. Los gendarmes han encontrado cosas que podrían ayudar a Simón, pero nadie está haciendo nada con esas pruebas. Ni siquiera las están recogiendo.

—¿A qué demonios se refiere?

Quiero contarle lo de las llamadas telefónicas a mi apartamento la noche anterior al allanamiento, lo del trozo de papel con mi número que encontré en el coche de Ugo. Pero eso supondría tener que contarle también lo que hice anoche, y ahora está demasiado alterado para poner esas revelaciones en perspectiva.

Así que me limito a decir:

—¿Por qué los jueces no han mirado en su teléfono? ¿Por qué ni siquiera forma parte de las pruebas del juicio? Los mensajes de voz demuestran que Simón no sabía en qué lugar de Castel Gandolfo estaba Ugo. Eso debería haber sido uno de los primeros argumentos que la acusación se habría visto obligada a rebatir

Una mancha rosada le va subiendo a monseñor por el cuello.

—Le recuerdo una vez más —dice— que este no es un juicio penal que se rija por el derecho continental. Los gendarmes no trabajan codo con codo con el fiscal, sino que llevan a cabo su propia investigación. Si el tribunal requiere alguna cosa, ellos se la proporcionan. Así que el problema aquí no es que exista una confabulación perversa e invisible contra su hermano. El problema consiste en que nadie implicado en este proceso, ni los jueces, ni el promotor de justicia, ni la defensa, ni siquiera el vicario que efectuó la investigación inicial, ha juzgado un asesinato en un tribunal canónico. No estamos acostumbrados a pedirle a la Policía sus informes sobre un homicidio. No sabemos de qué tipo de informes podemos disponer. Y aunque nos estamos esforzando al máximo para superar esas carencias, resulta en extremo dificultoso cuando el juicio avanza con tanta rapidez.

—Entonces, ¿por qué se le pide al tribunal algo que no puede hacer? Las presiones deben de venir de algún sitio.

Mignatto hace una mueca.

—Padre, obviamente alguien piensa que la muerte de Nogara es un escándalo que amenaza la preparación de esta exposición. En la mente de alguna persona, la mejor forma de resolver el problema es un juicio rápido. No veo indicio de que pueda haber algo más.

Las puertas de la sala se están abriendo. Esta discusión no nos lleva a ninguna parte. Antes de que Mignatto se vaya, debo asegurarme de que entiende la relevancia del teléfono de Ugo.

–Cuando Simón testifique –le digo–, por favor, pregúntele por las llamadas que hizo a Ugo. Y, si no responde, ponga los mensajes del buzón de voz de Ugo.

Mignatto aprieta los dientes. Coge el teléfono y me da la espalda. Lo último que le oigo decir mientras se aleja es:

–Padre, no me escucha usted. Yo no hago ninguna pregunta. Solo las hacen los jueces.

Estoy demasiado nervioso para irme, así que decido quedarme fuera de la sala. Unos minutos después, el primer testigo se acerca caminando.

Se trata del viejo obispo Pacomio, el antiguo rector del seminario de Simón, el Capranica. Es un hombre calvo y pasado de kilos, con una frente amplia que denota inteligencia y una mirada seria. Aunque vista una sotana normal, la gruesa cruz dorada que lleva en el pecho revela que es más que un simple sacerdote: durante casi una década, ha sido obispo de la archidiócesis de Turín. Para los jueces será también una pequeña celebridad, por ser autor de varios libros y presentar programas de televisión. Mignatto abre con un golpe de efecto: el obispo Pacomio ha viajado más de seiscientos kilómetros para hablar bien de mi hermano.

Cuando los gendarmes le abren la puerta de la sala, veo fugazmente el interior. Los tres jueces están sentados en el estrado con expresión similar a la de quienes portan un féretro. Tras ellos, una pared de madera similar a la entrada de un mausoleo, con un crucifijo negro de hierro colgado en la parte superior.

Entonces la puerta se cierra y me quedo de nuevo ciego. Comienza la espera. Durante los siguientes cincuenta minutos, me paseo por el patio polvoriento, sin saber cómo ayudar. Luego reaparece el obispo Pacomio, con aspecto apacible. Quisiera preguntarle cómo ha ido, pero no estaría autorizado a responderme. El juramento del tribunal se lo prohíbe. Así que lo observo mientras se aleja con pasitos cortos y consulto el teléfono por si hubiera algún mensaje de Mignatto.

Nada.

Poco después, un Volkswagen Golf se acerca despacio y se detiene con las ventanillas bajadas. De él emerge un hombre al que no he visto desde hace una década: el padre Stransky, que trabajaba con mi padre en la oficina de Unidad Cristiana cuando no era más que un apartamento del Vaticano en el que la bañera servía de archivador. El tiempo le ha encanecido el cabello y alargado el rostro, pero se para ante mí, me lanza una mirada interrogante y entonces establece la conexión.

—Santo cielo —exclama—. ¡Si es el pequeño Alex Andreou!

—Padre Tom.

Me abraza como si fuera su hijo mientras me pregunto cómo se las ha arreglado Mignatto para dar con él. Lo último que supe es que era rector de un instituto en Jerusalén.

—Pues resulta que estaba en Roma —dice guiñándome el ojo— Casualidad, supongo.

Lucio. Solo Lucio podría conseguir que estos hombres reaparecieran de la nada. Me pregunto si ha corrido con los gastos para que vuelen hasta aquí de un día para otro.

El padre Tom baja la voz:

—Y bien, ¿en qué lío se ha metido tu hermano?

—No ha hecho nada malo, padre. Solo que no quiere decirles a los jueces que es inocente.

Stransky niega con la cabeza. Simón resumido en dos palabras. Señala la puerta y dice:

—¿Entras conmigo?

Cuando le explico que no puedo, sonríe y dice:

—Bueno, recemos para que no quede como un imbécil. No le quito el polvo al viejo código canónico desde hace una década.

Modestas palabras para una leyenda viviente. En colaboración con dos cardenales, el padre Tom redactó el borrador de un documento histórico de la Iglesia sobre el futuro de nuestras relaciones con los no cristianos. Aunque solo puede dar fe de la conducta de Simón cuando era joven, la estrategia de Mignatto parece clara: deslumbrar a los jueces con los testigos de moralidad en favor de mi hermano.

Pasa una hora. El padre Tom se marcha. Llega el tercer testigo, y este es de los que causa sensación.

El arzobispo Collaço es el antiguo nuncio del primer destino de Simón en Bulgaria. Nacido en la India y formado en Roma,

Collaço es uno de los diplomáticos vaticanos más veteranos, la encarnación misma del servicio a la Secretaría. En su cuarto de siglo de carrera, ha sido nuncio en una docena de países. Hoy viste una sotana de un blanco inmaculado con faja púrpura, el atuendo que llevan los sacerdotes de los trópicos, lo que añade incluso mayor dignidad a su llegada. No me resulta difícil comprender por qué está aquí. Mignatto y Lucio desean enviar un importante mensaje: la Secretaría respalda a Simón, aunque su jefe no lo haga.

Transcurre otra hora. Después, a las dos, al arzobispo Collaço le sigue el último de los testigos de moralidad de la defensa. Y, esta vez, no puedo creer lo que ven mis ojos.

Incluso Lucio habrá tenido que pasar las de Caín para mover los hilos en tan altas instancias. El cardenal Tauran es un coloso de la Secretaría. Hubo una época en la que se decía que iba a ser el próximo cardenal secretario, que sustituiría a Boia y revolucionaría nuestras relaciones con los ortodoxos. Entonces le diagnosticaron párkinson, como a Juan Pablo, de modo que la preocupación por su salud hizo que lo destinaran a un puesto menos exigente: el de bibliotecario de la Sagrada Iglesia Romana. Pero antes llegó a conocer a Simón en una clase de diplomacia que Su Eminencia impartió en la Academia. El bibliotecario papal está a punto de señalar a mi hermano como uno de sus alumnos favoritos.

Tauran pasa ante mí con aire modesto, bajando la cabeza y sonriendo, consciente del efecto que causa su presencia. Con él, la defensa tiene ya desplegadas todas sus piezas. Ojalá estuviera dentro para ver la cara de los jueces ante tal sucesión de celebridades de la Iglesia. No me extraña que Lucio quisiera verlo por sí mismo.

A las tres en punto, Tauran sale por la puerta. El escenario está ya preparado para Simón. Dado que la mayoría de las oficinas vaticanas cierran a la una, y que los empleados disponen al menos de una pausa por la tarde durante los turnos más largos, espero que los jueces decreten primero un receso. Así que aguardo junto a la puerta a que salga Mignatto, dispuesto a celebrar con él un inicio tan triunfal.

Pero no sale nadie. Cuanto más se prolonga el silencio, más intensa es la sensación de inquietud que me oprime el pecho. Están esperando a Simón. Y Simón no aparece.

Veinte minutos después, un sedán se detiene en la entrada. Baja el conductor, abre la puerta trasera y espera. Las puertas de la sala se abren. Mi tío desciende con aspecto indignado.

–¿Qué pasa? –pregunto.

Pero Lucio pasa por delante de mí y se mete directamente en el coche. Un instante después, el vehículo se aleja. Me doy media vuelta y me encuentro a Mignatto detrás de mí.

–¿Ha ido algo mal? –le pregunto también.

–Sin noticias del cardenal Boia –refunfuña Mignatto.

–¿Cómo pueden tratar así a Simón?

Monseñor no contesta.

–¿Va a volver mi tío?

–No.

Me aclaro la garganta.

–Entonces, ¿puedo entrar yo en la sala?

Se gira para mirarme cara a cara.

–Tiene que entender una cosa: no puedo defender a su hermano como corresponde si su familia continúa actuando por su cuenta.

–Monseñor, lo siento. Pero el teléfono de Ugo demostrará...

–Ya sé lo que puede demostrar el teléfono. Si usted no puede aceptar lo que le pido, entonces yo no puedo representar a su hermano.

–Lo comprendo.

–Cualquier otra cosa que se le ocurra hacer, primero la consulta conmigo.

–De acuerdo. Entendido.

Mi aquiescencia parece tranquilizarlo.

–Muy bien –dice–. La última declaración es dentro de una hora. Coma algo y reúnase conmigo aquí dentro de cincuenta minutos.

Se supone que debo recoger a Pedro dentro de una hora, pero eso tendrá que esperar.

–¿Quién testifica?

–El doctor Bachmeier.

El comisario ayudante de Ugo. Debe de ser para que los jueces sepan todo lo relativo a la exposición.

–Aquí estaré –le aseguro.

A las cuatro y media, las puertas se abren. Mignatto me precede hasta una mesa situada en el lado derecho de la sala. Veo otra idéntica en el lado izquierdo para la acusación, comandada por un sacerdote con el antiguo título de promotor de justicia. A su lado está el notario, cuyo papel es crucial, ya que sin su presencia el proceso carecería de fuerza legal. Detrás de nosotros, una sucesión de filas con sillas vacías. Y, finalmente, una tercera mesita con un micrófono situada entre la defensa y la acusación. Sobre esta pequeña mesa hay una jarra de agua y un vaso. No tengo que adivinar quién va a sentarse allí.

Mignatto susurra:

–No nos corresponde a nosotros hacer las preguntas. Si oye algo con lo que no está de acuerdo, escríbalo. Si considero que las preguntas son útiles, puedo remitírselas a los jueces.

–Por favor, tomen asiento –dice el juez principal.

A continuación, los gendarmes hacen pasar al doctor Bachmeier, un seglar de aspecto profesoral, con su barba enmarañada y su cabello mal peinado. Me lo encontré un par de veces cuando Ugo y yo trabajábamos juntos, y sé que Ugo no le contó nada. Dudo mucho que sepa el objetivo real de la exposición.

El notario se levanta para tomarle juramento, que en realidad son dos: uno de confidencialidad y otro de veracidad. Bachmeier parece algo amedrentado mientras presta ambos.

–Por favor, identifíquese –dice el juez que preside. Es un monseñor de rostro bondadoso y aspecto de otra época, con grandes gafas de montura negra y cabello cano todavía abundante, peinado hacia atrás con gomina para fijar un pequeño y lustroso tupé. No lo reconozco, ni tampoco a los otros dos monseñores que lo acompañan en el estrado, así que Mignatto debía de tener razón: cualquier juez que conociera a Simón habrá tenido que recusarse a sí mismo. Este monseñor habla con acento polaco, lo que indica que debe ser uno de los jueces asignados a la Rota durante el inicio del pontificado de Juan Pablo. Sin embargo, a pesar de toda su experiencia, todavía parece incómodo en el estrado. Su voz no impresiona, su lenguaje corporal transmite duda. Cuando llegue el momento en que los jueces se reúnan en privado para votar la sentencia, resulta difícil imaginarse a este hombre imponiendo su voluntad a los otros.

A su izquierda se sienta un juez mucho más joven, todavía al final de la cuarentena, un hombre de aspecto cordial y pelo rapado. Recuerda un poco a un estudiante recién llegado, deseoso de agradar. El último de los tres es un bulldog canoso, con una frente que recuerda a un acantilado y unos ojos acusadores. Es más viejo que los otros y demuestra su irritación sin tapujos. El instinto me dice que el caso va a depender de él.

–Mi nombre es Andreas Bachmeier. Soy comisario de arte medieval y bizantino en los Museos Vaticanos.

–Puede sentarse –dice el juez principal–. Doctor Bachmeier, estamos aquí para determinar por qué el doctor Ugolino Nogara pudo ser asesinado. ¿Trabajaba usted con el doctor Nogara?

–Hasta cierto punto.

–Cuéntenos lo que sepa de esta exposición.

Bachmeier se tira de las espesas cejas con aire inquieto, avinagrado. Parece interpretar que es una pregunta abierta.

–Ugolino no hablaba demasiado de su trabajo –comienza.

–Aun así, cuente lo que sepa –dice el juez principal.

Bachmeier parece mirarse la punta de la nariz mientras ordena sus ideas. Por fin, dice:

–La exposición demuestra que las pruebas de radiocarbono del sudario de Turín eran erróneas. Durante la mayor parte del primer milenio, el sudario existía ya en el Oriente cristiano como reliquia mística, la llamada «imagen de Edesa».

Los jueces intercambian miradas. Uno de ellos murmura algo inaudible. Tengo los músculos en tensión mientras aguardo para ver si Bachmeier puede sentar las bases que necesita la acusación. A Simón solo puede achacársele un posible motivo para matar a Ugo: el hecho de que Ugo se dispusiera a revelar nuestro robo del sudario en la Constantinopla de 1204. Si Bachmeier no sabe nada de 1204, entonces hoy será un triunfo para la defensa.

Ahora es el juez joven quien habla:

–Parece una novedad sorprendente y asombrosa. Pero ¿cuánto sabía el padre Andreou al respecto?

–No lo sé. Solo lo vi unas cuantas veces y nunca le pregunté. Pero tenía una estrecha relación con Ugolino, así que estoy seguro de que sabía mucho más que yo sobre la exposición.

–¿Y se le ocurre algún motivo –pregunta el juez principal– por el que el acusado podría querer matar al doctor Nogara a causa de lo que sabía?

Incluso antes de que Bachmeier responda, mi entusiasmo se dispara. Le están pidiendo una información que, sin duda, no le será posible proporcionar. Por más que sepa algo de 1204, casi nadie está al tanto de que Simón invitó al clero ortodoxo a la exposición. Le echo una mirada a Mignatto y percibo cierto brillo en sus ojos. Quizá la pregunta formaba parte de su lista de sugerencias a los jueces.

Bachmeier, sin embargo, nos coge a ambos de sorpresa.

–Sí –contesta–. Puedo imaginar una razón. Hace poco descubrimos que una de las partes más importantes de la exposición había desaparecido. Alguien se llevó el manuscrito del Diatesarón de una vitrina expositora perfectamente cerrada.

La incredulidad me hace saltar del asiento. Antes de que pueda hablar, Mignatto me agarra del brazo y me obliga a sentarme de nuevo. El promotor de justicia nos observa desde la mesa de la acusación.

–¿Está insinuando que el padre Andreou robó el libro? –pregunta el juez principal.

–Lo único que sé –dice Bachmeier– es que, al día siguiente de que mataran a Ugolino, el padre Andreou fue al museo y realizó cambios en la exposición. Hizo retirar una ampliación fotográfica de una página del Diatesarón y, cuando le pregunté el motivo, no me dio ninguna explicación.

Garabateo a toda prisa una nota para Mignatto.

«No sabe de qué está hablando. Sigue habiendo fotografías del Diatesarón en las paredes».

Mignatto articula con los labios:

–¿Está seguro?

Cuando asiento, se levanta y les dice a los jueces:

–Solicito acercarme al estrado.

Le hacen señal de que se aproxime. Se produce un parlamento en susurros. Después, Mignatto regresa a nuestra mesa con gesto duro.

El juez joven dice:

–Doctor Bachmeier, ¿retiró el padre Andreou todas las ampliaciones fotográficas?

—Cuando le pregunté por la primera, ya no tocó ninguna más.

Mignatto frunce el ceño. No es esa la impresión con la que pretendía que se quedaran los jueces. Pero el asunto no tiene más recorrido. Me preocupa más el Diatesarón. Me pregunto qué significan las manchas en las manos de Ugo. Si es posible que se llevara el manuscrito a Castel Gandolfo y que por eso ahora haya desaparecido.

—Doctor Bachmeier —continúa el juez principal—, ¿se le ocurre alguna razón por la que...?

Pero la pregunta queda interrumpida por el sonido de la puerta que se abre al fondo de la sala. El ruido perfora el suave rumor con que se desarrolla el proceso. Me giro.

Un hombre alto, de facciones flojas, entra en la sala con la vista clavada en el suelo. Viste una sotana negra común y corriente. Se sienta en el último banco sin hacer ningún ruido, tratando de no llamar la atención. Los gendarmes no le impiden el paso. Casi de inmediato, su presencia levanta cierto alboroto. Incluso los jueces lo están mirando.

—Por favor —dice el hombre de cara floja en un italiano de inflexiones polacas—, continúen.

Ha vivido entre estos muros durante veintiséis años, pero nunca ha perdido el acento.

—Excelencia —dice el obispo que preside—, ¿podemos ayudarle en algo?

—No, no —responde el arzobispo Nowak, quien parece compungido por haber causado tanto revuelo—. Estoy aquí como simple observador.

Los jueces están algo descolocados. Una cosa es ser observado; otra, ser observado por los ojos y los oídos del papa.

—Doctor Bachmeier —repite el juez principal—, ¿se le ocurre alguna razón por la que el acusado podría querer robar el manuscrito?

Todas estas preguntas me parecen absurdas. No existen pruebas de que Simón llegara siquiera a tocar el libro.

—Perdón —se oye decir a nuestra espalda. Nowak, otra vez—. ¿Qué significa esa pregunta?

El juez aclara lo que Bachmeier acaba de revelar sobre el robo del Diatesarón.

—Mis disculpas —dice Nowak—. Puede continuar con la siguiente pregunta, por favor.

El juez intenta descifrar lo que ha querido decir el arzobispo. Con aire dubitativo, decide repetir la pregunta a Bachmeier. Pero Nowak lo interrumpe:

—Pido disculpas. Dejemos esa cuestión, por favor. El asunto ya no forma parte del *dubium*.

Dos de los jueces cruzan la mirada. Le susurro a Mignatto:

—¿Qué es el *dubium*?

Mignatto no responde. Mira al arzobispo Nowak con cara de absoluta estupefacción.

El juez principal, tras hojear los documentos que tiene ante sí, levanta una hoja y la lee.

—Excelencia —dice—, tengo delante la acumulación de acusaciones y dice que el *dubium* es si el padre...

Nowak levanta la mano y dice con voz suave:

—Su Santidad ordena que se cambie el *dubium*. Esa cuestión queda cerrada, por favor.

Mignatto, sin mirar, garabatea algo en el bloc de notas que hemos colocado entre los dos.

«*Dubium*: lo que ha de demostrarse. El alcance de lo que se juzga».

El juez principal está tan sorprendido que le dice algo al arzobispo Nowak en polaco. El juez más anciano pregunta:

—¿A qué cuestión se está refiriendo Su Santidad, excelencia?

—A la exposición del doctor Nogara —contesta Nowak.

Mignatto parece petrificado. No le quita ojo a Nowak. Pero, por debajo de la mesa, me agarra el antebrazo y aprieta. Si el tribunal no puede oír nada de la exposición, entonces Simón no tiene motivo posible. El juicio está prácticamente finiquitado.

—¿Está seguro, excelencia? —pregunta el juez principal.

Al otro lado de la sala, el promotor de justicia parece atónito. El arzobispo Nowak asiente.

—Puede pasar, si lo desea, a otra cuestión.

En la silla de los testigos, Bachmeier se aclara la garganta. No es competente para hablar de ninguna otra cuestión.

Los jueces conferencian. Por fin, el juez principal dice:

–Doctor Bachmeier, queda usted excusado. El tribunal decreta un aplazamiento hasta mañana.

Nowak se pone en pie. Los gendarmes le abren la puerta y el arzobispo sale en silencio.

Mignatto abre con gesto sereno su maletín y mete el bloc. Entonces parece recordar algo y escribe una nota. El promotor de justicia ya está revoloteando de aquí para allá, entre la mesa de la defensa y el estrado, esperando para conferenciar.

–Le llamaré más tarde –me dice Mignatto.

Antes de cerrar el maletín, arranca la hoja de la parte de arriba, la dobla y me la pasa. Luego se acerca al promotor y ambos se encaminan al estrado de los jueces.

El arzobispo Nowak ya ha desaparecido cuando llego al patio exterior. Me siento en un banco, junto a la gasolinera, y cierro los ojos para serenarme. Pocas veces en mi vida he sentido con mayor intensidad que mis oraciones han sido atendidas. Abro la hoja del bloc. En ella, Mignatto ha escrito una sola línea: «Creo que acabamos de averiguar quién es el ángel de la guarda de su hermano».

CAPÍTULO 26

Mientras regreso caminando a recoger a Pedro, observo el palacio papal en la distancia y me pregunto qué significa lo que acabo de ver. Boia intenta obligar a Simón a hablar. Nowak intenta mantener la exposición en secreto. Diferentes líneas de combate parecen entrecruzarse en el palacio. Si Juan Pablo apoya la exposición, si apoya a Simón, entonces nada de esto debería estar ocurriendo. Tiene poder para detener el juicio, poder para meter en cintura al cardenal Boia. Pero cuando un papa se aproxima a su muerte, a veces se encuentra con que los viejos amigos se han convertido en lobos con sotana. El arzobispo Nowak ha tenido que interpretar el papel de un ilusionista, creando el espejismo de un papa fuerte para prevenir un vacío de poder. Ese espejismo no puede durar mucho.

Lo que más me desconcierta es la desaparición del Diatesarón y la cuestión de dónde puede estar. ¿Para qué se lo iba a llevar Ugo del museo? ¿Para desviar la atención de los ortodoxos de la noticia de 1204 durante el acto en Castel Gandolfo? ¿O para demostrarles algo? La última vez que Ugo y yo trabajamos en el Diatesarón, propuso una teoría que podría haber subsanado la última laguna de su investigación. De ser cierta, habría demostrado que el sudario llegó a Edesa de la mano de uno de los discípulos de Jesús. Y la prueba de ello se encontraría en la propia Biblia.

El aprendizaje de los Evangelios se convirtió en la obsesión de Ugo durante las últimas semanas en que colaboramos. Los estudiaba de la misma forma en que bebía. Yo podía estar leyendo en la cama tras acostar a Pedro y, de repente, me sonaba el móvil: Ugo, que llamaba para preguntar si de verdad Jesús convirtió el agua en vino, puesto que el único Evangelio que afirma tal cosa es el de san Juan. O bien se oía llamar a la puerta a la hora del desayuno Ugo, que se preguntaba si realmente Jesús resucitó a Lázaro de entre los muertos, porque de nuevo es el Evangelio de san Juan el único en contar ese hecho. O bien me encontraba un mensaje en el preseminario: Ugo otra vez, que intentaba comprender por qué san Juan no reflejó veinte de los milagros sanadores de Jesús ni sus siete exorcismos.

Para darme un respiro, le proporcioné a Ugo un taco del viejo papel para homilías de Simón –el mismo papel en el que después escribiría la carta que encontré en la bolsa de Simón– e inventamos un ejercicio para él: capítulo a capítulo, empezó a anotar los versículos paralelos de los Evangelios, comparándolos palabra por palabra y tachando las partes donde se detectaban añadidos o cambios efectuados por los evangelistas. Esta labor le entusiasmaba, pues creía que al extirpar la teología se iría acercando más a los hechos históricos de la vida de Jesús. Y aunque me entristecía verlo llegar cada día con otro montón de páginas en las que frases y líneas enteras de los Evangelios, especialmente de san Juan, se habían tachado, su dominio de las Escrituras se estaba haciendo tan grande, y sus errores tan escasos, que decidí dejarlo continuar hasta que finalizara el trabajo.

Mientras tanto, los restauradores del manuscrito me dijeron que, al parecer, Ugo se pasaba a veces la noche entera en el laboratorio. Se sentían molestos porque Ugo jamás quería perder el Diatesarón de vista, como si no confiara en ellos. Sus preocupaciones me tranquilizaron al respecto de las verdaderas intenciones de Ugo: no es que él creyera que reduciendo los Evangelios a su núcleo factual iba a revelar algo nuevo sobre la forma en que el sudario salió de Jerusalén, sino que todo nuestro trabajo juntos le servía de preparación para leer el Diatesarón, y las esperanzas que depositaba en ese Evangelio resultaron estar más que justificadas.

El hombre que escribió el Diatesarón, Taciano, pertenecía a la secta cristiana de los encratitas, palabra que en griego significa «autodisciplinados», calificativo que desde luego merecían: eran abstemios, vegetarianos y tenían prohibido el matrimonio. Dado que uno de los primeros milagros de Jesús fue convertir el agua en vino en una boda, resulta tentador preguntarse hasta qué punto los encratitas conocían sus Evangelios. Pero Taciano, desde luego, los conocía de cabo a rabo.

Ciertamente, es una empresa muy osada entretejer a Mateo, Marcos, Lucas y Juan en un solo Evangelio. Pero Taciano aún se impuso una exigencia mayor: su propósito era crear una versión definitiva de la vida de Jesús, rebatir a los paganos que decían que los libros sagrados de los cristianos se contradecían. Un siglo antes, el Evangelio de san Marcos se había sometido a un proceso de edición y corrección para crear los Evangelios de san Mateo y san Lucas. Ahora Taciano pretendía editar todos los Evangelios a la vez. Un Dios, una verdad, un Evangelio. Y, para cualquiera que intentara demostrar que el sudario se hallaba en Edesa, esas modificaciones editoriales eran oro puro.

Al fusionar los Evangelios, dejó un rastro de claves sobre sí mismo y el mundo en el que vivía. Por ejemplo, el Evangelio de san Mateo dice que Jesús fue bautizado por un hombre llamado Juan el Bautista, que sobrevivía a base de langostas y miel. Pero Taciano era encratita y, por tanto, vegetariano, de modo que para él las langostas eran un tipo de carne. Así pues, cambió el texto del Evangelio: en el Diatesarón, Juan el Bautista sobrevive a base de leche y miel.

De igual modo, bastaría con una sola palabra para demostrar que Taciano llegó a ver el sudario o que el sudario se encontraba en Edesa. La clave podría resultar obvia, o bien podría ser casi invisible. Si Taciano describiera en cualquier punto del Diatesarón la apariencia física de Jesús, ahí podría estar la pista que estamos buscando. En ninguno de los cuatro Evangelios se dice qué aspecto tenía Jesús, así que cualquier descripción proporcionada por Taciano permitiría deducir que había visto una imagen de Cristo que consideraba auténtica. De ese modo, cada página del Diatesarón se llenaba de posibles significados, y por eso Ugo y yo estábamos pendientes cada día de lo que los restauradores hacían salir a la luz de debajo de las manchas.

Se trataba de un proceso lento. Convencí a Ugo para que de ningún modo permitiera a los técnicos retirar la encuadernación del Diatesarón, por más que eso pudiera acelerar su trabajo. La Biblia más antigua del papa, el *Codex Vaticanus*, se había convertido en una colección de hojas sueltas exhibidas bajo un cristal, porque alguien dejó que los restauradores la desensamblaran. El inconveniente era que, con el Diatesarón encuadernado, los conservadores solo podían restaurar dos páginas cada vez. Así que Ugo los obligó a empezar por las páginas que más le interesaban, las que describían la muerte de Jesús, y cierta mañana un técnico se nos acercó subrepticiamente y nos dijo:

–Doctor, la sección que nos pidió ya está lista.

El taller de restauración del manuscrito estaba lleno de artilugios maravillosos. Había objetos similares a yunques, con volantes tan grandes como neumáticos de bicicleta; hilos de tender colgados del techo de los que pendían una especie de servilletas gigantes. Los restauradores trabajaban con viales de sustancias químicas y se arracimaban alrededor del pequeño manuscrito con pinzas y cepillos tan pequeños como los de las muñecas infantiles. Eliminar las manchas era una labor concienzuda y, una vez acabada, el manuscrito debía colocarse abierto en un aparato para que se recuperara durante la noche. Cuando el técnico presentó su trabajo, Ugo se quedó contemplándolo. Había empezado a tomar clases de griego en una universidad pontificia, pero en ese momento estaba demasiado impaciente para poder aplicarlas.

–Padre –susurró–, dígame qué estoy mirando.

Unos leves borrones salpicaban la página, allí donde los restauradores habían eliminado las manchas de la censura. Ante nuestros ojos teníamos el versículo que más había sacado de quicio a Ugo, el versículo que había ansiado descifrar con toda su alma.

–Dice «lienzo» –dije–. En singular.

–¡Ja! ¡Eso va en apoyo del sudario!

Estaba emocionado, pero no exultante. Para entonces, había aprendido lo suficiente en las clases para comprender que Taciano podría haber elegido esa palabra por otras razones. De hecho, la palabra que usaba Taciano, οθονίο o «tira de lienzo», era la misma que utilizaba san Juan, solo que Taciano había cambiado el plural por el singular en lugar de recurrir a otra palabra completamente diferente tomada de los otros Evangelios. Ante la discrepancia de los testimonios evangélicos, Taciano había optado por una solución intermedia, una solución que después los alogianos habían borrado diligentemente. Aquello no demostraba nada.

Pero allí había algo más.

—Mire, Ugo —le dije señalando una palabra de la página.

De acuerdo con san Marcos y san Mateo, a Jesús le ofrecieron una mezcla de vino y hiel para mitigar el sufrimiento de la crucifixión. Pero Taciano era abstemio. No quería que el Mesías bebiera vino. Así que en la página que teníamos delante se había cambiado *vino* por *vinagre*.

—Otra vez lo mismo —dije—. Está cambiando el texto.

Ugo le hizo señas a un conservador y le gritó:

—Tráeme las fotografías de las otras páginas de esta sección.

Rastreé las imágenes en busca de otros ejemplos.

ΚΑΙΠΛΕΞΑΝΤΕΣΣΤΕΦΑΝΟΝΕΞΑΚΑΝΘΩΝΕΠΕΘΗΚΑΝΕΠΙΤ
ΗΝΚΕΦΑΛΗΝ

«Luego trenzaron una corona de espinas —traduje— y se la colocaron en la cabeza».

Ugo observó, pero no dijo nada.

ΚΑΙΕΤΥΠΤΟΝΑΥΤΟΥΤΗΝΚΕΦΑΛΗΝΚΑΛΑΜΩΙ

«Lo golpeaban en la cabeza con una vara».

ΚΑΙΠΑΡΕΔΩΚΕΝΤΟΝΙΗΣΟΥΝΦΡΑΓΕΛΛΩΣΑΣΙΝΑΣΤΑΥΡ
ΩΘΗ

«A Jesús lo mandó azotar y lo entregó para que lo crucificaran».

—¿Qué está buscando? —me preguntó Ugo.

Todo aquello eran las heridas que dejaron marcas visibles en el sudario. De modo que, si Taciano había visto el sudario, quizá se sintió tentado de enriquecer los versículos con su propio conocimiento, tal como había hecho en otros puntos. Los Evangelios no dicen qué número de latigazos recibió Jesús ni cuánto sangró por sus heridas. No mencionan en qué costado le clavaron la lanza o en qué punto exacto lo atravesaron los clavos de la crucifixión.

Solo el sudario puede ofrecer el mapa de esa carnicería. Y, para Taciano, que escribió el Diatesarón en una época en la que los cristianos padecían una sangrienta persecución por todo el Imperio romano, quizá era importante que los Evangelios expresaran todo el horror de las torturas sufridas por Jesús.

—Estoy buscando cualquier cosa diferente —dije—. Algo que se haya añadido o eliminado.

—Traedle una Biblia al padre Alex —gritó Ugo.

Pero rechacé el ofrecimiento con un gesto de la mano.

—No la necesito. Conozco estos versículos.

No obstante, allí no parecía haberse cambiado nada. Ni una palabra.

—¿Qué es lo que ve? —preguntó Ugo.

—Nada.

—¿Está seguro? Vuelva a mirar.

No había necesidad de hacerlo. Desde la primera tortura hasta la última mención del lienzo que sirve de mortaja, el relato de los Evangelios apenas llega a las mil palabras. Yo me sabía esas palabras de memoria.

—Tal vez no estemos mirando en los lugares adecuados —sugerí.

Ugo se pasó una mano nerviosa por el pelo.

—Todavía quedan docenas de páginas que restaurar —dije—. Podría estar en cualquier lugar. Solo hemos de tener paciencia.

Pero Ugo se pasó el dedo por debajo de la nariz, en actitud reflexiva, y luego susurró:

—Quizá no. Venga conmigo. Hay algo que quiero que vea.

Lo seguí a su apartamento.

—Esto es confidencial —me dijo retorciéndose las manos con impaciencia—. ¿Entendido?

Asentí. No lo había visto tan exaltado desde nuestro primer encuentro allí, cuando describió por primera vez su exposición.

—Siempre he propuesto que el sudario se llevó a Edesa tras la crucifixión. Alrededor del año 33 d. C. ¿Estamos de acuerdo?

Asentí.

—Tampoco tenemos que ser exactos —continuó—, porque el Diatesarón no se escribió hasta el año 180 d. C. Lo que importa es que el sudario va primero y el Diatesarón después. Cuando el libro se escribió en Edesa, el lienzo ya estaba allí.

–Muy bien.

–Pero ¿qué pasa si le aplicamos la misma lógica a san Juan? –dijo con un centelleo en los ojos.

–¿A qué se refiere?

–El Evangelio de san Juan se escribió alrededor del año 90 d. C. Así pues, esa misma idea es válida para él. El sudario va primero, el libro después. El lienzo estaba en Edesa antes de que se escribiera el relato de san Juan.

–Pero Ugo…

–Escúcheme. Me ha enseñado que Juan añade y quita cuando lo cree conveniente. ¿No podría ser que en su Evangelio nos estuviera contando algo nuevo sobre el sudario?

Levanté una mano para frenarlo.

–Ugo, no puede extraer esa conclusión. Existe un problema de geografía. Taciano escribía en Edesa. Si el sudario estaba allí, lo habría visto. Pero Juan no escribía en Edesa. ¿Cómo, pues, iba a verlo?

Antes de responder, Ugo retrocedió hasta un mueble librería y desplegó un mapa enrollado que había en las estanterías. Mostraba la antigua Siria, desde la costa mediterránea por el oeste hasta el Éufrates y el Tigris por el este. Con el dedo índice, señaló enérgicamente un punto familiar.

–La ciudad de Antioquía –dijo–. Uno de los lugares más probables en los que pudo escribirse el Evangelio de Juan. –Movió el pulgar un par de centímetros tierra adentro–. La ciudad de Edesa, donde estaba el sudario. –Levantó la vista hacia mí–. Ciudades hermanas. Si el sudario llegó a Edesa alrededor del año 30 d. C., la noticia se habría extendido hasta Antioquía mucho antes del año 90.

Negué con la cabeza.

–Ugo, creo que eso es mucho suponer.

–¿Por qué? Disponemos de muchas crónicas históricas que dan fe de que las noticias se transmitían de una ciudad a otra.

Me rebullí en el asiento, nervioso. Ciertamente, Juan había incorporado material nuevo al corpus evangélico –alusiones a ideas gnósticas y a filosofías paganas, así como nuevas actitudes cristianas hacia los judíos–, pero Ugo proponía algo diferente, algo peor: que el Evangelio de san Juan estaba tan contaminado por los prejuicios personales y el color local como el Diatesarón. El verdadero problema no era geográfico, sino de personalidad. Taciano fue un individualista brillante, pero también excéntrico, un hombre que se fue apartando más y más de la línea principal del cristianismo. Modificó los Evangelios para que se ajustaran a sus creencias sectarias. El autor del Evangelio de san Juan, quienquiera que fuese, era un genio filosófico que ambicionaba algo diferente y mucho más elevado. Algo esencial para todos los cristianos: la verdad invisible sobre Dios.

Ugo no se dio por vencido.

–Por favor, entienda que no estoy sugiriendo esto a la ligera. Intente no dejarse influir por sus emociones. Se trata de una hipótesis comprobable: los autores de Juan y del Diatesarón sabían, sin ninguna duda, que un discípulo había llevado el sudario a Edesa y así lo indicaron en sus escritos.

–Bien, pues vamos a poner a prueba esa hipótesis –dije yo–. ¿Dice san Juan que la mortaja tenía una imagen grabada? No. ¿Lo dice el Diatesarón? No. ¿Dicen san Juan o el Diatesarón que el sudario se trasladó de Jerusalén a Edesa? No. La hipótesis no es válida.

–Padre –me reprendió Ugo–, sabe que eso no es razonable. Esos escritores no trataban de persuadirnos a nosotros, dos mil años más tarde, de algo que ellos consideraban obvio. Para ellos sería ridículo montar un gran alboroto por la cuestión del sudario cuando todo el mundo sabía que estaba en Edesa. Tan ridículo como si usted o yo montáramos un gran alboroto por la existencia de la basílica de San Pedro.

–Entonces, ¿qué es lo que está diciendo?

–Estoy diciendo que hemos de buscar una alusión. Unos cuantos detalles deslizados en los Evangelios para que en ellos se reconozca lo que todo el mundo sabía ya en Edesa y en Antioquía.

–¿Y dónde están esas alusiones?

–Antes de responderle, dígame una cosa: después de que los discípulos encontraran el sudario, ¿a quién supone usted que se le permitió guardarlo?

–No lo sé. Supongo que se convertiría en propiedad comunitaria.

–Pero los discípulos se dispersaron por el mundo para difundir la palabra de Dios. ¿Quién de ellos guardó el sudario?

–Decir uno u otro sería especular. Los Evangelios no lo mencionan.

–¿Ah, no? Yo diría que Juan nos da una pista.

Esperó, como si yo fuera a adivinarlo.

–¿Recuerda bien la historia de la incredulidad de Tomás? –preguntó.

Recité:

–«Pero Tomás, uno de los doce, llamado Dídimo, no estaba con ellos cuando Jesús se presentó. Le dijeron, pues, los otros discípulos: "¡Hemos visto al Señor!". Él les dijo: "Si yo no veo en sus manos la señal de los clavos y meto mi dedo en el lugar de los clavos y meto mi mano en su costado, no creeré". Ocho días después, estaban otra vez sus discípulos dentro, y con ellos Tomás. Llegó Jesús, estando las puertas cerradas, se puso en medio y les dijo: "¡Paz a vosotros!". Luego dijo a Tomás: "Pon aquí tu dedo y mira mis manos; acerca tu mano y métela en mi costado; y no seas incrédulo sino creyente". Entonces Tomás respondió y le dijo: "¡Señor mío y Dios mío!". Jesús le dijo: "Porque me has visto, Tomás, creíste; bienaventurados los que no vieron y creyeron"».

–Excelente –dijo Ugo–. Ahora le pregunto: ¿encontramos la historia de la incredulidad de Tomás en algún otro Evangelio?

–No. Hay una historia similar en Lucas, pero los detalles son diferentes.

–Correcto. Lucas dice que Jesús apareció después de su muerte y que los discípulos tuvieron miedo. Pero nunca menciona a Tomás. Ni se centra en eso tan peculiar que hace Jesús de enseñar las marcas de los clavos y la herida de la lanza para demostrar su identidad. Así pues, ¿por qué añadiría Juan esos detalles? Casi parece que hubiera tomado la historia de Lucas y, luego, hubiera añadido expresamente lo de Tomás y las heridas.

Ahí estaba el monstruo que yo mismo había creado. Un hombre que ahora era capaz de diseccionar los Evangelios como un sacerdote y comprobar su validez como un científico. Esas eran exactamente las preguntas pertinentes: ¿de qué modo difieren los Evangelios en sus relatos? ¿Qué significan esas diferencias? Si una historia no reproduce los hechos, entonces, ¿para qué se ha incluido? Pero, en lugar de animar a Ugo, me limité a decir:

—No lo sé.

Ugo se inclinó hacia delante.

—¿Recuerda la pregunta que le he hecho antes? ¿Sobre el discípulo que recibió el sudario? Creo que esta historia nos da la respuesta.

—¿Cree que Tomás se quedó con el sudario?

Se puso de pie y señaló un mapa de la antigua Edesa colgado en la pared.

—Este edificio —dijo golpeando con el dedo en un punto visible bajo el cristal— era la iglesia más famosa de Edesa. Se construyó para albergar los huesos de santo Tomás después de su muerte. Tomás estaba allí, padre Álex. Las crónicas posteriores parecen indicar que envió la imagen al rey. Lo único que yo sugiero es que el Evangelio de san Juan concuerda con eso. Su autor conocía la historia y la añadió al Evangelio.

Entorné los ojos.

—Ugo, existen otras razones por las que Juan podría haber incluido a Tomás en esa historia.

—Cierto. Pero recite otra vez la historia de la incredulidad de Tomás.

—«Pero Tomás, uno de los doce, llamado Dídimo, no estaba…».

—¡Alto! —dijo Ugo—. Ahí está, justo ahí: «Tomás… llamado Dídimo». Recordemos lo que significa.

—*Didymos* significa en griego «gemelo».

—Así es. ¿Y por qué?

—Lo llamaban el «Gemelo». Era su apodo.

—¿Y de quién era gemelo?

—Los Evangelios no lo dicen.

—Sin embargo, el Evangelio de Juan siempre identifica a este hombre como «Tomás, llamado Dídimo». ¿No es raro llamar a alguien «gemelo» sin decir nunca de quién era gemelo?

Me encojo de hombros. Jesús puso muchos apodos. Simón se convirtió en Pedro la Piedra. Juan y Santiago se convirtieron en Boanerges, «hijos del trueno».

–Y la historia todavía se vuelve más extraña –continuó Ugo–. Como seguro que ya sabe, el apodo *Dídimo* no es lo único raro sobre Tomás. Su propio nombre, Tomás, es igual de raro.

–También significa «gemelo» –dije yo.

La expresión de Ugo se iluminó.

–¡Exacto! *T'oma* es «gemelo» en arameo, al igual que *didymos* lo es en griego. ¡De modo que «Tomás, llamado Dídimo» en realidad significa «gemelo llamado gemelo»! ¿No le parece muy extraño? ¿Por qué iba Juan a llamarlo así?

Sonreí para mí mismo. Si Ugo no hubiera sido comisario de museos, podría haber sido muy popular como profesor de preseminario.

–En ocasiones, Juan nos da el término arameo y luego la glosa en griego. Eso no significa necesariamente que...

–Padre, las otras veces que Juan se repite de este modo se refiere a Jesús. El «Mesías» o el «Ungido», «rabí» o «maestro». ¿Por qué hace lo mismo con Tomás?

–Dígamelo usted.

–¿Sabe quién se supone que era el gemelo de Tomás?

–Sí. La leyenda dice que era Jesús.

Ugo sonrió.

–Pero eso es solo una leyenda –añadí.

El Evangelio de san Marcos dice que Jesús tenía hermanos y hermanas. Era inevitable que algunos lectores imaginaran que el misterioso «gemelo» conocido como Tomás pudiera ser uno de esos hermanos.

Ugo pasó por alto mi apreciación.

–Un gemelo de Jesús. Una copia. Su viva imagen. –Bajó la voz–. ¿A qué le recuerda eso?

Por fin, lo comprendí.

–Cree usted que la gente asociaba a Tomás con el sudario, que por eso le dieron ese apodo.

–No. Más que eso: lo que creo es que «Tomás» y «Dídimo» son el sudario. Creo que los discípulos nunca habían visto nada igual, de modo que llamaron a la imagen de acuerdo con lo que parecía ser: un reflejo, un duplicado, un gemelo. Solo más tarde, ese nombre quedó asociado al hombre que sacó el sudario de

Jerusalén. Cuando se escribió el primer Evangelio, la mayoría de los cristianos hablaban griego o latín, así que no tenían ni idea de lo que Tomás significaba en arameo. Quizá creyeron que era el verdadero nombre de ese hombre. Por eso el Evangelio de Juan se lo aclara añadiendo la palabra griega para «gemelo»: *Dídimos*.

Me recosté en la silla, sin saber qué decir. En los centenares de libros que había leído sobre la vida de Jesús, nunca me había topado con una idea semejante. Existen otras posibles razones por las que Juan podría haber creado la historia de Tomás. Aun así, la idea de Ugo tenía algo de magnético. Era sencilla y elegante y bien fundada. Por un instante, el autor de Juan dejó de ser un filósofo inaccesible. Se convirtió en un cristiano común que intentaba impedir que nuestra mayor reliquia cayera en el olvido.

—Supongo que es posible –dije–. Cosas más extrañas han resultado ciertas.

—¡Entonces estamos de acuerdo!

—Pero, Ugo, el argumento no es lo bastante sólido para resultar convincente, a no ser que encontremos pruebas que lo corroboren en el Diatesarón.

Abrió su diario de investigación por la página en la que había dejado el lápiz a modo de punto de libro.

—Lo cual me lleva a nuestro plan de ataque. Hay tres pasajes en san Juan que mencionan a Tomás: 11, 16; 14, 5 y la historia del incrédulo Tomás en 20, 24. Le he pedido a los conservadores que restauren esos versículos antes de ponerse con cualquier otra cosa

Cogí su bolígrafo y le quité el capuchón.

—Existe una cuarta referencia en los otros Evangelios. Tomás figura en su lista de los doce apóstoles.

—¿Dónde?

—En Marcos 3, 14, versículo que aparece copiado en Mateo 10, 2 y en Lucas 6, 13. Las tres versiones mencionan a Tomás, de manera que también debería estar en el Diatesarón. Si ahí encontramos algo más que su nombre, un adjetivo, otro apodo, lo que sea, podría ser la corroboración que anda buscando.

—Estupendo –dijo Ugo dando una palmada–. Y, ahora, una cosa más. Mientras esperamos a que los restauradores terminen, ¿cuál es el mejor libro sobre la incredulidad de Tomás?

Escribí un título en su diario: *El simbolismo en la narrativa de la pasión según san Juan*.

–¿Tiene un ejemplar? –me preguntó algo avergonzado–. Preferiría no buscar en la biblioteca.

–¿Por qué no?

–Han puesto esos escáneres nuevos en las secciones de libros no especiales, así que es probable que puedan rastrear cualquier ejemplar que saquemos de los estantes.

–Puede disponer de mi biblioteca –dije–. Le traeré el libro mañana.

Sonrió.

–Padre Alex, nos estamos acercando. Mucho. Espero que también tenga esa misma impresión.

Esa tarde me fui a casa con la misma sensación de vértigo que seguramente tenía Ugo. En mis oraciones de esa noche, le pedí a Dios sabiduría, discernimiento. A la mañana siguiente, cogí *El simbolismo en san Juan*, deslicé una nota en el interior para Ugo y se lo dejé en el buzón de su despacho antes de ir a dar clase. Ese día soñé con Tomás, con el gemelo. Ni siquiera sospechaba que era la última vez que Ugo y yo nos habíamos hablado como amigos.

De un día para otro, cambió. Una mañana lo invitaron a una importante reunión –nunca dijo con quién–, y, tras esa reunión, nunca volvió a ser el mismo.

Al echar la vista atrás, entiendo lo que pasó. Dos semanas antes, Simón había aparecido en Roma por última vez en aquel verano. Se quedó tan solo una noche. Por la tarde, fue a la ciudad para que le cortaran el pelo y lo afeitaran. Antes de acostarse, cepilló su mejor sotana. A la mañana siguiente, desapareció antes del alba y volvió con un rosario blanco de perlas de plástico para Pedro. Esos rosarios se dan como regalo en todas las oficinas de la Santa Sede. No los regala solo el santo padre. Pero ninguna oficina vaticana reparte invitaciones para una reunión a las siete y media de la mañana, ni ningún miembro de la Secretaría atravesaría un continente en avión para aceptar una de ellas. Simón tenía una misa con el papa. Nunca presumió de ello; ni siquiera lo mencionó jamás. Pero no había otra explicación. Y si Juan Pablo había llamado a Simón, entonces debió hacer otro tanto con Ugo.

Al día siguiente de su reunión, Ugo suspendió el trabajo en el laboratorio de restauración hasta nueva orden. Puso un cerrojo en la puerta, como si de repente hubiera sabido que todo le estaba permitido, que contaba con el apoyo de alguien de muy arriba. Luego me llamó.

—Padre, tenemos que hablar. Cara a cara. Reúnase conmigo para desayunar en el bar Jona.

El bar Jona. El sobrenombre del café que Lucio acababa de abrir en la azotea de San Pedro. Un lugar público. En retrospectiva, tenía todos los visos de ser una ruptura.

Cuando llegué, Ugo me esperaba con una copa en una mano y un maletín en la otra. Un buen modo de prevenir cualquier posible apretón de manos o abrazo cordial.

—¿Qué pasó en la reunión? —le pregunté.

Era imposible que nadie me oyera, con el estrépito del molinillo de café y del aire acondicionado instalado en la pared, pero Ugo me llevó lejos de la barra como si estuviéramos intercambiando secretos.

Bar Jona es un juego de palabras: es también el apellido de san Pedro en hebreo. Pero el lugar, como todas las creaciones de Lucio, estaba absolutamente desprovisto de gracia. Pósteres pegados a las paredes, papeleras medio llenas de vasos de refresco. El imprescindible buzón vaticano instalado junto a la puerta, como un cepillo para limosnas, invitaba a los turistas a escribir postales y pegar en ellas los lucrativos sellos del Vaticano.

—Ya sé lo que ha estado haciendo —dijo Ugo bajando la cabeza hacia mí y hablándome en un susurro—. Y no puedo expresarle hasta qué punto me siento traicionado.

Parpadeé, desconcertado.

—¿Cómo ha podido hacer algo así? —añadió—. ¿Cómo ha podido abusar de mi confianza?

—Ugo, ¿de qué diantres está hablando?

Me fulminó con la mirada.

—Usted sabía que su hermano había ido a visitar al santo padre. Y sabía que la razón era mi trabajo.

Asentí.

—¿Y?

—No voy a permitir que me roben mi trabajo. Esta es mi exposición, padre Alex. No la de su hermano. Ni la suya. ¿Cómo se atreve a convertirla en moneda de cambio barata a mis espaldas? Sabe que me importan un comino sus politiqueos con Oriente. Esto se ha acabado. Usted y yo hemos acabado.

Me quedé absolutamente helado.

—No sé de qué me está hablando.

—Váyase al infierno.

—¿Qué le dijo el santo padre?

Ugo se levantó de la mesa.

—¿El santo padre? ¡Ja! Gracias a Dios, no es el único que se preocupa por mi trabajo.

Nunca acabé de entender aquellas palabras. Cuando las rememoro ahora, creo que me revelaban todo lo que necesitaba saber para descubrir con quién se había reunido realmente. En cambio, las palabras que se me quedaron grabadas fueron las que más dolían:

—Padre Alex, no diga una palabra más. No quiero oír sus mentiras. Respete mis deseos y quédese al margen de la exposición. Adiós.

Lo llamé una docena de veces aquella tarde. Y una docena más en la semana que siguió. Nunca contestó a mis mensajes. Pasé por el laboratorio de restauración, pero los guardas no me dejaron entrar. Así que una noche esperé delante del museo y me encaré con Ugo cuando salió por la puerta. Pero daba igual adónde lo siguiera, porque se negaba a hablar. Yo nunca lo entendí y él nunca se explicó. Jamás volvimos a hablar.

A la mañana siguiente de nuestro encuentro en el bar Jona, telefoneé a Simón a la nunciatura de Turquía. No di con él porque tenía compromisos fuera, y pasaron tres noches antes de que contactara conmigo. Cuando le conté lo sucedido, le entristeció tanto como a mí. Pero ahora mis sentimientos habían cambiado: ahora sentía ira.

—¿Y no te dijo nada más? —me preguntó Simón—. ¿No te contó qué le habían dicho?

—Ni una palabra.

—¿Está todavía en Roma? ¿No puedes intentar hablar de esto con él?

—Puedes estar seguro de que lo he intentado, Simón.

—Alex, por favor. Esto es muy importante. Él es… alguien muy importante para mí.

—Lo siento. No hay nada que hacer.

No sé por qué el silencio de Ugo me hería hasta ese punto. Quizá porque su última acusación tenía algo de verdad. Yo me había arrogado la autoría de un trabajo que no era mío. Me había envanecido con la idea de que su exposición era nuestra exposición, y él me había calado a la perfección.

Pero había otra razón. La colaboración con Ugo me hizo sentir, brevemente, que estaba siendo partícipe de algo valioso. Lo más emocionante de todo no era que yo viviera nuestro trabajo como algo urgente y profundamente sentido, sino que ambos lo viviéramos como algo urgente y profundamente sentido. Nunca le envidié a Simón sus viajes y negociaciones. Ser padre y profesor siempre me resultó satisfactorio. Pero tener un compañero de vida que se sienta a comer en una trona, casi aún con el babero puesto, te hace ansiar diariamente la compañía de un adulto, te hace sentir una gratitud patética cuando mantienes una corta conversación con el cajero del banco o el carnicero. Entrar cada mañana en ese laboratorio de restauración con Ugo y preguntarme qué sorpresas nos depararía el manuscrito —o charlar con él por teléfono al final del día, sin más propósito que desahogarnos de las frustraciones de la jornada y maravillarnos por ese pequeño libro que nos tenía poseídos— era lo más parecido que había vivido en muchos años a entrar en el dormitorio de Pedro con Mona y preguntarme qué más nos enseñaría el bebé acerca de sus padres. Sin darme cuenta, le había permitido a Ugo entrar en mi vida por la puerta que Mona había dejado abierta. Y cuando él también me abandonó, sin ninguna explicación, volví a revivirlo todo. Los viejos sueños. Los sobrecogedores ataques de soledad en medio de cualquier actividad: caminar al trabajo, marcar un número de teléfono, leer a solas tras acostar a Pedro. La sensación de tener un ancla arrollada al cuello, balanceándose en un vacío que parecía no tener fondo.

Peor aún. La desaparición de Ugo parecía confirmar el veredicto de la desaparición de Mona; es decir, que el culpable era yo. La vida me había concedido una audiencia para la libertad condicional y yo seguía sin cumplir los requisitos necesarios. La última noticia que tuve de Ugolino Nogara fue su correo electrónico. Y, al ignorarlo, creí que por fin había aprendido la lección.

CAPÍTULO 27

Cuando recojo a Pedro en el apartamento de Costa, lo primero que me dice es:

—No quiero volver al palacio del *prozio*. Quiero ir a casa.

—¿Te ha dicho algo Allegra? —le pregunto.

—Solo quiero jugar con mis coches.

—Podemos recoger algunos de tus juguetes, pero me parece que no será posible quedarnos.

—¿Puedo ir también al baño? No me gustan los baños del *prozio*.

Ahora su insistencia ya no me parece tan rara.

—Te llevaré a caballito hasta allí. Así llegaremos antes.

Nuestra casa. Cuando tenía siete años, Simón y yo contábamos el número de peldaños hasta nuestro apartamento. Los peldaños han menguado con el paso de los años, pero no el hábito de contarlos. Pedro y yo lo hacemos en voz alta. Él asegura que los subirá más deprisa que yo cuando algún día vuelva aquí a vivir, tras haberse convertido en un famoso jugador de fútbol.

Dentro, las plantas se están marchitando. En la solitaria fuente de la nevera, la merluza que la hermana Helena preparó para recibir a Simón empieza a oler mal.

Mientras Pedro está en el baño, limpio lo que queda del desastre. El apartamento vuelve a parecer nuestro hogar.

—Tengo hambre —anuncia Pedro cuando vuelve.

Saco un paquete de cereales, el sempiterno recurso del padre soltero. Mientras espero a que acabe, llamo a mantenimiento.

—Mario, soy el padre Alex, del cuarto piso. Quisiera cambiar la cerradura. ¿Tienes lo necesario?

Mario no es conocido por su diligencia, pero fuimos juntos al colegio, así que sé que puedo confiar en él.

—Padre, me alegra volver a oírlo —dice—. Subo enseguida.

Cuando Pedro se termina su segundo cuenco, disponemos ya de un picaporte nuevo y reluciente y de una llave. Mario ha insistido en hacer la instalación él mismo.

–Para cualquier otra cosa que desee –dice–, me llama.

Le revuelve el pelo a Pedro. Debe de saber lo de Simón, pero esta es su forma de reaccionar a las noticias. Echo de menos este lugar. No he dado el valor suficiente a la familia que formamos en este edificio.

Cuando se marcha, Pedro lleva el cuenco al fregadero y se va a jugar con el nuevo picaporte.

–He estado rezando por Simón –dice de buenas a primeras.

Trato de reprimir mi sorpresa.

–Yo también, campeón –digo.

–¿A quién le rezas tú por Simón?

En cierta ocasión me dijo que rezar es como ser entrenador de fútbol y hacer salir a los santos del banquillo.

–A la *Theotokos* –respondo.

A María, la madre de Dios. El mayor poder de intercesión. Asiente con solemnidad.

–Yo también.

Coge uno de sus coches de juguete y lo hace volar por el aire al tiempo que emite sonidos de artillería.

–¿Por qué lo preguntas?

Arruga la cara.

–No lo sé. Pero creo que este coche se ha quedado sin pilas.

Abre el cajón de las pilas, junto al teléfono, y decide apretar el botón del contestador automático.

–A Simón no le pasará nada, Pedro –empiezo a decir.

Pero, cuando oigo las palabras del contestador, corro a apagarlo.

Alex, soy yo. Lo siento. No debería haber ido a ver a Pedro en tu clase. Por favor, llámam…

Consigo apagarlo antes de que acabe el mensaje.

–¿Quién era esa? –pregunta Pedro.

Me rompe el corazón decir la palabra.

–Nadie.

Pero él sabe que las mujeres pocas veces llaman a este teléfono. Lo coge y empieza a pasar la lista de llamadas entrantes.

–¿Quién es Vi-ter-bo? –pregunta.

Me quedo mirándolo.

–No seas cotilla.

Refunfuña sin verle la gracia a mi comentario y comienza a revolver entre las pilas.

De modo que esto es lo que va a pasar cada vez que suene el teléfono. Así se me va a encoger el corazón cada vez que alguien llame a la puerta.

–¿Cuándo vuelve la hermana Helena? –pregunta.

–No lo sé. –Estoy cansado de tantas mentiras blancas–. Aún tardará.

Desiste de buscar pilas y, con un suspiro, hace volar de nuevo el coche hacia su dormitorio.

–Pedro –le digo.

Vuelve con un viejo conejo de peluche con el que solía dormir, inspeccionándolo como si lo viera por primera vez. Antes había ositos de peluche y mantas donde ahora hay cromos y pósteres de fútbol. Voy a echar de menos a mi bebé. Está dando ya el salto final.

–Eh, *babbo* –dice viniendo hacia mí.

El oso de los dibujos de la televisión dice algo parecido. A lo mejor ya se le está olvidando la voz del contestador.

Pero a mí no. Hasta que no termine todo este asunto, voy a oír esa voz en cada silencio.

Abro los brazos y lo subo a mi regazo. Quiero recordar este momento.

Pasándole los dedos por el pelo, le digo:

–Pedro, hay algo que quiero decirte.

Deja de triturarle las orejas al conejo.

–¿Buenas noticias o malas noticias?

Ojalá lo supiera. Cada partícula de esperanza dice que buenas. Cada gramo de experiencia dice que malas.

–Buenas –contesto.

Y, a continuación, las palabras que ha estado esperando oír casi desde que nació.

–Esa mujer del teléfono –digo– era mamá.

Se detiene. La confusión es patente en sus ojos.

–Volvió hace dos noches –continúo–. Mientras estabas en el palacio del *prozio*.

Niega con la cabeza. Al principio, duda. Luego, se aparta de mí.

Porque yo le he ocultado esto: este milagro, esta aparición divina.

–¿Está aquí? –pregunta, mirando hacia los dormitorios.

–No, en el apartamento no. Pero podríamos llamarla, si quieres.

Su perplejidad es infinita.

–¿Cuándo?

–Cuando queramos, supongo.

Se vuelve expectante hacia el teléfono de la mesa. Pero, antes, hay una distancia que debemos recorrer.

–Tú y yo hemos esperado mucho tiempo este momento –empiezo.

Asiente.

–Un tiempo superlargo.

Desde antes que él fuera capaz de tener recuerdos de ella.

–¿Y cómo te hace sentir? –le pregunto.

Golpetea con la mano en la mesa. Por debajo, no para de mover los pies.

–Genial –contesta, pero lo que quiere decir es: «Date prisa, por favor».

–¿Te acuerdas de la historia de cuando Jesús volvió?

Es la única forma que se me ocurre para explicárselo: repasando la historia que mejor conocemos.

–Sí.

–¿Qué pasó cuando volvió? ¿Lo reconocieron sus discípulos?

Pedro niega con la cabeza.

El momento es uno de los más misteriosos y conmovedores de los Evangelios.

–«Aquel mismo día dos de ellos se dirigían a un pueblo llamado Emaús… –recito–. Sucedió que mientras hablaban y discutían, Jesús mismo se acercó y comenzó a caminar con ellos; pero no lo reconocieron».

Antes me imaginaba que estos dos hombres eran hermanos, uno más alto y otro más bajo. Ahora me los represento como padre e hijo.

–Cuando la *mamma* vuelva –digo–, puede que esté algo diferente. No estará igual que en las fotos que tenemos. Y a lo mejor tampoco hace las cosas como en las historias que contamos de ella. Puede que al principio no la reconozcamos del todo. Pero seguirá siendo la *mamma*, ¿comprendes?

Asiente, pero todo esto empieza a ponerlo nervioso.

—¿Y qué más hizo Jesús —continúo— después de regresar?

Vaya profesor lamentable estoy hecho. Hay miles de respuestas posibles a esta pregunta y yo espero que intuya cuál es la buena.

Sin embargo, no sé muy bien cómo, Pedro la sabe. Ha tardado un poco en ponerse en sintonía conmigo, en ajustar su mente a la mía, pero siempre nos hemos comprendido el uno al otro.

—Después de que Jesús volviera —dice con un punto de desesperación—, volvió a marcharse.

Insisto un poco más.

—Y si mamá se vuelve a marchar, estaremos tristes, pero lo entenderemos, ¿verdad?

Gira bruscamente la cabeza y se baja de mi regazo. Se limpia las lágrimas a manotazos: quiere que me dé cuenta de lo disgustado que está.

—Pedro. —Me arrodillo junto a él. Si por mi culpa temiera el regreso de Mona, le estaría dando lo peor de mí mismo, la parte que es incapaz de albergar esperanza. Todas estas preocupaciones me atenazan el corazón porque solo deseo su bien, pero justamente por su bien debería hacerlo mejor—. Pedro, yo no creo que ella vuelva a marcharse. Creo que no habría vuelto si fuera a irse otra vez. Tu madre te quiere. Y, pase lo que pase, siempre te querrá. Nunca te haría daño. Por nada del mundo.

Asiente. Tiene lágrimas enganchadas en las pestañas, pero se le van secando los ojos. Esto es lo que quería oír.

Le pongo una mano en cada costado. Sus costillas son más finas que mis dedos.

—Cuando te vea, va a sentir algo increíble. No hay amor que iguale al que una madre siente por su niño.

El veredicto de toda nuestra religión. El amor más puro de la creación es el que se da entre madre e hijo.

Pese a todo, no quiero llenarle la cabeza de falsas esperanzas. Ninguno de los dos conoce los motivos de Mona. Yo ni siquiera conozco los míos. Pedro y yo hemos conseguido crear un delicado equilibrio en nuestra vida, y la llegada de Mona podría generar una convulsión total. Ahora mismo, toda nuestra energía debe enfocarse en Simón. Pero tampoco puedo negarle a Pedro este momento. Lo ha esperado durante mucho tiempo.

–¿Puede venir aquí? –pregunta cogiendo el teléfono–. ¿Por favor?

Su súplica suena tan honda que me desgarra las entrañas.

–Podemos llamarla –le digo–. ¿De acuerdo?

Su dedo ya está en el botón. Se muere de ganas de apretarlo.

–Espera –digo–. ¿Has pensado lo que vas a decirle?

Sin ni siquiera pensarlo, asiente.

Se me rompe el corazón. Nunca pensé que tuviera un guion listo para esta conversación.

–Muy bien. Entonces, adelante.

Pero, ante mi sorpresa, me pasa a mí el teléfono.

–¿Podemos hacerlo juntos?

Así que pongo mi dedo sobre el suyo y apretamos el botón de marcado.

Susurro:

–¿Preparado?

No es capaz de responder. Está absorto en el tono de llamada.

Mona contesta casi de inmediato. Parece que hubiéramos llamado en la frecuencia de emergencia reservada para los superhéroes. Pedro está fascinado.

–¿Alex? –dice Mona.

Los ojos azules de mi hijo se hacen tan grandes como el cielo. Pongo el altavoz del teléfono. Ahora soy solo un testigo.

–¿Hola? –insiste Mona.

Pedro se sobresalta. No reconoce la voz. En un profundo lugar de su interior, está descubriendo que el cemento de su vínculo aún está fresco.

Sus labios dibujan una sonrisa. Con un hilo de voz, dice:

–¿*Mamma*?

Ojalá pudiera ver ahora la cara de Mona.

Se oye un sonido por el altavoz. Pedro me mira, alarmado. No reconoce el ruido que hace su madre al llorar.

—Pedro —dice Mona.

Pedro vuelve a mirarme. Esta vez no busca que le dé confianza, sino palabras. Ahora me doy cuenta de que, en realidad, nunca hubo guion para esta conversación.

—Pedro —dice Mona—, qué contenta estoy de que me hayas llamado.

También ella trata de buscar palabras. En el acto más esencial de mi día a día, hablarle a nuestro hijo, Mona no tiene ninguna experiencia.

—Yo… ¿Has…? ¿Qué has hecho hoy? ¿Te lo has pasado bien con *babbo*?

Habla despacio y de su voz emana una superabundancia de alegría, como si le hablara a un niño con la mitad de los años de su hijo. Pero ahora Pedro ya se ha recuperado. Sin responder a su pregunta, determina cuál es el programa:

—¿Puedes venir a casa?

A ambos nos pilla desprevenidos. Mona dice:

—Bueno. No sé si…

—Puedes venir ahora. Estamos tomando cereales para cenar.

Mona responde con un estallido de risa que deja atónito a Pedro. No tenía ni idea de que su madre era capaz de producir esos ruidos.

—Pedro —dice, todavía riendo—, cariño, tendremos que hablarlo con tu padre.

Ah, mujer cándida. Como un pez en la red.

Pedro me pasa el teléfono por encima de la mesa.

—Muy bien —dice—. Mi padre está aquí mismo.

Llega veinte minutos después. Podría haberla detenido, pero nunca había visto a Pedro tan rebosante de júbilo. Preferiría apagar velas en una iglesia que impedir este momento.

Corre a abrir la puerta y me parece estar viendo un tren que se adentra descontroladamente en un túnel oscuro. Dios lo bendiga; ni siquiera lo duda.

Mona lleva un conjunto que nunca le había visto. Nada de jerséis recatados de verano esta noche, sino un vestido veraniego de color índigo con los hombros descubiertos. Está muy guapa. Con todo, cuando se arrodilla para ofrecer un abrazo que no sabe si Pedro aceptará, su sonrisa parece acartonada. Al percibir su terror, Pedro se contagia con un sentimiento similar de ambivalencia y se lanza hacia ella con cierta torpeza para recibir el abrazo. Ni uno ni otro dicen una palabra.

Me siento aliviado. Pedro es demasiado joven para entender el remordimiento, pero mi cuerpo se estremece, consciente de que esas oscuras emociones van a entrar ahora en juego.

Mona mete la mano en una bolsa de plástico que ha dejado en el suelo y dice:

–He traído la cena.

Un táper. Su respuesta a nuestra patética cena de cereales.

–Un regalo –aclara– de la *nonna*.

La abuela materna de Pedro. Me retraigo interiormente.

Pedro observa el táper y, como si estuviera a tiempo de cambiar el pedido, dice:

–Mi *pizza* favorita es la margarita.

–Lo siento –dice Mona alicaída–. Solo he traído un poco de *cacio e pepe*.

Son *tonnarelli* con salsa de queso. El demonio que llevo dentro sonríe. La versión que prepara su madre quizá tenga demasiada pimienta para el gusto de Pedro. La perfecta presentación de una abuela a la que siempre consideré una especie de gusto adquirido.

–Ya teníamos cereales –explica Pedro. La coge de la mano y la conduce al interior–. ¿Cuánto puedes quedarte? ¿Puedes pasar aquí la noche?

Mona me mira en busca de ayuda.

–Pedro –digo acariciándole el pelo–, esta noche no puede ser.

Frunce el ceño. Si este es un adelanto de la nueva cadena de mando, no le ha gustado.

–¿Por qué? –insiste.

Sorprendentemente, este es el momento en que Mona decide autoafirmarse:

–Pedro, aún no estamos preparados para eso. Habrás de tener un poco de paciencia con nosotros.

El enfado que aparece en el rostro de Pedro tiene una pureza hermosa. Qué hipócritas somos: danos amor, pero todavía no.

—Pero te he traído una cosa —continúa Mona echando mano a la bolsa.

Pedro espera, expectante, aunque solo recibe una fotografía enmarcada. Somos nosotros dos mirando un partido de fútbol en la televisión. Yo le levanto los brazos para celebrar un gol. Tengo que contener la emoción al ver que ha guardado esa foto durante años. Pero Pedro le arranca el marco de las manos y dice:

—Muy bien, gracias. —Y la deja con un golpetazo en la mesa más cercana.

Intento echarle una mano a mi esposa.

—Deja que ponga esa pasta en la nevera.

Y por primera vez, cuando me pasa la comida, nuestros dedos se tocan.

La hora que pasamos juntos es dolorosa, en parte porque resulta patente lo mucho que está disfrutando Pedro. Mona se muestra desmañada con él, pero para Pedro no existen transiciones ni preparación gradual ante la presencia de un adulto desconocido. Se la lleva a su habitación, se sienta en el suelo y le ofrece acomodarse a su lado. Le cuenta historias sin fin sobre otros chicos que ella no conoce y cuyas correrías no puede entender, sobre todo en ese italiano que él habla como en un flujo de conciencia.

—Tino, el de abajo, ¿sabes quién digo? Era jueves, pero no este jueves. Le dijo a Giada que el dinero de su asignación, si le enseñaba las bragas, pues que se lo daría todo. Y ella dijo que no, pero él intentó vérselas igual, y ella le rompió los dedos.

Y todo el rato sin parar de jugar con sus cochecitos o enseñándole las botas de fútbol que Simón consiguió comprarle arañando dinero de aquí y de allá. Casi parece capaz de ponerla al día de toda su vida antes de que anochezca.

Ese frenesí mental resulta doloroso de ver. Revela una especie de doble existencia, como si no hubiera estado viviendo su vida, sino comisariándola, preparando un museo de sí mismo para cuando su madre regresara. Y más triste aún es su insistencia en ofrecerle el recorrido completo esta noche, como si no estuviera seguro de tener otra oportunidad. Simón desapareció de su vida hace dos noches. La posibilidad de una pérdida está aún fresca.

Cuando esta actuación se haya terminado, me pregunto si podrá dormir esta noche, si será capaz de pensar en otra cosa que no sea una próxima vez.

Pero, de momento, se muestra efusivo. Decidido a vaciar hasta la última gota de sí mismo. Seguirle el ritmo resulta agotador para Mona, quien trata de no perderse ni una palabra de lo que dice hasta que, después de un buen rato, capitula y simplemente disfruta de la ocasión tal como es.

Por fin, cuando Pedro acaba su segundo discurso sobre los renacuajos, me veo obligado a decir:

—Pedro, es casi la hora de acostarse.

No era mi intención pasar aquí la noche. Pero ahora tenemos una cerradura nueva en la puerta y la vigilancia de unos vecinos que nos quieren bien. Es más, tenemos la oportunidad de sustituir los malos recuerdos por otros buenos.

—¡No! —grita Pedro.

Mona interviene:

—¿Puedo leerle un cuento?

Pedro se arroja a la cama con expectación. Esta es la habitación en la que se escondió asustado con la hermana Helena mientras un extraño irrumpía en nuestro hogar, pero ahora parece ajeno a todo lo que no sea su madre.

—¿Y el pijama? —recuerdo—. ¿Y lavarse los dientes?

Arrastra a Mona al cuarto de baño, donde hay un viejo cepillo de pelo y dos solitarios tapones de tubos de dentífrico sobre el lavabo. Tenemos los cepillos de dientes en casa de Lucio, así que Pedro saca uno viejo del cajón y lo enjuaga intrépidamente. Estas pruebas de soledad varonil le arrancan una sonrisa burlona a Mona.

—Quizá hace falta un toque femenino aquí —dice.

Una hora con nuestro hijo ha hecho que se suelte.

—Pasta de dientes —dice Pedro con el tono de un cirujano que pidiera un escalpelo.

—Pasta de dientes —repite Mona ofreciéndole el tubo.

Mis ojos se demoran en los pequeños objetos olvidados por Simón, desparramados junto al lavabo desde la noche en que Ugo murió, cuando mi hermano se dio aquí una ducha rápida. Él es el fantasma de esta visita. La sombra en la felicidad de nuestra familia. Al ver sonreír a mi hijo, recuerdo que mi hermano está solo esta noche.

Mona y Pedro leen unos cuantos capítulos de *Pinocho*. Luego anuncio que es hora de decir las oraciones. Pedro se baja de la cama y entrelaza las manos mientras Mona me lanza una mirada interrogante.

—Claro —le digo en voz baja—. Juntos.

El mundo guarda silencio. Viene la noche. «Porque donde dos o tres se reúnen en mi nombre, allí estoy yo en medio de ellos».

—Dios todopoderoso y lleno de misericordia —digo—, te damos las gracias por habernos reunido hoy en esta casa. Con esta bendición, tú nos recuerdas que todo es posible en ti. Aunque no podamos adivinar nuestro futuro, ni cambiar el pasado, te pedimos humildemente que nos guíes según tu voluntad y que cuides de nuestro bienamado Simón. Amén.

A lo cual, añado en silencio.

«Señor, acuérdate de mi hermano, quien está solo esta noche. Él no necesita tu misericordia, solo tu justicia. Por favor, Señor, dale justicia».

En la puerta, antes de irse, Mona me dice:

—Gracias.

Asiento.

—Era muy importante para él.

No puedo permitirme decir más.

Mona no tiene tantas inhibiciones.

—Me encantaría volver y veros otra vez a los dos. ¿Quieres que traiga algo de cena mañana?

«Mañana». Tan pronto. Tengo que estar en el juicio por la mañana. Tengo que estar preparado para lo que Mignatto pueda pedirme, a cualquier hora del día.

Me dispongo a responder, pero ve mi expresión y se desdice con un gesto.

—No tiene por qué ser mañana. Llámame cuando estés listo. Quiero ayudar, Alex, no entrometerme. —Duda—. Incluso podría quedarme con él si tú vas a…

—Mañana está bien —digo—. Cenemos juntos mañana.

Sonríe.

—Llámame si te sigue pareciendo bien por la mañana.

Espero. Si me besa, sabré que hemos ido demasiado lejos, demasiado rápido. Tendré que reconsiderar lo ocurrido esta noche.

Pero se limita a ponerme la mano en el brazo y apretar. Nada más. Sus dedos me rozan cuando deja caer la mano. La levanta entonces en el aire, para decirme adiós.

«Mañana», pienso.

Tan pronto.

CAPÍTULO 28

A las siete y media de la mañana, llego a la puerta del palacio del Tribunal. El hermano Samuel y los otros farmacéuticos están cuidando a Pedro, porque Mignatto me ha convocado a una reunión temprana. Él ya está allí cuando llego, esperando en un banco del patio y con un papel en las manos que resulta ser la lista de declarantes de hoy. Sin decir nada, me la muestra. El primero será Guido Canali; a continuación, dos hombres que no reconozco. El último nombre de la lista es el de Simón.

—¿De verdad va a venir? —pregunto.

—No lo sé. Pero esta podría ser la última oportunidad para el tribunal. —Mignatto se vuelve hacia mí, como si este fuera el motivo de nuestra reunión—. Padre, es posible que el juicio termine hoy.

—¿Qué quiere decir?

—Cuando el arzobispo Nowak desestimó cualquier testimonio sobre la exposición, hizo imposible que los jueces determinaran un móvil. Y, sin las imágenes de las cámaras de seguridad, también les será imposible establecer que hubo oportunidad de cometer el delito.

—¿Está diciendo que Simón podría quedar libre?

—Los jueces le están dando libertad al promotor de justicia para que proponga nuevos testigos, pero, si no hay cambios, el tribunal podría estimar que no existe base para continuar. Los cargos podrían retirarse.

—Eso es maravilloso.

Me pone una mano en el brazo.

—Le digo todo esto porque he decidido entregar el teléfono de Nogara como prueba. El tribunal necesitaba una muestra de voz para su cotejo forense con el mensaje dejado en el contestador de su hermano en la embajada, y el saludo del buzón de voz del teléfono de Nogara me dio la ocasión de presentarlo como prueba. Tengo la esperanza de que los jueces decidan escuchar los mensajes que su hermano le dejó a Nogara en Castel Gandolfo. Aun así, debo manifestarle mi más absoluta repulsa sobre su forma de recabar pruebas. Tenemos suerte de que la ley prohíba testificar a los procuradores, porque de no ser así tendría usted que responder preguntas muy comprometedoras. No sé quién le dio el teléfono, pero he de insistirle una vez más para que, por el bien de su hermano, no vuelva a repetirse algo así si el juicio se alarga más allá de hoy.

–De acuerdo, monseñor.

Se tranquiliza.

–He presentado una petición para que el padre Simón quede bajo la custodia de su tío. No sé si la aceptarán. En cualquier caso, tampoco veo cómo su testimonio podría beneficiar a la acusación, dado que su hermano se niega a hablar.

Mignatto vuelve a cogerme la lista y juguetea con los cierres del maletín antes de guardar el papel dentro.

Lo rodeo con el brazo y le digo:

–Monseñor, gracias.

Me da una palmadita cautelosa en la espalda.

–No me dé las gracias. Déselas a él.

En la distancia, aproximándose al palacio del Tribunal, veo al arzobispo Nowak. Observamos en silencio mientras los gendarmes lo dejan pasar. Luego, las puertas vuelven a cerrarse.

Justo antes de las ocho, la sala se abre de nuevo para dejarnos entrar al resto de nosotros. A la hora en punto, los jueces entran juntos desde la puerta lateral que da a su despacho. Sin más preámbulo, uno de ellos dice:

–Por favor, agente, llame al primero de los testigos.

Hacen pasar a Guido a la sala. Lleva un traje negro con una camisa gris y una corbata plateada, además de un voluminoso reloj dorado en la muñeca. Solo su piel curtida revela que es un peón agrícola. El notario se pone de pie para tomarle ambos juramentos, tras lo cual Guido se identifica a sí mismo como Guido

Francesco Andreo Donato Canali, el único hombre en Roma con más nombres que el papa.

—¿Se hallaba usted presente en Castel Gandolfo la noche que Ugolino Nogara fue asesinado? —pregunta el juez principal.

—Así es.

—Cuéntenos, por favor, lo que vio.

—Estaba en mi turno cuando recibí una llamada del padre Alex Andreou, el hermano del acusado. Me pidió que le abriera las puertas.

El juez anciano se inclina hacia delante. Guido habla sin la aspereza o arrogancia de otras veces. Ni siquiera señala con el dedo cuando dice mi nombre.

—Lo llevé en mi camioneta —continúa Guido—. Llegamos casi a…

El juez pega un manotazo en la mesa.

—¡Alto! ¿Está diciendo que abrió las puertas porque un amigo se lo pidió?

Guido se achica.

—Monseñor, estuvo mal. Ahora lo sé. Pido disculpas.

El juez principal refunfuña.

—¿Y adónde exactamente llevó a su amigo, el hermano del acusado?

—Solo hay un camino principal desde las puertas. Y ese es el que tomamos. Luego el padre Alex se bajó al ver a su hermano.

Mignatto levanta la mano.

El juez más joven se anticipa a la objeción.

—Signor Canali, ¿vio usted al acusado? ¿Sabe si lo vio su hermano?

Guido toma un sorbo de agua. Sacude la muñeca para desplazar el peso del reloj.

—Sé dónde encontraron el cuerpo de Nogara. Está muy cerca de donde el padre Alex se bajó de la camioneta. Así que…

El juez principal levanta la mano.

—Repasemos la cronología: ¿a qué hora lo llamó el hermano del acusado?

—Unos quince minutos antes de que se presentara en la puerta. Consulté mi teléfono. A las seis y cuarenta y dos.

—¿Y desde dónde llamaba?

—Desde un aparcamiento situado al pie del acantilado, según dijo.

El juez escribe algo.

–¿Cuánto hay en coche de aquí a Castel Gandolfo?

–Casi treinta kilómetros. Tres cuartos de hora.

–¿Está seguro?

–Recorro esa distancia cada domingo para visitar a mi madre.

El juez vuelve a tomar nota.

–Pero la noche en que mataron al doctor Nogara estaba lloviendo, ¿no es así?

–Como si Dios hubiera desatado su cólera.

–Entonces, se tardaría más en llegar, ¿no?

Guido se encoge de hombros.

–Cuando hay un poco de mal tiempo, la gente no conduce. Menos tráfico. Así que depende.

Empiezo a adivinar adónde quiere llegar el juez. Se ha dado cuenta de que Guido no vio nada en Castel Gandolfo, pero está calculando la hora a la que me llamó Simón. Reconstruyendo la línea temporal de la muerte de Ugo. Veo que Mignatto parece preocupado.

El juez principal asiente.

–Gracias, signore.

Parece listo para despedir a Guido, pero Mignatto le hace una seña y el juez le indica que se acerque. Todos los presentes ven cómo Mignatto le pasa una hoja de papel al juez principal, quien la lee en silencio y luego asiente.

–Una última cosa –dice.

Por primera vez, Guido me mira. Sus ojos están llenos de odio. Me doy cuenta de que está aterrorizado. Solo quiere irse a casa.

–Por supuesto –dice.

–¿Por qué le abrió las puertas al hermano del acusado?

Intuyo lo que pretende Mignatto y, por un segundo, siento lástima por Guido. Pero la suerte ya está echada. Si esto es lo que hace falta para liberar a Simón, entonces sea.

Guido se ilumina. Lo ha entendido mal.

–Lo hice porque el padre Alex y yo crecimos juntos. Somos viejos amigos.

El juez principal dice con sequedad:

–¿Le pidió usted una contrapartida? ¿Dos entradas para la exposición del doctor Nogara?

Desde su altura en el estrado, el juez anciano le lanza una mirada feroz. Guido se retuerce como un cachorro al que han hecho daño.

—Bueno… Quiero decir… —Guido Canali se vuelve hacia mí, como si me pidiera ayuda—. No fue así. Solo dije…

Mignatto escribe una rápida nota en su cuaderno. La letra es un auténtico galimatías. Solo parece haberla escrito para que no lo vean regodearse.

—Signor Canali —dice el juez principal indignado—, queda usted excusado. El tribunal ya ha terminado de oír su testimonio.

Guido se levanta de la silla. Se ajusta el cinturón y, con expresión anonadada, se alisa la corbata sobre la barriga. Se marcha sin hacer el más mínimo ruido.

—Agente, el próximo testigo. —El juez mira la lista que tiene delante—. Por favor, llame al signor Pei.

Se trata de uno de los dos declarantes desconocidos de la lista de Mignatto.

«¿Quién es ese?», escribo en el cuaderno situado entre los dos. Mignatto no me hace caso.

El hombre se identifica como Gino Pei, chófer del servicio de automóviles del papa. Doy por supuesto que su comparecencia no estaba prevista, puesto que Gianni nunca mencionó que fuera a testificar ningún chófer. Mignatto observa con atención.

—Signore —comienza el juez principal cuando Pei ya ha prestado juramento—, aquí dice que trabaja como coordinador de servicios. ¿Qué significa exactamente?

—No es un trabajo, monseñor, sino una de las ventajas de ser veterano. Significa que soy el chófer que asigna los servicios de mis compañeros a medida que se reciben las llamadas.

—Es decir, que está usted al tanto de todos los servicios que se les solicitan.

—Durante mi turno, sí. Así es.

—¿Y cuánto tiempo lleva como chófer en el servicio?

—Doce años.

—¿A cuántos pasajeros habrá llevado en esos doce años?

—A cientos, a miles.

–Entonces, si le preguntáramos por un pasajero en concreto, ¿hasta qué punto podríamos confiar en que lo recuerda bien?

–Monseñor, no necesito recordar a nadie. Llevamos un registro de todo. La hora de entrada, la hora de salida, las recogidas de clientes, los lugares...

El juez echa un vistazo a una hoja de preguntas que debe provenir del acusador, el promotor de justicia.

–Muy bien. Quisiera preguntarle por el día en que murió Ugolino Nogara.

Me pregunto si alguien más se da cuenta de que esta línea de interrogatorio va a toparse con un obstáculo.

–Lo siento, monseñor –dice nervioso Gino. Hace un gesto hacia el promotor–. Pero ya se lo dije a él anoche: no puedo responder a esa pregunta.

–¿Por qué no?

–No hay registros de ese día.

–¿Qué quiere decir?

–Se nos ordenó no anotar nada.

–¿Quién se lo ordenó? –gruñe el juez anciano.

Gino Pei titubea.

–Monseñores, no puedo contestar a eso.

El promotor de justicia observa a los jueces. Parece estar sopesando la reacción del tribunal.

El juez principal es el primero en darse cuenta de cuál es el obstáculo.

–¿Está usted bajo algún juramento previo que le impide hablar de ello?

–Así es.

El monseñor se quita las gafas de oscura montura y se frota el puente de la nariz. El promotor de justicia se sienta rígido en su silla. Los jueces no tienen potestad para anular ningún juramento. Todas las posibles preguntas al respecto acaban de esfumarse.

–¿Qué tontería es esa? –gruñe entre dientes el juez anciano–. ¿Quién exige juramento de confidencialidad a los chóferes?

El promotor de justicia balancea la cabeza, porque esa es justamente la pregunta pertinente. Le echo un vistazo a Mignatto. Está en tensión, mirando al promotor.

–¿Hay alguna cosa, entonces, que pueda contarnos del acusado? –sigue preguntando el juez principal.

–No –responde Gino.

–Entonces, ¿puede decirnos qué vio en Castel Gandolfo?

–Monseñor, no puedo.

Solo el tecleo del notario rompe el silencio.

Los jueces conferencian durante un momento en el estrado. Después, el juez principal dice:

–Ya es suficiente. Queda excusado. El tribunal oirá al siguiente testigo.

Cuando Pei abandona la silla de los testigos, miro emocionado a Mignatto. Presiento que el juicio está ahora más cerca de la exoneración de mi hermano. El ambiente en la sala ha cambiado. Los jueces parecen impacientes. Uno de ellos hace rodar un bolígrafo entre las palmas de las manos, adelante y atrás, adelante y atrás.

Un seglar de aspecto somnoliento entra a grandes zancadas en la sala. Tiene bolsas bajo los ojos tristes y una nariz que parece un muslo de pollo. Hace una leve inclinación de cabeza ante los jueces, presta ambos juramentos y luego se identifica como Vincenzo Corvi, analista forense de la Policía de Roma. Al oír su cargo, Mignatto frunce el ceño.

El juez más joven comienza las preguntas:

–Signor Corvi, nuestra policía vaticana consultó con su departamento al respecto de este caso. ¿Por qué?

–Para el análisis profesional de dos elementos hallados en la escena del crimen y la verificación de una grabación de voz.

–¿Podría identificar dichas pruebas?

–Los dos elementos de la escena del crimen son una bala de 6,35 milímetros y un cabello humano. La grabación es un mensaje de voz.

–Comencemos por las pruebas halladas en Castel Gandolfo. ¿Se encontraron juntos, la bala y el cabello humano?

–No. Separados.

–¿Podría explicar al tribunal lo que descubrió?

Corvi saca unas gafas y consulta un informe.

–La bala se halló cerca del cadáver y presenta deformaciones que se ajustan a las heridas de entrada y salida del cráneo del finado.

–¿Está diciendo que ese fue el disparo que mató al doctor Nogara?

–Casi con toda seguridad. Es el mismo calibre disparado por el arma en cuestión, una Beretta 950.

Mignatto abre unos ojos como platos. Mira alternativamente a Corvi, a los jueces y al promotor de justicia. Luego se pone de pie.

–La defensa no tenía conocimiento de que se hubiera encontrado el arma del crimen.

Los jueces parecen también sorprendidos.

–Este tribunal tampoco –dice en tono grave uno de los jueces.

Corvi evita mirarlos y revuelve entre sus papeles fingiendo buscar algo. Parece abochornado. Entre estos muros, ningún buen católico desea decepcionar a un tribunal eclesiástico.

El juez principal modera su tono.

–Signore –comienza con voz serena–, si nuestros gendarmes nos están ocultando alguna información, agradeceríamos que se nos dijera de qué se trata.

Esas palabras me ilusionan. Si la versión de los hechos dada por los gendarmes está en tela de juicio, entonces aún estamos más cerca de que Simón salga libre.

Pasa casi un minuto y Corvi no dice nada. Sigue examinando las páginas que tiene ante sí. Durante todo ese intervalo de silencio, Mignatto no deja de mirar al promotor de justicia.

Por fin, Corvi saca una hoja del montón de documentos.

–Ah –dice–. Aquí está. Sí, yo tenía razón. El arma era una Beretta 950.

Del estrado llega una exclamación de incredulidad.

–¿Cuándo la encontraron los gendarmes? –pregunta el juez principal.

Corvi levanta la vista de los papeles.

–Por lo que yo sé, no lo hicieron. Esto no es un inventario de pruebas; es un registro de armas de fuego. –Levanta la hoja–. Una Beretta 950 fue el arma que Ugolino Nogara inscribió en el registro estatal.

Mignatto se vuelve hacia mí sin aliento:

–¿Nogara tenía un arma?

Titubeo.

–No, que yo supiera.

—Signore —dice en tono bronco el juez anciano—, ¿nos está usted diciendo que el disparo procedía de su propio fusil?

—Un fusil, no —aclara Corvi—. Una pistola.

—¿Se refiere a una pistola militar?

Corvi revuelve de nuevo los papeles y saca una fotografía del catálogo del fabricante. Muestra una pequeña arma negra sobre la mano abierta de un hombre. La Beretta es más corta que la palma de la mano, incluyendo los dedos.

—¿Cómo es posible? —pregunta el juez principal.

Muy pocos italianos poseen ese tipo de armas.

—La inmensa mayoría de los permisos italianos se conceden para armas de caza —explica Corvi levantando una segunda página—. El permiso de Nogara era para una pistola de autodefensa. Esa es otra razón por la que la identificación es bastante segura.

Pienso en la anotación del historial médico de Ugo: «Miedo a que lo sigan, a sufrir una agresión». Garabateo una nota en el cuaderno, frente a Mignatto: «¿Puede preguntarles cuándo solicitó el permiso?».

Antes de que Mignatto pueda responderme, el juez principal me lee el pensamiento.

—La fecha de la solicitud —responde Corvi— es el 25 de julio.

Michael sufrió la agresión en el aeropuerto solo una semana antes. Ugo debió decidir comprarse un arma tras encontrarse la fotografía de Michael en su buzón.

—Entonces, ¿está sugiriendo —dice ahora el juez joven— que alguien cogió la pistola de Nogara y lo mató con ella? ¿Y qué hizo luego con el arma?

Corvi levanta una mano.

—Eso le corresponde determinarlo a la Policía. Yo solo puedo decirle los resultados del análisis forense y de la base de datos.

Mignatto está moviendo hojas de papel en la mesa de la defensa. Cuando encuentra la lista de declarantes, vuelve a consultar la columna de nombres, como si quisiera asegurarse de que hoy no se llamará a ningún gendarme.

—Ha mencionado una segunda prueba que les encargaron analizar —dice el juez principal revisando sus notas—. ¿De qué se trataba?

Corvi asiente.

–Su policía encontró un cabello humano en el coche del finado. Nos lo enviaron para que lo identificáramos.

Mignatto presenta una objeción. Simón estuvo muchas veces en el coche de Ugo. El cabello no demuestra nada. Pero, por una vez, los jueces no le hacen caso. El coche es ahora un foco de atracción demasiado fuerte. Ugo no habría llevado una pistola a una reunión de sacerdotes celebrada en Castel Gandolfo, así que la ventanilla rota del vehículo se convierte ahora en una cuestión de la máxima importancia.

–¿Dónde se encontró el cabello? –pregunta el juez.

–En el asiento del conductor.

Es muy raro. Ugo nunca dejaba que nadie más condujera su coche.

–¿El cabello pertenecía al padre Andreou? –sigue preguntando el juez.

–En efecto.

Pero ha habido una pausa extraña cuando lo ha dicho. Y, durante esa pausa, una negra intuición se abre camino en mi mente. He cometido un tremendo error.

Corvi mira el informe del laboratorio.

–Hallamos coincidencia con una muestra de sangre dada en la cárcel de Rebibbia hace tres años.

Una sensación de terror se me viene encima como una sombra.

–El nombre que figura en la muestra de sangre –dice Corvi– es el de Alexander Andreou.

Profundos surcos aparecen en el entrecejo de Mignatto. Levanta la vista, tratando de asimilar algo que le parece un error. Luego se vuelve hacia mí, mortalmente pálido.

Me he quedado mudo. Los jueces me escrutan con la mirada.

–Un receso –dice Mignatto, presa de un repentino acceso de tos. Se vuelve hacia los jueces–. Por favor, monseñores. Necesito un breve receso.

En el patio, Mignatto se pasea en silencio. Desde sus nichos de la basílica de San Pedro, unos santos de mármol mayores que un edificio de dos pisos nos fulminan con la mirada.

–Monseñor, tenía que ver el coche –digo–. No sabía…

332

—¿Se coló usted en el depósito de vehículos? —pregunta sin dejar de pasearse.

—Sí.

—¿Solo?

Me niego a meter a Gianni en esto.

—Sí.

Mignatto habla cortando el aire con la mano, como si quisiera dividir cada momento en trocitos de tiempo.

—Y, cuando estuvo allí, ¿cogió el teléfono de Nogara de su coche?

—No.

Se detiene.

—Entonces, ¿de dónde lo sacó?

—Del servicio de salud.

Está casi sin habla.

—Pero ¿qué ha hecho usted?

—Creí que…

—Creyó qué, ¿que nadie se daría cuenta?

—Intentaba ayudar a Simón.

—¡Ya basta! ¿Era este su plan desde el principio? ¿El suyo y el de su tío? ¿Decidir ustedes mismos el resultado de este juicio?

—Por supuesto que no.

Se me acerca.

—¿Entiende usted lo que el promotor de justicia nos está haciendo ahí dentro?

No sé qué quiere decir. La acusación no sacó nada de los testimonios de Guido y de Gino Pei.

Sin embargo, cuando le digo eso mismo a Mignatto, este explota.

—¡No sea ingenuo! Obtuvo exactamente lo que quería de Canali. Y lo que hizo con el chófer fue astuto.

—¿De qué está hablando?

—¿Quién podría haber ordenado a los chóferes que no cumplimentaran los registros? ¿Quién les habría exigido un juramento? Bueno, ¿puede ser alguna otra persona? Su tío, el servicio de automóviles depende de su tío.

—Está viendo más de lo que hay aquí.

—Entonces, dígame: ¿qué objeto tenía el testimonio de Guido Canali? Canali no vio nada, jamás tuvo a la vista ni a su hermano

333

ni a Nogara ni la escena del crimen. Así que ¿por qué citarlo a declarar?

—No lo sé.

—Porque le vio a usted, padre. Porque podía testificar que la primera reacción de su hermano no fue llamar a la Policía, sino llamar a su familia. Según el informe del incidente, los gendarmes pensaron que habían sido los dos, su hermano y usted, los que habían llamado para pedir ayuda, porque usted llegó antes que ellos. Y usted sobornó a Canali ofreciéndole entradas de su tío. ¿Es que no ve el panorama que está empezando a pintar el promotor de justicia?

Estoy sin habla.

—¿Cuál es la única pregunta que se están haciendo ahora mismo los jueces? Las imágenes de las cámaras de seguridad han desaparecido. No hay registros del servicio de chóferes. Los testigos están sujetos a un juramento que les impide hablar. La característica más destacable de este juicio es el silencio. Los jueces quieren averiguar de dónde vienen las presiones, y la respuesta a esa pregunta es justamente lo que el promotor de justicia les está ofreciendo. Su hermano le llamó a usted para pedirle ayuda. El cabello encontrado en el coche hace pensar que usted lo ayudó a limpiarlo todo. Su tío exigió a los chóferes un juramento de confidencialidad y luego permitió que su hermano cambiara la exposición de Nogara como mejor le pareciera. La exposición ya no es admisible como asunto sobre el que se pueda testificar. ¿Adónde apuntan todos estos silencios, padre? ¿Qué significa que su hermano se niegue a testificar? El hecho de que tengamos el teléfono móvil de Nogara no hace más que confirmar todo lo que la acusación está dando a entender.

—Monseñor... lo siento.

Da un manotazo en el aire.

—Ya basta. Váyase.

—Que me vaya, ¿adónde?

—¿De verdad cree que voy a dejar que se siente a mi lado mientras el tribunal considera si es usted cómplice? —dice con acritud—. Me obliga usted a obrar de mala fe, a decirle al tribunal que el cabello debe proceder de alguna otra ocasión en la que usted acompañó a Nogara en el coche. Ahora tengo que inventar excusas para la llamada telefónica, para el soborno, para la exposición, para el teléfono móvil. ¡Fuera de mi vista! Solo le dejo que continúe como procurador porque no puedo correr el riesgo de que testifique.

–Monseñor, no sé qué decir. Yo…

Pero entonces balancea con ímpetu su maletín, me da la espalda y se aleja.

En la entrada del palacio, de pie, veo al promotor de justicia. Está demasiado lejos para que haya podido oír nada, pero me está calibrando con la mirada. Mignatto pasa ante él sin que ni uno ni otro diga nada. Los ojos del fiscal siguen fijos en mí.

CAPÍTULO 29

Espero. Mucho después de que Mignatto y el promotor de justicia hayan entrado de nuevo en el palacio, yo sigo en el patio. Paseándome. Merodeando frente a las puertas de la sala. Nadie sale. Tampoco lo espero. Pero la ilusión de estar esperando alguna cosa es lo único que mantiene bajo control este impulso temerario que siento. Esta tensión colérica e impaciente que me pide a gritos que haga algo.

Empiezo a hacer llamadas. Michael Black no contesta. Lo intento de nuevo y luego otra vez más. Está ignorándome, pero yo llamaré hasta que se harte.

Al sexto intento, le dejo un mensaje farragoso.

—Michael, coge el teléfono. Que cojas el teléfono. Si tienes demasiado miedo para venir a Roma, entonces habla con el abogado de Simón. Tiene que saber lo que pasó en el aeropuerto.

Mientras hablo, observo la calle que conduce al palacio papal, buscando a Simón. En vano.

Veinte minutos después sale Corvi, el analista forense. Un gendarme lo escolta hasta la frontera y más allá de la puerta de entrada a Roma. Todavía no hay rastro de Simón.

Entonces, un sedán de cristales tintados se detiene frente al palacio del Tribunal. Casi pego un brinco. Cuando el conductor sale para abrir la puerta trasera, corro hacia allí.

El asiento de atrás está vacío. El chófer me hace señas para que me aparte, pero lo esquivo para echar un vistazo al asiento del pasajero. Vacío también.

Un instante después, se abren las puertas de la sala. Por ellas sale la figura del arzobispo Nowak, quien se dirige arrastrando los pies a la puerta del sedán. Me hago atrás.

Nowak camina con la cabeza baja. Ni siquiera me mira a la cara pero extiende un brazo ante él para dejarme pasar primero.

—Por favor —dice.

—Excelencia.

Repite el gesto con el brazo, esperando a que pase.

—Excelencia, ¿podría hablar con usted?

Es un hombre grande, encorvado de espaldas, varios centímetros más alto que yo. La sotana que lleva no está hecha a medida. Su rostro muestra una tristeza remota, un ensimismamiento que le impide levantar la vista y reconocerme como una cara familiar que acaba de ver en la sala. La gente dice que su padre, un agente de policía de Polonia, murió atropellado por un camión durante un control policial cuando Nowak era niño. Ahora regresa a casa, junto a un segundo padre que también está a punto de morir: Juan Pablo. Se antoja imposible plantearle la grave situación de Simón a alguien que considera el sufrimiento como un hecho indisoluble de la vida, pero algo tengo que hacer.

—Por favor, excelencia —digo—. Es importante.

Nowak no se mueve. Me dice:

—Sí, ya lo sé, padre Andreou. —Y, una última vez, vuelve a extender el brazo para darme paso.

Al final, comprendo. Me está invitando a subir al coche.

El corazón me late con violencia mientras me agacho para entrar. La sotana me estorba, así que me la ciño alrededor del cuerpo y me deslizo hasta el extremo del asiento trasero para dejarle sitio a Su Excelencia. El conductor le tiende la mano para ayudarlo. Recuerdo cuando mi padre me agarraba por el hombro y me señalaba a Nowak al verlo pasar por las calles del Vaticano. El arzobispo era entonces casi tan joven como lo es hoy Simón. Ahora tiene sesenta y cinco años. Su cuerpo tiene la misma pesadez plomiza que el de Juan Pablo, con ese cuello que parece un tonel, la cara de carnosidad excesiva y unos ojos que, aunque quizá no se han rendido del todo, sí se han retraído en cierta medida. Todavía sonríe, pero incluso sus sonrisas son tristes.

No dice nada cuando el chófer cierra la puerta tras él. Nada tampoco cuando el coche se pone en marcha. Durante un fugaz instante, veo a Mignatto saliendo de la sala del juicio. Cruzamos una mirada a través del parabrisas mientras el sedán se aleja y veo que abre la boca.

—Me acuerdo de usted —dice por fin Nowak en tono paternal—. De cuando era solo un muchacho.

Intento por todos los medios que eso no me intimide, que no me haga sentir otra vez como un niño.

—Gracias, excelencia.

—Y me acuerdo también de su hermano.

—¿Por qué lo está ayudando?

Se inclina levemente hacia delante, acortando la distancia que nos separa. Sus ojos caídos siguen los míos mientras hablo, lo que me demuestra que me está escuchando.

—Su hermano hizo algo extraordinario —dice el arzobispo Nowak, pronunciando esa última palabra, esa palabra tan ardua para un nativo polaco, con su particular acento—. El santo padre le está agradecido.

Así que Nowak sabe lo de la exposición, lo de los ortodoxos.

—Excelencia, ¿sabe usted dónde retienen a mi hermano?

No era mi intención hacerle una pregunta tan emotiva, pero parece tan solícito, tan comprometido con lo que yo pueda sentir...

—Sí —contesta Nowak, y su forma de bajar los ojos me indica que comprende cuán doloroso debe resultarme este asunto.

—¿No puede liberarlo? ¿No puede detener este juicio?

Cuando pasamos por la primera entrada del palacio papal, los guardias suizos se ponen firmes y saludan.

—El juicio tiene un propósito —dice Nowak—: descubrir la verdad.

—Pero usted ya sabe la verdad. Sabe que mi hermano invitó a los ortodoxos a venir aquí, y sabe por qué. Este juicio es solo la forma que ha escogido el cardenal Boia para presionar a Simón y que dé explicaciones sobre la exposición.

Uno tras otro, vamos dejando atrás los puestos de control. El sedán no aminora la marcha.

—Padre —dice Nowak con tranquilidad—, antes de que mañana se inaugure la exposición, es importante que sepamos la verdad sobre por qué mataron al doctor Nogara.

Como si quisiera subrayar esta última cuestión, le pide al chófer que se detenga. El ala final del palacio, la de Juan Pablo y la de Boia, se alza ante nosotros. El coche está al ralentí, parado en el patio de la Secretaría.

—Mi hermano no mató a nadie, excelencia.

—¿Lo sabe con tanta seguridad porque también usted estaba en Castel Gandolfo?

—Lo sé porque conozco a mi hermano.

Un par de guardias suizos se acercan, tras percibir algo fuera de lo normal, pero el chófer los despide con un gesto de la mano.

—Si pudiera liberarlo del arresto domiciliario —dice el arzobispo Nowak—, ¿me diría usted la razón por la que mataron al doctor Nogara?

Ahora lo entiendo. Prohibió testificar sobre la exposición porque no quiere que Boia averigüe lo de la visita de los ortodoxos, pero sin ese testimonio tampoco Nowak sabe por qué mataron a Ugo y solo puede intentar adivinar quién tenía razones para hacerlo. Simón no ha dicho nada a nadie sobre 1204. Ni siquiera al hombre que firmó los documentos para traer el sudario aquí desde Turín.

—Excelencia —digo—, Ugo Nogara descubrió que los caballeros católicos robaron el sudario de Constantinopla durante la Cuarta Cruzada. El sudario no nos pertenece a nosotros; pertenece a los ortodoxos.

Nowak me observa con atención. Algo indefinible pasa por sus ojos. Sorpresa. Decepción, quizá.

—Sí —dice—. Eso es verdad.

—¿Usted ya lo sabía?

—Pero ¿hay alguna otra cosa? —insiste—. ¿Algo además de eso?

—No, por supuesto que no.

El arzobispo extiende el brazo y me coge la mano.

—Usted es muy diferente de su hermano.

Sin dejar de mirarme, da dos palmadas en el asiento. El chófer abre su puerta y sale del coche. Un momento después, la que se abre es mi puerta.

—No lo entiendo —digo—. ¿Va a hacer que el cardenal Boia deje libre a Simón?

Siento la mano del chófer en el hombro, indicándome que salga.

–Padre, lo siento –dice Nowak–. No es tan sencillo como usted cree. Su hermano no le ha contado toda la verdad.

Extiende el brazo y me aprieta la mano, tal como solía hacer Juan Pablo en la plaza de San Pedro para confortar a perfectos desconocidos. Como si yo hubiera recorrido todo este camino por algo que realmente no comprendo.

A mi espalda, se oye la voz de un guardia suizo:

–Padre.

Y nada más.

Nowak me suelta la mano y salgo del coche. Incluso entonces, no deja de mirarme.

Tengo ya tres mensajes de Mignatto en el móvil, quien me insta a volver urgentemente al palacio del Tribunal. No hago caso.

Me acerco al guardia suizo apostado en la puerta este. Me ha visto salir del coche del arzobispo Nowak.

–¿Es usted David?

–Denis, padre.

–Denis, he de ver a mi hermano.

Los apartamentos del cardenal Boia se hallan justo encima de nosotros. Allí arriba está Simón.

–Daré aviso de que está aquí –dice.

–No, ya subo yo.

Avanzo hacia la puerta, pero me bloquea el paso.

–Padre, primero he de llamar.

Lo aparto de un empujón.

–Dígale al cardenal Boia que el hermano de Simón Andreou ha venido a verlo.

Un segundo guardia aparece, salido de la nada.

–Loris –digo, reconociéndolo–. Tengo que entrar.

Me rodea con el brazo y me hace bajar las escaleras. Al llegar abajo, me dice:

–Padre, ¿qué sucede?

Me libero de su brazo.

–Voy a ver a Simón.

–Sabe que no le está permitido.

–Está ahí arriba.

–Ya lo sé.

Me paro en seco.

–¿Lo has visto?

–No tenemos permitida la entrada en los apartamentos.

–Dime la verdad.

Titubea.

–Una vez.

La emoción me golpea como un puño en la garganta.

–¿Está bien?

–No lo sé.

–Déjame entrar.

–Debería irse a casa.

De nuevo siento su mano sobre mí. Me la sacudo. El otro guardia suizo, al verlo, llama por radio para pedir refuerzos.

–Padre –dice Loris–, váyase. Ya.

Retrocedo. Grito a pleno pulmón hacia las ventanas de la segunda planta:

–¡Cardenal Boia!

Otros dos guardias suizos se acercan corriendo desde el lado donde está la Secretaría.

Retrocedo otro paso y grito de nuevo:

–¡Su Eminencia, quiero ver a mi hermano!

Me agarran varias manos. Me obligan a avanzar hacia la salida del patio.

–¡Le diré todo lo que quiera saber! –sigo gritando–. ¡Pero déjeme ver a mi hermano!

Forcejeo para liberarme, pero me arrastran por el patio adoquinado.

–Por favor –les suplico–. Tengo que verlo.

Pero, al salir al perímetro del patio, los dos guardias suizos allí apostados cierran una verja metálica.

–Márchese, padre –dice Loris señalando el camino que conduce fuera del complejo palaciego–. Márchese mientras aún pueda hacerlo.

Retrocedo con paso vacilante, sintiendo que las piernas no me responden.

«Su hermano no le ha contado toda la verdad».

Miro a través de los barrotes de la verja de hierro, sintiendo que voy a desplomarme allí mismo. Y entonces, al otro lado del patio, veo algo. Arriba, en la ventana del segundo piso, las cortinas se han abierto. Entre ellas, solo por un instante, aparece el cardenal Boia.

Me alejo de allí como alelado. Cuando llego a la puerta más exterior del palacio, veo a Mignatto, esperándome. Al ver la expresión de mis ojos, me enlaza por el brazo y les dice a los guardias:

—Ya me ocupo yo de él.

Regresamos en silencio al tribunal. No sé si me ha oído gritar. No me importa.

Junto a la sala del juicio hay una oficina. Mignatto efectúa un trámite sin decirme una palabra. Una asistente del archivo le pasa una carpeta con papeles para firmar. Otras pruebas. Otros testigos.

—¿Todavía sin imágenes de las cámaras de seguridad? —le pregunta a la mujer.

Ella niega con la cabeza.

Me pregunto cómo puede seguir adelante, cómo puede fingir que esto no es una farsa.

—¿Son las que pedí? —pregunta señalando unas fotografías.

Las va pasando, para confirmar que son las que quería. Veo imágenes de bolsas de pruebas que me resultan familiares. Los objetos del coche de Ugo. Mignatto me reprendió por entrar ilegalmente en el depósito de vehículos. Sin embargo, ahora ha solicitado las pruebas que yo descubrí allí. Le lanzo una mirada furiosa. Sigue sin decirme nada.

—Así es, monseñor —contesta la asistente.

—Gracias, signora.

Tengo de nuevo su mano en la espalda, guiándome fuera. Por fin se gira hacia mí.

—Cene conmigo, padre.

La tarde ha alcanzado su cénit y ya declina. Mignatto se pone la mano a modo de visera.

—No —contesto.

–Pedro también puede venir. Y es importante que hablemos del mensaje de voz que Nogara le dejó a su hermano en la nunciatura. El tribunal lo ha admitido.

–No.

Retira la improvisada visera y se mira los pies.

–Entiendo cómo se siente, pero, padre, quizá lo mejor para usted sea descansar un poco del juicio.

–Voy a hacer lo que tengo que hacer.

Mignatto entorna los ojos.

–¿Qué le dijo exactamente el arzobispo Nowak?

–Que mi hermano me ha estado mintiendo.

–¿Sobre qué?

No lo sé. Si el motivo es lo suficientemente bueno, podría tratarse de cualquier cosa.

–Padre Andreou, dígamelo.

Pero en ese momento me suena el teléfono. Y reconozco el número.

–¿Michael? –respondo de inmediato.

–Alex, estaba en el avión. Por eso no podía contestar.

–¿Cómo?

–Ahora estoy en el aeropuerto.

–¿Qué aeropuerto?

–El de Tombuctú. ¿Tú qué crees? Llegaré a la ciudad dentro de una hora. Si el abogado de Simón quiere hablar, mejor que esté listo para hablar.

–¿Es él? –articula con los labios Mignatto.

Asiento.

–Déjeme hablar con él.

Le paso el teléfono.

–¿Padre Black? –pregunta Mignatto.

Se saca un bolígrafo del puño vuelto de la sotana y abre la carpeta de pruebas para escribir en el interior de la cubierta. Tras él, los camiones entran y salen de los museos. Vuelvo a pensar en lo que me ha dicho el arzobispo Nowak. La noche de la inauguración. Solo faltan veinticuatro horas.

–¿Va a testificar? –le está preguntando Mignatto–. ¿En cuánto tiempo podrá estar listo?

Observo la carpeta que tiene en la mano, las fotografías por las que le preguntaba a la asistente. En una de ellas, se ve el cargador de móvil de Ugo. En otro, el trozo de papel con mi número de teléfono garabateado.

—Hemos de hablar de lo que le ocurrió. ¿Podemos vernos en mi despacho esta noche?

Después vienen las bolsas de pruebas que no me dio tiempo a examinar, porque Gianni empezó a meterme prisa para largarnos del depósito. Un paquete de cigarrillos. El carné de identidad vaticano descolorido por el sol, el mismo que Ugo probablemente mostraba a la Guardia Suiza cada vez que entraba en el país. Un llavero. Nada lo bastante grande para coincidir con las marcas dejadas bajo el asiento del conductor de su coche.

—No puede estar presente cuando nos reunamos. No forma parte del cometido del procurador.

Se me afloja la mandíbula. El llavero; es oval, con tres letras y tres números grabados: DSM 328.

Le arranco a Mignatto la carpeta de la mano. El teléfono se le balancea peligrosamente y me fulmina con la mirada.

DSM: *Domus Sanctae Marthae*. El nombre latino de la Casa. Los tres dígitos son el número de habitación. En el llavero metálico falta un trocito.

No es posible que la llave sea de Ugo. A él no le hacía falta una habitación de hotel. Así que debe de ser de quien forzara el Alfa Romeo.

—No he oído lo que ha dicho. Se entrecorta el sonido. ¿Me lo repite?

Cierro los ojos. Me engaño a mí mismo. El asesino no se habría dejado su propia llave. Pero, entonces, ¿de quién es?

Mignatto recupera la carpeta para escribir más datos en la cubierta. Me pregunto por qué Michael se está mostrando tan comunicativo. No es propio de él.

La respuesta llega un momento después, cuando Mignatto me devuelve el teléfono y dice:

—El padre Black quiere hablar con usted otra vez.

—Escúchame bien —me dice Michael—. El abogado me está diciendo que no puedes asistir a nuestra reunión de esta noche, pero hay algo de lo que tú y yo tenemos que hablar en privado. Así que reúnete después conmigo en San Pedro.

—¿En la plaza?

—No, en el transepto derecho. Dejaré abierta la puerta norte. ¿Sabes cuál te digo?

Mignatto está tratando de oír la conversación. Me alejo.

—¿A qué hora? —pregunto.

—Digamos a las ocho. Y, si no estoy allí, tendrás que buscarte otro testigo para mañana.

—¿Mañana?

—A las ocho en punto. ¿Está claro?

Cuando cuelgo, Mignatto me dice:

—No va a reunirse con él. ¿Entendido? A menos que yo esté presente.

No le hago caso.

—Buenas noches, monseñor. Le veré por la mañana.

Llamo al apartamento del hermano Samuel y le pido que cuide de Pedro un rato más. Luego llamo a Mona.

—Al final, no voy a poder esta noche —le digo.

Debe percibir algo en mi tono.

—¿Va todo bien? ¿Quieres que hablemos de ello?

No, no quiero. Pero las palabras se me escapan sin querer.

—Estoy enfadado. Simón me mintió.

Se produce un silencio. Un silencio que demuestra cómo, en su corazón, sigue dudando de él.

—Te mintió ¿sobre qué? —dice por fin.

—No importa.

De nuevo silencio.

Finalmente, vuelve a hablar:

—Estoy en casa de mis padres. Puedo reunirme contigo donde quieras. Tú dime solo dónde.

—No puedo. Solo… habla conmigo.

—¿Cómo está Pedro? —pregunta.

Cierro los ojos.

—He estado todo el día en el juicio. El hermano Samuel dice que está bien.

—Alex, no parece que estés muy bien. Deja que te ayude.

Estoy sentado en un banco, en el patio del tribunal. Los últimos trabajadores hacen cola en la gasolinera antes de volver a casa. Miro por encima de los techos de sus coches, hacia la Casa.

—Solo necesito un poco de tiempo para pensar —digo—. Te llamaré mañana. —Titubeo—. Siento lo de esta noche.

Antes de que pueda responder, cuelgo. El dolor que se ha estado fraguando durante horas, se manifiesta ahora en toda su plenitud. Cuando Simón y yo nos sentíamos así, después de que muriera nuestra madre, solíamos correr campo a través y luego volver. Por las colinas. Por las escaleras. Por la sombra de los muros. Corríamos hasta quedar doblados en dos, tirados en el suelo, refrescándonos con el agua que salpicaba de las fuentes. Cierro los ojos. «Devuélvemelo, Señor. Necesito a mi hermano».

Cuento las ventanas de la Casa. Sé cuál es la habitación 328. Está solo una planta por debajo de donde nos alojábamos Pedro y yo, pero en el extremo más alejado del edificio. Según mi cuenta, la habitación hace esquina. Ahora mismo tengo a la vista las ventanas que dan al oeste.

Quizá mañana sea el día. Quizá ese es el plan de Boia. Retener a Simón hasta que la exposición haya acabado.

Las ventanas orientadas al oeste tienen las contraventanas cerradas. En otras habitaciones se ven abiertas las cortinas, pero el ocupante de esa habitación no quiere nada de aire. Ni vistas de la tarde romana. Abro mi teléfono y marco el número de la recepción.

—Hermana, por favor, ¿puede ponerme con la habitación tres veintiocho?

—Un momento.

En el teléfono suena un tono ininterrumpido. Quien esté en ese cuarto tampoco quiere hablar.

Cuelgo. El último coche sale de la gasolinera. El aire se encalma de nuevo. Una leve brisa agita la bandera del Vaticano en el mástil que se alza sobre la entrada de la Casa.

Me pongo de pie. Con una sensación de ligereza en el pecho, empiezo a caminar hacia esas puertas.

En la recepción, la monja me sorprende.

—Bienvenido, padre. ¿Cómo está?

Dice las palabras en griego.

El instinto me hace responder en la misma lengua.

—Muy bien, hermana. Gracias.

—¿Está disfrutando de su estancia en nuestro país?

—Mucho.

—¿En qué puedo ayudarle?

—Solo vuelvo a mi habitación. —Le enseño fugazmente mi antigua llave y sigo adelante.

Pero la seguridad se ha reforzado desde que me fui. Un rótulo pegado en el vestíbulo avisa de que ahora cada ascensor irá únicamente a una planta específica del edificio. Oigo cómo los ascensoristas les piden a los clientes que les muestren la llave de su habitación antes de entrar en el ascensor.

Así que voy por las escaleras. Pero, justo cuando estoy a punto de abrir la puerta del tercer piso, oigo una voz por encima de mi cabeza:

—Padre, se ha equivocado de piso. Es aquí arriba.

Un guardia suizo baja los escalones de dos en dos desde el rellano de la cuarta planta. Por fortuna, no nos conocemos.

—¿Puedo ver su llave? —pregunta.

Al parecer, estaba apostado en la salida de incendios.

Cuando se la enseño, asiente. La llave de la habitación que compartíamos Pedro y yo tiene el número 435.

—Sígame, padre —dice hablándome despacio en italiano. Y, con un exagerado ademán de la mano, me guía escaleras arriba.

La cuarta planta hierve de actividad. Se ven sacerdotes por todas partes. Estoy atónito. Todos visten a la manera oriental. Deben de ser los ortodoxos de Simón. Cuento hasta once de ellos en el pasillo. Un duodécimo abre la puerta de su cuarto, le dice algo a uno de sus colegas de fuera y vuelve a entrar. No conozco su lengua. ¿Serbio? ¿Búlgaro tal vez?

Entonces caigo en la cuenta: seguro que algunos de estos sacerdotes son griegos. La monja de la recepción, sin saber de qué país venía yo, me saludó en griego. Así que, probablemente, Simón también fue allí. Debe de haber repartido invitaciones por nuestra tierra natal.

Me pregunto a cuántos países habrá viajado en total. ¿Cuántos sacerdotes, y de cuántas naciones, se alojan en este pasillo? Nunca se había intentado nada parecido.

Miro hacia atrás, al guardia suizo de la salida de incendios. Se me está ocurriendo otra idea. Solo el papa controla a la Guardia Suiza. Solo Juan Pablo o Nowak podrían haber enviado a estos soldados aquí. Deben de ser conscientes del alcance de lo que ha hecho Simón.

Durante un rato, no puedo hacer otra cosa que observar. Los sacerdotes forman grupos o circulan de unos a otros. Los ortodoxos no tienen un poder central, un papa similar al de los católicos. El patriarca de Constantinopla es su líder honorario, pero la Iglesia ortodoxa es en realidad una federación de iglesias nacionales, muchas de ellas con sus propios patriarcas. La mera idea de una democracia clerical de esta índole, en la que ningún obispo recibe órdenes de otro, constituye una pesadilla para los católicos, una receta para un caos seguro. Pese a ello, durante dos mil años, los vínculos de la tradición y la comunión han convertido en hermanos a sacerdotes ortodoxos de cada rincón de la cristiandad. Incluso en el ambiente de nerviosismo que se percibe en este pasillo, donde se respira un ambiente de expectación, los hombres cruzan sus fronteras para saludarse entre sí. Hablan, unas veces con fluidez, otras a trompicones, en el idioma del otro. Se ven casi tantas sonrisas como barbas. Me siento como si presenciara una escena de la antigua Iglesia, del mundo que los apóstoles dejaron tras de sí. Me siento, de un modo extraño y profundo, como en casa.

Algunos de ellos vienen hacia mí en tropel. Me doy cuenta de que estoy delante del ascensor. Las puertas se abren y me hago a un lado. Entran tres hombres, hablando un idioma que no reconozco. Me parece haber reconocido la palabra que designa la oración vespertina, que debe ser la razón por la que van abajo. Pero uno de ellos, en italiano, le indica al ascensorista que mantenga la puerta abierta. Vienen más sacerdotes.

Ahora se abre una puerta al final del pasillo. Sale un sacerdote joven, de barba fina. Se demora un rato en el umbral, mirando dentro de la habitación. Y, entonces, tengo un presentimiento que me eriza la piel. Sé lo que eso significa. Está esperando a su jefe.

Trato de no mirar con demasiado descaro mientras el obispo —de unos cincuenta o sesenta años, con una barriga imponente y una elegante y amplia sotana— sale a grandes zancadas. Como dijo Gianni, lleva el sombrero de copa alta ortodoxo. Los sacerdotes que quedan en el pasillo le hacen sitio mientras se acerca al ascensor. El ascensorista echa mano a su llave, pero el obispo niega con la cabeza. Otro sacerdote le dice:

—Espere, por favor. Vienen más.

Echo un vistazo al pasillo. De la misma puerta abierta sale otro obispo, este con una cadena de oro al cuello en la que se distingue el retrato pintado de la *Theotokos*, la Virgen María. Incluso desde la distancia, puedo ver que algo brilla en su sombrero de copa alta: la diminuta cruz que distingue a los obispos de mayor rango o a los metropolitanos. Este obispo es más viejo; no tendrá menos de setenta años. Camina encorvado. Sus asistentes lo flanquean y procuran que la sotana no se le enrede en los pies.

Pero ni siquiera ahora se cierra la puerta de la habitación. De pronto, se produce una conmoción. Por algún motivo, los sacerdotes del pasillo empiezan a murmurar. Algunos se arremolinan delante de la puerta abierta y lanzan miradas furtivas al interior. El resto de ellos se pegan a las paredes del fondo del pasillo. Se están abriendo como las aguas, porque alguien está a punto de emerger.

Un hombre vestido de blanco.

CAPÍTULO 30

Un escalofrío me recorre de pies a cabeza. A lo largo de todo el pasillo, los sacerdotes inclinan la cabeza. Debo de estar viendo visiones.

A medida que el hombre se aproxima, su figura se hace más nítida. No es Juan Pablo, sino alguien incluso más anciano. Sus ojos son borrones negros. Y lleva barba.

La barba rodea la cara larga y demacrada como una guirnalda de niebla blanca. Le llega hasta la mitad del pecho, donde su mano sostiene algo: un sombrero de copa alta blanco con una pequeña cruz engarzada de joyas. Cuando pasa frente a los otros sacerdotes, levanta la mano para dar la bendición.

Me quedo helado. Sé quién es.

En un mal italiano, con un marcado acento, el hombre me dice:

—Que Dios le bendiga.

—Y a usted —balbuceo mientras dos sacerdotes salen del ascensor para asegurarse de que él pueda entrar.

Simón ha logrado lo imposible. La tradición de la ortodoxia rumana demanda que su más alto representante vista de blanco. Ante mí tengo a uno de los nueve patriarcas de la Iglesia ortodoxa.

Empiezo a bajar las escaleras a toda prisa. El ascensor debe de ir a la planta baja, a la capilla privada anexa a la Casa.

Y entonces me doy cuenta: no puedo seguirlos hasta allí. Apenas sería capaz de comunicarme con estos hombres. Podrían confundirme con uno de sus hermanos, porque mi sotana y mi barba parecen ortodoxas; pero, a causa del cisma, la Iglesia ortodoxa prohíbe que yo —un católico— pueda recibir la Eucaristía con ellos. Incluso unirme a ellos para la oración vespertina sin revelar quién soy constituiría un acto de mala fe.

Así que tan solo bajo hasta el rellano del tercer piso y me deslizo en el interior. Tengo los nervios a flor de piel. Me recuesto en la pared, preguntándome cómo este asunto puede haber terminado tan mal. Cómo es posible que algo tan hermoso, tan histórico, le haya costado la vida a Ugo. Y cómo es posible que le pueda costar el sacerdocio a Simón.

Aquí, en la tercera planta, se abre una puerta. Un sacerdote católico romano sale de su habitación. Se dirige al ascensor. Al apretar el botón, me echa un segundo vistazo.

Conozco ese tipo de miradas demasiado bien. Aunque tenga más en común con él que con los ortodoxos del piso de arriba —soy católico, sigo al papa, tanto este sacerdote como yo podemos comulgar cada uno en la iglesia del otro—, él parece pensar que yo estoy fuera de lugar allí.

—Buenas noches, padre —le digo en italiano para mitigar su preocupación. O, quizá, por algún oscuro motivo, para mitigar la mía. Luego sigo mi camino hacia la habitación 328.

En la puerta, trato de serenarme diciendo la oración de Jesús.

«Señor Jesucristo, Hijo de Dios, ten piedad de mí, pecador».

«Señor Jesucristo, Hijo de Dios, ten piedad de mí, pecador».

Nada puede ocurrirme aquí. Este pasillo, este edificio, está lleno de hombres que acudirían corriendo al primer grito de socorro. Sea quien sea la persona que hay dentro, lo invitaré a que salga para hablar. Fuera, no dentro de su habitación.

Llamo.

Nadie responde.

Me fijo en la mirilla, preguntándome si alguien me espía desde dentro. Doy un paso adelante y vuelvo a llamar.

Tampoco hay respuesta.

Saco el móvil y llamo a la recepción.

—Hermana, ¿podría ponerme con la habitación tres veintiocho?

Oigo sonar el teléfono al otro lado de la puerta. Delante de la mirilla, levanto el teléfono y lo señalo: también podemos hablar así. Lo mismo me da.

Pero nadie contesta.

Fuera, al otro lado del ventanal que hay al final del pasillo, el sol se está poniendo. Se me ocurre una idea. Bajo la vista.

No se ve luz por debajo de la puerta. Por eso están cerradas las contraventanas. No hay nadie.

Vuelvo a llamar al vestíbulo de entrada.

–Hermana, voy a bajar para encontrarme con un visitante en el comedor. ¿Podría arreglar alguien mi habitación mientras estoy fuera? Es la tres veintiocho.

–Padre, creo que su visita acaba de telefonear. Le enviaré a una limpiadora enseguida. Me parece que llevamos un poco de retraso con la limpieza.

Le doy las gracias y espero cerca del ascensor hasta que llega la monja con el carrito de la limpieza. Cuando abre la habitación, la sigo al interior.

–¡Por Cristo bendito!, pero ¿qué hace usted? –dice la monja alarmada.

Durante un breve momento, todo es oscuridad. Del patio exterior llega un pálido efluvio de luz eléctrica, cuyo brillo se cuela por entre las lamas de la contraventana. Entonces la monja enciende las luces.

En la habitación no hay nadie más.

–Hermana –murmuro con aire ausente, inspeccionando la estancia–, no se preocupe por mí. Me he olvidado una cosa.

Es casi idéntica a la habitación que teníamos Pedro y yo. Una cama estrecha con un sencillo cabezal de forma abombada. Una mesita de noche. Un crucifijo.

Me siento ante el escritorio y finjo anotar alguna cosa, esperando a que la monja se vaya. La mujer cierra el armario y recoge un par de sábanas extendidas en el suelo, junto a la cama. El sacerdote de esta habitación debe de dormir en el suelo, como Simón. Pero en la cama también parece que haya dormido alguien.

Seguramente sean dos personas las que se alojan aquí. Y debe de haber un motivo para que la limpieza de la habitación vaya con retraso.

Mientras la monja hace la cama y vacía las papeleras, examino el suelo. Junto a la lámpara hay una vieja maleta en la que no veo ninguna etiqueta de nombre. En la mesita de noche, un neceser, una cámara, un libro de tapa blanda. La monja observa la pila de papeles que hay bajo el neceser y luego vuelve a mirar el armario.

–Padre –dice–, ¿quién se hospeda aquí con usted?

–Un colega –improviso.

Algo atrae mi atención. El libro de tapa blanda de la mesita de noche. Trata del sudario.

Siento un aguijonazo nervioso en el pecho. He leído ese libro. Tengo esa misma edición. Lo robaron de mi apartamento la noche que irrumpió el intruso.

Mis ojos escrutan ansiosamente el cuarto. Hay una botella de cristal en la papelera que está vaciando la monja. *Grappa* Julia. La bebida favorita de Ugo. Pero no se ve ningún vaso de vidrio, ningún indicio de que se la bebieran aquí. Botellas como esa se amontonaban en la basura del apartamento de Ugo. El apartamento que también allanaron. Me pregunto qué otros objetos de esta habitación robaron en su casa o en la mía.

La monja vuelve a observar el montón de papeles de la mesita de noche y, por alguna razón, ahora parece tener prisa por acabar.

Mientras arregla el baño, me acerco a echar un vistazo a los papeles. Entonces, me quedo helado.

Las ruedas del carrito de la monja chirrían. Lo último que la oigo decir, antes de que cierre la puerta del cuarto, es:

—Padre, voy a tener que enviar a alguien aquí. No creo que esta sea su habitación.

Finalmente, no es una pila de papeles. Es una pila de fotografías.

Fotografías de mí.

Me tiembla la mano cuando cojo la cámara. Voy pasando las imágenes allí registradas. Yo, caminando por los jardines. Yo, de pie fuera del palacio del Tribunal. Yo, cogiendo de la mano a Pedro en el patio de aquí abajo. Hacia el final, la encuentro. Yo, saliendo de la Casa. La misma fotografía que deslizaron bajo mi puerta, con la amenaza escrita al dorso.

Intento pensar, pero un miedo creciente se apodera de mí.

Un nombre. Una cara. Algo, necesito algo.

Abro de golpe el armario. De un colgador pende una sotana negra con botones. Una sotana de sacerdote católico romano. Seguramente, la monja se ha dado cuenta de que no podía ser mía.

Compruebo la etiqueta. En un país donde todos los hombres visten igual, la costumbre es que cada uno marque la ropa con su nombre. Pero no hay nada, salvo el emblema descolorido de una sastrería cercana al Panteón. En el siguiente colgador hay un *ferraiolone*, la larga capa que los sacerdotes romanos llevan en los acontecimientos de etiqueta. Ahora lo entiendo. Ante mí tengo las mejores prendas de un sacerdote, su atuendo para las ocasiones formales. Este hombre tiene previsto acudir a la exposición de Ugo mañana por la noche.

Tengo que encontrar una manera de identificarlo. Extiendo la sotana sobre la cama y abro la navaja que llevo en el llavero. Justo debajo de la parte de atrás del cuello, hago un corte en la tela. Resulta casi invisible. Pero cuando la sotana se ciña sobre los hombros de un hombre, el corte formará una arruga y desde detrás podré verle la camisa blanca.

Oigo un ruido en el pasillo. Vuelvo a colgar la sotana y me encamino a la salida. Pero, de pronto, se me ocurre algo.

Vuelvo al escritorio y miro en los cajones. Debe estar por aquí, en algún lugar. Encuentro el recibo de una comida y lo que parece ser un *ticket* de aparcamiento. Me los meto en la sotana. Entonces, sobre la mesita de noche, lo veo. Bajo un folio suelto está el bloc de papel de cartas de la Casa. Abro las tapas y levanto el bloc frente a la luz oblicua del atardecer. Se aprecian marcas de escritura, muy leves. Los cinco dígitos de mi número de teléfono.

De aquí procede el trozo de papel que encontré en el coche de Ugo. Y esta debe de ser la habitación desde la que me llamaron tres veces la noche anterior a su muerte.

Aquí han estado durmiendo dos sacerdotes. Uno de ellos entró en mi apartamento mientras el otro registraba el coche de Ugo en Castel Gandolfo. Todo converge aquí, en esta habitación. Ojalá hubiera detenido a la limpiadora antes de que vaciara la papelera. Seguro que en ella había algo más que una botella vacía de *grappa* Julia.

De pronto se abre la puerta. Entra una monja. Tras ella viene la limpiadora.

–¡Padre! ¡Explíquese!

Retrocedo.

–¡Esta no es su habitación! –exclama–. Venga conmigo ahora mismo.

No me muevo.

Detrás de la monja veo aparecer a un guardia suizo. El mismo que vi en las escaleras.

—Haga lo que le dice, padre —ordena.

Se me ocurre una idea.

—*Den katalavaino italika* —le digo al guardia—. *Eimai Ellinas*.

«No entiendo el italiano. Soy griego».

Frunce el ceño. Entonces lo entiende.

—Es uno de los de arriba —dice el guardia—. No hace más que equivocarse de planta.

Parpadeo como si no lo comprendiera. La monja chasquea la lengua y me hace señas de que la siga. Aliviado, la obedezco.

Entonces habla la limpiadora:

—No —dice—. Está mintiendo. He hablado con él en italiano.

Me llevan al vestíbulo. Allí espera un gendarme. Me conduce a través del patio hasta la gendarmería que hay en el palacio del Tribunal. En él tienen una celda. En lugar de encerrarme en ella, me indica que me siente en el banco situado junto a la recepción y me pide que vacíe los bolsillos.

Me veo obligado a sacar el recibo de la comida. El *ticket* de aparcamiento. Mi teléfono. El contenido de mi cartera.

Mira dos veces cuando ve mi identificación del Vaticano. Al ver el nombre, se vuelve hacia mí y me dice:

—Le recuerdo a usted.

Yo también me acuerdo de él. Era uno de los gendarmes que había en Castel Gandolfo la noche en que asesinaron a Ugo.

—¿Qué coño estaba haciendo en la Casa, padre?

El lenguaje grosero me indica que he perdido su respeto. Ya no merezco ser tratado como un sacerdote.

—Quisiera hacer una llamada —digo.

Estoy mirando el *ticket* de aparcamiento, tratando de memorizar el número de matrícula que figura en él.

Se lo piensa y niega con la cabeza.

—Primero tengo que consultarlo con mi capitán.

Al infierno con su capitán.

—Mi tío es el cardenal Ciferri —digo—. Haga el favor de pasarme el teléfono.

Parece intimidado al oír el nombre del tío Lucio. Pero mi apellido es diferente del de Lucio, así que se siente lo suficientemente confiado como para dudar.

–No se mueva de aquí, padre –dice–. Enseguida vuelvo.

El capitán lo pone en su sitio. Veinte minutos después, don Diego llega para recogerme. Espero que esté furioso, y lo está, pero no conmigo.

–Tiene suerte de no haber perdido su trabajo por esto –le dice al gendarme–. No vuelva jamás a humillar a un miembro de esta familia.

Y tal vez sea algo revelador acerca de nuestro país el hecho de que el policía, aunque sabe que tiene razón, esté asustado.

El sol ya está bajo en el horizonte mientras caminamos hacia el palacio de Lucio. Diego no abre la boca. Su silencio indica que el problema en el que estoy metido no le corresponde calificarlo a alguien de su rango. En cualquier caso, soy incapaz de prestarle atención a Diego. Lo único en lo que puedo pensar es en el cardenal Boia, observándome por la rendija de las cortinas.

En la entrada del palacio, le digo:

–Gracias, Diego, pero no voy a entrar.

–¿Qué quiere decir?

–Tengo que ir a un sitio.

Son las ocho menos cinco. Tengo una cita con Michael Black.

–Pero su tío…

–Ya lo sé.

–Sus órdenes sobre esto han sido muy claras.

–Ya me disculparé más adelante.

Y siento su mirada clavada en mi espalda mientras me alejo.

El sol nunca brilla en la cara norte de San Pedro. En los días calurosos, es allí donde se cobijan los sacerdotes, como el musgo, para echar un pitillo en la sombra amplia y fresca. En estos rincones, los muros de piedra tienen un grosor de doce metros y se alzan a una altura mayor que la de los acantilados de Dover. Ni el mismo fuego del infierno podría calentarlos.

A esta hora, todas las otras puertas están cerradas. Los *sampietrini* comprueban la basílica al oscurecer, cada escalera, cada recoveco. Pero un rayo de pálida luz se filtra bajo esta puerta lateral. Seguramente, Michael conoce a algún *sampietrino* que le debe un favor.

Entro y camino despacio en el ambiente fresco, como si fuera un granito de arena en el fondo del mar. Los turistas que visitan este lugar durante el día ven los suelos de mármol y las altísimas bóvedas, pero entre unos y otras existen escondrijos que la mayoría de los sacerdotes ni siquiera conocen. Hay escaleras ocultas a la vista que llevan a capillas construidas dentro de los mismos pilares, donde los clérigos pueden practicar sus oraciones lejos de las miradas profanas. Existen camarines –sacristías– en los que los monaguillos ayudan a los sacerdotes a vestirse para la misa. En las alturas, escondidos detrás de los focos, se abren balcones inaccesibles que ni siquiera los *sampietrini* tienen modo de limpiar, a no ser que se cuelguen con cuerdas y se balanceen sujetos a los ganchos metálicos atornillados en estos muros. Y, a modo de arterias que lo conectan todo, existe una red de pasadizos que atraviesan los muros. Entre la capa interior y exterior de la basílica discurren túneles por los que un hombre puede recorrer todo el perímetro de la iglesia sin ser visto. Por todo ello, aquí dentro ningún sacerdote piensa que está solo. Ni ninguno, por tanto, viene aquí si desea confidencialidad.

Michael lo sabe. Y cuenta con ello, seguro. Este es el último lugar al que vendría nadie si quisiera encontrar a dos sacerdotes que se reúnen de noche.

Emerjo a la nave principal desde un pasaje situado bajo la tumba de un antiguo papa. Me rodea una oscuridad ingrávida, titilante. En un rincón se oye un sonido. Un clic metálico, como el de una cerradura que se abre.

–¿Alex? –oigo decir–. ¿Eres tú?

Lo sigo al transepto norte. Cuando Miguel Ángel diseñó San Pedro, planeó una cruz griega, con los cuatro brazos de idéntica longitud. Pero luego se añadió una nave y la cruz griega se convirtió en latina, con el brazo largo encarado al este. Me hallo ahora en el tramo transversal derecho, el único de la nave principal al que no pueden acceder los turistas. Se trata de un espacio desconocido para la mayoría de los católicos orientales. A lo largo de los muros se ven los confesionarios donde los peregrinos vienen a declarar sus pecados. Están construidos como un ataúd triple, con el compartimento del sacerdote en el centro y otros dos abiertos a cada lado. Los católicos orientales, sin embargo, se confiesan a la vista de todos. Solo los años pasados en esta basílica me permiten reconocer el ruido de la pesada puerta de madera cuando se abre el compartimento del sacerdote.

—Michael —susurro—. Soy yo.

La puerta se abre.

Por primera vez en años, poso los ojos en la figura viviente de Michael Black.

Han pasado dieciséis años desde que desapareció. Justo después del veredicto de la datación por carbono, mi padre regresó a la habitación del hotel turinés que ambos compartían y descubrió que Michael se había ido. No estaba en el tren de vuelta a Roma, ni tampoco en la oficina el lunes siguiente. Mi padre intentó dar con Michael, pero no pasó mucho tiempo antes de que él mismo desapareciera en una depresión que se convertiría en su tumba. La búsqueda se quedó en nada. Nunca volvimos a ver a Michael.

Solo más tarde supe lo que había ocurrido. Al salir de Turín, un periodista ortodoxo se había plantado ante Michael y le había culpado de atraer a un puñado de ingenuos sacerdotes ortodoxos para que sufrieran nuestra humillación católica. Michael le arrebató la grabadora y lo golpeó con ella hasta que el periodista acabó en el hospital. Solo se libró del castigo porque la Policía turinesa no estaba dispuesta a acusar a un sacerdote católico por defender la reliquia de su ciudad. Así que llegaron a un acuerdo y se envió a Michael a recibir tratamiento. En aquel entonces, nadie podía ser tan ingenuo como para creer que se curaría de algo grave pasando unos meses en un hospital de montaña. Pero quizá nadie pensara que se trataba de algo grave. Aún.

No obstante, siempre había sido indisciplinado, y muy vulgar hablando. Los italianos lo achacaban a que era norteamericano, un *cowboy*. El verdadero problema comenzó al regresar de las montañas. Fue entonces cuando lo reclutó la Secretaría.

Existen lugares en el mundo donde la Iglesia tiene que pelear por su vida, donde los sacerdotes son encarcelados, secuestrados o incluso asesinados en plena calle. La Secretaría recluta a cierto tipo de sacerdotes para esos lugares. El arzobispo estadounidense que precedió al tío Lucio en el palacio del Gobernador era casi tan alto como Simón y el doble de corpulento. En un viaje papal a Manila, cuando un hombre armado con una bayoneta intentó atacar al santo padre, el estadounidense agarró a aquel sujeto y lo volteó en el aire. Michael era la mitad de grande que aquel arzobispo, pero alguien se dio cuenta de que estaba hecho de su misma pasta.

Fue el cardenal Boia quien debió detectar otro tipo de potencial en Michael. Siempre que Juan Pablo ofrecía una nueva rama de olivo a los ortodoxos, Boia enviaba a uno de sus Quasimodos para asegurarse de que todo quedara en agua de borrajas. Unos buenos insultos, quizá uno o dos altercados con empujones y los años de labor diplomática podían quedar destruidos en cuestión de horas. Simón culpaba a Michael por convertirse en el Quasimodo favorito de Boia en Turquía. Pero yo culpaba a los valedores de Michael por reclutar a un joven sacerdote de genio inflamable y convencerlo, en su momento de mayor vulnerabilidad, de que había hecho bien al atacar a un periodista ortodoxo, de que podía hacer carrera peleando de ese modo. Los sacerdotes son piezas de una institución, arcilla que modelan las manos de la Iglesia. Solo un hombre de fuerza inusitada habría podido sustraerse a la influencia de la Secretaría. Un hombre como Simón. Y no es exactamente ese tipo de hombre el que tengo ante mí.

Michael se me antoja más bajo de lo que recordaba. Respira ruidosamente, casi jadeando. Miles de cócteles y cenas de siete platos han hecho que engorde. Se le ve incómodo; no para de ajustarse la faja y de emitir un sonido gutural, como si estuviera quejándose por algún gran esfuerzo. También su aspecto es más rudo de lo que recordaba. Lleva barba de varios días. Y la razón es obvia. No debe ser nada fácil pasar la navaja por esa cara llena de abruptas marcas.

Sus heridas todavía resultan visibles. Una discurre como un costurón bajo el ojo izquierdo. La nariz no está recta; el puente sigue torcido hacia un lado. Me tiende la mano para estrechármela al modo estadounidense, en lugar del abrazo habitual en Italia. Las primeras palabras que me dice, después de una década sin vernos, son:

—Maldita sea, Alex. Nadie me había dicho que seguías siendo oriental. Suponía que habías abandonado el barco como Simón.

Sin embargo, en el fondo de esas palabras, percibo la culpa. Su presencia bajo este techo me dice que ha venido porque se arrepiente de habernos causado daño a Pedro y a mí.

—¿Has visto a monseñor Mignatto? —pregunto.

—Abogados —dice en tono asqueado—. Sí, lo he visto.

—¿Y?

—Me llamará a declarar mañana.

Mañana. Mignatto no pierde el tiempo.

—Pero ya le he dicho —continúa— que no voy a mentir allí arriba. No creo en esta basura, lo de reunir a las Iglesias, postrarnos ante los barbudos. Y, si me preguntan, eso es lo que voy a decir.

—Michael, me dijiste por teléfono que esa gente, antes de darte la paliza, quería saber cosas de la investigación de Ugo.

Asiente.

—¿Qué querían saber?

Se mira los nudillos.

—Creían que había descubierto algo. Algo malo para los tratos con los ortodoxos. Creían que Simón le había obligado a ocultarlo. Así que querían saber qué era.

Estoy cansado de secretos.

—La Cuarta Cruzada. Les robamos el sudario a los ortodoxos en 1204.

—No. No era eso.

Me sorprende su respuesta.

—Michael, estoy seguro de que era eso.

Michael es católico romano. Ni siquiera después de haber trabajado tantos años con mi padre podría entender lo que 1204 significa en el Este.

Pero niega con la cabeza.

—Fue algo que Nogara encontró en el Diatesarón.

—Eso es imposible. Yo pasé un mes trabajando en el Diatesarón con Ugo.

Silba.

—Entonces tienes suerte.

—¿Suerte?

—Suerte de que el cardenal Boia no te haya encontrado antes. Eres el que tendría que haber buscado desde el principio.

Tal vez se sienta traicionado por Boia, atacado por su propio jefe. Me pregunto por qué.

—¿Por qué estabas en ese aeropuerto? —pregunto—. ¿Estabas ayudando a Simón?

Se encrespa.

—Eso ya te lo dije.

—Decirme ¿el qué?

—Que no puedo hablar de lo que sucedió.

Echo la cabeza atrás. Lo había olvidado. Otro juramento.

—También se lo dije al abogado —dice—. No contestaré a ninguna pregunta sobre eso en el juicio.

—Rompe el juramento. Diles la verdad a los jueces.

De pronto su voz hierve de cólera.

—El abogado y yo ya zanjamos ese asunto y no estoy aquí para darle más vueltas contigo.

—Entonces, ¿por qué estás aquí?

—Porque esas eran mis órdenes.

Un escalofrío me recorre el espinazo.

—¿De qué me estás hablando?

—El cardenal Boia me llamó hoy. Sabe que estoy en la ciudad.

—¿Cómo es posible?

—Tu abogado puso mi nombre en algún documento.

—¿Es que Su Eminencia te ha amenazado?

—No, solo me ha dado un pequeño aviso. Y luego me ha preguntado cómo dar contigo.

El pulso me va a estallar.

—¿Qué quieres decir?

—Dice que hoy le has gritado. A su ventana.

—Yo solo intentaba…

—¿Atraer su atención? Pues ha funcionado.

—¿Qué me estás diciendo?

—Que Su Eminencia quiere reunirse contigo.

Miro nervioso a mi alrededor.

–¿Ahora?

Michael emite un bufido burlón.

–Mañana por la mañana, antes de que se reanude el juicio. A las siete y media en sus apartamentos.

–¿Por qué?

–No lo sé. Pero, por tu bien, espero que vaya mejor que mi encuentro en el aeropuerto.

CAPÍTULO 31

Balbuceo algunas preguntas más, pero Michael no tiene respuestas. El nombre del cardenal Boia causa un extraño efecto en él. Empieza a llenar los silencios con alabanzas hacia su jefe. Boia el gran hombre. El defensor de la tradición. Y luego la línea oficial en este asunto: la reunificación con los ortodoxos debilitaría a nuestra Iglesia, diluiría lo que significa ser católico, convertiría al papa en otro de sus patriarcas y nada más. La irracionalidad de Michael vuelve a aparecer.

Me siento sudado y pegajoso. El frío del ambiente se me mete bajo la piel. Finalmente, digo:

—Ya he oído suficiente, Michael. Me marcho.

Siento que me mira mientras me alejo. Si conociera algún otro modo de salir de esta basílica por la noche, lo seguiría. Mientras camino a casa, mantengo una mano sobre el teléfono móvil. Pienso más de una vez en llamar a Mignatto, pero sé lo que me diría: que no escuchara a Michael, que no me reuniera con Boia.

Recojo a Pedro en el apartamento de los farmacéuticos. Todavía está muy despierto. Pocas veces lo he visto tan ansioso por dejar al hermano Samuel.

—¿Qué pasa por esa cabecita? —le pregunto, deslizando la nueva llave en la cerradura.

Casi se pone a saltar.

—¿Podemos llamar a la *mamma*?

—Pedro, esta noche no.

Frunce el ceño. Debe pensar que le tomo el pelo. Después de pasar todo el día separados, yo no le negaría lo único que ha estado deseando todo ese tiempo.

—Hay una cosa de la que tenemos que hablar —le digo en lugar de seguir con el asunto.

Lo envío por el pasillo para que se lave la cara y los dientes y le digo que luego venga a mi habitación. Parece ansioso, pero obedece.

Abro la Biblia que tenemos junto a un icono de la *Theotokos*. La imagen observa con gesto sereno mientras paso las páginas. Ojalá me transmitiera su calma.

Cuando Pedro regresa, despide un fuerte olor al dentífrico de menta y jengibre que tanto le gusta. Se desviste hasta quedarse en ropa interior, se sube a la cama y se tapa con la sábana hasta el cuello.

—Pedro, quiero hablar contigo de lo que está pasando con el tío Simón.

Se me queda mirando. De repente sus ojos se llenan de inocencia, con ese coraje tembloroso que solo se ve en los niños cuando saben que no podrán contener los acontecimientos que temen.

—¿Te acuerdas del señor Nogara? —le pregunto.

Asiente.

—Hace cinco días, el señor Nogara murió.

Una arruga se forma en la frente de Pedro. Espero a que diga algo.

—¿Por qué? —pregunta.

Por qué. La pregunta que tan lejos estoy de poder responder.

—No hay razón para tener miedo. Ya sabes lo que sucede cuando morimos.

—Nos vamos a casa —dice.

Asiento, y tengo que hacer un esfuerzo sobrehumano para ocultar mi emoción.

—Bueno, pues hay otra cosa sobre su muerte que tienes que saber —le digo pasándole la mano por el pelo—. No comprendemos por qué ocurrió. Y algunos dicen que la culpa es de Simón. Hay gente que piensa que le hizo daño al señor Nogara.

Músculo a músculo, Pedro se va poniendo rígido. Puedo ver cómo empieza a temblar.

—No tengas miedo —repito—. Conocemos bien a Simón, ¿verdad?

Asiente, pero la tensión de su cuerpo no se atenúa.

—De hecho —continúo—, ¿sabes adónde he ido hoy? A un sitio al que ha llegado gente de todas partes de Italia solo para hablar de Simón. ¿Y sabes lo que han dicho algunos de ellos?

—¿Y cómo se llama ese sitio? —pregunta inesperadamente.

Dudo.

—Es uno de los palacios. —Señalo con un gesto—. Por allí.

—¿El palacio del *prozio*?

—No, otro. —Persevero—. Han venido obispos y arzobispos, incluso cardenales. ¿Y sabes para qué han venido? Para decir que Simón es un hombre muy bueno, que ellos saben lo mismo que sabemos nosotros: que él nunca le haría daño a nadie. Y menos a su propio amigo.

Asiente con más vehemencia, pero solo porque trata de estar a la altura de mis expectativas, porque intenta demostrarme que es lo bastante fuerte para asimilar esta horrible noticia. Tiendo hacia él los brazos y lo aprieto contra mi pecho, demostrándole que esta noche no tiene que ser una persona mayor. El alivio que siente es tan instantáneo que estalla en lágrimas.

—Ya lo sé —le digo mientras le acaricio el cabello, sintiendo las lágrimas calientes a través de la sotana—. Ya lo sé.

Deja escapar un sonido inconsciente, el grito de un niño mucho más pequeño.

—Ay, hijo mío —digo, inundado de esa extraña plenitud que solo existe en estos momentos de dependencia pura. Soy suyo. Dios me hizo para este niño.

En la mesita de noche, la *Theotokos* derrama su mirada protectora sobre la Biblia abierta. El título del capítulo dice: «δίκη τοῦ Ἰησοῦ». «El juicio de Jesús». Lo hemos leído muchas veces. Pero cuando lo lea esta noche, espero que Pedro empiece a entender. No puedo saber lo que ocurrirá mañana con el cardenal Boia. Correré un riesgo que ambos podríamos lamentar. Pero esta noche sí puedo explicarle, de una forma que algún día entenderá, por qué tengo que correr ese riesgo.

Una vida cristiana se vive siguiendo el ejemplo de los discípulos, imitando sus virtudes y aprendiendo de sus fracasos. Cuando los discípulos se enfrentaron al arresto y juicio de un hombre en el que creían, lo abandonaron por miedo. Colocaron su propia seguridad, y el veredicto de sus sacerdotes, por encima de lo que su conciencia les dictaba.

Yo creo en mi hermano como en ninguna otra cosa que exista

sobre la Tierra, salvo en el amor que siento por este niño. Y nunca abandonaré a ninguno de ellos.

«Sea esta, pues, la lección de vida entre nosotros. Lo que hago por Simón, lo haría por ti. Solo existe una ley de Dios: la ley del amor».

«Esto es amor».

Pedro llora y yo lo abrazo. Y, hasta que se duerma, no lo soltaré.

El sueño, en cambio, no llega para mí. En mitad de la noche, voy a la sala de estar y me siento en el sofá. Miro por la ventana a la luna. Rezo.

Antes del alba, pongo la cafetera al fuego. Los hermanos del apartamento contiguo ya se han duchado a las siete menos cuarto, cuando les pido que vuelvan a quedarse con Pedro. En la mesa de la cocina, dejo su taza de superhéroe favorita junto a la botella de plástico con lo que queda de nuestra Fanta. Luego escribo una nota, eligiendo palabras que sé que podrá leer con facilidad.

Pedro:
Me he ido a ayudar a Simón. Volveré lo antes que pueda. Si necesitas hablar conmigo, el hermano Samuel te dejará usar su teléfono. Cuando vuelva a casa, tú y yo llamaremos a la *mamma*. Te lo prometo.
Te quiere,

Babbo

Reviso esas palabras de nuevo, «cuando vuelva a casa», y se me hace un nudo en la garganta. Qué contento estoy de encontrarme de nuevo bajo este techo. Este apartamento ha pertenecido a mi familia durante más de veinte años. Es el único lugar en el que todavía siento la presencia de mis padres. Y soy consciente de que Boia podría hallar el medio de arrebatárnoslo, de reasignarlo a otra familia. Ni siquiera Lucio podría impedírselo. Boia podría hacer que el preseminario me despidiera, lo que me dejaría fuera de la economía vaticana. Pedro y yo perderíamos nuestro pase Annona, con lo que no podríamos comprar comida libre de impuestos; nuestros privilegios en las gasolineras, de modo que nos tocaría pagar casi el doble por la gasolina en Roma; nuestro pase de aparcamiento, así que ya no podríamos permitirnos tener un coche. Juan Pablo paga una pequeña cantidad extra a los empleados vaticanos con hijos y, si yo perdiera eso también, además de mi trabajo, Pedro y yo nos quedaríamos sin nada. Mis ahorros nos durarían tan solo unos meses. Lo que me dispongo a hacer está bien. Eso lo sé. Pero ruego a Dios que Pedro no tenga que sufrir por ello.

De camino al palacio, veo pasar arzobispos en sus sedanes con chófer; a trabajadores seglares, veloces en sus Vespas; a monjas montadas en sus bicicletas. Cruzo deprisa el paso de cebra, a pie, consciente de mi pequeñez. En el primer punto de control, los gendarmes sonríen con sorna cuando digo:

–Tengo una cita con el cardenal Boia.

Pero efectúan la correspondiente llamada telefónica y resulta que estoy en la lista. Sin decir palabra, me dejan pasar.

El corazón me late con violencia cuando llego al patio de la Secretaría. No sé dónde tengo que ir ahora. Gianni dijo que había un pasaje abovedado por el que se llegaba al patio privado y al ascensor. Pero ese pasaje está bloqueado por unas puertas enormes. Tengo que volver atrás y tomar el único ascensor que conozco, situado junto a las oficinas de la Secretaría.

Las puertas se abren a un mundo diferente. Estos pasillos tienen quinientos años de antigüedad. Se construyeron a una escala gigantesca, como evidencian sus sesenta metros de largo por casi ocho de alto. Las pinturas de los techos son de Rafael. Los sacerdotes que veo pasar son hombres de la Secretaría, antiguos prefectos en sus seminarios, antiguas estrellas de sus diócesis de origen, hombres para los que la formación en lenguas de la Academia no resultaba más difícil que las clases de etiqueta. Aun así, no dan la talla. Aquí el lema es que una puerta nueva se abre cada vez que empujas a otro hombre por la ventana. En mi interior, pienso que este nunca fue el lugar que le correspondía a Simón. Él les da mil vueltas a estos sacerdotes. Ya ha demostrado que estaba hecho para más altas empresas. Y, sin embargo, los otros lo arrojarían por la ventana al menor signo de debilidad.

Cruzo hasta el ala final del palacio. En el último control, la Guardia Suiza efectúa la llamada de rigor. Seguramente, no estoy ni a cien metros de ver a Simón. Pienso en él a cada paso que doy

De otro modo, caería presa del terror ante la mera idea de lo que estoy haciendo.

Un sacerdote secretario me da la bienvenida en la puerta. Está flaco como una vara y viste una sotana tan cara que la tela centellea como seda líquida. Mantiene las manos entrelazadas, con esa actitud entre la súplica y la oración que los sacerdotes de la Secretaría suelen adoptar para evitar que los abracen. Me dedica la más leve de las reverencias y me conduce hasta una biblioteca para la que nada, ni siquiera el palacio de Lucio, podría haberme preparado.

El suelo está cubierto por una alfombra persa roja del tamaño de un patio pequeño. Las paredes son de damasco dorado, al igual que las puertas, tapizadas como si fueran tapas de joyero para que desaparezcan en la pared al cerrarse. Las sillas, las banquetas y los candelabros son también dorados. Simón ya me había contado que algunos lugares de la Secretaría tienen tapices regalados por reyes del Renacimiento y oro traído por Colón desde América. Pero el sacerdote secretario no se preocupa por deslumbrarme con hechos. Simplemente, me conduce a una mesa de negociación ubicada en el centro de la biblioteca, me indica que espere en mi silla, a un brazo de distancia de la que preside la mesa, y luego se marcha.

Un momento después, se abre una puerta en el extremo más alejado de la estancia. Una forma grande y negra entra en la habitación.

CAPÍTULO 32

Observar al cardenal Boia mientras se acerca es como estar en el camino de una apisonadora. Ocupa todo el umbral, no deja sitio para que entre luz en la habitación. La gente dice de él que es prepotente: dominante, déspota, amenazador. Un hombre del tamaño de dos y con el ego de tres.

Me levanto de mi silla. Un cardenal siempre se presenta a sus inferiores esperando una reverencia o un beso en su anillo. No quiero comenzar esta conversación rebajándome, pero sería peor ignorar el protocolo.

En cualquier caso, Boia demuestra que le trae sin cuidado. Va derecho a la mesa, deja en ella un fajo de papeles y una grabadora y dice:

—La exposición empieza dentro de doce horas. Si su hermano quiere mi ayuda, el plazo se acaba.

—Eminencia, no voy a ayudarle a menos que vea primero a mi hermano.

Boia barre el aire con la mano, desdeñando mis palabras.

—Mi oferta es la siguiente: deme lo que quiero y protegeré a su hermano de las acusaciones. En caso contrario, me encargaré de que lo expulsen del sacerdocio.

No sé qué decir. Todo el mundo sabe qué clase de hombre es el cardenal Boia. Su primo fue arrestado por una trama de evasión de impuestos en Nápoles. Su hermano, obispo en Sicilia, fue enviado a prisión por enriquecer a sus parientes con propiedades de la Iglesia. El propio cardenal Boia ejerce su influencia en los proyectos predilectos de algunos grupos religiosos adinerados que se lo agradecen con sobres de efectivo. Boia es la cara del viejo Vaticano. Durante más de una década, ha aplastado a cualquier otro cardenal que le hubiera echado el ojo a su puesto.

Pone a un lado la grabadora, como si hubiera decidido no grabar lo que vamos a decir. Sus dedos empiezan a hurgar entre el fajo de papeles. Rollizos como salchichas, van levantando una capa tras otra de papeles hasta que Boia encuentra lo que busca. Finalmente, me pasa dos carpetas por encima de la mesa. Sus respectivas etiquetas dicen ANDREOU, S. y BLACK, M.

Siento que ya estoy perdiendo terreno. Mignatto lleva días intentando hacerse con estos dos expedientes.

Luego Boia desliza un cuadrado de papel blanco hasta dejarlo entre ambos. Una funda de papel que contiene un disco. En la cara frontal, aparece escrito: CÁMARA DE SEGURIDAD B-E-9.

Siento sus ojos clavados en mí mientras observo el disco. Quiere detectar un signo de debilidad en mi rostro. Esta es la prueba clave que nunca salió a la luz. Había supuesto que estas imágenes de Castel Gandolfo estarían en manos del ángel de la guarda de Simón.

–Son todo copias –me dice–. Los originales van de camino al tribunal, para que los registren como pruebas si no he obtenido lo que quiero al acabar esta reunión.

Estoy perdiendo pie por momentos.

–Sé que mi hermano está aquí –digo–. Quiero verle.

El cardenal gruñe.

–Su hermano no está aquí.

Con la voz más serena de que soy capaz, digo:

–Los guardias suizos de los puntos de control vieron cómo su coche entraba en este palacio. Sé que está aquí.

Boia escupe una palabra. Apenas si reconozco que es un nombre: Testa. Al instante, su sacerdote secretario aparece en el umbral.

–El padre Andreou quiere ver a su hermano –ordena Boia.

El monseñor duda.

–Pero eminencia…

–Que lo vea. Ahora.

Testa abre primero las cortinas. Un sol oblicuo entra desde el sur. Las ventanas encaradas al norte dejan ver unos diminutos balcones con vistas al patio privado de abajo.

–Sígame, padre –me indica.

Monseñor me guía hasta un corredor rodeado de puertas y las va abriendo una tras otra. Cada pasillo conduce a otro que se ramifica en una nueva dirección. El plano arquitectónico es tan laberíntico que Simón podría estar en una habitación que ni siquiera llego a ver.

–¿Dónde está? –pregunto.

Testa me enseña el comedor y la cocina. La capilla y la sacristía. Incluso su propio dormitorio. Pretende demostrar algo: Simón no está aquí.

Pido ver la habitación del propio cardenal Boia.

–Eso es imposible –me contesta.

Siento la presencia de Boia allí, rondando de nuevo por la puerta.

–Haz lo que te pide el padre Andreou –dice.

Todo inútil. En cualquier lugar que estén dispuestos a mostrarme, no voy a encontrar a Simón.

–Sé que está aquí –insisto–. Hablé con el chófer que lo trajo a su ascensor privado.

De pronto Boia se da la vuelta. Por primera vez, en sus ojos, aparece una dureza atroz. He cometido un error. Solo que no sé cuál.

–Venga aquí, padre –ordena saliendo a uno de los balcones que da al patio. Señala y dice–: ¿Ve eso?

Al fondo del patio, cerca del arco de entrada, una estructura en forma de chimenea se alza desde el suelo hasta el tejado.

–Eso –dice Boia– es el hueco del ascensor. Ahora sígame.

Volvemos a rodear los pasillos hasta llegar de nuevo a la entrada.

–¿Nota alguna cosa? –me pregunta señalando la pared interior.

No hay ninguna puerta allí. No hay ascensor.

El cardenal Boia bufa como un toro.

–El ascensor solo lleva a un sitio. Así que ahora ya sabe quién tiene a su hermano.

Cuando me conduce de vuelta a la mesa de negociación, le ordena a Testa que las monjas nos traigan algo de beber. Y algo de comer. Veo que pone la mano en mi silla, sin llegar a retirarla para que yo me siente, aunque sí es un leve gesto de hospitalidad. Percibo una mayor suavidad en su tono cuando me dice que lo he interpretado todo mal. Sabe que ya no tiene que amedrentarme más. Los hechos ya se están encargando de hacerlo.

–¿De verdad cree que es inocente en todo este asunto? –pregunta Boia.

–Sé, sin la más mínima duda, que es inocente.

Su Eminencia sonríe apenas.

–No me refería a su hermano. –Apunta el dedo hacia arriba–. Quiero decir... él.

–¿Por qué el santo padre tendría que poner a mi hermano bajo arresto domiciliario?

–Porque no puede arriesgarse a un escándalo con tantos invitados ilustres en la ciudad, y estoy seguro de que su hermano se desbocaría y les contaría la verdad en privado.

Niego con la cabeza.

–El santo padre debe de haberlo puesto bajo arresto domiciliario para mantenerlo alejado de usted, del juicio que ha abierto contra él.

–Si este juicio fuera cosa mía –replica en tono mordaz–, puede estar seguro de que a los testigos no se les prohibiría testificar sobre la exposición de Nogara. Castigar a su hermano no es para mí tan importante como saber lo que ocultaba Nogara.

Me quedo mirándolo, boquiabierto.

–¿Cómo sabe que a los testigos se les ha prohibido testificar sobre la exposición?

Pasa por alto mi pregunta.

–El santo padre abrió este juicio porque quiere saber si su hermano mató a Nogara. Pero de ningún modo permitirá que en él se hable de la exposición porque no desea que yo me entere de sus planes para esta noche. Ha estado tan ocupado ocultándome el secreto que no se da cuenta de que Nogara también le ocultaba un secreto a él.

–¿Y por eso me ha invitado usted aquí? –digo con repulsión.

Su Eminencia entrelaza las manos.

–Usted y su hermano tienen algo que deseo. Usted sabe lo que encontró Nogara. A cambio de ello, puedo ofrecerle algo que tengo yo y que usted desea.

Observo la prueba que reposa en la mesa. De modo que es así como el ángel de la guarda de Simón responde a las oraciones.

–Hace muchas semanas –prosigue el cardenal–, cuando me

enteré de lo que estaba haciendo su hermano con los ortodoxos, le pedí al santo padre que lo convocara en Roma para responder por ello. Pensaba que el problema estaba resuelto. Pero diez días después me informaron de que su hermano seguía haciendo viajes, así que tuve que encontrar yo mismo una solución.

La última frase se pronuncia en una especie de gruñido, como si hubiera sido en ese momento cuando Juan Pablo convirtió la cuestión en personal. Me pregunto si, con esa solución suya, Boia alude al ataque a Michael Black.

—¿Por qué se opone al santo padre? —pregunto—. Él quiere que los ortodoxos estén aquí.

Su Eminencia levanta una mano por encima de la cabeza y dobla varias veces el dedo hacia sí mismo. No entiendo el gesto. Entonces veo que dos monjas esperan en la puerta, tras de mí. Al verse llamadas, se acercan con tazas de café y un plato de bombones. Cuando han salido, Boia se bebe de un trago su expreso y se limpia la boca con una servilleta. Luego echa atrás su silla y recuesta en ella su enorme corpachón.

—Parece una hermosa idea, ¿verdad? —dice, juntando las manos carnosas y presionando la una contra la otra—. Dos Iglesias reconciliadas después de mil años. —Sonríe—. Pero es usted quien enseña los Evangelios, el maestro que menciona Nogara. Y usted sabe que las Escrituras no dicen eso.

Cierro el puño por debajo de la mesa. Lo que las Escrituras dicen es: «Todo reino dividido contra sí mismo quedará asolado; toda ciudad o familia dividida contra sí misma no se mantendrá en pie».

Durante un segundo, de manera inconsciente, el cardenal Boia aprieta los dientes. Luego dice algo que no me espero:

—Dígame una cosa: ¿qué hace el discípulo amado? En el cuarto Evangelio, ¿qué es lo que lo distingue del resto?

No sé adónde quiere ir a parar. El discípulo amado, o el «discípulo a quien Jesús amaba», es un personaje misterioso que solo aparece en el Evangelio según san Juan. Nunca se dice quién es y solo se le nombra de esa forma.

Sin esperar a que responda, Boia continúa:

—Cuando Jesús es arrestado y llevado ante el sumo sacerdote, el discípulo amado va con él, en un momento en que ni siquiera

Pedro lo hace. Cuando lo crucifican, el discípulo amado está al pie de la cruz, algo que ni siquiera Pedro hace. Cuando Pedro corre a ver la tumba vacía de Jesús, el discípulo amado corre aún más y llega primero. El resto de los Evangelios nunca mencionan a este hombre. Dicen que solo Pedro siguió a Jesús cuando este se presentó ante el sumo sacerdote, que solo Pedro corrió a la tumba vacía. Solo había un líder entre los discípulos: Pedro. Así pues, ¿cómo puede garantizar el Evangelio de Juan que está dando testimonio de un hombre, el discípulo amado, cuando ese hombre ni siquiera parece haber existido?

Empiezo a decirle lo que ya sabe, que el discípulo amado es una creación literaria, un intento de justificar por qué el Evangelio de san Juan es tan diferente, pero Su Eminencia me interrumpe:

—Ese hombre es una ficción. Es otro grupo de cristianos que tratan de decir: «También nosotros somos relevantes. Lo que decimos merece ser leído. Somos tan importantes como Pedro». Pero lo cierto es que no eran tan importantes como Pedro. Nuestro Señor fundó su Iglesia únicamente sobre Pedro. Los otros Evangelios son claros en este punto. Sin embargo, los patriarcas ortodoxos afirman eso mismo: «También nosotros descendemos de los apóstoles. Somos tan importantes como el papa». Pero no lo son. Solo existió un Pedro, y solo tiene un sucesor: el papa. Nadie se sienta a la mesa con él. Esa era la intención de Nuestro Señor, y yo haré todo lo que esté en mi mano para que siga siendo así.

Estoy sin habla. En ningún Evangelio se menciona nada de lo que veo a mi alrededor. Ni palacios ni cardenales ni Secretarías de Estado. El único personaje de ficción es Boia, alguien que detenta un poder sin base ni justificación en las Escrituras.

—Bien —dice ahora inclinándose hacia delante—, su hermano necesita mi ayuda. Dígame lo que quiero y le entregaré los originales de estas pruebas. —Eleva la comisura del labio superior—. Puede quemarlos en mi propia chimenea.

Tiene razón. Sin pruebas, el tribunal no puede condenar a Simón. Pero yo no tengo nada que ofrecerle. Solo la verdad.

Cuando vacilo, los ojos de Boia relampaguean como si estuviera a punto de darle lo que Juan Pablo ha sido incapaz de obtener de Simón. Y yo se lo daría, si tuviera las respuestas que busca.

—Nogara nunca me dijo lo que había descubierto —digo—. Ni tampoco creo que se lo dijera a mi hermano.

El cardenal entorna los ojos.

—En realidad —continúo—, por lo que yo sé, el único descubrimiento controvertido que hizo Ugo fue el relacionado con la Cuarta Cruzada.

Boia levanta enérgicamente un dedo.

—¡No me mienta! Usted es el profesor de los Evangelios. Es usted quien enseñó a Nogara. Y sabe la verdad.

Lo miro con un parpadeo de asombro.

No me quita ojo mientras su manaza envuelve la grabadora que tiene al lado. Presiona un botón con el pulgar y, de pronto, oigo una voz de autómata.

Martes, 3 de agosto. Las cuatro y diecisiete de la tarde.

Una pausa. Y luego:

Simón, aquí Ugo otra vez. ¿Dónde demonios estás? ¿Por qué no contestas al teléfono?

Apenas se le reconoce la voz, que casi tiembla por la emoción y la cólera.

No voy a cambiar las salas. Tu tío y tú no tenéis mi permiso para cambiar ni un ápice la exposición. El propósito de mi trabajo es presentar la verdad No servir a ninguna agenda política.

Sigue un largo silencio. Tengo las manos aferradas a la sotana. Este es el Ugo que recuerdo, intrépido en su defensa de la verdad, pero ahora con una ferocidad inusitada, terrorífica. Su voz me parece incluso más salvaje que cuando nos encontramos en la azotea de San Pedro y me dijo que ya no quería trabajar más conmigo. Pero eso no es nada comparado con lo que sigue.

Cuando habla de nuevo, su voz ha sufrido una transformación. La ferocidad se ha desvanecido. Casi parece que no hubiera vida en él.

Olvídalo. No importa. La verdadera razón de esta llamada es decirte que se ha acabado, Simón. Lo sucedido en 1204 es irrelevante. La exposición no puede continuar. Te envío algo por correo que te explicará lo que he descubierto. Léelo con atención y... y llámame, Simón. Por el amor de Dios. Llámame.

El cardenal Boia detiene la grabación. Solo puedo mirarlo con horror. De modo que esto es lo que el tribunal admitió como prueba ayer, después de que Corvi confirmara que la voz era realmente la de Ugo.

—Usted hizo que pincharan el teléfono de Simón —digo.

Todavía no me creo lo que acabo de oír. Había tanta rabia en la voz de Ugo...

—Se me informó de este mensaje de voz casi de inmediato —dice Boia—, de modo que pude ordenar que abrieran y copiaran el correo de su hermano en la nunciatura antes de que le fuera entregado.

Extrae otro documento de la pila de papeles y me lo pasa por encima de la mesa. La angustia me oprime el pecho.

—Por su expresión, deduzco que la reconoce —dice.

Una fotocopia de la carta que encontré en la agenda de Simón. La carta que Ugo escribió para hablar de la reunión en la Casina.

El dedo del cardenal señala una línea en particular.

«... me he tomado muy en serio las lecciones del Evangelio con Alex».

Así debió de enterarse Boia de quién era yo.

—La carta es muy clara —dice Su Eminencia—. Nogara dice que adjunta una prueba. Así que ¿dónde está?

—No lo sé.

—Usted y su hermano están jugando conmigo. En el sobre solo había esta página. No sé para qué me molesté en hacer que la sellaran de nuevo.

—No tengo ni idea de lo que encontró Ugo.

—Deje ya de mentir.

Observo el papel con la mirada perdida. Poco a poco, me voy dando cuenta de que esta carta no es lo que parecía.

Boia ruge:

—¡Testa!

Monseñor aparece en el acto.

–Llévate a este hombre de aquí.

–Por favor –digo–. No haga esto. Está atacando a un sacerdote inocente.

Pero se revuelve contra mí y señala la carta que tengo en la mano.

–Averiguaré qué es lo que Nogara sabía. Usted acaba de poner fin al futuro de su hermano en el sacerdocio.

CAPÍTULO 33

La carta. En cuanto tengo algo de intimidad, vuelvo a abrirla. En la colina que domina los museos, donde ahora los coches y camiones van y vienen para dejar lista la exposición de Ugo, releo la misiva.

3 de agosto de 2004
Querido Simón:

Marcos 14, 44-46
Juan 18, 4-6
Mateo 27, 32
Juan 19, 17
Lucas 19, 35
Juan 12, 14-15

Mateo 26, 17
Juan 19, 14

Marcos 15, 40-41

Juan 19, 25-27

Mateo 27, 48

Me habías dicho desde hace algunas semanas que esta reunión no iba a posponerse, tampoco si estabas fuera por trabajo. Ahora veo que estabas hablando en serio. Si te digo que estoy listo, estaría mintiendo. Llevas ya más de un mes robándome tiempo con esos viajes, y sé que ha sido difícil para ti, pero debes entender que también yo he tenido problemas. Sí, he estado peleándome para montar mi exposición. Quieres que la cambie para poder venir a la Casina, y me va a resultar difícil. Sí, todavía quiero decir unas palabras de presentación. Pero siento que hacerlo también va a obligarme a tener un gran gesto simbólico con los ortodoxos. Estos dos últimos años le he entregado mi vida a esta exposición. Ahora tienes intención de llevarte mi trabajo y ofrecerlo a un público mucho mayor, lo que es maravilloso, por supuesto, aunque dota al discurso de presentación de una fuerte significación. Será la entrega oficial de mi criatura; un golpe de teatro con el que renunciar a lo que ha sido mi vida.

Te cuento, pues, lo que yo he estado haciendo mientras estabas fuera de la ciudad. Espero que

Juan 19, 28-29 coincida con tu agenda para la reunión. Primero, me he tomado muy en serio las lecciones del Evangelio con Alex. Estudio las Escrituras día y noche. También he seguido trabajando con el Diatesarón. Estas dos vías de investigación, juntas, me han recompensado con creces. Prepárate, porque ahora usaré una palabra que, en esta fase ya tan tardía del proceso, no sería nada extraño que Marcos 15, 45-46 te horrorice. He hecho un <u>descubrimiento</u>. Sí. Lo que he descubierto borra todo lo que creía saber sobre el sudario de Turín. Destruye lo que esperábamos que fuera el mensaje central de mi Juan 19, 38-40 discurso de apertura. Podría ser una sorpresa, o incluso una conmoción, para tus invitados a la Lucas 24, 36-40 exposición. Demuestra que el sudario de Turín Juan 20, 19-20 tiene un oscuro pasado. El veredicto del radiocarbono cortó de raíz las investigaciones serias sobre la historia del sudario antes de 1300 d. C. Creo que, ahora que ese pasado va a salir a la luz, a una pequeña minoría de nuestro público puede resultarle más difícil aceptar la verdad que admitir la idea previa, esa idea de que el sudario Lucas 23, 46-47 es un fraude. Estudiar el Diatesarón me ha revelado el craso error de interpretación en el que hemos incurrido; el mismo craso error, en realidad, que revela la verdad sobre el sudario.

Mi descubrimiento está resumido en la prueba que te adjunto. Por favor, léela con atención porque es lo que les diré a tus amigos en la Casina. Mientras tanto, transmítele mis mejores deseos a Michael, quien sé que se ha convertido en uno de tus seguidores más incondicionales.

Juan 19, 34 Con toda mi amistad,

Ugo

Esta vez, la lectura del texto me altera los nervios. Hay algo aquí que chirría. Cuatro días después de que Ugo escribiera esto, me envió un último correo desesperado. El mismo día que escribió esta carta, le envió a Simón un furibundo mensaje de voz. El Ugo entusiasta y calmado de este texto es una fachada. Una ilusión.

¿Por qué enviar un mensaje así por correo postal? ¿Por qué discutir abiertamente la reunión con los ortodoxos en la Casina? Casi parece que el propósito de la carta sea atraer la atención sobre ese encuentro. Y si Ugo fue quien puso la reunión en el punto de mira del cardenal Boia, provocando que a última hora se reforzara la seguridad y se cambiara el lugar a Castel Gandolfo, entonces o estaba siendo descuidado o malicioso.

Ugo aseguraba que había adjuntado una prueba a la carta, pero, según Boia, el sobre no contenía nada más. «Léela con atención», decía Ugo en su mensaje de voz, lo mismo que dice en la carta. Y tengo el presentimiento de que, si lo hago, esa prueba aparecerá con toda claridad ante mis ojos.

Reviso los versículos evangélicos de la primera columna, preguntándome qué se me escapa. Ugo y yo utilizábamos este papel para homilías durante las lecciones. Cuando dos Evangelios contaban la misma historia de un modo distinto, Ugo anotaba los versículos paralelos y los comparaba. Eso me hace preguntarme si el cuerpo de la carta no será solo una atracción secundaria, una especie de distracción, si no será la progresión de los versículos lo que de verdad importa.

Examino la columna de la izquierda. La primera referencia es Marcos 14, 44-46, donde se describe el arresto de Jesús previo al juicio. Aparece una turba armada y Judas identifica a Jesús ante las autoridades con el infame beso de la traición. Mateo y Lucas concuerdan con Marcos en el relato de los hechos, pero la siguiente referencia de Ugo es de Juan. En ella, Judas no besa a nadie. Jesús se adelanta por propia voluntad y la turba exige saber quién es Jesús de Nazaret. En un giro muy revelador, la respuesta de dos palabras de Jesús, «YO SOY», hace que todo el gentío caiga de súbito al suelo.

Juan está presentando un argumento teológico: «YO SOY» es el nombre místico del mismo Dios. En el Antiguo Testamento, Moisés recibe una orden de la zarza ardiente: «Así dirás a los hijos de Israel: "YO SOY" me envió a vosotros». Lo que se argumenta aquí es que Jesús es el mismo Dios. Pero también Ugo debe estar exponiendo un argumento: el versículo de Marcos muestra que el versículo de Juan es teológico. Expresa una verdad espiritual, pero nunca ocurrió realmente.

Los siguientes dos versículos funcionan de modo similar. Jesús es conducido al lugar de la crucifixión. Pero, tras azotarlo y golpearlo, está demasiado débil para cargar con el madero de su propia cruz y tiene que hacerlo un hombre que estaba por allí, Simón de Cirene. La versión de Lucas coincide con la de Mateo, al igual que la de Marcos, quien incluso menciona los nombres de dos de los hijos de Simón para que no haya duda de quién era este hombre. Pero, una vez más, Ugo ha escogido el versículo correspondiente en san Juan, que vuelve a ser teológico. Dado que Jesús lleva la carga por todos nosotros –pues está a punto de morir para salvar a toda la humanidad–, en Juan no tiene cabida ningún personaje que lleve la carga por Jesús. Así pues, Simón de Cirene desaparece de su texto, y Juan se limita a decir: «Jesús salió cargando su propia cruz hacia el lugar de la Calavera». Ugo pretende exponer lo mismo de antes: san Juan ha cambiado los hechos para presentar un argumento teológico.

Mientras sigo examinando la columna de versículos, detecto que esta pauta se repite una y otra vez. Asimismo, me doy cuenta de que muchos de estos versículos son los mismos que encontré en los dibujos del caduceo de Ugo. Se centran en los dos poderosos símbolos del Antiguo Testamento, el Buen Pastor y el Cordero de Dios, que Juan evoca para dar respuesta a la más ardua cuestión de toda la cristiandad: ¿por qué el todopoderoso Jesús permitió que lo crucificáramos? Estos símbolos parecen acompañar a Jesús durante los últimos días de su vida. Cuando entra en Jerusalén, según Juan lo hace montado en un asno, igual que el Buen Pastor del Antiguo Testamento. Cuando Jesús está moribundo en la cruz, Juan dice que le acercan una esponja empapada en vinagre a los labios, para lo cual la ponen en una rama de hisopo, una planta pequeña y endeble que de ningún modo habría podido sostener el peso de la esponja. Los otros Evangelios dicen que alzan la esponja con una vara o una caña, pero a Juan le interesa más el simbolismo, y el hisopo era la planta empleada por los antiguos judíos para untar las jambas de sus puertas con la sangre del cordero durante la Pascua judía. San Juan llega incluso a cambiar el día de la muerte de Jesús para que este, el Cordero de Dios, sea crucificado el mismo día en que se sacrifican los corderos pascuales.

Esta obsesión con el Buen Pastor y el Cordero de Dios resulta tan evidente en las elecciones de Ugo que debe de tener algún significado. Sin embargo, sigo sin ver cómo estos versículos pueden constituir esa prueba que él descubrió. En cualquier caso, siento que estoy inquietantemente cerca de comprender algo que antes no tenía ningún sentido para mí.

Durante el primer día del juicio, el ayudante de Ugo, Bachmeier, dijo que Simón había hecho algo extraño cuando se le encomendó supervisar la exposición: mi hermano retiró una de las ampliaciones fotográficas del Diatesarón colgadas por Ugo. En ese momento, la acusación parecía absurda. Ahora me pregunto si los versículos evangélicos que figuraban en esa página del Diatesarón guardan alguna relación con los de esta carta, si el acceso a la prueba de Ugo, fuera cual fuera, depende de que veamos ambos.

El tiempo juega en mi contra. El juicio lleva ya media hora en marcha. Tengo que darme prisa en volver al palacio del Tribunal.

CAPÍTULO 34

Mignatto está paseándose nerviosamente por el patio cuando llego.

—¿Por qué llega tarde? —pregunta.

—¿Qué hace aquí fuera?

—Estamos en un receso —dice enfadado—, para que los jueces puedan calibrar las nuevas pruebas.

Cosa de Boia, sin duda.

—La carta —digo.

—Y el vídeo de la cámara de seguridad. Y los expedientes personales.

—Monseñor, tengo que hablar con usted.

Pero, en ese instante, los gendarmes vuelven a abrir las puertas.

—No, lo que tiene que hacer es entrar conmigo —replica secamente Mignatto—. Se reanuda la sesión.

Cuando ya estamos sentados, los gendarmes hacen pasar a Michael Black. Se sienta en la mesa de los testigos colocada en el centro de la sala y toma un sorbo de agua de un vaso ya medio vacío. Su testimonio debe de haberse interrumpido por la llegada de las nuevas pruebas.

Intento susurrarle algo a Michael, pero Mignatto me aprieta el brazo. Cuando echo otro fugaz vistazo a la fotocopia de la carta de Ugo, una idea nueva me cruza por la cabeza.

El cardenal Boia ha comparado a los patriarcas ortodoxos con el discípulo amado. Al hacerlo, tenía en mente el Evangelio de san Juan. Me pregunto si también estaba intentando descifrar la carta de Ugo.

En el cuaderno que tenemos delante, escribo una nota —«Tengo que llamar a mi tío»— y se la paso a Mignatto.

Lucio estaba con Simón en los museos aquel día. Si Simón retiró la ampliación de la fotografía, entonces Lucio debe saber dónde la puso.

Mignatto farfulla enfadado algo que suena como «es demasiado tarde». Paseo la vista por la sala, preguntándome si Lucio estará allí, pero el único espectador es el arzobispo Nowak.

Nos ponemos en pie para recibir a los tres jueces y, a continuación, el notario le toma los juramentos a Michael. Este los presta con una actitud de suficiencia, como si el resto de nosotros fuéramos aficionados y él fuese el único de los presentes en haber participado en las Olimpíadas del protocolo.

—Por favor, identifíquese ante el tribunal —le pide el juez principal.

—Padre Michael Black, auditor de primera clase en la Segunda Sección.

El tribunal se dirige a él con deferencia.

—Gracias, padre, por haber accedido a venir desde Turquía —le dice el juez principal—. El tribunal es consciente de su esfuerzo.

Michael asiente. Su rostro es una muestra de la reservada afabilidad por la que son famosos los sacerdotes de la Secretaría. Imperturbable. Aristocrático. Como testigo, resulta sorprendentemente convincente.

—Padre —continúa el juez—, ¿conocía usted al finado, al doctor Nogara?

—En efecto.

—¿Tenía trato personal con él antes de que lo mataran?

Michael asiente.

—Nogara condujo un par de veces durante diez horas, de Edesa a Ankara, para ver al padre Andreou en la nunciatura. Las dos veces, Andreou estaba ausente por uno de sus viajes, así que puse especial interés en conocer personalmente a Nogara.

Mientras habla, Mignatto gira la cabeza para mirar a Nowak, esperando a ver si se opone a que se mencionen los viajes de Simón. De momento, no lo hace.

—¿Tenían una buena relación el padre Andreou y Nogara?

Michael agría el gesto.

—Es complicado, monseñor.

—¿Por qué?

—Le seré sincero. Nogara era más pesado que el plomo. Se pegaba a Andreou como una garrapata. Mi impresión es que cuando Simón lo salvó de…

—El padre Andreou —le corrige el juez.

—Cuando el padre Andreou lo salvó de matarse con la bebida, Nogara se volvió muy dependiente de él.

—Parece que tiene usted una buena opinión del padre Andreou.

—No diría yo tanto. Tengo opiniones encontradas. Pero es una clase especial de sacerdote. Y cuando la gente ve las cosas que es capaz de hacer, empieza a esperar mucho de él. Por desgracia, él mismo se encarga de alimentar esas expectativas. En mi opinión, ese es un mal negocio.

Los jueces huelen la sangre. Michael le está dando vueltas a algo, haciendo de tripas corazón porque hay alguna cosa que no quiere explicar del todo. Mignatto garabatea una nota y se la entrega a uno de los jueces, quien de inmediato la lee en voz alta.

—¿Y cuáles eran las expectativas depositadas en el padre Andreou en esta situación en concreto?

Michael gira muy levemente la cabeza antes de contestar: una mirada de soslayo al arzobispo Nowak.

—Bueno —empieza—, el padre Andreou estaba trabajando para alguien que…

Nowak levanta el brazo.

—No —dice.

Michael se calla.

Los jueces parecen humillados. Tras un instante de silencio, uno de ellos dice:

—¿Le insinuó alguna vez el doctor Nogara que el padre Simón Andreou lo presionaba para no hablar de algún descubrimiento que hubiera hecho?

—Sí.

—¿Cuándo?

—Dos veces. Una de ellas, el día antes de que lo mataran.

Miro a Mignatto. No sabía que Ugo hubiera llamado a Michael ese día. Pero Mignatto no parece sorprendido. Tan solo observa a uno de los jueces, quien de vez en cuando le devuelve la mirada.

—¿Podría ser más explícito? –pregunta el juez.

—Pues la verdad es que no. Como usted ha dicho, Nogara creía haber descubierto algo importante. El padre Andreou le pidió que evitara herir susceptibilidades con ello. Yo le pregunté de qué se trataba, pero me dijo que esperaba poder hablarlo con el padre Andreou.

El juez se inclina hacia delante.

—Veamos si le he entendido bien. El día antes de que mataran al doctor Nogara, ¿él esperaba poder hablar de esa disparidad de criterio con el padre Simón Andreou?

Michael parece impaciente.

—Al menos, eso fue lo que me dijo.

En el silencio que sigue, el juez principal levanta una carpeta. Reconozco los distintivos de la tapa: se trata de un expediente personal de la Secretaría. Debe de haberlo enviado el cardenal Boia.

—Padre Black –prosigue el juez–, ¿podría explicarle al tribunal cómo se hizo esas heridas de la cara?

Los labios de Michael se retuercen.

—No, no puedo.

—¿Por qué no?

—Porque juré no hablar de ello.

El arzobispo Nowak parece ahora muy atento.

—¿Y podría decirle al tribunal dónde le ocurrió?

—No, no puedo.

—Fue en un aeropuerto, ¿no es así?

—Sin comentarios.

—¿En Bucarest?

—He dicho que sin comentarios.

El juez saca una fotografía del expediente personal y la levanta. La reconozco: es una copia de la que encontré en la caja fuerte de Ugo, la misma que ahora guardo en mi cartera.

—Este es usted, ¿no es cierto, padre Black?

Michael se encrespa.

El juez la deja sobre la mesa y levanta una segunda foto, una imagen que yo no había visto hasta ahora. Muestra la zona de recogida de equipajes donde Michael recibió la paliza.

—¿Qué estaba usted haciendo aquí? –le pregunta el juez.

Por primera vez, Mignatto parece preocupado. La aparición de ese expediente es un factor impredecible.

—Ya que tiene usted todas las respuestas –gruñe Michael–, ¿puede decirme a qué obedece mi presencia aquí?

—Según el informe de investigación –continúa el juez–, en Bucarest le acompañaba otro sacerdote de la Secretaría. ¿Quién era?

Los músculos del cuello de Michael están en tensión. No deja de frotar con la mano una esquina de la mesa. El juez lo está acosando. El tribunal se ha cansado de sus silencios.

—Estaba con el padre Andreou, ¿no es así?

—Sí, de acuerdo. Estaba con él.

Sigue un breve silencio. Michael acaba de romper su juramento. Está perdiendo la compostura.

—Y bien: ¿qué hacía el acusado en Rumanía, padre Black?

El arzobispo Nowak levanta otra vez la mano y dice:

—No.

Pero Michael no le hace caso.

—Le diré lo que estaba haciendo. Lo mismo que estaba haciendo yo: cumplir órdenes.

Nowak se pone de pie. Ignora a Michael y solo mira a los jueces mientras dice:

—Pueden preguntar por las heridas del padre Black, pero no sobre los viajes del padre Andreou. Gracias.

—Entendido, excelencia –contesta el juez principal. Y, entonces, como si tuviera miedo de no disponer de otra oportunidad, formula la pregunta–: Padre Black, ¿quién le atacó?

Michael se retuerce en la silla. La interrupción le ha dado tiempo para recomponerse.

—Sin comentarios –contesta.

Sin decir nada, el juez saca una fotografía del expediente y la levanta.

—Tomada por una cámara de seguridad del aeropuerto –dice.

Mignatto y yo estiramos el cuello, tratando de ver qué muestra la fotografía. Una sotana negra se cierne sobre el cuerpo de Michael tirado en el suelo, mirándolo fijamente. La imagen es granulosa y pequeña. Pero, en la mesa del testigo, Michael mira ostensiblemente a Nowak.

Mignatto no ha apartado la vista de la imagen ni por un segundo. Lo oigo murmurar:

–Dios mío.

–¿Quién es? –susurro.

–Díganos qué sucedió, padre Black –dice rápidamente el juez, como si intentara aprovechar al máximo el silencio de Nowak.

Cuando vuelvo a mirar la fotografía, sigo sin distinguir la cara. Pero siento cierta desazón en la boca del estómago. El sacerdote que está plantado ante Michael adopta la postura de un boxeador que ha tumbado a su rival.

–Como ya le he dicho –contesta Michael–, el padre Andreou obedecía órdenes. Y yo también.

La vaga desazón se intensifica. Ahora me cuesta respirar.

El juez vuelve a levantar la imagen del rostro de Michael.

–¿Está sugiriendo que alguien ordenó al acusado hacerle esto?

–Andreou fue enviado para reunirse con el patriarca ortodoxo. El cardenal Boia quería saber adónde iba, así que me enviaron a mí para que lo siguiera. El padre Simón me vio y llegamos a las manos.

–Casi lo mata.

–No. Discutimos. Fui yo quien lanzó el primer puñetazo. Él se limitó a responder. Y estaba allí únicamente porque lo enviaron allí.

El juez principal lo mira entornando los ojos.

–¿Lo está defendiendo?

Michael da un manotazo en la mesa.

–¡Y un cuerno lo defiendo! ¡Tuvieron que operarme! ¡Y aún no me dejan volver al trabajo!

–Entonces, ¿qué está diciendo usted?

–Lo que estoy diciendo es que ustedes –y señala a los tres hombres del estrado, con sus togas de seda y armiño– no lo entienden. Para ustedes todo ha de ser bueno o malo, blanco o negro. Pero las cosas no son así. Aquí abajo, uno lucha por lo que cree. Lucha por ello.

–¿Qué diantres está usted…?

Y en ese momento Michael decide volverse hacia mí y, con ojos extraviados, dice:

–Alex, lamento haberte mentido sobre lo ocurrido en ese aeropuerto. Pero tienes que saber una cosa: Simón se equivoca en este asunto. Se equivoca.

Ni siquiera entiendo qué quiere decir. Todo parece difuso y remoto. No dejo de mirar la cara de Michael, las heridas que aún no han cicatrizado. Es imposible que Simón le haya hecho eso. Imposible.

Los jueces frenan a Michael. Le dicen que su declaración ha terminado.

Aturdido, lo observo mientras abandona la sala. Luego oigo cómo el juez principal llama al siguiente testigo, al que más temo.

—Agente, haga pasar a su comandante.

Una figura taciturna entra en la sala, con su reconocible chaqueta azul medianoche y la corbata negra con motivos estampados. Desde la distancia, la cara no es más que una nariz ganchuda y una telaraña de arrugas. Pero, al aproximarse, todo ello converge en los diminutos ojos negros. Aquí está el hombre que todo lo ve, el que registra cada cara que se detiene embobada ante el papa. Casi sesenta años lleva de servicio entre estos muros, cuarenta de ellos como director de la seguridad papal, y, el día en que Juan Pablo recibió dos disparos y casi muere en la plaza de San Pedro, este hombre persiguió a pie al tirador y le dio caza. Ahora, al prestar los juramentos, farfulla las palabras de forma ininteligible. Y los jueces, conocedores de su reputación, lo dejan tranquilo. El periódico del Vaticano dice que nunca ha concedido una entrevista. Ni una sola, en seis décadas.

—Comandante —comienza el juez principal—, ¿tendría la bondad de identificarse ante este tribunal?

Examina a los monseñores, uno tras otro. Después, con voz profunda, dice:

—Eugenio Falcone. Inspector general de la Gendarmería del Vaticano.

Por iniciativa propia, se echa mano al bolsillo del pecho y saca una hoja de papel. Sus notas.

Eso hace reaccionar a Mignatto, quien levanta la mano y escribe algo en su cuaderno. Consigo leerlo antes de que deslice la nota a los jueces.

«Canon 1566: Los testigos prestarán testimonio oral y no deben leer escritos».

El juez hace caso omiso. El tribunal oirá al declarante.

—La víctima —lee Falcone en voz alta— murió a causa de un solo impacto en la sien derecha causado por una bala de 6,35 milímetros disparada a corta distancia. Un arma de fuego de este mismo calibre estaba registrada a nombre de la víctima y tenemos razones para pensar que, antes del asesinato, estaba guardada en un estuche, en su automóvil.

La declaración deja descolocados a los jueces. Con todo, en ella está la pieza que faltaba: el objeto que dejó las marcas bajo el asiento del coche Ugo era un estuche para la pistola.

—La ventanilla del automóvil de la víctima se encontró destrozada —continúa Falcone— y el estuche había desaparecido del interior del vehículo. Nuestra conclusión es que el acusado entró por la fuerza en el coche del fallecido y cogió su pistola para cometer el asesinato.

El juez principal da inicio a su primera línea de interrogatorio.

—Hemos oído aquí a un especialista forense, el doctor Corvi. Según él, usted esperaba encontrar un modelo de pistola concreto. ¿Era correcta su predicción?

Falcone se guarda las notas. La línea de su boca es más fina que una incisión cuando dice:

—Todavía estamos buscando la pistola y el estuche.

—¿Puede hablarnos, entonces, del hecho de que el médico forense no hallara ni billetera ni reloj de pulsera en el cuerpo del fallecido? ¿Se recuperaron esos objetos en Castel Gandolfo?

—No.

—¿Y eso no le hace sospechar que se trató de un robo?

—Me hace sospechar que se escenificó para que pareciera un robo.

—¿Por qué?

—Aunque forzaron el coche de la víctima, la guantera estaba intacta.

Mignatto escribe otra nota rápida y se la envía al juez más joven.

—Inspector —interrumpe el juez—, ¿podría decirnos cuántos días lleva buscando esos objetos? ¿La pistola, el estuche, la billetera y el reloj?

—Seis días.

—¿Y cuántos hombres ha empleado en la búsqueda?

En la voz de Falcone aparece un matiz defensivo.

—Doce por turno. Tres turnos por día.

Casi un tercio de los efectivos policiales de nuestro país.

—¿Y ha contado, además, con ayuda?

—De los carabineros, sí.

La Policía italiana.

—Entonces, ¿dónde podrían hallarse esos objetos?

Falcone fulmina con la mirada al juez. Según dicen, a cualquier adulto que le toque el dobladillo de la sotana al papa es capaz de lanzarlo por los aires como quien arroja un pañuelo desechable. No contesta.

—Aquí mismo —continúa el juez joven— tengo la transcripción de su informe policial. Uno de sus agentes, Bracco, interrogó al padre Andreou en Castel Gandolfo. ¿Es así?

—Sí.

—¿A qué distancia estaban el uno del otro durante el interrogatorio?

Falcone arruga el gesto. No le encuentra ningún sentido a esa pregunta.

—¿A un brazo de distancia? —especifica el juez—. ¿Uno frente al otro en una mesa?

—A un brazo de distancia.

—Así pues, Bracco podía ver muy bien al padre Andreou, ¿no es cierto?

—Sí.

—Nos ha dicho que el asesino se deshizo de las pruebas que podrían incriminarle. Dado que se ha efectuado una búsqueda exhaustiva y no han aparecido, ¿ha pensado en la posibilidad de que se hicieran desaparecer de la escena del crimen?

—Es nuestra hipótesis de trabajo ahora mismo, sí.

—Pero ¿cómo podría haberlas hecho desaparecer el padre Andreou si el agente Bracco lo estaba interrogando a un brazo de distancia?

La expresión de Falcone se agría. Se saca un pañuelo del bolsillo y se restriega la punta de la nariz.

—Andreou podría haberlas disimulado.

El juez levanta una fotografía.

—Esta imagen fue tomada en Castel Gandolfo por uno de sus hombres, ¿es eso correcto?

—Sí.

—Muestra al padre Andreou la noche en que asesinaron al doctor Nogara. ¿Ve usted cómo va vestido?

—Lleva sotana —contesta Falcone.

El juez asiente.

—Comandante, ¿sabe usted qué prendas suele llevar un sacerdote bajo la sotana?

Falcone carraspea.

—Pantalones.

—Así es. Por eso las sotanas no suelen tener bolsillos, solo ranuras que permiten llegar a los pantalones. ¿Sabe por qué menciono este detalle?

Falcone mantiene la vista al frente, siempre con una expresión lúgubre.

—No.

—A riesgo de parecer indecente —dice el juez—, aclararé que resulta muy incómodo llevar pantalones bajo una sotana de lana durante el verano. Así que muchos sacerdotes no los llevan.

El juez levanta una segunda fotografía en la que se ve a Simón acuclillado junto al cuerpo de Ugo. La orilla inferior de la sotana se le levanta y deja ver unos calcetines negros que le llegan a las pantorrillas. No lleva pantalones.

—Comandante —continúa el juez—, ¿ve usted lo que me preocupa? Me invade una sensación de alivio. No tiene dónde esconder nada. Por eso, cuando Simón cogió su propio teléfono y el pasaporte de la greca extendida en el barro, los llevó en la mano durante todo el camino hasta casa. No podía guardárselos en ningún sitio.

Falcone sigue con la mirada clavada en el juez. Pero, esta vez, el juez se mantiene firme. El jefe de los gendarmes va a tener que responder.

—Su preocupación es irrelevante —dice por fin Falcone.

–¿Por qué?

Falcone hace señas a uno de los gendarmes apostados en la puerta, quien deja la sala y vuelve con un carrito sobre el que hay un televisor.

–Por lo que captaron las cámaras de seguridad –responde Falcone.

Mignatto se pone de pie.

–Protesto. La defensa no ha tenido aún acceso a esa prueba. Fue entregada hace solo una hora.

El juez principal asiente.

–Se acepta –dice–. El tribunal hará un receso para…

Pero se interrumpe a media frase, mirando algo que hay detrás de mí.

Me giro. En la primera fila de sillas, el arzobispo Nowak se ha levantado. Con su voz lenta y calmada, dice:

–Veamos esas imágenes.

–Excelencia –dice Mignatto en tono humilde–. Por favor.

Pero Nowak no cede.

–Es importante. Veámoslas.

El gendarme introduce un disco en el aparato. Durante un momento, en la sala se oye tan solo el ruidoso girar del disco. Entonces, empieza el vídeo.

Aparece una imagen granulada y sin sonido. Nada en ella se mueve. Pero reconozco el paisaje en el acto.

–Esta imagen fue tomada por la cámara de seguridad más cercana al vehículo del finado –dice Falcone–. A menos de treinta metros de donde se encontró el cadáver.

En el vídeo se ve pasar un coche por una carretera. La rama de un árbol se balancea rítmicamente. Nubes oscuras se desplazan con rapidez en la distancia. La tormenta se aproxima. Presiento una amenaza latente.

De repente, en la pantalla aparece una forma. Falcone aprieta un botón del mando a distancia y la imagen se congela.

Ugo. Está vivo. Camina desde la izquierda hacia la derecha de la pantalla, justo después de la puerta de los jardines. Su imagen me provoca una fuerte sacudida. Transmite una gran sensación de soledad.

–Nogara se mueve hacia el sur –dice Falcone–. Se aleja de la villa, en dirección a su vehículo. –Señala el cronómetro digital situado en la parte inferior derecha de la pantalla–. Fíjense, por favor.

Las 16:48. Faltan doce minutos para las cinco.

Trato de ubicarme. Ugo se aleja de Simón y de los ortodoxos, como si tuviera intención de dejar Castel Gandolfo en su coche. Esto debió de ocurrir poco después de la última vez que él y Simón hablaron por teléfono.

Falcone pone de nuevo en marcha el vídeo. Ugo continúa atravesando la pantalla. Si las imágenes están a velocidad real, camina muy deprisa. Entonces, justo cuando Ugo desaparece de nuestro campo de visión, Falcone vuelve a señalar la hora. Siguen siendo las cinco menos doce minutos.

Ahora adelanta rápido las imágenes. Las ramas de los árboles se agitan con furia. Las hojas sueltas pasan volando vertiginosamente.

–Observen –dice volviendo a velocidad normal.

Otra figura entra en el encuadre. Mucho más grande que la de Nogara. Al principio, en la luz menguante de la tarde, es solo una silueta. Pero todos los presentes pueden identificarla.

–Las cinco menos diez –dice Falcone.

Simón está corriendo tras Ugo. En cuestión de segundos, desaparece.

Falcone vuelve a congelar la imagen. Mignatto, sin ni siquiera mirar al cuaderno, escribe una nota en letras gigantes.

«DOS MINUTOS».

El tiempo que separa a Ugo y a Simón en las imágenes.

Falcone consulta de nuevo sus notas.

–Lo que sigue forma parte de nuestro informe sobre el incidente. Cito textualmente. «Bracco: Padre, cuando encontró al doctor Nogara, ¿cuál era su estado? Andreou: No se movía. Bracco: ¿Le habían disparado? Andreou: Sí. Bracco: ¿Oyó o vio usted alguna cosa antes de llegar a él? Andreou: No. Nada».

Falcone levanta la vista. Señala hacia la pantalla. No dice nada.

Simón mintió a la Policía.

Los jueces vuelven a pasar las imágenes una segunda vez. Y, luego, una tercera. Mignatto insiste en ello. Quiere verlas con sonido.

Y sin avance rápido. Quiere ver lo que va inmediatamente antes e inmediatamente después. Tal vez piense que eso mitigará la conmoción de los jueces, que podrá anestesiarlos a base de repeticiones. Pero ellos ven la verdad: la defensa está dando palos de ciego, tratando de ganar tiempo hasta que Mignatto se rehaga y se le ocurra algo mejor. Al mirarlo, me veo a mí mismo: un hombre que manotea intentando no ahogarse.

Cada pase del vídeo aporta algo nuevo. Algo peor. Cuando suben el volumen, se oye el disparo. No cabe duda de que Simón lo oyó. Todo está allí. El cardenal Boia sabía que este vídeo era su as bajo la manga.

—Monseñores —dice Mignatto como en trance—, ¿podríamos ver el vídeo solo una vez más?

El juez principal contesta:

—No. Ya lo hemos visto suficientes veces.

—Pero monseñor…

—No.

Ante la sorpresa de los jueces, Mignatto se dirige directamente a Falcone. Con un hilo de voz, le dice:

—Comandante, explique lo que en su opinión sucedió después del momento en que vemos pasar al padre Andreou.

El juez anciano ruge:

—¡Monseñor! ¡Haga el favor de sentarse!

Pero el juez principal desestima con el gesto la orden de su colega. Mignatto continúa:

—¿Sugiere usted que el padre Andreou siguió a Nogara a su coche y que luego rompió la ventanilla para coger la pistola y matarlo?

Falcone permanece impasible en su silla. Él no contesta preguntas de los abogados.

—Inspector —interviene el juez principal—, puede responder.

Falcone se aclara la garganta.

—El padre Andreou sabía que Nogara poseía un arma. Y sabía dónde la guardaba. Resulta razonable…

Mignatto interrumpe, agitando una mano en el aire:

—No. Como máximo, se trata de una suposición. Usted supone que el padre Andreou sabía de la existencia de la pistola. Pero este punto es de extrema importancia, inspector. Este hombre se juega su sacerdocio. Si el padre Andreou no sabía que Nogara tenía una pistola, nunca habría adivinado que este guardaba una pistola bajo un asiento del coche. Ni habría roto una ventanilla para apoderarse de algo que no sabía que existía. Así que, por favor, sea claro. Usted está suponiendo lo que pudo ocurrir.

Sin cambiar un ápice su tono, Falcone responde:

—No estoy suponiendo nada. Un guardia suizo ha admitido que prestó consejo a Nogara sobre el modelo de pistola y de estuche para guardarla que debería comprar. Y fue el padre Andreou quien solicitó ese consejo.

Me quedo de piedra, como atornillado al asiento. Sé a qué guardia suizo le pediría consejo Simón.

Mignatto balbucea, intentando buscar una salida:

—Aun así, lo que importa… lo que importa es la secuencia de acontecimientos: usted sugiere que el padre Andreou rompió la ventanilla, cogió la pistola y, por último, disparó al doctor Nogara. ¿No es así?

—Correcto.

La mano de Mignatto tiembla mientras habla.

—Entonces, monseñores, insisto en que debe ponerse el vídeo de nuevo. Pero, esta vez, en lugar de mirar, les ruego que cierren los ojos.

Se oye un ruido. Hacia el final de la grabación, oigo un sonido amortiguado, diferente del eco grave de un disparo. Unos chasquidos agudos. No sabría decir qué es. Podría tratarse del chirrido lejano de unos frenos en la carretera pública, del traqueteo de algo que golpeara las alambradas fronterizas. Pero, con los ojos cerrados, a lo que más se parece es al sonido del cristal rompiéndose.

De inmediato, comprendo adónde quiere llegar Mignatto. Si se trata de la ventanilla del coche al hacerse añicos, entonces el orden de los ruidos está al revés. El disparo, primero. La rotura de cristales, después.

Mignatto le pide a Falcone que detenga la grabación. Un silencio lleno de incertidumbre inunda la sala.

El juez anciano pregunta con voz ronca:

—¿Y qué significa esto, monseñor?

Todas las miradas se dirigen a Mignatto.

—No lo sé —dice.

—Ese sonido podría provocarlo cualquier cosa —sigue atacando el juez.

—Incluido algo que pudiera probar la inocencia del padre Andreou —dice Mignatto con sentida convicción.

Falcone gruñe con aire desdeñoso.

—Las pruebas son claras.

Pero alguien lo corrige.

—No —dice con suavidad el arzobispo Nowak—. No lo son.

Mignatto consulta el reloj y dice:

—Monseñores, solicito un receso.

—¿Por qué? —pregunta el juez principal.

—Porque se está haciendo tarde y nuestro próximo testigo quizá no pueda declarar, dado que la exposición comienza dentro de poco.

No entiendo la lógica del argumento, aunque el tribunal sí parece entenderlo. Los jueces asienten y acceden.

—Quince minutos —dice el juez principal.

Mignatto se levanta de la mesa y se encamina a la puerta, pero le pongo la mano en el brazo para detenerlo.

—Tenemos que hablar —le susurro en tono apremiante—. Sobre la carta de Ugo.

Tiene el rostro demudado. Noto cómo le tiembla el brazo.

—No —replica—. Todo lo demás va a tener que esperar.

Lo sigo al pasillo y en él me encuentro al tío Lucio. En lugar de preguntar por el proceso, Lucio tan solo se lleva a Mignatto de allí.

—Tío —digo, presintiendo que debo aprovechar esta oportunidad—, necesito saber qué hizo Simón con la fotografía ampliada que retiró de la exposición. Tú estabas con él cuando…

Lucio me corta en seco:

—No sé nada de eso, Alexander. Ahora déjanos.

Se lleva a Mignatto a una oficina vacía. Lo último que oigo antes de que cierren la puerta es la voz de monseñor, suplicando.

—Eminencia, les he dado algo sobre lo que pensar. Un día más, por favor. Tiene que reconsiderarlo.

Me doy media vuelta y corro. Tengo quince minutos. He de encontrar a Leo.

Cuando llego al cuartel y le digo que baje, emerge del estrecho patio vestido con vaqueros y una camiseta de su equipo de fútbol favorito, el Grasshopper de Zúrich. En la mano lleva una baraja.

Intento controlarme y no gritarle.

–¿Por qué no me dijiste que Simón acudió a ti para que le aconsejaras sobre la pistola de Nogara?

Se lleva de golpe las manos a la cabeza.

–Dime todo lo que sepas –digo–. Tienes diez minutos.

–Alex, no fui yo. Fue Roger. Sabes que yo no…

Elevo la voz:

–¡Diez minutos! Cuéntame lo de la pistola.

Se frota el antebrazo.

–Ven conmigo –me dice.

Nos adentramos en la fresca sombra del patio. Sentados alrededor de una mesa de pícnic, están los otros jugadores de la partida de cartas, algunos vestidos a medias con el vistoso uniforme, con las cintas multicolores caídas como los tirantes de un pantalón de peto.

Leo le dice a uno de ellos:

–Roger, ¿tienes un minuto?

El hombre al que se dirige es un gigante con un cráneo que parece la cazoleta de una pipa. Sus manos son tan enormes que las cartas de la baraja desaparecen en ellas totalmente.

–Estoy ocupado –dice.

Me adelanto.

–Roger, soy el padre Andreou.

El hombre se gira. De inmediato, deja las cartas boca abajo sobre la mesa y se pone de pie. El respeto por el sacerdocio está profundamente arraigado en estos hombres.

–Padre –dice–, ¿en qué puedo ayudarle?

Las palabras son italianas, pero el acento es alemán.

–Necesita ver tu estuche de viaje –dice Leo.

Durante apenas un segundo, los otros hombres de la mesa levantan la cabeza.

Roger le lanza a Leo una mirada inquisitiva. La petición no le ha gustado.

—Roger, hazlo —dice Leo.

El mastodonte gruñe y se recoloca las cintas sobre los hombros.

Lo seguimos en dirección a la torreta del Banco Vaticano, hasta una franja de terreno que los suizos utilizan como aparcamiento temporal las noches que quieren ir en automóvil a Roma. El coche que vemos allí, un Ford Escort de color acero diseñado para una raza de hombres más pequeña, es el de Roger. Se arrodilla en el adoquinado junto al asiento del conductor y estira el brazo hacia el hueco para las piernas. Oigo algunos clics metálicos y luego el ruido de una cremallera que se abre con fluidez. Roger se pone otra vez de pie y, sin una palabra, le pasa la caja a Leo.

Se trata de un estuche negro de goma, rectangular y con bordes redondeados que como máximo podría contener tres barajas colocadas la una junto a la otra. Cuando Leo me lo pasa, me sorprende su peso. Bajo la capa de goma hay un armazón de sólido metal. El material interior es muy denso.

—Simón acudió a mí —comienza vacilante Leo—. Dijo que Nogara había comprado una pistola ilegalmente en Turquía porque lo habían amenazado.

—¿Cómo no me contaste algo así?

—Escúchame. Era una escopeta. Simón me rogó que se la quitara de las manos, así que le dije a Nogara que lo que de verdad necesitaba era una buena subcompacta, una cerbatana como esta Beretta, con la que yo sabía que no se volaría una pierna por accidente. Y la registramos. Te juro que alargamos cada fase al máximo para evitar durante el mayor tiempo posible que cayera en sus manos. Luego, Simón me pidió algo seguro para transportarla, un estuche que a Nogara le costara mucho abrir cuando fuera borracho. Esas fueron sus palabras. Y entonces lo envié a Roger.

Devuelve el estuche a su compañero.

—Roger, enséñale cómo funciona.

—Leo… —digo, preguntándome cómo pudo sentarse conmigo en la Casa, escuchando todo lo que le conté de la muerte de Ugo, y no mencionarme esto. Aunque Simón le hubiera pedido no decir nada, ¿cómo pudo guardarse algo así?

Pero sus ojos me están suplicando que espere, que no pregunte en presencia de su compañero.

A regañadientes, Roger señala unos cilindros numerados integrados en la parte frontal del estuche.

—Cerradura de combinación —dice.

Después, gira el estuche y señala un tubo de acero reforzado que discurre por la parte de atrás.

—Para la cadena —añade.

—¿Qué cadena?

Señala hacia el hueco de las piernas. Allí, bajo la agrietada tapicería, están los rieles metálicos que sujetan el asiento a la carrocería del coche. A su alrededor, hay enrollado un reluciente cable negro más fino que una cadena de bicicleta. Tiene su propia cerradura, que se abre con llave.

—El cable sujeta el estuche al asiento —dice Leo.

Roger lo demuestra fijando el estuche con la cadena.

—Con la llave se puede quitar la cadena —dice Leo—, pero la única forma de abrir el estuche es con la combinación. Y, si no lo abres a menudo, resulta fácil olvidarla. Sobre todo, si te has tomado unas copas.

Examino las dimensiones.

—¿Estás seguro de que una pistola de 6,35 milímetros encajaría ahí?

Roger deja escapar un bufido de burla.

—Nuestra arma de servicio es de nueve milímetros y encaja muy bien en ese modelo —explica Leo—. Y, mira por dónde, sé que es el mismo estuche que Simón compró para Nogara.

Bajo la voz:

—Entonces, digamos que un extraño no conoce la combinación. ¿Cómo podría abrir el estuche?

Roger sonríe.

—Inténtelo, padre.

Me esfuerzo medianamente por abrirlo con los dedos, sabedor de que es lo que quiere ver. Luego, saco mi llave de la Casa de la sotana. Introduzco el borde del llavero en la estrecha ranura que discurre entre ambas mitades de la caja. Entra sin problemas, pero el estuche no cede ni un ápice. Cuando presiono con fuerza el metal hacia abajo, el llavero empieza a volverse blanco y a doblarse. Si continuara, se rompería exactamente igual que la pieza que encontré bajo el asiento de Ugo.

–Sin la combinación –dice Roger–, es imposible.

Aquí tenemos, pues, otro detalle extraño sobre la muerte de Ugo. A Ugo lo mataron con un arma que, a juzgar por la esquirla metálica que encontré en su coche, nunca pudieron sacar de su estuche.

Leo le indica a Roger que ya no necesitamos más su ayuda. El gigante cierra su coche y se aleja caminando pesadamente.

–Escucha –susurra Leo–, lo siento. Me convencí, estaba seguro, de que no había sido esa la pistola con la que lo habían matado. Alex, tienes que entenderlo. Ese calibre es casi el menos potente que existe. Por eso lo recomendé. Y, sin la combinación, se necesitaría una pata de cabra para abrir el modelo de estuche de Roger. Nadie podría haberlo logrado. Y sigo sin creer que lo hicieran.

Reconozco ese tono de voz. No está contando; está confesándose.

–Lo que pretendíamos Simón y yo al conseguirle esa pistola –dice– era salvarle la vida.

Soy incapaz de digerir eso ahora.

–¿Sabía Simón la combinación? –pregunto.

–No lo sé. –Duda y luego repite–: Alex, lo siento.

Pero el tiempo no se detiene. El receso del juicio se acaba dentro de tres minutos.

–Deberías habérmelo contado –digo–. Pero lo que le pasó a Ugo no fue culpa tuya.

Vuelvo a la sala justo cuando los gendarmes están a punto de cerrar las puertas. En la mesa de la defensa, Mignatto no ha sacado el contenido de su maletín. Tampoco ha dejado el cuaderno entre nosotros. Mira con aire ausente la fotografía del papa Juan Pablo colgada en la pared.

La mesa de los testigos está vacía. El carrito con el televisor ha desaparecido. Y al inspector Falcone seguro que lo han reclamado en otra parte, puesto que la exposición va a requerir un fuerte dispositivo de seguridad. Cuando le pregunto a Mignatto si la jornada ha terminado, sin dejar de mirar a Juan Pablo me dice:

–Enseguida lo sabremos.

Las puertas se abren para dejar pasar al arzobispo Nowak. Por un segundo, pienso si no será él nuestro último testigo, pero se sienta en su lugar de costumbre.

Me pregunto por qué está aquí. Por qué, con Simón bajo arresto en los propios apartamentos de Juan Pablo, se molesta en venir y prestar atención al testimonio de unos testigos que tienen tan poca idea de lo ocurrido como él mismo. Probablemente, Simón todavía se niega a declarar. Juan Pablo podría haber detenido este juicio con una palabra, podría haber logrado que ni siquiera se iniciara, pero dentro de dos horas los ortodoxos estarán ya en los museos, esperando a ver lo que Ugo descubrió, así que el santo padre necesita respuestas. Si ese es el tiempo que nos queda, entonces este testigo final es nuestra última oportunidad.

Saco la carta de Ugo de la sotana y examino de nuevo la pauta de los versículos evangélicos. Intento adivinar cuál fue el desencadenante de su descubrimiento. Solo tres semanas antes, Ugo trataba de rastrear la salida del sudario de Jerusalén en manos del incrédulo Tomás. ¿Qué podría haber cambiado?

No puedo apartar la vista de la página. Lo que más me inquieta es el último cuarto de hora de vida de Ugo. Tengo la íntima convicción de que Simón oculta algo más que el descubrimiento de Ugo. Debe de haber una razón para que mintiera diciendo que no había oído el disparo.

Los gendarmes abren la puerta de la sala. Mignatto se gira para mirar. La expresión de su cara deja intuir que tiene un mal presentimiento. Su desazón hace que también yo me dé la vuelta.

Los jueces han tomado asiento. A nuestra espalda, oigo decir a uno de ellos:

—Que pase el siguiente testigo.

El gendarme, en posición de firmes, llama:

—Su Eminencia el cardenal Lucio Ciferri.

Y veo a mi tío, que cruza el umbral y entra en la sala.

CAPÍTULO 35

Los tres jueces se ponen respetuosamente de pie. Cada gendarme de la sala inclina la cabeza. El promotor de justicia y el notario se levantan. Mignatto los imita y me hace gestos de que haga lo mismo. Incluso el arzobispo Nowak se pone de pie.

Lucio no viste su habitual color negro. El traje de sacerdote ha dejado hoy paso al simar, la sotana de un cardenal. Al igual que el solideo de la cabeza, también los botones, los ribetes y la faja son escarlata, un color prohibido incluso para los obispos y arzobispos. Por encima lleva la larga capa escarlata reservada para las ocasiones de gran formalidad, y sobre su pecho pende una cruz barroca. En el cuarto dedo de la mano derecha centellea el enorme anillo dorado que los cardenales reciben del papa. Estamos ante una demostración de fuerza clerical. Nadie de esta sala, ni siquiera Nowak, puede igualarla.

En la puerta, un gendarme saluda con una reverencia y le brinda ayuda a Lucio para llegar a la mesa. Mi tío la rechaza. Rechaza también al arzobispo Nowak, que le ofrece el mismo brazo que sostiene al papa. Me impresiona ver la amenazadora mirada que le dedica a Nowak, con la que evidencia una temible superioridad. No hay ni rastro de la debilidad física de Lucio. Se mueve con una dignidad de otra época, el cuerpo recto y la barbilla alta, los ojos fijos en el suelo. Me corta la respiración porque este espectro alto y demacrado no puede parecerse más a Simón.

Lucio se sienta despacio en la silla. Pero el resto de los presentes permanecen de pie.

—Pueden tomar asiento —dice Lucio.

El juez principal toma la palabra:

—Su Eminencia, de acuerdo con la ley, puede testificar en el lugar que usted elija. Si prefiere un lugar distinto a esta sala, háganoslo saber.

Mi tío desdeña la propuesta con un gesto de la mano.

–Puede empezar –dice.

El juez se aclara la garganta.

–Ya sabe, eminencia, que tiene derecho a no responder a nuestras preguntas, si considera que su testimonio puede resultar lesivo para usted o para su familia.

–No tengo miedo a responder –dice Lucio.

–Entonces, le pedimos que preste los dos juramentos. Uno de veracidad y otro de confidencialidad.

–Prestaré el primer juramento –dice Lucio–. Pero no el segundo.

Miro a Mignatto, preguntándome qué significa eso. Pero monseñor tiene toda su atención puesta en Lucio.

–Tal como determina la ley, de todos modos oiremos su testimonio –dice el juez principal, en un tono que denota cierta preocupación–. Y dado que usted mismo solicitó declarar, eminencia, ¿sería tan amable de comunicar a este tribunal sobre qué desea hacerlo?

–Dígame si me equivoco: a los testigos se les ha prohibido mencionar los viajes efectuados por mi sobrino este verano, ¿es así?

–Así es, eminencia.

–Pues ese es el asunto del que hablaré.

De golpe, me pongo tenso. Los jueces se miran unos a otros.

–Eminencia… –empieza a objetar el juez principal.

–En concreto –continúa Lucio–, hablaré del inmenso desagradecimiento que demuestra el hecho de encarcelar a mi sobrino, cuando él ha puesto en peligro su propia carrera y su sacerdocio e incluso se niega a hablar en su defensa, y todo ello por servir al santo padre, quien a cambio lo trata como a un criminal.

Estoy petrificado. Mignatto mira fijamente a la mesa, incapaz de levantar la vista. Es un suicidio. Lucio ha venido aquí a declararle la guerra al papa.

En tono tranquilo pero firme, Nowak dice:

–Eminencia, por favor, reconsidere sus palabras.

Lucio responde con un insulto pasmoso: se dirige al arzobispo Nowak dándole la espalda.

–¿Lo niega usted? –le dice.

–Eminencia –replica Nowak–, no estaríamos aquí si su sobrino hubiera accedido a contarnos la verdad.

Finalmente, Lucio se da la vuelta. Están sentados casi cara a cara, el cardenal en la mesa de los testigos, el arzobispo en el primer asiento. Con su principesco atuendo escarlata, sentado bien recto para hacer patente toda su estatura, Lucio no deja lugar a dudas de quién es aquí el gallo y quién la gallina.

–Usted lo convirtió en emisario papal –dice mi tío–. Lo ordenó obispo en secreto. ¿Y ahora permite que lo traten así? ¿Ahora lo abandona a su suerte en esto?

Se me forma un nudo en la garganta. Obispo. En secreto. ¡Mi hermano es obispo!

–Mi sobrino, por sí solo –prosigue Lucio–, consiguió lo que toda su Secretaría no pudo lograr. ¿Y por eso lo procesan?

La voz del arzobispo Nowak sigue inalterable. No eleva el tono ni el volumen. Ha capeado temporales frente a cada cardenal que existe sobre la Tierra. Su respuesta consta solo de cinco palabras:

–¿Mató su sobrino a Nogara?

–No –escupe Lucio con voz ronca.

–¿Está seguro?

Mi tío levanta una mano y extiende un dedo acusador. Su voz se crispa. De pronto, comprendo que no todo está tan claro como yo creía.

–Si en efecto lo mató –dice Lucio hirviendo de cólera–, fue por usted.

Detrás de mí, a Mignatto se le escapa una exclamación de incredulidad.

Nowak sigue tan calmado como un sacerdote que oyera una confesión.

–¿Para ocultar lo que había descubierto Nogara?

Lucio está tan exaltado que no puede encontrar las palabras para responder.

–Por favor –dice Nowak–, dígame qué pasa con el sudario.

Lucio niega con la cabeza.

–No, hasta que liberen a mi sobrino y se retiren los cargos.

–Eminencia, sabe que eso es imposible. El santo padre debe saber la verdad.

–¿La verdad? –ruge Lucio levantando las manos–. Usted obliga a mis chóferes a prestar juramento de confidencialidad, prohíbe testimonios, permite que se supriman pruebas. ¿Es eso buscar la verdad?

Impasible, Nowak replica:

–Sin esas precauciones, la exposición de esta noche habría resultado imposible. Conoce bien la difícil situación en la que nos encontramos.

–¡A causa de los ortodoxos que usted invitó aquí!

Por primera vez, un espasmo nervioso cruza el rostro del arzobispo Nowak.

–Es la última voluntad del papa. Sus intenciones no pueden ser mejores.

Lucio baja la voz hasta que casi parece un gruñido, un sonido frío y amenazador que nunca había oído salir de su boca:

–Si Simón mató a ese hombre, y digo «si», solo pudo ser porque usted le exigió, a cada paso, mantener en secreto su trabajo. Usted ha silenciado a todos los que sabían algo de la exposición de Nogara. Y ahora actúa como si no tuviera nada que ver, cuando a Simón lo acusan de hacer tan solo lo que le vio hacer a usted y lo que le enseñó a creer que usted quería.

Lucio se recompone. Ahora parece más fuerte. Hará lo que sea, incluso destruir su propia carrera, por salvar a Simón. Nunca en mi vida había sentido tanta gratitud hacia él.

–Ahora le ofrezco la oportunidad de elegir –le dice Lucio a Nowak–. Libere a mi sobrino y retire los cargos y, en privado, le diré lo que desea saber. Pero si continúa tratándolo como a un criminal, entonces habrá guerra entre nosotros. Ese secreto del que no quiere que se entere nadie, lo pondré en la portada de todos los periódicos de Roma. Me plantaré delante de los ortodoxos esta noche y se lo contaré todo. Lo castigaré a usted por castigar a Simón.

El silencio que reina en la sala no se parece a ningún otro. Ninguno de los aquí presentes recuerda haber oído a nadie hablarle así al papa o a su representante. Nadie, excepto yo. Porque es así como los ortodoxos le hablaron a Juan Pablo en su visita a Grecia. Esa es la rabia que el papa toleró, como una carga que le correspondiera llevar sobre sus hombros. Mientras espero a que el arzobispo Nowak diga algo, ruego para que demuestre la misma sabiduría que su jefe.

Su Excelencia se pone en pie. Extiende el brazo derecho, con la mano suspendida en el aire. Su voz no se eleva ni decae. Pero en los ojos oscuros y tristes hay algo nuevo. Algo que no reconozco.

–Por la autoridad que me concede el santo padre –dice Nowak–, pongo término a esta declaración, suspendo el juicio contra el padre Andreou y transfiero la decisión final sobre este asunto a la autoridad del santo padre.

Hace una reverencia a los jueces del estrado.

–Se agradece al tribunal su esfuerzo. Ahora pueden retirarse

CAPÍTULO 36

El ambiente se crispa a mi alrededor. Todos los sonidos de la sala quedan ahogados en el silencio. Los jueces se levantan. Se mueven algo desorientados y luego salen de la sala como espectros. El notario se pone de pie, vuelve a sentarse, golpetea su teclado como si esperara órdenes. Tras lanzarle a Mignatto una mirada de incredulidad, el promotor de justicia mete sus papeles en el maletín. Por fin, los gendarmes comunican a todo el mundo que, por orden del santo padre, pueden marcharse.

Mignatto está encorvado sobre la mesa de la defensa, como si se hubiera quedado vacío, sin fuerzas. Solo Lucio continúa sentado, bien erguido, ajeno a todo lo demás: a los gendarmes, al notario, a la sensación de caos que reina en la sala. Observa el crucifijo que pende sobre el estrado, se santigua y murmura:

–*Grazie, Dio.*

Oigo una voz familiar a mi espalda.

–Eminencia, su coche está esperando.

Don Diego pasa junto a mí.

–Tío –digo–, ¿qué va a pasarle a Simón? ¿Qué va a pasar con la exposición?

Pero la atención de Lucio está en otra parte. Cuando Diego le ofrece ayuda para salir del palacio, mi tío lo envía a Mignatto.

–Lleve a monseñor a nuestro coche. Dele todo lo que necesite.

Lo último que Mignatto le dice a Lucio antes de irse es:

–Eminencia, tiene que estar preparado. El santo padre podría reanudar el proceso en cuanto acabe la exposición.

Lucio tan solo asiente. Mañana es mañana. Hoy, la victoria es suya.

–Tío, por favor –digo cuando Diego y Mignatto han salido–. ¿Qué está pasando?

Me pone la mano en la cabeza. La debilidad física vuelve de nuevo. Le tiembla la mano.

–Sabremos más esta noche –dice–. Después de la exposición.

Da media vuelta y se aleja. Empiezo a preguntarle otra cosa, pero no se gira.

Cuando el sedán de Lucio se aleja del tribunal, me quedo fuera de la sala, en el patio, tratando de orientarme en un mundo que ha cambiado desde la última vez que estuve en él. A mi alrededor, los seglares salen de sus oficinas, enviados a casa temprano para vaciar el país antes de la exposición de Ugo. Los coches hacen cola ante las puertas de la frontera para salir. Sedanes negros aguardan junto a las puertas de la Casa. Por las puertas acristaladas del hotel, veo a los sacerdotes ortodoxos moviéndose de acá para allá en el vestíbulo. Oigo, muy levemente, la sucesión frenética de mensajes que las monjas transmiten en distintas lenguas. Los clérigos ortodoxos están retirando sus objetos de valor de la caja fuerte del hotel –cruces enjoyadas y anillos de oro y medallones ornamentados con diamantes–, y yo me siento como un monaguillo que observara a los sacerdotes en la sacristía mientras se visten, percibiendo cómo el misterio de la Iglesia cobra forma en presencia de los signos externos. Mi cuerpo vibra de energía nerviosa. Intento mantenerme en este mundo exterior. Pero, en mi interior, todo es rabia.

Siempre me he imaginado que la muerte de mi padre ocurrió entre grandes dolores. Cuando su corazón se detuvo, el dolor ya lo había matado, antes que la falta de oxígeno. No lo encontraron en su sillón ni en la cama, sino en el suelo de su dormitorio, con la cruz griega que se había arrancado del cuello. Mona me dijo que me equivocaba, que había sufrido, pero no como yo creía. En cualquier caso, aún conservo su cruz en una caja que guardo en el fondo del armario, una cruz que jamás toco. Y, hasta hoy, no existe imagen que más me aterrorice que la de mi padre desplomado en ese suelo.

El Evangelio de san Juan dice que las últimas palabras de Jesús en la cruz fueron victoriosas: «Consumado es». Su misión, cumplida. Pero solo el Jesús teológico hubiera pronunciado esas palabras. El Jesús terrenal sufrió horriblemente. La descripción de san Marcos siempre me ha sacudido: «Y en la novena hora Jesús exclamó a gran voz, diciendo: *"Eloi! Eloi! Lama sabactani"*, que traducido quiere decir "Dios mío, Dios mío, ¿por qué me has desamparado?"». Los especialistas en el Evangelio llaman a esto el «grito del abandono». Expresa un sufrimiento absoluto: incluso el Dios Hijo se siente abandonado por el Dios Padre. Ugo me dijo una vez que la crucifixión es como un ataque al corazón que se prolongara durante horas o días. El corazón va desfalleciendo poco a poco. Los pulmones se hunden lentamente. Los antiguos romanos, que quemaban a los cristianos para usarlos como antorchas y los llevaban en carros a los circos para mirar cómo los devoraban las fieras, consideraban que la crucifixión era el peor castigo posible.

Estas son las dos muertes que mejor conoce Simón: la de nuestro padre y la de Nuestro Señor. Por tanto, decir que mató a otro hombre es decir que estaba dispuesto a infligir a otra criatura viviente una experiencia que, para él, constituía la suma de todos los tormentos. Nunca, en mi corazón, podré creer que aquel muchacho que encontró a su padre muerto en el suelo del dormitorio haya sido capaz de cometer ese acto.

Pese a ello, en la mesa de los testigos, por un momento Lucio parecía considerarlo posible. Incluso ahora, algunos pensamientos se cuelan subrepticiamente en mi cabeza. Ugo parecía tan furioso en el mensaje de voz que le dejó a Simón, tan herido… Es probable que hubiera estado bebiendo poco antes de morir, porque alguien que se lleva el Diatesarón del museo para enseñárselo a los ortodoxos no está actuando de modo demasiado razonable. No sé lo que pudo ocurrir realmente en esos minutos finales, en los que solo Dios era testigo. Y aunque me digo a mí mismo que debía haber alguien más en Castel Gandolfo aparte de Simón y Ugo, pues en esa habitación de la Casa se alojaban dos hombres y solo uno de ellos entró en mi apartamento, lo cierto es que la duda de Lucio me ha causado una honda impresión.

Mientras camino hacia casa, el patio del Belvedere está casi vacío. Ya no hay camiones trabajando, ni coches de empleados que vuelven a Roma. Incluso los todoterrenos y camiones de los bomberos están aparcados en apretado orden, para dejar más espacio a los visitantes de esta noche. Está cerca. Sea lo que sea lo que Simón tuviera preparado para esta noche, ya está cerca.

Pedro está contento de verme. Da palmadas de alegría, como si hubiera esperado pacientemente durante este día de cinco actos para ver aparecer en escena a su actor favorito. Tengo experiencia de sobra cuando se trata de ocultarle negros sentimientos. Hago una reverencia mientras aplaude. El hermano Samuel parece aliviado. Once horas con un niño de cinco años es un trabajo de santo para un hombre de su edad. Volverá a quedarse con Pedro dentro de una hora, cuando yo me marche a la exposición, pero incluso un santo necesita un descanso.

—Se ha pasado el día preguntando cuándo ibas a volver —susurra Samuel—. Dice que así podrá ver a su madre.

Samuel sonríe. Pero se le borra la sonrisa cuando ve la expresión de mi cara.

—Pedro —digo—, por favor, dale las gracias al hermano Samuel y vámonos a casa.

Pedro abre y cierra el puño en el aire y sonríe a Samuel, quien me lanza la más patética de las miradas, como diciendo: «¿De verdad vas a negarle eso?».

De vuelta en nuestro apartamento, me doy cuenta de que no hago más que mirar el reloj. Sin decir palabra, Pedro empieza a ordenar su cuarto y a apilar con esmero sus juguetes. Guarda su cepillo de dientes y el dentífrico. Busca el cuento de *Pinocho* y lo abre por la última página que le leyó Mona. Tengo que poner fin a esto.

—Pedro —le digo—, ven aquí. Tengo que decirte una cosa.

Salta a la silla y luego otra vez al suelo. Coge el teléfono de la encimera y lo deja frente a él, en la mesa. Se sienta en su silla y espera.

—Esta noche no podemos llamar a la *mamma* —le digo.

Deja de balancear la cabeza.

—Cuando te prometí que la llamaríamos, me había olvidado de que tenía que ir a un sitio importante esta noche.

Sus ojos se agrandan y emiten un brillo perlado; los bordes se le enrojecen. Está al borde de las lágrimas.

—¡No! –grita.

—Lo siento.

—¡Eres un mentiroso!

—Te prometo que la llamaremos mañana...

—¡No, me habías prometido que esta noche!

—Esta noche es imposible.

Los sollozos le sacuden el cuerpo y las lágrimas empiezan a brotar. Pero el llanto pasará. Como todas las rabietas que ya ha tenido antes. Dentro de este cuerpo de cinco años hay un alma más vieja, un alma que sabe transigir, que no se deja sorprender por las decepciones.

—Buscaremos alguna cosa especial que puedas hacer con el hermano Samuel –le digo–. ¿Qué te apetecería?

Con alguna cosa se conformará, estoy seguro: un helado, acostarse más tarde, una película...

Sin embargo, esta noche lo rechaza todo.

—¡No quiero nada de eso! ¡Quiero a la *mamma*!

Quizá lo haya subestimado. Quizá esta vez no sea como cualquier otra. Saco la cartera y empiezo a contar billetes. La colina que hay junto al Vaticano tiene un parque con sala de videojuegos, teatro de marionetas y tiovivo. Si no intento detener este llanto de alguna forma, sé que acabaré diciendo algo que luego lamentaré, que se me escapará algo de lo que me ronda por la cabeza.

—Puedes ir a Gianicolo –digo–. Jugar a los videojuegos, montar en los caballitos...

Para demostrarle hasta qué punto lo digo en serio, saco todo el fajo de billetes y solo me quedo cinco euros para mí. Pero, al cerrar la billetera, algo se sale y cae revoloteando al suelo.

Pedro se queda mirándolo. Le cambia la cara. Los labios se curvan hacia abajo.

Miro al suelo. Es la fotografía de Michael con la nariz rota y el ojo negro. La imagen hace que Pedro vuelva a llorar. Aprieto los dientes y meto otra vez la foto en la cartera.

—No pasa nada –le digo abrazándolo y mirando el reloj por encima de su hombro. La exposición empieza dentro de cuarenta minutos–. A ese hombre solo le sale sangre por la nariz –le miento.

Pero el cuerpo de Pedro está rígido y tiembla salvajemente.

–*Babbo* –susurra, metiéndose más entre mis brazos–. Es él.

–¿Cómo?

Hunde la cara en mi hombro, tratando de protegerse enteramente con mi cuerpo. Con voz amortiguada lo oigo gritar:

–Es el hombre que entró en casa.

Lágrimas ardientes me humedecen la sotana. Pedro trata de encaramarse a mi regazo, intenta envolverse en mi ropa. Pero yo solo puedo pensar en una cosa: era Michael.

Tengo que decírselo a alguien. Tengo que hacer algo.

Me levanto, pero Pedro se aferra con todas sus fuerzas a la sotana. No permitirá que lo deje en el suelo.

Cojo el teléfono de la mesa y llamo a Mignatto. Luego a Lucio. Nadie responde.

–Pedro, suelta. Tengo que volver a llevarte con el hermano Samuel.

Aúlla histérico. Cuando consigo separarlo, pelea contra mis brazos extendidos, arremete contra mí. Su rostro revela un pánico absoluto. Lo estoy abandonando.

Cierro los ojos. Trato de serenarme. Me arrodillo.

–Ven aquí –le digo.

Corre a mis brazos con tanta fuerza que casi me tira.

–Estás a salvo. *Babbo* está aquí. No va a pasar nada malo.

Le acaricio el pelo. Lo aprieto contra mí. Dejo que llore. Pero no se le pasa. Nunca ha estado tan inconsolable. En la punta de los dedos, incluso mientras lo abrazo, noto el tamborileo del pulso latiendo desbocado. Cada minuto que pasa es un minuto menos para la exposición. Michael estará allí. No puedo quedarme. Si no me doy prisa, llegaré tarde.

Bajo la vista hacia el teléfono que tengo en la mano y solo se me ocurre una solución.

Mona llega veinte minutos después. Pedro sigue con la respiración jadeante. Solo la promesa de ver a su madre ha conseguido que haya algún cambio en él.

–*Mamma* –chilla, y corre hacia ella para recibir su abrazo.

La reacción instintiva de Mona es la adecuada: se sienta en el suelo y deja que él se hunda en su regazo.

–El hermano Samuel va a venir también –le digo a Mona.

Asiente.

–Ve a su casa si quieres, pero, por favor, no vayáis a ningún otro sitio.

Vuelve a asentir.

La mera visión de Pedro entre sus brazos me llena de culpa. Pero ella no me pregunta por qué dejo a nuestro hijo lloroso y me voy. No tiene dudas.

–No sé cuándo volveré –le digo.

–Alex –me dice con voz suave–, no pasa nada. Samuel y yo cuidaremos bien de él. Tú vete.

Tengo el corazón desbocado. Se me acaba el tiempo. Llego tarde.

Hay gendarmes apostados en la entrada del patio del Belvedere. Por encima de sus hombros, veo docenas de sedanes negros aparcados en el interior.

–¿Por dónde es? –pregunto.

Los gendarmes señalan al norte, hacia el antiguo despacho de Ugo.

–Vaya en esa dirección, padre. Ya lo verá.

«Si Michael fue quien entró en mi apartamento, entonces no viajó aquí ex profeso para el juicio. Todo lo que me dijo era mentira. Ha estado todo el tiempo en Roma».

Llamo a Leo. No contesta. Le dejo un mensaje para avisarle de que tenga cuidado con Michael. Finalmente, veo una entrada privada en la pared del museo que no está cerrada. En el interior, los programas impresos se amontonan en el suelo en una pila combada.

«Debió de ser él quien llamó al apartamento, la noche antes de entrar en él. Lo cual significa que es también uno de los hombres alojados en esa habitación de la Casa».

Cojo uno de los programas. En grandes letras rojas, leo en una nota de la primera página:

ROGAMOS A LOS INVITADOS
QUE SIGAN LA VISITA GUIADA DE LA EXPOSICIÓN

Un mapa muestra la ruta: desde aquí hasta la Capilla Sixtina, un corredor de casi cuatrocientos metros se ha despejado para la exposición. Mientras corro para alcanzar a los demás la historia del sudario desfila ante mí en sentido inverso. Año 2004: refutadas las pruebas de radiocarbono. Año 1983: la familia real italiana le da el sudario a Juan Pablo. Año 1814: se expone el sudario para celebrar la caída de Napoleón. Año 1578: el sudario llega por primera vez a Turín. Año 1355: primera exposición conocida del santo sudario por parte de los católicos. El recorrido discurre sin interrupción hacia la Cuarta Cruzada. Hacia 1204.

«Por eso Michael quiso que utilizara el teléfono público de detrás de la Casa: porque así podía verme desde la ventana de su hotel».

Cuando llego a la sala con Constantinopla pintada en la pared, me paro en seco, sorprendido. Allí tampoco hay nadie. Y no han retirado ninguna parte de la exposición durante los tres días transcurridos desde que la vi.

Titubeo, sin acabar de creérmelo. Así que ya ha sucedido. Los ortodoxos ya saben que les robamos el sudario.

Se aprecian huellas de zapatos en el suelo de mármol. El calor de los cuerpos todavía flota en el aire. Entonces los veo. Al otro lado de una vitrina, casi invisibles en la oscuridad, hay dos ortodoxos vestidos con sotana negra. Están de pie en un rincón, llorando. A través del cristal, uno de ellos me mira. Las lágrimas brillan como lentejuelas en su barba.

Entonces me llega una voz desde más allá de la puerta. Una voz profunda, amable, como la de un padre que consolara a su hijo. Me acerco. He reconocido ese acento.

Al cruzar las puertas que han permanecido cerradas hasta ahora, me encuentro en una sala grande y oscura. Al principio, lo único que veo son cabezas flotantes, caras sin cuerpo que miran a la oscuridad. Hasta que mis ojos se acostumbran no distingo las sotanas, las chaquetas de esmoquin, los ropones negros. Hay aquí cientos de personas. Empiezo a buscar a Michael, pero resulta difícil moverse entre el gentío.

Las paredes son más claras a medida que avanzo. El negro se vuelve gris. El gris, blanco. Al otro extremo, muy lejos, la sala parece resplandecer. Distingo allí pinturas colgadas en las paredes.

Aquí, en cambio, las paredes están casi desnudas, con inscripciones estarcidas y un puñado de objetos antiguos, monedas y ladrillos, que parecen provenir del fondo de una red de pesca.

–Ahora ya saben –está diciendo Nowak, de pie sobre una tarima situada al fondo de la sala– la historia del santo sudario. Saben que los cruzados occidentales lo robaron de Constantinopla y lo depositaron en brazos de la Iglesia católica.

Su voz cesa. La multitud lo observa con atención. Levanto la vista. El arzobispo Nowak tiene los ojos cerrados y el puño levantado en el aire. Lo baja una, dos y tres veces hasta el pecho.

«*Mea culpa, mea culpa, mea maxima culpa*».

«Por mi culpa, por mi culpa, por mi gran culpa».

Me muevo por intuición. Los ortodoxos permanecen en grupos apretados, sin apartarse los unos de los otros. Pero los sacerdotes romanos, como Michael, están entremezclados con la multitud.

–Perdónanos, Señor –continúa Nowak–, por convertir Tu sudario en símbolo de nuestra separación. Perdónanos, porque hemos pecado contra nuestros hermanos.

Se hace un silencio de muerte. Algunos cardenales ancianos tienen una expresión pétrea, como si consideraran que Nowak se está mostrando demasiado blando, pero el arzobispo prosigue con determinación:

–Por fortuna, el doctor Nogara hizo un último descubrimiento incluso más importante que todo lo que han visto hasta ahora.

Dejo de buscar a Michael. Me ha cogido por sorpresa. El arzobispo Nowak está a punto de revelar lo que descubrió Ugo.

–Como ahora verán –dice Nowak–, el santo sudario solventó nuestra mayor crisis teológica en uno de los periodos más difíciles de nuestra historia común. Sin él, no estaríamos aquí esta noche, porque los Museos Vaticanos no existirían.

No parece que esto tenga nada que ver con lo que Ugo describía en su carta.

–Esta es la última sala de la exposición –continúa Nowak–. De modo que, antes de que entremos en la Capilla Sixtina, quisiera presentarles al ayudante del doctor Nogara, Andreas Bachmeier, quien nos explicará el descubrimiento de Nogara.

El centro de atención cambia ahora. Mientras Bachmeier sube

a la tarima, vuelvo a abrirme camino entre la multitud. Entonces, solo por un instante, veo algo en el apretado gentío. Una sotana con una larga rasgadura en la parte de atrás del alzacuello.

La sotana que rompí en la Casa.

Me doy la vuelta, pero ya ha desaparecido.

Me adentro entre la multitud, intentando fijarme en las caras que me rodean para evitar distraerme con la idea que reclama cada vez con mayor fuerza mi atención. Bachmeier le hace una reverencia al arzobispo Nowak y empieza a hablar:

—Durante décadas, el mundo solo se ha hecho una pregunta acerca del sudario: ¿es auténtico? Pero el doctor Nogara formuló una pregunta mejor: ¿por qué Cristo nos lo dejó? Su respuesta se halla en esta sala.

A mi alrededor se está acumulando una extraña energía. Incluso los ortodoxos empiezan a mirar lo que les rodea, tratando de descifrar lo que quiere decir Bachmeier. Me deslizo entre un grupo de ellos, disculpándome en griego. Entonces vuelvo a verla: la ranura blanca en una sotana romana rasgada. Avanzo hacia allí mientras intento verle la cara al sacerdote.

Pero también él se está moviendo, poniéndose de lado para pasar entre la multitud. Espero a ver adónde se dirige.

—Quizá se pregunten —continúa Bachmeier— por qué no hay cuadros colgados en la entrada de esta sala. Por qué hay solo palabras. Y es así porque ese era el mundo en el que nació el sudario. —Se baja de la tarima y señala las citas estarcidas. El micrófono que lleva en la solapa hace que su voz inunde la sala—. El primer mandamiento de la ley mosaica dice: «Yo soy el Señor tu Dios... No tengas otros dioses además de mí. No te hagas ninguna imagen, ni nada que guarde semejanza con lo que hay arriba en el cielo, ni con lo que hay abajo en la tierra, ni con lo que hay en las aguas debajo de la tierra». El antiguo pueblo judío observaba esta prohibición con la máxima seriedad. Fijémonos en lo que nos dice al respecto su historiador Flavio Josefo.

Nowak, siempre arriba de la plataforma, recita con voz profunda y vibrante:

—«La Asamblea de Jerusalén me envió a destruir el palacio del rey Herodes, pues estaba decorado con imágenes de animales. Pero otro hombre llegó primero y le prendió fuego al palacio».

Mientras todos estiran el cuello para ver las palabras inscritas en la pared, el sacerdote de la sotana rasgada se detiene. Se gira para mirar a Nowak. Desde ese ángulo, puedo verle la cara. Todo mi cuerpo se pone rígido. Es Michael.

Aprieto el paso y trato de agarrarle el brazo, pero se aleja antes de que pueda hacerlo. Ahora se dirige hacia el arzobispo Nowak.

–La gente pregunta por qué los Evangelios nunca mencionan que hubiera una imagen en el sudario –continúa Bachmeier–. Pero imaginen cómo habría reaccionado la comunidad judía ante la imagen de un hombre desnudo y crucificado.

De súbito, Michael da un paso adelante, dispuesto a colocarse cara a cara con Nowak sobre la tarima, pero por mero accidente otro sacerdote le corta el paso. Michael se hace a un lado y entonces yo me precipito hacia él. Con la punta de los dedos, consigo tocarle la manga de la sotana. Y por fin lo agarro.

–Por eso –está diciendo Bachmeier– los discípulos llevaron el sudario a Edesa, una ciudad pagana en la que las imágenes no estaban prohibidas y que además estaba gobernada por un rey que admiraba a Jesús.

Michael se gira bruscamente. Me mira, pero no parece reconocerme. Las pupilas, empequeñecidas, revelan tensión. Tiene la frente inundada de sudor.

–Tú, hijo de perra –digo.

Se sacude mi mano y sube a la plataforma con Nowak. Al principio, el arzobispo no advierte su presencia. Bachmeier continúa hablando:

–Sin embargo, la Iglesia cristiana de aquella época temprana seguía siendo hostil a las imágenes.

De inmediato, el arzobispo Nowak empieza a leer una cita para ilustrar el argumento, pero Michael se coloca enfrente. Aunque hago esfuerzos por sujetarlo, consigue liberarse.

En ese momento, algo cruza vertiginosamente ante mis ojos. Una ráfaga de color. Son guardias suizos, que se precipitan desde todos los rincones de la sala. Al instante, Michael desaparece tras una muralla de guardias, sepultado entre ellos.

Las caras de los ortodoxos demuestran su conmoción. Me abro camino y, por entre la maraña de soldados, veo durante un segundo los ojos blancos de Michael, desorbitados, y los brazos lanzando golpes descontrolados. Intenta gritar, pero su voz resulta ininteligible. Le han tapado la boca con algo. Patalea para quitarse de encima a los guardias, pero estos no ceden.

Una mano me agarra el hombro con fuerza y me separa de allí.

—Atrás, padre —dice una voz.

Pero yo me mantengo firme. Michael está aullando mientras trata de escupir la mordaza. Dos soldados suizos hacen señas a la multitud para que se aparte y puedan llevárselo.

—¡Amigos! —grita Nowak, levantando los brazos—. Por favor, perdonen a este hombre. Está trastornado.

Empiezo a seguir a Michael fuera de la sala, pero llegan más guardias y me bloquean el paso.

—Tengo que hablar con él —les digo.

Pero me empujan hacia atrás.

—¿Adónde lo llevan? —pregunto.

Entonces suena una voz a mi espalda:

—Padre.

Me doy la vuelta. La sorpresa me hace dar un paso atrás.

—Su Excelencia.

Todo el mundo nos está mirando.

Sin saber qué otra cosa puedo hacer, le hago una reverencia al arzobispo Nowak.

Me coge del brazo y me conduce de nuevo a la tarima.

—Amigos míos —anuncia—, muchos de ustedes conocen al obispo Andreou, que los ha visitado en sus respectivos países y ha sido fundamental para el acto de esta noche. Este hombre es su hermano.

Deja que me observen durante largo rato, que vean mi barba, la amplia y fluida sotana. Su intención salta a la vista: en nuestra familia se mezclan Oriente y Occidente. Todos podemos sobrevivir bajo el mismo techo.

—Gracias, padre Andreou —dice Nowak—, por su ayuda de hace un momento.

Los congregados aplauden educadamente. Mantengo la vista

baja. No he sido yo quien ha detenido a Michael; lo han hecho los guardias suizos. Esto es puro teatro.

Cuando terminan de inspeccionarme, me dispongo a bajar. Pero Nowak sigue reteniéndome con la mano. No va a dejarme ir.

–Doctor Bachmeier –dice con voz fuerte–. Por favor, continúe.

Y, cuando Bachmeier reanuda su discurso, el arzobispo Nowak me susurra:

–Padre, a su hermano le gustaría que viera usted lo que viene a continuación.

Así que permanezco a su lado, como símbolo del católico griego y antídoto contra el arrebato de Michael, mientras Bachmeier guía a la multitud por entre las citas de las paredes. Allí están las palabras de los Padres de la Iglesia, de los santos, de los concilios de obispos.

«Dios, que había prohibido grabar imágenes, jamás habría hecho él mismo una imagen».

«Las imágenes no deberían estar en las iglesias. Lo que es objeto de veneración y culto no debería estar pintado en las paredes».

Los nombres que figuran al pie de estas citas están sacados directamente de los libros de texto que utilizo en el preseminario. San Ireneo, del siglo II d. C. Tertuliano y Orígenes, del siglo III. Eusebio de Cesarea, padre de los historiadores cristianos, del siglo IV. Epifanio, abanderado de la ortodoxia, que vivió en torno al siglo V d. C. Los asistentes se van moviendo lentamente por la sala, observando cómo los antiguos jefes de nuestra Iglesia echaban pestes de las imágenes, cómo nuestra religión se posiciona contra el paganismo rechazando las pinturas y esculturas que adornan los templos paganos de Júpiter, Apolo o Venus.

Solo con el declive del paganismo empieza la Iglesia a suavizar su postura. Un pastiche de imágenes expuestas en las paredes captura el momento: durante el Imperio romano, los cristianos que entran en las iglesias son acogidos por pinturas y mosaicos de Jesús, de sus milagros, de sus discípulos. La rapidez con que se propaga el fenómeno tiene algo de milagroso, como si una civilización entera despertara de un sueño común, tras habérsele revelado una fórmula divina: Dios es belleza, y la belleza conmueve el alma. El rostro intemporal de Jesús aparece de pronto por todas partes.

Y, sin embargo, en ese mismo momento de florecimiento del arte cristiano, surge un peligro existencial. Cuando la línea temporal de las paredes llega al siglo VII, las letras blancas se tornan rojas. Están escritas en árabe.

Bachmeier señala las palabras.

—Y ahora llegamos al acontecimiento más electrizante de la historia desde la caída de Roma. Desde África, se extiende la imparable nueva religión del islam. Una amenaza no solo para la Tierra Santa, sino para la nueva actitud del cristianismo hacia las imágenes. Tienen ante ustedes las palabras de Mahoma tal como las recoge Imam Muslim. Se me ha pedido que no lea estas palabras en voz alta en estos museos, de modo que pueden leerlas ustedes mismos.

Se oyen murmullos mientras los congregados asimilan las traducciones.

«Los más gravemente atormentados en el día de la Resurrección serán los pintores de imágenes».

«Todos aquellos que pinten imágenes arderán en el fuego del Infierno».

«Todas las imágenes deben quedar arrasadas».

—En la frontera entre la cristiandad y el islam, los cristianos entraron en contacto con estas ideas —dice Bachmeier, haciendo avanzar de nuevo a la multitud—, y algunos de nuestros fieles empezaron a hacerlas suyas. Estos cristianos cayeron en la herejía de creer que el arte que representa a Nuestro Señor era maligno y debía ser destruido. Uno de esos herejes se convirtió en emperador de la cristiandad en Constantinopla. Y, en ese año negro que fue 726, lanzó una campaña a la que hoy conocemos como iconoclasia, una tragedia que eclipsa incluso a la Cuarta Cruzada.

Una luz se enciende sobre nuestras cabezas. En la oscuridad, aparecen unas letras, como si el propio diablo las hubiera escrito con humo. La voz de Nowak suena llena de pesar al leerlas:

—«Las iglesias fueron desconchadas y manchadas con cenizas porque contenían imágenes sagradas. Allí donde hubiera imágenes venerables de Cristo o de la Madre de Dios o de los Santos, estas fueron arrojadas a las llamas o arrancadas y cubiertas totalmente de manchas».

Bachmeier prosigue su relato:

–La cantidad de arte bizantino que sobrevivió a aquella época es terriblemente exigua. La mayor colección de arte cristiano del mundo desapareció casi por completo. Aquel fue un emperador implacable al que prácticamente nada ni nadie pudo frenar.

Llegamos al final de la sala. Bachmeier señala hacia la última pared, la que nos separa de la Capilla Sixtina. Está pintada de un blanco inquietante, turbador. Su voz tiembla cuando repite:

–Prácticamente.

La pared brilla tanto que me obliga a desviar la mirada. Entonces veo que la puerta que conduce a la Capilla Sixtina está flanqueada por guardias suizos.

–Una de las preguntas más importantes que planteó el doctor Nogara –dice Bachmeier– fue por qué Jesús nos dejó el santo sudario. Durante setecientos años, nadie supo la respuesta. Pero, en plena iconoclasia, un monje llamado Juan recordó un hecho asombroso: en la ciudad de Edesa existía una imagen no realizada por la mano humana; una imagen de Cristo, obra del propio Cristo. Constituía la prueba de que la nueva alianza de Nuestro Señor venía acompañada de un arte también nuevo. Cuando Dios se hizo humano, él mismo se hizo imagen. Mediante Su encarnación, destruyó la prohibición contra el arte. Y como prueba de Sus intenciones, como ocurrió con las tablas que dio a Moisés, nos dejó el sudario. Inspirados por Juan, un pequeño grupo de ancianos se rebelaron contra el emperador. Y, juntos, esos hombres salvaron la historia cristiana. He aquí sus palabras.

De nuevo se oye la voz del arzobispo Nowak, esta vez llena de emoción, atronadora:

–«Emperador protegido de Dios, Cristo envió Su imagen al rey Abgaro de Edesa, y aún hoy muchos pueblos del Este se congregan ante su imagen para orar. Le adjuramos, por tanto, para que regrese a la verdad. Más le hubiera valido ser un hereje que un destructor de imágenes».

Bachmeier retoma el discurso:

–Esas palabras fueron escritas por el papa Gregorio, patriarca de Occidente. Pero no estaba solo. Oigamos ahora a Nicéforo, patriarca de Constantinopla.

—«¿Por qué castigar a quienes pintan el retrato de Cristo, cuando el propio Cristo dejó la imagen de su divina figura en un lienzo? Fue él quien estampó una réplica de sí mismo, tras permitir que lo envolvieran en un lienzo».

—En Jerusalén —continúa Bachmeier—, otros tres patriarcas enviaron una carta al emperador. Después de eso, se convocó un concilio ecuménico. Y, por última vez en nuestra historia común, los obispos de la cristiandad hablaron con una sola voz. En palabras para la posteridad, declararon que el cristianismo es una religión, la religión, de arte. Por ello, lleno de júbilo le pido a Su Excelencia que abra las puertas que tenemos ante nosotros y a ustedes que lo sigan al interior. Porque tras esas puertas verán lo que nuestra unidad, y el ejemplo de Nuestro Señor, hicieron posible.

Incluso antes de que Bachmeier haya terminado de hablar, Nowak se adelanta y hace una seña con las manos. Los guardias suizos se apartan y, como por arte de magia, se abren las puertas de la Capilla Sixtina.

Un estremecimiento recorre a la multitud. Porque más allá del umbral se terminan los Museos Vaticanos y comienza la capilla del papa. Y, en su techo, se halla el milagro supremo del arte.

Sin embargo, mientras vamos entrando, ni una sola mirada se dirige al techo. El corazón me explota. Noto el pulso de la sangre que me retumba en los oídos. Porque en esta capilla, Miguel Ángel no está solo. Junto al altar hay un alto sitial dorado. Y en él, solo, se sienta la pequeña y encorvada figura del papa Juan Pablo II.

CAPÍTULO 37

De súbito, los guardias suizos se amontonan a nuestro alrededor para buscar a los obispos ortodoxos y conducirlos al frente. Los obispos no muestran ninguna sorpresa, ni confusión, como si supieran por qué están aquí.

Se produce un tapón en la puerta; mientras un centenar de sotanas y esmóquines empujan para ver mejor en el interior, otro centenar se ve frenado en seco en la misma puerta. Los guardias nos conducen al resto a unas sillas rojas de asiento acolchado dispuestas al pie de las escaleras, bajo el altar en el que han instalado a Juan Pablo. El aire empieza a percibirse cálido y sofocante. A mi alrededor, cardenales y dignatarios tratan de entender qué está sucediendo. Mujeres de aspecto elegante se abanican con un papel al tiempo que estiran sus distinguidos cuellos.

Ante nosotros, en cambio, Juan Pablo permanece inmóvil. Me sobrecoge verlo así, más decrépito y sufriente que nunca. Tiene el ceño permanentemente fruncido sobre la gruesa máscara del rostro. Los años de enfermedad han transformado su cuerpo en algo retorcido y deforme, con ese torso amplio y plano y encorvado. Las blancas alas de su simar le cuelgan desgarbadamente de los hombros como un mantel dispuesto sobre un tocón. Está desplomado en la silla especialmente construida para él, la misma que sus asistentes llevan ahora a todos lados, diseñada para impedir que resbale de ella y se caiga. Un ronroneo grave suena detrás de la silla. Un motor mecánico. Todas las miradas están puestas en el trono; todos se preguntan qué va a pasar.

Pero entonces algo empieza a moverse detrás del santo padre: un marco acristalado montado detrás del altar sobre unas guías de acero. Va subiendo poco a poco por la pared del altar hasta quedar suspendido a unos seis metros por encima del papa, casi bloqueando el colosal Cristo del *Juicio Final* de Miguel Ángel. Una exclamación de asombro surge de la multitud al ver lo que contiene el marco. Los católicos de la capilla hacen una genuflexión, algunos sobre la rodilla derecha, otros sobre la izquierda, sin saber cuál es el protocolo para esta visión sin precedentes. Los ortodoxos efectúan *metanias*; los rusos y eslavos se santiguan e inclinan la cabeza; los griegos y árabes inclinan la cabeza y se santiguan. Pero son los obispos ortodoxos los que hacen algo diferente a todos. Sincronizados, como si hubieran preparado este momento, se tumban en posición de total postración para venerar el más alto icono divino.

Nunca he experimentado un silencio semejante. El aire es tan impenetrable que cada sonido se ve impelido hacia arriba y se pierde en la oscuridad exterior, como si fuera la fumata de un cónclave. En la pared de detrás del sudario, el Jesús de Miguel Ángel levanta la mano y parece ordenarle al tiempo que se detenga. En el techo, el pequeño espacio que separa los dedos extendidos de Dios y Adán se va cargando de electricidad. Toda la creación, amparada en la noche del exterior, parece estar presionando la oreja contra la pared de la capilla para escuchar.

Cuánto deseo que Simón pudiera estar aquí. Ojalá pudiera ver lo que yo estoy a punto de ver. Lucio lo apostó todo a esta noche, como si fuera la única esperanza de Simón. Ahora, todo lo que me rodea me lo está diciendo: esa esperanza no era infundada.

Alguien eleva la voz. El arzobispo Nowak, de pie cerca de la primera fila, habla en lugar de nuestro pobre papa reducido al silencio.

–Esta noche –dice–, hemos visto los extraordinarios textos que documentan la historia del santo sudario. Y ahora regresamos, como siempre, al texto fundamental. El lienzo sagrado se ajusta de forma asombrosa al relato evangélico de la pasión y muerte de Nuestro Señor. El santo padre ha dicho que la cristiandad debe respirar de nuevo con dos pulmones, Este y Oeste, ortodoxos y católicos, y aquí yace Cristo ante nosotros, herido entre las costillas por una lanza. Esa herida de lanza la infligió un soldado romano, como si anticipara a los caballeros católicos que un día robarían el sudario de Constantinopla. La Cuarta Cruzada es una mancha en la Iglesia católica. El santo padre ha pedido perdón y ha expresado el arrepentimiento eterno de los católicos por el papel que desempeñamos en ella. Esta noche, sin embargo, me ha pedido que lea a los presentes en esta capilla, en particular a los hermanos patriarcas y al primero entre ellos, Su Suma Santidad el patriarca ecuménico Bartolomé, un mensaje nuevo y especial.

Atónito, me pongo de puntillas para tratar de ver al hombre al que acaba de mencionar. Esas palabras resultan casi imposibles de creer.

«Los hermanos patriarcas».

«El primero entre ellos, Su Suma Santidad».

Sabía que Simón había invitado al patriarca de Rumanía. Pero muy por encima de él en la antigua jerarquía de los patriarcas se halla Su Santidad el patriarca ecuménico de Constantinopla, cuyo rango solo supera el mismo papa. Esto va incluso más allá de la capacidad que yo había atribuido a Simón.

Nowak abre un documento de aspecto impresionante. Parece estar sellado con cera roja. Comienza a leer:

—«Queridos hermanos y hermanas: Como sabéis, el santo sudario se ha venerado en las iglesias católicas durante muchos siglos. Sin embargo, hasta hace dos décadas, era propiedad de la familia real italiana. No fue hasta la muerte del antiguo rey, en los primeros años de mi pontificado, cuando se legó el santo sudario a la Santa Sede. No menciono este hecho para restar importancia a la complicidad de la Iglesia católica en los pecados de 1204. Si lo menciono es por un detalle concreto que figuraba en el testamento del rey Humberto. Ese documento, más que legar el sudario a la archidiócesis de Turín o a la Iglesia católica, lo que hacía era legarlo a la persona del sumo pontífice. Es decir, que Su Majestad me cedió a mí el santo sudario.

»Como papa, poseo poderes completos, supremos y universales sobre todas las partes de nuestra Iglesia, por lo que mis hermanos católicos quizá consideren innecesaria la precisión que acabo de hacer. Pero una de las diferencias que nos separa de nuestros apreciados invitados ortodoxos es que la Iglesia ortodoxa no admite la jurisdicción del papa sobre sus obispos hermanos. De modo que quisiera dejar claro que, al decir lo que estoy a punto de decir, no estoy imponiéndoles mi voluntad a otros obispos obligados a obedecer lo que pido.

»La exposición de esta noche ha determinado que la reliquia que en Occidente llamamos "sudario de Turín" fue en realidad robada por los cruzados latinos en 1204. Por tanto, esta noche, cuando se cumplen ochocientos años de aquel acto ilegal, reconozco ese robo y devuelvo el santo sudario a su custodio legítimo, la Iglesia ortodoxa».

Se produce un silencio mortal en la capilla. El cardenal Boia, sentado en la segunda fila, se remueve en su silla. Pero es otro cardenal el que se pone de pie. Los ojos de la cristiandad se posan ahora en el cardenal Poletto, arzobispo de Turín.

En silencio, Poletto se vuelve hacia los ortodoxos. Levanta las manos y, entonces, empieza a aplaudir.

Todos lo miran incrédulos. Pero yo comprendo lo que está haciendo. Me pongo también de pie y me uno a su aplauso. Un obispo turco sigue mi ejemplo. Y, finalmente, el dique se rompe. Los seglares empiezan a aplaudir. Y los arzobispos. El sonido reverbera en los muros. Juan Pablo levanta una mano temblorosa con la que se cubre la oreja.

—Por favor —dice Nowak levantando las manos para pedir silencio a la multitud—. El santo padre me ha pedido que les lea un último mensaje.

Por una vez, habla con la voz cargada de emoción:

—«Mis queridos hermanos patriarcas: Os ruego que me perdonéis por no levantarme para daros la bienvenida y decir estas palabras con mi propia voz. Como sabéis, me acerco al fin de mi pontificado. El santo sudario nos invita a meditar sobre nuestra mortalidad, y yo me siento muy honrado de que Nuestro Señor me haya concedido un pontificado de veintiséis años, cuando su ministerio solo duró tres. Con todo, el ejemplo de Cristo me recuerda cuánto puede lograrse en tan poco tiempo. Eso es lo que nuestros predecesores nos demostraron al permanecer unidos contra la iconoclasia. Y es lo que espero que hagamos nosotros también esta noche.

»Dado que ya no me es posible viajar, la de esta noche será la última visita que os haga. De modo que quisiera aprovechar esta oportunidad para expresaros la siguiente esperanza. Nunca, durante estos veintiséis años, me ha sido dado el poder estar con todos vosotros. Así que ahora os pregunto: ¿estáis dispuestos a acercaros, en un espíritu de fraternidad, y quedaros a mi lado?».

El arzobispo Nowak detiene la lectura y levanta la cabeza. Todos los seglares presentes en la capilla observan con mirada expectante. Nadie podría decirle que no a un papa. Nadie podría decirle que no a este papa.

Pero en las caras de los clérigos percibo una expresión diferente. Nos hemos pasado toda una vida protegiendo a este hombre, apoyándolo mientras cargaba con el peso de su ministerio. Borrar mil años de odio con un solo gesto es pedir demasiado, incluso para Juan Pablo. Ninguno soportaríamos verlo fracasar.

Y, pese a ello, sucede. Ni un solo patriarca avanza hacia él. El único que se pone de pie como muestra de respeto es Bartolomé, Su Suma Santidad.

Para Juan Pablo es un golpe terrible. Cuando ve que nadie se mueve, se aferra a la silla con su única mano buena. Su cuerpo se encorva hacia delante como si fuera a caer. Dos asistentes surgidos de la nada lo flanquean de inmediato. Lo sujetan y le susurran algo al oído, tratando de convencerlo con diplomacia para que permanezca sentado, pero Juan Pablo los rechaza. Miran al arzobispo Nowak para pedirle ayuda, pero este les ordena retirarse.

Ahora solo están ellos dos allí arriba, Nowak y Juan Pablo. Cruzan la mirada, debatiendo algo invisible con el lenguaje desarrollado durante los cuarenta años que ambos han compartido. Quizá Nowak le esté rogando que trate de salvaguardar las apariencias, pero, si es así, Juan Pablo no le hace caso. Comienza de nuevo a impulsarse, en un vano intento por levantarse de la silla. Entonces, como un buen hijo, el arzobispo Nowak lo ayuda.

Más de un año ha transcurrido desde que Juan Pablo caminara por sí mismo. Se dice que ni siquiera es capaz de mantenerse en pie. Aun así, mira fijamente hacia donde están los patriarcas de la Iglesia ortodoxa, al otro lado de la escalera de mármol, con aparente intención de bajar esos peldaños si tiene que hacerlo.

De golpe, comprendo lo que está haciendo y cuál es el problema que trata de solucionar. En los tiempos antiguos, solo a un hombre le estaba permitido sentarse en un sillón dorado, y ese hombre era el emperador. No importa cuántas razones puedan tener los ortodoxos para no acompañar al papa en su plataforma, la más obvia de las cuales sería que ningún ortodoxo rendiría jamás honores a un papa sentado en su trono. Ni siquiera cuando ese trono es tan solo una silla de ruedas dorada.

Con su brazo bueno, Juan Pablo se agarra a la sotana de Nowak y tira de ella para mantener el equilibrio. Tensa cada uno de los músculos que siguen obedeciendo a su mente. Y, aunque entre ambos suman ciento cincuenta años, estos dos hombres consiguen bajar sin contratiempos las escaleras y acercarse a la silla del patriarca ecuménico.

La preocupación de Bartolomé resulta patente. Da un paso adelante para sostener a Juan Pablo. Pero este ya empieza a doblar las rodillas y replegar las piernas bajo el cuerpo. Con ayuda del arzobispo Nowak, consigue hacer una dolorosa genuflexión.

Su Suma Santidad se inclina para tomar a Juan Pablo de las manos e intentar que se levante.

—Por favor, santo padre —lo oigo decir en tono sorprendido—. No.

Pero Juan Pablo agarra la mano derecha del patriarca, inclina la cabeza y acerca los labios para besarla.

Y entonces ocurre.

A la izquierda de Bartolomé se sientan los otros patriarcas de la antigua tetrarquía: Ignacio de Antioquía, Teodoro de Alejandría e Ireneo de Jerusalén. Todos con barbas blancas y sotanas negras. Todos con un rostro duro e impávido, como los santos de los iconos sagrados. Pero también son más jóvenes que Juan Pablo y, al verlo prosternarse ante ellos, él que es el más anciano patriarca de la Sede más venerada, no saben qué hacer.

A la izquierda de Bartolomé, al otro lado del pasillo, están los patriarcas de las capitales ortodoxas más jóvenes: Máximo de Bulgaria, Elías de Georgia, Pablo de Serbia. Alejo de Moscú ha enviado a su lugarteniente. Pero al final mismo de la fila se halla el hombre que va a cambiarlo todo: el patriarca Teoctisto de Rumanía.

Tiene casi noventa años, cinco más que Juan Pablo. No hace mucho, se convirtió en el primer patriarca ortodoxo en un milenio en invitar al papa a visitar su país, un ofrecimiento que Juan Pablo aceptó gustoso. Ahora, Teoctisto se prepara para un gesto todavía mayor.

El anciano patriarca se levanta trabajosamente de su silla y se mantiene en pie sobre dos piernas temblorosas. Luego se acerca a Juan Pablo.

Los ojos del papa lo siguen. Cuando Teoctisto tiende la mano para ayudar al santo padre, esa máscara que es el rostro de Juan Pablo se contorsiona. Sus ojos se llenan de lágrimas.

Le siguen los más ancianos barbiblancos: Máximo y Pablo, viejos como el mundo. Se levantan de sus asientos como si hubiera algo en juego, algo que va más allá de cualquier protocolo y más allá de la historia: el principio cristiano del amor, el respeto por la Sede de San Pedro. También ellos permanecen de pie. Entre ambos se sienta Elías de Georgia, que apenas supera los setenta años: un colegial. Para honrar a sus mayores, también él se pone de pie.

Ahora el impulso es imparable. A la izquierda de Bartolomé, uno tras otro se van levantando el resto de los patriarcas. La muchedumbre de la capilla ruge. Cada vez que un obispo se pone en pie, el mar de sotanas negras es un clamor de aprobación.

En silencio, Nowak retrocede poco a poco. Desaparece de la escena con pasos cortos hasta hacerse casi invisible, reconociendo que los hombres que ahora están en las primeras filas de esta capilla pertenecen a un mundo que el resto de nosotros –ni siquiera él mismo– habitamos. Ellos son los gigantes que rogamos encontrar en el cielo. Me saco la cruz de debajo del alzacuello y la aprieto con fuerza, como si con ello pudiera enviarles este momento a mis padres que se hallan en el cielo; enviárselo a Simón, en su celda.

Los patriarcas se agrupan e inclinan a la vez la cabeza. Y, en los mil años de historia de nuestra religión dividida, no existe precedente para lo que ocurre a continuación.

Una voz se eleva entre ellos. No sé a quién pertenece, pero la voz entona un canto. Ni en italiano ni en latín, sino en griego. Uno a uno, los otros patriarcas se suman. Al unísono, pronuncian la profesión de fe que se convirtió en oficial hace diecisiete siglos, en el primer concilio de todos los obispos cristianos.

ΠΙΣΤΕΥΟΜΕΝ ΕΙΣ ΕΝΑ ΘΕΟΝ,
ΠΑΤΕΡΑ, ΠΑΝΤΟΚΡΑΤΟΡΑ, ΠΟΙΗΤΗΝ
ΟΥΡΑΝΟΥ ΚΑΙ ΓΗΣ, ΟΡΑΤΩΝ ΤΕ
ΠΑΝΤΩΝ ΚΑΙ ΑΟΡΑΤΩΝ...

«Creo en un solo Dios, padre todopoderoso, creador del cielo y de la tierra, de todo lo visible y lo invisible...».

Siento un escalofrío. Está sucediendo. Ante mis ojos, en el tiempo que me ha tocado vivir, está sucediendo. Y mi hermano no está aquí para verlo.

Pero sí está otra persona: uno de los guardias suizos ha dejado su puesto en la puerta para buscarme entre la multitud. Leo no dice una palabra; solo me pone la mano en el brazo. Sabe lo que este momento significa para mí.

Terminada la profesión de fe, se hace un silencio vacilante. El gentío espera, preguntándose qué ocurrirá ahora. En el grupo de patriarcas hay miradas interrogantes. Incluso estos ancianos, cuyos años sumados casi igualan a los que nos separan de la Cuarta Cruzada, desconocen la respuesta. Pero, sin palabras, están llevando a cabo algún tipo de negociación. No sobre lo que harán a continuación, sino sobre quién debe hacerlo. Debaten qué líder hablará en nombre de todos.

Y no hay duda de quién debería ser. Los ortodoxos también lo saben. San Pedro fue el líder de los apóstoles, así que el más alto honor debe recaer en el sucesor de Pedro: el papa. Están esperando a que hable Juan Pablo.

Pero Juan Pablo no ha traído a estos hombres aquí para elevarse por encima de ellos. En lugar de eso, se gira hacia el patriarca ecuménico y le susurra al oído.

Un relámpago cruza por los pálidos ojos del patriarca. Sonríe. Se inclina hacia Juan Pablo y le susurra su aprobación. Después, dirigiéndose a todos los presentes, el patriarca dice:

—En honor a este momento, oremos en silencio.

Apenas ha pronunciado esas palabras cuando vuelvo a sentir la mano de Leo en el brazo. Esta vez con mayor insistencia. Ha estado aguardando el momento adecuado para decirme algo. Lo sigo de inmediato a la salida.

–Tenemos al padre Black bajo custodia –me informa Leo–. Dice que tiene que hablar contigo.

Mientras lo sigo, me parece aún estar soñando. Me doy cuenta de que me estoy moviendo, pero mi corazón se ha quedado atrás, en la capilla. Mil años: nos estamos reunificando un milenio después. Esta noche, en el cielo, hay serpentinas y confeti de celebración. Los antiguos papas levantan el brazo para dar su bendición. Los santos sonríen. Los ángeles baten las alas. A partir de ahora, cuando la gente hable de la capilla pintada por Miguel Ángel, recordarán la figura de Juan Pablo en ella y que fue en ese lugar donde reconstruyó nuestra Iglesia.

Incluso si Mignatto tiene razón y el juicio de Simón no ha terminado, esta noche mi hermano ha sido parte de algo histórico.

Michael está encerrado en el cuartel.

–¿Por qué quiere hablar conmigo? –pregunto.

–Dice que se trata de Simón. –Leo hace un gesto de advertencia con la mano–. Pero, Alex, hay algo en ese tío que no funciona bien. Ya lo encerramos esta misma semana por empezar una pelea a causa de una multa de aparcamiento. Ten cuidado.

Una multa de aparcamiento. Probablemente, la misma que encontré en la Casa junto con los libros robados de mi apartamento.

Leo me conduce por un pasillo frío y húmedo. Casi al final, nos detenemos.

–¿Quieres que entre contigo? –pregunta.

Le respondo que esto tengo que hacerlo solo.

Gira la llave en la cerradura y empuja la puerta hasta dejarla entreabierta.

La celda no es más que un pequeño cubículo. Michael está sentado en un colchón sin sábanas. Mantengo la distancia.

–Y bien –dice–, ¿ha habido parabienes a gusto de todos?

No contesto.

–Esto es malo para nuestra Iglesia –continúa–. Ya lo verás. La reunificación es un error.

–¿Lo mataste tú, Michael?

Suelta un bufido socarrón.

Tengo ganas de agarrarlo por la sotana y zarandearlo. Simón lo caló bien desde el principio.

–¿Quién estaba contigo en esa habitación de la Casa? –le pregunto.

No me hace caso.

–Bueno, Nogara me dijo que lo habías abandonado, como había hecho Simón. Los dos hermanos sois iguales. No veis planes más largos que mi brazo ni conocéis más lealtad que la del uno con el otro.

Me doy media vuelta para irme.

–Ninguno de los dos respondía a sus llamadas –se apresura a decir Michael–, así que hubo de conformarse conmigo. Ahí tienes con quién compartía habitación.

La botella de *grappa* Julia en la papelera. Las llamadas a mi apartamento desde un número de la Casa. La persona que durmió en el suelo de la habitación de Michael aquella noche fue Ugo.

Saca un cigarrillo de un paquete y se da cuenta de que no tiene encendedor. Lo parte por la mitad y lo arroja al otro lado del cuarto.

–¡Maldita sea!

Una sensación de frío me sube por el espinazo. Así que Michael no tenía socios en este asunto. Lo hizo todo solo.

–¿Por qué entraste en mi apartamento? –pregunto.

–Ya sabes por qué.

–Pero Simón estaba en Castel Gandolfo. Tuviste que verlo allí.

–Ya puedes jurar que no.

De pronto, todo cobra sentido. Ahora lo veo todo con absoluta claridad. Entiendo por qué Simón se ha negado a decir una palabra sobre lo sucedido; por qué Michael vino a buscar a Simón en cuanto volvió de Castel Gandolfo.

–Mi hermano te vio allí, ¿no es cierto?

Michael se aprieta el puente de la nariz.

–Yo no estaba en Castel Gandolfo.

–Estabas en el coche de Ugo, intentando hacerte con su pistola.

–No sé de qué me hablas.

–Encontré una esquirla de tu llavero del hotel en su coche. Se partió cuando tratabas de abrir el estuche de la pistola.

—Debía de ser del llavero de Nogara. Yo ni siquiera estuve allí.

—Fuiste a mi apartamento porque sabías que Simón te había visto.

Se pone de pie de un salto y grita:

—¡Sea lo que sea lo que te dijo, es mentira! —Se aprieta las sienes con los puños. Retrocedo.

De inmediato, Leo entra en la celda. Michael se aleja y se queda en un rincón, de cara a la pared. No deja de pasarse las manos por el pelo una y otra vez.

—Dejaste que Ugo se quedara en tu habitación —digo— para poder seguirlo a Castel Gandolfo.

Michael no dice nada.

—¿Qué tenías planeado hacer? —le pregunto.

Se da la vuelta y grita:

—¿De verdad crees que tenía planeado matarlo? ¡Vete al infierno, Alex!

Leo avanza hacia él, pero lo detengo.

—¿Por qué te está protegiendo Simón? —continúo—. ¿Porque fue un accidente?

La cara de Michael tiene el mismo color que un hígado. Se agarra al armazón metálico de la cama y lo aprieta con fuerza. Se gira entonces hacia Leo y, con voz estrangulada, le dice:

—Yo no maté a nadie. Su hermano fue quien mató a Nogara. Yo ni siquiera estaba allí.

—Hemos terminado —dice Leo abriendo la puerta.

Pero Michael levanta el brazo.

—Por favor, déjame un minuto más con él. A solas.

Leo niega con la cabeza, pero le pido que espere fuera.

Michael se queda en el rincón, con la espalda presionando contra la pared. Sus ojos van recorriendo toda la habitación, un lugar tras otro, mientras trata de recomponerse. Este fue el mejor hombre que mi padre pudo encontrar como asistente. Cualquiera que no fuera un niño se habría dado cuenta de que era un tipo problemático. Cuán desesperado debía de estar mi padre para no encontrar nada mejor. Quizá Simón ya tuviera edad para ver esas cosas. Yo, en cambio, era todavía un crío.

—¿Sabes de qué quieren acusarme? —dice con una voz en la que vibra la emoción.

–¿De qué me hablas?

–Por lo que ha pasado esta noche. Dicen que van a acusarme de agresión al santo padre. –Tiene la mirada extraviada. Trata de parecer furioso, pero su voz delata que está asustado–. ¿Sabes qué podría caerme por una acusación así?

Lo sé. En eso, al menos, se hace justicia. El castigo por agredir al papa es la excomunión inmediata y la posible expulsión del sacerdocio.

–Fui justo con Simón en mi testimonio –dice–. Lo único que pido es que tu tío interceda por mí.

Lo dice tan en serio que me pregunto cómo se le puede ocurrir pedirme algo así. Desde luego, debe ser consciente de que ya no puede contar con la ayuda del cardenal Boia.

–Explícame una cosa –le digo.

Asiente, interpretando erróneamente que mis palabras son un primer paso, una negociación.

–¿Cómo abriste el estuche de la pistola de Ugo? ¿Te dijo la combinación?

Michael deja escapar una risita nerviosa.

–Ese lunático estaba tan paranoico que tenía tres cerrojos en la puerta de su apartamento. ¿De verdad crees que me daría la combinación?

Dios mío. Lo hizo todo él solo. Todo. Cuando Pedro y yo fuimos al apartamento de Ugo, encontramos cristales rotos en el suelo. Michael no pudo forzar las cerraduras de la puerta, así que trepó para entrar por la ventana.

–Leo –digo llamando a la puerta–, aquí hemos terminado. Salgo ya.

Michael me mira sin comprender.

–Entonces, ¿vas a ayudarme?

Tenían buenas razones, hace dieciséis años, cuando lo enviaron a tratarse en ese hospital de las montañas. Sabían qué tipo de ayuda iba a necesitar.

Leo abre la puerta y espera a que salga.

–Reza, Michael –le digo–. Pide perdón. Y luego confiésate.

CAPÍTULO 38

Tengo que encontrar a Lucio y a Mignatto. Podríamos poner fin al juicio de Simón esta misma noche.

De camino a casa, las calles del Vaticano están tranquilas. La noticia de la exposición todavía no se ha filtrado. O quizá estos buenos católicos romanos, al descubrir que han regalado el sudario, simplemente están a la expectativa de lo que pueda ocurrir mañana.

Cuando llego, oigo la risa de Mona y de Pedro tras la puerta del hermano Samuel. Los dejo tranquilos. Al entrar en mi apartamento, todo está oscuro. Ni Mignatto ni Lucio responden cuando los llamo. Ni siquiera Diego coge el teléfono del palacio.

Me siento a la mesa de la cocina y espero. Me aflojo la sotana externa. Respiro. Cuando cierro los ojos, aunque sea un instante, la oscuridad se llena de pensamientos y recuerdos de Ugo, de gratitud hacia él por lo que ha hecho posible esta noche. Mañana, millones de personas que no lo conocieron oirán que el arquitecto de la exposición de Juan Pablo fue asesinado mientras trataba de hacer realidad el sueño del papa. Y pensarán en él como en un mártir. Un héroe. Sus objetivos nunca tuvieron nada que ver con la reconciliación de las Iglesias. Pero, si hubiera estado aquí esta noche, quizá habría comprendido.

Me quito la sudada sotana interior. Una tenue esperanza empieza a arraigar en mi mente. Por más que intento ignorarla, va cobrando mayor fuerza a medida que el silencio del teléfono se prolonga. Tal vez Simón esté libre. Ahora que la exposición ha logrado su propósito, quizá Lucio y Mignatto hayan ido a por él para traerlo a casa.

Ahuyento la idea y busco algo que hacer en el apartamento. Pero Mona ya ha lavado los platos, y la habitación de Pedro está limpia. Así que me doy una ducha rápida para quitarme la sensación de suciedad tras mi encuentro con Michael. Luego, apenas he acabado de vestirme de nuevo cuando oigo llamar a la puerta. Corro para dejar entrar a Pedro y a Mona.

En el umbral, sin embargo, hay un hombre de pelo plateado. Un seglar con traje y corbata negros. No es ninguno de mis vecinos. Nunca lo he visto antes, pero me mira como si mi cara le resultara familiar.

–¿En qué puedo ayudarle? –le digo.

–¿Padre Andreou?

Una diminuta llama de pánico parpadea en el fondo de mi garganta.

–¿Alexandros Andreou? –repite.

Alexandros. El nombre de mis documentos oficiales. Lleva algo en la mano. Un sobre.

–Sí, soy yo. Si me dice, por favor, qué ocurre…

Me entrega el sobre. Lleva grabadas las palabras PREFECTURA DE LA CASA PONTIFICIA. Sobre esas palabras, el escudo de armas de Juan Pablo. Este hombre es un *cursore*, uno de los mensajeros privados del papa.

–¿Qué es esto? –murmuro.

Pero el *cursore* solo dice:

–Habrá un coche esperándolo delante de su edificio treinta minutos antes de su audiencia. –Me hace una leve reverencia–. Buenas noches, padre.

Y da media vuelta y se aleja.

Rasgo el sobre. La tarjeta del interior dice:

Se le convoca a los apartamentos privados de Su Santidad para tomarle declaración a las diez en punto.

Mi corazón golpea con fuerza. Como procurador de Simón, no puedo ser testigo en este juicio.

Pero las reglas han cambiado. El papa está por encima de la ley.

Aturdido, voy al armario. Busco mi mejor sotana limpia. Y la plancha. Pero en el pasillo me detengo. Por la ventana del cuarto de Pedro veo el palacio. Las ventanas del cardenal Boia están a oscuras. En cambio, toda la planta superior tiene las luces encendidas.

Solo de pensar en esos apartamentos, siento una vaga desazón en el estómago. Tengo que preparar cada palabra que vaya a decir. Si por la mañana Michael no ha confesado aún, entonces necesitaré que Mignatto me ayude.

Estoy sacando la tabla de planchar cuando oigo girar una llave en la cerradura. La voz de Pedro resuena al abrirse la puerta.

—Y, normalmente, en la jungla, tienen un veneno que te puede matar, pero solo es veneno porque comen bichos venenosos, pero en el zoo no comen bichos, ¿no?, así que no son supervenenosos. O nada de nada.

Respiro hondo y dejo la plancha. Mi pie pisa algo puntiagudo y se me escapa una maldición. Eso hace que Mona me vea de inmediato en cuanto salgo al pasillo. Sonríe.

—Tres ranas —explica.

Entonces repara en la expresión de mi cara.

—¡*Babbo*! —grita Pedro corriendo hacia mí.

Camino hacia él y enseguida lo levanto y lo apoyo en el hombro, para que no vea la incertidumbre en mis ojos. Le paso a Mona la carta del *cursore*.

Susurra:

—¿Es esto bueno?

—No lo sé.

Pedro está exultante. El relato de las aventuras vividas desde que me marché fluye en un torrente de frases ininteligibles. Lo abrazo y siento ganas de contarle que el hombre que entró en nuestro apartamento nunca volverá. Nuestra casa vuelve a ser nuestra de verdad. Pero unas pocas horas con su madre ya han conseguido borrar toda la oscuridad de su vida.

—Gracias —le digo a Mona.

Pero ella ya se está alejando.

—¿Te vas? —pregunto.

Sigue hasta la cocina y busca el kit de primeros auxilios en el armario.

—Tienes sangre en el pie —me dice.

Pedro mira al suelo y señala un rastro de puntitos rojos.

—Mona —le digo cuando vuelve—, ¿te quedarías un poco más? Tengo que ver a una persona para preparar mi testimonio.

—¿Qué has pisado? —dice arrodillándose para quitarme algo del talón. Me lo pone en la mano. Parece un guijarro rojo.

Espero a que responda.

—Me quedaré todo el tiempo que necesites —contesta sin mirarme a los ojos.

Empieza a vendarme el pie, pero me agacho y lo hago yo mismo. Ella retira las manos y no me sigue cuando voy al fregadero.

El rojo del guijarro se va con el agua. Es un trozo de vidrio.

Mona está a mi espalda. En voz baja, para que Pedro no nos oiga, me dice:

—Has hecho un trabajo fantástico con él. Es tan amable, muestra tanta curiosidad por todo… Al estar con él desearía…

Miro el vidrio.

—Desearía —continúa— no haberme perdido tantas cosas de su vida. No sabría decirte cuánto lo siento.

Retrocedo. Miro los puntos de sangre que llegan hasta el dormitorio. Siento el primer aguijonazo del miedo.

—Sé que no tengo derecho a pedirte esto —dice—, pero me encantaría verlo más a menudo.

Las piernas me llevan inconscientemente por el pasillo. La voz de Mona se desvanece. Las manchas conducen al armario.

Siento que algo me atenaza como un tentáculo. Me arrodillo y examino la alfombra.

—¿Qué pasa? —dice Mona a mi espalda.

No veo nada más, ni siquiera un trocito pequeño. Pero en el rincón del armario percibo un brillo de polvo de vidrio. Había algo escondido detrás de la plancha.

—Mona, necesito que te lleves otra vez a Pedro a casa del hermano Samuel.

No me pregunta por qué. Al oír mi tono, tan solo le dice a Pedro que coja el pijama.

Podría ser vidrio del apartamento de Ugo. De la ventana rota que encontró Pedro. Pero el vidrio antiguo no se rompe en trozos tan pequeños. Esto es vidrio moderno, vidrio templado. Como el de las ventanillas de los coches.

Espero hasta oír que salen y cierran la puerta. Entonces saco todo lo que hay en el armario: el calzado, las sotanas, las cajas de zapatos del estante superior. En vano.

Al vaciar el cesto de la ropa sucia, encuentro una toalla con moho que debe ser de Simón, de cuando se duchó tras volver de Castel Gandolfo. Pero la sotana que llevaba esa noche no aparece por ningún lado.

Repaso cada detalle que soy capaz de recordar. Después de tomar la ducha, cuando Simón entró aquí cojeando para vestirse, llevaba en la mano la sotana embarrada. Pero no lo vi dejarla en el cesto de la ropa sucia. Nos fuimos y pasamos la noche con Leo y Sofía en el cuartel. No volvimos hasta la mañana siguiente.

Pero Simón sí volvió.

Esa noche dijo que no podía dormir. Regresó aquí y empezó a limpiar.

«Por favor, Señor. Te pido que esto no sea verdad».

Reviso los cubos de basura. Están todos vacíos. Sin embargo, en la pequeña papelera de plástico del baño, pegado en el fondo, veo el mismo polvo de vidrio.

Siento el cuerpo de plomo. Paseo la mirada por todo el cuarto de baño. Este fue el primer sitio en el que Simón pudo estar a solas. Entró aquí para ducharse y salió cubierto únicamente con la toalla.

No hay muchos posibles escondrijos aquí. Un cajón debajo de la pila, la cisterna del inodoro, la rejilla de ventilación. Todo está vacío.

Pero no estoy mirando donde corresponde. Un hombre de la estatura de Simón no buscaría por abajo, sino por arriba. De pie sobre la encimera del lavabo, empiezo a tantear las placas del techo, una tras otra. Todas ofrecen la misma resistencia.

Y, entonces, hay una que no lo hace.

La retiro y meto el brazo en el negro agujero.

Me tiemblan las manos mientras saco la sotana y la dejo caer al suelo. Es la mejor que tenía Simón, un regalo de Lucio por su graduación en la Academia. Tiene barro en la zona de las rodillas. Pero nada de vidrio.

Estoy rígido cuando me agacho para desdoblar los puños vueltos. En el interior del puño derecho hay polvo de vidrio.

Cierro los ojos. Veo a Simón de pie bajo la lluvia, junto al coche de Ugo. Se desdobla el puño vuelto, se cubre los nudillos con la gruesa tela. Sabe, como cualquier boxeador, qué tiene que hacer para protegerse la mano. Solo necesita un puñetazo para romper el vidrio.

Respiro hondo, sacudido por un estremecimiento. Miro al techo. Sé que hay algo más allí, pero no quiero tocarlo.

Una espiral metálica cuelga del agujero dejado por la placa del techo. Un trozo de cable negro.

Cuando el juez le preguntó a Falcone cómo el arma homicida había podido desaparecer en sus mismas narices, el gendarme no supo qué responder. Porque ningún gendarme se atrevería a mirar bajo la sotana de un sacerdote.

Al ver los morados alrededor del muslo de Simón, pensé que los había causado el cilicio. Ahora me doy cuenta de que mi hermano se ató el estuche de la pistola en el muslo.

Salto al suelo, saco el teléfono del bolsillo y pulso el número de Leo. Me contesta casi de inmediato.

—Me dijiste —farfullo— que habías arrestado a Michael a comienzos de esta semana. Por una pelea que había tenido por una multa de aparcamiento.

—Así es.

—Dime qué pasó.

—No lo sé. Es todo lo que me contó el coronel Huber.

«Yo ni siquiera estaba allí», había insistido Michael.

—Necesito que lo averigües —le digo.

Lo oigo revolver unos papeles y luego vuelve a hablar:

—Aquí pone que Black se metió en una pelea con dos agentes porque le inmovilizamos el coche con el cepo. No sé exactamente por qué lo hicimos, pero el informe dice que reaccionó con violencia.

Ya supongo por qué. Para que no saliera del Vaticano, para mantenerlo alejado de la reunión de Castel Gandolfo con los ortodoxos.

—¿Fue el sábado por la tarde? —pregunto.

—¿Cómo lo sabes?

El sábado es el día en que mataron a Ugo.

—Después de que lo arrestarais, ¿cuándo volvió a salir libre?

—Justo después de las seis, según pone aquí.

Para entonces, Ugo ya estaba muerto. Yo iba de camino a Castel Gandolfo. Y lo único que Michael tenía en la cabeza era ajustar cuentas con Simón.

Por eso vino a nuestro apartamento.

Vuelvo a meter la mano en el agujero del techo. Mis dedos siguen la cadena negra en la oscuridad hasta su extremo. Al fondo, toco la superficie engomada del estuche de la pistola. Ni siquiera soy capaz de mirarlo. Pero, por el peso, sé que la pistola sigue en el interior.

«No puedes haber sido tú quien hiciera esto. No existe acto más malvado».

Me siento en el suelo con la cabeza contra las rodillas. Todo mi cuerpo está tenso. Tengo las manos pálidas de apretarlas con tanta fuerza contra la sotana. Los nudillos se hunden en las mejillas.

«Ugo era un buen hombre. Un hombre inocente. No puedes haber matado a un cordero».

Lucho contra los estremecimientos que me sacuden el pecho. Aprieto los dientes con tal violencia que me duelen las órbitas de los ojos cuando empiezan a brotar las lágrimas.

Intento rezar. Pero la oración se disipa como humo, se pierde en la nada. Cuando miro hacia el pasillo, veo la mesa de centro en la que Ugo y yo revisábamos su trabajo sobre el Evangelio. En mis oídos resuena su voz en el teléfono, cuando me llamaba a deshoras para preguntarme cualquier cosa. Su rastro me acosa por todos lados: la carta que guardo en la sotana; el diario de trabajo que cogí en su apartamento; los tacos de papel para homilías de mi dormitorio, atiborrados de versículos que anotaba y tachaba e insistía en que yo le corrigiera, como si las horas y los días de vida contenidos en ellos se hubieran condensado hasta formar una carga penosa y acusadora. Me apoyo en el marco de la puerta para levantarme. No se me ocurre nada más que pueda hacer, ningún otro sitio en la tierra donde pueda buscar ayuda.

De nuevo sobre la encimera del lavabo, vuelvo a sacar la placa del techo y dejo la sotana y el estuche de la pistola donde estaban. Limpio el polvo de vidrio que ha caído en el suelo y, después, me encamino a la puerta.

CAPÍTULO 39

Don Diego contesta a la puerta del apartamento de Lucio. Me explica que Lucio se ha ido. Tiene reunión con Mignatto. Entro de todos modos y le digo que esperaré.

La espera, sin embargo, se me hace interminable. Diego me observa mientras me paseo arriba y abajo por el apartamento. Por fin, me dice:

–Su tío me ha contado lo que ha pasado hoy en el juicio. ¿Ha venido aquí por eso?

Trato de controlarme, pero ni siquiera me atrevo a mirarlo.

Diego se examina las manos. Luego, con voz serena, dice:

–Venga conmigo.

Me saca del despacho de Lucio y me lleva a una habitación de la que casi no guardo ningún recuerdo: el dormitorio de mi tío.

–Quizá sea mejor que espere a Su Eminencia aquí –me dice.

Sale del cuarto y cierra la puerta. Me lleva un poco de tiempo comprender lo que tengo ante los ojos.

La cama de hospital tiene la cabecera levantada y está rodeada de instrumentos médicos y bandejas de pastillas. Hay tres grandes jarrones de flores y un perchero para la ropa. Por lo demás, en esta caótica habitación casi tan grande como mi apartamento, no se ve nada más aparte de lo que hay colgado en la pared. Los recuerdos cubren cada centímetro de espacio como si fueran iconos de una iglesia griega. Veo una fotografía de la ordenación de Lucio. Un artículo de periódico sobre un concierto de piano que dio cuando era joven. Pero en cualquier otro objeto enmarcado estamos nosotros.

Mi madre de joven. La boda de mis padres. Me llevo la mano a la boca al ver dos filas enteras dedicadas a Pedro. Junto a ellas, las imágenes correspondientes de mí mismo: en mi bautizo, el día de mi santo, en los brazos de mi madre, el día de mi ordenación, cuando gané el premio del seminario por mis estudios sobre el Evangelio. Componemos la mitad de la vida de mi tío. Nosotros, que nunca parecimos significar nada para él.

La otra mitad es Simón. Dos paredes enteras, desde el suelo hasta el techo, llenas de fotografías. Aprendiendo a caminar por los jardines del Vaticano, de la mano de Lucio. Montado en un triciclo por el comedor de Lucio. Un bebé en brazos de su orgulloso tío. En esa imagen, hay algo que nunca había visto antes: mi tío con una verdadera sonrisa. Luego vienen todas las etapas del sacerdocio de Simón. Cada logro en la Academia, los puestos en la nunciatura y, por último, un marco sin foto que solo contiene un solideo de seda. Es rojo amaranto. El color de un obispo.

Mis ojos vuelven a la cama de hospital, a las bandejas con viales de plástico y a la máquina de respiración asistida. Solo me doy la vuelta cuando oigo que la puerta se abre a mi espalda.

Lucio entra renqueante, apoyado en su bastón. No se parece en absoluto al cardenal que trató de salvar a Simón en la mesa de los testigos. Apenas es capaz de llegar a la cama. Aun así, aparta a Diego con un gesto de la mano y se detiene al llegar a mi lado.

–Tío –murmuro–, he encontrado esta sotana en mi apartamento. También el estuche de la pistola.

Baja la mirada. Sus ojos revelan una fatiga infinita.

–¿Lo sabías? –pregunto.

No contesta.

–¿Desde cuándo? –insisto.

–Desde hace dos días.

–¿Te lo contó? ¿Te lo contó a ti y a mí no me dijo nada?

Y, sin embargo, veo estas paredes y puedo intuir por qué podría haberlo hecho.

Lucio se quita la cruz del pecho y la guarda en un pequeño joyero que tiene junto a la cama.

–Alexander –me dice–, sabes de sobra que eso no es así. Tu hermano nunca me cuenta sus cosas. Su única familia eres tú.

Avanza con el bastón de cuatro patas para coger un tubo de ungüento de un cajón. Cada mano pelea para untar la medicina en las marchitas articulaciones de la otra.

–Entonces, ¿cómo lo sabías? –pregunto.

–¿Te importaría abrirlo? –dice señalando el ropero.

Está inundado de viejas sotanas y de olor a naftalina.

–¿La ves ahí? –dice.

–¿Cuál?

Entonces comprendo que no se refiere a las sotanas, sino a lo que hay tras ellas.

Apoyada contra el fondo del armario hay una enorme ampliación fotográfica del Diatesarón. La misma que Simón retiró de la exposición de Ugo.

–Cuando estaba en el seminario –dice Lucio con voz rasposa–, mi interés principal era el Evangelio, como lo es ahora el tuyo.

Separo los colgadores. Agarro el marco y saco la fotografía. Siento el cuerpo rígido.

–No sé lo que hizo con el Diatesarón –prosigue Lucio–. Podría haber vendido muchas entradas para una exposición centrada en el manuscrito. Pero, cuando desapareció, todos mis temores se confirmaron.

La página tiene casi mi misma altura. La apoyo en la pared, contra las fotografías de mi niñez. Y, casi de inmediato, siento como si un cristal se hubiera hecho añicos en mi corazón. Porque, al ver el leve rastro de las antiguas manchas eliminadas por nuestros restauradores, lo comprendo todo.

Revuelvo en los bolsillos en busca de la carta que Ugo le envió a Simón.

–Si buscas una Biblia –dice Lucio–, aquí tengo una. –Mete la mano bajo la almohada y saca un ejemplar–. No hagas caso de mis notas. Estoy seguro de que lo entenderás antes de lo que yo lo hice.

Pero lo único que siento ahora es un dolor lacerante en el pecho.

–Un bolígrafo –digo en un susurro–. Dame un bolígrafo.

Me pasa uno de la mesita de noche.

Me arrodillo y despliego la carta en el frío suelo de mármol. Después, hago exactamente lo mismo que hicieron los alogianos hace casi dos mil años. En su carta, allí donde veo versículos de san Juan, tacho el texto.

3 de agosto de 2004
Querido Simón:

Marcos 14, 44-46
~~Juan 18, 4-6~~
Mateo 27, 32
~~Juan 19, 17~~
Lucas 19, 35
~~Juan 12, 14-15~~

Mateo 26, 17
~~Juan 19, 14~~

Marcos 15, 40-41

~~Juan 19, 25-27~~

Mateo 27, 48

~~Juan 19, 28-29~~

Marcos 15, 45-46

~~Juan 19, 38-40~~

Me habías dicho desde hace algunas semanas que ~~esta reunión no iba a posponerse, tampoco si~~ estabas fuera por trabajo. Ahora veo que estabas ~~hablando en serio. Si te digo que estoy listo, estaría~~ mintiendo. Llevas ya más de un mes robándome ~~tiempo con esos viajes, y sé que ha sido difícil para~~ ~~ti, pero debes entender que también yo he tenido~~ ~~problemas. Sí, he estado peleándome para montar~~ mi exposición. Quieres que la cambie para poder ~~venir a la Casina, y me va a resultar difícil. Sí,~~ ~~todavía quiero decir unas palabras de presentación.~~ ~~Pero siento que hacerlo también va a obligarme a~~ tener un gran gesto simbólico con los ortodoxos. Estos dos últimos años le he entregado mi vida a esta exposición. Ahora tienes intención de llevarte ~~mi trabajo y ofrecerlo a un público mucho mayor,~~ ~~lo que es maravilloso, por supuesto, aunque dota~~ ~~al discurso de presentación de una fuerte~~ ~~significación. Será la entrega oficial de mi~~ ~~criatura, un golpe de teatro con el que renunciar a~~ lo que ha sido mi vida.

Te cuento, pues, lo que <u>yo</u> he estado haciendo mientras estabas fuera de la ciudad. Espero que ~~coincida con tu agenda para la reunión. Primero,~~ ~~me he tomado muy en serio las lecciones del~~ ~~Evangelio con Alex. Estudio las Escrituras día y~~ ~~noche. También he seguido trabajando con el~~ ~~Diatesarón. Estas dos vías de investigación, juntas,~~ ~~me han recompensado con creces. Prepárate,~~ ~~porque ahora usaré una palabra que, en esta fase~~ ~~ya tan tardía del proceso, no sería nada extraño que~~ te horrorice. He hecho un <u>descubrimiento</u>. Sí. Lo que he descubierto borra todo lo que creía saber sobre el sudario de Turín. Destruye lo que esperábamos que fuera el mensaje central de mi ~~discurso de apertura. Podría ser una sorpresa, o~~

446

Lucas 24, 36-40
~~Juan 20, 19-20~~

~~incluso una conmoción, para tus invitados a la~~ exposición. Demuestra que el sudario de Turín ~~tiene un oscuro pasado. El veredicto del radiocarbono cortó de raíz las investigaciones serias sobre la historia del sudario antes de 1300 d. C. Creo que, ahora que ese pasado va a salir a la luz, a una pequeña minoría de nuestro público puede resultarle más difícil aceptar la verdad que admitir la idea previa, esa idea de que el sudario~~

Lucas 23, 46-47

es un fraude. Estudiar el Diatesarón me ha revelado el craso error de interpretación en el que hemos incurrido; el mismo craso error, en realidad, que revela la verdad sobre el sudario.

Mi descubrimiento está resumido en la prueba que te adjunto. Por favor, léela con atención porque es lo que les diré a tus amigos en la Casina. Mientras tanto, transmítele mis mejores deseos a Michael, quien sé que se ha convertido en uno de tus seguidores más incondicionales.

~~Juan 19, 34~~

~~Con toda mi amistad,~~

Ugo

Oigo cómo me tiembla la voz al pronunciar esas dos palabras.
–¿Un fraude?
Lucio no contesta.
Pero, en cuanto miro las líneas en griego de la ampliación fotográfica, veo que tampoco necesito que me responda. Tengo el corazón helado. Parece que el cuerpo se me fuera a quebrar en cualquier momento. Esto es lo que Ugo quería decir. Esto es lo que descubrió.
La página del Diatesarón que tengo ante mí combina el testimonio de los cuatro Evangelios sobre el fin de la vida de Jesús, sobre sus últimos momentos en la cruz. Pero no sobre su entierro, no sobre el sudario. Todavía no. Ugo dedicó semanas enteras a estudiar cada detalle de los relatos sobre el enterramiento, y al final descubrió algo donde no esperaba hacerlo.

El hecho condenatorio no es lo que los Evangelios dicen sobre el lienzo, sino lo que dicen sobre las heridas marcadas en el lienzo.

Hay nueve líneas de texto en esta página del Diatesarón que destacan sobre las otras. Y la razón por la que destacan es porque nuestros restauradores limpiaron el borrón de censura de los alogianos, pero sin poder eliminarlo del todo. Todavía se distingue un rastro de la antigua mancha, lo que hace que estas nueve líneas se vean más oscuras que las que tienen alrededor. Por tanto, cualquiera puede adivinar que las líneas deben proceder del único Evangelio que los alogianos no aceptaban: el de Juan. Y esta simple observación es lo que va a condenar al sudario.

Las nueve líneas incluyen el versículo de Juan 19, 34, el último que Ugo citó en su carta. El significado de Juan 19, 34 resulta difícil de captar a la primera. Pero se hace mucho más fácil cuando adoptamos el mismo punto de partida que tenía Ugo la última vez que trabajamos juntos: la historia del incrédulo Tomás.

El incrédulo Tomás es una creación de san Juan. Ningún otro Evangelio afirma que Tomás tuviera que ver y tocar las heridas de Cristo. Pero hay algo extraño relacionado con la historia de Tomás que Ugo ya había detectado en nuestro último encuentro: resulta que Lucas cuenta una historia muy similar. Según la versión de Lucas, Cristo se apareció a los asustados discípulos después de la Resurrección y, para demostrar que era un resucitado y no un terrorífico fantasma, les mostró Sus heridas. Ugo se dio cuenta de que una comparación entre las historias de Lucas y Juan revelaría los detalles que este último había cambiado. Y la diferencia más visible entre ambas era que Juan había centrado la historia en Tomás, de modo que fue en ella también donde Ugo centró sus esfuerzos. Más adelante, sin embargo, debió de detectar otra diferencia mucho más pequeña, pero también mucho más destructiva: que las heridas que se mencionan en Lucas no son las mismas que las que aparecen en Juan.

En la historia de Lucas, Cristo les muestra a los discípulos Sus manos y pies. Las heridas de la crucifixión. Pero Juan añade algo más. Algo nuevo. Dice que Tomás puso el dedo en una herida de lanza que Cristo tenía en el costado.

¿De dónde procedería esa herida de lanza? Ningún otro Evangelio la menciona. Solo lo hace el mismo Juan, en un punto anterior de su narración, en un momento simbólico de crucial importancia: el momento en que el Buen Pastor y el Cordero de Dios se fusionan en uno solo. Esos son exactamente los versículos que aparecen en la ampliación del Diatesarón, los de Juan 19, 32-37:

Y vinieron los soldados y quebraron las piernas al primero, y al otro que había sido crucificado con él. Mas cuando vinieron a Jesús, como le vieron ya muerto, no le quebraron las piernas. Pero uno de los soldados le abrió el costado con una lanza, y luego salió sangre y agua. Y el que lo vio da testimonio, y su testimonio es verdadero; y él sabe que dice verdad, para que vosotros también creáis. Porque estas cosas fueron hechas para que se cumpliese la Escritura: «Hueso suyo no será quebrado». Y también otra Escritura dice: «Mirarán a aquel a quien traspasaron».

Ningún otro Evangelio afirma que sucediera ninguno de estos dos incidentes. Así que ¿de dónde los sacó Juan?

«Hueso suyo no será quebrado»: es lo mismo que dice el Antiguo Testamento sobre el cordero de la Pascua judía.

«Mirarán a aquel a quien traspasaron»: lo mismo que dice el Antiguo Testamento sobre el Buen Pastor.

La teología de Juan ha alcanzado aquí su culmen. En el momento de la muerte de Jesús, el Pastor y el Cordero convergen. Las dos serpientes del caduceo de Ugo se encuentran. El Evangelio se detiene en seco para señalar que estamos ante símbolos procedentes del Antiguo Testamento. Juan está enfatizando el siguiente punto: «Por esto murió Jesús. Como el pastor, entregó su vida por su rebaño. Como el cordero, nos salvó con su sangre». Juan afirma incluso que estos acontecimientos procedían directamente del testimonio del discípulo amado. Es decir, que expresan una verdad simbólica esencial para comprender a Jesucristo. Pero en la tierra, en la historia, nunca ocurrieron realmente.

De todas las heridas del sudario de Turín, la más sangrienta es la de la lanza en el costado de Jesús. Sin embargo, el Jesús terrenal nunca fue herido en el costado. Esa herida tiene tan poco de histórica como la turba a la que Jesús hizo caer al suelo con las palabras: «YO SOY»; tan poco como la esponja que le acercan con una débil rama de hisopo. Todo eso pertenece a la misma familia de símbolos, porque el escritor de Juan realizó esos cambios por una misma razón: para presentar su argumento sobre el Pastor y el Cordero.

Lo cual significa que el falsificador del sudario, quienquiera que fuese y cuandoquiera que trabajara en el lienzo, cometió el mismo error que el autor del Diatesarón. Al fundir el testimonio de los cuatro Evangelios, eliminó la diferencia entre teología e historia. Creó un terrible y doloroso batiburrillo. Poner la herida de lanza en la mortaja no es diferente de ponerle a Jesús un cayado en la mano porque era el Buen Pastor o una pelliza de lana sobre los hombros porque era el Cordero de Dios. Cuando el discípulo amado afirma que su testimonio es «verdadero», lo dice en el mismo sentido que cuando Juan llama a Jesús la «luz verdadera» o cuando el propio Jesús dice –solo en el Evangelio de san Juan– «yo soy la vid verdadera» y «yo soy el pan verdadero». Interpretar de modo literal estos símbolos es no entender su belleza e importancia. La genialidad del Evangelio de san Juan consiste en que rehúsa verse encorsetado por una camisa de fuerza terrenal. La herida de lanza de san Juan simboliza la verdad que subyace a los hechos. Y lo mismo puede aplicarse al sudario: constituye un potente símbolo, pero nunca ha sido una reliquia.

He dedicado mi vida a investigar estos versículos para desentrañar su significado. Pese a ello, cuando Ugo acudió a mí deseoso de mostrarme lo que había descubierto, cerré los ojos. Y Simón actuó infinitamente peor. He ahí la razón por la que murió mi amigo: porque le enseñé a leer los Evangelios. Y porque tuvo la valentía de exponer lo que estos revelaban.

CAPÍTULO 40

Quiero caer al suelo de rodillas. Nunca había estado tan ciego ante mi propio fracaso. La angustia me oprime como una soga arrollada al pecho, una soga que aprieta más y más fuerte. Mi cuerpo vacila, inseguro. Pero los ojos no titubean: se mantienen fijos en las letras griegas de la fotografía del Diatesarón. Esas letras me acusan de ser un hipócrita. Un estúpido. A mis propios estudiantes les pido que lean con la máxima atención, que busquen complejidades y significados en el testimonio que Dios nos puso ante los ojos, y resulta que he demostrado conocer mis propios Evangelios tan poco como conocí a Ugo, quien debió de vivir un infierno indecible con ese secreto que habría torturado y obsesionado a cualquiera que creyera en el sudario, un secreto que pudrió toda su existencia y lo dejó devastado antes incluso de que llegara a Castel Gandolfo. Y Simón, aun sabiendo cuánto sufría, al parecer decidió poner fin a su vida con un sufrimiento todavía mayor. Si eso es cierto, mi hermano, ese hermano cuyo corazón creía entender tan bien como el mío propio, sería para mí tan extraño como lo es el hombre del sudario.

Las palabras se me escapan inconscientemente y rompen la quietud del dormitorio de Lucio.

–¿Qué hacemos, tío? Quieren que testifique mañana.

Sale de la cama y se pone de pie apoyándose en el bastón. No me toca, pero se acerca y se queda a mi lado, inmóvil, como si quisiera recordarme que no estoy solo.

–¿Tienes todavía su sotana? –pregunta.

–Sí.

–¿Y el estuche de la pistola?

Asiento.

Suelta el bastón. Por un momento, se sostiene sobre sus piernas. Observa los versículos de los Evangelios y frunce el ceño, igual que cuando lee los obituarios en el periódico. Ah, esos viejos amigos. Esos recuerdos de tiempos más felices.

–Si traes aquí esos objetos –dice–, puedo arreglarlo para que los camiones de la basura vengan en cuanto amanezca.

–¡Mató a Ugo! ¿Es que no te importa?

–Tomó un solo pez para alimentar a una multitud. ¿Crees que debería sacrificar todo su futuro por eso?

Señalo con ímpetu la fotografía de la página del Diatesarón.

–¡Mató a Ugo para ocultar lo que les íbamos a dar a los ortodoxos!

Lucio ladea la cabeza y no dice nada.

–¿Lo sabe el santo padre? –pregunto.

–Por supuesto que no.

–¿Y el arzobispo Nowak?

–No.

Reina una quietud absoluta. Nada se mueve excepto el punto rojo de uno de los aparatos médicos, que se desplaza veloz hacia delante, una y otra vez.

–¿Te dijo alguna vez tu madre –dice por fin– que tu tío abuelo segundo iba primero en la votación tras la octava papeleta en el cónclave de 1922? Casi se convierte en papa. –Lucio esboza una sonrisa desvaída–. Y aquel hombre no era nada comparado con Simón.

–No sigas, tío.

–Él podría vestir de blanco algún día.

–Ahora ya no.

Lucio arquea una ceja, como si no lo entendiera.

–No veo que tengas más alternativa –dice.

Me quedo mirándolo. Quizá tenga razón. Ha puesto palabras a este sentimiento de impotencia que me corroe. Nada perdura, salvo las diferentes maneras de reconciliarnos con lo que ha de venir.

–Les daremos lo que quieren –dice Lucio. Señala la página del Diatesarón–. Les explicaremos que cometieron un error terrible al entregar el sudario a los ortodoxos. Y cuando nos pidan que guardemos silencio, accederemos. Siempre que Simón no sea castigado.

Niego con la cabeza.

–Alexander, incluso sin la sotana y el estuche de la pistola, tienen suficientes pruebas para condenarlo. No hay alternativa.

–Él mató por esto. Ugo murió por esto. Simón preferiría ser condenado que dejar fracasar la reunificación con los ortodoxos.

Lucio resopla con desdén.

–Sería una ingenuidad suponer que el santo padre vaya a contárselo a los ortodoxos solo porque nosotros se lo digamos. Los ortodoxos ni siquiera leen la Biblia como nosotros. Para ellos, todo son hechos verdaderos.

Lo fusilo con la mirada.

–¡El sudario es un fraude! El papa no puede darles una falsificación.

Lucio me da unas palmaditas en la espalda.

–Tú tráeme la sotana y el estuche. Yo me ocuparé de todo.

Por encima de su hombro, contemplo una de las fotos de la pared. Es Simón, más o menos a la edad de Pedro. Está sentado en el regazo de nuestro padre, mirándolo. Sus ojos revelan una admiración sin fisuras. Junto a ellos está nuestra madre, que mira a la cámara y sonríe. En sus ojos hay algo indefinible, picardía y sabiduría y paz, como si supiera algo que nadie más sabe. Con las manos se cubre el vientre apenas abultado.

–No –digo–. No puedo hacerlo. Encontraré otra forma.

–No existe otra forma.

Pero en ese momento, antes incluso de apartar la vista de la foto, siento que se me está partiendo el alma. Porque sé, con mayor certeza de la que nunca haya tenido, que mi tío se equivoca.

Fuera, hay luna llena. El aire parece más suave con la luz tamizada de sus rayos. Consigo llegar hasta el jardín situado junto al priorato de la hermana Helena, pero allí he de detenerme y enlazar los dedos en la alambrada para no caer. Cierro los ojos y respiro. Mi pecho sube y baja laboriosamente.

Quiero a Simón. Siempre lo he querido. Él nunca planeó hacer algo así. Fue a Castel Gandolfo sin armas. Podría haber huido, pero prefirió llamar a la Policía. Y, mientras esperaba a que llegaran, se quitó el impermeable y se arrodilló junto a su amigo para cubrirlo con él.

Una ráfaga de viento barre el jardín, dobla los tallos y los aleja de mí. Las plantas tiran de la tierra como si quisieran huir de sus propias raíces.

Me imagino el tamaño de la mano de Simón, el tamaño de la pistola en ella. Leo la llamó «cerbatana». El arma más pequeña y menos potente que pudo encontrar. Un dedo gigantesco curvado sobre ese gatillo casi no podría moverse. Con un leve toque, le habría bastado.

Daría cualquier cosa por creer que fue un accidente. Solo que no pudo ser un accidente que esa pistola acabara en las manos de Simón.

Me siento. Clavo los dedos en la tierra caliente. Podría haber confesado. Le habrían preguntado por qué lo hizo y entonces él podría haberse mantenido en silencio para proteger el sudario. En lugar de eso, dejó que el silencio lo protegiera a él también. Esa decisión, incluso más que lo que le hizo a Ugo, lo convierte en un desconocido para mí.

Yo tenía catorce años cuando me dijo que ya no quería ser un católico griego. Me sentó y me explicó que me seguiría llevando los domingos a la iglesia y que luego me recogería, pero que a partir de entonces asistiría a la misa, no a la divina liturgia. Nunca entendí por qué quería irse. A los dos nos encantaba nuestra iglesia griega. Ver aparecer a nuestro padre de detrás de la pared llena de iconos, flamante en su hábito dorado, recién llegado del altar prohibido a los seglares, había sido una de nuestras pocas oportunidades de considerarlo un hombre importante. Aun así, aquel día, le dije a Simón que también yo dejaría nuestra iglesia griega, porque no me importaba dónde hubiera que ir los domingos siempre que fuéramos juntos.

Se negó. Me obligó a quedarme. Se aseguró de que me tonsuraran para ser monaguillo en la iglesia griega, de que los sacerdotes del templo siguieran con mis lecciones de griego. Desde aquel día, siempre que me preguntaba por las chicas que me interesaban, las primeras que mencionaba pertenecían a familias de la feligresía griega.

En teoría, no era posible que se convirtiese en católico romano. El derecho canónico establece que el rito del padre es el rito de los hijos. Pero Simón le pidió ayuda a Lucio. Y mi tío, que lo que más deseaba en el mundo era que un sobrino continuara la línea de la familia, acabó por darse cuenta de adónde podría llegar Simón. Entonces empezó a robarme a mi hermano, a encaminarlo a esa senda a la que incluso yo sabía que estaba destinado.

De modo que, cada domingo por la mañana, me lustraba los zapatos mientras Simón se planchaba la ropa, nos afeitábamos juntos delante del espejo y luego me llevaba a mi iglesia y me dejaba en brazos de mi parroquia. Y a continuación se iba.

Ha estado preparándome, durante toda mi vida, para este momento. Y durante toda mi vida yo me he estado resistiendo. Se convirtió en católico romano porque ya había terminado su labor conmigo. Tener que ser un padre para su hermano pequeño casi debió de acabar con él. Era consciente de que estaba hecho para algo más que para nuestra pequeña ciudad, nuestra casa, la modesta posición de nuestro padre. Con todo, se quedó conmigo todo el tiempo que pudo. Como ha dicho Lucio, no había más alternativa. Tal vez no la haya nunca en una vida cristiana. Simón se enterró a sí mismo para criarme. La huella de esa decisión está presente de forma indeleble en todos los méritos que ha ido conquistando, en su voluntad de entregarlo todo, de sacrificarlo todo: el futuro, el sacerdocio, incluso la vida de un amigo.

Si amas algo, muere por ello. Ese es el mensaje de los Evangelios: «El que pierda su vida por mi causa la encontrará», dice Jesús. Odio a mi hermano por lo que hizo. Lo odio más por lo que yo tendré que hacer mañana. Pero, mientras pienso en la cuenta que estamos a punto de saldar, también me siento aliviado. Porque se ha acabado. La odisea de ser su hermano. El miedo ante el destino final. La deuda no saldada. El preguntarse para qué estaríamos hechos realmente. Mañana, se habrá acabado.

Esto es para lo que estábamos hechos.

Cuento los peldaños. Toco la nueva cerradura de la vieja puerta. Miro cómo gira la llave nueva. Cuando entro, Mona y Pedro levantan la vista con idéntica expresión. Como si hubiera vuelto a casa demasiado pronto. Como si los hubiera despertado de un sueño maravilloso. Pedro se desliza lentamente de su regazo para darme la bienvenida. Al verlo, siento ganas de taparme la cara y llorar.

–Pedro –consigo decir–, es hora de acostarse. Por favor, ve a lavarte y a cepillarte los dientes.

Me mira y no discute. Nunca me he esforzado más por esconderle lo que siento. Aun así, lo percibe. Su corazón sintoniza automáticamente la misma frecuencia de tristeza que el mío.

–Ve –repito.

Lo sigo y observo aturdido cómo abre el grifo. La pastilla de jabón se le escapa de las manos, así que se la pongo entre las palmas y le sujeto las manos entre las mías para que se enjabone.

–*Babbo*, ¿por qué estás triste? –susurra.

A mi espalda, Mona dice con voz queda:

–Creo que ahora mismo no quiere hablar de eso, Pedro.

Pero, en el mismo espejo en el que Simón y yo nos afeitábamos juntos, Pedro me mira. Esos ojos azules. Los ojos de mi hermano. Los ojos de mi madre. En las fotografías colgadas en la pared de Lucio, incluso mi tío tenía esos ojos.

–Ponte el pijama –le digo.

Durante un momento, mientras se cambia, se queda casi desnudo ante nosotros. Y la madre que nunca lo ha visto en ropa interior desvía la mirada. Alrededor de los muslos, fugazmente visibles mientras se retuerce para ponerse los pantalones, hay unas tenues marcas circulares dejadas por los bordes de la ropa interior. Me hacen pensar en los moratones de Simón.

Pedro se mete deprisa en la cama y se gira hacia mí.

–¿Está bien Simón? –pregunta.

Pero entonces le digo que no vamos a acostarnos.

–Ven conmigo.

Cuando llegamos a la puerta del apartamento, me dice:

–¿Adónde vamos?

Le hago una seña a Mona para que venga también y luego me los llevo escaleras arriba hasta la azotea.

La sensación es la de estar en la cubierta de un barco por la noche. El océano que se extiende ante nosotros centellea. La colada tendida se infla como las banderas de señales. Al otro lado del canal, se alza el palacio de Juan Pablo. Debajo, como botes de pesca, se ven los edificios de nuestra ciudad, el supermercado y la oficina de correos, el garaje y los museos. Y, elevándose por encima de todos, blanca como el bautismo, la basílica de San Pedro.

Levanto a mi hijo en brazos y avanzo casi hasta el borde de la azotea, para que pueda verlo todo. Luego le pregunto:

—Pedro, ¿cuál es tu recuerdo más feliz de este sitio?

Sonríe y mira a Mona.

—Ver a la *mamma* —dice.

Ella le acaricia la mejilla y susurra:

—Alex, ¿por qué estás haciendo esto?

—Pedro, abre los ojos todo lo que puedas —le digo— y míralo todo. Después, ciérralos con fuerza y en tu imaginación convierte lo que has visto en una postal.

—¿Por qué?

Me arrodillo para que ambos estemos al mismo nivel.

—Quiero que recuerdes todo lo que estás viendo esta noche.

Y pienso: «Porque quizá ya no podamos verlo mucho más. Porque esta no es una de esas veces en las que decimos "hasta luego". Esta vez es de las que decimos adiós».

Con un temblor en la voz me pregunta:

—¿Pasa alguna cosa, *babbo*?

—No importa lo que pase —susurro—. Tú y yo siempre nos tendremos el uno al otro. Siempre.

En la vida de este niño, Dios solo ha puesto un ejemplo de un amor que nunca defrauda: el mío. Digo esas palabras desde lo más hondo de mi corazón: «No importa lo que pase».

—¿Vamos a vivir en casa de la *mamma*?

Se me hace un nudo en la garganta.

—No, cariño.

Algo se rompe en mi interior. Lo levanto en brazos y lo aprieto casi con todas mis fuerzas.

—Entonces, ¿por qué estamos aquí?

No hay respuesta que él pueda entender. De modo que lo levanto más arriba y señalo todos sus sitios favoritos. Le recuerdo las cosas que hemos hecho allí, las aventuras que hemos corrido. Cómo solíamos sentarnos a la sombra de los árboles que vemos abajo y echarles migas de pan a los pájaros, observando a la gente que tiraba sus cartas en el gran buzón amarillo de la oficina pos-

457

tal e imaginando a qué países irían destinadas. La noche en que subimos hasta lo más alto de San Pedro para ver los fuegos artificiales por los veinticinco años de papado de Juan Pablo, y cómo vimos al propio papa sentado frente a su ventana, observando también. O aquella mañana de invierno que salimos del Annona, el supermercado de nuestra ciudad, y se nos rompió la bolsa de plástico y los huevos cayeron al suelo y se desparramaron por la calle; cómo al verlo rompió a llorar hasta que, oh, milagro, por única vez en su vida empezó a nevar. Recuerda, Pedro, esa mágica sensación. Cómo, en un instante, cada granito de tristeza puede quedar borrado gracias a la más pequeña muestra del amor de Dios. Él nos observa. Se preocupa por nosotros. Y nunca, nunca nos abandona.

Mona, Dios la bendiga, acude a rescatarme. Cuando estoy vacío y exhausto, cuando Pedro quiere oír más historias pero mis recuerdos se van haciendo más y más negros, ella empieza a hablarle de cuando éramos jóvenes, de cuando yo era niño.

–*Mamma* –pregunta–, ¿era *babbo* bueno jugando al fútbol?

Mona sonríe.

–Uy, muy bueno.

–¿Tan bueno como Simón?

Bajo los ojos, se le tensan los músculos.

–Pedro, en todo, tu padre era mejor.

Bajamos de nuevo las escaleras. Pedro frunce el ceño al verse otra vez en el apartamento. Se arropa él mismo en la cama y, entonces, vuelve a levantarse. Cierra el armario y comprueba que la puerta no se abra. Rezamos. Mona le coge la mano y eso parece bastar. Apago la luz. Veo arcos de luz de luna reflejados en sus ojos llorosos.

–Te quiero –le digo.

–Yo también.

Y, por un segundo, mi corazón recupera la sensación de plenitud. Allí donde tenga a este niño a mi lado, esa es mi casa.

Mona me sigue a la cocina. Se pasa la mano por el pelo. Se queda de pie, saca una de las copas del armario y la llena con agua del grifo. Durante todo ese tiempo, no habla.

Finalmente, deja la copa y se sienta a mi lado, arrebatándome una Biblia abierta de las manos. Una Biblia abierta que le ha estado leyendo a nuestro hijo.

—Alex, ¿qué estás a punto de hacer?

—No puedo hablar de ello.

—No te corresponde a ti salvar a Simón. ¿Eso lo entiendes?

—Por favor —digo—, no sigas.

Me pasa de nuevo la Biblia.

—Busca ahí dentro y dime una cosa: ¿quién salva a Jesús?

Me quedo mirándola, preguntándome adónde quiere ir a parar.

—Muéstrame la página en la que gana su juicio —continúa.

—Sabes de sobra que no g…

Mis palabras se desvanecen. Pero ella sigue esperando. No dice nada. Quiere oírme decir esas palabras.

—Jesús —digo— no gana su juicio.

Su voz es más suave ahora.

—Entonces, muéstrame dónde todos acaban felices y comiendo perdices porque su hermano llega para salvarlo.

—¿Quieres decir que tendría que abandonarlo? ¿Desaparecer y ya está?

Su cara se crispa. Oye la acusación y desvía la mirada.

—No importa lo que hagas —replica—. Nadie ha podido nunca controlar a Simón. Nadie lo ha hecho cambiar nunca de opinión. Si está empeñado en perder este juicio…

Me levanto de la silla.

—No vamos a hablar de esto ahora.

Pero, por primera vez desde que ha vuelto, se niega a callar y agachar la cabeza.

—Solo hay una vida que esté en tus manos, Alex. Y es la suya. —Señala hacia el dormitorio—. Pero le has llenado la cabeza de historias sobre dos personas a las que nunca ve. Le has hecho creer que las dos personas más importantes de su vida nunca están cerca. Aunque, en realidad, la persona más importante de su vida sí que ha estado siempre con él.

—Mona, tengo la oportunidad de devolverle a Simón su vida. Se lo debo.

Sus labios se curvan hacia abajo.

–No le debes nada.

Ella no lo entiende.

–No importa qué pueda pasarme a mí –digo–. Yo siempre tendré a Pedro. Pero él, si pierde el sacerdocio, no tendrá nada.

Está a punto de decir algo desagradable, pero no voy a darle ocasión.

–Cuando mañana haya terminado –le digo–, habrá consecuencias. Una de ellas quizá sea que Pedro y yo no podremos quedarnos aquí por más tiempo.

Empieza a preguntar por qué, pero me adelanto.

–Antes de que eso ocurra, para mí es importante ser sincero contigo. Desde que te fuiste, lo que más he deseado es volver a reunir a nuestra familia.

Mona está ya negando con la cabeza, intentando rebobinar la conversación y hacer que esto pare.

–Soñaba con nosotros tres –prosigo–, viviendo en este apartamento. Lo deseaba más de lo que jamás he deseado nada en esta vida.

De pronto, Mona empieza a llorar. Tengo que desviar la mirada.

–Pero cuando volviste, todo había cambiado. No porque hicieras nada mal. Todo lo hiciste bien. Te quiero. Siempre te querré. Pero todo lo demás ha cambiado.

Tiene la vista fija en el techo, intentando secarse los ojos.

–No me debes ninguna explicación. No me debes nada. –Ahora baja los ojos y mira directamente a los míos–. Pero te lo ruego: piensa primero en ti y en Pedro. Por una vez. Olvídate de Simón. Te has esforzado mucho para darle a Pedro una buena vida aquí, una vida feliz. Sea lo que sea lo que tengas pensado hacer, recuerda que este sitio constituye todo su mundo.

La amo por decir esas palabras, por esa feroz defensa de su marido y su hijo. Pero no puedo permitir que siga. Tengo que poner fin a esto.

–Mona, no sé dónde viviremos Pedro y yo si tenemos que mudarnos. Lo único que sé es que habría de ser fuera de estos muros. –Titubeo–. Y, si tú quieres, podrías venir con nosotros.

Me mira en silencio.

–No te estoy preguntando qué planes tienes –le digo–. Pero esta noche me he dado cuenta de cuáles son los míos: quiero junta a mi familia.

Tiende hacia mí los brazos y me rodea con ellos. Comienza a sollozar, clavándome los dedos en la piel.

—No me respondas —digo—. No esta noche. Espera hasta que estés segura.

Me aprieta con más fuerza. Cierro los ojos y la abrazo.

La suerte está echada.

He amado esta vida. En el futuro, sea lo que sea lo que nos tenga reservado, alzaré la vista hacia los muros de este país y daré gracias a Dios por los años que me permitió vivir tras ellos. De niño veía salir el sol sobre Roma. Como hombre, lo veré ponerse sobre San Pedro.

CAPÍTULO 41

Durante una hora, me observa pasearme por la sala de estar, consciente de lo que estoy ensayando mentalmente. Por fin, dice:

—Alex, necesitas dormir.

Y, antes de que pueda negarme, me coge de la mano y me conduce al dormitorio. Espera a que la siga al interior. Cuando entro, cierra la puerta.

Han pasado casi cinco años desde la última vez que me acosté con mi mujer. El viejo colchón suspira al volver a sentir su peso, olvidado después de tanto tiempo. No se desviste. Solo se quita los zapatos y me obliga a tumbarme a su lado. Apaga las luces. En la oscuridad, siento sus dedos que me acarician el pelo. Siento su aliento en la nuca. Pero su mano no se desvía. Su boca no se acerca más.

Durante toda la noche me sacuden sueños violentos. Me levanto dos veces, a oscuras, para rezar. Mona tiene el sueño tan ligero que se levanta también para acompañarme. Después, en las horas más negras, me engulle un sentimiento de soledad tan intenso que ansío desesperadamente despertarla, contarle lo que estoy a punto de hacer. Sin embargo, al pensar en lo que ha hecho Simón para mantener este asunto en secreto, me doy la vuelta y no digo nada. Me retuerzo entre las sábanas y, cuando la oigo preguntarme si estoy bien, finjo dormir.

Antes del alba, salgo de la cama y empiezo a prepararme. Me encierro en el baño y me subo a la encimera. Envuelvo la sotana de Simón en una toalla y lo meto todo en una bolsa de basura. El estuche con la pistola lo guardo en una pequeña bolsa de plástico del supermercado. De nuevo en la cocina, dejo la bolsa pequeña a mi lado, sobre la mesa.

Después, repaso mi historia mientras me sirvo una taza tras otra de la cafetera italiana, hojeando cuando corresponde la Biblia a fin de asegurarme de que recuerdo bien los versículos y nadie va a poder cuestionarme. Me obligo a repasar lo ocurrido la noche en que murió Ugo, buscando detalles que podría haber olvidado. Tampoco necesita ser perfecto. Solo necesita ser convincente.

Media hora más tarde, aparece Mona. Revisa en silencio mis sotanas interior y exterior, mi mejor par de zapatos. Deja las llaves y la citación del *cursore* sobre la mesa de la cocina. No me pregunta nada de la bolsa pequeña de plástico. Sin duda, ha visto que contiene algo duro y oscuro envuelto en un trozo de cable, pero no dice una palabra. Cada vez que mira su reloj, yo consulto el mío.

Pedro sigue durmiendo cuando le doy un beso en la frente. Me siento en el borde del colchón y observo la cama vacía colocada al otro lado, la cama donde hace mucho tiempo dormía Simón, la cama junto a la cual yo rezaba con mi hermano. Solíamos cuchichear en la oscuridad de una cama a la otra. Antes de que los recuerdos me aniquilen, salgo de la habitación.

A las ocho y media ya estoy en la calle, con la bolsa pequeña disimulada bajo mi sotana. La bolsa de basura la he dejado en un contenedor del otro lado de la frontera, en Roma. Tengo tiempo suficiente para dar una última vuelta a todo mi país. Pero no lo hago; me alejo de las puertas y me encamino a la plaza de San Pedro para unirme a los primeros grupos de visitantes y dejarme rociar por el agua de las fuentes. Observo a los vendedores ambulantes judíos preparando sus carros, a los *sampietrini* disponiendo sillas para algún acontecimiento al aire libre que seguramente se celebrará por la tarde. Pero en quienes más me fijo es en los seglares. En los peregrinos y los turistas. Quiero experimentar este lugar como lo hacen ellos.

El sedán llega sin demora a las nueve y media, conducido por el mayordomo del papa, Angelo Gugel. El signor Gugel vive en nuestro edificio. Una de sus tres hijas solía hacernos de canguro a Simón y a mí cuando nuestra madre aún vivía. Con todo, no me dedica ningún saludo afectuoso; tan solo un educado «buenos días, padre». Luego pasamos con el coche junto a la Capilla Sixtina para entrar en el palacio. Al cruzar la puerta, los guardias suizos nos saludan. Llegamos a la Secretaría, donde nos abren una puerta de madera que da acceso a un pasaje abovedado. Al otro lado es *terra incognita:* el ala privada de Juan Pablo en el palacio.

El patio es pequeño. Los muros parecen elevarse a una altura colosal, lo que me produce la sensación de hallarme en el fondo de un pozo. La tierra está entrecruzada de sombras. Al otro extremo, dos guardias permanecen sentados en un quiosco de paneles acristalados, observándonos. Pero Gugel conduce en círculo, vuelve al pasaje abovedado y se detiene de modo que mi puerta quede frente a una entrada situada en el muro. Cuando me abre la puerta, me indica:

—Por aquí, padre.

Se trata del ascensor privado.

Introduce un código y él mismo pulsa el botón de subida. Cuando el ascensor se detiene, el signor Gugel abre la verja metálica y luego una puerta. Siento un hormigueo en la nuca.

Hemos llegado. Estoy en los apartamentos del santo padre. Ante mí tengo una sala de espera decorada con extraños muebles y algunos tiestos. No se ven guardias suizos. Leo dice que no se les permite entrar aquí. Gugel me guía.

Entramos en una biblioteca con paredes de damasco dorado. Bajo un altísimo retrato de Jesús hay un escritorio. Los únicos objetos que se ven sobre él son un reloj dorado y un teléfono blanco.

Gugel señala una larga mesa dispuesta en el centro de la habitación y dice:

—Por favor, espere aquí.

Entonces, ante mi sorpresa, se va.

Miro a mi alrededor, presa de una emoción nerviosa. Cada noche de mi niñez, contemplaba las ventanas de este último piso y me preguntaba qué habría en estas habitaciones. ¿Qué sentiría el hijo de un pobre soldado polaco, criado en un pequeño cuarto alquilado en la casa de otra familia, al vivir en el ático del palacio más famoso del mundo? Juan Pablo ocupaba mi mente de forma casi obsesiva en aquellos días. Me daba fuerza para afrontar muchos de mis miedos. A él también se le habían muerto los padres cuando era niño. También él se había sentido un extraño en esta ciudad. Lo que estoy a punto de hacer será una traición a mi propio ángel de la guarda.

Hacen pasar a otros hombres a la biblioteca. El primero es Falcone, el jefe de los gendarmes. Luego entra el promotor de justicia. Lucio llega con Mignatto pegado a su espalda.

Entonces, por una puerta diferente, aparece Simón.

El resto de nosotros lo observa. Lucio tiende los brazos hacia él. Se le acerca arrastrando los pies y le pone las manos en las mejillas. Pero los ojos de Simón permanecen fijos en los míos.

Me quedo paralizado. Se le ve cadavérico, con los ojos hundidos. Sus brazos sarmentosos podrían darle dos vueltas al torso. Siento la presión del estuche de la pistola contra las costillas. Simón hace ademán de acercarse a mí, pero hago acopio de toda mi fortaleza para no moverme. Me he preparado para este momento. Ahora es importante que mantengamos la distancia.

Un instante después, el arzobispo Nowak aparece en la puerta.

—Padre Alexandros Andreou —dice—. Su Santidad lo recibirá ahora.

Lo sigo a una habitación más pequeña y retirada. La reconozco: es el estudio privado desde donde Juan Pablo se presenta a las multitudes de la plaza de San Pedro. Un vidrio a prueba de balas cubre la enorme ventana, pero tras ella solo hay un modesto escritorio atiborrado de carpetas y papeles que esperan su firma, los expedientes que llegan sin cesar desde la Secretaría. Han sobrepasado hasta tal punto la capacidad del papa para devolverlos que llegan a asfixiar la habitación, acumulados en pilas que se desbordan alrededor del escritorio. Los montones son tan altos que al principio no veo quién se sienta tras ellos.

Me quedo petrificado. Lo tengo a solo un brazo de distancia, pero no se parece en nada al hombre que vi en la Capilla Sixtina, el que encontró las fuerzas suficientes para arrodillarse a los pies de los patriarcas. Ante mí tengo a un hombre frágil y hundido, con ojos pequeños y entornados que apenas son capaces de disimular el dolor. Ningún movimiento se percibe en él, excepto el de la respiración. Me mira, pero no se produce intercambio alguno entre nosotros. No hay contacto aparente, ni saludo. Ante él, los seres humanos aparecen con la misma celeridad que desaparecen. Si ahora estuviera mirando a un maniquí, no habría ninguna diferencia.

Nowak dice:

—Por favor, padre, tome asiento. —Me señala la silla colocada al otro lado del escritorio y él se sienta junto a Juan Pablo, preparado para ejercer una función que no adivino en ese momento—. Su Santidad ha examinado las pruebas recabadas por el tribunal. Ahora desea hacerle unas cuantas preguntas.

El santo padre sigue sin moverse en su silla. Me pregunto si dirá alguna palabra.

—De acuerdo, excelencia.

—Muy bien. Por favor, comience explicando cómo conoció al doctor Nogara.

—Excelencia, conocí al…

Pero el arzobispo Nowak gesticula educadamente para corregirme.

Me obligo a afrontar la inexpugnable mirada de Juan Pablo.

—Su Santidad, conocí al doctor Nogara por mediación de mi hermano. El doctor Nogara encontró un manuscrito perdido en la biblioteca y yo le ayudé a leerlo.

Mis palabras no producen ningún efecto visible. Nowak no insiste en esa dirección y pregunta:

—¿Cómo describiría la relación laboral entre su hermano y Nogara?

—Eran buenos amigos. Mi hermano le salvó la vida.

—Sin embargo, yo he oído el mensaje de voz del doctor Nogara y no parece que tuvieran una relación muy amistosa.

Elijo con cuidado las palabras.

—Cuando mi hermano empezó a visitar en misión diplomática a los ortodoxos, dejó de tener tanto tiempo para Nogara. Eso alteró sus relaciones.

Observo la expresión de Nowak. Debo asegurarme de que recuerda cuánto tiempo de dedicación se le exigía a Simón. Y cuál era el origen de sus obligaciones. A solo unos pasos de aquí, se halla la capilla privada en la que el santo padre debió de celebrar la ordenación de Simón como obispo.

—Pero el mensaje de voz —prosigue Nowak— sugiere que Nogara había descubierto algo que complicaba su relación laboral. ¿Estaba al tanto de ello?

Respiro hondo y me preparo.

–Sí, en efecto.

–¿Y cuál era ese descubrimiento?

–Encontró el manuscrito de un antiguo Evangelio al que se conoce como Diatesarón.

Nowak asiente.

–El mismo que sigue desaparecido.

–Lo ayudé a leer el Diatesarón –continúo–. Hasta entonces, el doctor Nogara no se había dado cuenta de que los Evangelios ofrecen un testimonio diferente acerca del santo sudario. Ese era el origen del problema.

–Prosiga.

Ahora comienza mi labor de entrelazar versículos. Y debo efectuarla a la perfección.

–La descripción más detallada del entierro de Jesús –digo– la encontramos en el Evangelio de san Juan. El resto de los Evangelios dicen que Jesús fue enterrado en una σινδόνι, un sudario, mientras que Juan habla de ὀθονίοις o «lienzos». San Juan también nos aporta la descripción más específica de la tumba vacía, que corrobora la primera que nos ha ofrecido: los discípulos no solo encontraron ὀθονίοις, «lienzos funerarios», sino que también hallaron el σουδάριον, el pañuelo o paño que envolvía la cabeza de Jesús. Eso, obviamente, supondría un problema para que se produjera la impresión de una imagen en el sudario.

El arzobispo Nowak arruga el gesto. Parece a punto de formular otra pregunta, pero yo me apresuro a continuar, acumulando pruebas, ahogándolo en griego. Cueste lo que cueste, he de mantenerlo alejado de la herida de lanza. Debo hacer que mire en otra dirección, hacia todos esos detalles menores en los que las discrepancias de san Juan no concuerdan con el sudario, porque Nowak sabrá que Ugo debería haberlas desechado, ya que nadie acude a san Juan en busca de hechos puros y duros.

–Estos problemas se agudizan con el testimonio de Juan sobre las ἀρωμάτων, las especies funerarias. Los otros Evangelios sugieren que Jesús no fue enterrado con especies, puesto que había llegado el Sabbat judío y el entierro hubo de hacerse de forma apresurada. Pero Juan dice que se utilizó una gran cantidad de especies:

μίγμα σμύρνης καί άλόης ώς λίτρας έκατόν, «una mezcla de mirra y áloes de unas cien libras de peso». Y ahí está el problema, porque los análisis científicos del sudario no han hallado rastro de especias funerarias. Para no extenderme demasiado, Su Santidad, basta decir que Nogara creía que el testimonio más detallado sobre el entierro de Jesús era el de san Juan, y que la versión de san Juan no respaldaba la existencia del sudario. Nogara fue a Castel Gandolfo para decirles esto mismo a los ortodoxos.

Los rasgos suaves del arzobispo Nowak se aflojan con preocupación. La frente se le ha llenado de arrugas, la mano rodea los carrillos en actitud pensativa.

–Pero, padre, ¿no le explicó usted las particularidades del Evangelio de Juan?

–Lo hice. Le aclaré que es el más teológico de todos, el menos histórico; que se escribió décadas después de los otros. Pero él sabía que, probablemente, los ortodoxos no se guiarían por una lectura científica del Evangelio, sino que su postura más probable sería defender que Juan debía interpretarse de manera literal.

Nowak se frota las sienes. Parece estar sufriendo.

–¿Y ese es el descubrimiento de Nogara? ¿Una mala interpretación?

Asiento.

Hace una mueca de desagrado. Cuando vuelve a hablar, detecto un cambio en su voz. La cuestión que tiene en la punta de la lengua ya no es jurídica, ni escritural, sino más profunda: es humana. Lo peor, espero, ha pasado.

–Entonces, ¿por qué mataron al doctor Nogara?

Ahora llega el momento de hurgar en las viejas heridas. No será difícil hacer que sangren de nuevo.

–Mi padre pasó aquí treinta años, intentando reunificar nuestra Iglesia con la ortodoxia. –Le hago una inclinación de cabeza a Juan Pablo–. Santo padre, sé que es imposible recordar a cada sacerdote que trabaja entre estos muros, pero mi padre entregó su vida a esa unión. Lo invitasteis una vez a estos apartamentos, antes de que se anunciaran los resultados de la datación por carbono, y él no pudo sentirse más honrado. Quedó devastado al oír los resultados de las pruebas.

Por primera vez, un espasmo retuerce la boca de Juan Pablo. Arruga más el ceño.

–Mi hermano y yo –continúo– crecimos creyendo en esa idea. Resultaba muy duro pensar que los ortodoxos, en esta visita histórica, hubieran de oír algo perturbador. Mi hermano trató de explicárselo al doctor Nogara. Pero fue en vano.

Nowak arruga tanto el ceño que las cejas proyectan sombras sobre sus ojos.

–Entonces me gustaría entender los acontecimientos de aquella noche. Usted llegó alrededor de las seis y media, cuando Nogara ya estaba muerto. ¿No es así?

Ahora viene la parte difícil.

–No exactamente, excelencia.

Revuelve los papeles del escritorio, intentando cribar los hechos en las muchas páginas de testimonios.

–¿No fue entonces cuando el signor Canali le abrió la puerta de los jardines?

Me pongo rígido en la silla.

–Fue cuando me abrió la puerta, pero no cuando llegué.

Me lanza una mirada lúgubre.

–Explíquese, por favor.

Mi corazón está con Simón. Siempre ha estado con Simón.

–Su Excelencia, llamé a Guido Canali para que pareciera que había llegado a Castel Gandolfo más tarde de lo que realmente lo hice.

Juan Pablo trata de girar la cabeza para mirar a Nowak, pero no puede. Su mano se aferra con fuerza al brazo de la butaca. Solo los ojos parecen dirigirse a su viejo sacerdote-secretario.

–¿Qué está diciendo? –pregunta el arzobispo.

–Que estaba allí antes de las cinco –contesto.

La hora que aparece en el vídeo de la cámara de seguridad. Nowak espera.

–Encontré al doctor Nogara en su coche –digo–. Discutimos.

He aquí esa faceta oscura que he tratado de erradicar en mí durante todo mi sacerdocio. Estas son las emociones que ningún hombre bueno debería fingir. Pero mi actuación no tiene que ser impecable. Nowak conoce aún menos esos sentimientos.

Levanta la mano para interrumpirme.

–Espere, padre. Necesitamos a alguien más aquí.

Mi respiración es jadeante. Siento una opresión en los pulmones. Con un notario, esto será oficial.

El arzobispo Nowak levanta el teléfono y dice algo en polaco a alguien que está al otro lado de la línea. Un instante después, el segundo secretario, monseñor Mietek, abre la puerta. Y el hombre al que deja pasar es la última persona a la que deseo ver.

–Inspector Falcone –dice Nowak–, al santo padre le gustaría que oyera este testimonio. Según parece, el padre Andreou está a punto de confesar el asesinato del doctor Nogara.

CAPÍTULO 42

Nowak le ofrece una silla al jefe de los gendarmes y le explica lo que acabo de decir. Me indica que continúe.

No sé dónde reanudar mi relato. Con Falcone presente, he de cuidar cada detalle al milímetro.

–Mi hermano –digo– debió de salir de la villa para buscarnos a Nogara y a mí. Nos vio a los dos junto al coche de Nogara.

Las 16:50 en la cámara de seguridad. La hora en que se ve pasar a Simón.

–¿Dónde estaba aparcado el coche? –pregunta Falcone.

Me está poniendo a prueba.

–En el pequeño aparcamiento que hay al sur de la villa –contesto–. Justo después de cruzar la puerta.

–Pero ¿por qué? –pregunta el arzobispo Nowak, impaciente ante la interrupción.

Las mentiras acuden a mi mente cada vez con mayor facilidad.

–Lo único en que podía pensar era en mi padre –digo–. Nunca se recuperó de la humillación sufrida delante de los ortodoxos. No podía permitir que a Simón le ocurriera lo mismo.

Falcone vuelve a interrumpir:

–¿Cómo sabía que tenía una pistola en el coche?

Había esperado pasar rápidamente por esta parte de la historia, porque, incluso ahora me parece tan inexplicable como la cuadratura del círculo. Simón debía de tener las llaves de la cadena del estuche de la pistola. Sin embargo, no tenía las llaves del coche. Tenía que saber la combinación, pero se vio obligado a romper la ventanilla con el puño. Hay algo en todo esto que ni siquiera ahora comprendo.

–Nogara volvió al coche –digo– para recoger las notas de su presentación. Cuando las estaba sacando de la guantera, vi el

471

estuche de la pistola debajo del asiento. No parecía que estuviera cerrado del todo. No sé por qué lo hice. Al ver el estuche, algo se desató en mí.

Los labios de Juan Pablo se separan. Respira por la boca. Siento asco de mí mismo.

Pero Falcone se muestra implacable.

–Entonces, ¿cogió la pistola del coche abierto?

–No. Ugo cerró y se fue a pie. Íbamos los dos discutiendo. A él no le importaba lo que ocurriera cuando los ortodoxos se enteraran. Creía que la exposición se había desbaratado. Yo... yo le dije que no le permitiría hacerlo. Lo amenacé. Entonces volví al coche a por la pistola.

El arzobispo Nowak asiente. Debe estar viendo el dato en las páginas que tiene delante: se encontró un cabello mío en el coche de Ugo, frente al asiento del conductor.

Pero Falcone no se deja despistar. El conflicto humano es para él irrelevante. Lo único que le importa es la pistola.

–¿Conocía usted la combinación del estuche?

–No. Como ya he dicho, no estaba bien cerrado.

–¿Y cómo quitó la cadena?

–No lo hice. Hasta que tuve que esconder el estuche, más tarde. Y entonces utilicé las llaves de Nogara.

Falcone arruga el entrecejo.

–¿Quiere decir que las cogió del cadáver?

Soy incapaz de sostenerle la mirada. Me limito a asentir.

–Continúe –dice Nowak.

–Alcancé a Ugo cuando volvía a los jardines. Solo pretendía asustarlo. Pero él ni siquiera se giraba para mirarme, así que fui directo hacia él. Vio la pistola. Levantó una mano para protegerse y, al hacerlo, golpeó el arma y esta se disparó.

Observo a Falcone, seguro de que recordará que en la autopsia se encontraron restos de pólvora en la mano de Ugo. Una sola herida de bala disparada desde muy cerca.

–¿Y dónde estaba su hermano mientras todo eso ocurría? –pregunta.

–Cuando Simón oyó el disparo, vino corriendo. Se arrodilló e intentó reanimar al doctor Nogara, pero ya era demasiado tarde.

Este último detalle no me lo he inventado. Creo que explica cómo Simón se llenó la sotana de barro.

—No sabía qué hacer —continúo—. Le supliqué que me ayudara.

El arzobispo Nowak levanta la vista de las hojas que tiene ante sí.

—Excelencia —digo—, mi hermano haría lo que fuera por mí.

De pronto, Juan Pablo se inclina hacia un lado, retorciéndose, como si las últimas palabras le hubieran asestado un golpe. Nowak se levanta para ayudarle.

Falcone, en cambio, no me quita ojo. En voz baja, casi inaudible, pregunta:

—¿Qué hizo exactamente su hermano por usted?

No se da cuenta de que mi historia, a partir de este punto, resulta prácticamente inatacable.

—Se deshizo de la billetera y del reloj —comienzo— mientras yo me deshacía del arma.

—¿De quién fue la idea de hacer que pareciera un robo?

—Mía. No descubrí hasta más tarde que a mi hermano se le había ocurrido otra idea.

Falcone está al acecho, dispuesto a saltar. Esperando, pero sin encontrar el momento oportuno.

—Lo último que me dijo —continúo— fue que cogiera mi coche, que bajara la montaña y esperase hasta que todos los asistentes a la reunión se hubieran marchado. Y que después llamara a mi amigo Guido para decirle que acababa de llegar de Roma. Simón me dijo que él tenía que regresar a la reunión, pero que volvería a reunirse conmigo en los jardines.

—No hay pruebas de que su hermano volviera a la reunión —dice Falcone.

No ve que ese es el punto crucial de mi historia.

—Me mintió —digo—. Nunca tuvo intención de volver.

Falcone parece desconcertado.

Pero diría que el arzobispo Nowak lo ha entendido. Piensa como un sacerdote. Por tanto, ve que existe una razón inmediata para el silencio de mi hermano: yo.

Sus tristes ojos eslavos me examinan, sin mostrar repugnancia ni compasión. Solo transmiten la vieja familiaridad centroeuropea con la tragedia. Sus manos organizan los papeles de la mesa de su jefe.

Falcone, en cambio, todavía no está satisfecho.

–¿Qué hizo con la pistola?

Mía es, como lo fue de la serpiente, la victoria. Meto la mano en la sotana y saco la bolsa de plástico con el estuche de la pistola. La prueba que barre todas las dudas.

Mientras Falcone la observa, veo cómo su mirada se va transformando. Las piezas por fin encajan. El único hecho que le interesa es el que se deriva de las pruebas.

–Y su hermano –dice con una voz desprovista de toda emoción– ¿ha estado protegiéndolo?

Pero, antes de que pueda contestar, Falcone gira con brusquedad la cabeza. Se ha puesto alerta, como si hubiera visto algo por el rabillo del ojo.

Entonces, también yo lo veo.

El santo padre se está moviendo. La mano derecha, la buena, oscila en el aire como haciéndole una seña al arzobispo Nowak.

Su Excelencia se inclina hacia la oreja de Juan Pablo. Entonces, una voz sale del viejo cuerpo, débil y ronca, demasiado afónica para que yo pueda entender nada.

Nowak me mira. Le cambia el rostro. Algo cruza por sus ojos. Le contesta en susurros a Juan Pablo, pero habla en polaco y no lo entiendo. Por fin, el papa asiente. Estoy paralizado en mi asiento.

Falcone observa con desconfianza mientras Nowak agarra las empuñaduras de la silla de ruedas. La silla avanza. Rodea el escritorio y pasa de largo ante Falcone. Hacia mí.

Juan Pablo tiene los ojos fijos en los míos. Son de un hipnótico color mediterráneo, de un azul pelágico. Rebosan de vida. No se le ha escapado ni una coma.

Todo mi cuerpo está tenso. El espinazo, curvado. Está viendo en mi interior. Para él soy un sacerdote sin cara, uno más entre decenas de miles, pero puede reconocer una mentira con tanta certeza como puede sentir el cambio de tiempo en sus huesos. Y el sufrimiento de su rostro me dice que ahora la está «sintiendo».

Cuando se halla a solo unos centímetros, hace señas a Nowak para que se detenga.

No sé qué más hacer. Me arrastro fuera de la silla y me inclino. La costumbre es besar el anillo del papa o postrarse para besarle el zapato, humillarse ante él. Yo me haría invisible si pudiera para esconderme de su presencia. He caído lo más bajo que se puede caer.

Nowak alarga el brazo y me toca en las costillas.

—Su Santidad desea hablarle.

El brazo de Juan Pablo se mueve. Por un instante, la manga blanca me roza la carne desnuda de la mano con una sensación eléctrica. Entonces, extiende el brazo y deja la pesada palma en mi mejilla, en mi barba.

Percibo su temblor. Rítmico, incesante. La cadencia de su enfermedad. Bajo la mano temblorosa, transmite una calidez pura, húmeda. Con este único gesto, me está diciendo que ya ha visto suficiente. Ahora está a punto de expresar lo que piensa. Abre la boca y gruñe unas palabras.

No las entiendo. Miro al arzobispo Nowak.

Pero Juan Pablo se crispa y eleva la voz.

—Ioannis —dice apretando más la mano contra mi barba.

Lo miro, paralizado. Preguntándome si he oído bien. Pero Nowak me avisa de que no diga una palabra. El santo padre no debe ser interrumpido.

—Ioannis Andreou —dice Juan Pablo.

Se ha confundido. En el fárrago de su mente, me mira y ve al hombre que recuerda de hace más de quince años.

Entonces, encuentra la fuerza para terminar:

—Era tu padre.

Se me corta la respiración. Me clavo los dedos en la palma de la mano, intentando no mostrar ninguna emoción.

—Tú —dice con una voz apenas articulada— eres el sacerdote con un hijo.

Me clava sus ojos oceánicos y, de pronto, quedo reducido a la partícula más ínfima de mi ser.

—Sí —contesto, luchando contra el ahogo que siento en la garganta.

Juan Pablo le lanza una mirada a Nowak, pidiéndole que termine el pensamiento por él. El esfuerzo está siendo demasiado grande.

—Su Santidad lo ha visto a usted con sus alumnos —dice Nowak—, cuando lo llevan a pasear por los jardines.

Me siento mal. La vergüenza me atormenta.

Juan Pablo hace oscilar la mano en el aire, señalándose a sí mismo.

–Yo –dice. Y luego apunta con la mano hacia Nowak–. Y él.

Nowak traduce:

–Su Santidad también era profesor de seminario. Fue mi maestro de Teología Moral.

Es una tortura sostener su mirada, resistir el impulso de desviar la vista. Juan Pablo vuelve a hundir la mano hacia el pecho.

–Y –dice en un susurro ronco– yo tenía un hermano.

Ahora tengo que cerrar los ojos. Sé lo de su hermano. Edmund. Catorce años mayor que él. Un médico joven, en Polonia. Murió de una fiebre que le contagió un paciente del hospital.

La voz del santo padre se llena de pronto de emoción.

–Habríamos hecho lo que fuera. El uno por el otro.

Solo existen dos razones por las que me diría una cosa así. Una es porque cree mi testimonio. La otra porque sabe que estoy mintiendo. Cuando abra los ojos, sabré la respuesta. Así que, por un segundo, soy incapaz de hacerlo.

Entonces, el silencio me crispa los nervios. Y miro.

La silla de ruedas ya se aleja. El arzobispo Nowak la empuja fuera de la habitación, hacia la biblioteca. Su Excelencia se gira para indicarme que lo siga. Lo último que veo, antes de salir tras él, es la expresión de Falcone. No sé descifrarla. El veterano policía no dice una sola palabra. Pero está pasando los dedos por el estuche de la pistola mientras marca un número en su teléfono.

–La causa queda sobreseída –dice el arzobispo Nowak al grupo reunido en la biblioteca–. Acabamos de oír una confesión.

Las miradas de todos son de conmoción. Percibo la incredulidad de los presentes.

Simón se pone de pie.

Todas las miradas se vuelven hacia él, una presencia mosaica de diez codos de estatura. Su negra figura atrae la electricidad del ambiente como un pararrayos. Nowak se interrumpe, sorprendido por la determinación que emana de él. Y, en esa pausa, mi hermano aprovecha para decir:

–Está mintiendo.

Mignatto y Lucio le lanzan una mirada de desaprobación. El promotor de justicia observa sin acabar de creer lo que está viendo.

–Está mintiendo –repite Simón–. Y puedo demostrarlo. Pregúntenle qué hizo con la pistola.

–Ha traído el estuche con la pistola –explica el arzobispo Nowak.

Simón parpadea. Ni se imagina las mentiras que he tramado. Pero aún le queda una última esperanza. Se vuelve hacia mí y me dice:

–Entonces, ábrelo.

Nowak parece a punto de interrumpir a Simón. Pero Juan Pablo levanta una mano crispada para dar su autorización.

Todos prestan atención, esperando.

–No sé la combinación –le repito a Nowak–. Ugo nunca me la dio

Simón baja la vista hacia mí. Me desgarra el corazón ver cuánto amor hay en esa mirada. Y cuánto asombro. Como si yo supiera que esta jugada jamás podría salirme bien, pero aun así la hubiera intentado. Y eso lo deja atónito, aniquilado.

Cuando habla, lo hace despacio y con la voz quebrada:

–Santo padre, no encontraréis la pistola en ese estuche. La enterré en uno de los parterres de los jardines, junto con la billetera, el reloj y la llave del hotel de Ugo. Puedo mostrarles el sitio a los gendarmes.

Me quedo helado. Antes de que pueda decir nada, Falcone entra en la habitación, lleva el estuche. Y está abierto.

–Su Santidad –murmura con evidente inquietud.

Cuando le muestra a Juan Pablo el interior, siento los ojos de Mignatto clavados en mí. Yo, en cambio, no puedo apartar la mirada del estuche.

Simón tiene razón. Donde debería estar el arma, solo hay esa cosa maldita y podrida. Inmortal. Invencible. Su cordón umbilical de cuero roído ya no mantiene unido el manuscrito. Las puntadas que hacen encajar ambas tapas, convirtiendo al Diatesarón en un libro prácticamente estanco, están abiertas. Si aquella noche se hubiera caído en un charco de Castel Gandolfo, como en otro tiempo cayó al Nilo, habría quedado empapado de la primera a la última página. Pero el estuche de la pistola le ha brindado una protección perfecta. Metida entre sus páginas, como un punto de libro, hay una cuartilla blanca en la que distingo la letra de Ugo. Son sus notas para la presentación ante los ortodoxos.

El arzobispo Nowak levanta con sumo cuidado el manuscrito. Pero es Juan Pablo quien alza la mano para señalar las notas. Nowak se las entrega. Y, durante un instante, el silencio reina en la habitación mientras las lee.

Centímetro a centímetro, la máscara de su rostro se desmorona. La angustia lo sobrepasa. Nowak retira poco a poco el papel de sus manos. Pero, en lugar de leerlo, se dirige a mí y me pregunta:

−¿Qué significa esto?

Simón interviene:

−Mi hermano no sabía que el libro estaba ahí dentro. Su confesión ha sido una mentira.

Falcone se echa mano al bolsillo trasero para sacar el pañuelo. Lo extiende en la palma de la mano y levanta con suavidad el estuche de entre las manos del santo padre.

Intento buscar palabras, engarzar algún argumento que revierta esta situación, que mitigue la culpabilidad de Simón. Pero la expresión de mi hermano al mirar el estuche revela un horror tal que cualquier idea se me hace pedazos. Simón evita el frío examen a que lo somete la mirada de Falcone. Ni siquiera es capaz de mirarme a mí.

El jefe de policía cierra el estuche. Pero lo mantiene cerca de Simón. La vista de ese objeto es un tormento para mi hermano, y Falcone lo sabe.

−Cójalo, padre −le dice.

Simón retrocede.

Los ojos del jefe de los gendarmes no muestran un ápice de humanidad.

−¡Cójalo! −repite.

−No.

−Ábralo.

−No volveré a tocar esa cosa nunca más.

−Entonces, deme la combinación.

Aturdido, Simón dice:

−Uno, dieciséis, dieciocho.

La misma combinación que la caja fuerte del apartamento de Ugo. El versículo de Mateo en el que se establece el papado.

Falcone marca los dígitos. Antes de abrir el cierre, vuelve a mirar a Simón. Algo ocurre entre ellos que no acabo de entender.

—Su hermano lo cogió por sorpresa, ¿eh? —dice Falcone.

Simón tiene la mirada perdida.

—No sabe de lo que habla.

Los dedos de Falcone presionan. La cerradura no se abre.

Simón se queda paralizado. Me mira a mí, como si Falcone y yo estuviéramos compinchados.

El viejo policía le da la vuelta al estuche y lo estudia desde todos los ángulos. Después, por vez primera, deja de mirar a Simón y se dirige a Juan Pablo.

—Santidad, una de las razones por las que los guardias suizos recomendaron este estuche es porque la combinación viene fijada de fábrica. No puede cambiarse. —Levanta un trozo de papel que tiene en la mano—. Acabo de llamar a la fábrica y «uno, dieciséis, dieciocho» no es la combinación.

Consultando el trozo de papel, va girando la ruedecilla de los números. La cerradura se abre con un clic. Siento que me falta la respiración.

—Padre —le dice Falcone a Simón—, lo he visto en sus ojos.

El arzobispo Nowak murmura:

—¿Qué ha visto, inspector? ¿Qué significa todo esto?

Falcone se queda mirando el estuche, como hipnotizado. En tono sombrío, dice:

—Había restos de pólvora en la mano derecha del doctor Nogara. —Pasa el índice extendido por el reborde del estuche, imitando una pistola—. Su mano de tiro.

El tono de su voz no puede ser más elocuente.

Y la expresión de Simón me dice que es verdad.

CAPÍTULO 43

–Simón… –digo.

No contesta. Observa abatido el estuche de la pistola.

El arzobispo Nowak me mira con ojos entornados, intentando ajustar mi confesión a la demostración que acaba de hacer Falcone.

Pero ahora yo lo sé. Por fin lo entiendo. El alivio es tan intenso que, al principio, no siento la tristeza demoledora que debería experimentar por la forma en que realmente murió Ugo.

–La única persona que conocía la combinación –dice Falcone– era Nogara. Él fue quien abrió el estuche.

Simón no dice nada. Mantendrá su silencio hasta el final.

–Pero él no habría necesitado romper la ventanilla para entrar en su propio coche –continúa Falcone–. ¿Qué ocurrió, pues, padre?

Es Mignatto quien lo dice, casi en un susurro:

–La cámara de videovigilancia.

Esos dos minutos que transcurren entre la llegada de Ugo y la aparición de Simón. Fue casi lo primero que Simón me dijo cuando llegué a Castel Gandolfo.

«Me había llamado. Yo sabía que estaba en apuros. He venido lo antes posible».

–Pero ¿por qué? –repite Falcone–. ¿Por qué rompió la ventanilla de su coche?

Eso explica la secuencia de sonidos que Mignatto oyó en las imágenes de videovigilancia. El disparo y luego la rotura de cristales.

Simón sigue sin hablar. Pero tampoco es necesario.

–Porque –digo– el estuche estaba en el coche.

–Pero Nogara ya había abierto el estuche –objeta el promotor de justicia–. Estaba vacío.

Pero no, no estaba vacío. Simón no habría vuelto a cerrar un estuche que no podría volver a abrir. El estuche debió de cerrarse antes de que cayera en sus manos.

—Ugo guardó el manuscrito ahí dentro –digo.

Esa noche llovía a cántaros. Quería proteger el Diatesarón.

—¿Cómo lo sabías? –le pregunto a mi hermano con una vez apenas audible.

Simón no habría salvado el estuche de la pistola de no haber sabido lo que contenía. Y no podía haberlo sabido a menos que Ugo se lo dijera.

Mi hermano sigue empeñado en no hablar. Pero yo no dejo de pensar en esos dos minutos que lo separan de Ugo.

—¿Lo alcanzaste antes de que muriera? –le pregunto.

Simón levanta la mano para silenciarme. Luego, acerca el pulgar y el índice hasta casi juntarlos. Casi. Y me observa, con mirada insondable, a través de esa pequeña rendija.

Me quedo sin habla. Ojalá sus enormes zancadas hubieran sido un poco más largas. Un poco más rápidas. En mi mente veo ahora a Simón a los quince años, en el estrecho balcón de San Pedro, alargando los brazos para impedir que aquel desconocido saltara. Me pregunto cuánto le faltó esta vez para impedirlo, cuáles fueron las últimas palabras que intercambió con ese amigo cuya vida creía haber salvado ya.

Pero ni siquiera un inicio de explicación sale de la boca de mi hermano. La habitación está en silencio. Por fin, el arzobispo Nowak habla con un hilo de voz. En las manos tiene las notas de la presentación de Ugo.

—¿Por qué habría de ocultarnos esto? –pregunta–. ¿Por qué ustedes dos querrían ocultárnoslo?

Observo a Simón. No quiere mirar a Nowak, pero tampoco desea faltarle al respeto y rehuir por más tiempo su mirada. Tiene tensos los músculos del cuello. Se le hinchan las aletas de la nariz.

—¿Por qué? –repite el arzobispo.

Ni siquiera ahora articula Simón el más mínimo sonido. Pero una voz más débil habla, casi ahogándose al formular una pregunta, y la habitación enmudece.

—¿Por qué haría algo así –dice Juan Pablo–, el pobre, quitarse la vida?

El mayor crimen de Judas fue el suicidio. Hasta hace bien poco, a los suicidas se les negaba un entierro religioso, incluso una parcela en el cementerio. Con todo, no fue por vergüenza por lo que Simón ocultó la verdad.

Juan Pablo pega un sonoro manotazo. Dice en un gemido:

—¡Contésteme!

Finalmente, Simón se ablanda. El manto de silencio se derrumba.

—Santidad —dice—. Ugo nunca supo lo mucho que la exposición significaba para usted hasta que vio a los patriarcas en Castel Gandolfo.

Juan Pablo frunce el ceño.

El arzobispo Nowak dice:

—¿No le dijo usted que iba a dirigirse a los ortodoxos?

Simón no responde. Se niega a culpar a nadie más.

Pero Juan Pablo grazna:

—Usted hizo lo que yo le pedí.

Mi hermano jamás presentará los hechos de modo que involucren al santo padre. Así que dice:

—Le supliqué que no le contara a nadie lo que había descubierto sobre el sudario. Se lo supliqué. Pero Ugo insistía en decir la verdad. Fue a Castel Gandolfo para contarles a los ortodoxos lo que había descubierto. Pero entonces vio quiénes había entre el público. Nunca supo, hasta ese momento, lo que la exposición iba a hacer posible. No habría podido vivir si hubiera tenido que mentirle a usted sobre el sudario, pero tampoco se habría perdonado a sí mismo por destruir su sueño de reconciliación con los ortodoxos. —El rostro de mi hermano revela un sufrimiento atroz. Se pone de rodillas ante el papa—. Santo padre, no sabe cuánto lo siento. Por favor, perdóneme.

Pienso en Ugo, solo, llegando a Castel Gandolfo con sus notas y el manuscrito, preparado para llevar a cabo el acto más valiente de su vida, para desacreditar el sudario que había considerado tan preciado como la vida de un niño, para sacrificarlo en nombre de la verdad. Mi bravo amigo. Intrépido hasta el final. Incluso ante el horror, la atrocidad de su último acto.

Juan Pablo le pregunta en un murmullo a Simón:

—¿Por qué no podía contarme esto?

Mi hermano trata de recomponerse. Por fin, contesta:

—Porque, si usted lo hubiera sabido, jamás les habría ofrecido el sudario a los ortodoxos. Y, sin nada que ofrecerles, no había esperanza de reunificación. Ugo estaba dispuesto a morir por este secreto. Su decisión fue también la mía.

He visto miles de imágenes de Juan Pablo. Es uno de los hombres más fotografiados de la historia. Pero nunca lo había visto así. Las líneas de su rostro convergen en una mueca de dolor. Cierra con fuerza los ojos. La cabeza se bambolea hacia atrás y le tensa los músculos del ancho cuello. El arzobispo Nowak se inclina hacia él y susurra palabras de preocupación en polaco.

Haces de luz se reflejan en las mejillas de Simón. Ni un solo cabello se le mueve.

De inmediato, Nowak anuncia:

—Haremos una pausa hasta que el santo padre desee reanudar esta reunión.

Y, acto seguido, se lleva a Juan Pablo al estudio anexo y cierra la puerta.

Un momento después, otra puerta diferente se abre. Monseñor Mietek, el segundo secretario, entra bruscamente en la habitación. Pálido, nos dice:

—Los veo a todos ustedes abajo, en el ascensor de servicio. Ahora mismo.

Y nos hacen salir a todos juntos. Mientras esperamos en el pasillo, Mietek mantiene el dedo en el botón de llamada del ascensor. Cuando este llega, nos hace entrar y pulsa el botón. Solo en el último momento, le pone a Simón la mano en el antebrazo y le dice:

—Usted no, excelencia. Usted debe quedarse.

Sucede con tanta rapidez que apenas puedo ver a Simón antes de que las puertas se cierren entre nosotros. Él me devuelve la mirada. No mira a ninguna otra persona, a ninguna otra cosa. Al fondo, en la distancia, se abre una puerta. El arzobispo Nowak está en el umbral, mirando a mi hermano, que no ve nada: solo a mí.

CAPÍTULO 44

Lo espero durante el resto de la mañana. Luego, por la tarde. Observo desde las ventanas de mi apartamento hasta que las copas de los árboles empiezan a mecerse, hasta que la basura de las calles adoquinadas comienza a girar y esparcirse, empujada por un viento creciente. La lluvia no tardará. Justo después de las cinco, oigo unos golpes rápidos en la puerta. Corro a abrir.

Es el hermano Samuel. Tiene el rostro crispado. En tono descompuesto, me dice:

—Rápido, padre Alex. Tiene que ir abajo.

Corro escaleras abajo. Lo que me encuentro, sin embargo, no es a mi hermano, sino una pequeña procesión. Por la puerta del servicio de salud salen dos diáconos, precedidos por un acólito que porta una cruz. Les sigue un sacerdote cantando en voz baja, y detrás viene el ataúd de Ugo.

Fuera, en el aparcamiento, no espera ningún coche fúnebre. La procesión recorre a pie las calles, bajo una lluvia fina, y luego dobla a la izquierda justo antes de la puerta fronteriza para entrar en la iglesia parroquial del Vaticano.

Las andas de metal aguardan en la nave vacía. Elevan el féretro hasta depositarlo sobre ellas, con los pies de Ugo encarados al altar. Cada movimiento es suave, solícito, silencioso. Salgo a la calle y telefoneo de nuevo a Simón. Sigue sin responder.

Al otro lado de la puerta, el sacerdote cuelga una esquela en un tablón: LLAMADO A LA VIDA ETERNA. UGOLINO LUCA NOGARA. El velatorio será esta noche. La misa, por la mañana. Después se celebrará el sepelio.

Mientras lo observo pronunciar las palabras, oigo la lluvia detrás de mí, rebotando en los peldaños, salpicándome la sotana. Cuando el sacerdote desaparece, cojo el tablón y lo coloco fuera, al aire libre, donde cualquier peatón pueda verlo. Pero no hay nadie en las calles. Un trueno retumba a lo lejos.

Desde la puerta de la iglesia, miro el palacio papal que se alza al otro lado de la calle, esperando ver aparecer a Simón por el pasaje abovedado. El breve velatorio será la única ocasión para los elogios fúnebres. Una vez que comience la misa del funeral, no se permitirá ninguno. De todos modos, no se ve ni un alma.

Por fin, me decido a acercarme al ataúd para rezar. Ese féretro cerrado me parece casi una acusación. Sin duda, los empleados de la funeraria habrán podido disimular las heridas de Ugo; pero de todo esto se deduce un mensaje, de esa forma apresurada de traer a Ugo a esta iglesia, de la esquela colgada en un tablón escondido o de la ausencia de lugareños tras asistir al paso de un féretro por las calles. Aducirán que estaba lloviendo, o que no conocían a Ugo. Cualquier cosa, excepto que fue un suicidio.

Me siento en el primer banco y ofrezco mis plegarias. Luego, para llenar el silencio, le hablo. Le cuento lo de la exposición, el gran éxito que ha tenido. Le hablo al ataúd, pero en mi mente me dirijo al Ugo vivo, allí donde se encuentre ahora.

Poco antes de oscurecer, oigo que alguien entra en la iglesia. Me vuelvo y veo al ayudante de Ugo, Bachmeier. Se sienta en un banco del centro y reza durante casi un cuarto de hora. Al acabar, se acerca y me pone la mano en el hombro, tomándome por uno de los deudos. Ugo creyó que este hombre nunca le tuvo el más mínimo aprecio. Antes de que Bachmeier se marche, le doy las gracias

Cuando ya se ha ido, el párroco viene hacia mí.

–Padre –me dice–, sabe que puede quedarse todo el tiempo que desee. Pero, si está esperando a que amaine la tormenta, puedo prestarle mi paraguas.

Le aclaro que no voy a irme, que mi hermano llegará pronto. El párroco me hace compañía durante unos momentos; me pregunta de qué conocía a Ugo y admite que él mismo no llegó a conocerlo demasiado bien. Cuán diferente es el silencio de un funeral del silencio de un bautismo o una boda, donde reina una quietud plena de esperanza y expectación. Para llenarlo, el párroco me pregunta por el rito griego, por el anillo que llevo en la mano derecha. Y, aunque no me apetece hablar de ello, lo cierto es que todos somos embajadores de nuestras iglesias y tradiciones. Seis años de casado, le cuento. Sacerdote vaticano de octava generación. Y lo que mi hijo más desea en el mundo es convertirse en futbolista profesional. Sonríe.

–Todavía tiene la sotana mojada –me dice–. ¿Me permite que se la seque?

Declino el ofrecimiento y dejo que se vaya.

Llega la medianoche. Las velas que rodean el féretro brillan con más intensidad. De súbito, parece que tras de mí hubiera cambiado el aire. El ruido de la lluvia se oye ahora en sordina. Algo grande está bloqueando el sonido. Reconozco esa forma de atravesar el aire, reconozco las largas zancadas silenciosas que se aproximan.

Se arrodilla a mi lado. Su silueta tiene contornos dorados a la luz de las velas. Mis dedos se aferran a las andas del féretro. Con un penetrante suspiro, extiende los brazos sobre el ataúd, como si fuera a rodear a Ugo con ellos. Después, inclina la cabeza hasta tocar la madera y gime afligido.

Lo veo llevarse la mano al alzacuello. Se quita la cadenita que lleva colgada. En el extremo de esta, junto a la cruz latina, hay un anillo. El anillo de obispo. Cierra la palma en torno a él y lo deja en el ataúd. Luego se gira y me pone las manos en los hombros. Nos fundimos en un abrazo.

Susurro:

–¿Qué te han hecho?

No me oye. Tan solo responde:

–Cuánto lo siento.

–¿Te han expulsado?

Del sacerdocio, de la única vida que ha conocido.

Contesta:

–¿Quién ha pronunciado los elogios fúnebres?

–Nadie. Nadie sabe que Ugo está aquí.

Entrelaza las manos hasta formar un puño que luego se aprieta contra la mandíbula. Se pone de pie y observa la madera del ataúd. Su mirada parece atravesarla.

–Ugo –murmura.

Habla en voz baja, con el volumen de una plegaria, no de un elogio fúnebre. Retrocedo para dejarle espacio. Pero el silencio es tan puro que incluso oigo su respiración jadeante y el áspero carraspeo que precede a sus palabras.

—Estabas equivocado —dice—. Dios no te abandonó. Dios no dejó que fracasaras.

Se inclina hacia delante, casi encorvado, como imagino que debió hacer tiempo atrás, cuando encontró a nuestro padre en el suelo después de su ataque al corazón, sintiendo la necesidad de mecerlo, de consolarlo incluso en la muerte. Habla con seriedad, pero sus manos se mueven a tientas en la oscuridad, con ternura, como si esta caja de madera le pareciera algo cruel, implacable. Cuán poderosa es esta barrera que ni siquiera unas manos tan fuertes pueden derribarla. Y, mientras observo su enorme figura inclinada sobre el ataúd para susurrarle a su amigo, pienso cuánto quiero a mi hermano, y hasta qué punto me resulta imposible imaginármelo fuera del sacerdocio.

—Ugo —dice, en tono tan grave que estoy seguro de que aprieta los dientes para no dar rienda suelta a la emoción—, Dios me puso en tu camino para ayudarte. Soy yo quien te falló.

—No —intervengo—. Simón, eso no es verdad.

—Perdóname —susurra—. Oh, Dios, perdóname.

Con mano vacilante, se santigua y luego esconde el rostro entre las manos.

Lo rodeo con el brazo. Lo atraigo hacia mí y lo mantengo abrazado. Su cuerpo colosal se estremece. La llama de los cirios mengua y luego se reaviva. Observo sus manazas ahora cerradas en un puño, apretadas contra los muslos, y en silencio lo acompaño en su plegaria. Ruego a Dios que nos perdone, a todos nosotros.

Esperamos durante dos días a que llegue el castigo. Los dos días se convierten en cuatro. Luego, en una semana. Ninguna carta en el buzón. Soy incapaz de salir de casa a tiempo para llevar a Pedro al colegio. Se me quema la cena. Mi distracción es absoluta. Cada día que pasa se altera la previsión de nuestra espera. Primero, pensamos que quizá sean semanas. Llegado octubre, me doy cuenta de que podrían ser meses.

A menudo voy a ver a Ugo al cementerio, procurando que no me vean quienes también están allí para visitar a sus difuntos, pues no quisiera escandalizar a los lugareños que puedan vernos a mí o a Simón junto a la tumba de Ugo. Nunca se sabe lo que pueden haber oído. Después de tantos días rezando desde lejos, la distancia empieza a parecer simbólica. Cuando Ugo me abandonó, lo mantuve apartado. Nunca dejé que volviera a mi vida. Quizá esa sea una falta leve en el mundo de los seglares, pero bastante grave para un sacerdote. La Iglesia es eterna, resiste cualquier adversidad. Por eso, con independencia de lo que ocurra con el sudario de Turín, en mi corazón sé que los católicos y los ortodoxos se reconciliarán algún día. Pero la vida de cada hombre es preciosa y breve. Guido Canali me habló una vez de un anciano de Castel Gandolfo cuyo único trabajo consiste en coger los huevos de los gallineros sin romperlos.

—Un trabajo —me dijo Guido— que aparentemente podría hacer cualquiera, pero que no se hará bien si no tienes unas manos especiales.

Pienso con frecuencia en esas palabras cuando estoy en el cementerio. Diría que también pueden aplicarse a los sacerdotes.

Durante las pausas de mi jornada, visito la exposición. Satisface una necesidad que parece estar convirtiéndose en adicción, el ansia por ver a la gente interactuando con Ugo. Su presencia todavía se siente; alguna parte de él sigue aquí, intacta. Estas salas son un relicario que guarda lo mejor de un hombre bueno. Y, sin embargo, también me asalta una feroz desazón cuando veo a estos miles de personas inocentes observando las paredes, leyendo los rótulos estarcidos, siguiendo la cronología de arte cristiano preparada por Ugo. No han venido aquí para honrar la memoria de un viejo amigo, sino el lienzo de Cristo que sigue expuesto en la Capilla Sixtina, así que para ellos esta exposición constituye un relicario de un tipo diferente. Contiene tanto ornato y grandiosidad —pinturas tan formidables, manuscritos tan antiguos y una confesión tan sincera del robo del sudario a los ortodoxos— que todos se convencen de que la reliquia es auténtica. Una multitud de gente reacciona de la misma forma; primero asienten en señal de comprensión y aquiescencia y luego chasquean la lengua e incluso se llevan la mano al corazón, como si dijeran: «Lo sabía». La exposición ha autorizado al mundo a creer de nuevo. Al igual que la noticia de que el santo padre va a devolver el sudario a los ortodoxos, algo que casi toda Roma parece haber considerado no un hito en las relaciones de la Iglesia, sino una prueba de que la exposición de Ugo muestra la verdad evangélica en lo que respecta al sudario. Si Juan Pablo pudiera ver a la gente en estas salas, sabría lo que yo sé Echaré de menos esta presencia cercana de Ugo. Pero la exposición no puede continuar.

El 12 de octubre, me convocan en el despacho del rector del preseminario, el padre Vitari. Será la única reunión no programada que he tenido con mi jefe. Vitari es un buen hombre. No suele protestar si tengo que llevarme a mi hijo al trabajo o pido días libres porque Pedro está enfermo. Aun así, percibo una extraña hospitalidad cuando me ruega que me siente y, de buenas a primeras, me pregunta si quiero beber alguna cosa. Veo que mi expediente personal está sobre la mesa. Me invade una sensación de tristeza. Los pequeños pero insistentes temores que han estado rondándome como moscas, la incertidumbre sobre el futuro, se aquietan ahora para quedar a la expectativa. De modo que es así como va a suceder. Mignatto dijo que el veredicto llegaría en forma de documento emitido por el tribunal, pero ahora veo cuánto más fácil sería barrer calladamente el problema bajo la alfombra. No resultaría difícil, en un país de sacerdotes, encontrar sustituto para un profesor de los Evangelios.

No obstante, Vitari levanta el expediente y me pregunta si soy consciente de que llevo cinco años en el preseminario.

–Cinco años –repite, y entonces sonríe–. Lo cual significa que tiene derecho a un aumento.

Salgo de allí tras estrecharle la mano y con una tarjeta firmada por todos mis alumnos, como muestra de gratitud. Salgo, también, temblando y con una vaga sensación de náuseas. Esa noche, empiezan los sueños. Soy otra vez un niño. Vuelvo a ver la caja de naranjas sanguinas que cae sobre Guido en la estación de tren. Veo al suicida que salta y atraviesa el espacio de San Pedro hasta estrellarse en el suelo. Siento una tirantez en el pecho, como si un dedo entrelazara una flecha en las fibras de mi corazón. Bien pronto, incluso a plena luz del día, empiezo a notar un runrún en mi interior, una nota grave de ansiedad que parece la vibración lejana de un tren que se aproxima. Tengo miedo No sé qué va a ocurrir, pero me asusta.

Una mañana, el director de los museos anuncia que la exposición terminará antes de lo programado. Alguien, posiblemente Lucio, filtra a los periódicos que detrás del asunto están los politiqueos de la Iglesia. Un periodista de *L'Espresso* desarrolla esta idea en un artículo: en él sostiene que Juan Pablo ha ordenado echar el cierre porque temía que los ortodoxos se ofendieran. Al fin y al cabo, estamos haciendo caja gracias a una reliquia que les hemos prometido, y eso no puede continuar. Así pues, el último día de la exposición, vuelvo para despedirme de ella. La cantidad de visitantes es asombrosa. La exposición batirá cualquier récord imaginado. Apenas llego a ver las paredes a través del mar de gente. La presencia de Ugo se está desvaneciendo.

Esa noche, el sudario abandona la Capilla Sixtina. El portavoz de Juan Pablo anuncia que, por razones de seguridad, no se revelará la ubicación del lienzo. La impresión es que nos preparamos para enviarlo al Este. Pero, cuando le pregunto a Leo si la Guardia Suiza ha visto salir algún cargamento importante por cualquiera de las puertas, la respuesta es que no. Le repito la pregunta cada día hasta que él mismo está tan sorprendido como yo de que la respuesta nunca cambie. Algo más adelante, un periodista pregunta qué novedades hay en este asunto, y el portavoz papal explica que la logística es complicada y las negociaciones se llevan en privado. En otras palabras: no esperen noticias sobre el sudario o los ortodoxos durante un tiempo.

Pronto los otros sacerdotes de mi iglesia griega empiezan a preguntarme si los rumores son ciertos, si la salud de Juan Pablo se ha convertido en un obstáculo, si se está muriendo demasiado deprisa para poder gestionar los siguientes pasos con los ortodoxos. Les contesto que no puedo saberlo. Aunque lo cierto es que lo sé. Los rumores aciertan de un modo que mis colegas no entenderían: este asunto se ha convertido para Juan Pablo, como lo fue en su día para Ugo, en una cuestión de conciencia. El papa preferiría morir antes que basar la reconciliación en una mentira. Y, con ese inestimable aliado que es el tiempo, eso es justamente lo que pretende hacer.

En el Evangelio de san Mateo, hay una parábola sobre un enemigo que llega de noche y siembra cizaña en el campo de trigo de un hombre. Los siervos del hombre le preguntan si tienen que arrancar la cizaña, pero su señor les dice que esperen, porque podrían arrancar el trigo bueno junto con la cizaña. Y añade que deben dejar que todo crezca hasta el día de la cosecha; entonces, el trigo será cosechado y la cizaña irá a la hoguera.

Yo no pretendía sembrar cizaña, ni en la vida de Ugo ni en la de Juan Pablo. Pero, en el silencio que ahora rodea al sudario, oigo al señor diciéndoles a sus siervos que esperen, que no sieguen aún. Mientras tanto, sigo esperando el día de la cosecha.

Mona me sorprende al preguntarme si puede acompañarnos a Pedro y a mí a la liturgia griega. Dos días después, propone que asistamos a otra. La tercera vez, se las ingenia para preguntarme cuándo me confesé por última vez. Cree que me hará bien.

Mi esposa no lo entiende: ya lo he intentado. Sin embargo, jamás en mi vida me había sentido tan inmune al poder del perdón. Una enfermera nunca deja de creer que existe una cura, pero, a diferencia de los pacientes de Mona en el hospital, el causante de mi mal soy yo mismo, y contra eso no hay medicina posible.

Con todo, poco a poco me voy dando cuenta de que la mujer que intenta ayudarme ya no es la misma con la que me casé. Es más bien, la esposa y la madre que abandonó a su marido y a su hijo, la que vivió años de torturada soledad y ahora surge ante mí como una maestra consumada en el arte de culparse a uno mismo. En eso, yo no soy más que un aprendiz. Ella me está ayudando porque me ama, porque conoce esta oscuridad y el mapa para atravesarla. Ciertamente, no existe medicina, pero este viaje ya no tendré que hacerlo solo.

A mitad de noviembre, los *sampietrini* comienzan a levantar un andamio en el centro de la plaza de San Pedro. Cada año, montan un nacimiento navideño mayor que el del año anterior, el cual permanece oculto tras cortinas de casi cinco metros hasta el día de Nochebuena. Pedro rodea su perímetro como un detective, inspeccionando los escombros, tratando de oír las conversaciones de los obreros, buscando agujeros en la lona por los que espiar. Cuando los griegos comienzan su ayuno de cuarenta días previo a la Navidad, los católicos romanos ya han llenado los mercados de dulces, quesos y carnes curadas típicos de estas fiestas, ninguno de los cuales van a poder comer los católicos orientales. Este año, eso será un alivio para mí. Mientras Mona y Pedro compran en la Piazza Navona, yo prosigo solo mi camino para visitar a Simón.

Está en una pequeña iglesia, en las afueras de Roma. El párroco del lugar lo ha acogido como a un gato callejero. La Secretaría le ha dado a Simón un permiso temporal, y el sentimiento de culpabilidad lo ha empujado a salir de los muros vaticanos. De modo que ahora sirve cenas en una cocina comunitaria y, la mayoría de las noches, ayuda en un albergue católico. Yo mismo lo acompaño a veces, y luego, a altas horas de la madrugada, cuando los bares han cerrado y casi toda Roma duerme, volvemos a su pequeña iglesia y nos sentamos juntos en un banco.

Al principio, solo hablamos de los asuntos de costumbre. Pero alguna noche la espita se abre un poco más. Aquí parece estar siguiendo una segunda formación sacerdotal, desprendiéndose de las capas de barniz de la Secretaría y puliendo las viejas ambiciones de nuestro padre para comprobar qué queda. Yo escucho, sobre todo. Diría que Simón me está preparando para transmitirme alguna conclusión a la que ha llegado sobre su vida. En este lugar se refugió hace mucho tiempo san Pedro, quien tuvo una visión de Jesús mientras huía de la persecución del emperador Nerón. «*Domine* –le preguntó san Pedro–, *quo vadis?*». «Señor, ¿adónde vas?». Y la visión le respondió: «*Romam vado iterum crucifigi*». «Voy a Roma, a ser crucificado de nuevo». En aquel momento, Pedro entendió los planes que Dios tenía para él. Aceptó el martirio y dejó que el emperador Nerón lo crucificara en la colina del Vaticano. En Roma, existe una iglesia para cada etapa de la vida de un hombre, y esta es la iglesia de los puntos de inflexión. Una de estas noches, me digo a mí mismo, seré yo quien le dé a mi hermano noticias sobre mí.

Hay algo más de seis kilómetros entre la iglesia de Simón y las puertas del Vaticano. Seis kilómetros son muchos para recorrerlos a pie, pero un peregrinaje no debe hacerse en coche. La caminata me lleva por el Panteón, la Fontana de Trevi y la escalinata de la plaza de España, todo ello a altas horas de la madrugada. Todavía se ven algunos turistas y parejas jóvenes en las plazas, pero para mí son tan invisibles como las palomas o el tráfico nocturno. Lo único que veo es la Academia donde estudió Simón, la plaza donde Mona y yo tuvimos nuestra primera cita o, en la distancia, el hospital donde nació Pedro. En cada punto kilométrico, me detengo y rezo una breve oración. En cada vecindario del camino, mis ojos se fijan en los tendederos de las callejuelas, los balones de fútbol dejados en los portales, las luces festivas con la forma de la Befana o de *Babbo Natale* y su reno.

Seis kilómetros recorridos en una noche de diciembre son como un río que fluye entre la penitencia y la oración, así que, cuando llego a casa, mis fatídicos presagios se han mitigado. Consulto el contestador, por si hay noticias de algún veredicto. Pero el veredicto es siempre el mismo: Pedro está dormido y apenas se mueve cuando lo beso en la frente. Y, cuando me deslizo en mi cama, Mona susurra:

—Estás helado; no me toques con esos pies. —Sonríe, se acerca para acurrucarse contra mi pecho y entonces llena ese vacío que solo ella es capaz de colmar. En esas noches, de nuevo me invade una sensación de absoluto asombro. La rodeo con el brazo—. ¿Está mejor? —murmura. Porque ha hallado un lugar en su corazón para el cuñado que tantos recelos le despertaba. La beso en la nuca y le miento. Digo que Simón parece estar mejor cada vez que lo visito—. Tiene que saber que ha sido perdonado —dice.

Y tiene razón. Pero para hacerle creer esas palabras se requiere un poder mayor que el mío.

Lo último que Mona siempre dice es:

—¿Se lo has contado a Simón?

Le toco la espalda desnuda, la curva suave y desprotegida del hombro. He vivido durante años con un pie en el ayer. Ahora apenas soy capaz de dormir pensando en el mañana. ¿Se lo he contado? No. Porque creo que habrá tiempo para eso.

—Todavía no —contesto—. Pero lo haré pronto.

El 20 de diciembre, justo antes del alba, recibo un mensaje en el teléfono. Leo.

493

«Bebé nacido a las 4:17. Sano, 3,2 kg. Alessandro Matteo Keller. Agradecidos de corazón alabamos al Señor».

Miro la pantalla en la oscuridad. Alessandro. Le han puesto mi nombre.

Aparece un segundo mensaje.

«Queremos que seas el padrino. Ven a vernos. Estamos abajo».

Abajo. Sofia ha dado a luz en el servicio de salud. Tienen un bebé vaticano.

Cuando llegan Pedro y Mona, Simón ya está allí. Sostiene al recién nacido, envolviéndolo en sus manos inmensas como hacía en otro tiempo con Pedro. En sus ojos percibo esa frágil mirada de alerta que tan bien recuerdo, la actitud protectora mezclada con el asombro. Parece ese hermano mayor que me crio, el muchacho escondido en un cuerpo de hombre. Mona se le acerca y pasa tiernamente el dedo por el gorrito azul que cubre la cabeza del bebé. Al verla junto a mi hermano, siento un repentino nudo en la garganta. Observo a Simón mientras baja a Alessandro para que ella lo tome en brazos. Antes, sin embargo, Mona alarga la mano y pone la palma en el pecho de Simón, por encima del corazón, donde debería estar la cruz de obispo. Él mira esa mano y abre unos ojos sorprendidos, interrogantes. La oigo susurrar:

—Hicieras lo que hicieras, Ugo te perdona.

Esas palabras lo dejan tocado. En cuanto Mona coge al bebé, Simón murmura una felicitación a Leo y a Sofia y se encamina a la puerta.

Me reúno con él arriba, en el pasillo que lleva a nuestro apartamento, donde se ha sentado con aire aturdido entre las cajas de la mudanza. Debería habérselo dicho. Debería, pero sabía que no estaba preparado.

Simón se incorpora. Dice: «No pueden hacerte esto. No pueden obligarte a mudarte».

Se lo explico. Nadie nos obliga. Queremos ser de nuevo una familia. En este lugar hay demasiados fantasmas.

Se queda mirando la puerta del apartamento, la puerta que ya no puede abrir con su llave, y me escucha mientras le describo el sitio nuevo que he encontrado. Cuando volvía de visitarlo en Domine Quo Vadis, le cuento, me enamoré de uno de los vecindarios. Dos amigos del colegio de Pedro viven en el mismo edificio. Pertenece a la Iglesia, lo que significa que el alquiler está regulado. Y ahora, con dos salarios, Mona y yo podemos permitírnoslo.

Simón parpadea con incredulidad. Comienza un enrevesado discurso sobre una cuenta de ahorro que abrió para Pedro. No es mucho, dice, pero Mona y yo podemos disponer de ese dinero para el depósito de la nueva vivienda.

Tengo que desviar la mirada. Parece destrozado. Empiezo a disculparme, a decirle que quería contárselo, pero él me interrumpe:

—Alex, he solicitado otro puesto.

Nos escrutamos el uno al otro. Qué lejos parecemos estar ahora. Un puesto nuevo: de vuelta al servicio de la Secretaría. *Domine, quo vadis?* A Roma, a ser crucificado de nuevo.

Cuando le pregunto qué destino ha pedido, me dice que a ningún lugar concreto. Solo lejos del mundo ortodoxo. Con súbita vehemencia, me habla de los cristianos a los que están matando en Oriente Medio, de los católicos perseguidos en China. Siempre existe una causa por la que luchar, y la causa lo es todo, una vez más. Miro la caja abierta que tiene al lado, en la que Pedro ha intentado escribir la palabra *cocina*. Nuestra pequeña vajilla de porcelana, envuelta en papel de carnicería. Le tiendo la mano para ayudarlo a levantarse. Le pido que venga a cenar con nosotros en Nochebuena.

La cortina cae en Nochebuena. El nacimiento de la plaza de San Pedro es mayor que nunca, con un establo tan grande como una posada. Pedro está encantado con el buey de tamaño real y las ovejas que rodean el pesebre. Mona y yo vamos a patinar sobre hielo en Castel Sant'Angelo. Solo regresamos para la cena de Nochebuena.

Según la tradición oriental, en Nochebuena, el niño de menor edad debe estar alerta para ver la primera estrella en el cielo. Así que Pedro hace guardia en la ventana de su habitación mientras yo esparzo paja por la mesa y Mona pone el mantel blanco, los símbolos del pesebre en el que pusieron al Niño Jesús. En el centro de la mesa, Simón coloca una vela encendida en la hogaza de pan, el símbolo de Cristo, la luz del mundo. Cuando nos sentamos a comer, dejamos la puerta entreabierta y una silla vacía en la mesa, para recordar que los padres de Jesús eran por entonces viajeros que dependían de la hospitalidad ajena. Estos últimos años, la silla vacía y la puerta abierta me llenaban de melancolía. El momento me hacía pensar en Mona. Esta noche, mi corazón está colmado. Ojalá Simón pudiera experimentar la misma paz.

Estamos a punto de empezar a comer cuando nos interrumpe un ruido. Un golpe en la puerta, seguido del crujido que hace al abrirse. Levanto la vista. Se me cae el trozo de pan de la mano. En el umbral está monseñor Mignatto.

Me pongo de pie atropelladamente.

–Por favor –le digo–, pase. Pase usted.

Mignatto parece nervioso.

–*Buon Natale* –dice–. Mis disculpas por la intrusión.

Sin que parezca ser consciente de ello, Simón susurra:

–Esto no. Esta noche no.

Monseñor tiene el rostro apagado, exánime. Pasea la vista por la habitación y parece darse cuenta de la ausencia de muebles, aparte de la mesa y las sillas en las que cenamos. Las paredes presentan una sucesión de marcas fantasmales allí donde antes estaban los marcos ahora descolgados y embalados.

–Es nuestra última cena aquí –digo en voz baja.

–Sí, ya me lo dijo su tío.

Está tan alterado… Busco alguna señal que me indique por qué ha venido, pero no veo ni maletín ni documentos jurídicos.

Mignatto se aclara la garganta.

–La decisión del santo padre se anunciará esta noche.

Simón lo mira fijamente.

–Se me ha pedido que confirme dónde ha de enviarse la comunicación –continúa con evidente esfuerzo.

–Aquí –contesto.

Mignatto añade:

–Me gustaría estar presente cuando llegue.

Estoy a punto de darle mi aprobación, pero él sigue hablando:

–Sin embargo, mis instrucciones son otras. Así que, sea cual sea la noticia, espero que me llame, padre Andreou.

Con voz desvaída, mi hermano dice:

—Gracias, monseñor, pero no será necesario. Sé que no puede apelarse.

Los ojos de Mignatto muestran todo su abatimiento. Dice:

—Aun así, quizá esté en mi mano ofrecer alguna alternativa. O consuelo.

Simón asiente, pero en su gesto se adivina que no habrá llamada telefónica. No volveremos a ver a monseñor.

Durante un momento, solo rompen el silencio los amortiguados villancicos de nuestros vecinos y los gritos excitados de los niños en la escalera. Esta noche reina la alegría, en otros lugares.

—Monseñor —dice Simón—, le agradezco todo lo que ha hecho por mí.

Mignatto hace una leve inclinación de cabeza. Se adelanta y le estrecha la mano a Simón. Repite:

—*Buon Natale*. A todos.

Poco a poco, las velas de la mesa se van consumiendo hasta apagarse. Mona y yo le leemos a Pedro las historias evangélicas sobre el nacimiento de Jesús —la de san Lucas del pesebre, la de san Mateo de los tres sabios de Oriente—, pero Simón tan solo observa. Tiene la mirada vacía. La luz de sus ojos se apaga. Son poco más de las once cuando Pedro se duerme. Lo ponemos sobre una sábana, en el suelo. Los somieres y colchones ya están en el camión de la mudanza.

Mona enciende el televisor para ver la retransmisión desde la plaza de San Pedro. Solíamos asistir a la misa del gallo junto con Simón hasta que llegó el bebé y se hizo imposible. La gente hace cola en la plaza, miles de personas, siluetas negras empequeñecidas ante el centenario abeto alpino colocado en la plaza como árbol de Navidad de Juan Pablo. Los dedos de Mona se entrelazan con los míos y me aprietan la mano. La beso en la frente. No aparta la mirada de la pantalla; está pendiente de cada palabra de la emisión. Yo, en cambio, me levanto y voy a la cocina para servir unas bebidas. Simón, que ha pronunciado un brindis en honor de cardenales y embajadores, levanta su copa, pero es incapaz de decir nada. Me agacho a su lado.

—Pase lo que pase —digo chocando su copa con la mía.

Asiente. Sonríe.

—Saldremos adelante —añado.

Me pasa el brazo por los hombros. Al otro lado de la ventana, en la oscuridad que se extiende sobre el palacio de Juan Pablo, se ve una estrella hacia el este. Simón tiene la mirada fija en ella. Cierro los ojos. En ese momento lo sé: mi hermano se ha ido. Su cuerpo sigue conmigo, pero el resto se ha esfumado. Si está aquí es únicamente por nosotros, para que creamos que le hemos ayudado a mantenerse a flote.

—Te queremos —le digo.

Su mirada parece vacía. Me contesta:

—Gracias por hacerme sentir siempre como parte de tu familia.

Cuando termina su bebida, se levanta para fregar el vaso. «Once años», pienso. Durante todo ese tiempo, el sacerdocio ha sido su familia. Desde su primer año de seminario. Un tercio de su vida. Lo cual significa que esta noche quizá experimente algo por lo que ningún hombre debería pasar: convertirse por segunda vez en huérfano. Extiende el brazo para coger su paquete de cigarrillos, pero lo interrumpen unos golpes en la puerta.

El ruido despierta a Pedro.

Miro a Simón. El velo de su mirada ha desaparecido.

Voy hacia la entrada.

—¿Padres Andreou? —dice el hombre de la puerta.

Un seglar con traje negro. Lo reconozco. Es el mensajero privado de Juan Pablo. El *cursore*.

Lleva dos sobres. Uno tiene grabado mi nombre. El otro, el de Simón.

Le entrego a mi hermano el suyo y cierra los ojos. Mona se levanta y viene a nuestro lado.

He soñado con este momento, vivido con el temor de que llegara, pero ahora no siento miedo. Me inunda una quietud desacostumbrada.

«Confía en el Señor con todo tu corazón, y no te apoyes en tu propio entendimiento. Reconócele en todos tus caminos y él enderezará tus sendas».

Mi hermano, en cambio, nunca ha parecido más asustado. Mona le pone una mano en el brazo. Le habla:

–Simón…

Pedro no le quita ojo al mensajero. Entonces se levanta, va hacia Simón y descansa la cabeza en la cadera de su tío al tiempo que lo abraza por la cintura. Con la fuerza de Sansón, aprieta.

Soy yo quien primero abre su sobre. Las palabras que contiene no son las que esperaba. Me vuelvo hacia el *cursore*.

El hombre aguarda.

–Simón –susurra Mona–, ábrelo.

La mano de mi hermano tiembla al romper el sello de la carta. Lo miro mientras lee. Entonces, levanta la cabeza hacia el *cursore* y dice con un hilo de voz:

–¿Ahora mismo?

El *cursore* asiente.

–Sí, padres. Síganme. El coche los está esperando.

Simón niega con la cabeza. Retrocede.

Mona intenta ver la misiva por encima del hombro de Simón. Un brillo fugaz cruza por sus pupilas.

–Simón, ve –le dice.

La miro con ojos interrogantes.

–Confía en mí –susurra. Parece electrizada–. Ve.

El sedán negro es el mismo que ya conozco. El signor Gugel abre la puerta trasera con la misma expresión impersonal. El *cursore* ocupa el asiento del pasajero. A mi lado, oigo la fuerte respiración de Simón.

Ni Gugel ni el mensajero dicen nada. Muy por encima de nosotros, en las ventanas del último piso del palacio Belvedere, Pedro nos observa. Lo miro hasta que la ventana desaparece de la vista.

Las calles están vacías. Las oficinas, oscuras. Esta misma noche, cuando Mona, Pedro y yo volvíamos a casa desde la pista de patinaje, enormes bandadas de estorninos cruzaban el cielo hasta cubrirlo como una red echada sobre Roma. Echada y retirada y vuelta a echar. Ahora solo se ven estrellas. Simón se lleva los dedos a la garganta y tira de su alzacuello romano.

El coche llega a la entrada del palacio. Y, entonces, pasa de largo.

–¿Adónde vamos? –pregunta Simón.

En silencio, atravesamos la carretera que cruza por detrás de la basílica. Vemos aparecer el palacio del Tribunal, pero también acaba perdiéndose en la oscuridad.

El patio de húmedos adoquines parece un cristal negro, como el agua del Tíber en una noche ventosa. Simón se sienta sin apoyarse en el respaldo, con las manos en los asientos delanteros. Mi teléfono vibra. Un mensaje de Mona.

«¿Estáis ya en SP?».

Contesto: «Casi. ¿Por qué?».

El coche aminora la marcha. Gugel apaga el motor y sale del coche al tiempo que abre un paraguas.

—Padres —dice el *cursore*—, síganme.

Al sur vemos la puerta que nos separa de la plaza de San Pedro. Bajo la lluvia, están los cientos de fieles que resistirían allí la Nochebuena aunque el cielo se les viniera encima o fuera el fin del mundo.

El *cursore* nos guía por la entrada lateral. En la sacristía, unos ancianos sacerdotes se visten a toda prisa. También están allí mis alumnos del preseminario, con su sotana roja y la sobrepelliz blanca, ayudando a los veteranos curas a ajustarse las vestiduras.

—Esto para usted —le dice uno de ellos a Simón.

Le pasa un hábito coral, la vestidura que lleva un sacerdote que asiste a la misa de otro.

Simón se queda mirándolo.

—No —dice.

El corazón me estalla en el pecho. La sotana es púrpura. El hábito coral de un obispo.

El teléfono vuelve a vibrar. Es la respuesta de Mona.

«Homilía especial esta noche».

Les indico a mis alumnos que no hagan caso a Simón, que cumplan con su trabajo. Son capaces de vestir a un sacerdote más rápidamente que cualquier otro monaguillo de la Tierra. Y Simón, pese a sus protestas, sin duda sabe lo que va a suceder. Si sigue vestido con la sotana negra, van a confundirlo con un obispo de luto. Y el día de hoy, el día del nacimiento de Nuestro Señor, no hay luto posible.

Simón baja la cabeza. Respira hondo y luego extiende los brazos. Los chicos le quitan la sotana negra y le ponen la púrpura, el roquete blanco y la muceta también púrpura. Por encima de la ropa, va la cruz pectoral.

–Por aquí –dice el *cursore* caminando ahora más rápido.

El pasaje parece la entrada marmórea de un sepulcro. Miro por encima del hombro. Uno de mis alumnos levanta la mano como si nos dijera adiós.

En el pasaje, el aire va cambiando. Se torna más cálido, lleno de sonoras vibraciones. Siento un cosquilleo en la piel. Cruzamos otra puerta y, de pronto, hemos llegado.

El techo desaparece. Los muros se pierden en las infinitas alturas de la basílica. Las vibraciones se han convertido en un murmullo profundo, cósmico.

–Por aquí –repite el *cursore*.

Me paro en seco ante lo que veo. Durante toda mi vida, he ido a una iglesia griega que puede albergar a unas doscientas personas. Esta noche, desde el altar mayor que se alza sobre los huesos de san Pedro hasta el disco de piedra de la entrada en el que fue coronado Carlomagno, la basílica acoge a diez mil almas cristianas. La nave está tan atestada que los seglares ya han renunciado a buscar asiento y se han ido hacinando en los pasillos. La congregación bulle y palpita hasta donde alcanza la vista y más allá.

El *cursore* nos hace avanzar. El altar está rodeado de sucesivos anillos de fieles ordenados por rango. Primero, los seglares; después, las monjas y los seminaristas. Cuando llegamos a los monjes y sacerdotes, me detengo. Sé que es mi lugar. Veo a otros sacerdotes católicos orientales allí, y algunos de ellos, al reconocerme, me hacen sitio.

Pero Simón se niega a dejarme allí. Aunque el *cursore* le hace señas de que continúe, mi hermano también se detiene.

–Alex –susurra–, no puedo.

–No te corresponde a ti decidir –le digo, empujándolo hacia delante.

El *cursore* lo conduce por entre las filas de embajadores y miembros de la realeza, con los pechos relucientes de medallas. Llegan a los sacerdotes de la Secretaría y veo que Simón vacila antes de unirse a ellos. Pero el *cursore* le toca con suavidad en la espalda. Aquí no. Sigue adelante.

Alcanzan las filas de los obispos. Son hombres mucho más viejos que Simón, algunos incluso le doblan la edad. El *cursore* retrocede, como si los de su clase no tuvieran permitido llegar más lejos, pero Simón se queda inmóvil, anonadado como un monaguillo. Los obispos, al ver a uno de sus iguales, empiezan a apartarse. Dos de ellos alargan el brazo y palmean a Simón en la espalda. Mi hermano da un paso adelante. Más allá, en el círculo más interior, un cardenal vestido de blanco y oro –los colores de esta noche de esperanza y exultación– se gira a mirar. Veo la emoción en los ojos del tío Lucio.

El chantre empieza el canto. La misa da comienzo. Simón inclina la cabeza, sin mirar a Juan Pablo. Parece sumido en una íntima batalla. Su cuerpo se estremece. Lo veo taparse la cara con las manos. Entonces, irrumpe un sonido. Voces. El coro de la Capilla Sixtina.

«Señor, Hijo único, Jesucristo; Señor Dios, Cordero de Dios, Hijo del Padre; tú que quitas el pecado del mundo, ten piedad de nosotros».

Una procesión de niños lleva flores a una estatua del Niño Jesús. Sonríen o ahogan una risita nerviosa. Ese sonido hace que Simón levante la cabeza. Cuando se acerca la homilía, rezo por que Mona tuviera razón.

Le llevan a Juan Pablo el libro de los Evangelios. El papa lo besa y hace el signo de la cruz. Diez mil personas guardan de pronto un silencio absoluto. Cesa el clic de las cámaras fotográficas. Ni siquiera se oye una tos. Aquí está el único papa que muchos de nosotros hemos conocido. En nuestro interior, sabemos que probablemente será la última vez que veamos a nuestro papa en este altar mayor. A través de este hombre, Dios ha hecho milagros. Ruego que él haga uno más.

Juan Pablo habla con voz débil y poco clara:

–Esta noche, un niño ha nacido entre nosotros. El Cristo niño, que nos ofrece un nuevo comienzo.

Observo a Simón. Tiene los ojos fijos en el santo padre.

–El evangelista Juan escribe que «a cuantos lo recibieron, a los que creen en su nombre, les dio el derecho a ser hechos hijos de Dios». Pero ¿qué significa eso? ¿Cómo vamos a ser niños de nuevo, como el Cristo niño, nosotros, que estamos cargados de pecado?

Simón se estremece, hunde otra vez los hombros, se inclina hacia delante como si necesitara agarrarse a la barandilla que tiene ante él.

—Eso es posible porque el niño que llega en la oscuridad trae un mensaje de esperanza: no importa cuán pecadores seamos; nuestro Redentor viene a cargar con nuestros pecados. Viene a perdonarnos.

En ese instante, siento el impulso de mirar hacia arriba, al pilar donde se guardan las reliquias de la basílica. Pienso en el sudario. Me pregunto si está escondido en el relicario que albergan esos muros de piedra; si, por el momento, Ugo tenía razón y San Pedro es el nuevo hogar del sudario.

—No podemos servir al Señor sin antes recibir Su perdón. Esta noche, el Cristo niño nos ofrece a todos un nuevo comienzo. Aceptémoslo.

Retiran el micrófono de la boca de Juan Pablo. Vuelve a hacerse el mismo silencio absoluto. Algo ha cambiado en la postura de Simón. Ya no le cuelga la cabeza. Llega el credo, seguido de las plegarias de los fieles. Cuando el santo padre eleva la hostia para la consagración, suena la campanilla y mil voces entonan: «Cordero de Dios que quitas el pecado del mundo, ten piedad de nosotros».

Desde cada lado, los sacerdotes empiezan a dar la comunión. Los asientos se vacían, se forman colas para recibirla. *«Adeste fideles»*, canta el coro de la Capilla Sixtina. «Acudid, fieles». Simón observa a los obispos que tiene alrededor. Sin embargo, mientras sus filas menguan, él no parece decidirse a separar las manos de la barandilla, no es capaz de dar un paso al frente. Delante tiene a un arzobispo. El hombre se da la vuelta y niega con la cabeza, como para indicarle que no puede tomar la comunión allí.

Es Nowak.

Su Excelencia toma a Simón de la mano y se lo lleva. Se abren camino por entre los otros obispos hacia el pasillo que conduce adonde yo estoy. Pero, en lugar de venir hacia mí, Nowak se lleva a Simón al altar mayor.

Mi hermano niega con la cabeza. Se detienen. Por un instante, al pie de las escaleras que conducen, hacia abajo, a los huesos de san Pedro, o hacia arriba, al papa Juan Pablo, ambos permanecen inmóviles. Nowak le dice algo a mi hermano. Nunca sabré qué es. Siempre preferiré mantener el misterio de este momento.

Una vez dichas esas palabras, Su Excelencia le pone a Simón las manos en los hombros y mi hermano se yergue en toda su estatura. Mira hacia arriba de las escaleras. La mano del santo padre sujeta la sagrada forma. Muy por encima de nosotros, en las ventanas de la cúpula, el velo del cielo está acribillado de estrellas. Simón pronuncia una breve plegaria, se santigua y da el primer paso.

Contemplo a mi hermano mientras inicia su ascensión.

AGRADECIMIENTOS

Me llevó diez años escribir este libro. Las siguientes personas me ayudaron a acabarlo… e impidieron que acabara conmigo.

Nadie entiende al padre Alex y a su mundo como lo hace mi siempre sufrida agente literaria Jennifer Joel, de ICM, quien no solo leyó, sino que añadió anotaciones a cuatro mil páginas de borrador de *El quinto Evangelio* a lo largo de una década, aparte de las casi doce pasadas que efectuó a la versión final de la novela. A mitad de ese proceso, sobrevino la catástrofe y el contrato inicial para este libro quedó roto, así que Jenn se vio metida en el peor ambiente editorial de los últimos tiempos con solo un manuscrito a medio terminar y la determinación de luchar por mi supervivencia. Aplazó viajes de negocios y canceló las vacaciones familiares. Viajó cientos de kilómetros para venir a verme en mi casa, porque se negó a rendirse con esta novela y con un autor tan exasperantemente lento. Reto a cualquiera a encontrar a un agente literario que haya dado tanto a un libro, en toda la historia.

Jofie Ferrari-Adler, de Simon & Schuster, me contrató cuando el desconsuelo y el escepticismo habían hecho presa en mí, tras ocho años con una novela que seguía inacabada. Nunca se dio aires de suficiencia y, simplemente, me dio lo que necesitaba: libertad para hacer lo que mejor hago y sabiduría para solucionar lo que yo no podía resolver, sin andarse con rodeos en ningún momento. Su amor contagioso por este negocio incluso logró convencerme, una vez más, de que el mundo editorial es un ámbito placentero en el que uno puede sentirse como en casa.

Muchos sacerdotes, canonistas y profesores realizaron aportaciones esenciales. Seguramente, ninguna otra institución del mundo tiene más razones que la Iglesia católica para dudar de los motivos de los novelistas; pero, para mi sorpresa, me encontré con una ayuda generosa a cada paso: profesores de seminario, juristas de la Iglesia y prominentes expertos del catolicismo no solo respondieron a mis preguntas con detalle, sino que en ocasiones me hablaron abiertamente de sus experiencias en el Vaticano. En especial, quiero agradecer al padre John Custer las muchas horas de generosa ayuda que me dedicó para entender el catolicismo oriental y la vida de un sacerdote católico oriental en Roma; a Margaret Chalmers y al padre Jon Chalmers por su orientación acerca de los casos penales juzgados según el derecho canónico, un tema al que no se ha hecho la debida justicia en estas páginas, pero que habría resultado una absoluta chapuza sin su asistencia incondicional; y a John Byron Kuhner, quien ya había estudiado con el latinista papal cuando en la universidad ambos leíamos a san Agustín y a san Ignacio de Loyola, y que despachó con presteza las correcciones de mis pasajes en griego y latín.

Muchas de las modernas tecnologías impidieron que los años de investigación se convirtieran en décadas. Un reconocimiento especial para Google, por la variedad de herramientas que ha puesto a disposición de los investigadores. Dado que solo poseía un buen conocimiento del inglés y el francés, recurrí al escaneado de mis libros en otras lenguas para leerlos vía Google Translate. Asimismo, utilicé Google Books casi a diario para explotar sus reservas de eruditos estudios sobre la cristiandad antigua, las guías Baedeker de Italia y los Estados Pontificios o los textos, dificilísimos de encontrar, sobre la vestimenta clerical. Google Maps me ayudó a trazar el plano de la Ciudad del Vaticano con mayor detalle que cualquiera de los libros que poseo sobre el tema, al tiempo que me permitía realizar el seguimiento de los interminables proyectos de construcción de la ciudad-Estado. En tiempos recientes, Google Street View ha hecho posible efectuar recorridos en alta resolución alrededor de los perímetros del Vaticano y Castel Gandolfo. Una enorme gratitud merecen también los muchos periódicos –sobre todo *The New York Times*– que durante los pasados diez años digitalizaron valientemente sus archivos. En esas viejas páginas encontré datos fantásticos y, en ocasiones, asombrosos sobre el Vaticano.

Jonathan Tze, quien hace diecisiete años ayudó a tramar la idea original de *El enigma del cuatro*, se convirtió en una de las primeras víctimas en sufrir las interminables contracciones del parto de esta novela. Después de pasar largos meses ayudándome a investigar una línea argumental diferente, vio cómo el material me llevaba en otra dirección. Años más tarde, sin embargo, retomó con generosidad su papel inspirador al ayudarme a imaginar las escenas finales de *El quinto Evangelio*. Para un escritor existen pocas cosas más valiosas que el compañerismo creativo, pero una de ellas es la constancia en la amistad.

Dusty Thomason es el padrino de este libro. Incluso antes de la publicación de *El enigma del cuatro*, él y yo pasamos una semana juntos en Grecia investigando para una secuela de la novela. Pretendíamos escribirla a cuatro manos y a ninguno de los dos se le ocurrió situarla en el Vaticano. Luego la vida intervino y nos encontramos trabajando en proyectos diferentes y cada uno en una costa. Aun así, Dusty fue mi guía a través de los interminables borradores de este manuscrito... y a través de la «selva oscura» a la que me condujo. Es más, en el octavo año de dicho proceso, cuando el libro parecía destinado al fracaso y mi familia se hallaba al borde de un precipicio en el que ni siquiera hoy quiero pensar, Dusty se negó a vernos sufrir. Rescató a las personas que quiero solo por el amor que me tenía. Ni siquiera una amistad de treinta años llena de actos de inexplicable bondad me había preparado para recibir semejante regalo. Nunca se lo podré agradecer lo suficiente. El mero hecho de escribir estas palabras casi hace que se me salten las lágrimas.

El último agradecimiento es el más duro. El mundo está lleno de escritores que creen estar realizando grandes sacrificios por su arte. Pero un marido y padre que implica voluntariamente a su familia en tales sacrificios es un desalmado o un loco. Desde 2006, casi cada año creía estar a punto de finalizar este libro. Cualquiera que fuera el obstáculo –la inacabable investigación, el entrelazamiento de las tramas argumentales, el esfuerzo por encontrar la voz adecuada para Alex–, siempre me parecía tener la solución a la vuelta de la esquina. Esto es lo que hubo de soportar mi familia durante nueve años. Mi esposa no socavó el optimismo que me hacía seguir adelante, pero sabía la verdad. Y cuando por fin ocurrió lo peor, lo cual me pilló por completo desprevenido, ella fue quien me ayudó a levantarme y quien me sostuvo hasta la línea de meta. Nunca he conocido a nadie menos interesado en las cosas materiales o que le preocupara menos perderlas. Ni tampoco he conocido a nadie que cada día demuestre que el amor lo es verdaderamente todo. Le di a esta novela todo lo que tenía. Pero mi esposa le dio todavía más. Este libro empieza y acaba con Meredith.

ÍNDICE